KNAUR✪

MICHAEL PEINKOFER

DIE WELT DER ORKS

ROMAN

KNAUR

Besuchen Sie uns im Internet:
www.knaur.de
Facebook: Knaur Fantasy & Science Fiction
Instagram: @KnaurFantasy

Aus Verantwortung für die Umwelt hat sich die Verlagsgruppe
Droemer Knaur zu einer nachhaltigen Buchproduktion verpflichtet. Der
bewusste Umgang mit unseren Ressourcen, der Schutz unseres Klimas
und der Natur gehören zu unseren obersten Unternehmenszielen.
Gemeinsam mit unseren Partnern und Lieferanten setzen wir uns
für eine klimaneutrale Buchproduktion ein, die den Erwerb von
Klimazertifikaten zur Kompensation des CO_2-Ausstoßes einschließt.
Weitere Informationen finden Sie unter: www.klimaneutralerverlag.de

Originalausgabe Mai 2022
Knaur HC
Ein Imprint der Verlagsgruppe
Droemer Knaur GmbH & Co. KG, München
Alle Rechte vorbehalten. Das Werk darf – auch teilweise – nur
mit Genehmigung des Verlags wiedergegeben werden.
Redaktion: Carsten Polzin
Covergestaltung: Der Gute Punkt, München
Coverabbildung: Collage von »Der Gute Punkt«
unter Verwendung von Motiven von Mihai Radu
Satz: Adobe InDesign im Verlag
Druck und Bindung: GGP Media GmbH, Pößneck
ISBN 978-3-426-22775-6

2   4   5   3   1

HANDELNDE PERSONEN

Balbok, König der Orks
Rammar, sein Bruder, ebenfalls König

Askanor, König des Elfenreiches
Beeka, eine junge Dorfvorsteherin
Chulain, ihr Bruder
Cygo, ein Schattenwandler
Dufanor, General der Elfenarmee
Durwain, Oberhaupt des Widerstands
Drel, eine Baumkreatur
Enok, ein Findelkind
Evan, ein Wildwuchs mit dunklem Geheimnis
Finras, Unterführer des Widerstands
Glesa, Schankwirtin in Taras Caron
Gullwyn, ein Fischmann
Kilif Rattenzahn, Kämpfer beim Widerstand
Logras Narbengesicht, Kämpfer beim Widerstand
Mavuro, ein Schwarzhändler
Mirra, Kämpferin beim Widerstand
Oisal Ork, oberster Hofdiener
Qoray, Zauberer in Shakara
Ultach, Dorfältester
sowie
Aderyn, Bormon, Gulucin, Hirulon, Kelon, Korukan, Narkon,
Mitglieder im Rat der Ewigen

PROLOG

Die Bühne war bereitet.

Lange hatte er darauf hingearbeitet und ein Dasein voller Lügen gefristet. Es war der Preis dafür gewesen, den Schein zu wahren, während er gleichzeitig an seinem wirklichen Ziel gearbeitet, an seinem wahren Plan geschmiedet hatte.

Hier, an diesem entlegenen Ort.

Verborgen vor den Augen der Welt.

Sollten sie reden, die Schwätzer von Shakara und der Narr auf dem Königsthron. Keiner von ihnen, weder der ehrwürdige Rat der Zauberer noch der gute König Askanor, hatte eine Ahnung davon, was wahre Macht bedeutete – und selbst wenn, wären sie weder willens noch in der Lage gewesen, sie zu nutzen. Viel lieber zogen sie es vor, sich hinter leeren Regeln und überkommenen Gesetzen zu verstecken. Regeln, die er längst gebrochen hatte, und Gesetze, die für ihn nicht mehr galten.

Letztlich, das hatte er in einem langen und leidvollen Prozess erfahren, waren sie nichts als Ausreden. Laue Rechtfertigungen dafür, dass keiner mehr den Mut, die Entschlossenheit und das Wissen hatte, jene uralten Kräfte zu entfesseln, die den *crysalona* innewohnten, den magischen Kristallen, die sich im Besitz des Elfengeschlechts befanden. Auch wenn es bedeutete, die Natur selbst herauszufordern.

Er, Qoray, hatte nie davor zurückgeschreckt.

Schon als junger Novize im Orden hatte er sich für jene Bereiche der Magie interessiert, die verboten waren, denn tief in seinem Inneren hatte vom ersten Tag an eine Frage gebrannt, auf die er nie eine Antwort bekommen hatte.

Warum?

Warum wurden den Zauberern von Shakara Beschränkungen auferlegt, ihr Wissen zu vervollkommnen? Warum bedienten sie sich nicht der ganzen Macht, die die Magie offenbarte? Warum begnügten sie sich damit, mit Kieseln zu spielen, wenn sie Berge versetzen konnten?

Keine der Antworten, die die Ältesten ihm auf diese Fragen gegeben hatten, hatte ihn zufriedengestellt. Sie alle waren Kleingeister, mit einer selbst auferlegten Blindheit geschlagen, die sie davon abhielt zu sehen, was doch offensichtlich war: dass die Macht der Kristalle den Weg ebnete zu größerem Ansehen, zu größerem Einfluss, zu Frieden und Wohlstand für das ganze Reich. Also hatte er irgendwann damit begonnen, auf eigene Faust die Kraft der Kristalle zu erforschen und sie sich dienstbar zu machen.

Voller Argwohn hatte man ihm dabei zugesehen, hatte im Rat gegen ihn intrigiert, ihn als Außenseiter gebrandmarkt und ihn gemieden – doch dann hatte das Schicksal seinen Lauf genommen. Als königlicher Berater war Qoray nach Dinas Lan gegangen, in die Hauptstadt des Reiches, und hatte nicht nur das Vertrauen des Königs gewonnen, sondern auch dessen Herrschaft gerettet, indem er die Elfenkristalle dazu benutzte, den *serentir* zu erschaffen, den Dreistern.

Mithilfe des Dreisterns war es möglich, im Bruchteil eines Augenblicks von einer Metropole der Königslande in eine andere zu gelangen. Die größte Gefahr, die dem Reich gedroht hatte – dass es im Inneren auseinanderfiel, während Feinde die äußeren Grenzen bestürmten –, war damit gebannt, die Legionen konnten nun immer dort zur Stelle sein, wo sie gebraucht wurden, und dem Zorn der Trolle Einhalt gebieten. Auch wenn Qoray nicht aus Selbstlosigkeit gehandelt und von Anfang an den Plan verfolgt hatte, den Dreistern dereinst zu seinen eigenen Zwecken einzusetzen, hatte er es sich gerne gefallen lassen, dass er zu hohen Ehren aufgestiegen war.

Seine Kritiker im Rat waren verstummt, und mancher, der ihn zuvor geschmäht hatte, suchte nun seine Nähe. Qoray war daran nicht interessiert, verachtete sie nach wie vor. Doch er nutzte die Gunst der Stunde, um seine Forschungen weiterzuführen, über dreißig lange Winter hinweg, auf einer entlegenen Festung in der unwirtlichen Westmark, inmitten von totem Land und alles verschlingenden Sümpfen. Und diesmal beschäftigte er sich mit dem, was der Urgrund allen Seins in Erdwelt und an jedem anderen Ort des Kosmos ist, nämlich dem Geheimnis des Lebens selbst …

Als bekannt wurde, was er dort tat, war das Entsetzen groß, und sogar der König empörte sich gegen ihn. Qorays Argumente, dass es nicht nur die Trolle seien, die das Reich bedrohten; dass die Drachen noch nicht endgültig bezwungen seien und dass auch die in Fell gehüllten Primitiven, die in den Ausläufern der Gebirge vegetierten und die man *gywara* nannte, irgendwann zur Bedrohung werden könnten; dass man deshalb eine neue Rasse brauche, eine Dynastie von Kriegern, die jedem Befehl bedingungslos folgen und jedweden Gegner gnadenlos bekämpfen würden … all das verhallte ungehört, ging unter in den Tiraden, die nun wieder von jenen kamen, die sich dem Fortschritt ohnehin stets verschlossen hatten.

Nun hatten wieder die Furchtsamen das Sagen, die Bedenkenträger und Zauderer, und wie zuvor versteckten sie sich hinter ihren steinernen Regeln und eisernen Gesetzen.

Man ließ Qoray keine andere Wahl, als aus dem Orden auszutreten, zwang ihn, seinen Zaubernamen und sein Amt im Rat niederzulegen, erniedrigte ihn vor aller Augen und verbannte ihn aus Shakara. Doch niemand konnte ihn davon abhalten, sich einen neuen Namen zu wählen und sein Wissen an einem anderen Ort zur Anwendung zu bringen …

Auf dem Erker stehend, der aus der Felswand des Berges ragte, ließ der dunkle Zauberer seinen Blick über das Grün des Dschungels schweifen, das sich scheinbar endlos erstreckte, unter einem blutroten, Unheil verheißenden Himmel.

Der Wald von Arun, so hatte es einst geheißen, schützte Nurmorod wie tausend Mauern. Wer es nicht wusste, der wäre niemals darauf gekommen, dass das Innere des Berges, der sich wie ein einsamer Wächter aus dem grünen Meer erhob, einst eine Drachenfestung gewesen war, die mächtigste im Süden.

Qoray jedoch hatte davon erfahren. In verbotenen Aufzeichnungen hatte er darüber gelesen. Er hatte die Festung inmitten des Dschungels ausfindig gemacht und die alten Stollen, Horte und Kavernen, einst von Drachenfeuer in den Berg gebrannt, einer neuen Verwendung zugeführt.

Fern von Shakara und den Augen der Welt hatte er hier seine Arbeit fortgesetzt, danach gestrebt, das Rätsel der Schöpfung zu entwirren und die Natur seinem Willen zu unterwerfen. Und nun, nach weiteren siebzig Wintern, die er allein und in völliger Abgeschiedenheit verbracht hatte, war ihm der Durchbruch gelungen.

Die Zeit war reif, ein neues Volk ins Leben zu rufen, eine neue Art, die ihm allein dienen würde. Eine Rasse von Kriegern, unerschrocken, ausdauernd und tödlich und nur von dem einen Wunsch beseelt, seine Befehle auszuführen.

Diese neue Brut würde wachsen und gedeihen, während sie die Welt mit Tod und Krieg überzog, und vielleicht würde sie dereinst sogar eigene Reiche und Könige hervorbringen. In diesem Augenblick, zu dieser Stunde, schien alles möglich.

Der Zauberer Qoray existierte nicht länger.

Der Dunkelelf war an seine Stelle getreten und hatte der Welt Vergeltung geschworen. Der Tag würde kommen, da er ganz Erdwelt seinem Willen und seiner Macht unterworfen haben würde und auch die Hochmütigsten seine Gnade erflehen würden. Und der neue Name, den er sich gewählt hatte, würde selbst noch in Tausenden von Zyklen nicht vergessen sein.

Margok.

BUCH I:
UR'KURUL-KROBUL
(KURULS KEULE)

1.

KROBUL TUDOK!

»*Shnorsh.*«

Balbok sagte das Wort nicht einfach so, sondern zog es beim Aussprechen in die Länge – unnötig, wie Rammar fand – und seufzte noch dabei.

Und das bedeutete selten etwas Gutes.

»Ich habe nachgedacht, Rammar«, fügte Balbok hinzu, was die Befürchtungen seines Bruders noch verstärkte.

Rammar tat so, als hätte er es gar nicht gehört.

Aber wenn ihn die Zeit, die er nun schon an der Seite seines ranken, schlanken und unfassbar dämlichen Bruders lebte, eins gelehrt hatte, dann, dass dies überhaupt nichts nützte. Dummheit fand immer einen Weg, sich Gehör zu verschaffen, auf die eine oder andere Weise …

»Möchtest du wissen, was ich mir überlegt habe?«

Balbok wandte den Kopf und blickte fragend auf Rammar herab, und sein langes, ohnehin schon ziemlich einfältiges Gesicht verzerrte sich dabei zu einem Grinsen, so unschuldig dämlich, wie ein Ork – und noch dazu ein Blutsverwandter Rammars des schrecklich Rasenden – eigentlich gar nicht dreinschauen konnte. Aber Balbok war jederzeit in der Lage, die Naturgesetze außer Kraft zu setzen, auch das hatte Rammar im Lauf der Zeit gelernt. Sich der Dummheit seines Bruders entgegenzustellen war von vornherein zum Scheitern verurteilt.

Man versuchte ja auch nicht, den Regen abzustellen.

Oder die Nacht am Dunkelwerden zu hindern …

»*Douk*«, knurrte Rammar also, wobei er sich mit der rechten Klaue die fette Nasenwurzel massierte und sich mit aller Macht zur Ruhe zwang – die Linke hatte er nicht mehr, seit er sie bei einem ihrer Abenteuer eingebüßt hatte. »Ich möchte eigentlich nicht wissen, was sich ein *umbal* wie du in seinem bisschen Trollhirn zusammengesponnen hat. Aber du wirst es mir trotzdem nicht ersparen, oder?«

13

»*Korr*«, bestätigte Balbok strahlend. »Weil du mein Bruder bist, sollst du es als Erster erfahren.«

Rammar sah ihn müde aus seinen runden, eitrig gelben Augen an. »Wie freundlich von dir«, sagte er, während er sich überlegte, ob er zum *saparak* greifen und Balbok ohne Federlesens erschlagen sollte oder ihn einfach in den Abgrund stoßen, der vor ihnen klaffte. Wie oft hatte er sich das schon überlegt, es allerdings nie getan – warum, konnte er sich im Augenblick auch nicht erklären.

»Nicht wahr?« Balbok grinste weiter und nickte. »Also hör mir gut zu: Du wirst sterben, Rammar.«

»Hä?« Rammar sah seinen Bruder argwöhnisch von der Seite an. Sollte er Balbok etwa unterschätzt haben? Plante dieses lange Elend womöglich, ihn zu beseitigen und sich zum Alleinherrscher über die Insel auszurufen? Hatte er ihn nur aus diesem Grund auf diesen Berggipfel geschleppt?

Um ihn mit dem *saparak* zu erschlagen? Oder ihn gar in den Abgrund zu stürzen, der vor ihnen klaffte?

Alles in Rammar wappnete sich für einen kurzen, heftigen Kampf.

»Du und ich, wir werden nicht ewig leben«, bestätigte Balbok mit eifrigem Nicken, wobei er versonnen den Blick über das in Dämmerung versinkende Tal zu ihren Füßen schweifen ließ. »Irgendwann werden wir beide in Kuruls dunkle Grube sinken – wer soll dann unser Königreich regieren?«

»Ach so.« Rammars Lungen pfiffen vor Erleichterung wie ein kaputter Blasebalg. Die hasserfüllte Bewunderung, die er für einen Moment für seinen Bruder empfunden hatte, schlug in die alte Verachtung um. »Du meinst das nur so im Allgemeinen.«

»*Douk*, auch im Besonderen«, widersprach Balbok und hob belehrend einen Klauenfinger. »Wenn man tot ist, ist man nicht nur allgemein tot, sondern auch insbesondere. Da bin ich mir ganz sicher.«

»Bist du das?«

»*Korr*.« Balbok nickte wieder. »Und weil das so ist, habe ich mir überlegt, dass es für uns an der Zeit wäre, sich nach einem Thronfolger umzusehen.«

Rammar sah zweifelnd an ihm empor. »Du meinst, nach jemandem, der die Krone trägt? Der seinen *asar* auf unse… auf meinen Thron setzt?«

»Das ist es, was Thronfolger tun«, bestätigte Balbok in offenkundiger Begeisterung darüber, dass sein Bruder den Plan sofort erfasst hatte. »Bei den Menschen haben wir es oft gesehen: Da war zunächst König Corwyn, und dann kam …«

»Erinnere mich nicht daran«, knurrte Rammar und machte eine fahrige Bewegung mit der hölzernen Klaue, die er am linken Arm trug. »Was die Milchgesichter treiben, hat mich noch nie interessiert, warum sollte ich gerade jetzt eine Ausnahme machen?«

»Weil es vernünftig ist«, erklärte Balbok.

»Seit wann wissen Orks, was vernünftig ist? Unsere Sprache kennt eigentlich nicht mal ein Wort dafür, das hast du aus der Sprache der Milchgesichter!«

»Überleg doch mal, Rammar«, entgegnete Balbok und hob die Finger, als wollte er etwas vorrechnen – dass er zählen und an guten Tagen sogar rechnen konnte, hatte er schon wiederholt bewiesen. Rammar hingegen stand – wie jeder halbwegs unanständige Ork – mit Zahlen nicht weniger auf Kriegsfuß als mit Gnomen und Trollen. Zum Glück beließ es Balbok dann doch bei einfacher Mathematik. »Wir werden beide nicht jünger«, erklärte er kategorisch.

»Aber wir altern sehr viel langsamer als der Rest der Welt«, konterte Rammar trotzig. »Schließlich ist dieses einsame Eiland von irgendeinem faulen Elfenzauber durchdrungen, der dafür sorgt, dass die Zeit hier langsamer verstreicht als anderswo – oder hat dein eingeschrumpeltes Trollhirn das schon wieder vergessen? Wir werden noch fröhlich Blutbier saufen, wenn alle, die wir jemals kannten, längst Geschichte sind.«

»Aber irgendwann«, widersprach Balbok mit der ihm eigenen Beharrlichkeit, »wird es so weit sein. Denk doch nur mal, wie lange du gebraucht hast, um auf diesen Berg zu kommen.«

»Was soll das nun wieder heißen?«

»Du bist fett geworden.«

»Unfug«, fauchte Rammar, »fett war ich schon immer. Ich bin allenfalls ein wenig stärker geworden.«

15

»Kurul sieht dir schon über die Schulter«, war Balbok überzeugt.

»So ein Schmarren.« Rammar schlang die kurzen, aber starken Arme um seinen ungeheuren Bauch. »Dieser Körper«, erklärte er, »ist kein Anzeichen des nahen Todes, sondern blühenden Lebens! Jedes einzelne Pfund davon habe ich mir im Schweiße meines grünen Angesichts erarbeitet, mit Bottichen von *bru-mill* und Fässern von Blutbier! Soll ich etwa zum *lus-irk* werden?«

»*Douk*, natürlich nicht!« Voller Entsetzen schüttelte Balbok den Kopf – die Vorstellung einer fleischlosen Ernährung jagte auch ihm eisige Schauder über den schmalen Rücken. »Aber wir sollten Vorkehrungen treffen für den Tag, an dem der letzte Krug Blutbier getrunken und der letzte Löffel *bru-mill* gefuttert ist«, erklärte er und konnte nicht verhindern, dass ihm beim Gedanken an den traditionellen orkischen Eintopf das Wasser im Mund zusammenlief.

»Hm«, machte Rammar nur.

Natürlich redete sein Bruder ausgemachten Blödsinn. Aber wie so oft, wenn er solchen Unfug von sich gab, blieb etwas davon in Rammars messerscharfem Verstand hängen und setzte sich fest. Wie ein winziger Zwerg, der sinnlos, aber beharrlich auf einen ebenso winzigen Amboss hämmerte und einem damit Kopfschmerzen verursachte, die man nicht mehr loswurde. Bis man sich endlich darauf einließ, ernsthaft über den Blödsinn nachzudenken.

»Hast du mich deshalb gezwungen, diesen elenden Gipfel zu erklimmen?«, wollte Rammar wissen. »Um mir das zu sagen?«

»Was meinst du mit ›erklimmen‹?« Balbok sah sich nach den Trägern um, die in einiger Entfernung im Gras lagen, von Erschöpfung niedergestreckt. Streng genommen hatte nur er den Berggipfel selbst bestiegen – Rammar hatte sich in seiner Sänfte tragen lassen, zum Leidwesen ihrer Diener. »Außerdem war es Zeit für unseren Zug durch das Königreich«, fügte er hinzu.

»*Umbal*«, fuhr Rammar ihn an, »den machen wir doch nur einmal im Jahr, wie jeder weiß!«

»*Korr.*« Balbok nickte.

Halb überrascht, halb erschrocken sah Rammar ihn an. »Soll das etwa heißen, dass schon wieder ein Jahr vorbei ist?«

»*Korr.*«

Rammar stieß eine Verwünschung aus – die Zeit verging tatsächlich wie im Flug, Mond für Mond, Jahr für Jahr, man merkte kaum, wie man alterte. Und plötzlich kam ihm ein Gedanke, der so unangenehm war, dass sich seine Nackenborsten sträubten: War es im Bereich des Möglichen – und wäre es noch so unwahrscheinlich –, dass sein dämlicher Bruder ausnahmsweise einmal recht hatte mit dem, was er sagte?

»Nehmen wir nur mal an, ich würde auf deinen geistigen Dünnpfiff hören und wir würden tatsächlich einen Thronfolger suchen – wie sollten wir das denn anstellen, bei all den bescheuerten *umbal'hai,* von denen wir hier auf unserer Insel umgeben sind?«

»Sie heißen Untertanen«, verbesserte Balbok.

»Komm mir nicht mit Haarspaltereien. Wie sollen wir es anstellen? Hast du darüber auch schon nachgedacht?«

»Und ob.« Balbok nickte.

»Das habe ich befürchtet.« Rammar rollte mit den gelben Augen. »Und?«

»Wir könnten einen Wettkampf veranstalten«, schlug Balbok vor und breitete die langen Arme aus, als wäre es die naheliegendste Idee der Welt. »Wer es schafft, gegen uns beide zu bestehen, der soll unser Nachfolger sein!«

Rammar knurrte. Schon wieder ein Vorschlag, der durchaus brauchbar war – wenn das mal nicht zur Gewohnheit wurde. Allerdings konnte er sich nicht vorstellen, dass unter all den grünhäutigen, spitzohrigen Idioten auf der Insel auch nur ein einziger dabei war, dessen *asar* breit genug sein würde, um auf seinen Thron zu passen. Oder vielleicht wollte er auch nur nicht davon lassen …

»*Kriok,* das reicht«, erklärte er schnaubend. »Ich habe mir deinen Mist jetzt lange genug angehört. Die Könige über diese Insel sind wir und niemand sonst, und dabei bleibt es auch.«

»Aber Rammar …«

»Rammar der schrecklich Rasende hat gesprochen!«, untermauerte Rammar seine Worte. »Wenn Kurul wollte, dass wir uns um unsere Nachfolge kümmern, hätte er uns sicher ein Zeichen geschickt und seine Keule fallen lassen oder …«

In diesem Moment erklang ein krachendes Geräusch – Donner,

der so laut und heftig war, dass es Rammar beinahe von den kurzen Beinen riss. Gleichzeitig erhellte ein blitzartiges Leuchten die düster zusammengeballten Wolken über der Insel. Und im nächsten Augenblick stürzte etwas daraus hervor.

Es war länglich und fiel beinahe senkrecht zu Boden, wobei es einen langen Glutschweif hinter sich herzog.

»Kuruls Keule«, meinte Balbok. »Frisch aus der Esse.«

Gebannt beobachteten sie, wie das Ding niederging – und wie eine gewaltige Faust in das Tal zu ihren Füßen einschlug.

Die Erschütterung war deutlich zu spüren, Asche, Staub und Rauch stiegen auf – und im nächsten Moment brach ein wahrer Sturm los, ein heißer Wind, der den beiden Orks entgegenblies, an ihren Rüstungen zerrte und Rammars *faltash* auf seinem klobigen Schädel wie ein Banner flattern ließ.

Die Brüder standen wie angewurzelt, während eine Wand aus Ruß und Schwärze auf sie zuraste und sie im nächsten Moment einhüllte, sodass es schlagartig stockdunkel wurde.

»*Shnorsh*«, sagte Rammar in die Finsternis.

2.

FROUGORT EUGASH KOUSNASH

Der Elfenpalast von Crysalion hatte schon sehr viel bessere Zeiten gesehen. Das heißt, eigentlich gab es gar keinen Elfenpalast mehr: Der *korzoul*, von dem aus Balbok der ungemein Brutale und Rammar der schrecklich Rasende ihre Insel regierten, war auf den geborstenen, verkohlten, zerstampften und auf jede sonst noch denkbare Weise zerstörten Überresten des alten Kristallpalasts errichtet worden. Inmitten eines gewaltigen Kraters, der von Höhlen und unterirdischen Gewölben durchzogen war – hier hielten die beiden Ork-Könige Hof.

Die aus Kristalltrümmern und Gesteinsbrocken bestehende Mauer, die man darum gezogen hatte, hatte ursprünglich nur als

Provisorium dienen sollen. Aber da sich schon dieser Bau als überaus anstrengend herausgestellt hatte und Orks nicht zu den fleißigsten und strebsamsten Geschöpfen von Erdwelt zählten, hatte man davon abgesehen, sie weiter auszubauen. Von der Errichtung zweier Wachtürme abgesehen, von denen aus man zur einen Seite hin das Meer und zur anderen die Insel weit überblicken konnte – war sie weitgehend unverändert geblieben. Solange keine Gefahr drohte, war dagegen auch gar nichts einzuwenden, doch seit jenes fremde Ding auf der Insel eingeschlagen hatte, hätte Rammar es lieber gesehen, wenn die Mauer doppelt so breit und mindestens dreimal so hoch gewesen wäre.

Fünf Tage waren seither vergangen.

»Was es wohl gewesen sein mag, das runtergefallen ist?«, fragte Balbok. Der Fackelschein, der das Throngewölbe beleuchtete, spiegelte sich in seinen kleinen Augen, die wie immer glänzten, wenn er Blutbier trank. Und genauso regelmäßig wurde er dann nachdenklich und begann zu philosophieren, zum Leidwesen seines Bruders.

»Woher, zum Stinkfisch, soll ich das wissen?«, schnauzte Rammar von seinem Thron herüber, auf dem er nicht fläzte wie sonst, sondern seltsam aufrecht saß, so als wären Sitzfläche und Lehne mit eisernen Stacheln versehen. »Vielleicht war's ja auch nur ein Stern, der lose war. Soll vorkommen.«

»*Douk.*« Balbok schüttelte den Kopf, während er in seinen halb leeren Bierkrug starrte, die Zunge schwer vom Alkohol wie von trüben Gedanken. »Es war Kuruls Keule, da bin ich ganz sicher.«

»So wie damals, als du glaubtest, Kuruls Blutgaleere würde auf unserer Insel landen?«

»Du hast das auch gedacht«, erwiderte Balbok und zeigte mit einem Klauenfinger auf seinen Bruder.

»Schmarren!« Rammar schüttelte so unwirsch das Haupt, dass grüner Schnodder flog und auf den Fratzen der Wachen kleben blieb, die zu beiden Seiten des Thronpodests postiert waren. Keiner der *faihok'hai* verzog eine Miene, weil sich schon bei anderen Gelegenheiten gezeigt hatte, dass König Rammar auf mangelnde Disziplin äußerst empfindlich reagierte. Sein Schnodder, so wurde er niemals müde zu betonen, war schließlich nicht irgendwelcher Schnodder, sondern königlich.

»Und was ist es dann?«, fragte Balbok lallend.

»*Umbal*, woher soll ich das wissen?«

»Vielleicht«, begann der hagere Ork, »hat Kurul uns ja eine Antwort geschickt.«

»Ach ja?« Rammar schickte ihm einen genervten Blick. »Und was, bitte, ist die Frage gewesen?«

Balbok stierte in seinen Krug, als könnte er sie darin finden. Dann, in einem jähen Entschluss, stürzte er auch noch den Rest hinab.

»Erlauchte Herrscher!«, ließ sich in diesem Moment Oisal vernehmen, ihr oberster Hofdiener. Der rostige Helm, den der kräftige Ork auf seinem hässlichen Schädel trug, war ziemlich verbeult – Rammar hatte sich angewöhnt, ihm immer dann, wenn er unerwünschten Besuch ankündigte, seinen Kastellanstab auf den *klogionn* zu dreschen. Geholfen hatte es allerdings wenig …

»Was ist los?«, erteilte Rammar ihm verdrießlich das Wort.

»Der Spähtrupp ist zurück!«, erstattete Oisal Bericht – und zog dabei unwillkürlich den Kopf zwischen die Schultern.

»Schon?« Balbok merkte auf und wirkte gleich ein wenig nüchterner. »Und?«

»Ihr – äh – solltet selbst sehen, erlauchte Herrscher …«

Gesenkten Hauptes zog sich Oisal zurück, um nur Augenblicke später mit dem Hauptmann zurückzukehren, der den Erkundungstrupp befehligt hatte. Der Bursche war schlank, geradezu schmächtig für einen Ork, wie Rammar fand. Sein Name war Smok, weil er fortwährend irgendwelches Zeug rauchte, das er sich in eine aus Knochen geschnitzte Pfeife stopfte, so wie die Hutzelbärte es in der Alten Welt zu tun pflegten.

»Und?«, blaffte Rammar ihm entgegen. »Was hast du uns zu berichten, Smok?«

Der triefäugige Blick des Hauptmanns ging von einem der beiden Könige zum anderen. Dann fuhr ihm ein Kichern aus der Kehle. »König Balbok ist dämlich«, stellte er feixend fest. »So dämlich, wie die Nacht dunkel ist …«

»Verdammt«, meinte Balbok. »Er hat auch den Verstand verloren. Genau wie alle anderen, die wir losgeschickt haben!«

»Wieso denn?«, fragte Rammar. »Noch hat er nichts Verrücktes gesagt. Berichte weiter, Späher!«

»… und du bist so fett wie Gonz der Fresssack«, fuhr Hauptmann Smok ungeniert fort.

»Was fällt dir ein? Hast du zu viel geraucht?«

»Fettfettfett!«, betätigte sich Smok als sein eigenes Echo und begann, sich auf seinen kurzen gepanzerten Beinen im Kreis zu drehen, wobei er wie von Sinnen lachte. Schließlich verlor er das Gleichgewicht und schlug zu Boden, sodass es laut schepperte. Auf Oisals Zeichen hin traten zwei der *faihok'hai* vor und schleppten ihn an den Armen hinaus, wobei er weiter kicherte und lachte.

»*Korr*, ich gebe es zu«, gestand Rammar widerwillig ein. »Er hat auch den Verstand verloren. Genau wie die anderen, die wir dahin geschickt haben, wo das verdammte Ding vom Himmel gefallen ist.«

»Und was machen wir jetzt?«, wollte Balbok wissen.

»Dämliche Frage – wir schicken einen neuen Spähtrupp los, ist doch klar.«

»Das wäre dann der fünfte«, erwiderte Balbok und hob demonstrativ eine Klauenhand, wobei er die Finger abspreizte. »Und jeder Spähtrupp besteht aus fünf Kriegern, das macht dann … ziemlich viele.«

»Wie klug du bist.« Rammar schnitt eine Grimasse. Er mochte es nicht, wenn sein Bruder damit angab, dass er rechnen konnte. »Hast du vielleicht eine bessere Idee?«

»*Korr*, ich denke schon.« Balboks langes Haupt pendelte nachdenklich nickend auf und ab. »Wir sollten selbst gehen und nach dem Rechten sehen.«

Rammar sah ihn ungläubig an. »Du meinst dich – und am Ende auch noch mich?«

»*Korr*.« Das Nicken wurde heftiger, und es gesellte sich ein Grinsen dazu, das wohl verwegen wirken sollte, auf Rammar jedoch nur dämlich wirkte.

»Du Nichtsnutz von einem *umbal*! Hast du jetzt völlig den Verstand verloren? Das letzte bisschen, das dir noch geblieben war? Ist es so weit mit dir gekommen?«

»*Douk*, noch alles da«, versicherte Balbok, auf sein Oberstübchen deutend. »Und deshalb denke ich, dass wir selbst hingehen und nachsehen sollten, was dort los ist.«

»Und ich habe dir schon unzählige Male gesagt, dass du das Denken gefälligst mir überlassen sollst«, schnauzte Rammar zurück. Er griff nach dem Blutbierkrug auf der Armlehne seines Throns und wollte ihn leeren, musste jedoch feststellen, dass er ihn bereits ausgetrunken hatte. In einem spontanen Wutanfall warf er das Ding von sich, es traf Oisal am behelmten Kopf, der wie eine Glocke dröhnte. »Wir bleiben hier, und damit Schluss.«

»Aber Rammar.« Balbok sah ihn aus großen Augen an. »Das ist nicht der Bruder, den ich kenne.«

»Ach nein?« In Rammars Schweinsäuglein blitzte es. »Was für einen Bruder kennst du denn?«

Balbok antwortete nicht sofort. Stattdessen straffte er sich und richtete sich auf dem Thron auf. »Der Bruder, den ich kenne«, begann er dann feierlich und brachte es fertig, dabei kaum noch zu lallen, »ist Rammar der schrecklich Rasende, der mutigste und größte König, den unser Volk jemals hatte, von mir vielleicht einmal abge...«

»Na los, red schon weiter«, fiel Rammar ihm ins Wort. »Worauf willst du hinaus?«

Balbok atmete tief ein und aus, dabei setzte er eine gravitätische Miene auf, wie Barden es taten, wenn sie von einer großen Saga sangen: »Rammar der schrecklich Rasende und Balbok der ungemein Brutale haben gemeinsam die Modersee befahren; sie haben Rurak den Zauberer bezwungen, den untoten Draghnad und den Dunkelelfen Margok, in welcher Gestalt er sich auch zeigte. Unsere *saparak'hai* haben Trolle halbiert und Gnomen gefällt – oder ist es umgekehrt gewesen?« Er überlegte kurz. »Und wir haben verräterische Schmalaugen, Milchgesichter und Hutzelbärte in Kuruls dunkle Grube befördert.«

»*Korr*, und nicht wenige«, pflichtete Rammar bei, von der Begeisterung des Augenblicks getragen.

»Und jetzt sollen wir uns hier in unserem Thronsaal verkriechen, während unserem Reich Gefahr droht? Das kann nicht dein Ernst sein, Rammar! Wir beide, du und ich, sind die Könige dieser Insel! Wir müssen tun, was unsere Pflicht ist!«

»Pflicht.« Rammar spuckte das Wort aus wie ausgelutschten Schlammlakritz. »Du hast wohl zu viel Zeit mit den Milchgesichtern verbracht, was? Wir sind Orks, Hirnfurz! Wir tun das, was uns gefällt, so was wie Pflicht kennen wir nicht!«

»Aber wir suchen nach Ruhm und Ehre – und da draußen werden wir sie finden, das weiß ich«, versicherte Balbok mit jetzt leuchtenden Augen. Er hatte sich in seinen Vortrag ziemlich hineingesteigert, und seine Begeisterung wirkte ansteckend ...

»Ein Hoch auf unsere erlauchten Herrscher!«, rief Oisal und rammte seinen Kastellanstab mehrfach auf den Boden. »Die ihr eigenes Leben einzusetzen wagen, um das ihrer Untertanen zu schützen!«

»Wirst du wohl mit deinem Geschwätz aufhören, du dämlicher *umbal*?«, zischte Rammar zu Balbok hinüber. »Halt bloß die Schnauze, ehe wir nicht mehr zurückkönnen ...«

Doch es war bereits zu spät.

Die *faihok'hai* kamen der Aufforderung Oisals nach und ließen die Könige ebenfalls hochleben, bejubelten sie dafür, dass sie die Sicherheit ihres Thronsaals verlassen und sich selbst hinaus in die Fremde begeben würden, um Kuruls Keule – oder was immer es sonst sein mochte, das vor nunmehr fünf Tagen vom Himmel gefallen war – genauer in Augenschein zu nehmen.

»Bal-bok! Bal-bok! Bal-bok!«, schrien die Leibwächter auf der einen Seite des Thronpodests.

»Ram-mar! Ram-mar! Ram-mar!«, brüllten die auf der anderen. Ihre gelben Augen glühten, und ihre heiseren Stimmen überschlugen sich dabei.

Genau das war eingetreten, was Rammar hatte vermeiden wollen – er konnte nicht mehr zurück, ohne sein rundes Gesicht zu verlieren. Und kein anderer als sein geistig minderbemittelter Bruder hatte ihm diesen *bru-mill* eingebrockt.

Einen ganzen Schwall an orkischen Verwünschungen ausstoßend, schob Rammar seinen *asar* vom Thron und watschelte aus dem Saal, begleitet vom begeisterten Gebrüll der *faihok'hai*. »Huldigt ihm!«, schrie Oisal dazu. »Erweist eurem König Respekt angesichts der Heldentaten, die zu erwarten sind, wenn sich ein Herrscher wie Rammar der schrecklich Rasende vom Thron erhebt und seine Höhle verlässt! Was ist es, mein Gebieter? Welche Großtat wollt Ihr als Erstes vollbringen?«

»Was wohl?«, rief Rammar über die Schulter zurück. »Ich geh erst mal pissen.«

3.

SHADAQ'HAI ANN DORASH

Vom spärlichen Mondlicht abgesehen, das durch einen Felsspalt in der hohen Decke fiel, waren orangerote Funken die einzige Lichtquelle, die die Waffenkammer erhellte.

In hohem Bogen flogen sie und beleuchteten Rammars verkniffene Miene, während er den gebogenen Stahl über den Schleifstein zog. Das Geräusch, das dabei entstand, war so grässlich, dass selbst die Ratten in dem Gewölbe quiekend die Flucht ergriffen. In orkischen Ohren hörte es sich gewöhnlich wie Musik an – doch in dieser Nacht vermochte es Rammar nicht zu trösten. Zu schlecht war die Stimmung, in die er verfallen war, zu düster seine Gedanken.

»Ach, da bist du!«

Rammar verdrehte die Augen, als er die Stimme seines Bruders hörte. Er drehte sich nicht nach ihm um. »*Korr*«, bestätigte er nur und hob den Stahl vom Wetzstein, um ihn im einfallenden Mondlicht zu betrachten.

»Und was machst du gerade?«, fragte Balbok neugierig und trat ein.

»Wonach sieht es denn aus, *umbal*? Ich schärfe den *saparak*, was sonst?« Wieder zog er die gebogene Schneide über den Stein, dass es quietschte und schrillte, und erneut flogen Funken. Der *saparak* war die bevorzugte Waffe des Orks – eine mächtige Klinge, die sich wahlweise zum Schneiden, Schlagen oder Werfen einsetzen ließ und die bei ordentlicher Pflege und sachgemäßer Handhabung in der Lage war, einen Gegner vom Scheitel bis zur Sohle zu spalten ... Zugegeben, auf dem Kontinent mochten inzwischen andere Waffen im Gebrauch sein, die grässlichen Radau machten und in der Lage waren, einen Gegner über eine weite Entfernung hinweg in Kuruls Grube zu befördern. Aber Balbok und Rammar entstammten noch einer anderen Zeit. Und als Abkömmlinge dieser Zeit hielten sie an ihren Traditionen fest.

»Also bist du mir nicht böse?«, fragte Balbok leise.

»Warum sollte ich dir böse sein?« Rammar nahm den *saparak* in der Mitte und prüfte seine Balance – er war klobig und kopflastig, wie es sich für einen vernünftigen Totschläger gehörte. Und als Rammar mit ihm durch die Luft hieb, ließ er ein feindseliges Pfeifen vernehmen. »Weil du wieder mal dein großes Maul nicht halten konntest? Weil du uns in diese Geschichte reingequatscht hast? Weil ich wieder mal den *bru-mill* auslöffeln darf, den du uns einge-brockt hast?«

»Aber Rammar, ich hab doch nur ...«

»Kein Wort mehr.« Erst jetzt drehte sich Rammar zu seinem Bru-der um. Der Blick, den er ihm aus seinen kleinen Schweinsäuglein schickte, war vernichtend. »Erzähl mir jetzt nicht, du hättest das nicht gewollt. Du willst, dass wir da rausgehen und unsere *asar'hai* aufs Spiel setzen. Du willst, dass wir uns in Gefahr bringen und womöglich noch darin umkommen. Wahrscheinlich kreisen in dei-nem Faulhirn irgendwelche Heldenträume herum.«

»*Douk*«, wehrte Balbok ab, »das ist es nicht. Ich ...«

»Was gefällt dir nicht an unserem Leben? Hast du ein Problem damit, immer eine gut gefüllte Schüssel *bru-mill* zur Klaue zu ha-ben? Immer einen Krug mit altgelagertem Blutbier?«

»*Douk*, das ist es auch nicht. Ich ...«

»Sehnst du dich so sehr danach, in Kuruls dunkle Grube zu springen, dass du es gar nicht mehr abwarten kannst? Dieses ganze Gerede darüber, dass unsere Zeit begrenzt ist und wir sterben müs-sen! Ist dir das Hirn nun endgültig eingesülzt?«

»Doch es ist wahr, Rammar«, wandte Balbok ein. »Wir werden nicht ewig auf dieser Welt sein ...«

»... aber das bedeutet auch nicht, dass wir es noch unnötig beschleunigen müssen, Trollhirn!«, fuhr Rammar ihn an. »Warum ist es so schwer für dich, einfach mal das Maul zu halten und Ruhe zu geben?«

»Aber Rammar! Wir sind Krieger! Orks aus echtem Tod und Horn! Wir müssen uns bewähren!«

»Einen *shnorsh* müssen wir!«, unterbrach Rammar ihn barsch. »Wir sind schon Könige, hast du das schon vergessen? Wir brauchen gar nichts mehr zu tun außer fressen und saufen und dem Gegenteil davon, so wie Herrscher das eben machen.«

»Du hast Angst«, stellte Balbok fest.

»Was?«

»Du fürchtest dich vor dem, was da draußen sein könnte«, erwiderte Balbok leise.

»Das wirst du zurücknehmen, auf der Stelle!«, verlangte Rammar, und wie um seinen Worten Nachdruck zu verleihen, hob er den *saparak*.

»Aber Rammar ...«

»Nimm es sofort zurück, oder ich schlitz dich auf und nehm dich aus wie Borsh den Stinkfisch!«

Balbok wich zurück, im ersten Moment erschrocken. Doch bei allem Erschrecken über die heftige Reaktion seines Bruders erwachte im nächsten Moment eine seiner hervorstechendsten Eigenschaften – seine Sturheit.

»*Douk*«, erwiderte er, »das werde ich nicht, weil ich nämlich recht habe.« Und im nächsten Moment hielt auch er einen *saparak* in den Klauen, den er kurzerhand aus einer der Halterungen an der Wand pflückte.

»Das willst du nicht wirklich«, stieß Rammar zwischen zusammengebissenen Zähnen hervor.

»*Douk*«, gab Balbok kopfschüttelnd zu. »Aber wenn du Streit anfängst ...«

Statt zu antworten, hieb Rammar einfach zu. Sie hatten genug geredet, fand er. Konflikte mit Worten zu lösen war ohnehin eher eine Domäne der Menschen und seiner Ansicht nach überbewertet. Der *saparak*, den er in einer engen Kurve führte, pfiff durch die Luft und prallte auf Balboks Klinge.

Es klirrte, dass es von der Höhlendecke widerhallte, und wieder flogen Funken, die die Gesichter der Kämpfenden orangerot beleuchteten. Mit einem Keuchen hob Rammar seine Waffe und schlug abermals zu, schneller und geschickter, als man es ihm aufgrund seiner Leibesfülle zugetraut hätte. Doch nach all der Zeit, die er faul auf seinem Thron gesessen hatte, hatte Rammar der schrecklich Rasende fast vergessen, wie anstrengend so ein Zweikampf war. Sein Herz hämmerte in der Brust, das Blut rauschte in seinen Ohren, sodass er beschloss, es zu beenden. In einem überraschenden Ausfall sprang er vor und brachte einen waagrechten Hieb an, heftig genug, um seinen Bruder in der Körpermitte zu teilen – Balbok jedoch reagierte blitzschnell und ließ seinen hageren Oberkörper kurzerhand zurückpendeln, sodass die Klinge ins Leere schnitt.

Darauf war Rammar nicht gefasst. Außer Atem, wie er war, fehlte ihm die Kraft, die Wucht des Hiebes abzufangen, und so drehte er sich weiter, wirbelte wie ein Kreisel davon und krachte gegen eines der Waffenregale an der Höhlenwand.

Mit einem dumpfen Geräusch prallte er ab, taumelte ein, zwei Schritte zurück und fiel dann auf den Rücken. Wie ein riesiger Käfer blieb er liegen und versuchte strampelnd, wieder auf die Beine zu kommen, was ihm aber nicht gelang.

»Na los, worauf wartest du?«, fuhr er Balbok an. »Bring es zu Ende, du langes Elend, darauf wartest du doch schon die ganze Zeit! Schick den alten Rammar in Kuruls Grube!«

Balbok, der das Benehmen seines Bruders höchst seltsam fand, kratzte sich nachdenklich am spärlich behaarten Hinterkopf. Dann ging er zu ihm, packte ihn am Kragen seiner ledernen, nach Orkschweiß riechenden und mit unzähligen *bru-mill*-Flecken übersäten Rüstung und zog ihn auf die kurzen Beine.

»Das … ist anständig von dir«, gab Rammar widerstrebend zu, während er erneut den *saparak* hob. »Ich werde daran denken, wenn ich dir den *kro-buchg* versetze. Ich sorge auch dafür, dass es schnell geht und keine allzu große Sauerei macht.«

»Rammar«, meinte Balbok, »wollen wir nicht lieber damit aufhören?«

»Du gibst auf?«

Balbok starrte ihn ungläubig an.

»Was?«, fragte Rammar nur.

»*Korr*«, willigte Balbok ein und ließ seine Waffe sinken, »ich gebe auf.«

»Und nimm auch alles zurück, was du gesagt hast.«

»*Korr*, auch das«, gestand Balbok zu und zuckte mit den knochigen Schultern. »Wenn du nur Ruhe gibst.«

»*Korr*.« Rammar ließ sich dort, wo er stand, erschöpft zu Boden fallen. »Tut gut, so ein Sieg«, meinte er dann. »Obwohl ich zugeben muss, dass ich ein bisschen eingerostet bin.«

»Ich auch«, erwiderte Balbok seufzend. »Wir sind nicht mehr die, die wir mal waren.«

»Aber noch längst kein altes Eisen«, wandte Rammar ein. »*Douk.*«

Eine Weile lang saßen sie in der schummrigen Dunkelheit und sagten nichts, lauschten nur Rammars rasselndem Atem.

»Rammar?«, fragte Balbok dann.

»Was?«

»Ich habe Angst.«

»Ich weiß.« Rammar nickte. »Das ist typisch für dich.«

»Mut bedeutet nicht, keine Angst zu haben. Sondern sie nicht zu zeigen«, erwiderte Balbok.

»Wo hast du den Schmarren denn her?«

»Von den Menschen.«

»Und ausgerechnet das hast du dir gemerkt?« Rammar sah ihn zweifelnd an. »Lass die Milchgesichter denken, was sie wollen, ein Ork aus echtem Tod und Horn kennt keine Angst, merk dir das.«

»Ja, Rammar.«

»Und lass das ständige Gerede vom Tod. Davon krieg ich Blähungen.« Wie um seine Worte zu unterstreichen, ließ der feiste Ork ein knatterndes Darmgeräusch folgen.

»Ja, Rammar.«

»Dieses Ding ist da draußen – und was immer es ist, es hat auf unserer Insel nichts zu suchen. Wir werden hingehen, es in den *asar* treten und davonjagen.«

»*Korr*«, stimmte Balbok zu.

»Eins würde ich nur gerne wissen«, fügte Rammar verdrießlich hinzu, während er seinen Blick im Halbdunkel der Waffenkammer umherschweifen ließ. »Warum habe ich das dämliche Gefühl, dass ich das alles hier nie wiedersehe?«

4.

ORSON RICHG'S UNUR

In den Tagen vor dem Aufbruch waren die Gänge und Hallen im Königspalast von Dinas Lan von Unruhe erfüllt.

Es war die erste Expedition dieser Art, die König Askanor angeordnet hatte, und die Tatsache, dass einer seiner beiden Söhne sie anführen würde, ließ erkennen, welch hohe Bedeutung er dieser Unternehmung beimaß.

Askanor war nie ein Mann der Tat gewesen.

Von seinem Vater Iliador, dem schon zu seinen Lebzeiten der Beiname *breuthyr* – der Träumer – verliehen worden war, hatte er ein innerlich gefestigtes und an den Grenzen gesichertes Reich geerbt, und über viele Winter hatte es keiner besonderen Maßnahmen bedurft, um es zu schützen und vor Schaden zu bewahren. Der *serentir*, den der Zauberer Qoray mit der Macht uralter Elfenkristalle erschaffen hatte, hatte es Askanor ermöglicht, seine Truppen im Bruchteil eines Augenblicks von einem Zentrum des Reiches in ein anderes zu verlegen. Die Gefahr einer Überdehnung des elfischen Machtbereichs hatte sich danach nicht mehr gestellt, die Krisen an den Grenzen waren allesamt überwunden. Seit beinahe einhundert Jahren war es ruhig. Doch jetzt gab es Gerüchte, dass sich im fernen Land Arun, das einst Drachenland gewesen war, etwas zusammenbraute.

Eine neue, unbestimmte Bedrohung, der man auf den Grund

gehen musste, ehe daraus eine Gefahr für das Reich erwachsen konnte ...

Liatha war von Sorge erfüllt.

Vom Balkon ihres Gemachs aus blickte sie in den Innenhof, wo sich ein Teil der Legionäre auf den langen und gefahrvollen Marsch nach Süden vorbereitete.

Unwillkürlich fragte sie sich, wie viele der jungen Männer und Frauen man in Dinas Lan wohl niemals wiedersehen würde; wie viele von ihnen nicht zurückkehren würden, weil sie irgendwo in der feindseligen Fremde, die jenseits der Grenzen des Elfenreiches herrschte, in den Wassern reißender Flüsse ertrunken waren oder in den dampfenden Dschungeln Aruns ein grässliches Ende fanden ...

Liatha fühlte Tränen in ihren Augen brennen. Eine unbestimmte Trauer erfüllte sie schon jetzt, da die Stunde des Abschieds nahte. Wobei ein Abschied ihr ganz besonders schwerfallen würde ...

»Woran denkst du?«

Sie schloss die Augen, ein Schauer durchrieselte sie. Wie lange, so fragte sie sich, würde sie diese so vertraute und lieb gewonnene Stimme wohl nicht mehr hören? Würde sie sie jemals wieder vernehmen können, wenn die Expedition erst aufgebrochen war?

Liatha wandte sich um.

Curran stand unter dem schmalen Bogen des Eingangs. Er trug bereits seine Rüstung, der silberne Harnisch glänzte im einfallenden Tageslicht. Liatha weidete sich an seiner stattlichen Erscheinung, an der Ebenmäßigkeit seiner von langem blondem Haar umrahmten Züge, am Blick seiner tiefblauen Augen, der ihr zu sagen schien, dass alles gut werden würde.

»*Shumai*, Geliebter«, sagte sie. Es klang leiser und zaghafter, als sie beabsichtigt hatte.

»Nenne mich nicht so«, bat er. »Ich habe dir meinen geheimen Namen genannt.«

»*Dracalón*«, flüsterte sie. Der *essamuin* war ein Geheimnis, das Elfenmänner oft ihr Leben lang hüteten. Es jemandem anzuvertrauen, war der größte aller Vertrauensbeweise. Es bedeutete, jemandem sein wahres Wesen zu offenbaren und einander auf ewig verbunden zu sein, verwandte Seelen ...

Ein Lächeln erschien daraufhin auf Currans Gesicht. »*Plynfala*«, sprach er den Namen aus, den er ihr gegeben hatte, da Elfinnen keinen *essamuin* besaßen. Er hatte ihn ausgewählt, weil ihre zerbrechlich wirkende Gestalt und ihr leichtes Gemüt ihn stets an eine Feder erinnerten. Die Bedeutung seines geheimen Namens zu deuten – Drachenherz – war ungleich schwieriger; was der *essamuin* tatsächlich bedeutete, erschloss sich oft erst spät in dem überaus langen Leben, das die Söhne Sigwyns fristeten.

Er trat über die Schwelle, und sie eilte ihm entgegen, umweht von ihrem weißen Seidenkleid, das sie als Zeichen ihres Standes trug. Wie Curran war auch sie von hoher Geburt, und ihre Verbindung hatte stets unter einem guten Stern gestanden – doch nun sollte die Vertrautheit, die sie miteinander hegten und die über einen langen Zeitraum hinweg gewachsen war, einer schrecklichen Bewährungsprobe unterzogen werden.

Sie lief in seine Arme, und er drückte sie fest an sich, doch spürte sie bereits nicht mehr die Wärme seines Körpers und den beruhigenden Schlag seines Herzens, sondern nur das kalte Metall des Harnischs. Seine Rüstung war von den besten Schmieden gefertigt und würde ihn so gut schützen, wie elfischer Stahl es nur vermochte. Doch konnte auch sie ihn nicht unverwundbar machen …

»Du siehst bedrückt aus«, stellte er fest.

»Sollte ich nicht bedrückt sein, wenn der Mann, den ich liebe, in den Krieg zieht?«

»Es ist kein Krieg«, verbesserte er, »nur eine Expedition. Wir wissen nicht, was in den Südlanden vor sich geht.«

»Und das beunruhigt mich.« Sie löste sich ein wenig aus seiner Umarmung und sah an ihm empor. Der silberne Reif, der ihn als Spross des Königshauses auswies, zierte seine Stirn – der purpurne Amethyst des Thronfolgers allerdings fehlte darin.

»Du musst dir keine Sorgen machen, Federchen.« Curran lächelte wieder, strich sanft über ihr schwarzes Haar, das ihr fast bis zu den Hüften reichte. »Im Auftrag meines Vaters werde ich gen Süden ziehen und dort nach dem Rechten sehen, Vermutlich ist alles in Ordnung, sodass ich schon bald wieder zurück sein werde. Schließlich haben wir bislang nichts vernommen außer den Gerüchten, die

die Dryaden in die Welt gesetzt haben, und du weißt, wie diese Baumwesen sind.«

»Aber möglicherweise verbirgt sich auch mehr dahinter«, beharrte Liatha. »Das Böse verbarg sich einst im Dschungel von Arun, und womöglich ist es noch immer da. Es heißt, dass dort noch immer Drachen hausen und anderes Echsengezücht.«

»Ich weiß auf mich zu achten«, suchte Curran sie zu beruhigen. »Und falls ich einmal nicht auf der Hut sein sollte, habe ich immer noch meine Kameraden zur Seite – den tapferen Dufanor, den wackeren Hirulon, den starken Narkon und all die anderen, die mit mir reiten.«

»Und dafür bin ich ihnen von Herzen dankbar«, versicherte Liatha, »aber sie alle sind nicht vom selben Blut wie wir, sondern von niedrigem Stand und deiner nicht würdig.«

»Dennoch würde ich ihnen jederzeit mein Leben anvertrauen«, versicherte Curran. »Sie sind wie Geschwister für mich.«

»Du hast bereits einen Bruder …«

»Allerdings.« Er nickte.

»Warum geht Cullan nicht an deiner Stelle? Schließlich wird er es sein, der einst den Thron eures Vaters besteigen und über das Reich herrschen wird – wäre es da nicht seine Aufgabe, für die Sicherheit des Reiches zu sorgen? Schickt er womöglich dich, weil sein Mut nicht dazu ausreicht?«

Currans blaue Augen sahen sie prüfend an. Für einen Moment hatte sie das Gefühl, dass er etwas sagen, sie womöglich sogar zurechtweisen würde. War sie zu weit gegangen?

»Mein Bruder«, entgegnete Curran dann jedoch ruhig, »hat sich als zukünftiger König vielen Herausforderungen zu stellen. Dies jedoch ist meine Aufgabe, meine Chance zur Bewährung. Mein Vater hat mich oft spüren lassen, dass er mich für den geringeren seiner Söhne hält, nun kann ich ihm beweisen, dass ich Cullan ebenbürtig bin. Ich tue es für seinen Ruhm nicht mehr als für den meinen, für das Reich nicht mehr als für uns beide und für die Zukunft, die wir zusammen haben werden, wenn wir …« Er brach plötzlich ab, und sie hatte das Gefühl, dass er noch etwas sagen wollte, es sich aber selbst verbot.

»Ich tue es für dich, Plynfala«, sagte er schließlich. »Um deiner, deiner Schönheit und unsterblichen Seele würdig zu sein.«

»Du bist es längst«, versicherte sie. »Dein Vater jedoch, unser König, ist bei all seiner Macht und Weisheit mit Blindheit geschlagen. Wäre es anders, so würde er sehen, was für mich längst offensichtlich ist, und dir und nicht deinem Bruder die Krone des Reiches anvertrauen.«

»Sprich nicht so, ich bitte dich. Cullan ist schon immer derjenige von uns gewesen, den das Schicksal begünstigt. Die Herzen fliegen ihm nun einmal zu, das meines Vaters ebenso wie die unserer Untertanen. Es war von jeher seine Bestimmung, dereinst König des Elfenreiches zu werden.«

»Er wird auf dem Thron eine gute Figur machen, das steht außer Frage«, räumte Liatha ein. »Der wahre Herrscher jedoch wirst von euch beiden immer du sein, Geliebter. Und ich bin überzeugt, dass die Untertanen auch dir ihre Herzen schenken würden, nicht weniger, als sie es bei Cullan tun.«

»Mir genügt es, wenn mir eine davon ihr Herz schenkt«, erwiderte er lächelnd.

»Das hat sie bereits – vergiss das niemals, *Dracalón*.«

Damit beugte er sich zu ihr hinab, ihre Lippen begegneten sich in einem innigen Kuss, und ihre Seelen berührten einander. Es war ein Augenblick vollkommenen Glücks, und Liatha flehte das Schicksal an, die Zeit möge verharren und dieser Moment niemals enden.

Doch ihr Wunsch wurde nicht erhört.

5.

NIFFUL KUNNART

Im Morgengrauen hatten sie die Königsfestung verlassen. Mit nur zwei Wachtürmen und seiner aus Trümmern zusammengesetzten Mauer mochte der *korzoul* nicht so viel hermachen wie andere Festungen, die Balbok und Rammar im Lauf ihrer Abenteuer gesehen hatten, doch es war immer noch sehr viel mehr als der *bolboug*, in dem sie einst ihre Jugend verbracht hatten. Und außerdem war es ihre Festung und damit die größte und trutzigste der Welt.

Vielleicht war das der Grund, weshalb Rammar eine seltsame Wehmut befiel, als er sich auf dem Hügelkamm noch einmal umwandte. Es mochte aber auch daran liegen, dass ihn erneut jene hässliche Vorahnung überkam, die ihn immer wieder ereilte, seit jenes fremde Ding niedergegangen war und eine Säule aus Staub und Rauch hinterlassen hatte, die in der Ferne noch immer zu sehen war und als Wegweiser diente.

War es womöglich tatsächlich Kuruls Keule, die auf ihrer Insel eingeschlagen hatte? Hatte das Ende aller Zeiten begonnen? War der Weltenfresser bereits unterwegs, um alles zu verschlingen?

Rammar hätte sich lieber eigenhändig die Zunge herausgerissen, als es offen zuzugeben, aber die bloße Vorstellung ließ ihm das Blut in den Adern gefrieren. Dass Balbok es trotzdem noch fertigbrachte, mutig zu tun, lag nach Rammars Dafürhalten nur daran, dass er zu dämlich war, die drohende Gefahr zur Gänze zu begreifen. Aufrecht saß er auf seinem Gaul und ritt dem Kriegstrupp voraus – während Rammar in seiner Sänfte hinterhergetragen wurde.

Zuerst hatte er es ebenfalls mit Reiten versucht, aber das Pferd war kläglich wiehernd unter ihm zusammengebrochen. Und da Rammar nur wenige Dinge so verabscheute wie das Gehen zu Fuß, hatte er beschlossen, die Strecke in seiner gewaltigen, holzgezimmerten Sänfte zu bewältigen, die acht *faihok'hai* gleichzeitig schleppten. Es war eine wackelige, unentwegt schaukelnde Angelegenheit, und Rammar musste aufpassen, dass ihm dabei nicht übel wurde. Aber es war immer noch besser und außerdem sehr viel würdevoller, als sich zu Fuß fortzubewegen.

Von der zerklüfteten Nordküste aus führte der Weg nach Südosten, vorbei an einigen *bolboug'hai*, deren Bewohner zunächst nur ungläubig glotzten, ihren Königen dann aber freudig zujubelten, nachdem Rammar es unter Androhung von Todespein befohlen hatte. Davon, dass einst Schmalaugen die Insel bevölkert hatten, war kaum noch etwas zu bemerken, nur ein paar verstreute Ruinen kündeten von ihrer früheren Anwesenheit, und auch sie würden bald unter den Schlingpflanzen des Urwalds verschwunden sein, der den größten Teil der Insel überwucherte. Die Natur hatte sich das Eiland, das die Elfen einst als die »Fernen Gestade« bezeichnet hatten, längst wieder zurückerobert. Es gab wieder Gnomen und anderes Gesocks, und abgesehen von den Scharmützeln, die immer wieder mal aufflammten, trugen die Orks nichts dazu bei, dies zu ändern. Denn Orks waren Krieger und bestenfalls Jäger – alles andere war ihnen zu anstrengend oder zu langweilig.

Oder beides.

Gegen Mittag rasteten sie, aber auch der salzige Geschmack der gepökelten Trollhaxe, die sie aus der Speisekammer mitgenommen hatten, vermochte Rammars düstere Gedanken nicht zu vertreiben. Die Sonne hatte ihren höchsten Stand noch nicht erreicht, als sie den Marsch fortsetzten, karge Hügel hinauf, über deren fast kahle Kuppen ein eisiger Wind strich. Dazu zogen von Westen her dunkle Wolken auf, die sich drohend am Himmel ballten und mit der grauen Rauchsäule mischten.

Rammar befahl den *faihok'hai*, ein Kriegslied anzustimmen, einen heiteren Gesang von gebrochenen Knochen und gespaltenen Schädeln. Doch viel mehr als ein heiseres Krächzen, das der Wind sogleich wieder davontrug, brachten die Krieger nicht zustande. Beklemmung lag in der Luft, Rammar konnte es spüren, und er hätte sein Gewicht in Gold darauf verwettet, dass es an dem verdammten Ding lag.

Alles in ihm verkrampfte sich, er hatte nicht einmal mehr Appetit. Und obwohl es ihm am liebsten gewesen wäre, sie hätten das Ziel ihres Marsches nie erreicht, verspürte er doch eine seltsame Erleichterung, als sie endlich dort anlangten. So wie man erleichtert war, wenn die Anspannung vor einer Schlacht endete und sich in einem grausamen, wilden Blutbad entlud …

»Wir sind da«, erklärte Balbok überflüssigerweise. Er hatte sein Pferd neben Rammars Sänfte gelenkt und saß nach wie vor aufrecht im Sattel, die langen Arme auf den Knauf gestützt.

»Was du nicht sagst, Faulhirn.« Rammar hatte sich in der Sänfte aufgerichtet, um einen Blick in die vor ihnen liegende Senke zu werfen.

Es war ein von einem Geröllwulst umgebener Krater, in Form und Größe nicht unähnlich dem, über dem ihre Königsburg errichtet war – nur dass dieser hier erst wenige Tage alt war.

Was immer aus dem Himmel gestürzt und hier niedergegangen war, hatte eine schwärende Wunde in Fels und Erdreich hinterlassen, so tief, dass man den Grund vom Kraterrand aus nicht erkennen konnte. Die graue Säule, die über dem Krater lag, wirkte aus der Nähe betrachtet eher wie ein zäher Nebel, der den Grund des Kraters einhüllte und wie Dampfschwaden aus dem Kessel eines Zauberers daraus emporstieg. Von dem Ding selbst war nichts zu sehen.

»Hm«, grunzte Rammar. »Sieht harmlos aus.«

»Spürst du es nicht?«, fragte sein Bruder.

»Was meinst du?«

»Da ist etwas«, entgegnete Balbok beinahe flüsternd. »Irgendwo da unten. Es ruft nach uns …«

»Schmarren«, blaffte Rammar zurück, »das bildest du dir nur ein.«

»Wenn du meinst.« Balbok stieg aus dem Sattel, den *saparak* trug er auf dem Rücken.

»Was hast du vor, Schmalhirn?«

»Ich werde runtergehen und mir die Sache aus der Nähe ansehen«, kündigte Balbok an. »Vielleicht wissen wir dann bereits mehr.«

»Wenn du es dir ansiehst, bestimmt nicht.« Ächzend richtete

sich Rammar vollends auf und schickte sich an, sich von der Sänfte zu rollen. Zwei Krieger kamen ihm dabei zur Hilfe und gingen unter seinem Gewicht nieder. Rammar selbst landete wackelig auf den dicken Beinen.

»Ich werde mitkommen«, erklärte er feierlich und zur sichtlichen Erleichterung der *faihok'hai*. »*Wir alle* werden mitkommen«, verbesserte er sich deshalb schnell.

Die Leibwächter waren nicht begeistert, wussten aber aus Erfahrung, dass es der Gesundheit nicht zuträglich war zu widersprechen. Also griffen sie nach ihren Speeren, Bogen und *saparak'hai* und bereiteten sich auf den Kampf vor – auch wenn weit und breit kein Gegner zu sehen war. Nur jener undurchdringlich graue Nebel, der dort in der Tiefe waberte.

»*Korr*«, stieß Rammar zwischen verwegen gefletschten Zähnen hervor. »Los, Balbok!«

»Wieso ich?«

»Weil du der König bist, deshalb.«

»Das bin ich«, bestätigte Balbok grimmig und wollte bereits über den Kraterrand steigen – als er sich noch einmal umwandte. »Und wenn ich auch den Verstand verliere wie die anderen, die wir geschickt haben?«

»Da kannst du ganz beruhigt sein«, beschwichtigte Rammar ihn. »Was man nicht hat, das kann man auch nicht verlieren.«

»*Korr*«, bestätigte Balbok – das leuchtete ihm ein. Mit einer beherzten Geste zückte er seinen *saparak* und setzte über den Rand des Kraters.

Es klirrte leise, als er im abschüssigen Geröll landete, das aus schwarzer, glasig schimmernder Schlacke zu bestehen schien. Sonst geschah nichts.

»Alles in Ordnung?«, fragte Rammar misstrauisch.

»*Korr.*« Balbok nickte. »Ich kann noch denken.«

Rammar ersparte sich eine Erwiderung und schickte sich ebenfalls an, den Kraterrand zu überwinden. Es sah weniger elegant aus als bei Balbok, auch deshalb, weil er mit einem Fuß hängen blieb und ins Taumeln kam. Mit den kurzen Armen rudernd, versuchte er noch, sich auf den Beinen zu halten, aber es war zu spät – mit dem Gesicht voraus stürzte er zu Boden und überschlug sich. Auf dem *asar* sitzend fand er sich wieder, zur Heiterkeit der *faihok'hai*.

»Was gibt es da zu lachen, ihr dämlichen Hunde?«, donnerte er zum Kraterrand hinauf, während er sich mühsam wieder auf die Beine raffte. »Seht gefälligst zu, dass ihr zu uns aufschließt. Oder muss ich nachhelfen?«

Das wollte keiner der königlichen Leibwächter – alles in allem fünfzehn grimmige, bis unters kantige Kinn bewaffnete Krieger, die den Wulst nun ebenfalls überwanden und sich auf Rammars Geheiß schützend um ihn scharten. So zogen sie weiter, den von Schutt und Scherben übersäten Hang hinab zum Grund des Kraters. Balbok, der wiederum vorausging, schnüffelte.

»Riechst du das auch, Rammar?«

»Und ob – es stinkt zum Davonlaufen!« Auch Rammar hielt seine Schnauze in den Wind und schnüffelte. »Irgendwo hab ich das schon mal gerochen.«

»Ich auch«, war Balbok überzeugt.

Je näher sie dem Grund des Kraters kamen, desto stärker wurde der Geruch. Rammar war sicher, ihn schon mal in der Nase gehabt zu haben, aber nicht in letzter Zeit. Es musste Jahrzehnte, wenn nicht ein ganzes Zeitalter her sein, was gut möglich war, da die Zeit auf ihrer Insel ja anderen Gesetzen gehorchte als auf dem Kontinent. Elfenmagie hatte einst dafür gesorgt ... und plötzlich dämmerte Rammar, woher er diesen erbärmlichen Gestank kannte! Es roch nach *dhruurza*!

Nach Zauberei!

»Halt«, zischte er, »keinen Schritt weiter! Wir ...«

Doch seine Warnung kam zu spät.

In diesem Moment – der Spähtrupp erreichte soeben die Ausläufer des grauen Nebels – war es, als würden die Krieger gegen ein unsichtbares Hindernis laufen. Oder von Fäusten getroffen würden, die niemand sehen konnte.

Sie zuckten zusammen und wankten, einige schrien auf, so als hätte sie ein unsichtbarer Pfeil durchbohrt. Und im nächsten Moment brachen sie zusammen.

Rammar fuhr herum, so alarmiert wie verständnislos.»Was hat das zu bedeuten?«

Die Krieger antworteten nicht, lagen in teils grotesker Verrenkung am Boden.

»Schluss mit dem Theater!«, wetterte Rammar und stampfte mit dem Fuß auf, während er drohend den *saparak* schwenkte.»Aufstehen, aber sofort! Ich befehle es euch!«

Der Blick seiner blutunterlaufenen Augen traf bald diesen und bald jenen *faihok*, aber keiner von ihnen machte Anstalten, dem Befehl Folge zu leisten und sich wieder zu erheben.

»Du, Rammar«, meldete Balbok sich zu Wort,»ich glaube, die können nicht!«

»Was soll das heißen, ›die können nicht‹? Als ich so alt war wie diese nutzlosen Kleiderständer, gab es so gut wie nichts, was mich umhauen konnte!«

Irgendjemand hinter ihm blies geräuschvoll durch den Rüssel. Rammar fuhr herum.

»Was gibt es da schon wieder zu lachen?«

Das Geräusch wiederholte sich, und einer der königlichen Leibwächter raffte sich auf die Beine. Der Helm saß schief auf seinem Kopf, auf seiner Orkfratze lag ein idiotisches Grinsen. Und im nächsten Moment brach er in schallendes Gelächter aus, das weithin durch den Krater hallte.

»Was fällt dir ein?«, tobte Rammar.»Still, oder ich …«

Da prustete der zweite *faihok* los, und dann noch ein dritter. Einer nach dem anderen erwachte aus der Ohnmacht, in die sie so schlagartig gefallen waren, und alle, vom einfachen Krieger bis zum Hauptmann, hatten jenen Glanz in den Augen, den Balbok und Rammar schon in den Augen der anderen Späher gesehen hatten. Den kalten Glanz des Irrsinns …

»Es ist wieder passiert«, stellte Balbok atemlos fest.»Sie haben alle den Verstand verloren!«

Entsetzt sah Rammar von einem zum anderen – die *faihok'hai*, ihre gefürchteten Leibwächter, gebärdeten sich wie von Sinnen. Einige lachten, andere schrien hysterisch. Ein paar hatten bereits die Flucht ergriffen und rannten davon, andere schlugen mit ihren

Waffen aufeinander ein. Und wieder ein anderer erleichterte sich in hohem Bogen.

»Wie ist das passiert?«, fragte Rammar verwirrt. »Eben waren sie doch noch ganz normal?«

»Ich weiß auch nicht.« Balbok zuckte mit den Schultern. »Vielleicht liegt es ja an diesem Nebel?«

»Schmarren, was soll denn der Nebel damit zu tun haben?«, quäkte Rammar – und dann kam ihm ein anderer, noch viel entsetzlicherer Gedanke. »Hat es uns auch erwischt?«, fragte er und griff sich an den Kopf, wie um zu prüfen, ob noch alles so war, wie es sein sollte.

»*Douk.*« Balbok winkte kopfschüttelnd ab. »Du weißt doch, was man nicht hat …«

»Du unverschämter Hirnfurz, sprich nur für dich!«, blaffte Rammar, der jetzt echte Panik bekam. Sein messerscharfer Verstand war etwas, worauf er sich schon immer viel eingebildet hatte – was sollte er nur ohne ihn anfangen?

Die *faihok'hai* waren inzwischen fort.

Fünf von ihnen lagen erschlagen in ihrem Blut, der Rest war schreiend davongerannt. Rammar war überzeugt, dass sie keinem von ihnen wiederbegegnen würden – und bedeutete das nicht, dass er noch klar denken konnte? Dass zumindest er nach wie vor Herr seines Verstandes war?

»Was auch immer es gewesen ist, wir sind davon offenbar nicht betroffen«, folgerte er, auf seinen klobigen Schädel deutend. »Ich jedenfalls habe meinen Verstand nicht verloren.«

»Ich auch nicht«, pflichtete Balbok bei. »Oder aber«, fügte er leiser hinzu, »wir merken nur einfach keinen Unterschied.«

6.

SUL'HAI-COUL-DHRUURZA

Sie drangen in den Nebel vor.

Zäh wie Trollschleim waberte er um ihre Füße, kroch immer weiter an ihnen empor, je tiefer sie hinabstiegen.

»Wie lange soll das noch so weitergehen?«, maulte Rammar. »Ich kann die Klaue schon kaum mehr vor Augen sehen.«

»Ich glaube, es ist nicht mehr weit«, erwiderte Balbok, der wie immer vorausging, den *saparak* beidhändig erhoben. »Ich glaube, wir ...«

Plötzlich verstummte er. Und im grauen Nebel war er schlagartig auch nicht mehr zu sehen!

»Langsam, *umbal*«, mahnte Rammar, der keuchend hinter ihm dreinwatschelte. Wie ein Schiff pflügte er durch die Schwaden, die sich um seine füllige Gestalt kräuselten. »Wo steckst du, verdammt noch mal?«

Von Balbok kam keine Antwort.

Rammar blieb stehen und sah sich im Nebel um.

Wohin er auch blickte, nur graue Schwaden. Kein Laut war zu hören. Alles, was Rammar wahrnahm, war klamme Kälte, die unter seine Rüstung kroch und ihn frösteln ließ.

»Ba-Balbok?«, stammelte er in die Stille.

»Hier drüben«, kam es zurück.

Rammar grunzte erleichtert. »Wo, verdammt noch mal?«

»Na hier!« Durch das trübe Grau glaubte Rammar jetzt einen Schemen auszumachen, der mit langen Armen winkte.

»Dämlicher Hund«, wetterte er drauflos, während er sich in Richtung der Gestalt in Bewegung setzte, »kannst du nicht besser aufpassen? Wenn du dich in dieser Suppe verläufst, bist du verlo...«

Rammar verstummte, als er im dichten Nebel gegen ein massives Hindernis stieß. Und weil er den *saparak* in der Rechten hielt und die Linke nicht wirklich gebrauchen konnte, schlug er abermals hin, dass Helm und Rüstung nur so schepperten.

»Aber Rammar, was machst du denn am Boden?«

»Ich bin müde, *umbal*.«

»Jetzt schon?«

Mit einer Verwünschung raffte sich Rammar wieder auf die Beine.

»Beim kopflosen Hirul, was war das, wogegen ich gestoßen bin?«

»Trümmer«, erwiderte Balbok. Obwohl er jetzt direkt neben Rammar stand, waren seine Züge nur undeutlich zu erkennen, so dicht war der Nebel. »Liegen hier überall verstreut.«

»Was denn für Trümmer?«

Rammar bückte sich, um das Ding in Augenschein zu nehmen, über das er gefallen war.

Die Oberfläche war schwarz und glasig, genau wie bei den Scherben, die den Krater übersäten, aber nicht schroff wie Gestein, sondern ganz glatt und mit deutlich herausgearbeiteten Kanten, die nur einen Schluss zuließen …

»Wozu das auch gehört haben mag, es ist nicht durch Zufall entstanden«, stellte Rammar fest, während er sich wieder erhob. »Jemand hat das gebaut.«

»Und wer?« Balbok schaute ihn fragend an.

»Woher soll ich das wissen? Orks jedenfalls nicht, dazu ist es viel zu widerwärtig glatt und gleichmäßig. Hutzelbärte vielleicht oder Milchgesichter … oder noch Schlimmeres.«

Rammar konnte nicht verhindern, dass ihm ein eisiger Schauer über seinen langen Rücken lief. Mit Zwergen und Menschen war nicht zu spaßen, aber sie hatten gelernt, mit ihnen fertigzuwerden – bei den *soul'hai-coul* allerdings, wie Orks Elfen zu nennen pflegten, sah es anders aus. Vor allem deshalb, weil sich die Schmalaugen von jeher auch mit Magie befassten, die jedem halbwegs gestandenen Ork zutiefst verhasst und zuwider war …

»Aber es gibt doch gar keine Schmalaugen mehr«, wandte Balbok ein. »Sie haben Erdwelt längst verlassen.«

»Aber sie sind auch schon zurückgekehrt«, gab Rammar zu bedenken. »Und sie haben Schiffe, auf denen sie durch die Wolken segeln können.«

»Du meinst … es ist so etwas gewesen? Dass ein Schiff der Schmalaugen hier abgestürzt ist?«

»Das ist wieder typisch für dich«, herrschte Rammar ihn an. »Immer denkst du dir solche Katastrophen aus!«

»Aber ...«

»Lass uns nach Hause gehen«, meinte Rammar. »Eines wissen wir jetzt auf jeden Fall – Kuruls Keule ist es nicht gewesen, die da vom Himmel gefallen ist.«

»Ein Glück.« Balbok atmete hörbar auf. »Aber sollten wir nicht noch weitersuchen?«

»Wonach denn? Ein Schiff der Schmalaugen ist vom Himmel gestürzt, und fertig. Kann ja mal vorkommen, für mich war es das.« Er schulterte seinen *saparak* und wollte sich schon abwenden, um wieder zum Kraterrand hinaufzusteigen, doch Balbok hielt ihn zurück.

»Und der Nebel?«, fragte er. »Und die unsichtbare Wand, gegen die unsere Leute gelaufen sind, kurz bevor sie den Verstand verloren haben?«

»Zauberei, was sonst?« Rammar zuckte mit den breiten Schultern.

»Und – wenn diese Zauberei auch zu uns kommt?«, bohrte Balbok weiter nach. »Wenn sie sich immer weiter über unsere Insel ausbreitet, was dann?«

Rammar starrte ihn an. Ein Teil von ihm – und das war der, der bei Weitem überwog – hätte seinen langen Bruder am liebsten mit dem *saparak* erschlagen, damit er endlich Ruhe gab. Ein anderer Teil jedoch sagte ihm, dass Balbok schon wieder recht hatte – und dass sie diesen Ort nicht verlassen konnten, ehe sie nicht genau herausgefunden hatten, was es mit alldem auf sich hatte.

»*Korr*«, stieß er misslaunig hervor, »gehen wir weiter. Aber wenn mir irgendetwas passiert ...«

»Ich weiß«, seufzte Balbok, während sie gemeinsam weiter in die grauen Schwaden vorstießen. »Dann redest du niemals wieder ein Wort mit mir.«

7.

GOSHDA KRO

Vor beinahe drei Monden hatten sie Dinas Lan verlassen. Mit fünf Schiffen waren sie zunächst gen Osten gefahren, den *Arfordyr* entlang und dann die Küste Aruns hinab, um in die Lande jenseits des *Cethad Mavur* zu gelangen, des großen Schutzwalls, der in alter Zeit errichtet worden war und das Elfenreich nach den wilden Südlanden hin sicherte. Die ganze Zeit über war das verwunschene Land dabei schemenhaft an Backbord zu erkennen gewesen, dunkel und drohend wie die Mauer einer uneinnehmbaren Festung.

In einer Bucht, die Schutz sowohl vor Stürmen als auch vor den Gefahren des Urwalds bot, waren sie schließlich vor Anker gegangen und hatten das Land betreten, in das seit den Drachenkriegen kein Spross Sigwyns mehr den Fuß gesetzt hatte – im Ganzen fünfhundert Legionäre, Glaiventräger und Bogenschützen, die unter Prinz Currans Führung den Gerüchten nachgehen sollten, die aus dem tiefen Arun in die Hauptstadt gedrungen waren. Gerüchten von unerklärlichen Vorfällen; von Schreien, die nachts durch den Dschungel drangen und nicht der Kehle von Tieren entstammten; von einem Beben, das den Boden des Urwalds erzittern ließ; und von einem Berg im Herzen der Dunkelheit, in den die alte böse Macht zurückgekehrt sei.

Die Dryaden, die nicht organisiert in Stämmen lebten, sondern in losen Sippen, hatten die Kunde von diesen Dingen an König Askanors Ohr getragen, und sie waren es auch, die Curran und den Seinen den Weg ins Ungewisse wiesen.

Der Marsch war beschwerlich.

Eine Straße oder auch nur einen Pfad, dem sie folgen konnten, gab es nicht. Jeder Schritt, mit dem sie in das grüne, nach Fäulnis und Moder riechende Dunkel vordrangen, musste dem Urwald mühsam abgetrotzt werden. Je weiter sie vorstießen, desto mächtiger wurden die Bäume und desto dichter das Gewirr der Flechten und des Schlingkrauts, sodass sie ihre Schwerter ziehen mussten, um sich einen Weg durch den Dschungel zu bahnen.

Nicht nur die Strapaze setzte den Söhnen und Töchtern Sigwyns zu, sondern auch die schwüle Feuchte, die in den dampfenden Wäldern Aruns herrschte, hinzu kamen die Gefahren einer Natur, die sie nicht kannten. Ein Fieber brach unter den Legionären aus, das einigen von ihnen das Leben kostete, weitere starben durch Schlangenbisse und den Angriff einer Kreatur, die nachts aus dem Verborgenen zuschlug und die sie nie wirklich zu sehen bekamen. Am nächsten Tag fanden sie den Leichnam eines Wachtpostens – oder vielmehr das, was das Raubtier von ihm übrig gelassen hatte. Es musste eine wahre Bestie gewesen sein.

Furcht hatte daraufhin unter Currans Leuten um sich gegriffen, zumal die Waldwesen von noch grässlicheren Wesen berichteten, die in der Tiefe des Dschungels hausten. Einige der Legionäre murrten, dass es besser wäre, sich zurückzuziehen und mit einer stärkeren Streitmacht wiederzukehren, doch bei Curran stießen sie auf taube Ohren. Mittels der acht Offiziere, die die Expedition begleiteten und die ihm durch persönliche Eide verbunden waren – unter ihnen die Generäle Dufanor und Aderyn sowie die Hauptleute Hirulon, Narkon und Korukan –, ließ er deutlich machen, dass er weder Zaudern noch Feigheit dulden würde, und erst recht keinen Widerspruch. Er ließ die beiden Legionäre, die sich offen beschwert hatten, vor aller Augen auspeitschen und stellte dadurch die Disziplin wieder her. Fortan wagte es niemand mehr, den Sinn der Expedition oder die Art und Weise ihrer Durchführung infrage zu stellen.

Als sie am vierundachtzigsten Tag tatsächlich jenen Berg erreichten, von dem die Dryaden berichtet hatten, hatten rund fünfzig Soldaten den Gewaltmarsch durch den Dschungel mit dem Leben bezahlt. Nur noch rund vierhundertundfünfzig waren es, die Curran aus dem todbringenden Dunkel des Urwalds führen konnte, die Hänge des Berges hinauf, der sich wie ein allmählich erwachender Riese aus dem grünen Bett erhob.

Je höher sie stiegen, desto deutlicher schälte sich der Berg aus Nebel und Dunst. Als riesiger schwarzer Koloss thronte er über ihnen, Krähen umkreisten den hohen Gipfel; und es dauerte nicht lange, bis die Legionäre ihm einen Namen gegeben hatten. *Maini-dan taitha* nannten sie ihn fortan – den dunklen Berg. Dass er vor langer Zeit bereits einen anderen Namen erhalten hatte und dass er diesen Namen sehr wohl kannte, behielt Curran für sich.

Er war kurz vor dem Ziel, das zu erreichen er so viele Mühen auf sich genommen hatte …

Da die Dryaden überzeugt waren, dass der Berg der Ursprung der unheimlichen Schreie und des geheimnisvollen Bebens sei, sandte Curran Späher aus, um einen Weg ins Innere zu finden. Ein Trupp unter Führung der tapferen Aderyn entdeckte den Eingang zu einer Schlucht, die sich mehr und mehr verengte, ehe sie in eine Kluft im Fels überging, die direkt in die Grundfesten des Berges zu führen schien. Dieser Kluft folgten sie, es war der neunzigste Tag der Expedition.

Curran und Dufanor ritten voraus, auf den beiden einzigen Pferden, die ihnen noch geblieben waren – die übrigen hatte der erbarmungslose Dschungel dahingerafft oder sie waren geflohen. Auch die letzten zwei Tiere schienen zu spüren, dass dies ein feindseliger Ort war, dass eine dunkle Macht von dem Berg ausging; fortwährend schnaubten sie oder schlugen mit den Hufen, sträubten sich dagegen, den Weg durch die Schlucht fortzusetzen. Doch Curran und sein Stellvertreter trieben sie ebenso unnachgiebig an wie die Soldaten unter ihrem Befehl.

Anfangs waren die Wände der Schlucht noch von Luftwurzeln und Moos überwuchert. Je weiter die Expedition jedoch vordrang, desto kahler wurde der schwarze Fels, bis er zuletzt kargen Mauern gleich zu beiden Seiten emporragte. Je mehr die beiden Wände sich einander zuneigten, desto dunkler wurde es. Die Wärme des Dschungels schien zurückzubleiben, nur feuchte Kälte blieb, die unter Kleider und Rüstungen kroch und mit klammer Hand nach den Herzen der Elfenlegionäre griff. Mit wachsender Furcht blickten sie an den Felswänden empor, so als ahnten sie das Unheil, das nur wenige Augenblicke später über sie hereinbrechen sollte …

Curran zügelte sein Pferd und hob die rechte Hand.

Der lange Zug der in Dreierreihen marschierenden Legionäre

blieb stehen. Curran drehte sein Tier herum und wandte sich seinen Leuten zu. Er bemerkte den Blick, den Dufanor ihm schickte.

»Legionäre«, wandte der Prinz sich an seine Untergebenen, seine Stimme hallte zwischen Wänden der Schlucht wider, »ihr seid weit gekommen. Ihr seid tapfer gewesen und habt alle Mühen durchgestanden, seid tief ins Herz des Waldes vorgedrungen. Und nun ist die Zeit gekommen, um die Waffen niederzulegen.«

Die Legionäre starrten ihn an.

Die Fassungslosigkeit war ihnen anzusehen, vermutlich fragten sie sich, ob auch ihn das Fieber erwischt hatte oder ob er sich zur Unzeit einen Scherz mit ihnen erlaubte. Doch Curran, Prinz von Dinas Lan, war es nie zuvor in seinem Leben mit etwas so ernst gewesen ...

»Den Kampf, der euch nun bevorsteht«, fuhr er fort, »werdet ihr nicht mit blanker Klinge führen und nicht mit Pfeilen. Legt eure Waffen deshalb nieder, ihr werdet ihrer nicht bedürfen.«

Die Soldaten zögerten, wechselten Blicke.

»Habt ihr nicht gehört, was der Prinz gesagt hat?«, bellte General Dufanor. »Führt seinen Befehl aus, worauf wartet ihr?«

Die Worte waren noch nicht zwischen den Felswänden verklungen, als die ersten Legionäre ihre Glaiven und Bogen sinken ließen. Andere jedoch behielten sie in den Händen.

»Warum sollten wir das tun, Herr?«, fragte einer der Unterführer. Sein Name war Morian, und er war unter den Ersten gewesen, die sich freiwillig für diese Unternehmung gemeldet hatten, zum Ruhm und zur Ehre des Elfenreiches. »Ist dies nicht der Ort, von dem die Bedrohung ausgeht? Den wir im Auftrag des Königs erkunden sollen?«

»Das ist er«, räumte Curran ein.

»Weshalb da...?«

Morian verstummte jäh, als sein Kopf plötzlich nicht mehr auf seinen Schultern saß. Generälin Aderyn stand hinter seinem zusammenbrechenden Torso, ihr blutiges Schwert in der Hand. Durch ihre schmalen Augen taxierte sie ihre Untergebenen, die sie in namenlosem Entsetzen anstarrten.

»Er hat widersprochen, wo er hätte schweigen sollen«, erklärte sie mit ruhiger Stimme. »Ihr wollt nicht enden wie er? Dann führt Prinz Currans Befehl jetzt aus!«

Weitere der vierhundertundfünfzig legten daraufhin die Waffen nieder, eingeschüchtert und entsetzt über das, was geschehen war. Einige Schützen jedoch widersetzten sich weiter – statt ihre Bogen sinken zu lassen, legten sie Pfeile auf die Sehnen und wollten auf Aderyn anlegen. Doch die gefiederten Geschosse gingen nie auf Reisen.

So als würde die Dunkelheit in der Schlucht lebendig werden, stieg plötzlich eine seltsame, undurchdringliche Schwärze vom Boden auf, ein Nebel wie aus dichtem Ruß. Lautlos kroch er an jenen empor, die Widerstand leisten wollten – worauf ihnen der Atem stockte. Sie ließen ihre Waffen fallen und griffen nach ihren Kehlen, die Münder zu lautlosen Schreien geöffnet. Dabei verdrehten sie die Augen und führten bizarre Tänze auf, die erst endeten, als die Männer und Frauen tot zusammenbrachen. Jene, die ihnen helfen wollten, wurden selbst vom lautlosen Tod ereilt.

All dies währte nur Augenblicke.

Als die Schwärze wieder zu Boden sank und eins wurde mit dem dunklen Gestein, war der Grund der Schlucht von rund fünfzig leblosen Körpern übersät, deren Gesichtszüge vom Todeskampf grotesk verzerrt waren. Die übrigen Legionäre standen wie vom Donner gerührt. Ihre Gesichtszüge waren totenbleich und von Grauen gezeichnet, einer nach dem anderen ließ nun die Waffe fallen.

»Was … was ist gerade geschehen?«, fragte einer von ihnen. Seine brüchige Stimme und sein fliehender Blick ließen ahnen, dass er dem Irrsinn nahe war.

Curran erwiderte nichts darauf. In seinem Herzen fühlte er grimmige Genugtuung, während er zum Rand der Kluft hinaufblickte, dorthin, wo sich die glatten Felswände berührten und ein spitzes Dach formten. Eine einsame Gestalt stand dort oben, groß gewachsen und von geisterhafter Erscheinung. Ein schwarzes Gewand umwehte ihre hagere Statur, ihre Augen glommen in kaltem Glanz.

»Willkommen, Prinz Curran«, rief sie mit lauter, schneidender Stimme von oben herab. »Ich begrüße Euch und Eure Getreuen in meinem Reich … in Nurmorod.«

8.

Vorsichtig setzten Balbok und Rammar ihren Weg zum Grund des Kraters fort. Dabei machten die beiden eine verblüffende Entdeckung: Je näher sie dem Zentrum kamen, desto lichter schien der geheimnisvolle Nebel zu werden.

»Ich kann wieder was erkennen«, meldete Balbok prompt.

»Das will an sich nicht viel heißen, *darr malash*«, knurrte Rammar verdrießlich. »Aber mir ist auch so, als würde es langsam besser …«

Eine unwirkliche Szenerie tat sich vor den Brüdern auf: Wohin man auch blickte, übersäten Trümmer den schwarz verbrannten Boden. Kein Windhauch regte sich, kein Geräusch war zu hören; wenn einer der beiden sprach, hörte es sich leise und dumpf an, so als würden ihm die Worte sogleich wieder in den Schlund zurückgestopft.

»Unheimlich«, hauchte Balbok.

»*Korr*«, stimmte Rammar widerstrebend zu. »Als wäre man im Auge von einem Sturm.«

Sich argwöhnisch umblickend, erreichten sie die tiefste Stelle des Kraters – und konnten nun endlich sehen, was sich im Kern befand.

Es war, stellte Rammar mit mürrischer Enttäuschung fest, ein Loch.

Der Durchmesser mochte rund zehn Schritte betragen – bei Balboks Schritten ein paar weniger, bei Rammars ein paar mehr. Und es war darin so dunkel, als würde dort am hellen Tage die finsterste Orknacht herrschen. Rings um das Loch ragten trollhoch spitze Trümmer auf, sodass es wie eine große, groteske Krone wirkte – oder ein ziemlich lückenhafter Palisadenzaun. Was auch immer hier heruntergekommen und zerschellt war, hatte offenbar mit derartiger Wucht eingeschlagen, dass es sich tief in den Boden gebohrt hatte.

Scharen von Krähen saßen auf den Trümmern, die auch nicht

zur Aufhellung von Rammars Stimmung beitrugen. Nicht nur, weil sie hin und wieder schaurige Schreie ausstießen, sondern auch, weil jeder Ork von klein auf wusste, dass Krähen Kuruls Tiere waren, die Vorboten des Unheils ...

»Shnorsh«, brummte er und warf einen Blick in die Öffnung. Er hasste dunkle Löcher, und tiefe dunkle Löcher hasste er noch viel mehr.

Besonders, wenn man nicht wusste, was sich darin verbarg ...

»Rammar?«

»Was?«

»Hast du das hier schon entdeckt?«

»Natürlich«, wandte sich Rammar mit einem unwilligen Schnauben zu seinem Bruder um, »wenn du blinder Hund es gesehen hast, haben die Augen Rammars des schrecklich Rasenden es natürlich längst ...«

Er verstummte.

Am Fuß eines der stachelartigen Monolithen lag etwas. Es war ebenso schwarz verbrannt wie die Trümmer und der Boden, deshalb war es auf den ersten Blick nicht aufgefallen. Aber wenn man es genauer betrachtete, sah es aus wie ...

Fluchend stapfte Rammar hin – und fand seinen Verdacht bestätigt.

Es waren die Überreste eines Geschöpfs.

Fleisch war keines mehr vorhanden, nur noch schwarze Knochen, die auf groteske Weise verformt waren wie Metall, das großer Hitze ausgesetzt gewesen war. Tatsächlich waren hier und dort auch noch Teile einer Rüstung zu erkennen, die jedoch auf rätselhafte Weise nahtlos mit den Knochen verbunden waren. Und als wäre das alles noch nicht eigenartig genug, schien der Unterleib geradewegs in einem der stachelartig aufragenden Trümmerteile zu stecken.

»Was ist das?«, fragte Balbok.

»Ein Toter, umbal, das sieht man doch«, schnaubte Rammar, »daher wohl auch die vielen Krähenviecher. Die Frage ist eher, was für eine Kreatur das einmal gewesen ist.«

Er bückte sich, um den leblosen Körper noch genauer in Augenschein zu nehmen. »Dieser Schädel gehört zu unseresgleichen, da bin ich mir ziemlich sicher«, stellte er fest, auf die Hauer im Unterkiefer deutend. »Aber diese Knochen hier sind viel zu dünn und schmächtig für einen Ork. Nicht mal du hast ein solches Klapperskelett.«

»Meinst du?« Ein wenig ratlos sah Balbok an sich herab.

»Ein Schmalauge ist das jedenfalls nicht gewesen, aber ein Ork ganz offensichtlich auch nicht.«

»Da drüben liegt noch einer«, stellte Balbok fest.

»Hier auch«, fügte Rammar schnaubend hinzu.

»Dieser dort scheint direkt mit dem Stein verschmolzen zu sein.« Balbok deutete auf eine Schädelfratze, die ihm aus einem der Monolithe entgegen starrte, die Kiefer zu einem letzten verzweifelten Schrei aufgerissen. »Was hier wohl passiert sein mag?«

»Weiß ich nicht«, gab Rammar zurück, »und ich will es auch nicht herausfinden. Dieser Ort hier stinkt … nach Tod und faulem Elfenzauber. Wir sollten gehen.«

»Und das Geheimnis?«, fragte Balbok.

Rammar schnitt eine feiste Grimasse. »Das ist gelöst, soweit es mich betrifft – *etwas* ist mit *jemandem* an Bord hier abgestürzt, beim Aufprall zerschellt, und dabei sind alle in Kuruls Grube gefallen.«

»Aber …«

»Den Rest des Rätsels kannst du dir in den *asar* schieben«, fügte Rammar verdrossen hinzu. »Wir sind hier fertig.«

Damit wandte er sich zum Gehen, und das so entschlossen, dass Balbok ihm wohl gefolgt wäre – wäre nicht in diesem Augenblick ein Geräusch aus der dunklen Tiefe gedrungen, das wie ein leises Winseln klang …

»Rammar?«

»Was ist noch?«

»Hörst du das auch?«

»*Douk*«, wehrte Rammar ab, ohne auch nur hinzuhören. »Und jetzt lass uns endlich …«

In diesem Moment wiederholte sich das Geräusch – und aus dem Winseln wurde ein Schrei, so laut und schrill, dass man ihn nicht überhören konnte.

»Das kommt aus dem Loch«, war Balbok überzeugt und deutete in die dunkle Tiefe.

»Was denn? Da ist noch immer nichts«, behauptete Rammar.

»Na, dieses Geschrei«, erklärte Balbok. »Da weint jemand.«

»Und? Lass ihn heulen, wir gehen jetzt.«

»Aber vielleicht ist es ja jemand, der Hilfe braucht?«

»Na und? Wir sind Orks, hast du das vergessen? Wenn wir jemandem helfen, dann nur dabei, den Weg in Kuruls Grube zu finden.«

Das Geschrei dauerte fort, wurde so laut, dass selbst Rammar es nicht länger aushalten konnte. »Autsch«, knurrte er und wischte sich mit der Pranke über die Ohren. »Da fallen einem ja die Borsten aus!«

»Ich werde nachsehen«, kündigte Balbok an und war schon dabei, einen Brennlappen aus dem Lederbeutel an seinem Gürtel zu ziehen und die Spitze seines *saparak* damit zu umwickeln.

»Das wirst du schön bleiben lassen!«, fuhr Rammar ihn an. »Wir gehen jetzt, und damit ist der Gnom gefressen.«

»Erst wenn ich weiß, woher das kommt«, entgegnete Balbok mit der ihm eigenen Beharrlichkeit und war bereits dabei, den Brennlappen mit einem Zündstein anzustecken. Funken flogen, das Trollfett entzündete sich – und nur Augenblicke später hielt Balbok eine behelfsmäßige Fackel in den Händen. »*Korr*«, meinte er entschlossen.

»*Korr*«, äffte Rammar ihn nach, sein breites Kinn in die Länge ziehend, um auch Balboks Mimik nachzuahmen. »Draufgehen wirst du dabei, das ist alles.«

»Dann sehen wir uns in Kuruls Grube«, verkündete Balbok schneidig – und stieg kurzerhand ins Loch.

»Einen *shnorsh* werden wir!«, zeterte Rammar, der oben am Rand zurückblieb. »Wenn du es mit dem Sterben so eilig hast, bitte sehr – ich für meinen Teil werde mir damit noch Zeit lassen, hörst du? Hörst du …?«

Balbok war längst mit anderen Dingen beschäftigt.

Was von oben wie ein dunkles Loch ausgesehen hatte, entpuppte sich als ein etwa zwei Orklängen durchmessender Tunnel, der steil in die Tiefe führte. Die Wände waren glasig und glatt, so als wäre das Gestein bei großer Hitze geschmolzen, schwarze Splitter steckten darin wie Zähne im Schlund eines Untiers. Und immer wieder tauchten im Lichtschein der Fackel grässlich verformte Skelette auf.

Teils lagen sie am Boden, teils hingen sie von der Decke, teils steckten sie in den Wänden. Was immer ihnen widerfahren war, dachte Balbok schaudernd, musste ziemlich fürchterlich gewesen sein. Ihm kam der Gedanke, dass Rammar vielleicht recht gehabt haben könnte und er lieber wieder umkehren sollte. Aber dann war wieder das erbärmliche Geschrei zu hören, das ihn immer weiterlockte, noch tiefer in die Dunkelheit.

Die Trümmer wurden zahlreicher und größer, und schließlich hatte Balbok gar nicht mehr den Eindruck, sich in einem Gewölbe aus geschmolzenem Gestein zu befinden, sondern im Inneren von etwas, das einmal etwas wie ein Schiff gewesen sein mochte. Da waren Formen an den Wänden, die zu regelmäßig waren, um zufällig entstanden zu sein, und Balbok sagte sich, dass Rammar vermutlich auch in dieser Hinsicht richtiggelegen hatte: Dies waren die Überreste eines Elfenschiffs – eines *crysalyth*, wie die Schmalaugen es nannten. Und offenbar waren noch nicht alle von der Besatzung tot …

Das Geschrei war verstummt, aber leises Gequengel war jetzt zu hören. Mit der Fackel vorausleuchtend, ging Balbok weiter – und stieß auf etwas, das wie ein großes Ei aussah. Es war fast so groß wie er selbst und bestand aus einem schimmernden Material, dessen Oberfläche zwar ziemlich mitgenommen wirkte, das bis auf ein paar Risse jedoch weitgehend unbeschädigt zu sein schien.

Aus diesen Rissen drangen die Geräusche.

»Wer ist da?«, fragte Balbok hinein. Seine Stimme klang dumpf und hohl in der Röhre.

Wieder nur ein Quengeln.

Balbok beugte sich vor und hielt ein Ohr an das eiförmige Gebilde. Das Geräusch kam aus dem Inneren, da war er sich ganz sicher. »Vorsicht da drin!«, rief er – dann packte er beidhändig den brennenden *saparak* und köpfte das Ding wie ein Schlangenei, das er zum Frühstück essen wollte.

Im ersten Moment geschah gar nichts. In dem Gewölbe blieb alles still, selbst das Schniefen war verstummt.

Auf den Zehenspitzen beugte sich Balbok vor, leuchtete ins Innere des Eis und spähte neugierig hinein.

»*Achgosh-douk*«, sagte er und grinste breit, als er sah, was sich darin befand.

9.

ORK-LOUN KUUN

Rammar war stinksauer.

Dass sein Bruder der größte *umbal* der Welt war; dass er ebenso lang war wie dämlich, den Verstand eines Stücks Trollsülze hatte und grundsätzlich nicht auf ihn hörte, war eine Sache. Aber dass er todesmutig in diesen dunklen Schlund gestiegen war und ihn, seinen leiblichen Bruder, einfach zurückgelassen hatte, schlug dem Blutbierfass den Boden aus!

Pausenlos lamentierend und eine wüste Verwünschung nach der anderen ausstoßend, watschelte Rammar um die Öffnung herum, die im Kraterboden klaffte. »Wieso bin ich überhaupt noch hier?«, fragte er sich laut. »Ich bin schließlich König! Wieso schlage ich mir hier also meine wertvolle Zeit um die Ohren und warte auf die Rückkehr meines bescheuerten Bruders, wenn der nichts Besseres zu tun hat, als den Heldentod zu sterben? Ich sollte gehen, auf der Stelle, und mir in seinem Andenken eine große Schüssel *bru-mill* genehmigen!«

Rammar nickte, genau das sollte er eigentlich tun … nur musste er sich widerwillig eingestehen, dass der berüchtigte orkische Magenverstimmer ihm nicht mal halb so gut munden würde, wenn sein behämmerter Bruder nicht auf dem Thron neben ihm säße. Irgendwie hatte der *umbal* es geschafft, dass Rammar sich im Lauf der Zeit an ihn gewöhnt hatte, und alte Gewohnheiten legte man eben nur schwer wieder ab.

Plötzlich drang ein Laut aus dem Loch.

Rammar fuhr herum. Seine Augen verengten sich, seine Nackenborsten stellten sich auf.

War das gerade ein Kichern gewesen?

Er hob den *saparak*, bereit, jeden Feind zu erschlagen, der aus dem dunklen Schlund kriechen würde – doch stattdessen erklang helles Gelächter. Und im nächsten Moment, Rammar traute seinen Augen nicht, entstieg kein anderer als sein Bruder dem Schlund, unverletzt und springlebendig. Die Fackel hatte er gelöscht und trug den *saparak* jetzt wieder auf dem Rücken. Die Krähen, die rings auf den Trümmern gehockt hatten, als würden sie die Öffnung bewachen, flatterten in den grauen Himmel auf und flogen kreischend davon.

»Balbok!«, rief Rammar in einem unbeherrschten Ausbruch von Freude, nur um gleich hinterherzuschnauzen: »Da bist du ja endlich, Hirnfurz! Hast du gedacht, ich hätte nichts anderes zu tun, als hier auf dich zu wa…?«

Er verstummte pfeifend, die Worte blieben ihm regelrecht im Hals stecken, als er sah, was sein Bruder auf seinen langen Armen trug. Etwas, das aussah wie …

»Sag, dass das nicht wahr ist.«

Just in diesem Moment fing das Ding auf Balboks Armen zu plärren an, so laut und schrill, dass sich jede Hoffnung Rammars, er hätte sich womöglich geirrt oder seine Augen hätten ihm einen Streich gespielt, zerschlug.

»Oh nein«, machte Balbok und wandte sich dem Ding zu, wobei er sein langes Gesicht voller Mitleid zerknautschte. »Hat der olle Rammar dich erschreckt?«

Rammar kniff die Augen zu und massierte die dicke Nasenwurzel. Vielleicht war ja doch nur alles eingebildet. Vielleicht, so hoffte er jetzt beinahe, hatte er ja auch den Verstand verloren und sah Dinge, die gar nicht da waren. Oder die ihn, wie in diesem Fall, an die Vergangenheit erinnerten …

Er riss die Augen wieder auf, aber sein Bruder war immer noch da. Und auf seinem Arm das kleine Ding.

»Ist da-das ein Orkling?«, stieß Rammar tonlos hervor. »Er kann höchstens ein paar Wochen alt sein.«

»*Korr.*« Balbok nickte und hielt den kleinen Kerl so, dass Rammar ihn in voller Größe bestaunen konnte. Er war splitternackt, so kahl wie der Kopf von einem alten Gnom und ganz offenkundig männlich.

»Ist er nicht nett?«

»Er ist hässlich wie die Nacht«, musste Rammar zugeben, auch wenn ihm diese Respektbezeugung schwerfiel. Widerwillig trat er ein wenig näher, den *saparak* hielt er allerdings weiter abwehrbereit erhoben. »Und er stinkt, dass man davonlaufen möchte.«

»Ja, oder?« Balbok nickte begeistert.

»Was ist los mit dir?« Rammars kleine Augen verengten sich kritisch. »Hat dich das Ding verzaubert oder so was? Stehst du unter seinem Bann?«

»Aber das geht doch gar nicht!«, rief Balbok, mehr an das kleine Wesen denn an Rammar gewandt, und warf es kurzerhand hoch in die Luft, sodass es sich mehrfach überschlug, bis es wieder in seinen Klauen landete. Es schien ihm zu gefallen, denn es lachte und gluckste und sah Balbok aus großen Augen an. »Du kannst doch gar niemanden verzaubern! Du bist doch nur ein harmloser kleiner Orki, nicht wahr?«

»Hast du das gerade wirklich gesagt?« Rammar starrte seinen Bruder fassungslos an. »Hast du keine Augen im Kopf? Mit dem Balg stimmt was nicht, das sieht man doch! Die Ohren und die Beißer mögen ja noch halbwegs brauchbar sein. Aber hast du die schmale Nase und die blauen Augen gesehen? Wo ist der verdammte Rüssel? Und wo das Eitergelb? Und erst seine Hautfarbe – kein gesundes Grün, wie es sein sollte, sondern dieses bleiche Schimmelgrün! Noch dazu ist das Ding so kümmerlich, dass es in einem *bolboug* keinen Tag überleben würde. Es würde nicht mal ans Futter kommen.«

»Das muss er ja auch gar nicht«, wandte Balbok ein, ohne seinen Blick von dem schmächtigen Wesen zu wenden. »Onkel Balbok gibt dir was von seinem *bru-mill* ab!« Wieder warf er den Kleinen in die Luft, wobei dieser begeistert gurgelte.

»Einen *shnorsh* wirst du«, stellte Rammar klar. »Du wirst das Ding jetzt absetzen, und dann gehen wir.«

»Was?« Balbok sah ihn erschrocken an.

»Was hast du denn gedacht? Dass wir den kleinen *shnorshor* mit nach Hause nehmen? Dass wir so was wie seine Väter werden?«

»Das haben wir schon mal gemacht«, brachte Balbok in Erinnerung.

»*Korr*, und es ist nicht gut ausgegangen«, bestätigte Rammar. Bis zum heutigen Tag spürte er einen wehmütigen Stich in seinem rabenschwarzen Herzen, wenn er an die kleine Alannah dachte, um die Balbok und er sich während der Zwergenkriege gekümmert hatten – auch wenn er lieber auch noch seine andere Klaue verloren hätte, als das offen zuzugeben.

»Außerdem wissen wir ja nicht mal, was das da eigentlich ist, ein echter Orkling jedenfalls nicht, soviel steht fest. Und offenbar stammt es aus diesem Vehikel, das vom Himmel gefallen ist und voller Elfenzauber steckt – willst du so etwas ernstlich mitnehmen? In unseren Palast? Wo es alles zerstören könnte?«

Balbok bedachte zuerst Rammar, dann den kleinen Findling mit einem langen, traurigen Blick.

»Was sollen wir tun?«, fragte er leise.

»Wir lassen das Balg hier, und Schluss. Die Krähen werden sich darum kümmern.«

»U-und wir?«

»Werden in unsere Festung zurückkehren und ein Fass Blutbier saufen. Ende der Geschichte.«

Balbok seufzte.

Sein Blick wanderte zu Rammar und dann wieder zu dem Kleinen zurück, ihm war anzusehen, dass ihm die Entscheidung schwerfiel. Aber schließlich nickte er, bückte sich und setzte das hellgrüne Wesen auf den nackten, rußgeschwärzten Boden. Dies fand es lustig, und es begann sofort, klirrend in den Schlackescherben zu wühlen.

»So, Abmarsch«, befahl Rammar barsch und drehte sich um. »Und wehe, du siehst noch mal zurück!«

»*Korr*«, stimmte Balbok traurig zu – und mit einem letzten, trüben Blick auf das mit den Scherben spielende Kind wandte auch er sich ab und folgte seinem Bruder mit hängenden Schultern und gesenktem Kopf.

Der falsche Orkling krähte hinter ihnen.

»Nicht umdrehen«, schärfte Rammar ihm ein. »Einfach weitergehen!«

Das Krähen wurde lauter, klang zunehmend verzweifelt.

»Wehe«, knurrte Rammar. Sie näherten sich dem Rand des Kratergrundes und der Wand aus Nebel. »Wenn die graue Suppe uns erst wieder verschlungen hat, haben wir's geschafft, dann ist der Bann gebrochen!«

Räbbäh!, machte es hinter ihnen.

Das kleine Geschöpf weinte jetzt.

Auch Balbok hatte plötzlich wässrige Augen – und das, obwohl Orks nicht einmal Tränendrüsen hatten.

»Untersteh dich«, zischte Rammar, der merkte, wie sein Bruder langsamer wurde. »Wenn du stehen bleibst, erschlage ich dich ohne Federlesens, verstanden?«

»*Korr*«, schluchzte Balbok und ging langsam weiter. Doch plötzlich war es Rammar, der verharrte.

»Was bei Koruk dem Giftpisser …?«

Rammar, der plötzlich nicht mehr weiterkonnte, blickte verwundert an sich herab – nur um festzustellen, dass sich etwas mit aller Kraft an sein rechtes Bein klammerte, so als wollte es ihn niemals wieder loslassen.

Es war der seltsame Orkling.

»Verdammt«, rief Rammar, »wie hat er das gemacht?«

»Er muss uns hinterhergekrochen sein«, vermutete Balbok verzückt. »Auf allen vieren.«

»Das darf doch nicht wahr sein!« Auf dem linken Bein hüpfend, was bei seiner Leibesfülle ziemlich denkwürdig aussah, schüttelte Rammar das andere Bein – doch den Orkling wurde er dadurch nicht los. Schlimmer noch, der Kleine schien das für ein Spiel zu halten und gluckste vergnügt, während er sich nur noch fester klammerte.

Rammar tat, was er konnte. Doch was er auch unternahm, er wurde das kleine Wesen nicht los. Schließlich war er so außer Atem, dass er aufgeben musste. Seine Lungen pumpten, und sein Herzschlag hämmerte, er hatte Mühe, sich aufrecht zu halten.

»Ich glaube, Rammar«, meinte Balbok, »wenn der Kleine hierbleiben soll, musst du auch hierbleiben.«

»Von wegen! Du wirst jetzt deinen *saparak* nehmen und mir das verdammte Ding vom Bein schneiden.«

»*Douk.*« Balbok schüttelte den Kopf. »Das geht gegen meine Ehre.«

»Und gegen meine vielleicht nicht?«, blaffte Rammar dagegen. Seine Augen leuchteten und rollten wild in ihren Höhlen, er war kurz davor, in *saobh* zu verfallen, die berüchtigte orkische Raserei.

In diesem Moment blickte der Kleine zu ihm auf, und zum ersten Mal begegneten sich ihre Blicke.

»*Shnorsh*«, knurrte Rammar.

Und stampfte weiter, das kleine Wesen am Bein. »Dann nehmen wir ihn eben mit«, maulte er. »Ins Meer werfen können wir ihn immer noch.«

10.

AOCHG'HAI ANN KUUNA

Von einer in den dunklen Fels gehauenen Balustrade sah Curran auf seine acht Gefährten hinab, die um einen langen Tisch versammelt saßen und ihren Sieg feierten. Kleinwüchsige Gestalten in dunklen Kutten huschten um sie herum und suchten ihnen jeden Wunsch von den Augen abzulesen. Sie aßen und tranken, und Kelon hatte sich seine Flöte gegriffen und spielte eine fröhliche Weise, zu der Aderyn auf dem Tisch tanzte, während Bormin den Takt dazu schlug. Der Klang der Musik hallte von der hohen Decke des von Hunderten von Kerzen beleuchteten Gewölbes wieder und erfüllte sie mit einer Heiterkeit, die vermutlich selten war an diesem Ort …

»Und?«, fragte eine dunkle, Respekt gebietende Stimme hinter ihm. »Ist alles so, wie du es erwartet hast, Prinz?«

Curran drehte sich um. Eine schlanke, hochgewachsene Gestalt trat aus dem Halbdunkel, die einen weiten, mit uralten Runen bestickten Mantel trug. Die Gesichtszüge des Mannes waren knochig und ausgezehrt. Die bleiche, fast schneeweiße Haut und die tief in ihren Höhlen liegenden Augen verstärkten den Eindruck eines leblosen Schädels noch. Das Haupt des Mannes war kahl, nur das schmale Kinn zierte ein spitzer Bart, der bis hinauf zu den hohen Wangenknochen reichte. Dies war Margok der Mächtige, der sich einst Qoray genannt hatte, ehe er aus dem Rat der Zauberer verbannt worden war. Hier, inmitten des dampfenden Dschungels von Arun, hatte er eine neue Heimat gefunden, weit entfernt von der eisigen Ordensburg von Shakara …

»Ja, Herr«, sagte Curran und verbeugte sich. Er wusste, dass solche Gesten dem Dunkelelfen schmeichelten – so nannte sich Margok, seit er dem Reich entsagt und sich seinen eigenen Plänen zugewandt hatte.

Margok trat an seine Seite, und wie immer, wenn er ihm nahe kam, hatte Curran das Gefühl, dass sich eine Klammer um seinen Brustkorb legte und ihn ein Schaudern erfüllte, so als könnte er die Präsenz des Abtrünnigen nicht nur äußerlich, sondern auch in seinem Inneren wahrnehmen. Er nahm an, dass es mit Margoks Alter zusammenhing, seinem Wissen und seiner Macht, die er, anders als die Zauberer Shakaras, nicht nur aus lichten Quellen bezog.

»Alles ist so, wie Ihr es versprochen habt, Herr. Ich danke Euch für die Gastfreundschaft, die Ihr uns in Euren Hallen gewährt.«

»Es ist mir eine Freude, sie denen zu gewähren, die meine Verbündeten sind«, gab Margok zurück.

Wie Curran spähte er nun hinab in die Halle, betrachtete Aderyn, wie sie dort tanzte. Ihre rote Mähne wallte offen über ihre Schultern, die Rüstung hatte sie längst abgelegt, war nur noch mit ihrer grauen Tunika bekleidet, die lange, wohlgeformte Beine und die Ansätze ihrer Brüste sehen ließ. Es war offensichtlich, wie sehr der Anblick der tanzenden Kriegerin die Begehrlichkeit ihrer männlichen Kameraden weckte, doch Aderyn schien das zu gefallen, sie mit immer noch aufreizenderen Bewegungen anzustacheln.

»Ich wurde in Kal Anar geboren, bin unter den Söhnen und Töchtern Sigwyns aufgewachsen und habe lange unter ihnen gelebt«, fuhr Margok fort, »doch hätte ich nicht gedacht, dass Elfen *so* sein können. Die Männer haben offenbar kein Interesse daran, ihre Instinkte zu verleugnen, wie Lysion es im *Bodugan* verlangt. Die Frau setzt ihre Reize dazu ein, Macht über sie zu gewinnen, und sie scheint es zu genießen ...«

»Die Philosophie des *Bodugan* wird in den Hohen Häusern gelehrt«, erklärte Curran, »doch Aderyn ist nicht von hoher Herkunft, so wie auch meine anderen Gefährten nicht aus den Adelshäusern stammen. Ihren Stand und ihren Rang haben sie sich allein durch ihre Taten im Kampf erworben, durch Treue und Tapferkeit. Ihre Wurzeln jedoch liegen in jenen Garnisonen, Landstädten und Vierteln, in die kein König je seinen Fuß setzen würde ...«

»... und gewöhnlich auch kein Prinz«, ergänzte Margok.

»Ich bin kein Prinz, bin es nie gewesen.« Curran schüttelte den Kopf. »Mein Vater hat schon früh entschieden, wem die Königswürde in unserer Familie einst zuteilwerden soll – und ich bin es nicht.«

»Wenn es etwas gibt, das sich wie eine eiserne Regel durch die Geschichte unseres Volkes zieht, dann ist es die selbst auferlegte Blindheit, das Verschließen vor der Wahrheit, das starre Festhalten am Alten und Überkommenen angesichts neuer Herausforderungen. Die Mächtigen im Reich sind träge und korrupt und werden früher oder später seinen Untergang herbeiführen.«

»Um dies zu ändern, bin ich hier«, erklärte Curran.

»Und das wirst du, ich verspreche es dir. Mithilfe der von mir entfesselten Kräfte werde ich ein neues Zeitalter heraufbeschwören – und mit dir wird es beginnen.«

»Ich danke Euch, Herr. Sowohl für das Vorrecht, das Ihr mir gewährt, als auch für Euer Vertrauen.«

Margok winkte einen der kurzbeinigen, in dunkle Kutten gehüllten Helfer heran, die sich überall in den dunklen Nischen seines Palasts verbargen und nur darauf warteten, die Wünsche ihres Dienstherrn zu erfüllen. Welcher Art sie angehörten oder was sie womöglich einmal gewesen waren, ließ sich nicht mehr feststellen, aber ihre buckligen Körper und missgestalteten Gesichter, die hin und wieder unter den Kapuzen hervorlugten, legten die Vermutung nahe, dass sie die Veränderung nicht freiwillig über sich hatten ergehen lassen …

»Wein, um unser Bündnis zu feiern?«, fragte Margok, auf das Tablett deutend, das der Diener hielt. Curran nickte und griff nach einem bis zum Rand gefüllten Pokal.

»Auf dein Wohl, geschmähter Königssohn.«

»Auf das Eure, Herr«, erwiderte Curran. »Mögen Eure Pläne sich erfüllen!«

»Zusammen mit deinen Wünschen und Hoffnungen.«

Curran nickte, während er für einen Moment an zu Hause denken musste, an Dinas Lan und jene, die ihn auf diese Mission geschickt hatten. Sein königlicher Vater und sein prinzlicher Bruder hatten kein Problem damit gehabt, dass er in die Fremde zog, um ihre Herrschaft zu festigen – und das letztlich nur, damit sie ihn hinter seinem Rücken verlachten und die Krone doch an Cullan ging. Glaubten sie wirklich, dass er dies einfach zulassen würde?

Was für Narren sie doch waren …

Curran setzte den Kelch an seine Lippen und leerte ihn bis auf den Grund. Bei den ersten Schlucken glaubte er noch, eine eigentümliche Bitterkeit zu schmecken, doch dann entfaltete der Wein eine angenehme Süße an seinem Gaumen, so als wollte er ihm bestätigen, dass er die richtige Wahl getroffen hatte. Nicht nur für sich selbst, sondern auch für seine Getreuen – und für jeden Einzelnen seiner Legionäre, der nicht so töricht gewesen war, Widerstand zu leisten. Ein leichter Schauder befiel Curran, wenn er daran dachte, dass all diese Soldaten ihm vertraut hatten und er sie in die Irre geführt … Andererseits hatte ihre Loyalität niemals ihm, sondern seinem Vater und seinem Bruder gegolten. Nicht er, Curran, sondern sie waren ihnen gegenüber zu Schutz und Treue verpflichtet, also schuldete er diesen Soldaten nichts. Und dennoch würden sie reich belohnt werden …

Curran sah wieder zu seinen Kämpfern hinab. Er vermochte nicht zu sagen, ob es am Wein lag oder an Aderyns Tanz, aber auch sein Verlangen war geweckt worden, die Blicke, mit denen er ihr zusah, unverhohlen begehrlich.

»Du solltest heute Nacht zu ihr gehen«, sagte Margok.

Curran lachte auf, mit dem leeren Kelch hinunter in die Halle deutend. »Habt Ihr die Blicke der anderen gesehen? Aderyn hat heute Nacht Gesellschaft genug – ich denke nicht, dass sie sich vor Sehnsucht nach mir verzehren wird.«

»Sie wird dich erwarten«, sagte der Dunkelelf mit einer Bestimmtheit, die keinen Zweifel zuließ. »Dich, mein Prinz, und keinen anderen.«

»Aber …« Curran merkte, wie der Wein seine Sinne bereits benebelte. Es war schwer, noch einen klaren Gedanken zu fassen, dennoch tauchte Liathas Bild vor seinem inneren Auge auf, ihre anmutigen Züge, ihre weichen Lippen, der Liebreiz ihrer Augen. »Mein Herz gehört einer anderen«, erklärte er hilflos.

»Doch dein Wille gehört dir selbst«, kam es zurück. »Zudem wird sie es nie erfahren.«

Curran sah seinen Herrn an.

»Wir sind jetzt Verbündete«, bekräftigte Margok. »Wir beide wissen, was es bedeutet, verschmäht zu sein und zurückgewiesen zu werden, haben beide die bittere Frucht der Verachtung gekostet. Aber damit ist es vorbei, denn was wir einst waren, sind wir nicht mehr. Und als die, die wir geworden sind, fragen wir nicht mehr, sondern nehmen. Die Bestimmung selbst gibt uns das Recht dazu.«

Curran nickte. Was sein neuer Gebieter sprach, leuchtete ihm sehr ein. Mehr noch, es drückte genau das aus, was er in seinem Innersten empfand, was er im Grunde schon sein ganzes Leben lang gedacht hatte: Dass er besser war als sein Bruder – ein besserer Krieger, ein besserer Sohn, ein besserer König. Und dass die Krone deshalb ihm zustand …

Er hielt dem Diener den leeren Pokal hin und ließ sich noch einmal vom Wein nachschenken. Den elenden Blick, den die gefolterte Kreatur ihm sandte, ignorierte er, spülte alle Zweifel, die er noch in versteckten Winkeln seines Bewusstseins gehegt haben mochte, zusammen mit dem Wein hinunter.

»Ich kann es kaum erwarten, hinauszugehen und mich allen zu erkennen zu geben«, gab er dann bekannt, »ihnen die erschütternde Wahrheit zu eröffnen.«

»Der Tag wird kommen«, war Margok überzeugt. »Aber wirst du auch bereit sein für das, was folgen wird?«

»Natürlich.« Curran verzog die Mundwinkel, an denen roter Wein herablief. »Ich habe abgeschlossen mit der Welt.«

»Sie werden dich verachten für das, was du getan hast und geworden bist.«

Curran lachte, beschwingt vom Wein. »Dann ist da kein Unterschied, denn das tun sie auch jetzt schon.«

Margok wandte sich ihm direkt zu, sah ihm tief in die Augen. »Und sie werden dich hassen.«

»Sollen sie«, erwiderte Curran ohne Zögern. »Aber niemals wieder werden sie hinter meinem Rücken über mich lachen.«

11.

UR'RAMMAR LACHG'HAI

»Regel Nummer eins!«, plärrte Rammar, während er das Thronpodest ruhelos umkreiste, die Hände auf dem Rücken und den Kopf voraus, sodass er wie ein wütender Eber wirkte. »Das Balg bleibt nur hier, solange es mich nicht stört! Ist das klar?«

»*Korr*«, stimmte Balbok zu, der neben seinem Thron kauerte; auf dem königlichen Sitzmöbel selbst hockte dagegen der kleine Orkling – oder was immer er sonst sein mochte – und krähte zufrieden vor sich hin.

»Regel Nummer zwei«, führte Rammar weiter aus, kreisend wie ein Geier, »er bekommt nichts von meinem *bru-mill*, nicht einen einzigen Löffel! Und von der Gnomensülze schon gar nicht!«

»Das macht nichts«, hielt Balbok dagegen, »weil er nämlich was von meiner abkriegt.«

»Regel Nummer drei – mit deinem Thron kannst du machen, was du willst, aber auf meinem darf nur ich sitzen und niemand sonst. Wer es doch versucht, ist des Todes, verstanden?«

»*Korr*«, bestätigte sein hagerer Bruder wieder, wobei er allerdings nicht Rammar ansah, sondern den Kleinen. »Den Thron vom ollen Rammar brauchst du gar nicht. Du darfst nämlich auf dem von Onkel Balbok sitzen, wann immer du willst.«

»Und gleich noch Regel Nummer vier«, schob Rammar ansatzlos hinterher. »Wenn du schon mit dem Kümmerling reden musst, dann tu dabei gefälligst nicht so, als ob ich nicht da wäre! Geht das in deinen Schädel?«

»*Korr*«, erklärte sich Balbok abermals einverstanden und nickte seinem Schützling zu. »Das würden wir doch niemals machen, Orki! Was der olle Rammar nur wieder …«

Er unterbrach sich, als er die Spitze von Rammars *saparak* in seinem Nacken spürte.

»Wenn du ihn noch einmal ›Orki‹ nennst, bohr ich dir ein Loch in den Hals und stopf es mit deiner Zunge!«

Balbok schluckte. »Ist das auch eine Regel?«

»Nein, ein Versprechen«, grunzte Rammar.

Damit erklomm er das Podest und ließ sich auf seinen Thron fallen, der bedenklich unter seinem Gewicht ächzte. »Blutbier!«, bestellte Rammar erschöpft – Regeln zu erlassen war eine anstrengende Aufgabe. Und auch der Rückmarsch vom Krater hatte Spuren hinterlassen.

Da die *faihok'hai* alle den Verstand verloren hatten, war niemand mehr da gewesen, um die königliche Sänfte zu tragen. Rammar hatte zwar darauf bestanden, dass Balbok es zumindest versuchte, aber nachdem sein Bruder ächzend unter der Last zusammengebrochen war, war Rammar nichts anderes übrig geblieben, als wohl oder übel zu Fuß zur Königsfestung zurückzugehen. Und er wäre nicht Rammar der schrecklich Rasende gewesen, hätte er dabei nicht ohne Unterlass gezetert.

Jetzt waren sie wieder zurück im *korzoul* und gingen ihren königlichen Aufgaben nach. Was das rätselhafte Ding betraf, das über der Insel niedergegangen war, so betrachtete Rammar die Angelegenheit als erledigt. Das merkwürdige Schiff war beim Aufprall zerschellt, die Besatzung so tot, wie man nur sein konnte, und die Gefahr damit gebannt.

Ganz anders verhielt es sich mit dem Andenken, das Balbok von der Absturzstelle mitgebracht hatte; das etwa halb so groß war wie ein Gnom, in etwa so viel wog wie ein gut eingeschenkter Krug Blutbier und den ganzen Tag vor sich hin krähte ...

Er hatte nicht vergessen, wie Balbok damals mit dem Menschenkind gemeinsame Sache gemacht hatte. Wann immer er sich weggedreht hatte, hatten die beiden hinter seinem Rücken über ihn gescherzt und ihn nach Strich und Faden vershnorsht, und das musste er ganz gewiss nicht noch einmal haben.

Ganz gleich, ob es kleine Schmalaugen waren, kleine Menschen oder kleine Orks – früher oder später lief es immer gleich ab. Zuerst stahlen sie einem das Futter, dann die Freunde und schließlich die Schau – und so weit würde Rammar es kein zweites Mal kommen lassen ...

»Er braucht noch einen Namen«, meinte Balbok.

»Wie wär's mit ›Salash‹?«, schlug Rammar sardonisch grinsend vor. »Wir haben ihn schließlich im Dreck gefunden.«

»Dann müsste er eher ›Uchg‹ heißen, denn als ich ihn fand, war er in einem Ei«, erwiderte Balbok. »Magst du so heißen?«, fragte er den Knaben. »Uchg?«

Der Orkling rümpfte die ungewöhnlich kleine und schmale Nase – und brach in Tränen aus.

»Ich glaube, das gefällt ihm nicht«, folgerte Balbok. »Wie wär's mit ›Enok‹? Weil er immerzu kräht wie ein Vogel.«

»Saublöde Idee«, schmollte Rammar – doch das Kind hörte spontan zu weinen auf.

»Gefällt dir das? Enok?« Balbok legte den Kopf schief. »Enok! Enok?«

Der Knirps lachte daraufhin mit glucksender Stimme, was Balbok als Zustimmung wertete. »Der Name gefällt ihm«, stellte er fest. »Er heißt also Enok.«

»Von mir aus«, brummte Rammar und betrachtete den Knaben, der nackt und grün auf Balboks Thron saß und sich mit den großen blauen Augen umblickte.

»Was hast du ihm eigentlich zu fressen gegeben?«, wollte Rammar wissen.

»Nur etwas Hirnwurst. Warum?«

Rammar schnitt eine Grimasse, was ihm nicht weiter schwerfiel. »Wenn ich es nicht besser wüsste, würde ich sagen, dass er bereits ein Stück größer geworden ist.«

»Soll er ja auch«, bekräftigte Balbok stolz. »Er soll so groß und stark werden wie sein Onkel Balbok!« Er riss die Arme hoch, um seine eigenen Muskeln zu präsentieren. Da er eher sehnig war als kräftig, war die Ausbeute überschaubar.

Rammar blies verächtlich durch den Rüssel – als der Orkling plötzlich in seine Richtung sah und die Arme ausbreitete.

»Was macht es denn jetzt?«, fragte Rammar erschrocken.

»Er«, verbesserte Balbok. »Er ist ein Junge.«

»Und was will dieser ... Junge von mir?«

»Weiß ich nicht.« Balbok zuckte mit den Schultern und kratzte sich am Kopf. »Vielleicht mag er dich.«

»Dann ist er genauso dämlich wie du. Ich kann ihn nämlich nicht ausstehen«, schnaubte Rammar entrüstet. »Aber vielleicht«, fügte er etwas leiser hinzu, »mag er ja auch mal auf meinem Thron sitzen?«

»Glaub ich nicht.« Balbok schüttelte den Kopf. »Auf dem Thron vom Onkel Balbok sitzt du nämlich am liebsten, nicht wahr? Der ist viel bequemer als ...«

Es folgte ein profanes Geräusch – und das sehr viel lauter, als man es einem so kleinen und zerbrechlich wirkenden Körper zugetraut hätte. Dann stieg auch schon fieser Gestank auf.

»Was ist das?«, fragte Balbok verblüfft.

»Was wohl? Der Shnorsher hat gerade klargemacht, wie bequem dein Thron ist«, erwiderte Rammar und nickte Enok anerkennend zu. »Das hast du gut gemacht, Kleiner. Sehr gut sogar – fast wie ein echter Ork.«

Darüber – und über Balboks ebenso langes wie ratloses Gesicht – brach Rammar der schrecklich Rasende in dröhnendes Gelächter aus, in das sein Bruder schließlich einfiel.

Und Enok krähte freudestrahlend dazu.

12.

OISHAK

Wie sich zeigte, hatte Rammars Gefühl ihn nicht getrogen.

Enok wuchs tatsächlich – nicht langsam, wie es sich für einen Orkling gehörte, sondern so schnell, dass man förmlich dabei zusehen konnte.

Zu Beginn der Woche krabbelte er noch auf allen vieren durch den Thronsaal, gegen Ende raffte er sich bereits auf seine dünnen, wackeligen Beine, und nur eine Woche später rannte er bereits wild hin und her.

Seine Haut blieb so blassgrün, wie sie zu Beginn gewesen war, dafür wuchs nun dunkles Haar auf seinem Kopf, das jeden Tag um eine Handbreit länger wurde, sodass er schon bald mehr einem kleinen Troll ähnelte als einem Ork. Und weil Rammar Trolle nicht ausstehen konnte, wurde es ihm irgendwann zu dumm; er griff kurzerhand zum *saparak* und stutzte das Haar des Knaben, verpasste ihm einen *faltash*, wie auch er selbst einen trug, und war mit dem Ergebnis sehr zufrieden.

Enoks Gesicht allerdings zog – zu Rammars und Balboks Bedauern – keinen Vorteil aus der rasanten Entwicklung. Es blieb schmal und filigran, von einem Rüssel oder gelben Hauern keine Spur. Wären da nicht die grüne Haut gewesen und die spitzen Ohren, die unter dem dunklen Haarschopf hervorlugten, hätte er inzwischen glatt als Mensch durchgehen können.

Oder, noch schlimmer, als Schmalauge.

Dass solches Wachstum einen Preis hatte, merkten Balbok und Rammar recht deutlich – der kleine Kerl fraß ihnen fast die Vorratskammern leer!

So konnte Enok einen ganzen Berg Fischkutteln in sich hineinfuttern und war dennoch kurz darauf wieder hungrig. Eigentlich fand Rammar solchen Appetit bewundernswert – in dunklen Nächten allerdings, wenn ihn die Ängste des Tages verfolgten, fragte er sich bange, wie lange das Essen noch für ihn reichen würde.

Und als wäre all das noch nicht Ärger genug, fing der Knabe auch noch zu reden an. Anfangs waren es nur ein paar Brocken, die er lallend formte, aber bereits Stunden später beherrschte er die Sprache seiner Ziehväter nahezu flüssig. Der Junge schien, im Gegensatz zu seinem Onkel Balbok, ein heller Kopf zu sein. Und als solchem fielen ihm gewisse Dinge auf.

Es war am achtzehnten Tag seines Aufenthalts im *korzoul*, als Enok, der mit Balbok auf dem Boden saß und mit ihm Knochen würfelte, plötzlich innehielt.

»Was ist?« Balbok reckte auffordernd das lange Kinn vor. »Du bist dran.«

»Ich weiß«, erwiderte Enok mit heller Stimme, die so gar nichts Unholdiges an sich hatte. »Es ist nur ...«

»Was denn?«

»Deine Hand«, sagte der Junge, auf Balboks grüne Klaue deutend. »Sie ist anders als meine.«

Enok betrachtete seine rechte Hand, deren Finger nicht einmal so lang waren wie Balboks Hauer.

»*Korr*, das macht nichts«, versicherte Balbok. Er hob ebenfalls eine Klaue, und sie legten die Handflächen aneinander. Enoks Rechte verschwand dabei fast in der schwieligen Pranke des Orks. »Siehst du?«, fragte Balbok. »Verschieden und doch gleich.«

»Aber du bist viel größer und stärker!«

»Nur weil ich ein Krieger aus echtem Tod und Horn bin«, beruhigte ihn Balbok. »Wenn du mal groß bist, wirst du bestimmt auch ...«

»Nun hör schon auf, dem Jungen solchen Unsinn einzureden«, schnarrte Rammar von seinem Thron herab. »Mach ihm keine falschen Hoffnungen!«

»Was bedeutet das?«, fragte Enok, und auch Balbok war nicht recht klar, was sein Bruder meinte.

»Bei Bormod«, knurrte Rammar und raffte sich ächzend auf die Beine. »Das bedeutet, dass du anders bist!«

»Anders?« Enok legte den Kopf schief, die blauen Augen sahen den dicken Ork verständnislos an.

»Nicht wie wir«, erklärte Rammar langsam und gestikulierend.

»Eben anders. Und du wirst auch niemals so werden wie wir, da kann der Lulatsch da erzählen, was er will.«

»Nie-niemals?«, fragte Enok unsicher.

»*Douk.*« Rammar schüttelte kategorisch den Kopf.

»Aber ich will auch ein Krieger werden! Aus Tod und Horn!«

»Aus Kot und Zorn vielleicht, das kommt eher hin.« Rammar feixte.

Aber Enok lachte nicht.

Die Mundwinkel sanken nach unten, und im nächsten Moment füllten sich seine Augen mit Tränen.

Rammar holte tief Luft, um zu erklären, dass das ein weiterer wichtiger Unterschied zwischen ihnen sei, denn echte Orks konnten bekanntlich nicht weinen. Wenn überhaupt, dann wurden ihnen höchstens einmal die Augen wässrig, wie er erst kürzlich bemerkt hatte. Doch als Rammar auf den kleinen Kerl herunterblickte, der dort vor ihm kauerte und über dessen hohle Wange jetzt ein dicker Tropfen kullerte, konnte er nicht weiterreden. Im Gegenteil, seine Worte taten ihm plötzlich leid. Auch wenn einem König der Orks bekanntlich nie etwas leidtat …

»Nun komm schon, so schlimm ist das nicht«, redete er Enok zu und ertappte sich dabei, dass er sich sogar zu ihm hinunterbeugte.

»Hab ich ihm auch gesagt, aber er ist trotzdem traurig«, pflichtete Balbok bei.

»Wichtig ist nicht, wie die Hand von jemandem aussieht, sondern wie viel Schaden er damit anrichten kann«, erklärte Rammar und fügte gleich noch ein orkisches Sprichwort hinzu, nach dem er stets zu handeln versuchte: »*Milloush mark, ahul mark.*«[1]

»Mei… meinst du?« Enok schniefte und sah ihn zweifelnd an.

»Aber ja!« Rammar nickte. »Auch du wirst eines Tages in der Lage sein, einen Troll mit der bloßen Hand zu erschlagen, wenn du es nur wirklich willst. Mach mal eine Faust.«

Eilig wischte Enok die Tränen weg. Dann ballte er die Rechte, die er gerade mit Balboks verglichen hatte.

»*Douk*«, lehnte Rammar ab. »Willst du dir den Daumen brechen,

---

1 ˙Schaden gut, alles gut.

du kleiner *umbal*?« Kurzerhand griff er nach Enoks kleiner Faust und faltete sie so, dass der Daumen außen lag – dass er selbst einst diese Lektion auf äußerst schmerzhafte Weise gelernt hatte, behielt er geflissentlich für sich. »So, und jetzt schlag zu!«

»Wohin denn?«, fragte Enok.

»Blöde Frage – mich natürlich.« Rammar beugte sich noch ein wenig weiter herab und deutete auf sein Kinn.

»Wirklich, Onkel Rammar?«

»Was soll die blöde Fragerei? Außerdem habe ich dir schon tausendmal gesagt, dass ich nicht Onkel Rammar heiße. Nun schlag schon zu!«

Rammar schloss die Augen und grinste in sich hinein. Er überlegte bereits, wie er den Kleinen trösten konnte, wenn dieser sich bei seinem zaghaften Versuch, einen ersten Faustschlag zu landen, gehörig die Hand an Rammars eisenhartem Kinn prellen würde.

»Schon vorbei?«, fragte Rammar. »Ich habe nichts gesp...«

Enoks Hieb traf Rammar wie ein Hammer.

Es knackte, und der dicke Ork wankte auf seinen kurzen Beinen. Dann begannen seine breiten Kiefer zu mahlen – und er spuckte einen Backenzahn auf den Boden des Thronsaals.

Für einen Augenblick herrschte eisiges Schweigen.

Nicht nur Enok starrte mit einer Mischung aus Überraschung und Entsetzen auf den blutigen Zahn – auch Balbok staunte, ebenso wie Oisal und die *faihok'hai*, die entlang der Wände wachten. Jeder war geschockt. Und gespannt, wie Rammar der schrecklich Rasende darauf reagieren würde. Tatsächlich verfinsterten sich die Züge des feisten Orks, und seine Augen verengten sich, als wollte er jeden Moment in *saobh* verfallen.

Seine Klauen schossen vor, packten den Jungen und rissen ihn in die Höhe – und im nächsten Moment brach er in schallendes Gelächter aus.

»Das ist unser kleiner *shnorshor*!«, rief er freudig. »Dein erster Fausthieb, und gleich schon einen Zahn ausgeschlagen – ich hätte es selbst nicht besser machen können!«

Um ihn hochleben zu lassen, warf er Enok in die Luft und fing ihn wieder auf und trug ihn im Thronsaal umher. Der Junge jubelte,

Balbok fügte seinen Kriegsruf hinzu und schloss sich dem eigentümlichen Umzug an – der jedoch nicht lange andauerte.

Als Rammar die befremdeten Blicke bemerkte, mit denen sowohl der Kastellan als auch die Wachen sie betrachteten, ließ er Enok sogleich wieder sinken und stellte ihn wieder auf den Boden.

»Also, das war nicht schlecht«, räusperte er sich, »aber den nächsten Zahn schlägst du meinem dämlichen Bruder aus, verstanden?«

»*Korr*«, erwiderte Enok, warf sich voller Stolz in die schmale Brust und setzte ein breites Grinsen auf.

»Hab ich's doch gewusst, dass ein Krieger in dir steckt«, klopfte Balbok dem Jungen ungeschickt auf die Schulter – die Blicke ihrer Untergebenen hatte er gar nicht bemerkt. »Jetzt käme Onkel Rammar bestimmt nicht mehr auf den Gedanken, dich ins Meer zu werfen.«

»*Douk*, vorläufig nicht«, räumte Rammar schnaubend ein. »Aber nenn mich nie wieder Onkel, *korr*?«

13.

LUCHGA SAPARAK

»Und? Was meinst du?«

»Ich weiß nicht.« Balbok schüttelte den Kopf. »Denkst du wirklich, er ist schon so weit?«

Er betrachtete Enok vom Scheitel bis zur Sohle. Der kleine Kerl war wieder gewachsen, ohne Frage – aus dem schimmelgrünen halben Orkling war ein nicht weniger schimmelgrüner Jüngling geworden. Seine dürren Beine steckten jetzt in Stiefeln, und er trug einen ledernen Rock, der voller *bru-mill*-Flecken war, wie es sich gehörte. Aber das Gesicht war noch immer viel zu zart für einen Ork, von der spitzen Nase bis zu den schmalen blauen Augen, sodass man für sein künftiges Aussehen Schlimmes befürchten musste. Um den dünnen Hals hatte Enok eine lederne Schnur, an dem seine allererste Beute hing – der Zahn, den er Rammar ausgeschlagen hatte und der der erste seiner Talismane werden würde …

»Natürlich ist er schon so weit«, war Rammar überzeugt, der mal wieder auf seinem Thron fläzte und alles aus einer erhöhten Perspektive betrachtete. »Sieh ihn dir doch nur mal an!«

»Das mache ich ja gerade«, versicherte Balbok und streckte eine Klaue aus, um Enoks Körpergröße zu prüfen – er ging ihm noch nicht einmal bis zu den Hüften. »Er ist noch klein.«

»Das war ich auch, als ich meine erste Prüfung ablegte«, wandte Rammar ein.

»Schon«, gab Balbok zu, »aber dafür doppelt so breit.«

»Komm schon, Onkel Balbok«, sagte Enok, der vor Ungeduld beinahe platzte und unruhig von einem Bein auf das andere trat. »Lass es mich wenigstens versuchen!«

»Da hörst du's«, schnaubte Rammar. »Hast du vergessen, wie wir damals waren? Was wir alles getan hätten für ein bisschen Anerkennung?«

»*Korr*«, stimmte Balbok zu. »Du wolltest ein *faihok* werden.«

»Das war erst später«, knurrte Rammar und schnitt eine Grimasse angesichts der recht schmerzlichen Erinnerung. »Diese Prüfung hier habe ich mit Leichtigkeit bestanden.«

»Es hat ja auch schon immer viel in dich reingepasst«, konterte Balbok.

»Was soll das nun wieder heißen?«

»Enok ist viel dünner, als du es damals gewesen bist.«

»Na und? Dann soll er sich gefälligst anstrengen! Der Junge lebt bei uns wie die Made im Trollschiss. Die ganze Zeit haben wir ihn durchgefüttert, jetzt soll er mal was dafür tun!«

»So lange nun auch wieder nicht«, gab Balbok zu bedenken, »er ist ja gerade mal einen Mond alt.«

»Schmarren«, knurrte Rammar und schob sich unwirsch vom Thron. »Sieh dir den Knaben doch nur an! Glaubst du, wir hätten so ausgesehen, als wir einen Mond alt gewesen sind?«

»Er ist eben früh dran.« Balbok zwinkerte dem Jungen zu, was dieser grinsend erwiderte.

Rammar kam die Stufen des Thronpodests herab. »*Umbal*, kann oder will es nicht in deinen Schädel, dass hier Elfenzauber im Spiel ist? Denk doch mal nach: Als wir damals den großen Kristall zerdeppert haben, wurde dieses Eiland irgendwie aus der Zeit gerissen. Deshalb vergeht sie hier sehr viel langsamer als anderswo. Während wir also noch im besten grünen Saft stehen, sind die Menschen, die wir einmal kannten, längst Geschichte.«

»*Korr*«, meinte Balbok nicht ohne Stolz. »Wir beide sind eben von gestern.«

»Aber aus irgendeinem Grund ist Enok in seiner eigenen Zeit geblieben, als er auf unsere Insel kam. Das ist der Grund, warum er noch schneller wächst als ein Moderpilz.«

»Und warum ist das so?«

»*Shnorsh*, woher soll ich das wissen? Vielleicht hängt es ja mit diesem verflixten Nebel zusammen, der alle außer uns den Verstand gekostet hat. Ich weiß nur, dass Enok alt genug ist für seine erste Prüfung, also fangen wir jetzt endlich an, bevor ich wegen deines endlosen Geredes noch in *saobh* verfalle!«

Rammar nickte Oisal zu, der am Eingang des Throngewölbes stand und nun mit dem Kastellanstab auf den Boden klopfte. Die Torflügel wurden daraufhin geöffnet, und zwei Untergebene – Ochg und Pachg – traten ein, die einen großen Krug schleppten. Diesen stellten sie unmittelbar vor Enok auf den Boden.

Der Junge sah verunsichert zu seinen Ziehvätern auf, aber noch ehe er fragen konnte, ergriff Oisal das Wort.

»Dies«, erklärte der Kastellan erhobenen Hauptes, »ist *Iomashdeok*, die erste Prüfung. Am Boden dieses Krugs ist ein Talisman verborgen, der dich auf deinem Weg als Krieger begleiten wird, junger – äh – Ork. Du sollst ihn an dich nehmen, jedoch ohne den Krug auszuschütten oder dabei nass zu werden.«

»A-also soll ich den Krug austrinken«, folgerte Enok.

»Wie klug er ist«, anerkannte Balbok stolz. »Ich habe fast einen Mond gebraucht, um darauf zu kommen …«

»… und dann war der Inhalt des Krugs verdunstet«, versetzte Rammar, der sich gut erinnern konnte.

»Ich habe bestanden.«

»Du hast betrogen.«

»Wie ein Ork eben.« Balbok grinste.

»Aber der Krug ist fast so groß wie ich«, wandte Enok ein, auf das riesige Gebilde deutend, das ihm tatsächlich bis zum Kinn reichte. »Wie soll ich das denn schaffen?«

Balbok schickte Rammar eine Ich-habe-es-doch-gleich-gesagt-Geste. Doch wenn Rammar der schrecklich Rasende sich einmal etwas in den Schädel gesetzt hatte, dann war es so leicht nicht wieder von dort zu entfernen. »Keine Ausreden, Junge«, beharrte er, »das ist nur Einbildung, in Wahrheit ist da gar nicht viel drin ...«

»Erlauchte Herrscher«, verschaffte sich in diesem Moment wieder Oisal Gehör, »als Zeremonienmeister ist es meine Pflicht zu sagen, dass das so nicht unseren Gebräuchen entspricht.«

»Was redest du dazwischen?«, fragte Rammar unwirsch.

»Zum einen ist dieser Krug nicht mit Gnomenblut gefüllt, wie es sein sollte, sondern nur mit Wasser ...«

»Blöderweise hat man nie einen Gnom zur Hand, wenn man ihn braucht«, erwiderte Rammar schulterzuckend und deutete auf seinen *saparak*, der am Thron lehnte. »Aber wenn du darauf bestehst, kann ich gerne dich zur Ader lassen.«

»*Douk*«, wehrte der Kastellan ab. Sein Gesicht verfärbte sich bräunlich.

»Und was war der andere Gedanke, der sich in dein Faulhirn geschlichen hat und den du uns unbedingt mitteilen musst?«, wollte Rammar wissen.

»Zum anderen«, fuhr Oisal fort, ein wenig leiser als zuvor, aber noch immer sehr bestimmt, »gebe ich zu bedenken, dass dieser Junge keiner von uns ist. Man muss ihn nur ansehen, um zu wissen, dass er kein echter Ork ist.«

»Soso«, machte Rammar. »Und was ist er dann?«

»Das ... äh ... weiß ich nicht.«

»Dann schlage ich vor, du hältst deine nach Trollhintern stinkende Schnauze«, beschied ihm Rammar barsch, »denn wer auf dieser Insel ein Ork ist und wer nicht, das bestimmen die, die darauf herrschen, verstanden?«

»*Korr*«, versicherte Oisal kleinlaut und verbeugte sich – und in diesem Moment überstürzten sich die Ereignisse.

In Enok, der bislang nur dagestanden und dem Wortwechsel gelauscht hatte, kam plötzlich Leben. Mit einem Satz war er bei Oisal, und noch ehe der Kastellan dazu kam, sich wieder aufzurichten, hing der Junge schon an seinem Hals und kletterte behände in seinen Nacken.

»Was ... soll ... das?«, stieß der Zeremonienmeister hervor und schlug mit dem Stab zu – doch Enok war so schnell, dass Oisal ihn verfehlte und sich selbst einen harten Schlag vor die Stirn versetzte. Er wankte für einen Moment, den der Junge nutzte, um das kleine Messer zu zücken, das er am Gürtel hatte, und die Klinge an Oisals Kehle zu pressen.

Das alles war so schnell gegangen, dass niemand in der Höhle so richtig mitbekommen hatte, was geschehen war. Balbok und Rammar standen vor Verblüffung wie angewurzelt da, selbst die *faihok'hai* waren verdutzt.

»Eine falsche Bewegung, und du läufst aus wie ein kaputter Trinkschlauch«, sagte Enok Oisal voraus, und seine Stimme, obschon die eines Knaben, ließ keinen Zweifel daran, dass er es ernst meinte.

»Tu mir nichts, *korr*?« Oisal ließ seinen Stab fallen und riss in einer Geste der Kapitulation die Arme empor. »Ich habe das alles nicht so gemeint ...«

»Doch, hast du«, widersprach Enok, »aber das macht nichts. Es kommt nämlich nicht auf das Äußere eines Orks an, sondern auf seine inneren Werte. Also darauf, wie viel Schaden er anrichten kann.« Er warf seinen Ziehvätern einen fragenden Blick zu.

Rammar nickte zur Bestätigung.

Balbok lächelte voller Stolz.

»Und jetzt«, verlangte Enok von dem Kastellan, in dessen Nacken er saß, »wirst du den Krug für mich austrinken.«

»Ich? Aber ...«

»Los«, drängte der Junge und verstärkte den Druck hinter der Klinge. Die Hand zitterte ihm vor Aufregung, und seine Kraft begann bereits nachzulassen, aber Oisal spürte das zum Glück nicht. Und da der Zeremonienmeister nicht gerade zu den mutigsten Orks gehörte, trat er langsam vor, hob den Krug an und begann zu trinken. Mehrmals wollte er absetzen, um Luft zu holen, aber Enok ließ ihn nicht, kitzelte ihn weiter mit der Klinge, bis Oisal den Krug bis auf den Grund geleert hatte.

Kaum hatte der Kastellan den Krug wieder zurück auf den Boden gestellt, ließ Enok von ihm ab. Über den Rücken des verblüfften Orks rutschte er herab und war im nächsten Moment bereits beim Krug, stürzte ihn um und griff hinein. Was er hervorholte, war ein beschnitzter Knochen an einer Lederschnur. Mit viel – wirklich ausgesprochen viel – Fantasie konnte man darin einen Vogel erkennen.

»Selbst gemacht von deinem Onkel Balbok«, verkündete Balbok stolz.

»Dann habe ich die Prüfung bestanden?« Enoks blaue Augen sahen die Brüder mit bangem Erwarten an. »Ich habe den Krug nicht umgeschüttet, und nass geworden bin ich auch nicht.«

»Du ... hast betrogen«, stöhnte Oisal, der noch immer um Atem rang und sich seinen schmerzenden Hals rieb.

»Wie ein Ork eben«, bestätigte Enok und hielt grinsend den erbeuteten Talisman hoch.

Balbok und Rammar sahen sich an und nickten einander zu. Dann griff Balbok hinter seinen Thron und holte etwas hervor. Es war unverkennbar ein *saparak*, die bevorzugte Waffe eines Orks, die sich gleichermaßen zum Werfen wie zum Hauen eignete – nur dass er sehr viel kürzer war als die üblichen Exemplare.

»Hier, mein Junge«, verkündete Balbok feierlich. »Das haben wir für dich machen lassen.«

»Den hast du dir verdient«, fügte Rammar hinzu.

Staunend betrachtete Enok die Waffe. Rasch hängte er sich seinen neuen Talisman um den Hals, dann griff er nach dem *saparak*, wog ihn in den Händen, schwang ihn durch die Luft und einmal wie zufällig in Oisals Richtung, der daraufhin verschreckt zusammenzuckte.

Im nächsten Moment gab es kein Halten mehr.

Balbok riss die Arme hoch und stieß einen lauten Kriegsruf aus, Rammar schnappte Enok samt seines *saparak* und setzte ihn sich auf die Schulter, und gemeinsam ließen sie ihn hochleben.

Viele *faihok'hai* fielen in das Triumphgeschrei ein und jubelten, dass es von der Höhlendecke widerhallte …

Aber nicht alle.

Oisal jubelte nicht.

Der Zeremonienmeister stand nachdenklich abseits des Tumults, und sein Gesicht verfinsterte sich zusehends.

14.

OR SOULG

»Langsam.« Balbok hatte die Stimme zu einem Flüstern gesenkt. Reglos kauerte er neben Enok im Gebüsch. »Nimm dir so viel Zeit, wie du brauchst.«

»Aber nicht zu viel«, maulte Rammar aus dem Hintergrund. »Sonst ist die Wildsau weg, und wir gehen leer aus.«

»Ruhig«, ermahnte ihn Balbok wieder.

»Schaut doch hin! Das Viech wird bereits unruhig!«

Der Eber, der vor ihnen auf der Lichtung stand und mit dem Gewaff im weichen Waldboden nach Engerlingen wühlte, hatte das Haupt schon mehrmals zurückgeworfen, so als würde er etwas wittern. Bislang hatte er sich dann zwar jedes Mal wieder grunzend seinem Futter zugewandt, aber es war wohl nur eine Frage der Zeit, bis er die Flucht ergreifen würde …

»Du musst das Ziel vor Augen haben«, schärfte Balbok seinem kleinen Schützling ein, der neben ihm den *saparak* zum Wurf erhoben hatte. »Weißt du noch, wo du ihn treffen musst?«

Enok nickte grimmig.

»Jetzt schmeiß endlich!«, drängelte Rammar von hinten. »Ich bin hungrig!«

Enok, der den *saparak* in der rechten Hand hielt und den linken Arm nach vorn genommen hatte, um besser zielen und werfen zu können, holte noch ein wenig weiter aus. Dabei stieß er gegen einen Ast, und ein Vogel flatterte auf.

Das Wildschwein schreckte hoch, dass Erdreich nach allen Seiten spritzte, gleichzeitig warf Enok seine Waffe, und der *saparak* schnellte wie ein Pfeil durch die Luft – doch er kam zu spät. Zwar landete er genau dort, wohin Enok gezielt hatte, doch der Eber war nicht mehr an dieser Stelle.

»*Shnorsh!*«, maulte Rammar, der die Schinken schon in der königlichen Speisekammer hatte hängen sehen. Wie eine ganze Horde Wildschweine brach er auf die Lichtung und verschaffte seinem Ärger Luft. »Habe ich euch beiden *umbal'hai* nicht gesagt, dass ihr euch beeilen sollt?«

»Enok war eben noch nicht so weit«, meinte Balbok, der nun ebenfalls aus dem Unterholz trat, Enok im Schlepp. »Das wird schon.«

»Na, hoffentlich bald«, lamentierte sein feister Bruder. »Sonst werde ich auf dieser Jagd noch verhungern!«

»Tut mir leid«, meinte Enok niedergeschlagen. Allein in den letzten Tagen war er wieder ein Stück gewachsen und an der Schwelle zum Jugendalter. Ein schmächtiges Bürschlein war er nach wie vor, zumindest nach Rammars Empfinden, aber nachdem er die erste Prüfung abgelegt hatte, war die Zeit gekommen, ihn dennoch ein paar wichtige Dinge zu lehren …

»Wie bitte?«, fragte Rammar. »Hat mein behämmerter Bruder dir das beigebracht? Ein Ork aus echtem Tod und Horn entschuldigt sich nicht, hast du verstanden? Unsere Sprache kannte ursprünglich nicht mal ein Wort dafür«, fügte er mit einem zornigen Seitenblick in Balboks Richtung hinzu.

»Ich mein ja nur.« Der Junge zog den *saparak* aus dem Boden und reinigte die Klinge am Moos. Dann schob er sie wieder in das Futteral, das er wie seine Ziehväter auf dem Rücken trug.

»Du solltest aufhören, was zu meinen, und lieber was erlegen«, wies Rammar ihn zurecht. »Als ich in deinem Alter war, hatte ich schon eine halbe Horde Gnomen erlegt – bei den Wildsäuen habe ich erst gar nicht mitgezählt.«

»Und warum nicht?«, wollte Enok wissen.

Balbok stieß ein Lachen aus.

»Weil es … so viele waren, sehr viele eben«, fügte Rammar hastig hinzu. »Alle anderen Jünglinge platzten fast vor Neid, und die Ork-maiden renkten sich nach mir die Hälse aus!«

»Äh, Rammar«, wandte Balbok ein, der schließlich auch dabei gewesen war und die Vergangenheit etwas weniger ruhmreich in Erinnerung hatte, aber sein Bruder ließ ihn erst gar nicht zu Wort kommen.

»Wenn du es zu etwas bringen willst, musst du lernen, deinen *saparak* einzusetzen«, klärte er Enok auf. »Wenn ein Ork überhaupt einen Freund hat, dann ist es sein *saparak*, denn er rettet ihm das Leben, ganz gleich ob auf dem Schlachtfeld oder auf der Jagd. Seine Klinge bewahrt dich vor dem Verhungern.«

»Das verstehe ich«, versicherte Enok und strich seinen *faltash* zurück, der ihm ins Gesicht gefallen war. »Aber könnten wir nicht einfach etwas anderes essen?«

»Was denn zum Beispiel?«

»Na ja«, begann der Junge aufzuzählen, »wir könnten wie der Eber im Boden nach Maden wühlen. Oder Pflanzen essen, Beeren und Wurzeln ...«

Rammar entfuhr ein würgendes Geräusch, sein Blick war plötz-lich panikerfüllt. Wurde aus dem Jungen, den sie in ihre Obhut ge-nommen hatten, womöglich ein *lus-irk*?

Er holte tief Luft, um ihn zurechtzuweisen, wollte ihm eine lange Predigt darüber halten, dass es für einen Ork nichts Schöneres gab, als seine Hauer in rohes, noch blutiges Fleisch zu schlagen ... als sich plötzlich das Gebüsch teilte und zwei Orks mit wildem Ge-schrei aus dem Unterholz setzten, der eine mit einem Speer, der andere mit einem *saparak* bewaffnet. Balbok und Rammar wussten nicht, worüber sie mehr entsetzt sein sollten – über das blutlüsterne Flackern in den Augen der beiden Krieger oder über die Tatsache, dass es sich um zwei ihrer *faihok'hai* handelte, der königlichen Leib-wächter, die ihnen Gehorsam bis in den Tod geschworen hatten!

»Habt ihr den Verstand verloren, uns so zu erschrecken?«, wet-terte Rammar prompt drauflos. »Was soll der *shnor...*?«

Er kam nicht einmal mehr dazu, das Wort auszusprechen, denn der *saparak* des einen Wächters ging bereits auf ihn nieder. Dass er nicht in Rammars linke Schulter fuhr und ihm den Arm abtrennte, war nur einem günstigen Zufall zu verdanken – Rammars eigener Klinge nämlich, die er noch auf dem Rücken hatte und deren Parierstange den mörderischen Hieb abfing.

Der *faihok*, der in seinem hirnlosen Blutdurst nicht mit einer solchen Schwierigkeit gerechnet hatte, stieß eine Verwünschung aus. Er riss seine Waffe hoch, um sie ein zweites Mal niedersausen zu lassen, gezielter diesmal, doch bevor er dazu kam, traf ihn Rammars geballte Rechte mit voller Wucht.

Rammar entfuhr ein Schmerzensschrei, als sie gegen den Brustpanzer des *faihok* donnerte, aber der Schlag war heftig genug, um den Angreifer zurückzustoßen. Der Ork geriet ins Taumeln und hatte Mühe, auf den Beinen zu bleiben – Zeit, die Rammar nutzte, um seinen eigenen *saparak* frei zu bekommen und zum Gegenangriff überzugehen. Funken schlugen, als die Klingen der beiden *saparak'hai* aufeinandertrafen.

Balbok hatte unterdessen mit dem anderen Leibwächter zu tun. Den Spieß in der Achselbeuge, so als wollte er einen Troll erlegen, griff der *faihok* den hageren Ork an, der noch immer nicht recht glauben konnte, was geschah.

»Krolok«, rief er, »ich bin es doch! Dein König Balbok!«

»Verräter!«, zischte der andere und war drauf und dran, ihm die Speerspitze durch den Unterleib zu treiben. Doch auch wenn er in den letzten Monden wenig Zeit auf dem Schlachtfeld und umso mehr auf seinem Thron verbracht haben mochte – eingerostet war Balbok der ungemein Brutale deshalb noch lange nicht.

Mit beiden Pranken griff er den Speerschaft knapp unterhalb der Spitze und lenkte sie an sich vorbei. Krolok, der sein ganzes Gewicht in den Angriff gelegt hatte, konnte nicht einfach stehen bleiben. Er taumelte weiter und krachte mit dem Kopf gegen Balboks gesenkte Stirn. Es schepperte ganz fürchterlich, und obwohl der *faihok* einen Helm trug und Balbok nicht, taumelte er benommen zurück. Dabei fiel er über eine Baumwurzel und stürzte rücklings zu Boden.

Balbok stand über ihm. Den Speer hatte er Kroloks Klauen entrungen und drehte ihn jetzt um, sodass die Spitze auf die Brust des keuchend am Boden liegenden *faihok* zeigte.

»Und?«, erkundigte sich Balbok mit ehrlicher Besorgnis. »Geht's wieder?«

Krolok sah hasserfüllt zu ihm auf. »Verräter«, stieß er abermals hervor und spuckte aus, »das nächste Mal werde ich dich vom Hals bis zu den Eiern …«

Der Speer, den Balbok niedergehen ließ, durchbohrte seinen Hals und heftete ihn an den Boden, auf dem er blutend verendete.

»Eher nicht«, meinte Balbok trocken – als ein gellender Schrei erklang.

Balbok fuhr herum und sah, wie Enok, der am Rand der Lichtung stand und mit vor Entsetzen weit aufgerissenen Augen den Kampf verfolgt hatte, von grünen Klauen gepackt und ins Unterholz gezerrt wurde. Balbok wollte dem Jungen zu Hilfe kommen, doch in diesem Augenblick geriet auch Rammar in Bedrängnis!

In rascher Folge hatten sein Gegner und er die *saparak'hai* gekreuzt, so schnell, dass Rammar rasch die Puste ausgegangen war. Schwerfällig hatte er seine Waffe gegen den *faihok* geschwungen, der sie ihm kurzerhand aus der Klaue geschlagen hatte und bereits ausholte, um Rammar mit einem einzigen sauberen *kro-buchg* den dicken Schädel zu spalten.

Balbok kam es vor, als würde die Zeit stillstehen. Sein gehetzter Blick flog zwischen Enok und Rammar hin und her, während er verzweifelt überlegte, was er tun sollte … Da er zu keinem Ergebnis kam, übernahmen seine Instinkte.

Den *saparak* aus der Scheide zu ziehen, damit zu zielen und ihn zu werfen war eine einzige geschmeidige Bewegung.

Die schwere Klinge schwirrte quer über die Lichtung, ereilte den *faihok* einen Lidschlag, ehe dieser seine Waffe auf Rammar niederfahren lassen konnte, und trennte ihm ohne Federlesens das Haupt vom Rumpf.

Und die erhobenen Schwertarme gleich mit.

Der Torso stand noch einen Moment, dann fiel er rücklings und blieb reglos liegen.

»Und was davon hat jetzt so verdammt lange gedauert?«, fuhr Rammar seinen Bruder an, Zorn leuchtete in seinen Augen. »Der

Kerl war kurz davor, mich zu spalten wie ein Stück Holz. Ich hätte mir vor Schreck fast in die *broigas* gemacht!«

Balbok ging gar nicht darauf ein.

»E-Enok«, stieß er hervor, während er auf Rammars Seite der Lichtung eilte, um sich seinen *saparak* zurückzuholen. Nach verrichtetem *krobor* hatte sich die Waffe waagrecht in den Stamm eines Baumes gegraben und war dort stecken geblieben.

»Was ist mit dem Jungen?«, fragte Rammar, der keuchend auch seinen *saparak* wieder vom Boden auflas.

»Sie haben ihn gestohlen!«, rief Balbok nur und riss seine Waffe aus der Borke. »Dort!«, fügte er hinzu und deutete auf die Stelle, wo Enok gestanden hatte, als die grünen Klauen ihn gepackt und ins Gebüsch gezerrt hatten.

Eine Pause entstand, in der Rammar nur ein- und ausatmete.

»Sag das noch mal«, stieß er dann hervor.

»Sie haben Enok ge...«

»*Kriok!*«, brüllte Rammar, laut genug, um die Toten aus Kuruls Grube zu holen. »Wie können sie es wagen, sich an dem Jungen zu vergreifen? Meinetwegen können sie meine Trollsülze fressen, unseren Thronsaal kurz und klein schlagen oder dich in kleine Teile zerhacken ...«

»Äh, Rammar«, meldete sich Balbok zu Wort.

»... aber Enok rühren sie verdammt noch mal nicht an! Wenn ich die erwische, verfüttere ich sie bei lebendigem Leib an tollwütige Gnome!«

»Wir müssen hinterher«, erklärte Balbok drängend und schickte sich an, die Verfolgung aufzunehmen.

»*Shnorsh* ... natürlich müssen wir ... hinterher.« Rammar keuchte, nicht nur vor Wut, sondern auch von der Erschöpfung des Kampfes. Er wünschte sich, in letzter Zeit ein bisschen weniger *brumill* verdrückt zu haben. »Geh schon mal vor, ich komme gleich n...«

Erneut teilte sich Gebüsch vor ihnen. Doch diesmal war es kein blutrünstiger *faihok*, der daraus hervortrat, sondern kein anderer als Oisal der Kastellan.

»Da bist du ja endlich, du nutzloser *umbal*«, schimpfte Rammar.

»Ruf sofort die *faihok'hai*! Verräter haben uns angegriffen und den kleinen Enok entführt! Wir müssen ihn suchen und zurückholen ...«

Oisal erwiderte nichts. Der Zeremonienmeister stand nur da, steif und hölzern, und starrte die beiden Könige aus weit aufgerissenen Augen an. Mit der einen Klaue hielt er den Stab, auf den er sich stützte, die andere hatte er auf den Hals gepresst.

»Hörst du nicht, was ich sage?«, blaffte Rammar ihn an. »Tu gefälligst, was dir befohlen wurde, oder ...«

In diesem Moment fiel Oisals Hand herab und offenbarte eine Schnittwunde, die quer über seine Kehle verlief, von einem Ohr bis zum anderen. Blut schwallte daraus hervor und lief über den Hals in seine Rüstung. Der Blick, den er seinen beiden Königen zuwarf, war voll ungläubigen Staunens. Dann brach er zusammen.

War auch Oisal den Verrätern zum Opfer gefallen? Noch bevor Rammar diesen Gedanken aussprechen konnte, trat hinter dem blutenden Körper des Orks eine andere Gestalt hervor.

Balbok und Rammar trauten ihren eitrigen Augen nicht: Dort stand kein anderer als Enok, den ihm eigenen kindlich-grimmigen Ausdruck im Gesicht und den kurzen *saparak* noch in der Hand.

Frisches Blut troff von der Klinge.

Oisals Blut.

»Bei Narkods Hammer!«

Während Balbok zu dem Jungen stürzte, stampfte Rammar zu Oisal. Der Zeremonienmeister lag in einem Farnbusch, umgeben von einem sich stets noch vergrößernden See aus Blut ... aber er war noch nicht tot.

»Was sollte das, hä?«, fuhr Rammar ihn an.

Oisal, der glasig zu ihm aufsah, schien etwas erwidern zu wollen, aber mehr als ein Röcheln brachte er nicht zustande. Mit ersterbenden Kräften winkte er Rammar zu sich herab.

»Was willst du?« Rammar bückte sich, soweit seine Korpulenz es zuließ. »Warum haben die *faihok'hai* uns angegriffen? Steckst du etwa dahinter?«

»Der ... Junge«, stieß Oisal mühsam hervor.

»Was soll mit ihm sein?«

»Er ist … die Dunkelheit.«

»Was du nicht sagst.« Rammar verzog das Gesicht.

»Kein … echter Ork.«

»Das war auch keiner von euch, als Balbok und ich euch damals fanden. Ein elender Haufen Möchtegerns wart ihr.«

»Er ist das Verderben«, beharrte Oisal. »Kann es spüren …«

Er schien noch weiterreden zu wollen, doch seine Kräfte schwanden. Noch einmal röchelte er, dann verkrampfte sich sein Körper, und er lag still.

Rammar schnaubte und murmelte eine Verwünschung. Dann wandte er sich zu Balbok und dem Jungen um.

Enok war unverletzt.

Er berichtete, wie Oisal ihn gepackt und ins Gebüsch gezerrt hatte, wie er versucht habe, ihn mit einem *sgash* zu erstechen – und Enok seinen *saparak* gezückt und den Spieß kurzerhand umgedreht habe.

Seine Ziehväter staunten nicht schlecht.

Da hatten sie ihrem jungen Schützling beibringen wollen, wie man einen Eber erlegte, und er ging nahtlos schon zur nächsten Lektion über und brachte einen Feind um die Ecke!

»*Anful!*«, rief Balbok und stieß seinen *saparak* in die Luft.

»*Anful!*«, bestätigte Rammar, und gemeinsam ließen sie den Jungen hochleben, der gar nicht recht wusste, wie ihm geschah. Tatsächlich hatte er, ohne es zu wollen, bereits die nächste Prüfung bestanden, nämlich *anful*.

Das erste Blutvergießen.

»Weißt du noch, Rammar?«, fragte Balbok im Überschwang der Begeisterung. »Als ich neulich davon sprach, dass wir uns um einen Nachfolger kümmern müssen?«

»Leider kann ich mich an den meisten Blödsinn erinnern, den du verzapfst. Und weiter?«

»Wahrscheinlich wirst du jetzt gleich wieder böse werden«, sagte Balbok, »aber ich glaube …«

»Was du glaubst oder nicht, interessiert mich nicht«, fiel Rammar ihm ins Wort und bedachte Enok mit einem stolzen Seitenblick. »Ich weiß nämlich schon, dass wir ihn gefunden haben.«

15.

SLICHGE EUGASH TULL

Der Augenblick war gekommen.

Dies war der Anlass für Currans Reise nach Nurmorod gewesen. Der Grund dafür, dass er seinen Eid als Prinz des Reiches gebrochen, seinen Vater und seinen Bruder verraten und ein geheimes Abkommen mit Margok geschlossen hatte, dem Dunkelelfen, dessen Namen man in Dinas Lan und den Hallen von Shakara nur noch hinter vorgehaltener Hand erwähnte, so als hätte es ihn nie gegeben.

Gewiss, er wagte alles dabei, seine unsterbliche Seele ebenso wie sein Leben, seine Privilegien und alles, was er je gewesen war. Doch all dies galt ihm nichts im Vergleich zu dem, was Margok ihm versprochen hatte.

Grenzenlose Geltung – und einen festen Platz in den Annalen der Geschichte …

Ein ganzes Rudel von Margoks niederen Helfern hatte Curran in seinem Gemach abgeholt und geleitete ihn hinab in die Kaverne, in der das Ritual vollzogen werden sollte. Kein Ritual von der Sorte, wie sie in Shakara beschworen wurden, kein hohles Geschwafel, keine sinnentleerten Gesten, keine Verbeugung vor Traditionen, die sich längst selbst überlebt hatten. Sondern wahre magische Kraft, die aus dem Inneren der Elfenkristalle stammte.

Margok hatte sie entschlüsselt, hatte in alten Chroniken das Geheimnis entdeckt, wie sich die Macht der Kristalle nutzen ließ, und anders als die ewigen Zauderer des Ordens hatte er sich nicht davor gefürchtet, dieses Wissen anzuwenden. Das erste Ergebnis waren die Kristallpforten gewesen. Margok – damals noch unter seinem Ordensnamen Qoray – hatte schon damals bewiesen, wozu er fähig war. Doch statt ihm auf ewig dankbar zu sein, hatte man ihm seinen Erfolg geneidet, hatte ihn verstoßen und in die Fremde verbannt, und auch Currans Vater Askanor hatte nichts unternommen, um dieses Unrecht rückgängig zu machen. Er, Curran, war hingegen nach Nurmorod gekommen, um Abbitte zu leisten für den Starr-sinn und die Ignoranz seiner Sippe – und um ein Bündnis zu besie-geln, das vor vielen Monden geschlossen worden war und das nun seine Erfüllung finden sollte …

Die Treppe zur Kaverne führte steil hinab.

Roter Lichtschein erfüllte das Gewölbe, das einst ein Drachen-hort gewesen war und eine feuerspeiende Bestie namens Luraka beherbergt hatte; doch das Licht stammte nicht von den Feuerscha-len, in denen blakende Flammen züngelten, sondern von den Kris-tallen, die inmitten schroffer Stalaktiten von der Decke wuchsen und aus ihrem Inneren heraus zu glühen schienen. Sie waren brüchig und unregelmäßig, schienen anderen Gesetzen zu gehor-chen als jene in Shakara. Margok hatte sie gezüchtet und korrum-piert mit dem Blut der gefallenen Legionäre. Mitleid oder auch nur Zweifel empfand Curran dennoch nicht. Zog man die Größe der Vision in Betracht und bedachte man, welche Pläne der Dunkelelf verfolgte, so war der Tod von ein paar Dutzend Legionären ein ge-ringer Preis … so, wie auch Currans Tod nur ein geringer Preis ge-wesen wäre. Das eigene Leben nicht als das Maß aller Dinge zu be-trachten, hatte man ihn als Prinzen des Reiches von Kindesbeinen an gelehrt.

Und genau diesem Grundsatz folgte er.

Unterhalb der von der Decke hängenden Kristalle befand sich ein steinernes Becken von rechteckiger Form. Wie tief es war, ließ sich nicht erkennen, roter Dampf waberte über den Rand und be-deckte den Boden der Kaverne, über den wieselflink Margoks Handlanger huschten. Auch Currans Getreue waren zugegen, bil-deten ein Spalier, das vom Fuß der Treppe zum Becken führte. Dort, im roten Licht der Kristalle, stand der Dunkelelf selbst und blickte Curran mit glühenden Augen entgegen.

Beklemmung befiel ihn für einen Moment, das Bewusstsein, dass es nun kein Zurück mehr gab. Dennoch ging er weiter, setzte einen Fuß vor den anderen. Als er das Ende der Treppe erreichte, waren seine Bedenken vergessen und endgültig grimmiger Entschlossen-heit gewichen.

Dufanor und Aderyn erwarteten ihn am Eingang des Spaliers.

Sie nahmen Haltung an und erwiesen ihm als ihrem Anführer und Waffenbruder die Ehre. Dann traten sie vor und nahmen ihm den Schwertgurt mit der Klinge ab und den Umhang von den Schultern. Der Blick, mit dem Aderyn ihn dabei bedachte, war lang und eindringlich. Margok hatte recht behalten, sie hatte ihn erwartet in jener Nacht, und beide waren in heftiger Leidenschaft füreinander entbrannt. Doch vor allem anderen war Aderyn eine Kriegerin; sie wusste um ihre Pflicht und den Schwur, den sie geleistet hatte.

Mit einem Nicken bestärkte sie Curran auf seinem Weg. Dufanor klopfte ihm ermunternd auf die Schulter. Es folgten die Offiziere, die ihm die Rüstung abnahmen – Hirulon den Harnisch und die ledernen Schienen an den Armen, Narkon die durch Beinschienen verstärkten Stiefel. Kelon und Korukan oblag es sodann, die Schnallen des Kettenhemds zu lösen. Gulucin und Borman nahmen ihm schließlich Tunika und Untergewand ab.

So nackt, wie seine Mutter ihn einst geboren hatte, trat Curran vor das steinerne Becken. Es war so passend, wie es nur sein konnte, denn heute würde er sein altes Leben zurücklassen und wiedergeboren werden – größer, stärker und mächtiger, als er es je gewesen war.

Die Diener hatten ihre Vorbereitungen beendet. Wer von ihnen nicht mehr gebraucht wurde, huschte eilfertig davon, die anderen begannen, gewaltige Pauken zu schlagen, deren dumpfer Klang die Höhle erfüllte. Ihrem Rhythmus folgend kam Margok gemessenen Schrittes hinter dem Becken hervor. Seine schmalen Gesichtszüge verrieten keine Regung, seine glühenden Augen fixierten Curran, ohne dass sich je die Lider schlossen.

»Mein Gebieter«, begann der Prinz von Dinas Lan und verneigte sich.

»Mein Diener«, entgegnete der Dunkelelf. »Bist du bereit, deinen Gefährten voranzugehen?«

»Das bin ich«, erklärte Curran, worauf Margok begann, mit kalter Knochenhand Symbole auf seine bleiche Haut zu malen, Zeichen von einer Art, wie Curran sie noch nie zuvor gesehen hatte. Vermutlich stammten sie aus einer anderen Zeit und Sprache, besaßen die dunkle Kraft, die Margok zu entfesseln suchte. Wo der

Dunkelelf Currans Haut berührte, begann sie zu glühen. Rauch stieg davon auf, und es roch nach verbranntem Fleisch. Der Schmerz traf Askanors Sohn trotz allem unvorbereitet und brachte ihn fast um den Verstand, aber er ließ keinen Laut der Klage vernehmen.

»Die Trommeln«, schärfte Margok ihm ein, »höre auf die Trommeln. Sie weisen dir den Weg!«

Trotz des Feuers, das durch seinen Körper fegte, versuchte Curran, der Aufforderung nachzukommen und seinen Geist zu öffnen. Der Trommelschlag, der die Höhle erbeben ließ, drang daraufhin auch in sein Inneres, erfüllte sein Bewusstsein und wurde eins mit dem Pulsieren seines Herzens.

Daraufhin beruhigte sich Curran ein wenig. Der Schmerz war noch immer da, aber er hatte jetzt das Gefühl, ihn zu kontrollieren. Der Gedanke, dass es sein eigenes verbranntes Fleisch war, das er roch, hatte ihm eben noch Übelkeit verursacht – nun nahm er das alles kaum noch wahr. Gleichgültigkeit befiel ihn, Gelassenheit gegenüber seinem eigenen Schicksal. Nur noch das Ritual war von Bedeutung, die Verwirklichung von Margoks Plänen ... seinen Plänen.

»Komm«, raunte der Dunkelelf ihm zu, und Curran setzte sich in Bewegung.

Er wusste, was kommen würde, Margok hatte es ihm offenbart. Keine Intrigen, keine Ränke. Der Dunkelelf hielt mit der Wahrheit nicht hinter dem Berg, die Lüge war ihm fremd. Anders als Currans Vater und seinem Bruder ...

Der Klang der Trommeln steigerte sich, wurde schneller und drängender. Schritt für Schritt näherte sich Curran dem Becken und den Stufen, die vom vorderen Rand in die Tiefe führten. Margok, der dabeistand, die Arme weit ausgebreitet und dabei leise Worte einer längst vergessenen Sprache murmelnd, schien ihn an unsichtbaren Fäden zu dirigieren.

Curran überwand den Rand des Beckens und stieg die Stufen hinab. Er fühlte Blicke auf sich ruhen, die Margoks ebenso wie die seiner Gefährten, die sich schon in wenigen Tagen demselben Ritual unterziehen würden wie er ... mit demselben Ergebnis.

Als wäre er ein lebendes, empfindendes Wesen, reagierte der rote

Nebel auf die Berührung. Im ersten Moment wich er vor Curran zurück, dann kroch er an ihm empor und hüllte ihn ein – und plötzlich hatte Curran das Gefühl, davon gepackt und zu Boden gezerrt zu werden.

Instinktiv bäumte er sich auf, begann, Widerstand zu leisten, doch auf Margoks Befehl hin ließ er sich fallen. Die Schwaden, die bleischwer an ihm zu hängen schienen, zerrten ihn auf den steinernen Grund des Beckens. Die Welt um ihn herum verschwand hinter einer roten Wand, und er lag flach auf dem Rücken, starrte empor zu den Kristallen, die nun über ihm hingen und deren blutrotes Leuchten sich mit jedem Trommelschlag noch steigerte.

Im nächsten Moment wurde das Glühen der Kristalle so intensiv und die Hitze, die sie ausstrahlten, so unerträglich, dass Curran davor die Augen schließen musste.

Dann kam der Schmerz erneut, größer und heftiger, als er es erwartet hätte. Die Intensität raubte ihm fast den Verstand. Er konnte nicht anders, als den Mund zu öffnen und seine Verzweiflung und Agonie laut hinauszubrüllen. Doch zu seiner Verblüffung verließ kein einziger Laut seine Kehle, nur die Stimme Margoks war weiterhin zu hören.

Curran spürte noch, wie ihm die Sinne schwanden.

Dann kam die Dunkelheit.

16.

KOUSNASH'HAI

Der Zwischenfall im Wald hatte manches verändert.

Zum einen die Art, wie Balbok und Rammar ihre Untergebenen betrachteten, denn nach dem schändlichen Verrat Oisals und der beiden *faihok'hai* waren die beiden noch sehr viel misstrauischer ihnen gegenüber geworden.

Die Köpfe der Verräter würden nach alter Art geschrumpft und öffentlich zur Schau gestellt werden, damit alle sehen konnten, wie es jenen erging, die sich gegen die königlichen Brüder stellten. Doch so sicher wie zuvor fühlten sich die beiden in ihrem Thronsaal nicht mehr. Und was Rammar betraf, so gingen ihm Oisals letzte Worte nicht mehr aus dem Kopf.

Was, bei Kurul, hatte den Kastellan dazu gebracht, solchen prophetischen Unsinn von sich zu geben, wie es sonst nur Schmalaugen und sich selbst überschätzende Milchgesichter taten? Hatte er aus Neid gehandelt? Aus Eifersucht, weil er sich selbst Hoffnung auf den Thron gemacht hatte? Oder steckte noch etwas anderes dahinter?

Zum anderen war auch Enok seit diesem Tag nicht mehr derselbe.

Vielleicht lag es daran, dass der Junge seinen ersten Kampf auf Leben und Tod bestanden hatte, vielleicht auch daran, dass seine Ziehväter ihn seither als ihren Nachfolger betrachteten und auch nicht müde wurden, das allen gegenüber zu betonen. Jedenfalls war aus dem schimmelgrünen Orkling, den Balbok an jenem Tag vor knapp zwei Monden aus dem Wrack gezogen hatte, ein *balash* im besten Saft geworden. Blass war er zwar immer noch, doch hatte er an Körpergröße zugelegt und zeigte sich geschickt im täglichen Umgang mit dem *saparak*. Das Talent, das er dabei an den Tag legte, machte die Brüder stolz, und sie übertrafen sich darin, ihm Lektionen über das Wesen wahren Orkseins zu erteilen …

»Ein echter Ork fragt nicht lange, ob er etwas haben darf«, erklärte Rammar gerade, der auf seinem Thron fläzte, während Balbok und Enok sich einen wilden Übungskampf quer durch den Thronsaal lieferten. Trümmer eines Tischs lagen umher, der dabei zu Bruch gegangen war, und haufenweise Scherben. Immer wieder unternahmen sie Ausfälle, um die Deckung des anderen zu umgehen, und natürlich war Balbok seinem jungen Schützling sowohl an Körperkraft als auch an Erfahrung weit überlegen; aber Enok machte vieles davon mit Gewitztheit und Schnelligkeit wett.

»Was tut er dann?«, fragte der Junge, während Balbok und er sich lauernd im Licht der Fackeln umkreisten.

»Er nimmt es sich einfach«, erwiderte Rammar.

»Und wenn es schon ein anderer hat?«

»Dann erschlägt er ihn und nimmt es sich trotzdem.«

»Seid ihr so auch Könige geworden?« Wieder trafen die Klingen der beiden *saparak'hai* aufeinander, Funken flogen im Halbdunkel des Thronsaals.

»*Korr*, was denkst du denn? Dieses Königreich ist uns nicht in den Schoß gefallen, sondern wir haben es im Schweiß unseres Angesichts erobert, indem wir die Orks befreiten, die hier versklavt waren.«

»Von Schmalaugen«, fügte Balbok hinzu.

»Schmalaugen?« Enok ließ seine Klinge sinken und unterbrach den Kampf. »Das habt ihr schon öfter gesagt – was sind Schmalaugen?«

Rammar sah Balbok an, und Balbok sah Rammar an.

Es war klar gewesen, dass derartige Fragen früher oder später kommen würden. Aber später wäre ihnen lieber gewesen.

»Die Schmalaugen – oder Elfen, wie sie auch genannt werden – sind überaus garstige Kreaturen«, erklärte Rammar voller Abscheu. »Orks haben nichts mit ihnen am Helm, am besten geht man ihnen aus dem Weg.«

»Sind sie stärker als wir?«

»*Douk.*« Rammar schüttelte entschieden den Kopf. »Aber schlau sind sie und ziemlich verschlagen.«

»Und manchmal haben sie Zauberkräfte«, fügte Balbok hinzu. »Deshalb bist du ja hier gelandet.«

Enok horchte verwundert auf. »Ich dachte, ihr hättet mich gefunden.«

»Das haben wir auch«, versicherte Rammar und bedachte Balbok mit einem strafenden Blick – wieso nur konnte sein dämlicher Bruder nicht mal den Rand halten?

»Und wo?« Enok legte seinen *saparak* beiseite, die Frage seiner Herkunft schien ihn jetzt mehr zu interessieren.

»Weiß ich nicht mehr«, knurrte Rammar und machte eine fahrige Armbewegung. »Irgendwo eben. Im Wald, glaube ich. Oder an der Küste.«

»Dort, wo die dunkle Wolke ist?«

»*Korr*«, bestätigte Balbok, noch ehe Rammar etwas erwidern

konnte. »Der Staub ist noch immer zu sehen, denn dort ist ein Schiff vom Himmel gefallen«, erklärte er, einen Klauenfinger belehrend erhoben. Rammar verdrehte die Augen.

Verwirrt sah Enok von einem zum anderen. »Was soll das heißen?«

»Das heißt gar nichts«, versicherte Rammar. »Balbok redet Unfug, wie immer, wenn der Tag zu lang ist. Oder hast du schon mal ein Schiff gesehen, das fliegen kann?«

»Eigentlich«, überlegte Enok, »habe ich noch überhaupt kein Schiff gesehen ...«

Das stimmte natürlich, denn auch wenn sich der Junge mit atemberaubender Geschwindigkeit entwickelte, beschränkte sich sein Wissen bislang auf das, was seine beiden Ziehväter ihm beibrachten. Und das wiederum drehte sich im Wesentlichen um das, was das Orkmaul kurz und treffend mit *irk - sabal'dok - mor'dok* beschrieb.

Fressen.

Kämpfen.

Herrschen.

»Ich bin wirklich mit einem Schiff gekommen?«, bohrte Enok weiter.

»Schon möglich«, räumte Rammar zögernd ein.

»Warum habt ihr mir das nie gesagt?«

»Weil du nie danach gefragt hast.«

»Wie sollte ich danach fragen, wenn ich gar nicht ...«

»Keine Klugshnorsherei«, fiel Rammar ihm ins Wort.

Enok verdrehte die Augen. »Ist das der Grund, warum ich anders bin als ihr? Anders als alle anderen Orks im *korzoul*?«

Rammar seufzte – genau das hatte er vermeiden wollen. Fragen über Fragen, die überhaupt kein Ende mehr nahmen. Er schickte Balbok einen auffordernden Blick. Sein bescheuerter Bruder hatte die Lawine losgetreten, sollte er sich nun auch darum kümmern.

»Sieh mal, Kleiner«, wandte sich Balbok prompt an Enok, »es ist völlig egal,. ob du ein bisschen anders aussiehst oder nicht. Die Hauptsache ist doch ...«

»Mir ist es aber nicht egal!«, widersprach Enok, mit einem

schneidenden Tonfall, den er ihnen gegenüber noch nie angeschlagen hatte. Rammar zuckte auf seinem Thron zusammen.

»He«, knurrte er, »so redest du nicht mit deinem … Onkel.«

Enok beachtete ihn gar nicht. »Ihr habt behauptet, dass Elfen garstige Kreaturen und eure Feinde sind«, fuhr er vorwurfsvoll fort. »Aber wenn ich mit einem ihrer Schiffe gekommen und anders bin als ihr, dann bedeutete das doch, dass … dass …«

Er verstummte, das Unaussprechliche wollte ihm nicht über die Lippen kommen, aber seine Blicke flogen flehend zwischen seinen beiden Ziehvätern hin und her.

»Das muss überhaupt nichts bedeuten«, meinte Balbok kopfschüttelnd, »auch Schmalaugen sehen nämlich ganz anders aus als du. Ich meine, abgesehen davon, dass du ihre Größe hast und auch dein Gesicht, deine Nase und die Augen ziemlich elfisch daherkom–«

»Na und?«, polterte Rammar dazwischen. »Dafür hast du grüne Haut, und deine Ohren sind so orkisch, wie sie es nur sein können. Von deinem schwarzen Haar und dem *faltash* auf deinem Kopf ganz zu schweigen. Zufrieden?«

»Aber was bin ich dann?«, wollte Enok wissen. »Ich bin kein Schmalauge und ganz offenbar auch kein Ork – was also dann? Und gibt es womöglich noch mehr von … meiner Art?«

»*Douk*«, verneinte Rammar schnell.

Etwas zu schnell …

»Ist das auch wahr?« Die blauen Augen des Jungen sahen den dicken Ork forschend an. Er fühlte sich unwohl unter ihrem Blick. »Verheimlicht ihr mir etwas?«

»Wieso sollten wir?« Rammar grunzte.

»Dieses Schiff, mit dem ich kam – vielleicht waren dort noch mehr, die so sind wie ich?«

»*Douk*.« Rammar schüttelte kategorisch das klobige Haupt. »Und jetzt hör endlich auf mit der Fragerei. Du bist ja noch schlimmer als mein dämlicher Bruder!«

»*Korr*.« Balbok grinste.

»Aber ich muss es wissen«, beharrte Enok. »Wenn ihr beide etwas über meine Herkunft wisst, über das Volk, von dem ich stamme, dann müsst ihr es mir auf der Stelle sagen!«

»Einen *shnorsh* müssen wir«, widersprach Rammar. »Und jetzt mach gefälligst mit deinen Übungen weiter.«

»Bekomme ich dann Antworten?«

»*Douk.*« Rammar schüttelte abermals den Kopf – worauf Enok zum *saparak* griff und ihn Balbok scheppernd vor die Füße warf. Dann war er auch schon auf dem Weg nach draußen.

»Aber ...«, rief Balbok ihm hinterher.

Der Junge drehte sich nicht mehr um. Stattdessen versetzte er dem *faihok*, der rechts von der Tür stand, noch einen wütenden Fausthieb in den Schritt. Der Krieger verdrehte die Augen und ging winselnd nieder. Dann war Enok im dunklen Gang verschwunden.

»So was«, entrüstete sich Balbok, um gleich darauf wieder breit zu grinsen. »Wie wütend er werden kann«, meinte er voller Stolz. »Und so schön ausrasten, von jetzt auf gleich.«

»Das kommt davon, dass du ihm immer alles durchgehen lässt«, brummte Rammar. »Ich sage dir, du verwöhnst den Knaben zu sehr, das verdirbt den Charakter. Und jetzt, wo der Warg erst mal aus dem Käfig ist, wird der Jüngling nicht mehr aufhören, uns mit Fragen zu löchern: Wie er auf unsere Insel gekommen ist, warum wir ihn bei uns aufgenommen haben, was mit dem Rest der Besatzung passiert ist und so weiter. Und natürlich die wichtigste aller Fragen ...«

»Was es zu essen gibt?«, schlug Balbok vor.

»Schmarren – die nach der Zukunft«, erklärte Rammar unwirsch. »In dieser Hinsicht sind sich Schmalaugen und Milchgesichter absolut gleich. Sie wollen nicht nur wissen, woher sie kommen und wer sie sind, sondern auch, wohin sie gehen werden.«

»Und? Wohin gehen wir?«

»Faulhirn, damit will ich sagen, dass sie sich fortwährend fragen, was ihre Bestimmung auf dieser Welt ist, statt einfach zu leben und den Tag zu töten, wie wir das tun. Ich massakriere, also bin ich, heißt es bei uns. Und Schluss.«

Balbok sah seinen Bruder betroffen an. »Und du meinst, Enok wird uns all diese Fragen stellen?«

»Ganz bestimmt sogar.«

»Und ... werden wir ihm die Wahrheit sagen?«

Rammar schnaubte und blies weißen Dampf aus seinen Nüstern. »Natürlich nicht, *umbal*. Wir sind Orks aus echtem Tod und Horn – uns ist nichts so sehr verhasst wie die Wahrheit.«

17.

FOBH!

»So kann es nicht weitergehen.«

Watschelnd wie weiland Bormod ging Rammar vor der Tür von Enoks Quartier auf und ab.

Sie war verschlossen.

Von innen.

Und Rammars Ohren dröhnten noch jetzt von dem donnernden Geräusch, mit dem der Junge die rostige Eisenpforte ins Schloss geworfen hatte.

Nur ein paar Tage waren seit dem Vorfall im Thronsaal verstrichen. An Körpergröße gewachsen war Enok in dieser Zeit kaum noch, aber er war muskulöser und seine Schultern breiter geworden. Vor allem aber hatte sein Eigensinn abermals zugenommen, und das, obwohl sie ihm sogar seine eigene kleine Wohnhöhle gegeben hatten, um ihn zufriedenzustellen.

Mehrmals täglich kam es jetzt zum Streit, mitunter über Dinge, über die zu streiten nicht einmal Rammar dem schrecklich Rasenden in den Sinn gekommen wäre. Die Schärfe des *bru-mill*, der Rost an den Rüstungen der *faihok'hai*, der Geruch im Thronsaal – alles schien plötzlich Enoks Missfallen zu erregen und gab Anlass zu ebenso lautstarken wie handfesten Auseinandersetzungen.

»Was ist nur in den Jungen gefahren?«, maulte Rammar vor sich hin. »Eben ist er noch ein wahrer Musterork, der seinem Möchtegern-Meuchler die Kehle durchschneidet, und plötzlich verwandelt er sich in das reinste *uchl-bhuurz*.«

»Vielleicht ist ja Zauberei im Spiel«, mutmaßte Balbok schaudernd. Mit langem Gesicht stand er vor der verschlossenen Pforte.

»Vielleicht zeigt dieser komische Nebel jetzt erst bei Enok Wirkung und er verliert auch seinen Verstand?«

»Oder sein elfisches Erbe kommt langsam durch, was noch schlimmer wäre«, fügte Rammar düster hinzu. »Denn irgendwas hat der Junge mit den Schmalaugen zu schaffen, das war von Anfang an klar ... Vielleicht ist das ihre späte Rache dafür, dass wir ihren Kristallpalast zu Klump gehauen haben. Womöglich haben sie ihn geschickt, um uns die Lust am Königsein zu verderben und uns in den Wahnsinn zu treiben?«

»Oder es liegt einfach nur daran, dass er nicht weiß, wer er ist und woher er kommt«, gab Balbok zu bedenken. »Das verunsichert ihn vielleicht.«

»Schmarren«, fauchte Rammar. »Daran liegt es gewiss nicht.«

»Aber jeder Ork will doch wissen, aus welchem *bolboug* er stammt«, verteidigte Balbok seine Annahme. »Wieso sollte es bei Enok anders sein? Auch er will eben auf etwas stolz sein!«

»Er kann stolz darauf sein, dass er so schnell gewachsen ist! Dass er mehr *bru-mill* futtern kann als du und furzen wie Gonz der Fresssack! Und dass er Oisal den verräterischen Hals aufgesäbelt hat!«

»Das reicht ihm wohl nicht«, vermutete Balbok.

»Und genau das ist das Problem.« Rammar war stehen geblieben und schickte seinem Bruder einen tadelnden Blick. »Du hast das Bürschchen zu sehr verwöhnt, und jetzt ist es mit nichts mehr zufrieden und *shnorsht* uns auf den Kopf.«

»Meinst du?« Instinktiv fasste sich Balbok ans spärlich behaarte Haupt.

»Allerdings, *umbal*! Du erlaubst ihm immer alles, während ich dann den Spielverderber spielen muss.«

»Aber Rammar, du liebst es doch, der Spielverderber zu sein. Schon ganz früher, als wir Knochenwürfeln spielten ...«

»Du weißt, wie ich es meine! Aber damit ist jetzt endgültig Schluss!« In einem Ausbruch jähen Zorns fuhr Rammar herum und warf seine geballten Fäuste gegen die Tür, dass es nur so durch das Gewölbe dröhnte. »Aufmachen, aber sofort!«, donnerte er.

Es kam keine Antwort.

»Hörst du nicht, du kleiner Hirnfurz? Du sollst aufmachen, und zwar sofort!«

Wieder keine Antwort.

»Hier ist Rammar der schrecklich Rasende, dein Herrscher und König!«, brüllte der dicke Ork weiter. »Und Balbok«, fügte er leiser hinzu, als dieser ihm auffordernd zunickte.

Es geschah wieder nichts, noch nicht einmal Schritte waren von jenseits der Tür zu hören. Der Knabe schien sich wirklich ganz aufs Schmollen verlegt zu haben, was Rammar nur noch mehr in Rage brachte. Mit aller Kraft rüttelte er an der Tür. Aus der Zarge drang Staub, und etwas Rost fiel ab.

Sonst geschah nichts.

»Weißt du«, meinte Balbok leise, »vielleicht hätte ich ihm die Sache mit dem Schiff nicht verraten sollen …«

»Das war dämlich«, räumte Rammar ein, »aber früher oder später wäre er sowieso darauf gekommen. Der Knabe mag vieles sein, aber einfältig ist er nicht. Allerdings gibt ihm das noch längst nicht das Recht, hier den wilden Ork zu spielen! Wenn einer in diesem Palast in *saobh* verfällt, dann bin ich das!«

Und wie um zu beweisen, dass er noch immer die Fähigkeit besaß, jederzeit einen Blutsturz zu bekommen und in die berüchtigte orkische Raserei zu verfallen, senkte er das Haupt und rannte damit frontal gegen die Tür. Da er keinen Helm trug, blieb das Ergebnis – von einem weiteren dröhnenden Geräusch und hämmerndem Kopfschmerz abgesehen – bescheiden.

»Was bildet sich dieser kleine Shnorsher eigentlich ein?«, fragte Rammar, sich den schmerzenden *klogionn* haltend. Er wankte auf seinen kurzen Beinen.

»Vielleicht brauchen wir Hilfe«, meinte Balbok.

»Blödsinn, wozu denn?«, fragte Rammar und rieb sich den schmerzenden Schädel. »Das gibt höchstens eine Beule.«

»Das meine ich nicht.« Balbok schüttelte den Kopf. »Ich habe nachgedacht.«

»Ach ja.«

»Enok ist jetzt seit zwei Monden bei uns.«

»Und?«

»In dieser Zeit ist er vom *ork-loun* zum *balash* gereift. Aber wie geht es jetzt weiter?«

»Was meinst du?«

»Ich meine, wenn er weiter so schnell altert, wird er bald älter sein als wir. Wie soll er dann unsere Nachfolge antreten?«

Rammar schnitt eine Grimasse. Auch wenn er sich lieber ein Bein abgebissen hätte, als es offen zuzugeben, war dieser Einwand seines Bruders durchaus berechtigt. »Glaubst du, daran hätte ich noch nicht gedacht?«, schnauzte er Balbok an. »Also habe ich längst entschieden, dass wir Hilfe brauchen! Sobald sich der Bursche wieder ein wenig gefangen hat, werden wir mit ihm einen Troll-Schamanen aufsuchen.«

»Du willst mit ihm zu den Trollen gehen?«

»Von mir aus auch zu einem Medizinmann der Gnomen. Hauptsache, wir können diesen verdammten Elfenzauber brechen.«

»Und … wenn es nicht gelingt?«, fragte Balbok leise.

Die beiden Brüder sahen einander an, die Blicke ihrer blutunterlaufenen Augen trafen sich. Ärger und Sorge lagen in diesen seltsamen Tagen eng beieinander – und brachten Rammar dazu, abermals in einen Wutausbruch zu verfallen. »Mach jetzt sofort auf«, schrie er die verschlossene Tür an, »oder du kriegst zwei Wochen lang keinen *bru-mill* mehr! Und dein erstes Blutbier kannst du auch vergessen, Freundchen!«

Wieder keine Antwort.

»Wie du willst, dann kommen wir jetzt rein!«, kündigte Rammar wütend an. »An … ri …«

»Da«, verbesserte Balbok, der besser zählen konnte.

»*Drashda!*«, befahl Rammar – und gemeinsam warfen sie sich mit voller Wucht gegen die Tür.

Das Türblatt hielt zwar immer noch stand, jedoch nicht die rostigen Angeln, und der rostige Riegel erst recht nicht. Knirschend gaben sie nach, und die Tür brach auf.

Die Orks, die ihr ganzes Gewicht in die Waagschale geworfen hatten, gerieten ins Taumeln und stürzten bäuchlings zu Boden, wobei Balbok das Pech hatte, unter die Leibesfülle seines Bruders zu geraten. Die Luft wurde ihm aus den Lungen gedrückt, für einen

Moment konnte er nichts als dunkle Flecke vor seinen Augen erkennen. Und als sie wieder verschwunden waren, sah er, dass niemand in der Wohnhöhle war!

Enoks Lager war unberührt. Von ihm selbst fehlte jede Spur, sogar seinen *saparak* hatte er mitgenommen.

Nur den kleinen Lederbeutel mit den Talismanen – Rammars ausgeschlagenem Zahn und dem kleinen Vogel, den Balbok geschnitzt hatte – hatte er zurückgelassen.

»Was … hat das zu bedeuten?«, fragte Balbok bestürzt. »Wo ist er hin?«

»Da fragst du noch?« Rammar raffte sich schwerfällig auf die Beine. Dass er dabei auf seinen unter ihm liegenden Bruder trat, merkte er gar nicht. Das Loch in der Höhlendecke, durch das fahles Tageslicht einfiel, nahm seine ganze Aufmerksamkeit in Anspruch. Und das dicke Seil, dessen Ende daraus hervorbaumelte und fast bis zum Boden reichte. »Enok hat sich aus dem Staub gemacht.«

»Aber wohin?« Balbok hatte sich ebenfalls wieder aufgerappelt und spähte argwöhnisch und auch ein wenig bewundernd in die Öffnung. Man musste ein ziemlich guter Kletterer sein, um da hinaufzukommen.

»Woher soll ich das wissen? Vermutlich, um mehr über seine Herkunft herauszufinden, weil du ihm das eingeredet hast.«

»Dann sollten wir ihm folgen und ihn zurückholen«, schlug Balbok vor.

Rammar schüttelte den Kopf. »Lass ihn gehen. Er muss den Weg selbst finden.«

»Und … wenn er nicht zurückkommt?«, fragte Balbok und merkte richtig, wie ihn ein kalter Stich durchfuhr.

»Ein Krieger kehrt immer wieder an den Futtertrog zurück«, antwortete Rammar mit einer alten Ork-Weisheit.

Sie hatte sich bewahrheitet, so lange Rammar denken konnte. Aber warum, fragte er sich, hatte er jetzt so ein mieses Gefühl …?

18.

BRUORK

»Komm.«

Die Stimme war plötzlich da, irgendwo in seinem Kopf.

Curran vermochte nicht zu sagen, ob es seine eigene war oder die eines anderen, aber sie rief nach ihm. Auch durch den Schmerz und die Benommenheit, die ihn Nebelschwaden gleich umhüllte.

Er wollte die Augen aufschlagen, als ihm klar wurde, dass sie bereits geöffnet waren. In diesem Moment fiel ein greller Lichtstrahl in sein Gesicht und blendete ihn. Er riss die Hand empor, um sich davor zu schützen. Doch der Umriss, den er im Gegenlicht sah, war fremd und ungewohnt.

War dies seine Hand?

Er bewegte die Finger, die länger und kräftiger waren, als er es gewohnt war. Doch es waren ohne Zweifel seine.

Der Lichtstrahl verbreitete sich, drang plötzlich von allen Seiten auf ihn ein. Curran begriff, dass die steinerne Platte, die sich auf das Becken gesenkt hatte, wieder angehoben wurde.

Seine Gedanken fügten sich langsam zusammen. Der Sarkophag wurde geöffnet. Und das konnte nur bedeuten, dass seine Verwandlung, seine durch magische Kraft beschleunigte Evolution zu einem höheren und besseren Wesen abgeschlossen war!

Wie lange hatte sie gedauert?

Wie viel Zeit war vergangen?

Für ihn hatte es nur einen Augenblick gedauert – oder doch eine Ewigkeit? In seinen Knochen brannte ein dunkles Feuer, was in Anbetracht der Veränderung, die sie vollzogen hatten, nicht verwunderlich war. Aber der Schmerz war nicht zu vergleichen mit dem, den Curran zu Beginn der Prozedur durchlitten hatte. Jeder Augenblick davon hatte sich wie mit einem glühenden Eisen in sein Bewusstsein eingebrannt.

Von unsichtbaren Kräften gehalten, schwebte der schwere Quader davon. Die Kristalle an der Höhlendecke leuchteten nicht mehr, die Feuerkörbe an den Wänden waren jetzt die einzige Lichtquelle. Curran, der in völliger Finsternis gewesen war, erschienen sie dennoch taghell.

»Komm!«

Er hatte die Stimme beinahe vergessen. Nun war sie sehr viel näher, und er war sich nun sicher, dass es der Dunkelelf war, der nach ihm rief – auch wenn er nach wie vor nicht sagen konnte, ob er die Stimme wirklich hörte oder ob sie nur in seinem Kopf war.

»Erhebe dich, Curran, Erster der neuen Art!«

Noch immer auf dem Rücken liegend, hob Curran den Kopf und sah an sich herab. Der Körper, auf den er blickte, war seiner und war es doch auch nicht.

Nicht nur die Farbe seiner Haut hatte sich verändert, war jetzt grünlich und erinnerte auf den ersten Blick an grobes, offenporiges Leder, sondern auch die Beschaffenheit der Knochen, Muskeln und Sehnen darunter.

Alles schien massiver, robuster, stärker zu sein, vom gewaltigen Brustkorb bis zu den Extremitäten.

»Komm jetzt, Curran!«

Die Stimme seines Herrn und Meisters verriet wachsende Ungeduld, Curran wollte ihn nicht noch länger warten lassen. Er schickte sich an, sich aufzusetzen, in der Erwartung, sein Körper würde noch an den Nachwehen der Verwandlung leiden. Doch Muskeln und Sehnen sprachen mit derartiger Schnelligkeit an, dass er schon einen Herzschlag später aufrecht saß. Und im nächsten Moment erhob er sich aus den jetzt feurig flackernden Schwaden, die das Becken noch immer füllten.

Es war, als würde er alle Fesseln und Bürden, die ihm einst auferlegt worden waren, von sich abschütteln. Er konnte das Raunen hören, das durch die Kaverne ging, sowohl vonseiten der Diener als auch von seinen Getreuen, die dort noch immer am Fuß der Treppe standen und ihn anstarrten, als erblickten sie ihn zum ersten Mal. Und er begriff, dass das auf gewisse Weise der Wahrheit entsprach. Entsetzen schien sich gleichermaßen in ihren Zügen zu spiegeln wie grenzenlose Bewunderung.

Curran überwand die Umrandung des Beckens, worauf einige der kleinwüchsigen Helfer heranhuschten. Sie wollten ihn wieder ankleiden, ihm seine Stiefel und seinen Umhang reichen, aber er lehnte ab. Er verspürte kein Bedürfnis nach Kleidung, sein neuer, verbesserter Körper sorgte dafür, dass er weder Kälte empfand noch Hitze, noch hatte er den Eindruck, eines Schutzes zu bedürfen. Er fühlte sich kräftig wie nie zuvor, hätte es in diesem Moment mit einer Hundertschaft von Gegnern aufnehmen können, wähnte sich unbesiegbar … und regelrecht unsterblich.

Margok kam auf ihn zu und musterte ihn mit dem Blick eines Künstlers, der mit akribischer Besessenheit an einem Werk gearbeitet und es nun vollendet hatte.

»Herr?«, fragte Curran. Seine Stimme klang rauer, roher, als er sie in Erinnerung hatte. »Seid Ihr zufrieden mit Eurer Arbeit?«

»In der Tat.« Margok nickte. »Die Umwandlung ist geglückt, und mehr als das. Du bist der Erste einer neuen Art, die sich aus den besten Eigenschaften anderer Arten speist. Deiner Art, Curran, des Askanors Sohn!«

»Der bin ich nicht länger, Meister«, erwiderte Curran, und es klang wie ein Raubtierknurren aus seiner Kehle. »Ich bin nicht mehr, der ich einst war. Von diesem Tag an wird die Geschichte von Erdwelt neu geschrieben.«

Der Dunkelelf erwiderte nichts.

»Ich fühle mich, als könnte ich es mit der ganzen Welt aufnehmen.« Curran hob die langen Arme, unter deren grünlicher Haut eisenharte Muskeln arbeiteten. »Ich will kämpfen, mit dem Schwert in der Hand, will das Blut meiner Feinde fließen sehen.«

»Das wirst du«, sagte jemand hinter ihm. »Aber du wirst dabei nicht allein sein.«

Er wandte sich um.

Dufanor und die anderen waren näher gekommen. In ihren Mienen konnte Curran ungläubiges Staunen erkennen, aber er sah auch Zweifel in ihren Augen, und gar ein leises Grauen in denen Aderyns. Ihm kam der Gedanke, dass er zwar seinen neuen Körper, jedoch noch nicht sein neues Antlitz gesehen hatte. Das alte war ebenmäßig und schön gewesen, eine Zier des Elfengeschlechts. Doch warum bedachten seine Waffenbrüder und selbst die unerschrockene Aderyn ihn mit diesen Blicken?

»Spiegel«, verlangte er nur.

»Ist das wirklich das, was du willst?«, fragte Margok. »Möchtest du nicht erst deinen neuen Körper kennenlernen und die Möglichkeiten erforschen, die er dir gewährt, ehe du dich eitlen Nichtigkeiten zuwendest?«

»Spiegel«, beharrte Curran, worauf der getreue Narkon den Schild abnahm, den er auf dem Rücken trug, und ihm die polierte Innenseite hinhielt.

Was Prinz Curran darin erblickte, entsetzte ihn. Denn was einst sein Gesicht gewesen war, war jetzt eine Fratze: grün und unansehnlich, die Stirn kantig und breit und die Ohren abstehend, die Nase flach wie bei einem Troll. Der Mund – oder vielmehr das Maul – war breit, mit vorstehenden Eckzähnen. Die Augen lagen in tiefen Höhlen vergraben, nur ihre blaue Farbe war geblieben, die jetzt, in diesem entstellten Antlitz, wie blanker Hohn wirkte. Currans Haar, einstmals wohlriechend und gepflegt, wucherte jetzt wild von seinem Kopf, schwarz wie Pech und genauso stinkend.

»Dir gefällt nicht, was du siehst«, sagte der Dunkelelf ungerührt. »Doch bedenke, dass Freiheit ihren Preis hat.«

Curran starrte weiter auf das entstellte Gesicht, das er im Spiegel des Schildes sah, und ihm dämmerte die Erkenntnis, dass sein neuer Herr und Gebieter nur zu recht hatte.

Freiheit war es, wonach er sich stets gesehnt hatte.

Die Freiheit von Heuchelei.

Von Schönheit.

Von Pflichten.

Von Schmerz.

Und von der Schmach, die er als weniger geliebter Sohn stets hatte ertragen müssen …

Je länger er sein neues Antlitz betrachtete, desto weniger grässlich erschien es ihm, und schließlich warf er das Haupt in den Nacken und brach in dröhnendes Gelächter aus. Rohe Wildheit brach sich darin Bahn und übertönte seine Verzweiflung, ließ sie verstummen angesichts seiner neuen, barbarischen Natur.

Und seine Getreuen, sei es aus trotzigem Mut oder aus bloßem Grauen darüber, dass sie ihm schon alsbald auf diesem Pfad folgen würden, fielen in das derbe Gelächter ein. Urtümlich und schrecklich stieg es zur Decke der Kaverne auf, ließ die Kristalle erbeben und trieb die ängstlichen Diener zurück in ihre dunklen Nischen.

19.

AOMURASH

Von einer der Klippen im Norden des *korzoul* aus blickte Enok noch einmal zurück und ließ seinen Blick über den Krater, die Mauern und die Wachtürme schweifen.

Solange er denken konnte, hatte er im Königspalast gelebt, hatte sein ganzes bisheriges Leben dort verbracht. Er hatte dort seine ersten Schritte gelernt und seine ersten Worte gesprochen. Er hatte sich im Umgang mit dem *saparak* geübt und im Wald unweit des *korzoul* das erste Blut vergossen. Und jede einzelne dieser Erinnerungen war mit zwei Namen verbunden.

Balbok und Rammar.

Rammar der schrecklich Rasende und Balbok der ungemein Brutale waren immer um ihn gewesen. Sie hatten ihm gegeben, was er brauchte, und ihn alles gelehrt, was er wusste. Sie hatten ihm das Kämpfen beigebracht und ihm vor Augen geführt, was es bedeutete, ein wahrer Ork zu sein.

Die Sache war nur … er war kein Ork.

Jedenfalls nicht so, wie die beiden es waren.

Enok hatte schon länger zusehends das Gefühl gehabt, anders zu sein, es aber stets verdrängt. Eine Weile lang hatte er gut damit leben können, doch nun ging das nicht mehr.

Die Welt um ihn herum schien in Stein gemeißelt, während er sich beständig veränderte, größer und auch stärker wurde … Die Frage, warum das so war, brannte in seinem Inneren wie ein helles Feuer, das ihn verzehren würde, wenn er nicht Antworten fand.

Und da seine Ziehväter sie ihm nicht geben wollten, mehr noch, da sie ganz offenbar etwas vor ihm zu verbergen schienen, hatte er beschlossen, auf eigene Faust die Wahrheit herauszufinden.

Nicht, dass er sich ihnen gegenüber nicht verpflichtet gefühlt hätte; dass er ihnen nicht dankbar gewesen wäre, zumal sie ihn zu ihrem Nachfolger auf dem Königsthron machen wollten … Doch wie sollte er über andere herrschen, wenn er noch nicht einmal wusste, wer er selbst war? Der Drang danach, das Rätsel seiner Herkunft zu entwirren, war stärker als alles andere. Und wenn Balbok und Rammar nicht gewillt waren, ihm dabei zu helfen, musste er es alleine tun.

An den Wachen vorbeizukommen war nicht weiter schwierig gewesen. Sie waren einfältig und berechenbar, selbst für jemanden, der nicht viel Erfahrung hatte. In der Vorratskammer, die auf Rammars königliche Anordnung immer randvoll gefüllt zu sein hatte, hatte sich Enok Proviant besorgt, dazu hatte er einen wärmenden Umhang mitgenommen und seinen *saparak*. Und natürlich das, was seine beiden Ziehväter ihn gelehrt hatten. Mehr brauchte er nicht. Den Rest, davon war er überzeugt, würde er dort draußen finden.

Sein Ziel stand fest, er konnte es nicht verfehlen – die dunkle Säule, die am südöstlichen Himmel stand, diente ihm als Wegweiser. Stets war sie dort jenseits der Hügel zu sehen gewesen, doch niemals wäre ihm in den Sinn gekommen, dass sie etwas mit ihn zu tun haben könnte.

War dort wirklich ein fliegendes Schiff abgestürzt?

Und was hatte er mit den Schmalaugen zu schaffen, von denen die sonst so unerschrockenen Könige der Orks derart ungern sprachen?

Enok lief die meiste Zeit, anstatt zu marschieren, legte keine Rast ein und verzehrte seinen Proviant im Gehen. Ihm war klar, dass seine Flucht nicht unbemerkt bleiben und man nach ihm suchen würde. Vielleicht, sagte er sich, würden sie ihm auch einen Trupp *faihok'hai* hinterherschicken, um ihn wieder einzufangen und zurückzuholen. Nun, mit denen würde er fertigwerden. Eile war dennoch geboten, und er wollte das Wrack möglichst rasch erreichen. Immer höher und bedrohlicher ragte die dunkle Säule vor ihm auf, bis er sie am späten Nachmittag endlich erreichte.

Zu seiner Verblüffung lag der Ursprung der Säule in einem riesigen Krater, und eigentlich war es auch kein Rauch, der vom Grund des Kessels zum grauen Himmel stieg, sondern ein dichter, alles verhüllender Nebel. Für einen kurzen Moment zögerte Enok, dann stieg er über die Kraterwand ab.

Die Splitter schwarzen Gesteins, die den Trichter bedeckten, knirschten leise unter jedem seiner Schritte, ansonsten war es totenstill. Endlich erreichte Enok den Nebel. Von einem Augenblick zum anderen hüllte er ihn ein, so als würde er ihn verschlingen.

Für einen Moment hatte Enok den Eindruck, als würde etwas sein Innerstes durchwühlen, seine geheimen Gedanken und Ängste. Unruhe überkam ihn, aber auch ein Gefühl von Vertrautheit. Und einen Herzschlag später war es schon wieder vorbei.

Er hatte den Nebel hinter sich gelassen und stand im Zentrum des Kraters, vor einer bizarren, von stachelförmigen Trümmern gesäumten Öffnung, die wie ein zähnestarrendes Maul im Boden klaffte. Die Unruhe, die er eben noch verspürt hatte, empfand er jetzt nicht mehr. Im Gegenteil kam ihm all dies auf eigenartige Weise bekannt vor, obwohl er sich nicht erinnern konnte, jemals zuvor hier gewesen zu sein.

Die dunkle Öffnung übte eine eigenartige Faszination auf ihn aus. Es war, als würde sie nach ihm rufen ... War das mehr als nur bloße Einbildung? War da tatsächlich eine dunkle, tonlose Stimme, die aus der Tiefe drang?

Curran.

Enok zuckte zusammen. Hatte er dieses Wort tatsächlich gehört, oder war es nur Einbildung gewesen?

Curran.

Nein, jetzt war er sich sicher. Das Wort war da, in seinem Kopf. Er hatte keine Ahnung, was es bedeutete, aber wie so vieles hier kam es ihm passend und bedeutsam vor, auf eine rätselhafte Weise.

Erneut überwand er sich und trat näher, wollte in den dunklen Schlund hinabsteigen, als er die toten Körper bemerkte. Überall waren sie, die verbrannten Überreste elender Kreaturen, die mit den Trümmern oder dem Boden verschmolzen zu sein schienen. Der Anblick überraschte Enok so, dass er das Gleichgewicht verlor und in die Öffnung stürzte. Und da deren Wände steil waren und von Scherben und Geröll übersät, fand er keinen Halt und schlitterte mit den Füßen voraus in die Tiefe.

Enok schrie auf, doch es war, als raubte die Dunkelheit die Worte von seinen Lippen. Sie verschwanden in der Schwärze, die auch ihn verschlang – bis die halsbrecherische Schlitterpartie abrupt endete. Der Junge stieß gegen ein Hindernis und fühlte Schmerz, sein Bewusstsein flackerte für einen Moment.

Als er sich wieder gefasst hatte, fand er sich auf dem Boden liegend, umgeben von beinahe völliger Schwärze. Furcht verspürte er dennoch nicht, im Gegenteil … Er fühlte sich sicher und geborgen, so als wäre er nach einer langen Zeit in der Fremde nun wieder nach Hause zurückgekehrt.

Mit einem Stöhnen raffte er sich auf und sah sich um. Im wenigen Licht, das durch den Schacht einfiel, konnte er keine Einzelheiten erkennen, nur dunkle Konturen. Das Ding, gegen das er geprallt war, hatte offenbar einmal die Form eines riesigen Eis besessen. Es war, wie alles hier, beinahe vollständig zerstört worden – doch was war das? Enok glaubte plötzlich, im Inneren des geborstenen Gebildes ein blaues Schimmern zu bemerken …

Auf noch immer wackligen Beinen näherte er sich dem Ding. Das Leuchten verstärkte sich, drang durch die Fugen und Ritzen des geschwärzten Gesteins.

Enok erreichte das Gebilde und spähte hinein -- auch dieser Anblick kam ihm vertraut vor, ebenso wie der des länglichen, glasigen Gebildes, das dort lag und blau leuchtete.

Mit einer Unerschrockenheit, die ihn selbst überraschte, beugte er sich hinein und griff danach. Instinktiv wusste er, dass es sich um einen Splitter von Elfenkristall handelte, der nun glatt und kühl in seiner Hand lag.

Er drehte das Stück und betrachtete es von allen Seiten. Wozu es wohl gut sein mochte? Enok hatte keine Antwort auf diese Frage, aber ihm war klar, dass es ein Gegenstand von großer Macht sein musste …

Plötzlich war ein Geräusch zu hören, irgendwo über ihm in dem dunklen Schacht.

Erschrocken blickte Enok nach oben – und konnte im Licht des Kristalls sehen, wie sich eine riesige, schwarze, achtbeinige Silhouette aus dem Halbdunkel senkte.

20.

KASH'HAI UR'CUDACH

Für einen Moment war Enok wie erstarrt.

Dann griff er nach dem *saparak*.

Lange dürre Beine, die von schwarzem Fell überzogen waren, tasteten sich in das von blauem Lichtschein erhellte Gewölbe, gefolgt von einem ungeheuren Körper, groß wie der eines ausgewachsenen Pferdes. Er war behaart und in Segmente untergliedert, mit einem scheußlichen Haupt, das Enok aus einer Vielzahl von Augen anstarrte, und mörderischen Mandibeln, von denen grüner Geifer troff. Einer solchen Kreatur war Enok noch nie begegnet. Schon war sie dabei, sich auf ihren acht langen, steil abgewinkelten Beinen in die kleine Kammer zu schieben, geradewegs auf ihn zu.

Enok wich zurück, den *saparak* in der einen, den Kristallsplitter in der anderen Hand. Seine Blicke flogen zwischen dem vieläugigen Haupt und den Beinen hin und her, während er sich fragte, was das Monstrum wohl als Nächstes tun würde. In seiner Not beschloss er, nicht erst abzuwarten, sondern besann sich auf das, was seine Ziehväter ihm beigebracht hatten: zuerst zuzuschlagen.

Den *saparak* schwingend, unternahm er einen Ausfall und durchtrennte prompt eines der Spinnenbeine. Das abgetrennte Ende landete auf dem Boden, aus dem Stumpf schoss eine zähe Flüssigkeit, die im Schein des Kristalls blau schimmerte.

Das Tier zuckte zurück – um sich im nächsten Moment wieder nach vorn zu werfen. Enok ließ die Klinge herumwirbeln, wie Balbok es ihn gelehrt hatte, und ein zweites Mal niederfahren. Diesmal erwischte er das Bein, das ihm am nächsten war, jedoch nicht mit voller Wucht, sodass er es nur verwundete. Wieder schoss blaues

109

Blut hervor, und noch während Enok ausholte, um erneut zuzuschlagen, war das Monstrum bereits nah heran. Er versuchte noch, mit dem *saparak* zuzustoßen, aber es war schon zu spät. Er musste zurückweichen, geriet dabei ins Taumeln und stürzte.

Im nächsten Moment war das Haupt des Untiers über ihm. Die vielen Augen glotzten auf ihn herab, in jedem einzelnen davon spiegelte sich sein eigenes vor Entsetzen verzerrtes Antlitz, was wohl das Letzte sein würde, das er auf dieser Welt zu sehen bekam. Gift troff von den Mundwerkzeugen, jeden Augenblick würde das Untier sie in Enoks Fleisch schlagen …

Er kniff die Augen zu, wartete auf das sichere Ende – doch der tödliche Biss blieb aus. Ein heiserer Laut war dafür zu hören und dann ein ebenso hässliches wie markiges Geräusch.

Enok riss die Augen wieder auf.

Das Untier war noch immer über ihm, doch konnte er sich nicht mehr in dessen Augen erkennen, die plötzlich matt und milchig geworden waren. Enok fiel der blaue Strich auf, der über das scheußliche Antlitz verlief und es hälftig teilte. Er fragte sich noch, was das zu bedeuten haben mochte, als sich die beiden Hälften plötzlich gegeneinander verschoben und das Untier in der Mitte auseinanderfiel.

Die eine Hälfte seines fetten, behaarten Körpers kippte nach links, die andere nach rechts, gleichzeitig ging ein Schwall blauen Blutes auf Enok nieder.

Er würgte und wischte sich das Zeug angewidert aus Gesicht und Augen. Als er wieder etwas erkennen konnte, war nicht mehr die scheußliche Fratze des Ungeheuers über ihm, sondern die vertraute Miene eines Orks.

Die von Balbok dem Brutalen.

»*Achgosh*«, grüßte der lässig und grinste dabei von einem spitzen Ohr zum anderen. In seiner Rechten hielt er seinen *saparak*, von dem zäher blauer Lebenssaft troff. »Hast du mich vermisst?«

»Balbok!« Enok sprang auf, raffte sich aus dem Matsch, in dem er lag. »Bin ich froh, dich zu sehen!«

»Ich auch, Kleiner«, erwiderte Balbok. »Rammar wollte nicht, dass ich nach dir suche, aber ich konnte nicht anders.«

Enok sah auf das erlegte Monstrum nieder und brauchte einen Moment, bis sich sein Atem beruhigt hatte. »Es ... tut mir leid«, stieß er dann hervor.

»Was denn?«, fragte Balbok sanft.

»Na, dass ich ausgerissen bin.«

»Schon gut.« Der Ork machte eine wegwerfende Klauenbewegung. »Als Rammar und ich so alt waren wie du, haben wir auch ziemlich viel *shnorsh* gebaut – und Rammar tut es noch immer, aber das darfst du ihm nicht sagen.«

»Versprochen.« Enok grinste schwach. Dann überraschte er Balbok – und auch sich selbst – damit, dass er zu dem Ork hinüberlief und ihn in die Arme schloss.

So standen sie einen Moment, während Balbok ihm die Klaue sanft auf die Schulter klopfte.

Schließlich löste sich Enok von ihm. »Ich glaube, ich wollte nur herausfinden, wer ich bin.«

»Und? Weißt du's jetzt?«

»*Douk.*« Enok schüttelte den Kopf. »Aber ich weiß, dass ich um ein Haar tot gewesen wäre.«

»*Korr,* eine Höhlenspinne«, bestätigte Balbok mit Blick auf die dampfenden Überreste. »Hässliche Biester, aber schmecken gut. Bloß habe ich noch nie eine gesehen, die so groß war.«

»Wirklich?« Enok bedachte die beiden Hälften mit einem argwöhnischen Blick. »Meinst du, das hat etwas mit diesem Wrack zu tun?«

Balbok zuckte mit den schmalen Schultern. »Auf jeden Fall sollten wir etwas von der Spinne mit nach Hause nehmen, vielleicht ist Rammar dann nicht so böse mit uns.«

»Ich will noch nicht nach Hause«, widersprach Enok. »Nicht, bevor ich herausgefunden habe, was es damit auf sich hat«, fügte er hinzu und zeigte Balbok den leuchtenden Splitter.

Die Augen des Orks wurden groß – und auch ein bisschen ängstlich. »Woher hast du das?«, fragte er beinahe ehrfürchtig.

»Hier drin gefunden. Warum?«

»Weil ich so etwas schon eine sehr lange Zeit nicht mehr gesehen habe«, gab Balbok zur Antwort. »Wirklich sehr lange nicht mehr ...«

»Es kommt mir irgendwie bekannt vor«, meinte Enok. »Wo genau hast du mich eigentlich gefunden?«

»Da drüben.« Balbok deutete auf das eiförmige Gebilde. »Da warst du drin.«

»Wirklich? Dort habe ich auch den Kristall gefunden!« Enok kehrte zu dem geborstenen Behältnis zurück und leuchtete hinein, konnte jedoch nichts weiter Ungewöhnliches mehr darin entdecken. »Ist das nicht seltsam?«

»*Korr*«, stimmte Balbok zu, dem in seiner grünen Haut zunehmend unwohl zu werden schien. »Und deshalb sollten wir jetzt aufbrechen. Auch wenn er es nie zugeben würde, sorgt sich Rammar bestimmt schon um uns.«

»Erst, wenn ich noch mehr über mich herausgefunden habe«, erwiderte Enok, jetzt wieder in einem Anflug von Trotz. Er hob den Kristall wie eine Fackel und wandte sich den Wänden des Gewölbes zu, um sie näher zu betrachten. Zu seiner und Balboks Verblüffung reflektierten sie das Leuchten mit einem silbrigen Glitzern, das verschlungene Muster erkennen ließ, Wellenlinien und Kreise, die miteinander verbunden waren.

»Elfenzauber«, flüsterte Balbok. »Rammar würde ausrasten, wenn er das sehen würde.«

Enok spürte, wie sich sein Herzschlag beschleunigte. Er hatte das Gefühl, der Lösung des Rätsels nahe zu sein, dass er kurz davor stand, das Geheimnis seiner Herkunft zu entschlüsseln … »Diese Leichen dort oben«, wandte er sich an Balbok. »Waren das … meine Leute?«

Balbok sah Enok mitfühlend an. »Ich fürchte schon, Kleiner. Deshalb wollten wir nicht, dass du an diesen Ort zurückkehrst.«

Enok seufzte. »Und ich habe gedacht, dass ihr mir etwas verheimlicht.«

»Was denn?«

»Über dieses Schiff, über die Schmalaugen … ihr scheint ziemlich viel über sie zu wissen.«

»Rammar vielleicht, er ist der Schlauere von uns beiden«, gab Balbok zu. »Ich weiß nicht besonders viel über sie – nur, dass wir Orks uns vor ihnen in Acht nehmen müssen.«

»Habt ihr gegen sie gekämpft?«

»Früher manchmal.« Balbok nickte. »Aber inzwischen gibt es sie gar nicht mehr. Die Schmalaugen haben *sochgal* verlassen.«

»*Sochgal?*«

»So heißt die Welt, in der wir leben. Die Schmalaugen sagen *amber* dazu, die Milchgesichter nennen sie Erdwelt, glaub ich ... Aber alle meinen dasselbe.«

»Hm«, machte Enok und überlegte, während er sich in dem Gewölbe umblickte. »Wie sagt mein Volk wohl dazu?«

Balbok sinnierte vor sich hin. »Weißt du«, antwortete er dann, »auf unseren Reisen haben Rammar und ich Elfen getroffen, die unsere Verbündeten wurden, und Orks, die unsere Todfeinde waren. Ich bin kein großer Denker, aber wenn du mich fragst, geht es nicht darum, welche Form jemandes Augen haben oder welche Farbe seine Haut. Und deshalb ist es auch nicht wichtig, was du bist und ob du aus Luraks Pfuhl gekrochen bist oder aus irgendeinem anderen. Die Hauptsache ist, dass du ...«

»Balbok!«, rief Enok plötzlich von der anderen Seite der Kammer. »Das hier musst du dir ansehen!«

Der Ork, der den Kopf einziehen musste, um sich nicht an der schrägen Decke zu stoßen, kam der Aufforderung bereitwillig nach. Enok stand vor einer Nische, die in die Wand eingelassen war. Ringsum leuchteten verschlungene Kreissymbole und beleuchteten etwas, das wie ein Schloss mit einer rautenförmigen Öffnung aussah.

»Und?«, fragte Balbok nur.

»Erkennst du es denn nicht?« Enok hob den noch immer leuchtenden Kristallsplitter hoch. »Es ist dieselbe Form! Der Kristall muss eine Art Schlüssel sein!«

»Meinst du?« Balbok schob das Kinn vor und wollte sich nachdenklich am Hinterkopf kratzen, als Enok auch schon zur Tat schritt. Kurzerhand nahm er den Kristall, setzte ihn an die Öffnung, in die er tatsächlich genau zu passen schien, und schob ihn hinein.

»*Douk!*«, rief Balbok noch.

Aber es war bereits zu spät.

Ein grelles Licht flammte auf.

Und im nächsten Moment waren beide verschwunden.

21.

LORG'HAI ANN DORASH

»*Umbal?*«

Rammar stand am Rand des dunklen Schlunds und starrte hinab. Er hatte gewiss nicht vorgehabt, an diesen schaurigen, stinkenden, von Leichen übersäten Ort zurückzukehren. Aber nachdem Balbok aufgebrochen war, um Enok zu retten, war Rammar wohl oder übel nichts anderes übrig geblieben, als ebenfalls aufzubrechen, um seinen bescheuerten Bruder zu retten … auch wenn er ihm dafür am liebsten den dämlichen Rüssel abgebissen hätte.

»*Umbal*, bist du da drin?«, schnauzte er noch einmal hinab. Es gab kein Echo und keinen Nachhall, so als würde die Dunkelheit seine Worte verschlingen. Eine Antwort bekam er jedoch auch diesmal nicht.

»Wenn du mich zwingst, da runterzusteigen, dann solltest du besser tot sein, denn andernfalls werde ich dich eigenhändig in Kuruls Grube stoßen, hast du verstanden?«

Wieder kein Echo.

Und auch keine Antwort.

Rammar stieß eine Verwünschung aus. Sein Blick ging hinauf zum Kraterrand, wo die *faihok'hai* lagerten, aber natürlich konnte er sie nicht sehen, die Wand aus Nebel verhinderte das. Am liebsten hätte er sich natürlich von seinen Leibwächtern begleiten und in seiner Sänfte zum Grund des Kraters hinabtragen lassen. Aber dann hätten wieder alle den Verstand verloren, und ein Verrückter, um den er sich kümmern musste, genügte ihm voll und ganz …

»Balbok!«, plärrte er noch einmal. »Ich gebe dir noch eine Möglichkeit, freiwillig rauszukommen und den kleinen Shnorsher mitzubringen – andernfalls komme ich jetzt runter!«

Er lauschte, ob nicht doch etwas aus der Tiefe zu hören war, und wenn es nur ein leises Flüstern wäre …

Aber es blieb still.

»Gut, wie du willst«, verkündete Rammar grimmig. »Dann macht euch beide auf etwas gefasst!«

Damit zückte er den *saparak* und rüstete ihn kurzerhand zu einer behelfsmäßigen Fackel um, wie Balbok es damals getan hatte. Mit der brennenden Klinge bewaffnet, wagte er sich über den schroffen Rand und setzte vorsichtig den Fuß auf den steil abfallenden Boden … dann ging es schon steil hinab.

Geröll und Scherben rutschten unter seinen Füßen, er hatte gar keine Wahl, als viele schnelle Schritte zu machen, wenn er nicht stürzen und auf dem *asar* in die Tiefe schlittern wollte. Viel schneller, als er beabsichtigt hatte, gelangte er so in die dunklen Eingeweide des abgestürzten Schiffes. Er lamentierte und fluchte in einem fort, nicht, weil er so wütend war, sondern, um sich selbst von der Angst abzulenken, die sich immer stärker in ihm festsetzte.

Er mochte keinen Elfenzauber, und Orte, die davon durchdrungen waren, konnte er erst recht nicht leiden. Auch fliegende Schiffe waren ihm zuwider, genau wie alles andere, was er nicht mit dem Verstand erfassen konnte, und wenn eines sicher war, dann, dass mit diesem Ort etwas nicht stimmte.

Ein Fluch umgab ihn, eine unheimliche Bedrohung, deshalb hatte er seinem behämmerten Bruder ja auch verboten, Enok zu folgen. Aber natürlich hatte sich Balbok einmal mehr nicht an das gehalten, was Rammar ihm gesagt hatte – und wer hatte nun darunter zu leiden?

Die Schräge mündete in eine Kammer, und wie aus dem Nichts tauchte ein Hindernis auf, gegen das der dicke Ork krachte. Er prallte zurück und landete nun doch auf dem *asar*, inmitten einer glitschigen, stinkenden Lache, die sich auf dem Boden gesammelt hatte. Wie vom wilden Gnomen gebissen, schoss er wieder in die Höhe, um nachzusehen, worin er gelandet war.

Es war das blaue Blut einer Höhlenspinne. Der Rest von ihr lag in zwei Hälften getrennt daneben.

So eine Sauerei konnte nur eines bedeuten.

»Balbok«, knurrte Rammar.

Seufzend sah er sich nach seinem Bruder um, doch in der Kammer war weder von ihm noch von Enok eine Spur zu entdecken.

Dann erst wurde Rammar bewusst, dass es gar nicht die Flamme an seinem *saparak* war, die in dem Gewölbe für Licht sorgte. Sondern ein blaues, seltsam unwirkliches Leuchten, das bei Rammar für Darmverstimmung sorgte. Denn es hatte etwas zutiefst Elfisches an sich, das ihm ganz und gar nicht gefiel …

»*Umbal*«, maulte er leise vor sich hin, »was für einen *bru-mill* hast du uns da nur wieder eingebrockt?«

Den *saparak* abwehrbereit erhoben, umrundete er die Reste des großen, eiförmigen Dings, gegen das er zuvor geprallt war, und sah sich die gegenüberliegende Seite der Kammer an.

Das Licht ging von einem kleinen Gegenstand aus, der dort in der Wand steckte und bei dessen bloßem Anblick sich Rammar sämtliche Nackenborsten sträubten.

Ein Elfenkristall! Bei Kuruls Flamme, er hatte erlebt, wozu diese Dinger fähig waren!

Er holte mit dem *saparak* aus, um das Ding zu zerschmettern. Doch just in dem Augenblick, da er sich dem Kristallsplitter näherte, begannen plötzlich seltsame Zeichen an den Wänden zu leuchten, Wellenlinien und Kreise, die so ineinander verschlungen waren, dass Rammar noch übler wurde, als ihm ohnehin schon war.

Ein greller Lichtblitz erschreckte den Ork derart, dass er den *saparak* fallen ließ.

»*Shnorsh!*«, konnte er gerade noch rufen.

Dann hatte das Licht ihn schon verschlungen.

BUCH II:
UR'KURUL-SLOK
(KURULS GRUBE)

1.

FITHASH'S ITOUN

Zwei Rotationen waren vergangen.

So viele endlose Monde, in denen Liatha vom Balkon ihres Gemachs in den Innenhof des Palasts geblickt und sich an jenen letzten Nachmittag, an jene letzte Unterhaltung mit Curran erinnert hatte, wieder und wieder.

Der wahre Herrscher jedoch, hatte sie zu ihm gesagt, *wirst von euch beiden immer du sein, Geliebter. Und ich bin überzeugt, dass die Untertanen auch dir ihre Herzen schenken würden.*

Mir genügt es, wenn mir eine davon ihr Herz schenkt, hatte er lächelnd erwidert, und sie hatten einander geküsst, lange und innig.

Geliebter Curran.

Dracalón …

Ein leises Räuspern in ihrem Rücken holte Liatha aus ihren Gedanken und erinnerte sie daran, dass sie noch immer eine Antwort schuldig war.

Unter dem spitzen, von marmornen Rosen umrankten Bogen stehend, der hinaus zum Balkon führte, wandte sie sich langsam um – und verspürte einen Stich im Herzen, wie immer, wenn sie Cullan gegenüberstand.

Als sein Zwillingsbruder glich er Curran auf den ersten Blick wie ein Ei dem anderen – der gleiche stattliche Wuchs, die gleichen ebenmäßigen, edlen Gesichtszüge. Bei näherem Hinsehen jedoch gab es vieles, das Liatha bei ihm vermisste. Seiner aufrechten Haltung und herrschaftlichen Kleidung zum Trotz strahlte Cullan nicht die innere Stärke seines Bruders aus, die diesem Stolz und Selbstbewusstsein verliehen hatte, ohne ihn jemals hochmütig wirken zu lassen. Und seine Augen hatten nicht die Sanftheit, mit der Curran sie stets angesehen hatte …

»Verzeiht, Prinz Cullan«, sagte Liatha und deutete dabei eine Verbeugung an, »es lag nicht in meiner Absicht, Euch warten zu lassen.«

»Mir ist es gleich, wie lange ich warten muss, Lady Liatha«, erwiderte Cullan sanft, »solange Ihr mir nur die Antwort gebt, die ich mir erhoffe.«

»Ich bedaure.« Sie biss sich auf die Lippen. »Ich fürchte, dass ich das nicht kann.«

»Warum nicht?« Er machte einen zögernden Schritt auf sie zu. »Wie lange wollt Ihr Euch noch in Eurem Gemach einschließen? Wie lange noch der Welt entsagen und die Farbe der Trauer tragen?«

Sie blickte an sich herab, an den Falten des schwarzen Kleides, das ihre schlanke Gestalt umhüllte. Liatha vermochte selbst nicht mehr zu sagen, wann sie sich entschieden hatte, die Farbe der Trauer anzulegen. War es vor Tagen gewesen? Vor Wochen? Vor Monden?

»Es ist zwei Jahre her, dass mein Bruder Dinas Lan verlassen hat«, fasste Cullan zusammen. »In all dieser Zeit haben wir nichts von ihm gehört und auch nichts von der Einheit, die ihm unterstand. Die Kundschafter, die wir schickten, sind ebenfalls nicht zurückgekehrt. Die Expedition ist verschollen, und wir alle müssen uns mit dem Gedanken abfinden, dass Curran nicht wiederkehren wird. Niemanden schmerzt das mehr als mich, aber wir müssen nach vorn blicken, Liatha. Und wenn ich eines mit Bestimmtheit weiß, dann, dass mein Bruder nicht gewollt hätte, dass Ihr Euch seinetwegen hier verkriecht – noch für den Rest Eurer Tage trauert.«

Liatha nickte.

Bisweilen hatte Schwermut von Curran Besitz ergriffen, doch er hatte das Leben geliebt und sich stets genommen, was es ihm geboten hatte, auch an einfachen Freuden. Anders als sein zum Dünkel neigender Bruder ...

»Was hätte Curran denn Eurer Meinung nach stattdessen gewollt, mein Prinz?«, fragte sie und sah ihr Gegenüber herausfordernd an. »Dass Ihr mir den Hof macht?«

»Dass ich mich Eurer annehme«, drückte Cullan es auf seine Weise aus. »Nur aus diesem Grund habe ich Euch gebeten, mich auf der Jagd zu begleiten. Ihr könnt mir diese Bitte nicht abschlagen.«

»Warum nicht? Jeder bei Hofe weiß, dass ich Eurem Bruder wohlgesinnt war …«

»… so wie jeder weiß, dass er nicht wiederkehren wird.« Cullan zuckte mit den Schultern. »Es ist ein offenes Geheimnis.«

»Dennoch wird es Gerede geben.«

»Am Hof gibt es immer Gerede – erinnert mich daran, dass ich es bei Strafe verbieten lasse, wenn ich erst König bin«, fügte er mit einem flüchtigen Lächeln hinzu, das Liatha jedoch nicht erwiderte. »Das Gerede der Hofschranzen ist mir gleich«, sagte Cullan daraufhin ernst. »Was ich will, seid Ihr, Liatha.«

»Prinz Cullan, ich …«

»In all den Monden, die seit Currans Abreise vergangen sind, habe ich Euch niemals bedrängt, niemals etwas von Euch verlangt. Was ich Euch hingegen biete, ist der Platz zu meiner Rechten. Und eines Tages die Krone des Elfenreiches.«

»Wozu? Warum tut Ihr das? Was bin ich für Euch, mein Prinz? Eine Trophäe?«

»Wie meint Ihr das?« Bestürzt sah er sie an.

»Vergebt mir, Hoheit, aber mir ist nicht entgangen, dass zwischen Eurem Bruder und Euch eine gewisse … Rivalität bestanden hat. Wenn es Euch also darum geht, seine *athana* zur Frau zu nehmen, nur um zu beweisen, dass …«

»Das traut Ihr mir zu?« Mit unverhohlenem Vorwurf sah er sie an, und für einen kurzen, winzigen Augenblick sah sie nicht Cullan vor sich stehen, sondern seinen Bruder, und seine blauen Augen sahen sie durchdringend an.

»Verzeiht, mein Prinz«, flüsterte sie. »Das war unangemessen.«

»Ihr missversteht meine Absichten, Lady Liatha«, versicherte Cullan. »Nicht mein Wohlergehen ist es, für das ich sorgen möchte, sondern das Eure. Und mehr noch …« In einer spontanen Geste beugte er das Knie und sank vor ihr nieder.

»Was … tut Ihr?«, flüsterte sie.

»Mein Herz gehört Euch, Liatha, vom ersten Tag an, da wir einander begegneten. Die Treue zu meinem Bruder und die Verpflichtung gegenüber der Krone haben es mir bis heute verboten, Euch meine Gefühle zu offenbaren. Doch nun kann ich nicht anders, denn ich fürchte nichts mehr, als dass die Gelegenheit, Eure Gunst zu gewinnen, ungenutzt verstreichen könnte, werte Liatha.«

Liatha stockte der Atem. Ihr war immer klar gewesen, dass Cullan ihr gegenüber Gefühle hegte, die sie nicht unbedingt erwiderte. Doch hätte sie niemals angenommen, dass er, der hochgeborene Prinz von Dinas Lan, sich ihr so offen erklären würde …

»*Calónyr*«, fügte er leise hinzu.

»Was … sagt Ihr da?«, fragte sie bestürzt, obwohl sie die Antwort bereits ahnte.

»Mein *essamuin*. Du sollst ihn erfahren, Liatha.«

»Aber das …« Sie schüttelte den Kopf. Seinen geheimen Namen ungebeten zu offenbaren, war nicht recht. Er setzte sie damit bewusst unter Druck, so hatte sie es nicht gewollt …

»Ich würde jederzeit für dich sterben, das solltest du wissen«, fuhr Cullan unbeirrt fort. »Den Tod fürchte ich nicht, aber die Einsamkeit eines langen Lebens. Und ich kann sehen, dass du ebenso einsam bist wie ich. Und jetzt«, fügte er hinzu, worauf sich der Blick seiner blauen Augen abermals flehend auf sie richtete, »möchte ich dich noch einmal fragen, ob du mich zur Jagd begleiten möchtest. Es könnte der Anfang sein, Liatha. Der Beginn von etwas, das ewig währt.«

Noch immer stand sie unentschlossen und gesenkten Hauptes, in ihrem Kleid aus schwarzer Seide. Tränen traten ihr in die Augen, sie konnte sie nicht zurückhalten.

»Weiß Euer Vater davon?«, fragte sie leise.

»Allerdings, und er würde die Verbindung gutheißen, wenn sie entstünde.«

Liatha schloss die Augen.

Es war verwirrend, im einen Moment Cullan und dann wieder seinen Bruder vor sich zu sehen. Ihre Trauer und ihr Schmerz sorgten dafür, dass einer zum anderen wurde. Doch konnte sie jemals lernen, Cullan für das zu lieben, was er war? Und nicht für den, den sie in ihm sah?

Es war schon für das Auge und den Verstand verwirrend, Liathas gebrochenes Herz konnte es kaum ertragen. Und doch … lag nicht auch Wahrheit in dem, was Prinz Cullan sagte?

Gewiss, er war nicht sein Bruder und würde ihm wohl auch niemals ebenbürtig sein. Aber war die Zeit womöglich tatsächlich gekommen, um den Blick von der Vergangenheit zu wenden und nach vorn zu sehen?

Calónyr.

Der sein Herz öffnet.

Vielleicht, sagte sich Liatha, war dies ja die Bestimmung, die Cullans geheimem Namen innewohnte: eine neue Verbindung, die entstehen sollte …

»Ich bin einverstanden«, erklärte sie und reichte ihm die Hand, die er sogleich ergriff.

»Du machst mich zum glücklichsten Mann des Reiches«, versicherte er, küsste ihre Hand und erhob sich wieder. »Und bald schon wirst du die glücklichste Dame des Reiches sein.«

»Das … wäre schön«, erwiderte sie.

Cullan lächelte, und sein Lächeln erschien ihr jetzt ehrlicher, offener als zuvor. Dann verbeugte er sich tief und verließ ihr Gemach. Die Tür schloss sich hinter ihm, und Liatha blieb allein zurück. Allerdings nicht für lange, denn schon im nächsten Moment leisteten bohrende Zweifel ihr Gesellschaft …

Was hatte sie nur getan?

Bedurfte es nur eines Lächelns und einiger schöner Worte, um ihren Verstand zu verwirren und sie zu betören? Nur eines neuen geheimen Namens, um sie ihren geliebten *Dracalón* vergessen zu lassen?

Das grässliche Gefühl, im Überschwang des Augenblicks einen Fehler begangen zu haben, befiel sie und ließ sie nicht wieder los. Tränen der Trauer und der Verzweiflung rannen ihr über die Wangen, während sie ruhelos in ihrem Gemach auf und ab ging, das wegen der einsetzenden Dämmerung mehr und mehr in Dunkelheit versank.

»Was habe ich nur getan?«, flüsterte sie immer wieder. »Vergib mir, mein *Dracalón* …«

Plötzlich klopfte es an die Tür ihres Gemachs.

Liatha horchte auf. War es Cullan, der zurückkehrte? Jäh keimte in ihr die Hoffnung, sie könnte ihre Zusage zurücknehmen, das Gesagte ungeschehen machen. Eilig huschte sie zur Tür und öffnete sie in der Erwartung, den Königssohn vor sich zu sehen – aber da war niemand.

»Hallo?«

Liatha beugte sich vor, spähte in den von weißen Säulen und Kreuzrippen getragenen, von Kerzen erhellten Gang, doch er war leer. Wer immer an die Tür ihres Gemachs geklopft hatte, hatte sich wohl nur einen Scherz mit ihr erlaubt.

Stirnrunzelnd zog sie sich zurück und schloss die Tür. Als sie sich wieder dem Raum zuwandte, erstarrte sie.

Drei Gestalten standen vor ihr.

Im Halbdunkel konnte sie keine Einzelheiten erkennen, doch schon das wenige, das sie sah, ließ ihr das Blut in den Adern gefrieren.

Grüne Haut.

Wildes schwarzes Haar.

Rohe Körper mit langen Armen.

Augen, die im Zwielicht leuchteten.

Nachdem sie einen Augenblick lang in Reglosigkeit verharrt hatte, wollte Liatha ihr Entsetzen laut hinausschreien – doch eine grüne Hand, vielmehr eine Klaue, schoss von der Seite heran und versiegelte ihren Mund, erstickte den Schrei zu einem kläglichen Keuchen.

Liatha warf das Haupt herum, sah in ein schmales grünes Antlitz mit lodernden Augen, offenbar eine weibliche Kreatur …

Die Erkenntnis, dass sie diese Frau einst gekannt hatte, traf Liatha wie ein Blitzschlag. Sie merkte noch, wie die Frau, die über rohe Körperkraft zu verfügen schien, sie mühelos hochhob und über ihre Schulter warf, dann übermannten sie Furcht und Entsetzen, und sie verlor das Bewusstsein.

2.

»Was beim kopflosen Hirul …?«

Die Verwünschung blieb Rammar im Hals stecken. Eben noch hatte er sich in jenem Wrack befunden, das tief in der Erde steckte. Dann hatte ihn der Lichtblitz aus dem verdammten Elfenkristall erfasst, und im nächsten Moment hatte er das Gefühl gehabt, den Boden unter den Füßen zu verlieren.

Alles in ihm schien plötzlich angesogen zu werden, von einer unwiderstehlichen Kraft wie aus Kolaraks Rüssel. Und plötzlich hatte Rammar den Krater, die Insel und dann ganz Erdwelt von oben gesehen (oder es sich zumindest eingebildet), ehe er mit beiden Füßen wieder auf festem Boden landete. Dass er die ganze Zeit über aus Leibeskräften geschrien und lamentiert hatte, merkte er erst, als er wieder auf den Beinen stand. Seine letzte Verwünschung ging in ein Winseln über und erstarb schließlich auf seinen wulstigen Lippen.

Der feiste Ork stand reglos da, während sein Verstand verzweifelt zu begreifen suchte, was seine weit aufgerissenen Augen sahen.

Er stand auf einer Hügelkuppe.

Unter seinen Füßen war grünes Gras, vor ihm lag ein weites Tal. Es war offenbar fruchtbar, denn es gab zahllose kleine Äcker, auf denen noch junge Setzlinge standen, in Reih und Glied wie eine Armee. Dazwischen ragten Bäume auf, deren Äste und Stämme nicht knorrig und verschlungen waren, sondern mächtig und gerade gewachsen. Und über allem spannte sich ein azurblauer, wolkenloser Himmel, an dem Vögel flatterten und lustige Lieder sangen.

Es war, mit einem Wort, ein wahres Idyll.

Rammar verschaffte es einen Würgereiz.

Doch die offenkundige Harmonie von Pflanze, Tier und Landschaft war noch nicht alles, was in ihm Übelkeit erregte. Da war auch die Tatsache, dass die Jahreszeit nicht stimmte. Denn während es auf der Insel kaum einen Unterschied zwischen den Jahreszeiten gab, zeugten die Setzlinge, das widerwärtige Gezwitscher der Vögel und das laue Lüftchen über dem Hügel recht deutlich davon, dass Frühling war.

Und da waren die Berge, ganz andere als auf der Insel. Gewaltige Monumente aus rotem Fels, die sich jenseits der Äcker und der Bäume erhoben und so aussahen, als hätte Gulz der Schlächter seinen *saparak* geschwungen und ihre Gipfel allesamt waagrecht abgeschnitten.

Rammar war weit herumgekommen; im Zuge ihrer Abenteuer war er gemeinsam mit Balbok in die Lande westlich der Modersee vorgestoßen und in den Wald von Trowna; er hatte die Eiswüste bereist und das ferne Land Anar und dabei allerhand Verrücktes erlebt und gesehen. Aber hier, da war er sich sicher, war er noch nie zuvor gewesen.

Auch wenn die Erkenntnis wehtat, dämmerte Rammar dem schrecklich Rasenden, dass er sich nicht mehr auf seiner Insel befand.

Was auch immer geschehen war, der Elfenkristall hatte ihn aus seiner Welt gerissen und in eine andere geschleudert. Dass Schmalaugen-Zauberei zu so etwas fähig war, daran zweifelte der dicke Ork nicht einen Moment.

So, wie er nicht daran zweifelte, wer an diesem Fiasko die Schuld trug ...

»Balbok«, stieß er zwischen gefletschten gelben Zähnen hervor, mehr an sich selbst denn an seinen Bruder gewandt, der ja auch gar nicht da war. »Ich weiß nicht, wo du steckst oder wohin es dich verschlagen hat, aber eines weiß ich bestimmt, nämlich dass ich dir die Kaldaunen rausreißen und dich anschließend damit erwürgen werde! Habe ich dir nicht gesagt, dass du zu Hause bleiben sollst? Dass du den verdammten Grünling gehen lassen sollst? Aber nein, du musstest ja alles besser wissen, musstest ihm unbedingt nachgehen. Nun sieh, wohin es mich gebracht hat! An den buchstäblichen *asar* der Welt – und ich weiß noch nicht einmal, wo das i ...«

Er verstummte, als er hinter sich ein Schnauben hörte.

»Balbok?«, fragte er.

Wieder ein Schnauben.

»Du hirn- und hornloser Trottel«, wetterte Rammar los, um seine Erleichterung darüber zu verbergen, dass er nicht allein in dieser fremden, neuen Welt gestrandet war. »Wie oft habe ich dir schon gesagt, dass du dich nicht von hinten an mich heranschlei…?«

Wieder blieb ihm das letzte Wort im Schlund stecken. Denn noch während er sich umdrehte, stach ihm bereits ein Geruch in den Rüssel, der so gar nichts von seinem Bruder hatte – nicht einmal Balbok brachte es fertig, derart erbärmlich zu stinken!

Dann sah Rammar, was sich da in seinem Rücken an ihn herangeschlichen hatte. Oder vielleicht, sagte er sich, war es ja auch schon die ganze Zeit über da gewesen, und er hatte es nur nicht bemerkt.

Groß und grün war es – aber es war nicht Balbok.

Noch nicht einmal ein Ork.

Sondern ein grässliches, mächtig großes Monstrum – und es stand nur wenige Schritte von Rammar entfernt …

3.

DUNN EUGASH ACHGOSH

»Geht es dir besser?«

Enok hörte die dumpfe Stimme, aber er wusste nicht, woher sie kam. Sie sprach auf eine ziemlich eigenartige Weise. Warum er sie dennoch verstehen konnte, war nur eine der vielen Fragen, die ihm durch den Kopf gingen.

Die wichtigste: Was war passiert?

Er erinnerte sich, dass er den Kristall in die Öffnung geschoben hatte und an Balboks entsetzten Schrei. Dann entsann er sich noch an ein helles, gleißendes Licht – und dann an nichts mehr. Die nächste Erinnerung, die er hatte, war nur wenige Augenblicke alt …

»Ich habe gewusst, dass du zurückkehren würdest«, sagte die Stimme jetzt. »Es war nur eine Frage der Zeit.«

Enok schlug die Augen auf. »Balbok?«, fragte er hilflos. »Rammar? Seid ihr da …?«

Er blinzelte in das Halbdunkel, das ihn umgab. Viel konnte er nicht erkennen, aber eines war ihm augenblicklich klar: dass er nicht mehr bei den Orks weilte.

Die Luft war besser, es roch nicht mehr nach Fäulnis und angegammeltem Fleisch. Wände und Decke waren gerade und nicht nur einfach in den Fels gehauen, und es gab ein Fenster, mit einem rautenförmigen Holzgitter versehen. Spätes Sonnenlicht fiel hindurch und warf ein Schattenmuster auf den Boden.

Wo, bei Borsh dem Stinkfisch, war er?

Nun doch neugierig geworden, richtete Enok sich auf.

Er lag auf etwas, das ein richtiges Bett zu sein schien. Tatsächlich hatte er nie zuvor auf etwas gelegen, das so weich und warm gewesen war. Im *korzoul* hatte er auf einem Haufen gammeligen Strohs geschlafen, nur König Rammar hatte eine Schlafstatt, die diesen Namen verdiente.

»Ruhig«, sagte die Stimme hinter ihm. »Du bist noch erschöpft von der langen Reise, also lass es ruhig angehen.«

»Von welcher Reise denn?«, fragte Enok – zu seiner eigenen Verblüffung bereitete es ihm keine Schwierigkeit, die Sprache des anderen zu sprechen. Auch wenn er sich nicht entsinnen konnte, sie je zuvor gehört zu haben.

Im Halbdunkel konnte Enok nur die Umrisse des Mannes ausmachen. Er war groß gewachsen und trug einen weiten Mantel, der lose an ihm herabwallte. Die Kapuze hatte er oben, die Arme vor der Brust verschränkt. »Die Reise, die du angetreten hast«, erwiderte er mit dumpfer, ein wenig hohl klingender Stimme. »Die dich hierherführen musste, so wie es dir bestimmt war.«

»Ich verstehe kein Wort«, versicherte Enok stöhnend. »Wo bin ich hier überhaupt?«

»In Taras Caron, der Hauptstadt des Reiches.«

»Was für ein Reich denn?«, fragte Enok verblüfft. »Und wo sind die Orks?«

Der andere blieb reglos stehen und sah auf ihn herab. Im ansonsten undurchdringlichen Dunkel der Kapuze sah Enok das Weiße in den Augen des Fremden blitzen. »Welche Orks?«

»Die Könige Balbok und Rammar«, erwiderte Enok bereitwillig. »Sie haben mich aufgenommen und wollten mich zu ihrem Nachfolger machen, zum Herrscher über ihre Insel. Die Insel der Orks!«

»Ich verstehe«, sagte der Unbekannte mit einem Tonfall, der seine Worte Lügen strafte. »Und was sind Orks?«

Enok runzelte die Stirn. »*Shnorsh*, was soll die dämliche Frage?«, wetterte er, wie der Beleibtere seiner beiden Ziehväter es ihn gelehrt hatte.

»Und ich stelle sie noch einmal: Was sind Orks?«

»Orks sind die Krone der Schöpfung«, antwortete Enok, was man ihm beigebracht hatte, »sie sind das Beste und Edelste, was einer Kreatur widerfahren kann. Sie sind die stärksten und mutigsten Krieger und können mehr fressen und saufen als …«

Der andere seufzte, offenbar unbeeindruckt. »Was ist das Letzte, woran du dich erinnerst?«, fragte er stattdessen.

»Da war Licht«, erwiderte Enok wahrheitsgemäß. »Ein grelles Licht, das Balbok und mich erfasst hat …«

»Die Orks sind auch dabei gewesen?«

»Einer von ihnen«, schränkte Enok ein. »Ich frage mich nur, warum er nicht hier ist …«

»Weil er nicht existiert«, stellte der Kapuzenmann klar, und er sagte es mit einer Endgültigkeit, die Enok bis ins Mark erschaudern ließ.

»Was soll das heißen?«

»Das soll heißen, dass nichts von dem, was du möglicherweise erlebt zu haben glaubst, tatsächlich geschehen ist, Curran.«

»E-es ist nicht geschehen?« Enok sah zweifelnd zu dem Fremden auf. »Was soll es denn dann gewesen sein?«

»Ein Trugbild, eine Vision … nenne es, wie du willst. Aber nichts davon ist tatsächlich geschehen, es gibt keine Orks – so, wie es auch keine Könige gibt. Und keine Insel.«

»Aber … es war wirklich«, beharrte Enok. »Ich habe es gesehen, es gerochen, es gespürt …«

»Träume können sehr echt wirken«, räumte der andere ein. »Dennoch sind sie nicht wirklich, Curran, nichts davon.«

»Wieso nennst du mich die ganze Zeit ›Curran‹?« Enok erinnerte sich dunkel, diesen Namen schon einmal gehört zu haben, aber er wusste nicht, wo …

»Weil das dein Name ist. Unter ihm wirst du herrschen. So ist es dir bestimmt. Zumindest in dieser Hinsicht hat dein Traum dir offenbar die Wahrheit gesagt. Tief in dir hast du es wohl die ganze Zeit über gewusst …«

Enok sah den Kapuzenmann an. Nichts von dem, was er sagte, ergab Sinn. In einem jähen Entschluss schlug Enok die Decke zurück und schwang die Beine aus dem Bett. Er trug eine knielange Tunika aus einem angenehm weichen Stoff. Auf der gesamten Insel, die Balbok und Rammar ihr Eigen nannten, gab es so etwas vermutlich nicht, alles dort war derb und zusammengeflickt.

Sollte er wirklich alles nur geträumt haben?

Natürlich nicht!

Enok setzte die nackten Füße auf den Boden und stand auf. Seine Beine waren ein wenig wackelig, aber sie gehorchten ihm. Vorsichtig stakste er zum vergitterten Fenster, neugierig, was sich dahinter befinden mochte. Vielleicht, so hoffte er, war das alles ja nur ein dämlicher Scherz, den seine Ziehväter sich mit ihm erlaubten, weil er heimlich abgehauen war.

Der Kapuzenmann ließ ihn nicht nur gewähren, sondern half ihm noch dabei, das Fenster zu entriegeln und aufzustoßen.

Was Enok dann sah, raubte ihm den Atem und machte ihm schlagartig klar, dass er sich tatsächlich nicht mehr auf der Insel der Orks befand (wenn es sie überhaupt je gegeben hatte).

Es war eine Stadt!

Ein Meer aus windschiefen roten, braunen und grauen Dächern, nur gelegentlich durchbrochen von vereinzelten Kuppeln oder Türmen. Ein wahrer Wald aus Rauchsäulen stieg aus unzähligen Kaminen auf, und aus den engen Gassen drangen lautes Stimmengewirr und eine Unzahl von Gerüchen. Nur das wenigste davon erkannte Enok, darunter den Geruch von Zwiebeln und den Gestank von altem *plik*. Der Rest war so exotisch und fremdartig, dass sein Herz schneller schlug und seine junge Brust vor Neugier und Tatendrang beinahe platzte.

»Taras Caron«, erklärte sein unbekannter Begleiter. »Die Hauptstadt von Currans Volk. Deinem Volk.«

»Na klar.« Enok schnitt eine Grimasse und wandte sich dem Kapuzenmann zu – um vor Schreck zu erstarren.

Denn jetzt, da er im Licht stand, das durch das Fenster in die Kammer fiel, konnte Enok das Gesicht des Fremden sehen. Und erkannte, dass dieser gar kein Gesicht hatte!

Stattdessen trug er eine Maske, die aus eisernen Platten zusammengenietet war und nur Öffnungen für Mund und Nase sowie zwei schmale Sehschlitze frei ließ. Zusammen mit dem Kapuzenmantel aus dunkelblauem Stoff ergab dies einen ziemlich unheimlichen Anblick, der Enok prompt zurückschrecken ließ.

»Was bei Narkods Hammer …?«

»Glaub mir, es ist besser so«, sagte der Maskenträger gepresst – jetzt begriff Enok auch, warum sich seine Stimme so hohl und dumpf anhörte. »Würde ich dir mein wahres Antlitz offenbaren, würdest du noch mehr erschrecken. Aber das alles wusstest du bereits, Curran. Du hast es nur vergessen wegen des langen Schlafs, in den du gefallen warst.«

Enok horchte auf. »Ich habe geschlafen?«

»So ist es – eine lange Zeit.«

»Wie lange?«

»Alles in allem etwa fünfzehn Jahre.«

»Schmarren«, sagte Enok reflexhaft.

»Es ist die Wahrheit«, beharrte der andere, und er tat es mit derartiger Überzeugung, dass Enok tatsächlich ins Grübeln kam. Sollte er womöglich wirklich alles nur geträumt haben? Sollten Balbok und Rammar, seine orkischen Ziehväter, nur Ausgeburten eines tiefen Schlafs gewesen sein, der über Jahre angedauert hatte? War das die Erklärung dafür, dass Enok zu aller Verblüffung so überaus rasch gewachsen und gealtert war?

Auf eine schräge Art und Weise kam es ihm logisch vor, und das erschreckte ihn. Er wollte weg von diesem Kerl, der seine Visage hinter einer Maske versteckte und immerzu in Rätseln sprach, musste auf eigene Faust herausfinden, was für ein seltsamer Ort dies war und warum er ausgerechnet hierhergekommen war … und einem spontanen Drang folgend, fuhr Enok herum und sprang mit einem Satz auf die Fensterbank.

»Nein!«, hörte er den Vermummten hinter sich noch rufen, dann setzte er schon hinaus, auf die Krone einer Mauer, die unterhalb des Fensters verlief.

Mit ausgebreiteten Armen balancierte er auf ihr entlang, hüpfte von dort auf einen Vorsprung und war im nächsten Moment im Halbdunkel einer Gasse verschwunden und in einem Strom von Passanten, der ihn mitriss, hinein ins Herz der fremden Stadt.

4.

UCHL-BHUURZ!

Das Ding sah grässlich aus.

Der Schrei, den Rammar ausstieß, geriet entschieden zu schrill, um für einen König noch statthaft zu sein, aber angesichts des blanken Grauens konnte er nicht anders.

Im ersten Moment glaubte er, es mit einem *drachgan* zu tun zu haben, wie das Biest so vor ihm stand, gehörnt und gepanzert und von grüner Reptilienhaut überzogen, auf Beinen wie Pfeiler und mit einem langen, kräftigen Schwanz, der unruhig hin und her wischte. Allein das Haupt des Untiers war so breit wie Rammar selbst, was schon etwas heißen mochte. Wobei nicht festzustellen war, wo der Kopf endete und die Panzerung begann, den ein mächtiger, gezackter Kranz umgab das Haupt. Und als wäre das noch nicht Furcht einflößend genug, hatte das Biest auch noch Hörner, zwei auf der Stirn und noch ein weiteres auf seiner Schnauze. Dazu das schnabelförmige Maul und die handtellergroßen Augen – Rammar hatte das Gefühl, als wären seine grässlichsten Albträume Wirklichkeit geworden. Die, die er hatte, wenn zu viele Zwiebeln im *bru-mill* gewesen waren …

132

Nur zwei Armlängen von ihm entfernt stand das Biest und glotzte ihn an. Es war nur eine Frage von Augenblicken, bis es sich in Bewegung setzte und ihn überrennen oder gleich Feuer spucken und ihn bei lebendigem Leibe rösten würde.

Dass die *drachgan'hai* längst ausgestorben waren, war Rammar in diesem Moment herzlich egal. Zum einen waren die Biester nicht totzukriegen, Balbok und er hatten sogar schon gegen untote Exemplare gekämpft; und zum anderen war Elfenzauber im Spiel, und wenn das der Fall war, war sowieso alles möglich, im schlechtesten aller Sinne.

Also blieb nur eine Möglichkeit – Angriff!

Rammar fletschte die Zähne und langte über die Schulter, um den *saparak* zu packen und aus der Scheide zu ziehen, bereit, ihn der grässlichen Bestie geradewegs ins Herz zu rammen …

Doch seine Klaue griff ins Leere!

Es dämmerte ihm, dass er das verdammte Ding hatte fallen lassen, als ihn der Lichtblitz getroffen hatte. Vermutlich lag es immer noch dort in jener Kammer und rostete vor sich hin, war so nutzlos wie ein Trollhirn, und er stand ohne Waffe da!

»*Korr*«, sagte er, an das Echsentier gewandt, während er bereits einen Schritt zurück machte, »so war das nicht gedacht. Ich schlage vor, wir trennen uns und treffen uns ein … Aaaah!«

Seine Worte gingen in einen Schrei über, als sich der Koloss plötzlich in Bewegung setzte und direkt auf ihn zukam. Rammar wollte die Flucht ergreifen, aber da ihn nur wenige Schritte von der Bestie trennten, hatte sie ihn schon im nächsten Moment erreicht.

Dem Ork war klar, dass es kein Entrinnen gab, dass er mit dem Untier kämpfen musste bis zum Tod. Und seine Panik, die Wut, die er verspürte, und auch die Angst sorgten dafür, dass *saobh* in seine Adern schoss und er in die berüchtigte orkische Raserei verfiel. In seinen Augen war plötzlich nur noch das Gelbe zu sehen, und mit einem markerschütternden Urschrei stürzte er sich auf das Tier, das gar nicht wusste, wie ihm geschah.

»Stirb, *uchl-bhuurz*!«, brüllte Rammar, während er mit der gesunden Klaue nach dem mittleren Horn griff und es packte. Die Bestie, die begriff, dass es ihr ans Leben gehen sollte, wich zurück

und warf den Kopf nach hinten, worauf Rammar, der sich krampfhaft an dem Horn festhielt, in die Höhe gerissen wurde und mit
beiden Füßen vom Boden abhob. Auf dieses zusätzliche Gewicht
jedoch, das plötzlich an ihm zerrte, war das Echsentier nicht vorbereitet. Den Kopf abermals in den dick gepanzerten Nacken werfend, stieß es einen dumpfen Laut aus, während es auf allen vieren
um sein Gleichgewicht rang – doch Rammar, der sich wie von Sinnen gebärdete und mit aller Kraft an dem Horn zerrte, ließ ihm
keine Chance.

Mit einem weiteren beinahe wehmütigen Laut brach der Koloss
auf seinen Vorderläufen ein und ging nieder. Rammar, nun wieder
obenauf, stieß einen Triumphschrei aus und hielt das Untier weiter
fest, das sich verzweifelt von seinem Griff und dem damit verbun-
denen Gewicht zu befreien suchte. Der Echsenschwanz peitschte
hin und her, zweimal gelang es dem Tier, sich wieder aufzurichten,
doch jedes Mal rang Rammar es wieder nieder.

Sein Atem rasselte wie ein zwergisches Hammerwerk, heißer
Dampf quoll aus seinen Nüstern, doch der *saobh* verlieh ihm die
Kraft, den Koloss am Boden zu halten. Mehr noch, er bog den Kopf
der vermeintlichen Bestie immer weiter zurück in den Nacken.
Dass das Tier gar keine Zähne hatte, bemerkte der Ork in seiner
Raserei nicht. Mit gefletschten Kiefern zwang er das Haupt des Ko-
losses in einen unnatürlichen Winkel – und mit einem hässlichen,
knackenden Laut brach das Genick.

Rammar brauchte eine Weile, um es zu bemerken.

Er presste den Kopf der Bestie auch dann noch zu Boden, als
längst alles Leben aus ihr gewichen war. Erst ganz allmählich si-
ckerte die Erkenntnis in sein vom *saobh* befallenes Gehirn, dass der
Gegner besiegt war und sich auch nicht mehr erheben würde. Und
diese Erkenntnis – neben dem Fließen von frischem Blut die einzige, die die orkische Raserei beenden konnte – ließ ihn allmählich
wieder zu sich finden.

Keuchend sank Rammar nieder, sein Herz gebärdete sich wie ein
wilder Eber in seiner Brust. Trotzdem hätte er noch immer gute
Lust gehabt, sich mit einem Dutzend Feinde anzulegen, erst ganz
allmählich löste sich der *saobh* aus seinen Adern und wich der Zu-

friedenheit nach einem großen, ja unvergesslichen Sieg, den man bestimmt noch in einhundert Wintern besingen würde!

Trotz seiner Erschöpfung ließ Rammar es sich nicht nehmen, den Kadaver des toten Untiers zu besteigen und darauf eine Siegerpose einzunehmen, den verstümmelten Arm in die breite Hüfte gestemmt, den anderen im Triumph erhoben und zur Faust geballt. Das war Rammar der schrecklich Rasende, der mit bloßen Händen ein Untier niedergerungen und es in Kuruls dunkle Grube befördert hatte!

Dass das Tier einen breiten Gurt aus Leder um den Bauch trug, nahm der Ork nur am Rande war, und es interessierte ihn auch nicht wirklich. Lieber sann er darüber nach, wie sich der Schädel der Kreatur als Zierde über seinem Thron machen würde, und überlegte, wie der Rest wohl schmecken würde – als er aus dem Augenwinkel eine Bewegung wahrnahm.

Instinktiv fuhr Rammar herum. Da traf ihn etwas mit voller Wucht im hässlichen Gesicht.

5.

AMHASH OSLOK'DOK'DH

Liatha erwachte.

Ganz allmählich kam sie zu sich, hatte den Duft von Oleander und Jasmin in der Nase, der aus den Palastgärten von Dinas Lan in ihr Gemach aufstieg.

Ich bin zu Hause …

»Liatha«, sprach jemand leise ihren Namen.

Ihr Herz schlug schneller. Konnte es sein? War es wirklich die Stimme ihres *Dracalón*, die sie hörte?

»Liatha, komm zu dir …«

Er war es, es konnte keinen Zweifel geben! Liatha schlug die Augen auf und sah im Halbdunkel eine schemenhafte Gestalt am Fußende ihrer Schlafstatt sitzen. Dennoch erschrak sie nicht, denn im gleichen Moment fühlte sie, wie etwas sie tief im Inneren berührte, die Nähe einer vertrauten Seele.

»Geliebter, bist du es?«, flüsterte sie. »Bist du nach Hause zurückgekehrt …?«

Sie hatte kaum zu Ende gesprochen, als sie merkte, dass das Bett wie auch der Boden darunter leicht schwankten. An ihr Ohr drang das leise Rauschen von Meereswellen …

Sie schreckte hoch, jetzt plötzlich hellwach. Es war nicht ihr Gemach, in dem sie sich befand. Mondlicht, das durch eine vergitterte Deckenöffnung einfiel, ließ eine mit Ebenholz ausgeschlagene Schiffskajüte erkennen. Und gleichzeitig wurde ihr auch bewusst, dass der Duft von Jasmin und Oleander nur eine Täuschung gewesen war, eine Erinnerung wie aus einem Traum. In Wahrheit roch die Luft nach Seetang und Salz und nach stinkender Bilge.

»Bitte hab keine Angst«, fuhr die Gestalt fort, die sich jenseits des fahlen Lichtscheins befand, und hob beschwichtigend die Hände – nur dass es keine Hände waren, sondern grüne Klauen!

»Wer seid Ihr?«, stieß Liatha furchtsam hervor, während sie sich ans Kopfende des Bettes zurückzog, mit angezogenen Beinen und die Decke schützend an sich gepresst. »Warum kennt Ihr meinen Namen?«

»Weil ich dich kenne, Liatha. Besser als jeder andere.«

»Wer seid Ihr?«, flüsterte sie noch einmal. »Zeigt Euch mir, ich bitte Euch.«

»Bist du sicher, dass du das willst?«

Liatha war wie vom Donner gerührt. Sie kannte diese Stimme, diesen Tonfall, die Melancholie, die darin lag …

»Curran?«, hauchte sie entgegen aller Vernunft.

Er zögerte noch einen Augenblick, dann beugte er sich in unendlicher Langsamkeit vor, bis unter das Licht, das durch die Gräting in der Decke einfiel.

Liatha sah eine Fratze, die ihr im einfallenden Mondlicht entgegenstarrte, kantig und grob, von giftig grüner Farbe und schwarzem Haar umwuchert, das nur durch ein Band im Nacken mühsam gebändigt wurde; die Nase flach wie die einer Schlange, die Nüstern wie bei einem Raubtier; ebenso der Mund, in dem Reißzähne nur darauf zu warten schienen, sich in ihr Fleisch zu graben … Schlagartig kehrte Liathas Erinnerung zurück, und sie wusste wieder, wie sie auf dieses Schiff gekommen war: Man hatte sie verschleppt, sie aus dem Palast von Dinas Lan geraubt, und es waren ebenso entstellte, bizarre Kreaturen gewesen wie jene, die ihr nun gegenübersaß.

Nur eines passte nicht zu der rohen, entarteten Erscheinung: die Augen, die so blau waren wie die unendliche See und sie in sanfter Stille ansahen, so fremd … und doch so vertraut.

»*Dracalón?*«, hauchte sie so leise, dass es kaum zu vernehmen war.

Er nickte nur.

»Wie … ist das möglich?« Tränen stürzten ihr in die Augen, sie konnte sie nicht zurückhalten.

»Es ist möglich«, entgegnete er sanft und seinem abstoßenden Äußeren zum Trotz.

»Aber wie? Du …« Sie streckte die Hand nach ihm aus, wagte jedoch nicht, ihn zu berühren. »Geliebter, bist du es wirklich?«

»Ich bin es, Liatha. Mein Äußeres mag verändert sein, aber ich bin noch immer der, der ich einst gewesen bin – da ist nichts, wovor du dich fürchten müsstest.«

»Aber du …« Sie schüttelte den Kopf, unfähig, das Offensichtliche zu begreifen. »Was ist geschehen?«

»Du sollst alles erfahren, deshalb habe ich dich herbringen lassen. Verzeih, dass es auf diese Weise geschehen musste, aber ich durfte in Dinas Lan nicht gesehen werden …«

»Jene, die du schicktest«, erwiderte sie beklommen, »kamen mir bekannt vor …«

Er nickte wieder. »Du kennst sie alle. Es sind meine Gefährten, Dufanor und Aderyn und all die anderen.«

»Ist ihnen … dasselbe widerfahren wie dir?«

»Ja, Liatha. Wir alle sind unserem Schicksal begegnet, unserer Bestimmung. Alles wird sich ändern.«

Sie sah ihn fragend an. »Was meinst du damit? Ich verstehe nicht …«

»Das wirst du, Geliebte, wenn du bereit bist, mir zu vertrauen und mit mir zu kommen.«

»Wohin?«

»Du musst mir vertrauen, Liatha.« Der Fremdgewordene fasste sie fest in seinen Blick. »Kannst du das?«

»I-ich … weiß nicht«, erwiderte sie stockend. Die Stimme versagte ihr beinahe, während ihre Gedanken einander jagten. Was geschah hier gerade? Erlebte sie das alles wirklich?

»Sieh mich an, Liatha«, forderte er sie auf. »Ich weiß, dass ich mich verändert habe, aber ich bin es noch immer. Der dich kennt und der dich von Herzen liebt, der dich versteht wie kein anderer … deine verwandte Seele, dein *Dracalón*.« Er nickte, und dabei huschte ein Lächeln über seine Züge, das ganz und gar Prinz Curran gehörte und das Monstrum für einen Augenblick vergessen machte. »Ich bin zurück, *Plynfala*.«

Die Nennung des Namens, den er ihr einst gegeben und den sie niemals jemand anderem anvertraut hatte, drang tief in ihr Herz und schuf Klarheit. Noch vor Augenblicken hatte sie nicht gewusst, wie sie auf all das reagieren sollte.

Nun wurde es ihr klar.

Sie erhob sich von ihrem Lager und ging auf ihn zu – auf den Mann, den sie liebte, ungeachtet seiner neuen Gestalt. Curran kam ihr entgegen, und zum ersten Mal nach all der Zeit schlossen sie einander in die Arme. Und obwohl er nicht mehr derselbe war, obwohl seine Umarmung gröber war als zuvor, seine Muskeln wie aus Stein gemeißelt schienen und ihn ein Geruch von roher Wildheit umgab, war es wie früher, schenkten sie einander Trost und Geborgenheit.

Zwei verlorene Seelen, die sich wiedergefunden hatten in dem Sturm, der eben erst begonnen hatte. Und der die ganze Welt erfassen würde.

6.

EUGASH PLUM

Balbok hatte keinen Plan.

Nicht, dass das etwas Besonderes gewesen wäre – der große Ork war häufig ziemlich ratlos, nicht von ungefähr warf sein Bruder Rammar ihm ständig vor, ein närrischer *umbal* zu sein.

Aber so schlimm wie diesmal war es noch nie gewesen.

Nicht nur, dass er nicht wusste, wo er war. Er hatte auch keine Ahnung, wie viel Zeit vergangen oder wie er hierhergekommen war. Mit Mühe erinnerte er sich, wie er hieß und wer er war ... aber auch da war er sich schon bedeutend sicherer gewesen.

Mehrmals schon hatte er sein langes grünes Gesicht in Falten gelegt und angestrengt nachgedacht, sich mit aller Kraft zu erinnern versucht. Da war ein Licht gewesen, ein grelles Licht, und im nächsten Moment hatte er das Gefühl gehabt zu fliegen, wie ein Vogel durch die Luft, von der Insel weg an einen anderen, weit entfernten Ort.

Aber natürlich war das Blödsinn, Rammar würde sicher mit ihm schimpfen, wenn er so etwas erzählte. Und bestimmt hätte sein kluger Bruder auch eine Erklärung für all das hier gehabt – denn warum, bei Narkods Hammer, saß Balbok in einem modrigen, halbdunklen Gewölbe fest? Nach einer Seite hin war es vergittert und die Decke so niedrig, dass man kaum aufrecht darin sitzen konnte. Und warum, wenn er schon dabei war, lagen eiserne Schellen um seine Fußgelenke?

Das Ganze war mehr als rätselhaft und kam ihm so unwirklich vor, dass Balbok sich fragte, ob er das alles womöglich nur träumte. Enok fiel ihm wieder ein. Dass der Junge von zu Hause ausgerissen und er, Balbok, aufgebrochen war, um ihn zurückzuholen. Da war eine Höhlenspinne gewesen und ein Kristallsplitter ... und dann dieses grelle Licht.

Dass er nicht allein in seinem trostlosen Gefängnis saß, hatte Balbok zwar am Rande registriert, dem aber bislang keine Bedeutung beigemessen.

Doch plötzlich sprach eine der drei Gestalten, die auf der anderen Seite des Gewölbes am Boden kauerten, in Ketten gelegt wie er selbst, ihn an. Der Kerl sah ein wenig wie Enok aus, mit blassgrüner Haut und spitzen Ohren, nur war er etwas älter und größer. Doch die Worte, die aus seinem Mund purzelten, ergaben für Balbok keinen Sinn.

»Auch versucht ... Nacht ... zu laufen?«

»Hä?« Balbok machte große Augen.

»Gefangen wie du ... schon lange.«

Balbok kratzte sich am Hinterkopf. Der Fremde hatte eine wirklich sehr seltsame Aussprache, und er redete beinahe ohne Pause, in einer fließenden Melodie. Aber wenn man genau hinhörte, konnte man zumindest ein paar Brocken verstehen ...

»Gefangen?«, fragte Balbok dagegen.

Der andere nickte und streifte mit einem Blick seine beiden Kameraden. Der eine war dürr und groß; seine Haut sah wie Baumrinde aus und seine Arme und Beine wie Äste, die über Wand und Boden wucherten. Ein weißes Augenpaar sah Balbok aus der knorrigen Borke entgegen, einen Mund oder gar ein Gesicht schien das Wesen nicht wirklich zu besitzen.

Der andere erinnerte Balbok an einen Fisch (auch des Geruchs wegen). Er war klein und bucklig und mit geschuppter blauer Haut überzogen. Sein Maul war dafür umso größer und mit fiesen Beißern ausgestattet, die Augen waren seitlich am Kopf und schienen in alle Richtungen blicken zu können, was Balbok ziemlich praktisch fand. Die Arme und Beine allerdings weniger, denn erstens waren sie spindeldürr und hatten zweitens Schwimmhäute zwischen den Fingern.

Alles in allem war es eine ziemlich eigenartige Mischung höchst grotesker Gestalten, die da vor ihm saß.

Als Ork fühlte er sich sofort heimisch.

»Balbok«, sagte er, auf sich selbst zeigend, und sah die drei anderen erwartungsvoll an.

Sein Gegenüber brauchte einen Moment, um zu verstehen.

»Evan«, erwiderte er dann, und mit dem Finger auf das Baumwesen deutend, das offenbar nicht sprechen konnte, fügte er hinzu: »Drel.«

»Gullwyn«, blubberte der Fischmann.

»Gully?«, fragte Balbok nach.

»Gullwyn«, verbesserte das Wesen und fletschte die Zähne, während es ihn aus seinen kugelrunden Augen anstarrte.

»Alles klar.« Balbok nickte.

»Wie geht … es dir?«, fragte Evan. Je länger man ihm zuhörte, desto besser verstand man ihn.

»*Korr*, geht schon«, bestätigte Balbok frohgemut, obwohl ihm ziemlich der Schädel brummte und er noch immer keinen Schimmer hatte, was hier eigentlich vor sich ging. Aber immerhin war er jetzt nicht mehr allein … »Wo sind wir hier?«

Die anderen drei sahen sich fragend an.

»Hallo?«, hakte Balbok nach. »Könnt ihr mir vielleicht sagen, wo wir hier sind?«

»Im … Kerker«, erwiderte Evan vorsichtig, so als wäre er sich nicht sicher, ob es sich um eine Fangfrage handelte.

»Die Schwarzen Garden haben dich geschnappt, weißt du nicht mehr?«, fragte Gullwyn. Wenn er sprach, klang es immer, als würden Luftblasen aufsteigen.

»*Korr*, natürlich.« Balbok nickte. »Und wer sind die noch mal?«

Wieder tauschten die anderen Blicke, betroffen diesmal. »Du erinnerst dich nicht an die Garden? Die Schattenwandler? Den Rat der Ewigen?«

Balbok schüttelte erneut den Kopf.

»Mein Freund … fürchte, schlimmer erwischt, als es aussieht«, meinte Evan. »Die Soldaten der Schwarzen Garde haben dich verhaftet … deshalb hier. Vermutlich irgendwo in den Straßen aufgelesen, genau wie uns.«

Balbok nickte wieder, versuchte sich zu erinnern. Leider war da gar nichts. »Welche Straßen?«, hakte er deshalb nach. »In welcher Stadt?«

»Taras Caron, Kaiserstadt«, blubberte Gullwyn.

Aber nichts davon kam Balbok auch nur annähernd vertraut vor. Das konnte im Grunde nur eines bedeuten: Er schlief tief und fest und träumte. Vielleicht, sagte er sich, hatte er ja auch einen saftigen Schlag auf den *klogionn* bekommen und lag jetzt irgendwo bewusstlos. Oder die Spinne hatte ihn erwischt, und ihr Gift begann zu wirken … Aber wie man es auch drehte und wendete, in jedem Fall konnte nichts von dem, was hier passierte, wirklich sein. Seine drei neuen Kameraden nicht und auch die Kerkerzelle nicht.

Auch wenn Balbok zugeben musste, dass sich das Felsgestein an seinem Hinterkopf verflixt hart und echt anfühlte und der Gestank in der Zelle erbärmlich war …

»Weißt du wirklich nicht … wo hier sind?«, fragte Evan, und das Gesicht, das er dabei machte, wollte Balbok ganz und gar nicht gefallen.

»Doch, natürlich«, versicherte er, weil er sich keine Blöße geben wollte – Rammar machte das auch immer so, auch wenn er keine Ahnung hatte. »Hässliche Sache, richtig?«

»Kann man wohl sagen.« Evan stierte düster vor sich hin, Gullwyn schlug ein paar Blasen. Drels Rinde war plötzlich grau geworden, so als würde er – oder sie? – langsam vertrocknen.

»So ist es, wenn man ein Wildwuchs ist«, fügte Evan mit resignierendem Seufzen hinzu. »Früher oder später musste es ja so kommen.«

»Ein Wildwuchs? Ich?« Balbok blickte verblüfft an seiner mit ausgestreckten Beinen dasitzenden Gestalt herab. »Und ich habe immer gedacht, ich wäre ein Ork.«

»Wir alle denken, dass wir etwas Besonderes sind – bis wir hier landen, in diesem elenden Kerker. Und wir alle wissen, dass es nur einen Weg hier raus gibt …«

»Wirklich?« Balbok horchte auf – inzwischen verstand er Evan und seine Gefährten ziemlich gut. »Und der wäre?«

»Mit den Flossen voran, Fischhirn«, blubberte Gullwyn.

»Was hast du gerade gesagt?« Balbok sah ihn direkt an.

»Ich sagte, dass wir hier nur tot wieder rauskommen«, klärte das schuppige Wesen ihn auf.

»Das meine ich nicht, das andere«, beharrte Balbok.

»Fischhirn?«

»*Korr.*« Balbok nickte. »Das erinnert mich an meinen Bruder, der gibt mir auch immer solche Namen. Sein Name ist Rammar – ihr habt ihn nicht zufällig gesehen?«

Die anderen schüttelten die Köpfe.

»Und so einen Hänfling?«, hakte Balbok nach und zeigte mit dem Arm Enoks ungefähre Größe an.

»Ebenfalls nicht«, erwiderte Evan. »Tut mir leid.«

»Das macht nichts«, versicherte Balbok, »denn jetzt weiß ich bestimmt, dass ich das alles bloß träume. Rammar würde sich niemals von mir trennen, wisst ihr. Er ist mein Bruder – und außerdem ein Ork aus echtem Tod und Horn.«

Evan, Drel und Gullwyn waren schon wieder dabei, Blicke zu wechseln. »Was meinst du damit, du würdest nur träumen?«, fragte Evan dann. »Das alles hier geschieht wirklich.«

»*Korr*, natürlich.« Balbok winkte gelassen ab.

»Wir befinden uns hier im Gefängnis der Schwarzen Garde. Wir wurden verhaftet, weil wir Wildwüchse sind. Und man erwartet von uns, in den nächsten Stunden zu sterben.«

»*Korr*«, sagte Balbok nur.

In diesem Moment drangen Geräusche an sein Ohr, die er nur zu gut kannte: Es waren das Geklirr von Waffen, das Gebrüll von Kämpfenden – und schließlich der heisere Schrei von jemandem, der soeben den *kro-buchg* erhalten hatte.

Den Todesstoß.

Balbok erschauderte bis ins Mark.

Es war kaum zu glauben, wie lebensecht dieser Traum wirkte!

7.

KOMHORRA UR'SIORRUSH'HAI

Die Sonne war jenseits der Roten Berge versunken und ließ Taras Caron in grauen Schatten zurück.

Lediglich der höchste Turm der Festung, die sich auf einem hohen Felsen thronend in der Mitte der Stadt erhob, lag noch im Licht. Dort, unter einer hohen, rings von Fenstern umgebenen Kuppel, befand sich das schlagende Herz nicht nur Taras Carons, sondern von ganz Anwar. Denn hier trat der Rat der Ewigen zusammen, der das Reich regierte.

Doch die Strahlen, die von Westen durch das gewölbte Glas fielen, warfen lange Schatten. Es waren die letzten des Tages, die Nacht würde folgen – und die Nächte waren in Taras Caron gefürchtet. Neuerdings nicht nur beim einfachen Volk, sondern auch bei jenen, die hoch über den Dächern der Stadt zusammenkamen, um die Geschicke ihrer Untertanen zu lenken …

Wie immer, wenn er sich dem Ratssaal näherte, schlug Cygos Herz heftig. Der Schattenwandler, der in den Diensten des gesamten Rates stand, vor allem aber der ehrwürdigen Rätin Aderyn unterstand, war es gewohnt, mit den Mächtigen zu sprechen, und er beherrschte die Regeln, die eine solche Konversation erforderte, meisterlich.

Er verstand es zu schmeicheln und den Leuten das zu erzählen, was sie hören wollten, so wie er meist auch klug genug war, Dinge unerwähnt zu lassen, die sie nicht hören wollten. Und wie kaum ein Zweiter beherrschte er die Kunst, Gedanken so geschickt in die Köpfe seiner Vorgesetzten zu pflanzen, dass diese sie für ihre eigenen hielten. Manch ein Schattenwandler, der sich nicht auf diese Kunst verstand, hatte dafür mit dem Leben bezahlt, zu ihnen wollte Cygo keinesfalls gehören; doch wann immer er das breite Portal zum Ratssaal hinaufschritt, war ihm auch bewusst, dass ein gewisses Restrisiko bestehen blieb. Vor allem dann, wenn man keine gute Nachrichten im Gepäck hatte …

Die Drachenhaut legte er ab, noch ehe er den Nebel der Wahrheit erreichte. So wurde der Vorhang aus Rauch genannt, den jeder zu passieren hatte, der die Ratshalle betrat. Wann immer sich auch nur die geringsten Wirbel im Rauch zeigten, flogen Pfeile und durchbohrten ihren Urheber. Auf diese Weise gingen die Ratsmitglieder sicher, dass kein Schattenwandler unerkannt unter die Kuppel trat und sich ihre mächtigste Waffe womöglich gegen sie wandte.

Den kostbaren, uralten Umhang aus Drachendermis zusammengefaltet über der Schulter, betrat er den Ratssaal. Im weiten Rund unter der Kuppel hatte einst der Thron des Drachenkaisers gestanden, und noch immer konnte man auf dem glatt polierten roten

Marmor die Stelle erkennen, wo grober Hände Arbeit ihn weggemeißelt hatten.

Acht Ratsstühle standen nun statt seiner in einem weiten Halbkreis, doch nur sieben von ihnen waren besetzt. Die schlanken, hochgewachsenen Gestalten, die darauf saßen, blickten ihm gespannt entgegen, Cygo unterdrückte ein Schaudern. An das Aussehen der Ewigen, ihre erhabene Körpergröße, ihre grüne Echsenhaut, den Hornpanzer und selbst an ihr schlohweißes Haar, hatte er sich längst gewöhnt. Doch an den stechenden Blick ihrer grün leuchtenden Reptilienaugen würde er sich wohl nie gewöhnen.

Beflissen trat er vor das Halbrund und verbeugte sich tief. »Erlauchte Räte, ich bin hier, um zu berichten.«

»So sprich.« Lady Aderyn, das einzige weibliche Mitglied des Rates, nickte ihm zu. »Was konntest du über das Phänomen herausfinden, das sich in der vergangenen Nacht über unserer Stadt ereignet hat?«

»Die Vorkommnisse waren nicht auf die Hauptstadt beschränkt, Herrin«, erwiderte Cygo. »Auch außerhalb wurden sie beobachtet, die Lichtblitze, die sich ohne jede erkennbare Ursache am Himmel bildeten und am Boden einschlugen.«

»Ist das alles, was du herausgefunden hast?« Der für seine Ungeduld bekannte Rat Narkon schüttelte das kantige Echsenhaupt. »Dazu bedurfte es keines Schattenwandlers, sondern nur einer Person mit Augen im Kopf.«

»Lord Norkon hat recht«, pflichtete Rat Gulucin bei, der außen saß, neben dem leeren Sitz. »Deine Mission war es herauszufinden, woraus jene Blitze bestanden und was sie verursacht hat!«

»Ich bin kein Gelehrter, Euer Gnaden, nur ein einfacher Spion in Euren Diensten«, entgegnete Cygo, den runden Kopf bußfertig zwischen die Schultern gezogen. »Ich kann nur sagen, was ich in den Straßen höre, wenn ich dort unterwegs bin, was Eure Untertanen untereinander sprechen – und sie sind allesamt beunruhigt und ratlos. Niemand kann sich erklären, was vergangene Nacht geschehen ist.«

»Doch wie immer, wenn die Sterblichen sich Dinge nicht erklären können, gibt es Gerüchte«, vermutete Aderyn.

»Das ist wahr, Herrin. Die Leute neigen dazu, in Dingen, die sie sich nicht erklären können, Zeichen zu sehen. Vorboten von Dingen, die kommen werden.«

»Das ist Unsinn«, fiel Rat Kelon ihm ins Wort. »Ich wiederhole, was ich schon am Morgen gesagt habe: Es waren kosmische Entladungen, nicht mehr und nicht weniger.«

»Sehr richtig«, stimmte Rat Korukan zu.

»Wie könnt ihr da so sicher sein, wenn es erlaubt ist zu fragen?«, erkundigte sich Rat Hirulon giftig von der anderen Seite des Halbrunds. »Ich denke, dass ...«

Er unterbrach sich plötzlich und verstummte. Seine grünen Reptilienaugen, die schlagartig an Glanz verloren hatten, blickten trübsinnig vor sich hin.

»Und *ich* denke«, konterte Korukan, »dass du deinen Trank zu dir nehmen solltest, mein guter Hirulon. Du bist dabei, den Kopf zu verlieren ...«

»Aufhören, alle beide!«, wies Aderyn sie zurecht. Die Rätin hatte sich von ihrem Sitz erhoben. Der Blick ihrer leuchtenden Augen ging von einem zum anderen. »Ihr haltet die Situation für komisch? Dann lasst mich euch etwas sagen: Die Lage ist ernst, ernster jedenfalls, als ihr zugeben wollt. Das Volk ist unzufrieden. Es murrt und denkt an Widerstand – gegen uns, werte Mitglieder des Rates!«

»Und wenn?« Rat Bormon sandte ihr einen geringschätzigen Blick. »Ich habe die Palastwachen verstärken lassen, und die Schwarzen Garden sind in ständiger Alarmbereitschaft. Sollte es jemand wagen, sich gegen uns zu erheben, wird er vor den Mauern der Festung eines jähen Todes sterben und bei lebendigem Leib verbrennen.«

»Die Garde in allen Ehren, Lord Bormon«, wandte Cygo ein. »Doch was auch immer jene Blitze gewesen sein mögen, sie haben im Volk für noch größere Unruhe gesorgt. Und wir wissen nicht, wozu das führen kann.«

»Nun, ist es nicht die Aufgabe der Schattenwandler, dies herauszufinden?«, fragte Bormon mit bösem Grinsen.

»Das werde ich, ich kenne meine Pflichten«, versicherte Cygo eilfertig. »Ich habe Suchtrupps ausgeschickt, um zu prüfen, wo die

Blitze niedergegangen sind. Vielleicht werden wir auf diese Weise mehr darüber herausfinden.«

»Gut so.« Aderyn nickte ihm zu. Noch immer stand sie als Einzige, die Arme vor der Brust verschränkt. »Ich erwarte, dass du mir berichtest, sobald du etwas herausgefunden hast.«

»Gewiss, Herrin.« Er verbeugte sich wieder.

»Dann geh jetzt«, befahl ihm der ungestüme Narkon. »Und kehre erst wieder, wenn du uns mehr zu bieten hast als halbgare Vermutungen.«

»Gewiss.« Der Schattenwandler beugte noch einmal das Haupt. »Da ist ... noch etwas«, rückte er dann zögernd heraus. »Als die Blitze in der Stadt einschlugen, haben in den Wachtürmen alle Glocken geschlagen ...«

»Vorbildlich«, sagte Rat Bormon. »Das zeigt, dass unsere Turmposten ihre Pflicht kennen und erfüllen.«

»Ihr missversteht mich, Euer Gnaden. Es gab keinerlei Anzeichen für das Phänomen. Die Wachen konnten nicht damit rechnen, dass diese Blitze niedergehen würden. Und uns folglich auch nicht davor warnen.«

»Worauf willst du hinaus?«, fragte Lady Aderyn.

»Die Glocken schlugen just in dem Moment, als die Entladungen passierten«, erwiderte Cygo. »Und zwar alle zugleich und ohne dass eines Türmers Hand sie berührte ...«

Lord Kelon verzog abschätzig den geschuppten Mund. »Hast du die Zunft gewechselt und willst uns Märchen erzählen, Schattenwandler? Oder was bezweckst du sonst mit einer solchen Geschichte?«

»Dasselbe ist auch vor fünfzehn Jahren geschehen«, erwiderte Lady Aderyn an Cygos Stelle. Anders als die männlichen Räte begriff sie sofort, worauf ihr Diener anspielte. »In der Nacht des Donners.«

Es war, als hätte ein weiterer Blitz eingeschlagen, inmitten der Halle.

Die Ratsmitglieder saßen wie versteinert.

»So ist es, Herrin«, brach Cygo das Schweigen. »Die Gelehrten sagten damals, es hätte an den Schwingungen gelegen ... den Schwingungen der Kristalle.«

»Und?«, schnappte Lord Kelon, der als erster der Räte die Stimme wiederfand. »Was willst du uns damit sagen, Spion? Was hat das zu bedeuten?«

»Ich weiß es nicht, Herr«, gab der Schattenwandler zu, »aber ich werde alles daransetzen, es herauszufinden.«

»Das musst du«, stimmte Rat Hirulon zu, der jetzt einen gläsernen Kelch in der Klaue hielt, in dem eine dunkle Flüssigkeit schwappte. »Oder du wirst enden wie jener, der mir dies freundlicherweise überlassen hat ...«

8.

AOMURASH

Noch niemals zuvor hatte Enok so viele Leute gesehen.

Balboks und Rammars Insel war nur spärlich besiedelt gewesen, hauptsächlich von jenen Orks, von denen es nun hieß, es hätte sie nie gegeben. Taras Caron jedoch glich einem Wespennest und quoll über vor Leben. Und die Tatsache, dass die meisten der Einwohner so aussahen wie Enok selbst, änderte nichts daran, dass er sich einsam fühlte.

Trotz seiner Jugend blieb ihm die Ironie nicht verborgen: Unter den Orks war er der einzige seiner Art gewesen, doch wirklich allein war er nie gewesen, das war er erst jetzt unter seinesgleichen. Seine Ziehväter hatten ihm eine Heimat gegeben, einen Platz, wo er hingehörte, und er bereute es zutiefst, sich ihnen widersetzt zu haben ... oder sollte es sie tatsächlich nie gegeben haben, wie der Mann mit der Maske behauptete?

Enok wusste es nicht.

Entwurzelt, wie er war, ließ er sich treiben, ließ sich mitreißen von den Massen, die durch die Straßen strömten und durch die Schluchten eng stehender Häuser. Dabei sah er Dinge, die er nie für möglich gehalten hätte.

Die Höhlen und wackeligen Wehrtürme des *korzoul* waren die

einzigen Bauwerke, die er bislang zu sehen bekommen hatte. Hier jedoch erhoben sich die Gebäude drei, vier Stockwerke hoch über den Boden und wirkten auch nicht so, als würden sie jeden Augenblick gleich wieder zusammenbrechen. Im Gegenteil schienen sie überaus stabil zu sein, waren aus Stein und massivem Holz erbaut, mit ausladenden Zeltvordächern, unter denen zur Straße hin Waren angeboten wurden.

Enok sah jede Menge Dinge, deren Sinn und Zweck er nicht einmal erahnen konnte, aber auch Vasen und Schüsseln, Werkzeuge und Waffen sowie Kleider aus Leder und aus jenem weichen Stoff, den er selbst am Leibe trug.

Und es gab Essen …

Während die Verpflegung im *korzoul* eher einseitig gewesen war – wäre es allein nach Balbok gegangen, hätte es jeden Tag *brumill* gegeben –, waren hier die verschiedensten Speisen im Angebot, von Suppen, die in riesigen Kesseln brodelten, bis hin zu Fleisch, das über offenen Flammen gegart wurde. Und auch haufenweise Zeug, von dem Enok nie gedacht hätte, dass man es überhaupt essen könnte – bis er andere hineinbeißen sah.

Ein Stand mit hellgrünen, saftig aussehenden Kugeln hatte es ihm besonders angetan. Zunächst war es pure Neugier, die ihn hintrieb, dann merkte er, wie sein Magen knurrte. Und noch ehe er lange darüber nachdenken konnte, hatte er sich eine der Kugeln geschnappt.

»He du!« Der Mann hinter dem Stand, ein hagerer Kerl mit langem grauem Haar, zeigte direkt auf ihn. »Bezahl den Apfel oder leg ihn sofort wieder zurück, hörst du?«

Enok dachte nicht daran.

Erstens, weil er keine Ahnung hatte, was »bezahlen« bedeutete. Und zweitens, weil Rammar und Balbok ihm eingeschärft hatten, dass, wenn man etwas haben wollte, man es sich einfach nahm, ohne jede Rücksicht …

»Haltet den Dieb!«, schrie der Mann jetzt.

Die Leute wandten sich Enok zu, sahen jetzt nicht mehr gleichgültig aus wie zuvor, sondern ziemlich wütend. Einer wollte gar ihn gar an der Schulter packen und festhalten.

»*Shnorsh*«, stieß Enok hervor, tauchte geschickt unter dem Arm des Mannes hindurch und verschwand seitwärts in der Menge, die erbeutete Kugel, die der andere Apfel genannt hatte, in der Hand. Durch einen wahren Wald an Passanten, von denen ihn einige festzuhalten versuchten, andere nur schlicht im Weg standen, suchte er sich wieselflink einen Fluchtweg, während das Gezeter des Händlers weiter zu hören war – und plötzlich auch das Geklirr von Waffen!

Die Leute wichen zurück, um den Stadtwachen Platz zu machen, die in die Gasse stürmten. Es waren mit Kettenhemden und schimmernden Helmen gerüstete Kerle, um deren gepanzerte Schultern rabenschwarze Umhänge wehten. Enok konnte die Welle der Furcht beinahe spüren, die den Soldaten vorausging.

»Da vorn ist er!«

»Den haben wir gleich …«

Der zweite Ruf kam von vorn, sie versuchten wohl, ihm den Weg abzuschneiden. Diese merkwürdigen Äpfel schienen ziemlich wertvoll zu sein – für Enok war das nur ein Grund mehr, seine Beute zu behalten.

Blitzschnell bog er in eine Seitengasse ab, riss im Laufen die Stützen mehrerer Baldachine um, sodass sie rauschend herunterfielen, zum Leidwesen derer, die darunter Handel betrieben. Ein lautstarkes Durcheinander brach aus, das Enok nur recht sein konnte. Sogar der Geruch von Verbranntem lag jetzt in der Luft, eines der Zeltdächer hatte wohl Feuer gefangen!

Enok konnte sich ein Grinsen nicht verkneifen. Seine Ziehväter wären stolz auf ihn gewesen.

So schnell seine Beine ihn trugen, rannte er zum Ende der Gasse, die sich abermals verzweigte. Hier stieß Enok fast mit einer Frau zusammen, die eine Fasskarre vor sich herschob. Sie ballte die wütend die Faust und überzog ihn mit wüsten Verwünschungen, aber Enok ließ sich davon nicht aufhalten.

Mit einem weiten Satz sprang er auf das Fass, von dort auf die Schulter der Frau und von da auf einen Mauervorsprung. Auf diesem balancierte er schnurstracks weiter, während das Geschrei der Wachen hinter ihm immer lauter und wütender wurde. Über eine Leiter gelangte er auf ein schräges Vordach, über das er auf Zehenspitzen huschte. Ein paar der Schindeln lösten sich jedoch unter seinen Tritten, sodass er den Halt verlor und abspringen musste. Er landete in einer anderen Gasse und folgte ihr in der Hoffnung, die Wachen damit losgeworden zu sein – als er plötzlich gegen ein Hindernis lief.

Enok taumelte zurück und stieß gegen eine Hauswand, dabei stieß er sich den Hinterkopf. Das Hindernis, gegen das er geprallt war, lachte nur. Es war ein Hüne mit lustigen Augen und einem Wanst, der mit Rammars durchaus mithalten konnte.

»Du hast es aber eilig, junger Mann«, meinte der Fremde mit einer wahren Donnerstimme. »Willst wohl noch einen der guten Plätze ergattern?«

»Was?«, fragte Enok verwirrt. Er rieb sich den schmerzenden Kopf und sah sich nach dem Apfel um, den er beim Aufprall verloren hatte. Rasch las er ihn wieder vom Boden auf.

»Für die Arena«, bekräftigte der Hüne, mit dem Daumen hinter sich deutend. »Wenn ich mir den feinen Zwirn ansehe, mit dem du bekleidet bist, dann willst du doch bestimmt die Vorstellung heute sehen. Sie sollen neue Kämpfer reinbekommen haben«, fügte er mit einem vertraulichen Augenzwinkern hinzu.

»Äh … klar.« Enok war froh darüber, endlich auf jemanden zu treffen, der ihn nicht gleich erschlagen oder an die Stadtwache ausliefern wollte.

»Für drei *ariana* bringt der alte Mavuro dich rein«, versicherte der Hüne mit öliger Stimme und versetzte ihm einen vertraulichen Rippenstoß. »Und wenn du noch einen drauflegst, kriegst du sogar einen Tipp für die Wetten.«

»*Korr*«, knurrte Enok, obwohl er keine Ahnung hatte, wovon der Kerl eigentlich sprach. Er wollte an ihm vorbei, aber der andere ließ ihn nicht.

»He«, murrte dieser, jetzt schon weniger freundlich. »Was ist mit dem Geld?«

»Welches Geld?«

Der andere seufzte müde. »Tu das nicht, Jungchen. Spiel nicht den Ahnungslosen, ich habe dir den Preis genannt. Du gibst mir, was ich haben will, und ich bring dich rein – das ist der Handel.«

Enok überlegte, trug einen kurzen inneren Kampf aus. Dann gab er sich einen Ruck und hielt dem Hünen den Apfel hin.

»Was soll das?«, blaffte der.

»Der Preis«, erklärte Enok.

Die Freundlichkeit schwand aus den Augen des Hünen wie ein Licht, das ausgeblasen wurde. Seine schimmelgrüne Visage schnappte ein, und seine Lippen entblößten gefletschte Zähne. »Das ist nicht gut«, schnaubte er. »Du willst den alten Mavuro verkohlen. Das mag er überhaupt nicht.«

»Will ich nicht«, versicherte Enok. »Ehrlich nicht!«

»Vielleicht«, meinte Mavuro, während seine grüne Pranke schon nach Enok griff, »sollte ich einfach mal nachsehen, wie viel Geld du tatsächlich bei dir hast …«

Diesmal wich Enok nicht aus. Stattdessen tat er, was Balbok ihn gelehrt hatte. Er ging ohne Vorwarnung zum Gegenangriff über und trat zu. Und obwohl er keine Stiefel trug und seine Füße nackt waren, landete er einen Volltreffer.

Mavuros Mienenspiel erstarrte. Sodann entfuhr ihm ein quietschender Laut, während er die Augen verdrehte und langsam in die Knie sank, die Pranken am schmerzenden Gemächt.

In diesem Moment war aus der Tiefe der Gasse wieder aufgeregtes Geschrei zu hören. Die Wachen! Offenbar waren sie Enok noch immer auf den Fersen!

Mit einem Nicken verabschiedete er sich von Mavuro, der nur eine wüste Verwünschung hervorstieß, dann zwängte er sich an ihm vorbei und folgte der Gasse, die jetzt steil anstieg und schließlich in Stufen überging, die in rotes Felsgestein gehauen waren. Auch die Häuser zu beiden Seiten der Gasse veränderten sich, schienen jetzt direkt aus dem roten Fels zu wachsen. Und endlich erheischte Enok einen Blick auf den Berg, der sich inmitten des Häusermeers von Taras Caron erhob und auf dem eine Festung thronte!

So also, sagte er sich, sah ein richtiger Palast aus, mit Mauern, Türmen und Erkern. Zweifellos lebten dort oben die Herrscher der Stadt, vielleicht gab es ja auch einen König oder gleich mehrere wie auf der Insel der Orks.

Enok beschloss, das alles herausfinden zu wollen, aber vorerst brauchte er einen Unterschlupf, wo er vor den Wachen sicher war. Da aus den Gassen unter ihm schon wieder hektische Rufe drangen, kauerte er sich in die nächstbeste Nische und wartete dort mit heftig pochendem Herzen.

Das Geschrei verstummte nicht, aber es kam auch nicht näher. Enok betrachtete den wertvollen Apfel, reinigte ihn an seiner Tunika und biss dann hinein. Das knackende Geräusch gefiel ihm, noch mehr aber sagte ihm der frische Geschmack des Apfels zu. So etwas Gutes, war er sicher, hatte er in seinem ganzen Leben noch nie gegessen, und erst jetzt merkte er, wie hungrig er tatsächlich war. Gierig machte er sich über das weiße Fruchtfleisch her, dass ihm der Saft aus den Mundwinkeln rann. Die Süße des Apfels verschaffte ihm Trost und spendete neue Kraft, und sein rasender Herzschlag beruhigte sich ein wenig.

Satt und in vorläufiger Sicherheit gönnte sich Enok ein erleichtertes Aufatmen.

Jedoch zu früh …

Als er den beißenden Schweißgeruch in der Nase hatte, war es schon zu spät. Eine grobe Pranke legte sich über seinen Mund und versiegelte ihn, eine weitere packte ihn und hielt ihn unnachgiebig fest. Enok wand und wehrte sich, schlug mit den Ellbogen um sich und strampelte mit den Füßen, als man ihn mit rohen Kräften hochhob.

Doch es half alles nichts.

Kopfüber wurde er in einen Sack gesteckt, in dem es so dunkel war, dass er die Hand nicht vor Augen sehen konnte. Und noch ehe er etwas unternehmen konnte, wurde der Sack bereits zugezogen und davongetragen, einem unbekannten Ziel entgegen.

9.

OLK DUSGASH

Ein böses Erwachen hatte es für Rammar schon oft gegeben. Dass Balbok und er überwältigt und niedergeschlagen wurden und in prekärer Lage wieder zu sich kamen, war zu seinem Leidwesen ein fester Bestandteil ihrer Abenteuer geworden. Und natürlich war das Erwachen immer böse, wenn man die Augen aufschlug und feststellte, dass man einen abgrundtief dämlichen Bruder hatte.

Aber diesmal war es besonders übel.

Als die Lebensgeister zu Rammar zurückkehrten, fand er sich auf dem Boden sitzend wieder. Sein Schädel dröhnte wie eine Hammerschmiede, und sein Gesicht kam ihm vor wie eine Kraterlandschaft, überall war getrocknetes Blut. Er wollte seinen Rüssel befühlen, der einiges abbekommen zu haben schien, aber er konnte seine Arme nicht bewegen – man hatte sie in Ketten gelegt und nach den Seiten gespannt, sodass er dort wie ein großer fetter Vogel kauerte, mit gespreizten Schwingen. Geronnenes Blut verstopfte seine Nüstern, das er erst mal loswerden musste. Rammar schnaubte und prustete, wobei er einen Schwall wüster Verwünschungen ausstieß. Erst dann fand er die Zeit, sich in seinem Gefängnis umzusehen.

Zu seiner Verwunderung schien er sich in einer Art Stall zu befinden. Über ihm war eine von hölzernen Balken getragene Decke, auch die Ketten, die ihn hielten, waren an dicke Holzbohlen geschmiedet. Der Boden war von Stroh bedeckt, und es stank nach Vieh, Fleiß und Betulichkeit.

Von Balbok war nichts zu sehen, aber allein war Rammar auch nicht. Auf sein geräuschvolles Erwachen hin schoben sich mehrere Gestalten in sein Blickfeld. An ihrer gebückten Haltung und ihren zögernden Bewegungen konnte er erkennen, dass sein Anblick ihnen einigen Respekt einflößte – was seine eigene Angst wesentlich minderte. Die Art, wie die Fremden ihn ansahen, schmeichelte ihm geradezu, denn in ihren Augen war deutlich Furcht zu erkennen. Vielleicht, sagte er sich, hatten sie ja schon von Rammar dem schrecklich Rasenden gehört. Wobei das unwahrscheinlich war, so, wie sie aussahen.

Zwar schien es sich durchaus um Orks zu handeln, doch waren sie anders als er, zarter gebaut und mit blasser Haut überzogen, die die Farbe von frischem Schimmel hatte. Ihr Haar trugen sie lang und offen, darunter lugten spitze Ohren hervor; ihre Mienen waren fein geschnitten, mit grauen, mandelförmigen Augen. Trotz seines noch immer leicht benebelten Zustands dämmerte Rammar, dass sie im Grunde wie Enok aussahen. Hatte er durch Zufall dessen verschollenes Volk gefunden?

»Habt ihr Enok gesehen?«, fragte er die Fremden deshalb rundheraus. »Klein und schmächtig, blassgrüne Haut – im Grunde sieht er aus wie ihr.«

Die Fremden, es waren sechs, vier Männer und zwei Frauen, wechselten verblüffte Blicke, so als hätten sie nicht damit gerechnet, dass Rammar sprechen konnte.

»*Korr*, ihr Grünspäne, ich kann reden«, polterte er weiter. »Und ich wüsste gerne, warum ihr mir dieses Ding verpasst und mich in Ketten gelegt habt, ich habe euch *umbal'hai* nämlich nichts getan! Noch nicht, jedenfalls«, fügte er zähneknirschend und mit einem Funkeln in den Augen hinzu, das die Fremden nur noch mehr verschreckte.

Einer von ihnen, er war älter als die anderen, denn seine Glieder waren dürr und sein Haar bereits ergraut, tat einen zögernden Schritt nach vorn. Wie die anderen trug auch er eine schlichte Tunika mit einer wollenen Gugel, seine dünnen Beine steckten in Wadenwickeln aus Fell. Die Kleidung von Bauern. In Rammars Augen wirkten die Fremden alle irgendwie scheu und verbogen, aber der Alte schien der Unterwürfigste von allen zu sein. Die knochigen Hände ringend, sprach er Rammar an. Doch der verstand kein einziges Wort.

»Keine Ahnung, was du da laberst, Schimmelpfennig«, fauchte der dicke Ork dagegen, »aber vermutlich weißt du nicht, wen du vor dir hast. Ich bin Rammar der schrecklich Rasende, und ich bin König! König, versteht ihr?«

Wieder sahen sie einander verunsichert an. Dann sagte der Alte erneut etwas, langsamer diesmal – und für Rammar war es, als schien seine Stimme aus ferner Vergangenheit zu dringen. Es war ein seltsames Kauderwelsch, das sich uralt und völlig überkommen anhörte. Was davon Orkisch war, verstand Rammar sofort, aber es waren auch Brocken der Schmalaugensprache dabei, bei deren bloßem Klang sich ihm die Nackenborsten sträubten. Doch jetzt war er beinahe froh, im Lauf seiner Reisen auch davon das eine oder andere aufgeschnappt zu haben, sodass er den Knilch ganz gut verstehen konnte.

»Du … uns schuldest«, schloss der Alte.

Rammar runzelte die Stirn, was ziemlich wehtat. »Was soll das heißen?«, blaffte er.

»Du Echse … getötet … Schaden.«

Rammar starrte den Schimmelgrünen verständnislos an. Erst ganz allmählich klickerte es in seinem noch immer dröhnenden Schädel. »Was?«, donnerte er. »Statt darüber froh zu sein, dass ich euch das Monstrum vom Hals geschafft habe, macht ihr mir Vorwürfe? Ist das der Grund, warum ihr mich hier festgekettet habt wie einen elenden Dieb?« Um zu verdeutlichen, was er meinte, zerrte er an seinen Fesseln, dass es nur so klirrte. Wieder zuckten die Bauern ängstlich zusammen.

»Schaden«, wiederholte der Alte dennoch mit ärgerlicher Beharrlichkeit.

»Das Mistvieh hat mich angegriffen und bekommen, was es verdient hat. Wer sich mit Rammar dem schrecklich Rasenden anlegt, braucht sich nicht zu wundern, wenn er mit einem gebrochenen Genick endet, verstanden?«

Die Ork-Bauern – wenn es so etwas überhaupt gab, allein bei dem Gedanken drehte sich Rammar der Magen um – tauschten wiederum unruhige Blicke, schienen jedoch nicht mehr ganz so eingeschüchtert zu sein wie zuvor.

»Und jetzt macht mich gefälligst los«, verlangte er deshalb, »ehe ich in *saobh* verfalle, diese Ketten zerreiße, euch die hässlichen Nasen abbeiße und hier drin alles kurz und klein schlage. Habt ihr mich verstanden?«

Nun trat eine der beiden Frauen vor. Zu Rammars Verdruss schien sie um einiges unerschrockener als die Männer. Ihre schiefergrauen Augen musterten den gefangenen Ork von Kopf bis Fuß, dabei fielen ihre Mundwinkel herab, und ihre schmale Nase rümpfte sich.

»Was, Weib?«, knurrte Rammar. »So riecht ein Ork aus echtem Tod und Horn nun mal.«

»Dein Name«, verlangte sie nur.

»Den habe ich euch schon genannt, zieht gefälligst den Schmalz aus euren Ohren! Ich bin Rammar, der …«

»Beeka«, fiel sie ihm ins Wort und schlug sich vor die trotz aller Schlankheit recht wohlgeformte Brust. Überhaupt war sie durchaus ansehnlich mit ihrem langen schwarzen Haar, den trotzigen Gesichtszügen und den schmalen Augen, in denen ein wildes Feuer zu lodern schien. Natürlich kein Vergleich mit einer richtigen Orkin. Aber immerhin.

»Und?«, fragte Rammar nur. »Sag bloß, du bist hier der Obermotz? Obwohl es zu euch passen würde«, fügte er mit einem abschätzigen Blick auf den Alten und die anderen drei Kerle hinzu. »Als brave Bauersleute leben und dann noch ein Weib zum Häuptling haben.«

»Du … Schaden … arbeiten«, bestimmte die Frau, die sich als Beeka vorgestellt hatte.

»Ja, klar.« Rammar schnitt eine Grimasse. »Von mir aus könnt ihr mich hier festketten, bis ich verfaule. Aber für euch arbeiten werde ich niemals. Ich bin ein König, schon vergessen?«

Beeka nickte, so als hätte sie mit keiner anderen Antwort gerechnet. Dann gab sie einen knappen Befehl, worauf sich zwei der Männer zögernd entfernten. Als sie zurückkamen, hatten sie etwas dabei, das Rammar schon gesehen hatte, in den Reichen der Menschen … In der Orksprache gab es kein Wort dafür, aber er wusste, dass die Milchgesichter es »Joch« nannten: ein geschwungener Holzbalken mit einem aus Leder gefertigten Kranz darunter, den man Ochsen oder Pferden um den Hals legte, damit sie Pflüge und Wagen ziehen konnten. Es war eine typische Erfindung der Menschen und passte zu ihnen Aber was sollte er damit anfangen? Die Erkenntnis dämmerte ihm, als die beiden Kerle auf ihn zukamen, das Joch in den Händen …

»*Douk!*«, brüllte er und schüttelte energisch den Kopf. »Denkt nicht mal dran, ihr Gemüsefresser!«

Doch Beeka und ihre Leute dachten nicht nur daran, sie setzten ihr Vorhaben auch in die Tat um: Nur einen Herzschlag später lag das Ding bereits um Rammars Hals, und sie waren dabei, es mit ledernen Riemen an ihm festzuschnallen. Und da seine beiden Arme in Ketten lagen, konnte er nichts dagegen tun außer zetern und brüllen, was er natürlich ausgiebig tat. Doch mit dem Gebrüll Rammars des schrecklich Rasenden schien es wie mit einem Messer zu sein: Anfangs war es noch frisch geschliffen gewesen und hatte gut und tief geschnitten, doch durch den häufigen Gebrauch hatte es sich abgenutzt und war stumpf geworden.

Der Gesichtsausdruck der anderen Bauern ähnelte nun zunehmend dem von Beeka, und Rammar erinnerte sich, ihn schon an anderen Orten in anderen Mienen gesehen zu haben. Und ganz gleich, ob es die Gesichter von Menschen, Zwergen oder Gnomen gewesen waren: Es war der Ausdruck von Kreaturen, die viel ertragen hatten und an die Grenzen des Erträglichen gelangt waren.

Wohin, fragte er sich, hatte der verdammte Elfenkristall ihn verschlagen? Was ging hier vor sich? Und wo, bei Koruk dem Giftpisser, steckte Balbok?

Als seine Häscher die Ketten lösten, atmete Rammar auf, witterte für einen Moment die Chance, sich loszureißen und die Flucht zu ergreifen. Doch dieser Moment war schon einen Lidschlag später wieder vorbei.

Eine Peitsche knallte und schnitt quer über sein ohnehin schon malträtiertes Gesicht, sodass er nicht anders konnte, als laut aufzuheulen. Zudem hielten die beiden Kerle, die ihm das Joch verpasst hatten, jetzt plötzlich Holzstöcke in den Händen, mit denen sie ihn bedrohten.

Rammar blieb der Geifer weg. Sie schienen ihn tatsächlich für eine Art Ochsen zu halten. Oder jedenfalls hatten sie vor, ihn als solchen zu gebrauchen.

»Vorwärts!«, ordnete Beeka an, und an den ledernen Riemen, die an dem Joch befestigt waren, zerrten sie ihn auf die Beine und aus der Scheune, hinaus ins helle Tageslicht.

Er blinzelte, die Sonne schmerzte in seinen Augen. Dann erkannte er, dass er sich offenbar in einer Art Dorf befand. Kuppelförmige, strohgedeckte Hütten scharten sich um einen kleinen Platz, auf den man ihn trieb, während eine ganze Schar schimmelgrüner Halborks dabeistand und zusah. Nicht einer von ihnen trug eine Rüstung oder auch nur eine Waffe. Es waren Bauern, nicht mehr und nicht weniger.

Irgendetwas stimmte hier ganz und gar nicht.

10.

FIRUNN

»Autsch!«

Enok stieß sich den Kopf, als man den Sack kurzerhand in eine Ecke warf, so achtlos, als wäre er mit Unrat gefüllt. Ein verächtliches Grunzen war die einzige Reaktion, dann hörte er, wie eine Tür ins Schloss geworfen und verriegelt wurde.

»He!«, rief er laut und außer sich vor Zorn. »Lasst mich gefälligst raus aus diesem Sack! Hört ihr nicht? Ihr sollt mich …« Er verstummte, als er merkte, dass sein unbekannter Häscher die Verschnürung offenbar bereits gelöst hatte.

Der Sack war offen.

Wütend zog Enok ihn vollends auf und streckte den Kopf hinaus, um frische Luft zu atmen. Viel besser wurde es allerdings nicht. Das Gewölbe, in dem er sich wiederfand, roch muffig und nach Fäulnis. Fenster gab es keine, nur eine Tür aus rostigem Metall, in die auf Augenhöhe eine schmale Öffnung eingelassen war. Fackelschein, der von draußen durch den Schlitz drang, war die einzige Lichtquelle, und das war spärlich genug.

Für Enok stand fest, dass er sich im städtischen Kerker befand. Wie auch immer sie es angestellt haben mochten, am Ende hatten die Wachen ihn doch gefasst. Und da es in dieser seltsamen Stadt offenbar nicht gestattet war, sich zu nehmen, was man brauchte, würden sie ihn wohl hart bestrafen.

»Elender *shnorsh*«, maulte er, wie auch Rammar es wohl an seiner Stelle getan hätte. Das gab ihm das Gefühl, nicht ganz allein zu sein. Er stieg aus dem Sack und schüttelte ihn unwirsch von den Füßen. Dann trat er an die Tür, spähte durch den schmalen Schlitz nach draußen und sah eine dunkle Silhouette, die sich gegen den Fackelschein abzeichnete.

Jemand stand direkt vor der Tür!

Erschrocken prallte Enok zurück.

In diesem Moment wurde der Riegel bereits zurückgezogen und die Tür geöffnet. Enok hielt den Atem an, fürchtete schon, dass sein Ende gekommen sei. Doch in der Gestalt, die eintrat, erkannte er niemand anderen als den Mann mit der Maske.

»D-du!«, sagte er verblüfft.

»Bist du überrascht?«, drang es blechern durch den Mundschlitz.

»*Korr.*« Enok nickte.

»Was soll dieses Wort bedeuten?«

»Zustimmung«, erklärte Enok. »Ich habe gedacht …«

»Was? Dass die Garden dich gefasst hätten?«

Enok nickte.

»Es hätte nicht viel gefehlt. Glücklicherweise stießen meine Leute auf einen Schwarzmarkthändler namens Mavuro. Er war nicht sehr gut auf dich zu sprechen, aber wusste immerhin, wohin du gegangen warst. Entschuldige die etwas rüde Behandlung, aber für Erklärungen blieb keine Zeit, die Schwarzen Garden durften dich nicht finden.«

»Wegen des Apfels?«, fragte Enok. »Sind diese Dinger wirklich so viel wert?«

»Nein, nicht wegen des Apfels.« Der Vermummte schüttelte den Kopf. »Auch wegen der hereinbrechenden Nacht.«

»Wieso? Was passiert in der Nacht?«, wollte Enok wissen. »Verfallen dann alle in *saobh*?«

»Wieder weiß ich nicht, wovon du sprichst oder woher du dieses Wort hast. Aber du solltest mir vertrauen, wenn ich dir sage, dass du nach Einbruch der Dunkelheit nicht mehr auf der Straße sein solltest.«

»Warum?«, beharrte Enok. Er legte den Kopf schief und sah den

Maskenmann aus seinen blauen Augen an. »Was geschieht dann? Was ist das überhaupt für ein seltsamer Ort?«

»Taras Caron, die Stadt deiner Herkunft«, eröffnete der andere ihm schlicht. »Hier wurdest du geboren.«

»Das ist nicht wahr.« Enok schüttelte den Kopf. »Ich bin unter Orks aufgewachsen, und eines Tages werde ich König auf ihrer Insel.«

Der Vermummte erwiderte nichts darauf, betrachtete ihn nur durch die Sehschlitze seiner Maske. »Bist du hungrig?«, fragte er schließlich.

»Worauf du einen lassen kannst.«

Selbst durch die Maske war zu erahnen, dass Enoks Ausdrucksweise dem Vermummten missfiel, aber er sagte nichts. Stattdessen verließ er die Zelle, und Enok folgte ihm auf den von Fackelschein beleuchteten Gang.

Ein weiterer durch massiven Fels getriebener Stollen schloss sich an, offenbar bildeten sie ein ganzes Netz. Blakende Fackeln steckten in rostigen Wandhalterungen, an den Gabelungen waren Wächter postiert, die mit Prügeln und Spießen bewaffnet waren. Richtige Krieger, da war Enok sich ganz sicher, sahen anders aus.

»Wo sind wir hier?«, wollte er von seinem gesichtslosen Begleiter wissen.

»Unter der Stadt.«

»Und wer sind diese Typen?«

»Diener«, entgegnete der andere neutral und bedachte ihn von oben herab mit einem langen Blick. »Keine Sorge, du wirst alles erfahren, wenn die Zeit reif dafür ist.«

»Aha«, machte Enok. »Und wann …?«

Weiter kam er nicht. Sie hatten den Eingang zu einer schmalen Kaverne erreicht, in deren offenem Kamin ein Feuer brannte. Davor, im Schein des Feuers, stand ein Tisch mit den verschiedensten Speisen darauf. *Bru-mill* und Trollsülze waren nicht dabei, aber so wie Enoks Magen inzwischen knurrte, nahm er es gewiss nicht genau. Ohne auf eine Aufforderung zu warten, hastete er zu dem Tisch, griff mit beiden Händen nach den Leckereien, die dort auf Tellern und Platten und in großen Schüsseln bereitstanden, und begann, sich damit vollzustopfen.

Manche Dinge, wie das gebratene Wildschwein, erkannte er wieder, andere hatte er noch nie gesehen. Es waren auch Äpfel von jener Sorte dabei, die er gestohlen hatte, nur dass sie jetzt heiß waren und mit einer süßen Soße glasiert. Aber Enok war nicht wählerisch, Hauptsache, sein Magen wurde gefüllt.

Der Mann mit der Maske ließ ihn gewähren.

Aus sicherer Entfernung sah er zu, wie Enok aß, erst nach einer Weile begann er wieder zu sprechen. »Du musst wissen«, erklärte er, »dass wir nicht die Ersten sind, die diese Katakomben tief unter der Stadt bewohnen. Vor undenklich langer Zeit ist dies einmal eine Drachenfestung gewesen.«

Obwohl die Geflügelkeule in seiner Hand den größten Teil seiner Aufmerksamkeit beanspruchte, sah Enok kurz auf.

»Sie waren es, die diese Stollen in den Fels gebrannt haben.«

»Bin beindruckt«, versicherte Enok zwischen zwei herzhaften Bissen Fleisch. Bratensaft lief ihm aus den Mundwinkeln und troff auf den Tisch, seine Ziehväter wären stolz auf ihn gewesen. Er hatte die Keule noch nicht ganz abgenagt, da warf er sie bereits weg und griff nach einem der bereitstehenden Krüge. Er hielt sich nicht damit auf, sich daraus einzuschenken, sondern setzte einfach den Krug an die Lippen und trank. Der Inhalt schmeckte nach Früchten, war aber auch sauer und vergoren. Mit einem Ausruf des Ekels ließ Enok den Krug sinken und warf ihn von sich. Er ging klirrend in Scherben, sein Inhalt bildete eine rote Lache auf dem Boden.

Enok wischte sich mit dem Handrücken über den Mund, wie Balbok es machte. »Was war denn das? Blutbier jedenfalls nicht, das steht fest!«

»Wein«, verbesserte der andere. »Von den sonnigsten Hängen des Nordlands.«

»Nie davon gehört.« Enok schüttelte den Kopf. »Bei den Königen der Orks gab es so was nicht.«

»Du glaubst immer noch, dass sie existieren?«, fragte der Maskenmann.

»Natürlich, ich bin doch bei ihnen gewesen.«

»Wie lange?«

»Ich weiß nicht genau.« Enok zuckte mit den Schultern. »Vielleicht zwei Monde.«

»Curran«, erwiderte das Maskengesicht und drehte sich direkt in seine Richtung, »seit du diese Stadt verlassen hast, sind fünfzehn Jahre vergangen.«

Enok sah ihn verständnislos an.

»Fünfzehn Jahre, in denen du verschollen warst. Fünfzehn Jahre, in denen wir verzweifelt nach dir gesucht haben. Fünfzehn Jahre, in denen du zu einem ausgezeichneten jungen Mann herangewachsen bist ...«

»Aber für mich waren es nur ein paar Monde«, wandte Enok ein.

»Davon spreche ich.« Der Vermummte nickte. »Du hast geträumt, Curran. Die ganze Zeit über hast du geschlafen und geträumt.«

Enok schauderte, die Vorstellung machte ihm Angst. Sollte wahr sein, was der Unbekannte sagte? Welchen Grund sollte er haben, ihn zu belügen? Andererseits, warum sollte ein Fremder so freundlich sein? Was führte der vermummte Kerl im Schilde? Welchen Plan verfolgte er?

Enok hätte alles darum gegeben, seine beiden Ziehväter jetzt zur Seite zu haben. Balbok hätte ihn mit blankem *saparak* beschützt, und Rammar hätte erst mal drauflosgewettert ...

Plötzlich kam Enok ein Gedanke. »Und wenn ich dir beweise, dass es Orks gibt?«

»Wie willst du das anstellen?«

»Indem ich dir zeige, was sie mir beigebracht haben.«

»Und das wäre?« Der Mann mit der Maske musterte ihn despektierlich. »Wie man frisst wie ein Schwein?«

»Das auch«, räumte Enok ein. »Aber ich habe an etwas anderes gedacht.« Er ging zu einem der Posten, die am Eingang des Saales Wache hielten. Der Mann war ziemlich kräftig, trug eine wildlederne Tunika und einen Speer, auf den er sich stützte, dazu eine lederne Kappe auf dem kahlen Haupt.

»Du«, forderte Enok ihn auf, »greif mich an!«

Der Posten reagierte nicht, starrte nur weiter stumm auf ihn herab.

»Na los, worauf wartest du?«

Der Wächter sandte einen verunsicherten Blick in Richtung des Maskenträgers, der zuerst seufzte und ihm dann resignierend zunickte. Daraufhin senkte der Posten seinen Speer, setzte zu einem Ausfallschritt an – und Enok ging zum Gegenangriff über.

Einen *saparak* hatte er zwar nicht, aber Balbok hatte ihn auch für diesen Fall trainiert: Blitzschnell packte Enok den Speer am vorderen Schaft und riss ihn dem Wächter aus den Händen, der darauf überhaupt nicht gefasst war. Und noch ehe er sichs versah, rammte Enok ihm schon das untere Ende des Schafts ins Gesicht, direkt unterhalb der Kappe.

Der Wächter verdrehte die Augen, winselte und wankte.

Dann brach er in die Knie.

Ein zweiter Hieb Enoks, diesmal direkt an den *klogionn*, schickte ihn vollends zu Boden.

»Wa-was war das?«, fragte der Maskenmann verblüfft.

»*Das*«, erwiderte Enok grinsend, »habe ich im Schlaf gelernt.«

Der Wachtposten regte sich jetzt wieder, tastete stöhnend nach seiner blutenden Nase.

»Erstaunlich«, musste der Vermummte zugeben.

»Glaubst du mir jetzt?«

Durch die Eisenmaske starrte der Fremde Enok an, und schließlich nickte er. »Ich denke«, gestand er zu, »dass es noch lange dauern wird, bis wir alles verstehen, was geschehen ist. Aber ich werde es nach Kräften versuchen. Wenn du mir versprichst, dies ebenfalls zu tun.«

»Und wie?« Enok reckte trotzig das Kinn vor. Balbok hätte es nicht besser machen können.

»Ich werde dir enthüllen, wer du bist, Curran. Warum du dich hier befindest und was in Taras Caron vor sich geht, warum die Einwohner der Stadt die Dunkelheit so sehr fürchten und worauf sie hoffen. Und ich erwarte von dir, dass du mir vertraust und meinen Worten Glauben schenkst.«

»Ich soll dir vertrauen.« Enok hielt sich ein Nasenloch zu und schnäuzte sich durch das andere. »Warum sollte ich das tun? Du zeigst mir ja noch nicht mal dein Gesicht.«

»Aus gutem Grund«, versicherte der andere. »Aber ich habe dich vor den Schwarzen Garden gerettet. Ist das kein Grund, mir Glauben zu schenken?«

Enok zögerte noch immer. »Ich kenne nicht einmal deinen Namen«, stellte er fest.

Der Mann mit der Maske blickte ihn an, Augenblicke verstrichen mit quälender Langsamkeit.

»Durwain«, enthüllte er schließlich. »Mein Name ist Durwain.«

11.

RICHGASHD UR'PROINNSA

»Habe ich dir zu viel versprochen?«

Curran hatte sich zu Liatha umgewandt. Wann immer er sie anschaute, sah sie inzwischen nicht mehr das Monstrum, nicht mehr das Zerrbild dessen, was er einst gewesen war. Sondern nur den Mann, den sie liebte. Verwandte Seelen, so hatte Euriel es im *Darganfaithan* geschrieben, fanden einander immer wieder, gegen alle Widerstände und selbst über die Abgründe der Zeit hinweg. Selten hatte ein Dichter Worte zu Papier gebracht, die wahrhaftiger gewesen waren.

Von einer der vielen in den Fels gehauenen Galerien aus, die Nurmorods Höhlen durchzogen, blickten sie in die Kaverne hinab, unter deren Decke die Blutkristalle hingen, schief und unregelmäßig und jetzt wieder von einem unirdischen Glühen erfüllt. Darunter befand sich der Sarkophag, dem auch Curran entstiegen war, jetzt wieder von dem Quader aus Stein bedeckt. Rings umher huschten kleine, in Kapuzenmäntel gehüllte Gestalten, Margoks niedere Diener.

»Nein«, gab Liatha unumwunden zu. Die schwarze Farbe der Trauer, die sie noch bei ihrem Wiedersehen getragen hatte, hatte sie gegen ein helles Gelb getauscht, das in wildem Gegensatz zur düster wirkenden Umgebung stand. Das Leuchten der Kristalle färbte es orangerot. »Alles, was du gesagt hast, ist wahr, mein Geliebter.« Sie wandte ihren Blick von der Kaverne und den Kristallen ab und sah ihn direkt an. »Danke, dass du es mir offenbart hast.«

»Danke, dass du mir dein Vertrauen geschenkt hast«, entgegnete er.

Genau wie bei seiner ersten Reise nach Nurmorod waren sie mit dem Schiff den Afordyr hinabgesegelt und erst jenseits des Cethad Mavur angelandet. Danach hatten sie die Reise zu Pferd fortgesetzt, doch anders als bei der ersten Expedition hatten sie diesmal das Feldzeichen des Dunkelelfen mitgeführt. Die Aura unnatürlicher Furcht, die ihm vorauseilte, hatte dafür gesorgt, dass keine Kreatur des Waldes gewagt hatte, sich dem Tross zu nähern, noch nicht einmal das kleinste Insekt. Auf diese Weise waren sie unbeschadet und in sehr viel kürzerer Zeit als zuvor nach Nurmorod gelangt.

Die alte Drachenfestung, die Margok zugleich als Zuflucht und als Zauberhort diente, erfüllte Liatha mit tiefem Erstaunen. Sie äußerte es nicht immer, verbarg ihre Gedanken oft hinter einer Geste oder einem Lächeln, wie man es sie als Tochter eines hohen elfischen Hauses gelehrt hatte. Doch Curran hatte schon vor Jahren gelernt, in diesen kleinen Hinweisen ihre wahren Gedanken und Gefühle zu entdecken.

Er hatte gesehen, wie verängstigt sie bei ihrer Begegnung an Bord gewesen war, und er hatte sich selbst dafür gehasst. Bis zum letzten Augenblick hatte er gezögert, sich ihr in seiner neuen Gestalt zu offenbaren. Was, wenn sie ihn zurückwies? Was, wenn sie, die unvergänglich Schöne, ihn in dieser neuen, anderen Form nicht mehr wollte?

Was für ein Narr er gewesen war, an ihrer Liebe zu ihm zu zweifeln …

»Und hier ist es geschehen?«, wollte Liatha wissen, auf den Sarkophag unter den Kristallen deutend.

Er nickte. »An diesem Ort wurde aus Curran, dem in der Thronfolge übergangenen Prinzen von Dinas Lan, kein anderer als Curran, Diener des Dunkelelfen.«

»Ist es das, was du jetzt bist?«, fragte sie, seine eindrucksvolle Gestalt mit einem Seitenblick bedenkend.

»Ich bin der Vollstrecker seines Willens, genau wie alle anderen, die diesem Pfuhl entstiegen sind«, verdeutlichte Curran. »Nicht nur ich, sondern auch Dufanor, Narkon, Aderyn und all die anderen.«

»Sie sind dir stets treu ergeben gewesen«, bestätigte Liatha, »also sind sie dir auch auf diesem Weg gefolgt.«

»Und sie werden nicht die Letzten gewesen sein. Meine Gefährten und ich sind erst der Anfang, Liatha! Die Arbeit des Dunkelelfen ist längst nicht getan, er wird weiter forschen und seine Schöpfung vervollkommnen, wird uns noch stärker und widerstandsfähiger machen, zu vollendeten Kriegern. Auf dem Schlachtfeld werden wir die Söhne und Töchter Sigwyns das Fürchten lehren – und schließlich erobern, was mir nach dem Geburtsrecht zusteht, was schon immer mein werden sollte.«

»Die Krone des Elfenreiches«, ergänzte Liatha lächelnd und strich ihm durch das wilde, kaum gebändigte Haar. »Weißt du noch, was ich einst zu dir sagte? Dass du für mich immer der wahre Herrscher sein würdest und es meine Überzeugung sei, dass die Untertanen auch dir ihre Herzen schenken würden?«

Curran nickte. »Ich habe es nie vergessen.«

»Es war mein Ernst, jedes einzelne Wort«, versicherte sie, »und es erfüllt mich mit unsagbarer Freude, dass all dies nun Wirklichkeit werden kann. Und doch frage ich mich …«

»Was?«, wollte er wissen, als sie zögerte.

Sie sah ihn an, Besorgnis stand jetzt in ihren anmutigen Zügen zu lesen. »Ob du nicht doch wieder nur der Zweite sein wirst«, sagte sie dann vorsichtig. »Ein Diener dessen, der die wahre Macht in seinen Händen hält?«

»Ich werde Margoks Diener sein«, räumte Curran ohne Zögern ein, »doch ist unter seiner Herrschaft selbst der geringste Diener noch mächtiger als ein König. Der Dunkelelf kennt keine Gesetze, die die Schwachen stärken und das Recht des Besseren hindern. Keine Regeln der Thronfolge und keine blutleeren Hofbeamten. Nur die Macht Margoks, die für jene sorgt, die in seiner Gunst stehen.«

»Und du, mein *Dracalón*, bist der Erste unter seinen Dienern?«

»So ist es«, bestätigte Curran mit unverhohlenem Stolz. »Der

Dunkelelf hat lange gesucht und mich unter vielen ausersehen, der Stammvater eines neuen Volkes zu sein, seiner Schöpfung. Dies ist der Pakt, den ich mit ihm geschlossen habe.«

»So hast du es bereits gewusst, als du Dinas Lan damals verlassen hast?«

»Ich wusste es. Und doch musste ich den Schein wahren, um die Pläne meines Herrn zu verheimlichen.«

»Selbst vor mir.« Sie sah ihn durchdringend an.

»Vor allem vor dir, Geliebte. Denn weder konnte ich dich mit mir nehmen, noch konnte ich dir zumuten, die ganze Zeit über schweigen zu müssen.«

Liatha nickte, schien erst jetzt wirklich zu verstehen. »Du hast es getan, um mich zu schützen.«

»So war es. Doch ich bin zurückgekehrt, um mich dir zu offenbaren. Unser gemeinsamer Wunsch wird sich erfüllen. Wir können zusammen sein und Seite an Seite herrschen, so, wie wir es uns immer erträumt haben. Gemeinsam …«

»Gemeinsam«, bestätigte sie, und als sie ihn jetzt ansah, lagen so viel Respekt und Bewunderung, so viel Zuneigung wie einst in ihrem Blick. »Niemals hätte ich geglaubt, dass es noch dazu kommen würde.«

»Wir haben vieles nicht geglaubt und noch viel weniger gewusst. Mein Vater, mein Bruder, selbst die weisesten Weisen von Shakara sind alle blind und unwissend im Vergleich zu Margok. Er hat keine Scheu, die Wahrheit zu suchen und die Möglichkeiten zu nutzen, die die Kräfte des Kosmos bieten.«

Curran erwiderte ihren Blick. Er hatte keine Scheu mehr, sich ihr zu zeigen. Was Margok ihm gegeben hatte, war nicht wirklich eine neue Gestalt. Im Grunde brachte es nur nach außen, was er schon immer gewesen war …

»Unser Volk ist einst von den Sternen gekommen«, sagte er. »Und nach den Sternen können wir auch wieder greifen.«

»Große Worte«, drang eine tiefe Stimme aus dem umgebenden Halbdunkel, »aus dem Mund eines großen Mannes.«

Eine hagere Gestalt löste sich aus den Schatten, ohne dass Curran und Liatha hätten sagen können, ob sie schon die ganze Zeit dort gestanden hatte oder eben erst hinzugetreten war. Von seinem schwarzen Mantel umhüllt, trat Margok zu ihnen.

Es war das erste Mal, dass Liatha dem Dunkelelfen selbst begegnete. Seit einigen Tagen hielt sie sich nun in Nurmorod auf, und sie hatte viel über ihn gehört und manches Werk von ihm gesehen. Nun jedoch erblickte sie ihn erstmals von Angesicht zu Angesicht.

»Herr«, sagte sie und beugte die Knie, tiefer, als sie es vor Currans Vater je getan hatte – und es lag nicht nur an der höfischen Erziehung, die sie als hohe Tochter Sigwyns genossen hatte. Sondern auch an der Aura der vollkommenen Macht, die der Herrscher von Nurmorod ausstrahlte.

»Dies also ist die berühmte Liatha«, begann er, und ein Lächeln erhellte dabei seine schädelhaften Gesichtszüge. »Ich verstehe jetzt, warum du sie unbedingt an deiner Seite haben wolltest, Curran.«

»Ich danke Euch, Herr«, erwiderte Liatha. Da sie ihr Antlitz ehrfürchtig gesenkt hatte, griff Margok an ihr Kinn und hob es ein wenig an. Sie erbebte unter der Berührung.

»Eine wahre Schönheit«, stellte er fest. »Natürlich und unverdorben, wie es sein sollte.«

»Ihr schmeichelt mir.« Liatha wollte ihr Gesicht wieder abwenden, aber obwohl seine Hand sie nicht mehr daran hinderte, konnte sie es nicht. Etwas am Blick des dunklen Zauberers hielt sie gefangen.

»Erhebe dich, mein Kind«, schloss Margok endlich mit dem Großmut eines alten Monarchen und nickte Curran anerkennend zu. »Verständlich, dass du alles für sie wagst.«

»Liatha soll mein Weib werden, Herr«, sagte Curran, »und zusammen mit mir über das Elfenreich herrschen, wenn unsere Feinde niedergeworfen sind.«

»Das soll sie«, bestätigte der Dunkelelf, wobei er Liatha mit einem Seitenblick streifte. »Sofern das ihr Schicksal ist.«

12.

DAIMASH RAMMAR

Es war anstrengend.

Und es war schmerzhaft.

Vor allem aber war es entwürdigend.

Schwerfällig setzte Rammar einen Fuß vor den anderen, wobei er keuchte wie ein Troll beim Liebesakt. Sein Schädel dröhnte immer noch, sein Rüssel war praktisch Brei, durch den er kaum Luft bekam, und das Joch in seinem Nacken quälte ihn wie die Stacheln beim *garkash*. Und obendrein war es verdammt anstrengend, einen Pflug so hinter sich herzuziehen, dass sich die Schar tief in den Boden grub und eine Furche zog. Schritt für Schritt für Schritt für Schritt ...

Inzwischen bereute er bitter, dass er dem *uchl-bhuurz* den Garaus gemacht hatte. Aber wer hatte denn auch ahnen können, dass das wüste Monstrum in dieser seltsamen Gegend das war, was bei den Menschen ein Ochse war?

»Das wird euch noch leidtun!«, kündigte er den beiden Bauern, die hinten am Pflug waren und ihn lenkten, zwischen heftigen Atemzügen an. »Dieses elende Ding um meinen Hals solltet ihr mir besser nie wieder abnehmen – denn sobald ich es los bin, werde ich über euch herfallen wie Narkod selbst und einem nach dem anderen den blassen Schädel einschlagen!«

So finster und ernst gemeint diese Drohung auch war, sie verfehlte ihre Wirkung. Also legte Rammar nach, dem orkischen Grundsatz der Eskalation folgend, und reihte eine wüste Drohung an die andere. Er bemühte dabei so ziemlich jeden Heldenschurken der orkischen Mythologie, der ihm in den Sinn kam, von Gulz dem Schlächter bis zu Nork dem Knochenbrecher, schrie sich die Lunge aus dem Leib, während er den Pflug über den Acker zog und zerrte ... bis ihm die Luft ausging.

Seinen Peinigern war das einerlei. Sie ließen die Peitsche knallen und trieben ihn weiter zur Eile an, waren wohl der Ansicht, dass jemand, der so laut lamentieren konnte, auch noch genügend Kraft für den Pflug übrig haben müsse. Ein Trugschluss, wie sich zeigte. Am frühen Nachmittag war Rammar am Ende.

Er war so ausgelaugt, dass seine Beine schmerzten, und er hatte das Gefühl, als wäre sein Nacken kurz davor abzubrechen. Mit einem letzten erschöpften Laut ließ er sich einfach fallen, nach vorn in die Erde, mit der Schnauze voraus.

Die Bauern versuchten, ihn wieder auf die Beine zu zwingen, setzten Peitsche und Stöcke ein, wie man es anderswo bei Tieren machte – doch Rammar blieb liegen.

Die Luft war raus.

Im wahren Sinn des Wortes.

Pfeifend wie ein löchriger Blasebalg blieb Rammar liegen, das Joch noch im Nacken. Seinen Peinigern blieb nichts anderes übrig, als ihm eine Rast zu gönnen, die der Ork, kaum dass er wieder Atem gefasst hatte, dazu nutzte, um nach einem Ausweg zu suchen. Vielleicht, dachte er, konnte er einfach liegen bleiben und sich tot stellen? Vielleicht würden sie dann irgendwann das Interesse an ihm verlieren und ihn abschirren, und dann …

Doch diese Hoffnung erwies sich als vergeblich. Denn nach einiger Zeit bestanden seine Peiniger darauf, dass er seine Arbeit fortsetzte. Und weil er nicht sofort reagierte, begannen sie erneut damit, ihn mit Hieben zu traktieren.

Also ging es weiter.

Schritt für Schritt.

Furche um Furche.

Acker um Acker.

Woher er die Kraft dazu nahm, wusste er später selbst nicht mehr – an dem Pflanzenbrei, den sie ihm zu essen gaben, konnte es jedenfalls nicht liegen. Dem Echsenvieh mochte das genügt haben, für Rammar den schrecklich Rasenden war es eine Zumutung. Aber immerhin schützte es ihn vor dem Verhungern.

Es war einer der längsten Tage in Rammars Leben.

Die Sonne schien sich zu weigern, dem Horizont entgegenzusinken, so als wäre sie dort oben festgeheftet. Doch irgendwann war es so weit: Der Himmel begann sich zu verfärben, die Dämmerung setzte ein, und endlich hatten Rammars Peiniger ein Einsehen, schirrten ihn vom Pflug ab und brachten ihn zurück ins Dorf und zurück in den Stall.

Dort ketteten sie ihn wieder an, und mit dem Joch um den Hals kauerte er da und betrauerte sich selbst und das Schicksal, das er seines hirnlosen Bruders wegen erleiden musste. Und durch die Ritzen in der Scheunenwand konnte er hören, was draußen gesprochen wurde.

»… wissen wir nicht … was für eine Kreatur«, hörte er einen von ihnen, der heiseren Stimme nach den Alten mit den grauen Haaren. Je länger sich Rammar in den eigenartigen Dialekt einhörte, desto besser konnte er ihn verstehen.

»So etwas wie ihn habe ich noch nie gesehen«, pflichtete ein anderer bei. »Ist er ein Tier oder gehört er zum Volk?«

Rammar schnaubte in seiner Scheune.

Von wem, glaubten sie, sprachen diese Torfnasen? Er war ein Ork aus echtem Tod und Horn, und was für einer. Wie konnte man das nicht auf den ersten Blick erkennen?

»Und wenn es ein Wildwuchs ist?«, wandte ein anderer ein.

»Und wenn schon«, erwiderte eine Stimme, die Rammar als die von Beeka erkannte. »Er hat unser Dreihorn getötet, und dafür muss er bezahlen.«

Rammar saß grübelnd im Halbdunkel der Scheune. Mit dem Dreihorn war wohl die Echse gemeint, die er abgemurkst hatte. Aber von was für einem Volk war die Rede? Und was war ein Wildwuchs? Man hatte hören können, dass sich der Blassmann vor Angst fast in die *broigas* gemacht hatte, während er es sagte …

»Und wenn er das nicht kann? Er ist so fett, wie er träge ist, auf dem Feld ist er heute zusammengebrochen!«

»Er muss, ob er nun will oder nicht«, beharrte Beeka. »Wenn er wieder zusammenbricht, dann macht ihm Feuer unter dem Hintern. Und das meine ich wörtlich.«

Rammar schluckte.

»Vielleicht«, meldete der Älteste sich wieder zu Wort, »sollten wir es lieber melden und die Garde rufen …«

»Und dann?«, fragte Beeka. »Die Echsenreiter werden ihn mitnehmen, aber sie werden uns kein neues Dreihorn bringen. Und ohne Dreihorn werden wir die Saat nicht ausbringen können und im kommenden Winter elend verhungern.«

Niemand widersprach, zumindest in dieser Hinsicht schien Einvernehmen zu herrschen.

»Aber die Reiter dürfen niemals erfahren, dass er hier gewesen ist«, beharrte der Alte. »Sobald seine Arbeit erledigt ist, muss er verschwinden.«

»Am besten in der Speisekammer«, fügte ein anderer hinzu.

Das war zu viel für Rammar.

»Ich kann euch hören, ihr elendes Gesocks!«, brüllte er.

Daraufhin wurde es draußen still, keiner der Dorfbewohner sagte mehr etwas, was ihm für einen Moment grimmige Genugtuung verschaffte.

Wirklich besser wurde seine Situation dadurch aber auch nicht.

13.

SABALOR-SLOK

»Du da!«

Balbok war eingenickt in der Hoffnung, dass dies alles zu Ende sein würde, wenn er erwachte. Doch als er die Augen wieder aufschlug, musste er feststellen, dass der Traum nicht nur andauerte, sondern immer noch wilder wurde ...

Zwei Männer in derben Lederrüstungen waren vor den Gitterstäben der Zelle aufgetaucht, Spieße in den Händen. Mit zu schmalen Schlitzen verengten Augen spähten sie in die Kerkerzelle.

»Nein, nicht ihr«, knurrte der eine Wärter Evan und die anderen an. »Dich meine ich, du langes Elend!«

Balbok dämmerte, dass er gemeint war. Er schüttelte den letzten Rest von Schläfrigkeit ab und richtete sich auf, so weit es unter der niedrigen Decke möglich war.

»Was haben die Garden da nur bei uns abgeliefert?«, tönte der

Wärter weiter und lachte derb. »Du bist ja wirklich ein abgrundtief hässlicher Mistkerl!«

Balbok hob zweifelnd die Brauen. Vielleicht sprachen die beiden ja doch von jemand anderem? Die Wärter öffneten eine Tür im rostigen Gitter, in gebückter Haltung kamen sie in die Zelle. Während der eine Balboks Fußfesseln löste, hielt der andere ihn mit dem Speer in Schach. Dann trieben sie ihn hinaus auf den Zellengang.

»Lebwohl, Balbok«, rief Evan ihm hinterher, »es war eine Ehre, dich kennengelernt zu haben.«

Gullwyn blubberte eine Zustimmung.

Drel sagte wie immer nichts.

Balbok verabschiedete sich nicht. Irgendwo in dieser verrückten Wahnvorstellung würden sie einander bestimmt wiedersehen, da war er ganz sicher. Geduldig wartete er, bis die Wärter das Gitter wieder verschlossen hatten, dann ließ er sich von ihnen durch einen dunklen Tunnel führen, gespannt, was folgen würde.

Immer wieder konnte er Waffengeklirr hören, untermalt von etwas, das sich wie ferner Donner anhörte. Gab es draußen vielleicht ein Gewitter? Verschiedene Gerüche stiegen ihm in die Nase. In den fensterlosen, von Wandfackeln beleuchteten Gängen roch es streng nach Tieren und nach Schweiß, vor allem aber nach frischem Blut … und nach Angst.

Balbok kannte diesen Geruch, vor einer Schlacht oder einem Kampf auf Leben und Tod war die Luft gewöhnlich voll davon.

Über eine Treppe, die steil nach oben führte, erreichten sie einen Stollen, der so gekrümmt war, dass man das Ende nicht sehen konnte. Auf der linken Seite reihten sich vergitterte Zellen. In eine davon wurde Balbok gesteckt.

»Und jetzt?«, fragte er, während hinter ihm schon wieder abgeschlossen wurde.

»Maul halten!«, beschied der Wärter ihm barsch. »Du wirst tun, was von dir erwartet wird, zur Ehre des Rates der Ewigen!«

Balbok schürzte die Lippen. Von diesem geheimnisvollen Rat hatte auch Evan schon gesprochen. Wer waren diese Typen, dass jeder hier sie zu kennen schien? Und mehr noch, jeder schien sie zu fürchten …

Wie Balbok jetzt erst feststellte, hatte die Zelle noch einen zweiten Ausgang, genau gegenüber.

Es war eine aus dicken Holzbohlen gezimmerte Falltür, mit Beschlägen und Scharnieren aus rostigem Metall. Das Geräusch, das Balbok schon zuvor wahrgenommen hatte, schien von der anderen Seite zu kommen, nur dass es sich jetzt mehr wie ein Rauschen anhörte und nicht mehr wie Donner.

Neugierig trat er an die hölzerne Wand, um durch die Ritzen einen Blick nach draußen zu erheischen. Doch noch ehe er dazu kam, öffnete sich die Falltür, kippte rasselnd nach draußen und fiel auf sandigen Boden.

Gleichzeitig flutete Licht in die Zelle, so grell, dass Balbok die Augen abschirmen musste. Er taumelte die Schräge hinab in den Sand. Dabei kam es ihm vor, als würde er in das Rauschen eintauchen und darin untergehen.

Zwischen seinen Klauenfingern hindurch sah er einen orangeroten Himmel, der sich über einem weiten Rund spannte: Rote Felsen bildeten eine gewaltige, kreisförmig verlaufende Mauer, von der steile Sitzränge abfielen: Hunderte, wenn nicht Tausende von Zuschauern saßen dort und schrien, was ihre Kehlen hergaben. Das also war das tosende Geräusch. Die Augen in ihren Gesichtern leuchteten, und Balbok wusste nur zu gut, was dieses Leuchten zu bedeuten hatte.

Blutdurst …

Die Mitte des gewaltigen Runds nahm ein von Sand bedeckter Platz ein. Dort stand Balbok, und nur wenige Schritte vor ihm steckte etwas im Boden, das er sofort erkannte.

Es war sein *saparak*!

Noch immer ein wenig benommen, marschierte er darauf zu und zog die Waffe aus dem Sand, schwang sie durch die Luft. Laute »Aaahs« und »Ooohs« raunten daraufhin durch die Menge, hier und dort brandete Beifall auf.

Balbok, der nicht recht wusste, wie er mit dieser Zuneigung umgehen sollte, winkte zu den Rängen hinauf und schnitt die eine oder andere Grimasse. Dann jedoch erklang ein Trommelsignal, und auf der gegenüberliegenden Seite der Arena wurde ein Fallgitter hochgezogen. Leuchtende Augenpaare erschienen in der Dunkelheit, die dahinter lag. Und schließlich schälten sich Umrisse aus der Schwärze ...

Balbok traute seinen Augen nicht.

Es waren Echsen – allerdings nicht von der Sorte, wie sie sich in der Modermark herumtrieben. Diese hier gingen auf ihren Hinterbeinen und reichten ihm bis zur Brust. Ihre Schuppen waren orangefarben, sodass sie ein bisschen wie kleine *drachga'hai* aussahen.

Das Geschrei der Zuschauer überschlug sich, als sie die Ungeheuer gewahrten. Balbok zuckte zusammen. In leicht gebückter Haltung, so als wollten sie sich an ihn heranpirschen, staksten die Echsen auf ihn zu. Ihre Köpfe hielten sie dabei weit vorgereckt, sodass sie ein bisschen wie Hühner aussahen. Der Ork musste grinsen. Dann jedoch riss eins der Viecher das Maul auf, und was Balbok darin erblickte, gefiel ihm gar nicht.

Zähne.

Scharfe, mörderische Raubtierzähne.

Und schon einen Lidschlag später setzten die Bestien auf ihn zu, jetzt nicht mehr wie Hühner wirkend, sondern mit ihren weit aufgerissenen Mäulern wie der Weltenfresser selbst. Auch wenn es nur ein Traum war, verspürte Balbok dennoch den Drang zur Flucht!

Mit einer Verwünschung fuhr er herum und begann zu laufen. Seine Beine, halb taub vom Sitzen in der niedrigen Zelle, gehorchten ihm allerdings nicht so, wie er es gewohnt war, und so stolperte er schon nach wenigen Schritten und stürzte, fiel der Länge nach in den Sand.

Tosendes Gelächter brandete ringsum auf.

Er wollte sich auf die Beine raffen und seine Flucht fortsetzen – aber wohin eigentlich? Das Rund der Arena war ringsum von einer hohen Mauer begrenzt, und die Echsen waren auch nicht so dämlich, ihm einfach hinterherzulaufen, sondern hatten sich aufgefächert: Von drei Seiten schossen sie jetzt auf ihn zu, die Mäuler aufgerissen und ein hässliches Zischen ausstoßend ...

»*Korr*«, knurrte Balbok und entsann sich des *saparak* in seinen Händen.

Dann eben keine Flucht ...

Die Mundwinkel des hageren Orks fielen nach unten, und eine Zornesfalte bildete sich auf seiner hohen Stirn. Im nächsten Moment rannte er, den Totschläger erhoben und einen gellenden Kampfschrei auf den wulstigen Lippen, der mittleren der drei Echsen entgegen.

Das schien ganz und gar nicht das zu sein, was die Tiere erwartet hatten. Vermutlich blieben ihre Opfer sonst bereitwillig stehen und ließen sich brav auffressen. Die Echsen auf den Flanken schienen für einen Augenblick orientierungslos und verlangsamten ihre Schritte – während Balbok wie eine Naturgewalt auf ihren Artgenossen zusprang, den *saparak* in weitem Bogen schwang und mit vernichtender Wucht niedergehen ließ. Es ging so schnell, dass die Zuschauer kaum mitbekamen, was geschah, zumal Balbok nach seinem Schlag einfach weiterlief. Sein *saparak* war blutig und er selbst von oben bis unten besudelt – und rechts und links von seinen Fußabdrücken lag je eine Hälfte der Echse im Sand.

Der große Ork hatte sie lotrecht gespalten.

Es dauerte einen Moment, bis das Publikum begriff. Dann begann es auf den Rängen zu brodeln, wie in einem Vulkan kurz vor dem Ausbruch. Fäuste wurden geballt, und wüstes Geschrei entbrannte. Offenbar hätten die Leute der Echse den Sieg mehr gegönnt als dem unbekannten Wildwuchs.

Zu den Rängen hinaufzuwinken wäre Balbok jetzt nicht mehr eingefallen. Stattdessen streckte er dem gemeinen Volk die lange Orkzunge raus.

Für mehr blieb keine Zeit, die beiden anderen Jäger schossen heran. Pfeilschnell kamen sie aus entgegengesetzten Richtungen auf Balbok zu, der bis zum allerletzten Moment verharrte – und dann hoch in die Luft sprang.

Die Raubechsen unter ihm, rasend in ihrem Blutdurst, krachten mit den vorgereckten Schädeln zusammen. Und einen Herzschlag später landete Balbok auf ihnen und riss sie von den Beinen, sodass sie wütend zischend im Sand landeten.

Das eine Tier kam nie wieder hoch. Balboks *saparak* teilte es in handliche Stücke, wovon es sich nicht erholte.

Die letzte noch verbliebene Echse war schlauer und griff den Ork im Rücken an. Mit einem Fauchen sprang sie vom Boden ab und landete auf Balboks Schultern, noch ehe dieser wieder ganz auf den Beinen war, und schnappte nach seinem Hals.

Dass sie ihm nicht den Kehlkopf zerfetzte, lag nur daran, dass Balbok mit der freien Klaue den peitschenden Schwanz des Tieres gepackt hatte und mit aller Kraft daran zog. Die mörderischen Kiefer schnappten nur leere Luft. Da die Echse jedoch kräftiger war, als er erwartet hatte, und sich zudem anschickte, erneut zuzubeißen, ließ Balbok den *saparak* fallen und packte auch noch mit der anderen Klaue zu, zerrte den Echsenschwanz mit aller Kraft nach vorn – und der Rest kam mit.

Das Tier zischte und geiferte ob dieser groben Behandlung. Es schlug mit den kurzen, in sichelförmigen Krallen endenden Vorderläufen nach Balboks Armen, worauf dieser endgültig den Rüssel voll hatte. Das Echsentier weiter am Schwanz haltend, ließ er es über seinem Kopf kreisen wie einst Narkod seinen Hammer und warf es in hohem Bogen von sich.

Mit panischem Fauchen flog das Tier davon und wäre um ein Haar in den Rängen gelandet. Doch an den eisernen, nach innen gebogenen Stacheln, die die Ummauerung der Arena krönten, fand es ein jähes Ende.

Für einen Augenblick herrschte Schweigen über dem trichterförmigen Rund. Mit diesem Ausgang des Kampfes hatte wohl keiner der Zuschauer gerechnet.

Dann setzte wieder Geschrei ein, und auch Fäuste wurden wieder geballt. In den Augen der Zuschauer sah Balbok jetzt hellen Zorn leuchten. Ihr Blutdurst war ganz offenbar nicht gestillt worden, denn es war nicht das Blut der Echsen gewesen, das sie hatten sehen wollen, sondern seines …

Wieder öffnete sich eine der Falltüren, die auf den Kampfplatz mündeten. Doch statt weiterer Raubechsen purzelten diesmal ein paar vertraute Gestalten daraus hervor.

Evan, Drel und Gullwyn.

»Freunde!«, rief Balbok erfreut. Rasch hob er seinen *saparak* vom Boden auf und eilte zu den dreien, die nicht weniger verwirrt und orientierungslos waren als er vorhin.

»Ba-Balbok?« Evan blinzelte zwischen seinen grünen Fingern hindurch. »Bist du das wirklich?«

»*Korr*«, bestätigte der große Ork. Die tobende Menge ignorierte er einfach, sie hatte seine Beachtung gar nicht verdient. »Ist ja schließlich auch mein Traum, oder nicht?«

»Du denkst immer noch, dass das hier ein Traum ist?«, ächzte Gullwyn. Selbst Drel gab ein fragendes Geräusch von sich.

»Was soll es denn sonst sein?« Balbok machte eine Handbewegung, die nicht nur ihn und seine drei Kameraden, sondern die ganze Arena einschloss.

»Die raue Wirklichkeit!«, blubberte Gullwyn aufgeregt und deutete mit einem dünnen Ärmchen auf ein großes Falltor, das sich in diesem Augenblick mit lautem Rattern öffnete.

Und aus dem Dunkel, das dahinter herrschte, trat das fleischgewordene Grauen in die Arena ...

14.

BARRASHD FIRUNN

»Und all das ist fünfzehn Jahre her?«

Enok konnte sein Erstaunen nicht länger verbergen. Als der Maskierte, der sich ihm als Durwain vorgestellt hatte, seinen Bericht begonnen hatte, hatte Enok nur halb zugehört. Doch inzwischen lauschte er gespannt, und seine Ohren waren im wahrsten Wortsinn gespitzt ...

»So ist es.« Durwain, der ihm am offenen Kamin gegenübersaß, nickte. Das flackernde Feuer ließ Licht und Schatten über die Metallmaske huschen, sodass es aussah, als würde sie sich bewegen.

»Und ich hatte einen Bruder, der getötet wurde?«

»In der Tat. Noch in der Nacht eurer Geburt kam es zum Aufstand, der kaiserliche Palast wurde von Feinden gestürmt. In höchster Bedrängnis gelang es, ein Schiff zu bemannen, das deinen Bruder und dich in Sicherheit bringen sollte.«

»Ein Schiff?« Enok hob die Brauen. »Taras Caron liegt nicht am Meer, soweit ich sehen konnte …«

»Ein Schiff, erbaut aus Kristallen, das in der Lage ist, durch die Lüfte zu reisen, durch Zeiten und Welten«, erklärte Durwain geduldig. »Es ist Magie, Curran. Uralte Zauberkraft.«

»Und mein Bruder hat es nicht geschafft?«

»Nein. Die Aufständischen wurden seiner habhaft und …« Er sprach nicht weiter, überließ es Enoks Fantasie, sich den Rest vorzustellen. »Du jedoch bist entkommen, zusammen mit einer Schar von Getreuen, die geschworen hatten, dich unter Einsatz ihres Lebens zu beschützen.«

»Woher weißt du das alles?«

»Weil ich selbst dabei gewesen bin«, erklärte Durwain leise. »Ich wollte ebenfalls an Bord jenes Schiffes, doch die Ereignisse überstürzten sich, und es musste ohne mich in die Lüfte stechen, verfolgt von den Reitern der Schwarzen Garde auf ihren Flugechsen. Wäre alles so gekommen, wie es vorgesehen war, hätte das Schiff die Zeit überspringen und sowohl dich als auch deine Beschützer hierher zurückbringen sollen. Für euch wäre nur ein Wimpernschlag vergangen – für uns, die wir zurückgeblieben waren, drei Jahre.« Er sah auf den Fußboden aus schwarzem Gestein, über den Spiegelungen des Feuers irrlichterten. »Doch die drei Jahre vergingen, und das Kristallschiff kehrte nicht zurück. Von da an wussten wir, dass etwas schiefgegangen war, dass die Echsenreiter es offenbar auf der Flucht schwer beschädigt hatten.«

Durwain blickte wieder auf und sah Enok direkt an. Und zum ersten Mal hatte der Junge den Eindruck, Augen hinter der Maske zu sehen, als sie flüchtig im Kaminfeuer glänzten. »Ich versuchte mich zu verstecken, doch bei den Säuberungen, die der Nacht des Donners folgten, wurde ich verhaftet, in den Kerker geworfen und von den Schergen des Rates der Ewigen gefoltert. Diese Maske« – er deutete auf sein metallenes Antlitz – »trage ich seither.«

»Das … wusste ich nicht«, flüsterte Enok betroffen.

»In den Jahren, die folgten, tauchte ich unter, verschwand in diesen Katakomben, um den Gardisten nicht noch einmal in die Hände zu fallen. Im Verborgenen organisierte ich den Widerstand. Es war reine Verzweiflung, die uns antrieb, keine wirkliche Hoffnung. Doch als vor zwei Nächten aus heiterem Himmel unerklärliche Lichtblitze über der Stadt und dem Umland niedergingen, da verspürte ich eine Ahnung, was der Grund dafür sein könnte. Ich schickte meine Leute aus, die Straßen und Gassen um das Armenviertel zu durchsuchen – und sie fanden dich, nicht etwa aus Zufall, sondern weil die Zeit es so wollte. Weil *du* es so wolltest. Nach all den Jahren bist du doch noch zurückgekehrt, Curran, jedoch nicht als kleines Kind, wie ich es erwartet hatte, sondern als junger Mann.«

»Wenn das so ist, wie hast du mich dann erkannt?«, wollte Enok wissen.

»Ich war bei dir in der Stunde deiner Geburt, Junge. Ich würde dich unter Tausenden erkennen.«

»Bist du … mein Vater?«

»Nein. Aber vermutlich das, was einem Vater am nächsten kommt. Von deinem ersten Atemzug an bin ich bei dir gewesen.«

»Und meine Mutter?«

Durwain zögerte nur einen kurzen Augenblick. »Sie gab ihr Leben, um es deinem Bruder und dir zu schenken.«

Enok nickte langsam. Es war eine traurige, deprimierende Geschichte. Rammar hätte sie bestimmt gefallen. »Und das ist die Wahrheit?«

Diesmal währte das Zögern ein wenig länger, aber der Junge bemerkte es dennoch nicht. »Es ist die Wahrheit«, bestätigte der Mann mit der Maske.

»Und diese Insel, auf der ich gewesen bin? Die Orks?«, hakte Enok nach.

»Ich war sicher, dass es nur eine Täuschung gewesen ist, die du nicht von der Wirklichkeit unterscheiden könntest. Doch so lebendig, wie du deine Erlebnisse unter jenen Kreaturen schilderst, und nach allem, was du dort getrieben … ich meine gelernt hast«, verbesserte sich Durwain rasch, »ziehe ich die Möglichkeit in Betracht, dass du während jener fünfzehn Jahre tatsächlich an einem anderen Ort gewesen bist, in einer anderen Wirklichkeit. Die Elfenkristalle vermögen vieles, von dem wir nicht einmal etwas ahnen.«

»Ich fürchte, das Schiff, von dem du sprichst, ist auf dieser Insel abgestürzt«, berichtete Enok. »Ich habe Trümmer gefunden und tote Körper, die …« Er unterbrach sich, erschauderte angesichts der Erinnerung.

»Was?«, hakte Durwain nach.

»Sie waren mit den Trümmern … verbunden«, versuchte Enok, den grausigen Anblick zu beschreiben. »So als ob sie mit dem Schiff verschmolzen wären.«

»Vielleicht sind sie das ja auch.« Durwain nickte. »Wie ich sagte, die Elfenkristalle bergen manche unbekannte Kraft. So alt ich auch bin, habe ich sie dennoch nie verstanden. Aber dir, junger Curran, haben sie offenbar die Gelegenheit gegeben, einen Blick in eine andere Welt zu werfen, auch wenn sie weit entfernt von der unseren ist. Dass der Elfenkristall dich zurückbrachte, muss mit deiner hohen Herkunft zusammenhängen.«

»Also sind Balbok und Rammar noch immer dort? Auf ihrer Insel?«, fragte Enok leise.

»Davon gehe ich aus. Und glaube mir, für sie ist es so am besten. Sie sind Abkömmlinge ihrer Welt, so wie du ein Abkömmling deiner Welt bist. Das eine mit dem anderen zu vermischen, hätte unabsehbare Folgen für uns alle.«

»Dann … werde ich sie niemals wiedersehen?« Tränen rannen plötzlich über Enoks blassgrüne Wangen. Er konnte nichts dagegen tun.

»Nein, mein junger Freund.« Durwain schüttelte das maskierte Haupt. »Damit musst du dich abfinden.«

»Und wenn ich das nicht will?«

»Ich denke nicht, dass du eine Wahl hast.«

Enok starrte in die Flammen. Er hätte gerne trotzig widersprochen, aber ihm leuchtete ein, was Durwain sagte. Er hob den Blick und sah düster zu dem Maskierten hinüber. »Wer bin ich?«, wollte er wissen. »Was ist das für eine Herkunft, von der du immerzu redest? Warum sehe ich so aus wie die Leute hier? Und warum spreche ich eure Sprache?«

»Weil es dir in die Wiege gelegt wurde, von Anfang an«, erwiderte Durwain ohne Zögern. »Du, Curran, bis der letzte Erbe deines

Ahnen Currans des Ersten, des Drachenkaisers, und es ist deine Bestimmung, den Thron von Taras Caron zu besteigen und über das Reich zu herrschen. Nach all den Jahren bist du nun endlich wieder hier.«

»Warum?«, fragte Enok. »Das ergibt keinen Sinn.«

»Nenne es Vorsehung«, gab der andere zurück, und Enok hätte schwören können, dass Durwain unter der Maske dabei vor Genugtuung lächelte. »Du bist hier, um den Rat der Ewigen zu entmachten und dir das zu holen, was dir von alters her zusteht.«

»Wie denn?«, wollte Enok hilflos wissen.

»Auf die einzige Art und Weise, die der Rat und seine Garden verstehen«, antwortete Durwain. »Mit dem Schwert in der Hand, Curran. Mit dem Schwert in der Hand.«

15.

KOMANTA!

»*Uchl-bhuurz*«, flüsterte Balbok, als sich die Umrisse des Untiers aus der Dunkelheit schälten.

Die Zuschauer schrien noch lauter. Keiner saß mehr, alle waren sie aufgesprungen, mit vor Blutdurst leuchtenden Augen, sodass Balbok sich schon fragte, ob sie vielleicht alle zusammen in *saobh* verfallen waren. Doch der wahre Grund für ihre Begeisterung schien das Monstrum zu sein, das jetzt in die Arena stampfte.

Es war groß, sogar für Balboks Verhältnisse. Ein Troll hätte gut darauf reiten können, und wenn es auf seinen dicken Hinterbeinen vorwärtsging, erzitterte jedes Mal der Boden, und Sand wurde aufgeworfen. Die Vorderläufe waren im Verhältnis sehr kurz, endeten aber in scharfen Klauen, von denen jede dazu angetan war, einem Ork den Kopf von den Schultern zu reißen. Die Haut des Tieres war gepanzert und so rot wie die Sonne, die über dem Kampfplatz unterging …

Und da war das Haupt des Tieres.

Balbok konnte sich nicht erinnern, schon einmal etwas so Scheußliches und zugleich so Imposantes gesehen zu haben, selbst Rammars klobiger *klogionn* konnte da nicht mithalten: Nicht nur, dass das Ding groß war wie ein Fuhrwerk, dass es ein mörderisches Maul hatte und dass kalte Reptilienaugen daraus hervorstarrten. Es hatte auch Hörner wie ein Stier und schien gewillt, jemanden damit aufzuspießen!

Denn nachdem die Kreatur in die Mitte der Arena gestampft war und ein fürchterliches Gebrüll ausgestoßen hatte, senkte sie das Haupt und ging auf Balbok und seine Gefährten los!

Wäre das Monstrum echt gewesen, hätte der große Ork sich womöglich in die *broigas* gemacht. Aber so wusste er ja, dass ihm, ganz gleich, was er auch tat, nichts passieren konnte.

Also handelte er.

Den *saparak* erhoben, stürmte er auf das Untier zu, dabei den grässlichsten Kampfschrei ausstoßend, zu dem er fähig war, in der vagen Hoffnung, auf das *uchl-bhuurz* damit ein wenig Eindruck zu machen. Doch die Riesenechse, deren Schulterhöhe bestimmt Balboks doppelte Größe betrug, schien ihn noch nicht einmal wahrzunehmen!

Gesenkten Hauptes stampfte sie auf ihn zu und hätte ihn im nächsten Moment einfach umgerannt, wäre er nicht im letzten Moment ausgewichen. Indem er sich seitwärts in den Sand warf, entging er den Hörnern und auch den alles kurz und klein stampfenden Beinen, schaffte es sogar noch, einen Hieb mit dem *saparak* anzubringen, der an der Panzerung der Echse allerdings wirkungslos abglitt. Doch im nächsten Moment erwischte ihn der lange Schwanz der Bestie und gab ihm einen satten Schlag mit.

Der große Ork wurde einfach beiseitegefegt, abgeräumt wie ein leerer Krug, der nach einem Gelage nicht länger gebraucht wurde. Er flog durch die Luft und hätte sich beim Aufprall alle Knochen gebrochen, wenn der Sand seinen Sturz nicht gemildert hätte. So überschlug er sich nur mehrmals und blieb dann bäuchlings liegen, während die Riesenechse weiter auf seine Gefährten zuhielt, zur hörbaren Erbauung der Menge.

Drel war der Erste, den die Bestie erreichte.

Wutschnaubend wollte sie das Baumwesen auf die Hörner nehmen, doch Drel bog sich zurück wie eine Weide im Wind, so als hätten seine dünnen Beine im Sand der Arena Wurzeln geschlagen. Das Untier, das sich seiner Beute sicher gewesen war, gab einen überraschten Laut von sich, als es auf keinen Widerstand traf. Doch dann geschah etwas, womit wohl niemand gerechnet hatte: Das Drel-Wesen, das sich tatsächlich im Boden verwurzelt hatte, war im Handumdrehen gewachsen und hatte seine Arme um die Beine der Echse geschlungen – und als sie weiterlaufen wollte, konnte sie nicht.

Ihre Beine blieben hinten, der Rest kippte nach vorn und schlug in den Sand der Arena. Staub stieg auf, der für einen Moment alles einhüllte und für ein Raunen im Publikum sorgte. Alles war so schnell gegangen, dass die wenigsten mitbekommen hatten, was geschehen war. Sie sahen nur, wie die Echse aus der Staubwolke wieder emporschoss, jetzt noch zorniger als zuvor, und wie sie sich mit Gewalt von Drel losriss.

Balbok sah Bruchstücke von Astholz durch die Gegend fliegen und fragte sich, ob das Baumwesen es wohl spürte. Doch für Mitgefühl blieb keine Zeit, denn schon pflügte die Bestie auf Evan zu, der einfach nur dastand, ein Schwert in den Händen. Und auch das warf er jetzt von sich!

Dass das Untier ihn nicht mit den Hörnern durchbohrte, lag an Gullwyn, der von der Seite kam und die Echse todesmutig ansprang! Die Zähne, die Balbok zuvor nur in dem breiten Fischmaul vermutet hatte, waren jetzt alle zu sehen, und Gullwyn hatte offenbar vor, sie der Panzerechse ins Genick zu schlagen. Doch noch ehe es dazu kam, hatte die Bestie ihn schon wieder von sich abgeschüttelt, und der Fischmann flog durch die Gegend wie zuvor Balbok und landete unsanft im Sand.

Die Menge johlte.

Blut war bei dieser Runde zwar noch keines geflossen, aber man war auf den Rängen wohl zuversichtlich, dass es schon bald dazu kommen würde, und auch Balbok, der sich inzwischen wieder auf die langen Beine gerafft hatte, war sich da ziemlich sicher. Was sollte, konnte er tun?

Von Evan einmal abgesehen, schienen seine Zellenkameraden über recht erstaunliche Fähigkeiten zu verfügen, jedoch allein und für sich hatten sie gegen die wütende Bestie keine Chance.

Aber was, wenn …?

Wäre dies die Wirklichkeit gewesen, hätte Balbok keine Ahnung gehabt, was zu tun war – er war schließlich ein *umbal*, und sein Bruder ließ ja auch keine Gelegenheit aus, ihm das zu sagen. Aber in einem Traum war bekanntlich alles möglich.

Balbok fasste einen Plan!

Die Echse im Auge behaltend, die eine wutschnaubende Ehrenrunde durch die Arena vollführte und jeweils dort, wo sie gerade war, für Jubel unter den Zuschauern sorgte, sodass es aussah, als würde eine Welle der Begeisterung über die Ränge schwappen, humpelte Balbok zu den anderen.

Drel schien die Konfrontation mit dem Urvieh einigermaßen unbeschadet überstanden zu haben, seine Arme waren bereits dabei nachzuwachsen, und Gullwyn wirkte eher wütend als eingeschüchtert. Evan hatte sich sein Schwert nicht mehr zurückgeholt. Vermutlich, dachte Balbok, konnte er gar nicht damit umgehen …

»Leute«, rief er ihnen atemlos zu, »so wird das nichts. Wenn jeder von uns allein gegen das *uchl-bhuurz* antritt, werden wir den Kampf verlieren!«

»Und das wird hässlich«, ergänzte Gullwyn.

»Was schlägst du vor?«, wollte Evan wissen. Da die Bestie auf der anderen Seite der Arena schon Anlauf für den nächsten Angriff nahm, stellte Balbok ihnen in aller Hast seinen Plan vor, der sich auf ein Wort reduzieren ließ: *kommanta.*

Alle zusammen …

Niemand widersprach, es war auch gar keine Zeit dazu. Drel bildete die vorderste Verteidigungslinie und wurzelte sich in aller Eile fest, Balbok und Evan spielten die Köder.

Gullwyn war ihre Geheimwaffe.

Die Mengte tobte, der Boden der Arena erzitterte, als die Bestie abermals unter scheußlichem Gebrüll heranstürmte. Sie schien sich anders entschieden zu haben, wollte ihre Opfer nicht mehr aufspießen, sondern gleich bei lebendigem Leib verschlingen, entsprechend hatte sie ihr riesiges Haupt weit vorgereckt und das Maul bis zum Anschlag aufgerissen.

Balbok ging in Verteidigungsposition, den *saparak* beidhändig erhoben. Evan neben ihm blieb einfach stehen, die Fäuste geballt, aber unbewaffnet, was angesichts des herannahenden Gegners geradezu lächerlich wirkte.

»Willst du nicht lieber hinter mich?«, fragte Balbok.

»Geht schon«, versicherte Evan grimmig.

Die Bestie war fast heran, in einer Wolke von Staub, ihr Gebrüll übertönte sogar den Jubel der Menge.

»Wartet noch!«, schärfte Balbok seinen Kampfgefährten ein. »Warten ... Warten ... Jetzt!«, gellte dann sein Befehl – und plötzlich schien alles gleichzeitig zu passieren.

Durch ihren fehlgeschlagenen Angriff gewarnt, wollte die Bestie Drel diesmal kurzerhand verschlingen. Doch das Baumwesen hatte damit gerechnet, federte abermals zurück, wich den mörderischen Zähnen aus und schlang noch im Zurückweichen die Arme um das Untier. Diesmal allerdings nicht um die Beine, sondern um den ungeheuren, gepanzerten Leib.

Die Bestie verfiel in jähzorniges Gebrüll, als sie abermals festgehalten wurde. Wütend schnappte sie nach den Schlinggewächsen, die sich in atemberaubender Schnelle um sie legten, doch um sie zu durchtrennen, hätte sie sich ins eigene Fleisch beißen müssen. Stattdessen verlegte sie sich darauf, von einem Bein auf das andere zu stampfen und sich so gegen die Fesseln um ihre Leibesmitte zu wehren. Und es war abzusehen, dass Drel dieser rohen Kraft nicht lange standhalten würde.

»Zum Angriff!«, brüllte Balbok und stürzte sich auf die Bestie – und auch Evan neben ihm setzte los. Doch war er nicht mehr der unscheinbare junge Mann mit der blassgrünen Haut, der er eben noch gewesen war ...

Balbok traute seinen Augen nicht, als ein mit pechschwarzem Fell überzogenes Raubtier an ihm vorbeihuschte und sich mit wildem Gebrüll auf die Echse stürzte. Es war kleiner als ein Warg, aber größer als die Wildkatzen, die sich im Smaragdwald herumtrieben. Mit einem weiten Sprung setzte das Tier auf das rechte Bein der

Echse zu und verbiss sich darin, riss einen großen Fetzen Fleisch heraus.

Die Menge brüllte. Endlich floss Blut.

Wenn auch anders als gedacht ...

Balbok nahm sich das andere Bein vor. Die oberste Regel der Trollbekämpfung, nämlich dass ein Troll, der nicht stehen konnte, auch keinen Schaden anrichten konnte, fand auch hier Anwendung, und indem er den *saparak* in weitem Bogen führte, dengelte der Ork seine Klinge gegen das andere Bein.

Die Panzerung erwies sich als widerstandsfähiger, als Balbok angenommen hatte, er musste ein zweites Mal zuschlagen, um sie zu durchdringen. Dann allerdings drang das scharfe Blatt ein gutes Stück weit ein, und erneut floss roter Lebenssaft.

Die Zuschauer schrien, die Bestie ebenso – und in einem wahren Ausbruch von Kraft, zu dem vermutlich auch der Schmerz seinen Teil beitrug, gelang es ihr, sich aus Drels Umarmung zu befreien. Knackend brach Holz, und Trümmer von Ästen flogen, und diesmal glaubte Balbok, das Baumwesen gequält aufheulen zu hören. Doch es blieb keine Zeit, nach ihm zu sehen, denn jetzt war die Echse wieder frei, und Balbok hatte damit zu tun, sich den wütend peitschenden Schwanz vom Leib zu halten. Hin und her springend schlug er mit dem *saparak* zu, aber es war klar, dass dies nur Nadelstiche waren – ebenso wie das, was die Evankatze der Echse zufügte, die sich auf der anderen Seite des ungeheuren Körpers festgebissen hatte und mit ihren Klauen zuschlug. Es war nur eine Frage der Zeit, bis sich die Echse von ihren Peinigern befreit haben würde ...

»*Kommanta!*«, brüllte Balbok in diesem Moment. Und Gullwyn, der sich bislang im Hintergrund gehalten hatte, griff an.

Auf seinen dürren Beinen lief er frontal auf die Bestie zu, die nur darauf zu warten schien, ihn zu zermalmen. Aber auch der kleine Fischmann hatte die Kiefer weit aufgerissen, so als wollte er es darauf ankommen lassen, wer hier wen verschluckte ...

Schon einen Lidschlag später war die Frage allerdings entschieden. Gullwyn verschwand im Rachen der Bestie, die ihn in einem Stück verschlang und dann noch ein tiefes Rülpsen vernehmen ließ.

»Mahlzeit«, knurrte Balbok trocken und wich einmal mehr dem

peitschenden Schwanz der Bestie aus, wodurch er allerdings ihren Vorderlauf übersah.

Er bekam einen mörderischen Hieb und wankte zur Seite, sah einen Moment die Sterne über der Modermark vor seinen Augen. Der hagere Ork verlor das Gleichgewicht und brach in die Knie, und in diesem Moment konnte sich auch die Evankatze nicht länger halten und wurde abgeworfen. Fauchend landete sie im Sand. Die Echse fuhr herum und brüllte. Sie blutete aus zahlreichen Wunden, doch keine davon war tief genug, um ihr tatsächlich gefährlich zu werden, und nun, da sie ihre Gegner alle abgeschüttelt hatte, konnte sie sich ihrer nacheinander annehmen. Balbok kam gerade erst wieder hoch, als die Bestie auf ihn zustampfte. Den *saparak* in der Hand, warf der Ork einen tiefen Blick in Kuruls dunkle Grube, als der mörderische Koloss mit ausgreifenden Schritten näher kam ...

Doch etwas stimmte nicht.

Urplötzlich verlangsamte die Mörderechse ihr Tempo, und ihr Gebrüll ging in ein Röcheln über. Sie blieb stehen, warf den Kopf in den Nacken und stieß ein heiseres Schnauben aus. Dann fiel sie zur Seite und blieb liegen.

In der Arena war es still geworden.

Das Geschrei der Zuschauer war verstummt, aller Blicke waren auf das reglos daliegende Echsentier gerichtet, voll ungläubigen Staunens.

Plötzlich regte sich etwas.

Im Bauch der Bestie war Bewegung wahrzunehmen. Im nächsten Moment platzte er auf wie eine überreife Frucht, und in einer Flut von Gedärmen und Kaldaunen kullerte ein kleiner Fischmann in den Sand der Arena.

Gullwyn sprang auf die dürren Beine, vollführte einen wahren Tanz, während er sich von Blut und Innereien zu befreien suchte. Dabei schimpfte und fluchte er wie Rammar an seinen dunkelsten Tagen.

»Du hast es geschafft«, stellte Balbok zufrieden fest.

»Natürlich, was hast du denn gedacht?« Der Fischmann deutete auf seine blutigen Zähne. »Diesen Beißern kann so leicht nichts widerstehen. Aber ekelhaft war's doch.«

Drel hatte sich aus dem Sand der Arena gelöst und kam zu ihnen, und auch Evan gesellte sich dazu, jetzt wieder aufrecht gehend, aber noch von schwarzem Fell überzogen.

»Ich sagte doch, dass ich ein Wildwuchs bin«, konterte er die verblüfften Blicke, die seine Kameraden ihm zuwarfen.

In diesem Moment ließ sich die Menge auf den Rängen erneut vernehmen. Allerdings verlangte sie nicht länger den Tod der vier Gefährten, sondern ließ sie hochleben, feierte den Kampf, den sie sich mit der Bestie geliefert hatten und von dem man noch lange sprechen würde.

Rücken an Rücken stehend, sahen Balbok und seine Waffenbrüder an den Rängen empor und nahmen die Ovationen entgegen, dankbar dafür, noch am Leben zu sein.

»Das alles haben wir nur Balbok zu verdanken«, sagte Evan.

»Ohne dich hätten wir es nicht geschafft, großer Ork«, stimmte Gullwyn zu, und Drel fiepte eine Bestätigung.

Balbok konnte sich nicht erinnern, jemals so gefeiert worden zu sein.

Es war ein wirklich schöner Traum.

16.

SLICHGE'HAI ANN IODASHU

Eigentlich hätte alles gut sein müssen.

Enok hatte gut gegessen und ein festes Dach über dem Kopf, und soweit er es beurteilen konnte, war er in Sicherheit. Auch hatte er sich ziemlich verbessert, was seine Unterkunft betraf. Das Quartier, das der geheimnisvolle Durwain ihm zugewiesen hatte, hatte einen offenen Kamin und war mit hölzernen Möbeln eingerichtet, einem Bett und einem Hocker, auf dem eine Schüssel und ein Krug mit Wasser standen (wozu beides gut sein sollte, war Enok allerdings schleierhaft). Der Boden der Kammer war mit Teppichen beschlagen, ein Leuchter mit brennenden Kerzen hing von der Decke.

Doch obwohl Enok noch nie zuvor in seinem Leben in derartigem Überfluss geschwelgt hatte, war ihm dennoch nicht wohl in seiner Haut.

Nenne es Vorsehung, hatte Durwain gesagt. *Du bist hier, um den Rat der Ewigen zu entmachten und dir das zu holen, was dir von alters her zusteht – mit dem Schwert in der Hand …*

Zugegeben, auch seine orkischen Ziehväter hatten Enok beigebracht, dass, wenn er etwas haben wollte, er es sich einfach nehmen sollte. Aber wollte er ein ganzes Reich? Noch dazu eines, das er nicht einmal kannte und das von Leuten bewohnt wurde, die zwar so aussehen mochten wie er, ihm aber völlig fremd waren?

Natürlich war Enok überrascht gewesen über das, was Durwain ihm enthüllt hatte. War er wirklich so viele Jahre fort gewesen? Und war er tatsächlich der letzte Nachkomme eines echten Kaisers?

Und der Mann mit der Maske hatte ihm noch weit mehr verraten: Dass in jener Nacht des Donners, in der er mit dem Kristallschiff entkommen war, auch der alte Drachenkaiser getötet worden war und dass seither der Rat der Ewigen herrschte und das Volk unterdrückte. Mithilfe seiner Soldaten, der Schwarzen Garden, versetzte er die Bevölkerung in Furcht und Schrecken. Und außerdem waren da noch die Schattenwandler, Spione, die sich unsichtbar durch die Gassen der Stadt bewegten und die Augen und Ohren des Rates waren.

Widerstand war dabei sich zu formieren, eine Revolte kündigte sich an. Und kein anderer als Enok sollte sie führen.

Nur wie?

Er war doch noch ein Junge. Und er hatte keine Lust, wegen irgendeines Kaiserthrons in den Krieg zu ziehen. Was hatte er mit diesen Leuten überhaupt zu schaffen? Er war ein Ork aus echtem Tod und Horn, genau wie seine beiden Ziehväter, und eigentlich wollte er nur zu ihnen zurück! Dieser ganze behämmerte Aufstand konnte ihm gestohlen bleiben!

Natürlich hatte er das Durwain nicht gesagt.

Vielmehr hatte er vorgegeben, auf einmal sehr müde zu sein, worauf der Maskierte ihn in sein Quartier hatte bringen lassen. Enok hatte einfach nicht mehr zuhören können, wollte endlich einmal allein sein, und wäre es nur, um über eine Möglichkeit zur Flucht nachzudenken.

Er wollte diese unterirdischen Katakomben verlassen und einen Weg suchen, um wieder auf die Insel zu gelangen, zurück zu den Orks. Wenn die Reise in die eine Richtung geklappt hatte, dann würde es ja vielleicht auch andersherum gehen. Er musste also die Stelle finden, wo das Licht aus dem Kristall ihn abgesetzt hatte. Womöglich gab es von dort einen Weg zurück.

Der Gedanke gab Enok neue Hoffnung, und ein kühner Plan begann in seinem Kopf zu reifen. Mit der Verwirklichung ließ er sich vorerst allerdings noch Zeit.

Da vor der Tür ein Posten stand – angeblich, um Enok zu beschützen, aber natürlich auch, um zu verhindern, dass er wieder ausriss –, gähnte er mehrmals laut. Die Kerzen löschte er bis auf eine und wartete, bis der Talg fest geworden war. Dann nahm er sie aus dem Leuchter und gab sie in einen Beutel. Anschließend wartete er in der fast dunklen Kammer, um den Kerl vor der Tür in Sicherheit zu wiegen.

Irgendwann war Enok der Ansicht, dass er lang genug gewartet hatte. Auf leisen Sohlen huschte er zum Kamin. Die Asche darin war kalt, er war wohl geraume Zeit nicht mehr benutzt worden. Mit der verbliebenen Kerze leuchtete Enok hinein. Der Schacht führte senkrecht nach oben und war nicht vergittert. Ein Grinsen huschte über die fahlgrünen Gesichtszüge des Jungen, dann war er schon in den Kamin geschlüpft und dabei, im Schacht emporzuklettern.

Indem er sich mit Rücken und Beinen zwischen den rußigen Wänden verkeilte, schob er sich Stück für Stück empor. Dass seine graue Tunika dabei immer schwärzer wurde, konnte ihm nur recht sein – umso weniger leicht würde man ihn in der Nacht entdecken. Wann immer es einen Vorsprung in dem Felsenkamin gab, nutzte Enok die Gelegenheit, sich ein wenig auszuruhen, dann setzte er die anstrengende Kletterpartie fort, bis er über sich den Sternenhimmel sehen konnte. Und indem er seine letzten Kräfte aufbot, stemmte Enok sich bis ganz nach oben.

Ein Glücksgefühl durchströmte ihn, als er statt kaltem Ruß frische Nachtluft in der Nase hatte. Vorsichtig schob er den Kopf nach draußen und sah sich um.

Der Schlot, der nicht gemauert war, sondern aus massivem Felsgestein gehauen, erhob sich inmitten von Gebäuden, die um ihn herum gebaut waren. Das bestätigte, was Durwain gesagt hatte, nämlich dass das unterirdische Taras Caron sehr viel älter war als die Oberstadt, schließlich hatte es einst Drachen als Behausung gedient.

Enok ließ seinen Blick über die umliegenden Häuser schweifen. Die Dächer der mit verschiedenfarbigem Schiefer gedeckten Häuser glänzten im Mondlicht, die Rauchsäulen wuchsen nach wie vor über der Stadt. Und mittendrin ragte auf einem gewaltigen Felsen der alte Kaiserpalast auf, in dem nach Durwains Willen dereinst Enok regieren sollte …

»Schmarren«, knurrte der Junge.

Er wollte vollends aus dem Schacht klettern, als er einen schrillen Schrei über sich vernahm. Schnell zuckte er wieder in den Schlot zurück – um zu sehen, wie eine Echse mit ausgebreiteten Schwingen in tiefem Flug über ihn hinwegzog. Auf ihrem Rücken saß ein Reiter der Schwarzen Garde. Enok nickte grimmig. Er würde auf der Hut sein müssen.

Er wartete, bis sich sein Herzklopfen ein wenig gelegt hatte, dann kletterte er aus dem Schacht und sprang auf das nächstbeste Dach. Die Gassen, die zwischen den aus Holz und Stein errichteten Gebäuden verliefen, waren teils dunkel, teils von Fackelschein beleuchtet. Aber alle waren sie leer, nicht eine einzige Seele schien um diese Zeit noch unterwegs zu sein.

Enok erinnerte sich an Durwains Worte, dass man in Taras Caron nach Einbruch der Dunkelheit nicht mehr auf der Straße sein durfte. Oder aber, man ließ sich einfach nicht dabei erwischen, dachte Enok, wobei ein Grinsen über seine grünen Züge huschte, das jedem Ork zur Unehre gereicht hätte.

Er beschloss, dass es sicherer wäre, wenn er nicht durch die verlassenen Gassen lief, sondern oben auf den Dächern blieb. Zudem war es von oben aus leichter, den Überblick zu behalten. Nur vor den Echsenreitern musste er sich vorsehen.

Über mal mehr, mal weniger steile Schrägen huschend, bewegte er sich fort. Das Armenviertel zu finden, konnte nicht schwer sein. Er brauchte nur in die Richtung zu laufen, wo sich die löchrigsten Dächer befanden und die schäbigsten Hütten; wo der ärgste Gestank aus den Gassen stieg und der Rauch nicht nach Braten roch, sondern nur nach Ruß.

Er war noch nicht weit gekommen, als er aus der Gasse unter sich Geräusche vernahm, Stiefeltritte im Gleichklang und das Klirren von Waffen und Rüstungen.

Enoks angeborene Instinkte rieten ihm zur Vorsicht. Er verharrte und duckte sich, damit er von unten nicht gesehen werden konnte. In gebückter Haltung schlich er anschließend bis zum Rand des Dachs, um einen Blick in die Tiefe zu werfen.

Sein Gehör hatte ihn nicht getrogen.

Ein ganzer Trupp Gardisten war dort unten, alle in ihren furchterregend schwarzen Mänteln, Fackeln in den Händen. Im Gleichschritt marschierten die Schergen des Rates die Gasse hinab. Dabei blickten sie mit Argusaugen um sich. Und wurden fündig. Im nächsten Moment waren sie schon dabei, zwei elend aussehende Gestalten aus dunklen Nischen zu zerren. Beide hatten wenig mehr als zerschlissene Fetzen am Leibe, das Entsetzen stand ihnen in die fahlgrünen Gesichter geschrieben.

»Bitte nicht!«, flehte der eine. »Lasst uns laufen, Hauptmann, wir bitten Euch …«

Weder der Offizier noch einer seiner Leute entgegnete etwas, sie schienen die beiden nicht einmal wirklich wahrzunehmen. Wie Viehhändler, die ihre Ware zum Marktplatz führten, legten sie ihnen Fesseln an und zerrten sie davon, das jämmerliche Geschrei der Gefangenen hallte noch lange nach.

Mit pochendem Herzen hatte Enok zugesehen. Deshalb also durfte man nach Einbruch der Dunkelheit nicht mehr auf den Straßen sein – weil die Schwarzen Garden nämlich jeden verhafteten und verschleppten, dessen sie habhaft werden konnten. Aber aus welchem Grund? Was würde mit den beiden geschehen, die sie soeben abgeführt hatten?

Enok erwog für einen Moment, seine nächtliche Suche abzubrechen und wieder in den Schutz seiner Kammer zurückzukehren. Mit etwas Glück würden Durwain und seine Leute niemals erfahren, dass er überhaupt fort gewesen war …

Aber Enok wollte nicht zurück.

Jedenfalls nicht dorthin.

Es war nur ein Gefühl, das er hatte, aber dieses Gefühl sagte ihm, dass etwas mit diesem Ort nicht stimmte und dass auch Durwain ihm nicht die ganze Wahrheit sagte …

Er beschloss, den Gardisten zu folgen.

In geduckter Haltung huschte er über die Dächer, sprang von einer Schräge zur anderen, dem Lichtschein der Fackeln folgend. Es dauerte nicht lange, bis die Soldaten erneut jemanden fanden, einen Knaben diesmal, jünger als Enok selbst. Er hatte sich in einem Haufen Abfall versteckt, von dem er sich äußerlich kaum unterschied. Die Gardisten spürten ihn dennoch auf – und er ergriff Hals über Kopf die Flucht.

»Er will abhauen, haltet ihn!«, brüllte der Hauptmann, und schon war die ganze Meute dem Jungen auf den Fersen.

Von seinem hohen Posten aus konnte Enok sehen, wie sie ihn verfolgten. Der Junge, der jede Gasse und jeden Winkel des Viertels genau zu kennen schien, schlug Haken wie ein Hase. Da die Gardisten ihn schon bald aus den Augen verloren, blieb ihnen nichts anderes übrig, als sich bei jeder Abzweigung aufzuteilen, bis schließlich nur noch ein einziger Verfolger hinter dem Jungen her war.

Enok konnte nicht anders, als mit dem Jungen zu fühlen, und er wünschte ihm inständig, dass er auch noch den letzten Gardisten abschütteln und davonkommen würde. Doch diese Hoffnung erwies sich als vergeblich.

Eine hölzerne Tür, die die Gasse verschloss, wurde dem Jungen zum Verhängnis. Gewöhnlich schien sie wohl offen zu stehen, denn er rechnete nicht mit dem Hindernis und lief im Halbdunkel mit voller Wucht dagegen. Benommen versuchte er noch, darüberzuklettern, doch im nächsten Moment war schon der Soldat zur Stelle, packte ihn und riss ihn zurück.

»Hiergeblieben, du Ratte!«

Der Junge schrie und wehrte sich erbittert, aber gegen die rohe

Körperkraft des Gardisten hatte er keine Chance. Schon hatte der Mann ihn sich unter den Arm geklemmt und wollte zu den anderen zurück – als Enok eingriff.

Er handelte aus dem Bauch heraus, dachte gar nicht darüber nach. Hätte er es getan, hätte ihm dämmern müssen, dass es keine besonders gute Idee war. So jedoch sprang er mit einem Satz vom Dach auf einen Querbalken, der die Gasse überspannte – und von dort direkt auf den Gardisten.

Der Zusammenprall war heftig.

Enok landete mit den Füßen voraus und schaffte es, dem Soldaten trotz des Helms auf seinem Kopf einen ordentlichen Stoß mitzugeben. Der Mann taumelte zur Seite und krachte gegen eine Hauswand, seinen Gefangenen ließ er los.

»Lauf!«, zischte Enok dem Jungen zu.

Das Gesicht des Jungen war so schmutzig, dass man es im Halbdunkel kaum erkennen konnte. Seine Augen sah man dafür umso besser, hell und groß leuchteten sie daraus hervor. Der Knabe nickte dankbar, dann fuhr er herum und war einen Herzschlag später bereits verschwunden. Der Gardist allerdings war noch da. Und er war wütend …

»Eine Ratte ist mir entwischt«, knurrte er, »aber es ist ja Ersatz gekommen.«

»Versuch's nur«, forderte Enok ihn heraus. Und als der Mann tatsächlich auf ihn zustürmte, wiederholte er, was schon bei Mavuro so wunderbar geklappt hatte. Mit einem Tritt zwischen die Beine wollte er den Kerl aufhalten. Doch an der Kettenpanzerung des Mannes prallte der Angriff wirkungslos ab.

»*Shnorsh*«, konnte Enok gerade noch hervorstoßen, dann hatte er die Rechte des Soldaten bereits an seiner Kehle.

Der Mann packte ihn und riss ihn empor, presste ihn gegen die Wand. Enok zappelte in dem Griff und wehrte sich, trommelte mit den Fäusten auf den Arm des Gardisten ein, doch gegen Kettenzeug und lederne Schienen vermochte er nichts auszurichten. Der Gardist lachte und drückte weiter zu, worauf Enok kaum noch Luft bekam.

»Nun, Wildwuchs? Was willst du tun?«

Enok strampelte hilflos im Griff seines Peinigers. Ächzend rang er nach Atem, während vor seinen Augen bereits bunte Flecke tanzten. Er riss den Mund auf, versuchte, Worte zu formen, die um Gnade flehten, aber weder bekam er einen Ton heraus, noch ließ die zornverzerrte Miene, die vor seinem Gesicht schwebte, auch nur einen Hauch von Erbarmen erkennen. Enok merkte, wie ihm die Sinne schwanden, sein Blick war schon dabei, sich einzutrüben ... als ein Ruck durch den Gardisten ging.

Die hassverzerrte Miene, mit der er Enok angestarrt hatte, blieb bestehen, als wäre sie in Stein gemeißelt, dafür wurde sein Blick plötzlich glasig und leer.

Der Griff um seinen Hals hatte nachgelassen, Enok konnte sich daraus befreien. Keuchend und entkräftet stürzte er zu Boden, griff sich an die schmerzende Kehle, während er gierig die kühle Nachtluft in seine Lungen sog.

Noch immer war sein Blick verschwommen, wie durch Nebelschleier sah er den Gardisten über sich stehen. Das Kinn des Mannes fiel auf seine Brust, sein Körper erschlaffte, und er brach zusammen. Hinter ihm stand eine Gestalt mit einer gekrümmten, noch blutigen Klinge in der Hand.

Sie trug einen weiten Kapuzenmantel und hatte eine metallene Maske vor dem Gesicht ...

»Wird es gehen?«, erkundigte sich Durwain.

Enok nickte krampfhaft. Er wusste nicht, was er sagen sollte, kam sich ertappt und überrumpelt vor.

»Das war mutig«, stellte Durwain fest. »Aber auch ziemlich töricht.«

»Du ... bist mir gefolgt«, krächzte Enok.

»Wie hätte ich sonst auf dich aufpassen sollen?«

Enok starrte ihn fassungslos an. Seine Absicht war also durchschaut worden, sein Fluchtversuch von vornherein zum Scheitern verurteilt gewesen.

»Warum?«, fragte Enok nur.

»Damit du es mit eigenen Augen siehst.«

»Was geht hier vor?«, wollte Enok wissen, auf den leblosen Soldaten zu seinen Füßen starrend. »Warum tun die das?«

»Du willst Antworten?« Die Augen hinter der Eisenmaske starrten ihn fragend an. »Bist du sicher, dass du die Wahrheit ertragen kannst?«

»Ich will es wissen«, versicherte Enok grimmig.

»Dann folge mir.«

17.

SGOLRAASHOR

Dieser Traum nahm kein Ende.

Balbok und seine Kampfgefährten waren kaum in ihre Zelle zurückgekehrt, als ein Trupp von Soldaten mit pechschwarzen Umhängen aufgetaucht war und Balbok wieder abgeholt hatte. Zuerst hatte der große Ork gedacht, es ginge zurück in die Arena, aber das war nicht der Fall.

Statt ihn zurück auf den Kampfplatz zu führen, brachten sie ihn in den Palast, der sich inmitten der Stadt, genannt Taras Caron, wie Balbok inzwischen wusste, auf einem gewaltigen Felsen erhob. Trutzige Mauern und Türme, die direkt aus dem roten Gestein zu wachsen schienen, umgaben ihn, in den Fels gehauene Serpentinen führten zu einem mächtigen Tor und von dort ins Innere.

Natürlich wollte Balbok wissen, was er hier sollte, und er fragte auch danach, aber er bekam keine Antwort. Durch Gänge, die teils gemauert waren, teils durch den roten Fels führten, brachte man ihn in einen Saal. Im offenen Kamin prasselte ein Feuer, die hohe Decke wurde von hölzernen Stützen getragen. Durch die Fenster konnte man die Türme und Kuppeln des Palasts erkennen und jenseits davon die in Dämmerung versinkende Stadt. Darüber die ersten Sterne, die am Himmel funkelten.

Balbok war von dem Anblick tief beeindruckt.

Die Gardisten entließen ihn und zogen sich zurück. Allein war Balbok dennoch nicht.

»Gefällt es dir hier?«

Der große Ork fuhr herum, konnte aber niemanden sehen. Gleichwohl war er sicher, dass die Stimme ganz aus der Nähe gekommen war ...

»I-ist da jemand?«, fragte er.

»Allerdings«, bestätigte die Stimme, die heiser klang und dünn, so als hätte sie gar keine körperliche Entsprechung. »Und ich bin nicht weit von dir entfernt«, fügte sie hinzu und drang bald von der einen und bald von der anderen Seite.

Balbok schnaubte und wünschte sich, sein *saparak* wäre nicht in der Arena zurückgeblieben. Der orkische Totschläger hätte das Versteckspiel rasch beendet ...

»Ich weiß, was du jetzt denkst«, versicherte die Stimme. »Du denkst darüber nach, wie du mich töten kannst.«

»*Korr*«, gab Balbok zu. »Aber nur ein kleines bisschen«, fügte er zu seiner Rechtfertigung hinzu und zeigte mit der Klaue eine winzige Menge an.

Die Stimme schnaubte verächtlich, jetzt wieder von der anderen Seite. »Es ist immer dasselbe mit euch.«

»Mit uns Orks?«, fragte Balbok hoffnungsvoll. »Heißt das, es gibt hier noch mehr von meiner Art?«

»Wildwüchse«, verbesserte die Stimme, »Hinterlassenschaften der alten Welt. Gewöhnlich seid ihr ein Quell steten Ärgers. Aber manchmal, sehr selten, erweist ihr euch als nützlich.«

Balbok glaubte jetzt, vor dem Kaminfeuer etwas auszumachen. Es waren Schlieren, wie sie sich manchmal in heißer Luft bildeten. Nur dass diese hier eine feste Form zu haben schienen, mit Armen und Beinen ...

Plötzlich, von einem Moment zum anderen, stand ein Mann vor dem Feuer, nur wenige Schritte von Balbok entfernt. Seine Haut war hellgrün wie die der meisten Einwohner von Taras Caron, von den Wildwüchsen einmal abgesehen. Und er war nicht besonders groß, selbst für einen solchen Schimmeling.

Der Mann hatte dunkles Haar, das im Nacken zu einem langen Zopf geflochten war, und seiner Kleidung nach, einer langen Tunika und einem Mantel darüber, bekleidete er ein höheres Amt. Die Nähte waren nämlich goldverbrämt und die Ärmel mit Ornamenten bestickt, und wenn Balbok auf seinen Reisen eines gelernt hatte, dann, dass bei den zivilisierten Völkern die Kleider die Leute machten und nicht umgekehrt.

Obwohl der Fremde ein gutes Stück kleiner war als er und den Kopf in den Nacken legen musste, um ihm ins Gesicht zu sehen, hatte der Ork trotzdem den Eindruck, dass er auf ihn herabsah. Das lag zum einen an dem gelassenen, beinahe gleichgültigen Mienenspiel des Mannes, zum anderen aber auch an dem hochmütigen grauen Augenpaar, das Balbok teils aufmerksam, teils belustigt musterte.

»Nun«, meinte er, »bist du überrascht?«

»Wovon denn?«, fragte Balbok.

»Dass ich nun vor dir stehe, obwohl ich eben noch unsichtbar gewesen bin. Damit hast du nicht gerechnet, oder?«

»*Douk*«, gab Balbok kopfschüttelnd zu. »Aber so ist das eben in einem Traum. Da muss man mit allem rechnen, und nichts ist unmöglich.«

»Wie meinst du das?« Nun war es der andere, der überrascht war.

»Alles hier«, meinte Balbok und ließ seine Augen in ihren Höhlen kreisen, »ist nicht wirklich.«

»Denkst du das tatsächlich?«

»Das brauche ich nicht zu denken, weil ich es weiß«, erklärte der Ork mit der ihm eigenen Logik. »Ist alles nur eingebildet. Die Stadt, der Palast ... sogar du.«

»Und die Arena? Der Sauride? War das auch nur Einbildung?«

»Wenn du die zu groß geratene Eidechse meinst, die auch«, bestätigte Balbok mit grimmiger Entschiedenheit. »So was gibt's nämlich nicht.«

»Gut, dann beantworte mir eine Frage, Wildwuchs: Wenn alles nur eingebildet war und keine wirkliche Bedrohung, wie du behauptest, warum hast du dann in der Arena gekämpft? Wenn alles nur ein Traum ist, macht es doch keinen Unterschied, ob du lebst oder stirbst.«

»*Korr,* das stimmt«, räumte Balbok ein. »Aber jetzt schon in Kuruls Grube zu sinken, würde mir nicht mal im Traum einfallen.«

»Ich habe keine Ahnung, was das bedeuten soll, mein wildwüchsiger Freund«, entgegnete der kleine Mann, »aber ich weiß, dass das nicht der Grund für deinen Erfolg in der Arena gewesen ist. Ich war dabei und habe alles gesehen. Du hast die anderen angeführt und sie dazu gebracht zusammenzuarbeiten. Wildwüchse tun das für gewöhnlich nicht. Sie kämpfen verbissen bis zum letzten Atemzug, aber jeder für sich und ohne Aussicht auf Erfolg. Du hingegen bist ein geborener Offizier.«

»Ich bin ja auch kein Wildwuchs, sondern ein Ork«, erklärte Balbok achselzuckend. »Aus echtem Tod und Horn.«

»Wie ist dein Name, Wildwuchs?«, fragte der andere, den Einwand schlicht überhörend.

»Balbok.«

»Mein Name ist Cygo. Ich bin das, was man einen Schattenwandler nennt.«

Balbok erinnerte sich, dieses Wort schon gehört zu haben. Evan hatte es in der Zelle erwähnt. »Du bist ein Spion«, stellte er fest.

»Wir Schattenwandler sind die Augen und Ohren des Rates der Ewigen«, drückte der kleine Mann es würdevoller aus. »Die Drachenhaut ermöglicht es uns, zu Schatten unserer selbst zu verblassen und auf diese Weise auch an jenen Orten zu weilen, wo wir gewöhnlich nicht erwünscht sind ... «

»Ein Spion eben«, beharrte Balbok nickend. Er konnte sich auch noch gut daran erinnern, mit welchem Respekt Evan von den Schattenwandlern gesprochen hatte. Um nicht zu sagen: mit welcher Furcht ...

»Balbok«, erwiderte der andere, »hat es dir in deiner Kerkerzelle gefallen?«

»*Douk.*« Balbok schüttelte den Kopf. »Es ist eng dort und viel zu niedrig. Hab mir den *klogionn* gestoßen.« Er deutete auf sein spärlich behaartes Haupt.

»Wie würde es dir gefallen, nicht mehr dorthin zurückzumüssen? Wenn du fortan in einem Quartier wie diesem hier leben könntest? Mit bester Aussicht auf die Stadt und den erlesensten Genüssen zu essen ... «

»Auch *bru-mill*?«

»Ich habe nicht die leiseste Ahnung, was das sein soll, aber ich bin sicher, wir werden es dir beschaffen, wenn du es haben willst. Und auch für weibliche Gesellschaft kann ich sorgen ...«

»Ah.« Balbok nickte wissend. »Die Sache mit den Bienen ...«

Cygo verzog keine Miene. Von seinem Platz am Kamin aus sah er den großen Ork prüfend an.

»Wer bist du, Balbok?«, fragte er, vermutlich mehr an sich selbst gewandt als an sein Gegenüber. »Spielst du nur den Narren, oder bist du wirklich so?«

»Ich bin wirklich so, sagt mein Bruder«, versicherte Balbok stolz.

»Du hast noch einen Bruder?« Cygo hob die schmalen Brauen. »Ist er auch hier in der Stadt?«

»*Douk.*« Balbok schüttelte den Kopf und seufzte tief. »Ich bin ganz allein.«

Zum ersten Mal huschte der Anflug eines Lächelns über das Gesicht des Schattenwandlers. »Ich denke«, erwiderte er rätselhaft, »ich kann das ändern.«

»Wie denn?«

»Wenn ich die Drachenhaut trage, bin ich so gut wie unsichtbar, jedoch leider nicht unverwundbar«, erklärte Cygo. »Die Gesetzlosen der Stadt haben ein gewisses Geschick darin entwickelt, meinesgleichen ausfindig zu machen und zu enttarnen. Einige aus meiner Zunft mussten dies am eigenen Leib erfahren. Es ist ihnen nicht bekommen«, fügte er mit einem nervösen Räuspern hinzu, »und ich möchte nicht ebenso enden.«

»*Korr*«, stimmte Balbok zu, der das gut verstehen konnte.

»Aus diesem Grund brauche ich einen Diener, der mir dort draußen zur Seite steht und mein Leben schützt, wenn es in den dunklen Vierteln gefährlich wird.«

»Einen Diener?«, fragte Balbok entrüstet. »Ein Ork dient niemandem.«

»Dann brauchen wir eine andere Bezeichnung dafür«, sah Cygo ein.

»Du meinst einen Leibwächter?«, schlug Balbok vor.

»Genau, etwas in der Art.« Cygo nickte. »Wärst du dazu bereit?«

Balbok überlegte kurz. »Es käme darauf an.«

»Worauf? Nenne deine Bedingungen, sie werden erfüllt.«

»Zusammen mit mir ist noch jemand in die Stadt gekommen«, erklärte Balbok. »Ein Junge, ungefähr so groß« – er deutete auf Brusthöhe – »und von der schimmeligen Sorte.«

»Was meinst du damit?«

»So wie du«, erklärte Balbok schulterzuckend. »Wenn du mir hilfst, ihn zu finden, dann helfe ich dir, Kuruls dunkle Grube noch für eine Weile zu meiden.«

»Kuruls Grube? Nun gut, einverstanden«, sagte der andere.

»Und ich brauche meine Waffe«, fügte Balbok hinzu.

Ein Ork ohne seinen *saparak* war nun mal kein Ork.

Noch nicht mal im Traum.

18.

MARKOR'HAI UR'DOURK

Im Sitzen, die Arme an die Rückwand der Scheune gekettet, hatte Rammar lausig geschlafen. Und natürlich hatte er Albträume gehabt, von einer riesigen Echse, gegen die er hatte kämpfen müssen – nur dass sie anders als das Dreihorn nicht auf vier Beinen gegangen war, sondern auf zweien. Dafür war sie doppelt so groß gewesen, hatte Hörner auf dem Schädel gehabt, und die Zähne in ihrem Maul waren derart scheußlich gewesen, dass sich ihm selbst im Schlaf die Nackenborsten gesträubt hatten.

Der nächste Tag begann so unerquicklich, wie der vorige geendet hatte. Ein Rudel Bauernburschen kam und kettete ihn los, zerrte ihn nach draußen, spannte ihn erneut vor den Pflug, und die Qual begann von Neuem.

Schritt für Schritt.

Furche für Furche.

Dieses Mal wankte Rammar schon sehr viel früher. Nicht nur sein malträtiertes Genick machte ihm zu schaffen, die Anstrengung vom Vortag sorgte auch dafür, dass seine Muskeln verkrampften und ihm schon bald nicht mehr gehorchen wollten. Ganz abgesehen davon, dass er scheußlichen Hunger hatte und dringenden Appetit nach einer ordentlichen Mahlzeit verspürte. Nicht nach dem grünen Breizeug, das sie ihm gaben, sondern nach echtem Essen, nach *bru-mill* oder Gnomensülze, wie es einem Ork-König zukam. Aber diese elenden Grünhörner schienen ja noch nicht einmal zu wissen, was Orks überhaupt waren.

Geschweige denn, was sie aßen …

Die Sonne stand noch keine zwei Klauen breit über dem Horizont, als Rammar sich schon völlig entkräftet fühlte. Allerdings vermied er es tunlichst, wieder auf dem Acker zusammenzubrechen. Schließlich war er nicht darauf aus, dass man ihm Feuer unter dem *asar* machte, wie Beeka es vorgeschlagen hatte. Aber er wurde immer langsamer, was seine Antreiber natürlich bemerkten. Und so begannen sie, ihn mit Peitschen- und Stockhieben zu traktieren. Als ob er dadurch kräftiger oder weniger hungrig geworden wäre …

»Ihr solltet das lassen«, empfahl er ihnen zähneknirschend und unter keuchenden Atemzügen. »Wenn ich … in *saobh* verfalle … reiße ich mich los … beiße euch die Nasen ab … spucke sie euch in eure hässlichen Gesichter!«

Seine Peiniger lachten nur, und er konnte nichts dagegen tun, denn angesichts seines Erschöpfungszustands war nicht einmal daran zu denken, in wilden *saobh* zu verfallen, geschweige denn, sich von dem Joch zu befreien. Es war eine leere Drohung, aber Rammar gefiel sich daran, sie weiter auszuschmücken und in immer blutigere Gewaltfantasien zu verfallen, während er den Pflug über den von Wurzeln durchzogenen und von Steinen übersäten Acker zog. Ein äußerst zähes und mühsames Geschäft, das ihm klarmachte, weshalb die Orks der Modermark nie zu Bauern geworden waren.

Wieso Getreide anbauen, wenn man es auch genauso gut rauben und stehlen konnte? Das war doch idiotisch!

Wie lange er den Pflug noch so gezogen hatte, wusste er später nicht mehr zu sagen. Aber plötzlich, es war wohl gegen Mittag, erklang ein Ruf, der alles änderte.

»Schwarze Garden!«

Die beiden Kerle, die den Pflug lenkten, der eine am Zügel, der andere an den Hörnern, ließen von dem Gerät ab. Ein Knabe war auf dem Hügelkamm erschienen und winkte und gestikulierte aufgeregt. Die beiden tauschten Blicke, und im nächsten Moment rannten sie los, den Hügel hinauf, wo der Knabe wartete. Den Pflug und auch Rammar ließen sie treulos zurück.

»He«, rief der dicke Ork ihnen hinterher, »was ist mit mir? Wollt ihr nicht …?«

Er unterbrach sich.

Staunend sah er zu, wie die beiden davonliefen, ohne sich nur ein einziges Mal nach ihm umzudrehen, der Ruf des Knaben hatte sie völlig aufgebracht. Im nächsten Moment waren sie jenseits des Hügelgrats verschwunden, und Rammar war allein …

»Bei Narkods Hammer, was für Deppen!«

Schon war er dabei, die Riemen zu lösen, die das Joch um seinen Hals hielten. Das war nicht einfach, weil die Ösen für filigranere Finger gedacht waren als seine und er zudem nur eine Hand zur Verfügung hatte. Aber endlich gelang es ihm. Er streifte den Kranz ab und warf ihn von sich, holte tief Luft, um einen markerschütternden Triumphschrei auszustoßen … ließ es dann aber lieber bleiben.

Stattdessen wandte er sich klammheimlich um und lief nun seinerseits davon, in die entgegengesetzte Richtung, dem Schutz der Bäume entgegen, die den Rand des Ackers säumten.

Er war noch nicht weit gekommen, als er den Schrei hörte.

Kein Schrei von der angenehmen Sorte, nicht so, wie wenn ein Feind winselte, den man nach ehrenvollem Kampf besiegt hatte. Es war ein elender Laut, voller Schmerz und Todesangst, und aus der Kehle einer Frau, soweit er das sagen konnte. Mit einem Zucken seiner schmerzenden Schultern ging er weiter. Was ging ihn das an?

Doch die Laute wiederholten sich, gleich mehrmals hintereinander, und schließlich hörte das Gezeter überhaupt nicht mehr auf. Irgendjemand, Rammar tippte auf die stramme Beeka, verbrachte jenseits des Hügelgrats wohl gerade keine schöne Zeit.

Natürlich war das Rammar völlig egal.

Aber vielleicht sollte er einen kurzen Blick riskieren …?

Er hatte den Gedanken noch nicht zu Ende gebracht, als er schon den Hang hinaufstieg. Das Geschrei ging weiter, war ganz und gar erbärmlich. Und kaum hatte Rammar den Hügel erklommen, von dessen Rücken man auf die Hütten des Dorfes blicken konnte, sah er auch den Grund dafür.

Die Bauern hatten Besuch bekommen.

Von drei Fremden, die auf zweibeinigen, langschwänzigen Echsen ritten. Die Reiter schienen von derselben blasshäutigen Art zu sein wie die Dorfbewohner selbst, jedoch trugen sie keine schlichten Tuniken, sondern Helme und Kettenhemden mit rabenschwarzen Umhängen. Zwei von ihnen saßen noch in den Sätteln, Lanzen in den Händen, an denen rote Banner wehten. Einer war abgestiegen und dabei, eine Frau, die vor ihm auf dem Boden lag, mit einem Holzstab zu traktieren. Rammars empfindliche Ohren hatten ihn nicht getrogen. Es war tatsächlich Beeka, die die Tracht Prügel abbekam.

Im ersten Moment verspürte er etwas wie Genugtuung – das elende Weib hatte ihm schließlich übel mitgespielt. Was ihr jetzt widerfuhr, war ihr Blutbier, sollte sie es doch selber saufen! Doch als er sich abwenden und endgültig gehen wollte, hielt ihn etwas zurück.

Vielleicht lag es daran, dass diese Leute zu Enoks Art gehörten, vielleicht hatte er aber auch nur zu viel Zeit in der Gesellschaft von Menschen verbracht. Aber irgendwie ging es ihm mächtig auf die *bull'hai*, dass dieser Krieger sich an einer Unbewaffneten vergriff, während das ganze Dorf darum versammelt stand und untätig zusah.

»*Shnorsh*«, knurrte er und stieg den Hang wieder hinab.

Sowohl die Dorfbewohner als auch die Gardisten waren so auf das konzentriert, was mit Beeka geschah, dass sie gar nicht auf den feisten Ork achteten, der wie eine Naturgewalt von Südosten heranfegte – zwangsläufig, weil seine Beine butterweich waren vom Pflügen und er nicht anders konnte, als rasch einen Fuß vor den anderen zu setzen, wenn er nicht auf die *shron* fallen wollte. Nur Augenblicke später hatte er den Dorfplatz schon erreicht, gerade als der Blassgrüne wieder zuschlagen wollte.

»He, Schimmelreiter!«

Der Mann kreiselte herum. Und der eben noch so erbarmungslose Ausdruck in seinem Gesicht wich einem dämlichen Flunsch, als er Rammar auf sich zukommen sah.

»Wer oder ... was bist du denn?«, wollte er wissen. »Erkläre dich!«

»Einen *shnorsh* werde ich! Und du lässt das Mädchen gefälligst in Ruhe!«

Der Mann, offenbar der Anführer der Gruppe, deutete seinen beiden Schergen ein Zeichen an, und schon gaben sie ihren Echsentieren die Sporen.

Ein leichtfüßiger Kämpfer war Rammar nie gewesen, aber wo er zupackte, da pflegte, zumindest für eine ganze Weile, kein Gras mehr zu wachsen. Als der erste der beiden Reiter mit eingelegter Lanze auf den feisten Ork zugaloppierte, bekam dieser die Lanzenspitze zu fassen und riss unwirsch daran – der Reiter, der sich am anderen Ende festhielt und darauf nicht gefasst war, fiel kopfüber aus dem Sattel, überschlug sich und brach sich das Genick. Sein Kumpan ließ daraufhin die Lanze fallen und zog sein Schwert, eine gekrümmte Klinge, die ziemlich mörderisch aussah, um damit auf Rammar einzuschlagen. Aber noch bevor es dazu kam, hatte dieser bereits die Faust geballt und versetzte nicht dem Krieger, wohl aber dessen Reittier einen so mörderischen Haken, dass es mit einem heiseren Zischeln zusammenbrach.

Es gelang dem Reiter noch, aus dem Sattel zu springen und sogar auf den Beinen zu landen. Aber in dem Moment, wo er mit wehendem Umhang herumfuhr, um die Klinge gegen Rammar zu schwingen, durchbohrte ihn bereits die Lanze, die der Ork dem anderen Krieger aus der Hand gerissen hatte.

Rammar ließ den Schaft los und wandte sich dem Anführer des Trupps zu. Die Verblüffung in seinen schmalen Zügen war jetzt blankem Entsetzen gewichen. Den Stab, mit dem er auf Beeka eingeschlagen hatte, ließ er fallen und zog ebenfalls sein Schwert, das am Knauf mit einer lustigen scharlachroten Quaste versehen war, wohl ein Zeichen seines Ranges.

»Stehen bleiben, im Namen des Rates der Ewigen!«, befahl ihm der Hauptmann mit bebender Stimme. Daran, sein Schwert einzusetzen, dachte er nicht. Er gehörte wohl eher zu der Sorte, die lieber Befehle gab, wenn es blutig wurde.

»*Douk*«, knurrte Rammar nur, und einen Herzschlag später krachte seine geballte Faust auch schon in das schimmelgrüne Gesicht, das knirschend nachgab.

Der Offizier wankte und ging nieder, das Schwert mit der Quaste nahm Rammar ihm direkt aus der Hand und spaltete ihm damit Helm und Schädel. Der Mann kippte zurück und blieb reglos liegen.

Es war, als wäre die Zeit eingefroren.

Eisiges Schweigen herrschte auf dem Dorfplatz, alle Anwesenden starrten nur auf die drei leblosen Körper und den Ork, der zwischen ihnen stand, schwer atmend und das blutige Schwert in der Klaue.

Das Stöhnen Beekas durchbrach die Stille.

Mehrere Dorfbewohner eilten zu ihr. Der Hauptmann hatte ihr übel mitgespielt, Arme und Beine waren von Blessuren übersät, und sie blutete aus einer Wunde an ihrer Stirn. Gleichzeitig kamen der Älteste und ein paar Bauern, um sich die Echsenreiter anzusehen. Die Kerle waren so tot, wie man nur sein konnte, doch die Erleichterung darüber schien sich zumindest bei dem Alten in engen Grenzen zu halten ….

»Was … hast du getan?«, fragte er Rammar, wobei sich seine grauen Augen entsetzt weiteten.

»Was ihr hättet tun sollen, wärt ihr nicht solche Feiglinge«, erwiderte Rammar und warf ihm das noch blutige Schwert vor die Füße. »Wer waren diese Halsabschneider? Banditen aus dem nächsten Wald? Mir kann's ja gleich sein, aber eins ist klar: Ich habe euch geholfen. Und damit, alter Mann, sind wir quitt.«

19.

Sie waren zurück in Durwains unterirdischem Schlupfwinkel und saßen wieder vor dem Kamin.

Fast hätte man glauben können, dass alles, was seit ihrer letzten Unterredung hier geschehen war, nur Einbildung gewesen wäre. Wären da nicht Enoks schmerzende Kehle und seine noch immer krächzende Stimme gewesen.

Und die Blutspritzer auf Durwains Maske …

Durch die Sehschlitze sah er Enok durchdringend an. Dem Jungen war unwohl dabei, doch die Schelte, auf die er gewartet und gegen die er sich innerlich bereits gewappnet hatte, blieb zu seiner Verblüffung aus.

»Du bist dort draußen sehr mutig gewesen«, erklärte Durwain stattdessen.

Enok zuckte mit den Schultern. »Ich konnte einfach nicht zusehen.«

»Du hast das Leben des Jungen gerettet, jedoch wohl nur für diese Nacht. Er hat keine Familie und keine Bleibe, früher oder später werden die Schwarzen Garden ihn zu fassen bekommen.«

»Um was mit ihm zu tun?«, wollte Enok wissen. »Warum haben die Leute solche Angst?«

Der Maskierte zögerte einen Moment. »Erinnerst du dich, was ich dir über den Rat der Ewigen erzählt habe?«, fragte er dann.

»Seit dem Tod des Drachenkaisers herrscht er über die Stadt«, erwiderte Enok.

»Nicht nur über die Stadt, sondern über das gesamte Reich. Und der Rat der Ewigen trägt seinen Namen nicht von ungefähr. Die Ratsmitglieder sind allesamt sehr, sehr alt.«

»Wie alt?«

»Sie waren bei den Ersten, die einst nach Anwar kamen. Vor rund 20000 Jahren. Sehr viel mehr Zeit also, als du dir vorstellen kannst.«

Enok sah ihn ungläubig an. »Wie konnten sie so alt werden?«

»Nun, zum einen gehörten sie einst einem Volk an, das kein Altern und keinen Tod aus Schwäche kannte. Und zum anderen fließt Drachenblut in ihren Adern.«

»Drachenblut?« Trotz des wärmenden Kaminfeuers erschauderte Enok bis ins Mark.

Durwain nickte langsam, schien seine nächsten Worte mit großem Bedacht zu wählen. »Als sie einst in Anwar landeten, übrigens mit jenem Schiff, das dir später zur Flucht diente, sahen sie, dass sich das Land in einem ursprünglichen, unberührten Zustand befand und von Leben nur so wimmelte. Aber sie mussten auch feststellen, dass es bereits fremde Herren hatte, nämlich ihre Erzfeinde, die Drachen, die lange vor ihnen hier angelandet waren.«

»Was ist weiter geschehen?«, wollte Enok wissen.

»Was in solchen Fällen stets geschieht – die Entscheidung wurde auf dem Schlachtfeld gesucht. Allerdings ging keine der beiden Seiten als Sieger hervor, sondern es entstand etwas Neues, Unerwartetes, eine Verbindung, mehr noch … eine Verschmelzung. Dies war die Geburtsstunde des Drachenkaisers, der dem Reich Frieden brachte und es über ein ganzes Zeitalter hinweg regierte …«

»… bis zur Nacht des Donners«, vermutete Enok.

»So ist es. In jener Nacht erhob sich der verräterische Kronrat gegen den Kaiser und seine Erben und riss die Herrschaft an sich. Und im Gegenzug belegte der sterbende Kaiser sie mit einem uralten Fluch, *Dragwaith* genannt, der sie dazu zwingt, das Leben anderer zu nehmen und ihr Blut zu trinken, wenn sie nicht sterben wollen.«

»Das ist es also?«, fragte Enok schaudernd nach. »Diese Leute, die verschwinden …«

»… dienen den Ewigen als Nahrung«, erwiderte Durwain hart. »Niemand spricht darüber, aber die Bevölkerung lebt in ständiger Angst. Bislang greifen die Schwarzen Garden sich nur jene, die rechtlos sind und die niemand vermissen wird. Doch wie lange wird es dauern, bis sie des Nachts an die Türen rechtschaffener Bürger klopfen?«

Enok sah in die züngelnden Flammen – jetzt wünschte er sich

beinahe, er hätte nicht nach dem Grund gefragt. Aber es erklärte natürlich die Furcht, die in der Stadt umging. Enok musste an den Jungen denken und an die beiden, die weniger Glück gehabt hatten als er und die inzwischen vermutlich bereits ... Er ertrug den Gedanken nicht und schüttelte unwirsch den Kopf.

»Da ist noch etwas, das ich nicht verstehe«, sagte er dann. »Dieser Gardist nannte mich einen Wildwuchs ...«

»Das ist abfällig gemeint, ein Schimpfwort für all jene, in deren Adern kein reines Blut fließt, sondern die noch Spuren anderer Wesen in sich tragen. Auch die Wildwüchse haben keine Rechte in Taras Caron, aber da die Ewigen ihr unreines Blut verschmähen, werden sie nicht von den Garden verfolgt. Stattdessen werden sie als Sklaven gehalten oder in die Arena geschickt, wo sie zur Erbauung der Zuschauer um ihr Leben kämpfen müssen.«

»Das ist ungerecht«, eiferte sich Enok.

»In der Tat. Und das ist der Grund, warum es enden muss«, pflichtete Durwain bei. »Du, Curran, bist nicht nur der letzte lebende Nachkomme des Drachenkaisers und damit sein Erbe. Du bist in mancher Hinsicht auch er selbst, nicht von ungefähr trägst du seinen Namen. Und du bist ein Kämpfer, wie er es gewesen ist, das kann ich deutlich erkennen.«

»Von wegen.« Enok blies durch die Nase. »Dieser Kerl hätte mich glatt abgemurkst, wenn du mir nicht geholfen hättest!«

»Du bist noch jung, und wer jung ist, macht Fehler«, räumte der Maskierte ein. »Aber ich kann sehen, was in dir steckt. Du hast, was die Elfen einst *devurdyr* nannten – Mut.«

»Elfen?«, hakte Enok nach. »Schmalaugen?«

»Auch der erste Curran war ein Sohn Mirons«, bestätigte Durwain nickend. »Es ist das Erbe, das durch deine Adern fließt.«

»Hm«, machte Enok und betrachtete seine Hände. Deshalb also sahen sie so anders aus als die der Orks. Die Befürchtungen seiner Ziehväter waren richtig gewesen.

Aber entscheidend war schließlich nicht, wie Hände aussahen, erinnerte sich Enok an Rammars Lektion, sondern wie viel Schaden man damit anrichten konnte ...

»Was willst du von mir?«, fragte er und sah Durwain an.

»Dass du dich deinem Schicksal stellst. Es gärt im Reich, Curran, und in der Hauptstadt ganz besonders. Viele Bürger haben die Schreckensherrschaft des Rates satt und wollen sich dagegen erheben, aber sie sind verstreut und uneins. Deine Rückkehr nach all den Jahren wird ihnen Hoffnung geben und die Flamme des Widerstands entzünden – und dich auf den Thron deines Ahnen bringen.«

»Und wenn ich das nicht will?«, fragte Enok. »Versteh mich nicht falsch, ich bin auch dafür, dass die elenden Shnorsher davongejagt werden, die den Leuten solche Angst machen. Aber ich will nicht Kaiser werden.«

»Dann musst du das auch nicht. Wenn alles vorbei ist, kannst du gehen, wohin du willst.«

»Versprochen?«

»Natürlich.« Durwain nickte.

»*Korr*«, knurrte Enok daraufhin und sah ihn grimmig an. »Dann treten wir ihnen in die *asar'hai*, und zwar kräftig.«

»An deiner Sprache müssen wir vielleicht noch arbeiten. Aber ich freue mich«, entgegnete Durwain und hielt ihm die Hand hin, die Enok prompt ergriff.

»Willkommen zu Hause, Curran«, sprach der Mann mit der Maske und nickte verbindlich.

Wäre Enok in der Lage gewesen, sein wahres Gesicht zu sehen, hätte er wohl erkannt, dass Durwain eigene Pläne hegte.

Hätte vielleicht vermutet, dass seine Rückkehr nach Anwar bei Weitem nicht so zufällig geschehen war, wie der Maskierte es ihm weismachen wollte.

Und womöglich hätte er geahnt, dass auch dieser sich vor etwas fürchtete … vor etwas, das uralt war und das Ende dieses Zeitalters bedeuten konnte.

Und den Beginn eines neuen.

20.

LAOCHG KUUN

Mit einem dumpfen Schmatzen meldete das Sumpfloch, dass soeben drei leblose Körper darin versunken waren.

Eine schlanke, blassgrüne Hand war noch zu sehen, die noch vor nicht allzu langer Zeit ein Schwert mit roter Quaste umklammert hatte. Dann versank auch sie in dem trüben grünen Pfuhl, hinterließ nichts als eine Luftblase, die schließlich platzte.

»*Korr*«, meinte Rammar mit grimmiger Genugtuung. »Die kommen nicht wieder.«

»*Korr*«, stimmte Beeka in seiner Sprache zu und schickte ihm ein grimmiges Lächeln. »Was das Loch einmal verschlungen hat, gibt es nicht wieder frei.«

Sie sah noch immer ziemlich mitgenommen aus, aber ihre Wunden würden heilen – die ihrer Peiniger nicht mehr. Wie Rammar inzwischen erfahren hatte, war Beeka die Tochter des Ältesten. Aber das war wohl nicht der einzige Grund, warum die Dorfbewohner auf sie hörten. Ihr selbstbewusstes Auftreten und ihr unerschrockenes Wesen trugen wohl auch dazu bei. Selbst Rammar war davon nicht ganz unbeeindruckt, auch wenn er das im Leben niemals zugegeben hätte.

»Warum hast du mir geholfen?«, wollte sie wissen. Sie trug jetzt einen Verband um den Kopf, doch ihre blassgrünen Gesichtszüge waren noch immer blutverschmiert, was sie in Rammars Augen nur attraktiver machte.

»Weiß ich nicht mehr«, knurrte er, »aber bilde dir nichts darauf ein. Wahrscheinlich ging mir einfach nur dein elendes Geschrei auf den Geist.«

»Trotzdem … danke«, sagte sie, das entsprechende Wort aus der Elfensprache benutzend. Rammar zuckte schaudernd zusammen.

»Ich habe es nicht für dich getan«, versicherte er.

»Wie auch immer. Du hast mir das Leben gerettet und dir die Freiheit verdient.«

Er grunzte nur und nickte.

»Du kannst gehen, wohin du willst«, fügte sie hinzu und entblößte ihre Zähne zu einem verwegenen Grinsen.

»Und du ziehst den Pflug?«

»Wir werden die Echsen der drei Reiter davorspannen.«

»Das meine ich nicht.« Er schnaubte und wandte sich ihr zu, den Zeigefinger auf sie gerichtet. »Du bist eine Kämpferin, das kann jeder sehen. Du solltest deine Zeit nicht damit verschwenden, Felder zu bestellen. Keiner von euch sollte das.«

»Wieso nicht?« Sie sah ihn verständnislos an.

»Weil das nicht unsere Art ist.«

»Nicht deine Art vielleicht«, verbesserte sie.

»*Korr.*« Er nickte. »Und ihre offenbar auch nicht«, fügte er hinzu, auf das Sumpfloch deutend, das sich im Wald unweit des Dorfes befand. »Wer waren diese Schwächlinge?«

»Schwarzgardisten«, bestätigte sie, als wäre es das Selbstverständlichste der Welt.

Rammar schnaubte wieder. »Und woher sind sie gekommen? Wer hat sie geschickt?«

»Der Rat natürlich, wer sonst?«

Rammar seufzte nur.

»Hast … du noch nie vom Rat der Ewigen gehört?«, erkundigte sie sich ungläubig.

»*Douk.*« Er schüttelte den Kopf.

»Du stammst nicht aus der Gegend?«

»Nicht wirklich.«

»Woher dann?«

Rammar warf sich stolz in die imposante Brust. »Aus der Modermark natürlich! Der Heimat von uns Orks!«

»Orks.« Die Art, wie sie ihn ansah, wie ihre Augen sich weiteten und sie argwöhnisch die Nase rümpfte, verriet, dass sie das Wort noch nie gehört hatte. Obwohl ganz offenkundig zumindest zu einem gewissen Teil *orkful* in ihren Adern floss.

Rammar erwog, ihr zu erklären, dass Orks das Höchste der Schöpfung darstellten, dass ein Ork zu sein das Beste war, was einer Kreatur widerfahren konnte. Doch er entschied sich dagegen. Bei ihrem Starrsinn hätte es wahrscheinlich nur wenig genützt, und Rammar fragte sich einmal mehr, was für ein seltsamer Ort dies war.

Wohin hatte ihn der Elfenzauber verschlagen … und die Dummheit seines Bruders?

Gemeinsam gingen sie zum Dorf zurück.

»Und du bist wirklich ein König«, begann Beeka unterwegs.

»*Korr.*«

»Wo ist dann deine Krone? Und wo sind deine Untertanen?«

Rammar lachte bitter auf. »Zu Hause, auf meiner Insel.«

»Warum bist du dann hier?«

»Meines behämmerten Bruders wegen. Ich bin nämlich auf der Suche nach ihm.«

»Wie sieht er aus?«, wollte sie wissen. »So wie du?«

»Das fehlte noch.« Rammar schüttelte unwillig den Kopf. »Er ist größer als ich, aber dabei so dürr wie ein Haufen Knochen. Und so dämlich wie die Nacht finster. Glaub mir, wenn ihr ihn gesehen hättet, würdet ihr euch daran erinnern.«

»Du magst deinen Bruder nicht?«

»Natürlich nicht, der *umbal* bringt mich irgendwann noch um.«

»Warum suchst du dann nach ihm?«

»Das wüsste ich auch gerne«, behauptete Rammar.

»Ich glaube, ich weiß es.« Beeka sah ihn lächelnd an. »Du hast ein gutes Herz.«

Rammar kniff ein Auge ganz zusammen, das andere verengte er zu einem Schlitz, durch den er sie kritisch taxierte. »Willst du mich beleidigen, Weib?«

»Auf keinen Fall. Vielmehr möchte ich dich um Verzeihung bitten. Wir haben dich schlecht behandelt.«

»Ihr hattet miese Laune«, verbesserte Rammar. »Geht mir andauernd so.«

»Willst du dich noch stärken, bevor du uns verlässt?«

»Was habt ihr denn?«, fragte der feiste Ork ungeniert dagegen. »Alten *bru-mill*? Trollsülze?«

Sie erwiderte nichts darauf, aber ihr Mienenspiel verriet deutlich, dass ihr auch diese Köstlichkeiten nicht das Geringste sagten.

»Was seid ihr nur für seltsame Leute?«, fragte Rammar kopf-schüttelnd.

»Wir ... sind das Volk«, erwiderte Beeka aus Überzeugung.

»*Das* Volk.« Rammar grunzte. »Wisst ihr denn nicht, dass es haufenweise Völker gibt? Es gibt uns Orks, natürlich, aber leider auch Elfen, Gnomen und Zwerge ... Sogar Menschen gibt es in ein paar dunklen Ecken Erdwelts!«

Ihr Blick blieb skeptisch. »Du sprichst von seltsamen Dingen, weißt du ...«

Unterdessen hatten sie das Dorf erreicht. Zwischen den kuppelför-migen Hütten hindurch gelangten sie zurück auf den Dorfplatz, wo sich die Aufregung inzwischen wieder gelegt hatte. Die Spuren des so kurzen wie heftigen Kampfes waren beseitigt worden, die Dorfbe-wohner gingen wieder ihrer Arbeit nach. Da Rammar der Magen knurrte und er dringend etwas zu essen brauchte (auch, wenn es kei-ne Trollsülze gab), folgte er Beeka in die Hütte ihres Vaters.

Dort erwartete ihn eine Überraschung.

Der Älteste hatte Besuch.

Der Mann gehörte zu Beekas Art, aber für einen Schimmeligen war er ziemlich groß und hatte auffallend breite Schultern. Vor al-lem aber war er endlich einmal so gekleidet, wie es Rammar von jemandem erwartete, der zumindest ein paar Liter Orkblut in den Adern hatte: Er trug eine lederne Rüstung mit einem Kragen aus Kettengeflecht; der Rost, den es angesetzt hatte, ließ darauf schlie-ßen, dass er viel Zeit in der Wildnis verbrachte. Unterarme und Bei-ne waren von ledernen Schienen bedeckt, auf dem Rücken trug er einen Köcher mit Pfeilen, an der Seite ein Schwert.

Unwillkürlich griff Rammar nach seiner eigenen Klinge, in Er-mangelung seines *saparak* hatte er sich eine Klinge der Schwarzgar-disten geschnappt. Die mit der roten Quaste, weil das schön könig-lich wirkte.

»Lass gut sein«, sagte der andere, der sein schwarzes Haar zum Schopf zusammengebunden trug. Sein *faltash* war natürlich längst nicht so eindrucksvoll wie der Rammars, aber immerhin. »Ich bin nicht hier, um zu kämpfen.«

»Wozu dann?«, knurrte Rammar.

»Dies ist Chulain«, stellte Beeka den Fremden vor, ehe dieser antworten konnte. »Er ist *mein* Bruder.«

»Dann, bei Keloshs Tröte, hast du es besser getroffen als ich, Weib«, erwiderte Rammar trocken. Er ließ die Klinge in der Scheide und nickte Chulain zu. »*Achgosh-douk.*«

»Mir gefällt dein Gesicht auch nicht besonders«, erwiderte dieser, der die Worte zwar zu verstehen schien, sie jedoch offenbar nicht als Gruß erkannte – ein weiterer Hinweis darauf, dass die Schimmelgrünen zwar fraglos etwas Orkisches an sich hatten, aber leider auch manches Elfische. »Ich habe gehört, was du getan hast.«

»Und?«, fragte Rammar.

»Du hast Beekas Leben gerettet, dafür steht meine Familie für immer in deiner Schuld. Aber du hast auch drei Kämpfer der Schwarzen Garde getötet.«

»Wo ist das Problem?« Rammar schnaubte verächtlich. »Die drei machen keinen Ärger mehr.«

»Diese nicht, aber es gibt noch mehr von ihnen, viel mehr«, mischte der Älteste sich jetzt in den Wortwechsel ein. Ultach war sein Name, und auf Rammar wirkte er, als könnte er sich in seiner eigenen Hütte verlaufen.

»Ich habe es dir gesagt, Vater«, erwiderte Chulain. »Du kannst dich nicht ewig aus allem heraushalten.«

»Vielleicht nicht«, gab Ultach zu. »Aber ich will kein Blutvergießen.«

»Dazu ist es zu spät«, wandte Beeka ein. »Vater, es wurde bereits Blut vergossen – meines. Und wenn Rammar nicht gewesen wäre …«

»Es war ein Fehler«, beharrte der Alte. »Es war falsch, ihn hier festzuhalten. Und es war falsch, die Reiter zu töten.«

»Was hätte ich denn sonst tun sollen, alter Mann?«, fragte Rammar ungeachtet der Tatsache, dass er nach Jahren gemessen vermutlich sehr viel älter war. »Zusehen, wie sie deine Tochter in Kuruls Grube stoßen?«

»Er muss fort«, sagte Ultach, an seine Kinder gewandt. »Seht ihn euch doch nur einmal an! Von einem wie ihm kommt nur Ärger … und Tod!«

»*Korr*, wie es sich für einen richtigen Ork gehört«, bestätigte Rammar verdrossen. »Aber davon habt ihr Schimmelpilze ja noch nie etwas gehört.«

Er streifte Beeka mit einem flüchtigen Blick, dann schnaubte er verächtlich und wollte sich abwenden, doch ihr Bruder hielt ihn zurück.

»Warte noch!«

»Was?« Rammar keuchte unwirsch. »Ich werde hier alt, Grünspan. Und meinen Bruder habe ich immer noch nicht gefunden …«

»Du bist ein großer Krieger«, stellte Chulain fest.

»Worauf du einen lassen kannst.«

»Willst du weiterkämpfen? Noch mehr Ruhm erwerben?«

»Das ist das erste vernünftige Wort, das ich seit Langem höre«, behauptete Rammar. »Aber ich habe keine Zeit für solche Späße, ich muss meinen dämlichen Bruder aufsammeln und dann schleunigst zurück nach Hause.«

»Rammars Bruder ist verschollen«, fügte Beeka erklärend hinzu. »Es fehlt jede Spur von ihm.«

Chulain nickte und schien kurz nachzudenken. »Wir haben zahlreiche Mitstreiter, und unsere Späher haben ihre Augen überall. Sie könnten dir helfen, deinen Bruder zu finden. Im Gegenzug kämpfst du an unserer Seite.«

Rammar sah den Blassgrünen an.

So verlockend das Angebot, seiner schlechten Laune freien Lauf zu lassen und noch in ein paar *asar'hai* mehr zu treten, einerseits auch klingen mochte, so wenig Lust verspürte er, sich in einen Konflikt hineinziehen zu lassen, über den er so gut wie gar nichts wusste.

Die Echsenkrieger zu beseitigen, war eine Sache gewesen, die Kerle hatten bekommen, was sie verdient hatten. Aber zu meucheln um des bloßen Meuchelns willen hatte Rammar noch nie besonders behagt. Schon deshalb nicht, weil man dabei allzu leicht auch das eigene Leben verlieren konnte.

»Bitte, Rammar.« Beeka sandte ihm einen flehenden Blick aus ihren schmalen, unergründlich grauen Augen.

Rammar gönnte sich ein tiefes Seufzen, das sich in etwa so anhörte, als würde ein Troll in der Modersee ersaufen. Er hatte in seinem Leben manchen Kampf ausgetragen, hatte in den Kriegen der Menschen gekämpft, in den Aufständen und Revolutionen, die sie immerzu anzettelten. Und obwohl es Balbok und ihm immer nur darum gegangen war, dabei einen guten Schnitt zu machen, hatten die Milchgesichter doch tatsächlich irgendwann angefangen, so etwas wie Helden in ihnen zu sehen.

Konnte es eine schlimmere Beleidigung geben?

Nach ihrem letzten Abenteuer auf dem Kontinent hatte Rammar geschworen, sich in Zukunft aus allem heraushalten zu wollen – und nun das. Und natürlich trug einmal mehr kein anderer als sein dämlicher Bruder die Schuld daran.

Es konnte nur eine Antwort geben.

Ein entschiedenes *douk*.

Er würde ihnen sein Nein in die schimmelgrünen Visagen schleudern, würde es ihnen entgegenspucken wie lauwarmen *brumill*. Sollte dieses elende Faulhirn von einem Bruder doch zusehen, wo es blieb! Und das Schicksal Beekas und ihrer blassnasigen Sippe konnte ihm schließlich auch gestohlen bleiben …

»*Korr*, von mir aus«, hörte der dicke Ork sich selbst sagen, worauf ein erleichtertes Grinsen über Chulains Gesichtszüge glitt.

»Willkommen beim Widerstand, Waffenbruder«, sagte er.

»*Shnorsh*«, dachte Rammar.

21.

BORROUSH

Die Nacht war über Nurmorod hereingebrochen.

In Currans Quartier brannten Kerzen, tauchten die Säulen und Wände aus Felsgestein in flackerndes Zwielicht – wie auch die beiden Liebenden.

Curran lag auf dem Rücken, auf dem zottigen Fell einer Dschungelkreatur, die er mit bloßen Händen selbst erlegt hatte. Liatha saß rittlings auf ihm, den Rücken durchgebogen und den Blick zur

Decke gerichtet. Ihr langes Haar hing in feuchten Strähnen, Schweißperlen glänzten auf ihrer weißen, alabastergleichen Haut, während sie sich beständig auf und ab bewegte, in einem sich langsam steigernden Rhythmus.

Curran berührte ihre vollendeten Brüste – dass er es nicht mit Händen, sondern mit grünen Klauen tat, schien sie nicht länger zu stören. Die Zuneigung, die sie einst für einander empfunden hatten, war durch seine Verwandlung nicht zerstört worden, sondern hatte sich im Gegenteil noch weiter vertieft.

Fleischliches Begehren wurde von den meisten hohen Adelshäusern als primitiv und animalisch empfunden und daher abgelehnt, der Liebesakt selbst nur als Mittel zur Fortpflanzung toleriert. Auch Liatha war in diesem Bewusstsein erzogen worden, weshalb ihre Liebe zuvor noch niemals körperliche Erfüllung gefunden hatte. Wann immer ihn fleischliche Lust überkommen hatte, hatte sich Curran an anderen Orten holen müssen, was gesellschaftliche Normen ihm verweigerten, nicht selten gegen Bezahlung.

Doch in Nurmorod galten diese Normen nicht.

Im Herrschaftsbereich des Dunkelelfen hatten nur die Regeln Margoks Bestand. Keine überkommenen Werte und sinnentleerten Traditionen, es zählte nur das Hier und Jetzt. Dennoch wäre es Curran nie in den Sinn gekommen, sich von Liatha mit Gewalt zu nehmen, was sie ihm nun so bereitwillig gewährte. Für die verstaubten Ideale des Elfenreiches mochte er nichts übrighaben, doch seine Wertschätzung für Liatha war zu tief und ehrlich, als dass er sie auf solche Weise entehrt hätte.

Liatha selbst hatte danach verlangt.

Sie hatte sich verändert in den Monden, die sie nun in Nurmorod weilte. Ihr Selbstvertrauen war gewachsen; sie war unnachgiebiger geworden, was die Dienerschaft anging, und fordernder, soweit es Curran betraf. Geradeso, als hätte die neue Umgebung sie nicht weniger verwandelt als ihn, auch wenn die Veränderung bei ihr nur innerlich war; nach außen war sie noch immer die überirdische Schönheit, als die Curran sie lieben gelernt hatte. Nur dass diese Schönheit jetzt fleischlich geworden war, nahbar im Sinn des Wortes.

Immer schneller bewegte sie sich auf ihm, erbebte in jener

Wollust, die ihr zu Hause verboten gewesen war. Curran konnte sich nicht sattsehen an ihrem nackten Körper. Er verschlang sie mit Blicken, fletschte die Zähne wie ein Raubtier vor dem Sprung, während sie sich weiterbewegte, immer rascher und verlangender.

Curran stieß ein Knurren aus. Sein Atem ging stoßweise, die Sinne wollten ihm vergehen vor Lust, mit keinem anderen Weib war es je so gewesen. Gemeinsam strebten sie dem süßen Moment der Erfüllung entgegen, um ihn gemeinsam auszukosten … als die Tür des Gemachs plötzlich aufflog!

Liatha schrie auf.

Blankes Entsetzen löschte jede andere Empfindung aus ihrem Gesicht, und sie bedeckte ihre Blöße, während sie sich gleichzeitig von Curran wälzte.

Mit einer Verwünschung auf den Lippen fuhr Curran in die Höhe – um keinen anderen als seinen Bruder zu erblicken!

Cullan trug seine volle Rüstung, das Kronsymbol prangte auf dem Harnisch. Mit beiden Händen hielt er sein Schwert umklammert, und seine Gesichtszüge, in denen Curran sein altes Selbst erblickte, waren vor Wut gerötet und von Hass verzerrt.

»Hier finde ich dich also!«, brüllte er aus Leibeskräften, während er bereits das Schwert zum tödlichen Streich erhob. »Hier liegst du bei deiner Hure! Was ist nur aus dir geworden, Bruder des Chaos …?«

Und noch ehe Curran etwas erwidern konnte, griff er an. Currans Blick ging zu seiner eigenen Klinge, die an der Wand lehnte, zu weit entfernt, um sie zu greifen. Instinktiv riss er die angewinkelten Arme empor, um sich vor dem mörderischen Hieb zu schützen, doch die Elfenklinge seines Bruders machte ihrem Schmied Ehre. Ohne auf nennenswerten Widerstand zu treffen, schnitt sie in Currans Unterarme und durchtrennte beide Knochen. Die grünen Klauen, nunmehr in Reglosigkeit erstarrt, fielen zu Boden, dunkles Blut schoss aus den Stümpfen und besudelte Curran, während Liatha immer weiter schrie.

Und da der Hieb mit furchtbarer Kraft geführt worden war, verlor er kaum an Wucht und fuhr nur einen Lidschlag später in Currans Haupt und spaltete es …

»Nein!«

Mit einem Aufschrei schoss Curran in die Höhe.

Er war in Schweiß gebadet, sein Herzschlag raste, sein Atem hechelte wie der eines Hundes. In wilder Panik sah er sich um.

Er war in seinem Gemach, lag auf den Raubtierfellen, die ihm als Schlafstatt dienten, aber es brannten keine Kerzen. Nur ein wenig Mondlicht fiel durch einen Spalt in der Decke …

Cullan!, schoss es ihm durch den Kopf.

Hastig streckte er sich, bekam seine Klinge zu fassen und zog sie aus der Scheide. Der Elfenstahl blitzte im Mondschein, blau und gefährlich … doch von Cullan war nichts zu sehen!

Mit zu Schlitzen verengten Augen spähte Curran in seinem Gemach umher. Dann dämmerte ihm die Erkenntnis, dass sein Bruder niemals wirklich hier gewesen war.

Es war nur ein Albtraum gewesen.

Er stieß zischend Luft aus und rief sich zur Ruhe, wusste selbst nicht, ob er darüber erleichtert oder bestürzt sein sollte. Dass sein Bruder ihn bis in seine Träume verfolgte, bereitete ihm Unbehagen, und er fragte sich, woran es liegen mochte. Hatte er die Lektionen, die Margok ihm erteilte, nicht sorgfältig genug gelernt? Lebte er nicht ein neues, freies Leben? Hatte er sich von der Vergangenheit noch nicht vollständig losgesagt?

Neben ihm unter der Decke regte sich etwas.

Alarmiert fuhr er herum, das Schwert in der Hand – als sich Liathas nackte Gestalt unter dem Fell hervorrekelte. Curran starrte sie an, hatte Schwierigkeiten, in die Wirklichkeit zurückzufinden.

Liatha sah ihn da sitzen mit der Klinge in der Hand und konnte sich ein Lächeln nicht verkneifen. »Was hast du vor, großer Krieger?« Sie hob die schmalen Brauen und fügte mit der Anzüglichkeit einer Straßendirne hinzu: »Noch einen Angriff reiten?«

Currans Herzschlag hatte sich ein wenig beruhigt. Er ließ sein Schwert sinken und legte es beiseite, kam sich jetzt dumm vor und tölpelhaft. Sein Verstand fasste wieder Tritt, und mit ihm kam die Erinnerung an das, was tatsächlich geschehen und was *kein* Traum gewesen war …

Liatha.

Sie hatte vor seinem Gemach gestanden und Einlass begehrt, mit nichts angetan als einem Umhang aus dünner Seide, den sie achtlos hatte fallen lassen.

Sie hatten das Tabu gebrochen.

Das ungeschriebene Gesetz …

»Ein Albdruck?«, fragte sie, ernster jetzt.

Er nickte, strich sich das wirre, schweißnasse Haar aus dem Gesicht. »Du hättest das nicht tun müssen«, sagte er leise.

»Warum sagst du das?« Sie lächelte und sah wunderschön aus im Mondlicht.

»Weil …« Er unterbrach sich. Plagte ihn das Gewissen? Irritierte es ihn, dass sie den Anfang gemacht hatte? Oder lag es noch an den Nachwirkungen seines Traumes?

Sie richtete sich halb auf, schmiegte ihren nackten Oberkörper an seinen, küsste ihn auf die Schulter. »Die alten Zeiten sind vergangen«, flüsterte sie ihm ins Ohr, »und sie kehren nicht mehr wieder. Eine neue Zeit hat begonnen, *Dracalón*. Für dich und auch für mich.«

»Und dafür bin ich dankbar, aber …«

»Was?«, hakte sie nach, als er zögerte.

»Du hast dich verändert.«

»Du etwa nicht?« Sie sah an seiner monströsen, im Mondlicht grün schimmernden Gestalt herab.

»Ja, aber …« Er schüttelte den Kopf, suchte nach den passenden Worten. »Meine Verwandlung ist ein Teil des Plans. Sie gehört zu dem Pakt, den ich mit Margok geschlossen habe.«

»Und? Darf ich keinen Pakt mit ihm schließen?«, fragte sie und sah ihn dabei herausfordernd an – um gleich darauf laut aufzulachen, spitz und aufreizend. Es passte nicht zu ihr.

»Das ist nichts, worüber du dich lustig machen solltest«, wies Curran sie zurecht.

»Höre ich etwa Eifersucht aus dir sprechen?« Liatha sah ihn mit großen Augen an. »Auf den Dunkelelfen? Dem wir alles zu verdanken haben?«

»Du … hast recht«, musste er beschämt einräumen. »Es ist nur … alles verändert sich, die ganze Welt …«

»Und sollte es nicht so sein? Sind wir nicht deshalb hier?«

»Das ist wahr«, gab er zu und sah sie aus seinen noch immer strahlend blauen Augen an. »Aber du bist stets mein heller Stern gewesen, Liatha. Mein Leuchtturm in der Dunkelheit. Wenn alles sich verändert hat, bist du stets dieselbe geblieben. Aber jetzt bist du eine andere geworden ...«

»... so wie du nicht mehr der Königssohn ohne Land bist, der Prinz ohne Erbe«, konterte sie und sah ihn herausfordernd an. »Was denkst du, warum ich dir ans Ende der Welt gefolgt bin?«

Curran hielt ihrem Blick stand, versuchte sich jedoch erst gar nicht an einer Antwort.

»Weil du mir das Leben zurückgegeben hast«, fuhr sie prompt fort. »Als ich noch am Hof weilte und dich verloren glaubte, da hatte ich das Gefühl zu verdorren, zu vertrocknen vor Langeweile. Und ich habe mir geschworen, dass, sollte ich jemals die Möglichkeit erhalten, ein anderes Leben zu leben, ich es ohne Zögern tun würde. Deshalb bin ich hier. Ich habe dich gewählt, *Dracalón*. Nicht deinen Bruder, nicht Margok und auch niemanden sonst, sondern einzig nur dich.«

Sie überdeckte seine muskulöse Brust mit Küssen, worauf sich seine innere Anspannung legte und er mit einem erschöpften Stöhnen niedersank. Doch Liatha war noch nicht gewillt, ihm eine Ruhepause zu gönnen. Mit einer schlangenhaften Bewegung kroch sie über ihn und ließ ihn in sich gleiten, begann erneut, sich mit viel Geschick zu bewegen – und diesmal war er sicher, dass es kein Traum war.

Ein Stöhnen entfuhr ihm, sein monströser Körper bäumte sich auf. Liatha ließ sich nach vorn fallen, bedeckte ihn mit ihrem langen schwarzen Haar.

»Nur wir beide, *Dracalón*«, hauchte sie ihm ins Ohr, »gemeinsam ... wir brauchen niemanden außer uns, noch nicht einmal den Dunkelelfen.«

»Was ... meinst du damit?«

»Ich will nicht länger dienen, Geliebter, ich will herrschen«, fuhr sie fort. »Gemeinsam können wir Margoks Macht brechen. Als Helden können wir nach Dinas Lan zurückkehren und den Thron besteigen, eine neue Ära des Reiches begründen. Wir beide, *Dracalón* – du und ich.«

»Aber ...« Bestürzt und entsetzt zugleich starrte Curran sie an. »Warum sollten wir das tun? Warum den verraten, der uns erst zu dem gemacht hat, was wir sind?«

»Die Antwort ist einfach, und du kennst sie bereits«, entgegnete Liatha leise. »Weil früher oder später *er* uns verraten wird.«

22.

UR'TORNOUMUCH KRUN

Seit drei Tagen waren sie nun unterwegs.

Seine Zusage, sich Chulain anzuschließen, hatte Rammar schon bei einem halben Dutzend Gelegenheiten bereut – zum Beispiel jedes Mal dann, wenn sie unter freiem Himmel nächtigten und er auf harten Wurzeln liegen musste; oder wenn sie rasteten und es als Mahlzeit nichts als Dörrobst gab. Vor allem aber setzte ihm zu, dass er nun mehr über die eigenartige Gegend erfuhr, in der er so unvermittelt und gegen seinen Willen gelandet war.

Denn was er hörte, gefiel ihm ganz und gar nicht ...

Demnach trug das Land, in dem Beeka, ihr Bruder und all die anderen *oltorr'hai* lebten – so bezeichnete sie Rammar inzwischen ihrer schimmeligen Hautfarbe wegen –, den Namen Anwar. Wie weit es sich erstreckte oder wo seine Grenzen lagen, hatte Rammar auch nach mehrmaligem Nachfragen nicht herausfinden können; nur, dass es wohl in nicht allzu großer Entfernung ein Meer geben musste sowie im Süden ein Gebirge. Es musste das sein, welches Rammar nach seiner Ankunft am Horizont gesehen hatte, allerdings sprach Chulain stets nur mit gesenkter Stimme davon, so als gäbe es dort etwas, das er fürchtete.

Mit den Namen von Ländern, Orten und Rassen, die Rammar ihm aufzählte, schien er ebenso wie seine Schwester nichts anfangen zu können – das »Volk«, wie es sich selbst großspurig nannte, schien nie etwas von Orks gehört zu haben, ebenso wenig wie von Elfen, Zwergen oder Menschen.

Nicht, dass sie bei den drei Letzteren irgendetwas verpasst hätten, aber Rammar fand es doch bemerkenswert. Entweder, so dachte er, war dieses Völkchen schlicht und ergreifend noch dämlicher als Balbok; oder aber, und das schien ihm die wahrscheinlichere Lösung zu sein (denn wer war noch dämlicher als Balbok?), der verflixte Elfenzauber hatte ihn tatsächlich an einen Ort getragen, der so weit entfernt von zu Hause war, dass hier niemand etwas davon wusste.

So wie im Gegenzug auch Rammar noch nie etwas von diesem Land und seinen Bewohnern gehört hatte.

Und auch nicht von dem Ort, zu dem sie unterwegs waren ...

Es war später Nachmittag. Die Dämmerung hatte noch nicht eingesetzt, aber in dem Wald aus dicht stehenden Birken, den sie durchquerten, herrschte bereits trübes Zwielicht. Rammar hatte die Klaue am Schwertgriff und sah sich wachsam um.

»Deine Klinge brauchst du hier nicht«, beruhigte ihn Chulain. »Die Wälder in dieser Gegend sind sicher.«

»Und woher willst du das wissen? Ich habe schon haufenweise Leichen gesehen, denen von Wegelagerern die Kehlen durchgeschnitten worden waren. Die Überraschung stand ihnen noch in die Gesichter geschrieben. Geholfen hat es ihnen nichts mehr.«

»Die Reiter der Schwarzen Garde sorgen dafür. Sie verbreiten Furcht und Schrecken.«

»Auch unter Räubern?«, fragte Rammar.

»Sie sind selbst Räuber«, erwiderte Chulain mit freudlosem Grinsen. »Der Trupp, den du getötet hast, war im Dorf, um Steuern einzutreiben.«

»Verstehe«, sagte Rammar nur. Dass man es bei den sogenannten zivilisierten Völkern nicht Diebstahl, sondern »Steuern« nannte, wenn die Mächtigen etwas an sich rafften, war eines der ersten Dinge gewesen, die Balbok und er dort gelernt hatten. Und als Könige hatten sie auf ihrer Insel natürlich auch selbst Steuern erhoben, wobei diese meist in Naturalien beglichen wurden, bevorzugt in Fässern mit altgelagertem Blutbier ...

»Es war bereits das fünfte Mal in diesem Jahr. Beeka sagte ihnen, dass sie dem Dorf bereits alles abgepresst hätten und sich fortscheren sollten. Den Rest der Geschichte kennst du.«

»Korr«, stimmte Rammar zu. »Und warum bin ich der Einzige gewesen, der sich gegen die Shnorsher gewehrt hat?«

Chulain seufzte. »Weil Gewalt nicht unser Weg ist. Nicht der Weg des Volkes.«

»Wer sagt das?«

»Mein Vater. Und die meisten anderen ebenso.«

»Aber du nicht.«

»Ich habe das Dorf verlassen, weil ich es nicht mehr ertragen habe. Ich wollte mich wehren.«

»Wenigstens einer«, schnaubte Rammar.

»Du darfst nicht falsch von meinem Volk denken. Es ist rechtschaffen und gut ...«

»Shnorsh«, brummte Rammar.

»... es lebt nur in ständiger Angst«, fuhr Culain fort, den Einwand überhörend. »Es gab andere Zeiten, früher ... doch dann kam die Nacht des Donners, und seither ...« Er unterbrach sich, schüttelte traurig den Kopf. »Ich war noch ein Junge damals. Doch seither ist nichts mehr, wie es war.«

»Korr«, meinte Rammar nur. »Wir haben alle schon bessere Zeiten gesehen.«

»Ist es wahr, dass du in deiner Heimat ein König bist?«

»Wieso, zum Henker, fragt mich das jeder?«, begehrte Rammar auf. »Und ob das wahr ist! Ich bin nur in euer Land gekommen, weil ich meinem bescheuerten Bruder helfen wollte. Doch dabei habe ich ihn verloren.«

»Wir werden ihn finden«, war Chulain überzeugt. »Ich habe Freunde, die uns dabei helfen.«

»Korr«, knurrte Rammar – was er im Gegenzug dafür würde tun müssen, darüber wollte er überhaupt nicht nachdenken. Aber er würde es Balbok heimzahlen, wenn er ihn erst gefunden hatte, und zwar Tritt für Tritt ... »Und warum denkst du, dass er dort ist, in dieser Stadt?«

»Weil alle Wege dorthin führen«, war Chulain überzeugt. »In Taras Caron kreuzen sich die Pfade des Schicksals, es ist das Zentrum der Welt.«

»Eurer Welt vielleicht«, schränkte Rammar ein. »Komischer Name.«

»Taras Caron bedeutet ›Krone des Donners‹ – so heißt die Kaiserstadt seit jener Nacht vor fünfzehn Wintern.«

Rammar horchte auf. »Es gibt einen Kaiser dort?«

»Es gab ihn, bis zur Nacht des Donners. Seither regiert der Rat der Ewigen mit eiserner Hand.«

»Sind das auch die Arschgeigen, die die Gardisten schicken?«

»In der Tat.« Chulain nickte grimmig. »Und das ist nicht alles. Sie unterdrücken unser Volk und knechten es. Wer Widerworte gibt, kommt in den Kerker und kehrt niemals wieder, denn der Rat hat seine Augen und Ohren überall. Seine Spione, die Schattenwandler, sind in der Lage, sich unsichtbar zu machen.«

»So ein Schmarren«, keuchte Rammar, was allerdings mehr dem Wunschdenken geschuldet war. Denn vermutlich war garstiger Elfenzauber bei entsprechender Anwendung auch dazu in der Lage.

»Dennoch müssen wir auf der Hut vor ihnen sein, mein Freund«, erwiderte Chulain. »Doch noch ungleich schlimmer ist, was nachts in den Straßen und Gassen geschieht …«

»Wieso?«, wollte Rammar wissen – er hasste solche Geheimniskrämerei. »Was geschieht in den Nächten? Nun spuck's schon aus, oder …«

Rammar sprach nicht zu Ende, denn in diesem Moment erreichten sie den Ausgang des Birkenwaldes – und der Anblick, der sich ihnen bot, verschlug sogar einem Ork aus echtem Tod und Horn die Sprache.

Die gepflasterte Straße, der sie gefolgt waren, wand sich vor ihnen einen Hang hinab und mündete in eine weite Ebene, in der sich vor dem Hintergrund der roten Berge eine gewaltige Stadt erstreckte. Ein Graben umgab sie, so tief und abgründig, dass er wie ein Riss durch die Landschaft ging, und ihre Größe konnte problemlos mit den Metropolen der Elfen und Menschen konkurrieren, mit Orten wie Tirgas Lan oder Kal Anar, an denen Rammar selbst gewesen war.

Die hohe, aus mächtigen Felsblöcken zusammengefügte Mauer, die jenseits des Grabens aufragte, hatte vermutlich kein Feind je überwunden. Schartige, mit Widerhaken versehene Zinnen und trotzige Türme erhoben sich darauf. Die Wachen nahmen sich geradezu winzig darauf aus. Auf der anderen Seite der Mauer erstreckte sich ein endlos scheinendes Gewirr ineinander verschachtelter Dächer, geteilt durch Straßen und Wege, in denen angesichts der hereinbrechenden Dämmerung bereits Fackeln entzündet worden waren. Von allen Seiten liefen die Gassen auf den gewaltigen roten Felsen zu, der wie ein Koloss aus der Mitte der Siedlung erwuchs. Eine Festung thronte darauf, trutzig anzusehen mit ihren Kuppeln und Türmen, die in den rot gefärbten Abendhimmel ragten. Geflügelte Kreaturen zogen dort ihre Bahn, auf deren Rücken mit Lanzen bewaffnete Reiter saßen, schwarze Umhänge wehten um ihre Schultern.

»Wir sind am Ziel«, erklärte Chulain überflüssigerweise, Stolz schwang in seiner Stimme mit, aber auch ein leises Grauen. »Taras Caron.«

»Du hast mir nicht gesagt, dass die Schimmelreiter auch fliegen können«, maulte Rammar.

»Hättest du deinen Bruder dann nicht finden wollen?«

Rammar unterdrückte eine Verwünschung, während er seinen Blick noch einmal über die endlos scheinende Häuserwüste aus Stein, Fels und Feuer schweifen ließ. Manches davon sah elfisch aus, anderes war so herrlich brüsk und grausig, dass es sich eigentlich nur ein Orkhirn ausgedacht haben konnte.

Die Stadt schien das Schlechteste beider Welten zu vereinen. Und man brauchte kein Troll-Schamane zu sein, um vorauszusehen, dass sie aus jeder einzelnen Pore Verderben atmete …

»Eine Frage, Grünspan«, knurrte Rammar verdrießlich. »Wie hieß diese Stadt früher? Vor der Nacht des Donners?«

Chulains Zögern währte nur einen Augenblick. »Dragana«, eröffnete er dann, »die alte Stadt des Drachenkaisers.«

23.

Anfangs hatte Balbok nicht recht verstanden, wieso Cygo der Schattenwandler einen Leibwächter brauchte, schließlich hatte er doch die Drachenhaut, um sich unsichtbar zu machen.

Aber schon auf ihrem ersten Rundgang durch die in Dunkelheit versinkenden Straßen wurde dem Ork klar, dass diese Unsichtbarkeit, so erstaunlich sie auch sein mochte, durchaus ihre Grenzen hatte.

Wenn Cygo zum Beispiel in eine der stinkenden Dreckpfützen trat, von denen es in den Gassen von Taras Caron unzählige gab, spritzte das Wasser wie von Geisterhand nach allen Seiten. So wie sich in weichem, morastigem Boden auch die Abdrücke seiner Stiefel abzeichneten. Durchquerte er eine Rauchschwade, so bildeten sich lustige graue Wirbel, die die Gestalt des Schattenwandlers erahnen ließen. Und auch Gegenlicht war ein Problem – wann immer Cygo in Reichweite einer der Laternen kam, die über den Hauseingängen hingen, oder in den Lichtschein einer Wandfackel trat, lag wieder jenes verräterische Flirren in der Luft, das Balbok auch schon vor dem Kaminfeuer aufgefallen war.

Natürlich hatte Cygo gelernt, damit umzugehen und gefährlichen Situationen auszuweichen. Aber manchmal ging das eben nicht, und für solche Fälle wollte er also Balbok an seiner Seite haben …

»Warum sind die Leute so aufgeregt?«, fragte der Ork, als sich wieder ein Rudel Passanten mit hochgeschlagenen Kapuzen in der Enge der Gasse an ihnen vorbeidrängte.

»Habe ich dir nicht gesagt, dass du mich nicht von dir aus ansprechen sollst?«, zischte Cygo. Er trug die Drachenhaut und ging hinter Balbok, der etwaige Hindernisse für ihn aus dem Weg räumen sollte. »Du wirst uns noch verraten!«

»'tschuldigung«, stieß der Ork hervor.

»Die Bürger beeilen sich, nach Hause zu kommen«, wisperte Cygos Stimme aus dem Nichts. »Wer nach Einbruch der Dunkelheit noch auf den Straßen weilt, wird von den Schwarzen Garden verhaftet.«

»Und warum?«

»Weil es so Gesetz ist, deshalb!«

»Ach so.« Balbok nickte verständig.

»Aber die Abendstunden sind auch die Zeit, in der sich das lichtscheue Gesindel sammelt, in den alten Kavernen unterhalb der Stadt. Dort stecken sie die Köpfe zusammen und planen Aufstand und blutige Revolte.«

Balbok schürzte anerkennend die Lippen. Beides klang in den Ohren eines Orks gleichermaßen interessant.

»Ich genieße das Vertrauen des Rates nicht, weil ich einfältig wäre«, fuhr Cygo fort. »Es braut sich etwas zusammen in der Stadt, das kann ich riechen.«

»Ehrlich?« Balbok hielt den Rüssel in die Luft und schnupperte. »Ich rieche frischen Braten. Und Bier ... und *plik*. Viel *plik*. Aber sonst nichts ...«

»Dummkopf, damit meine ich, dass es unter den Gesetzlosen Gerüchte gibt ... von einem geheimnisvollen Anführer des Widerstands, der sich in der Stadt aufhalten soll. Wir müssen herausfinden, ob sie der Wahrheit entsprechen, und diesen geheimnisvollen Anführer unschädlich machen, wenn es ihn gibt.«

»*Korr*«, versicherte Balbok.

Unschädlich machen war seine Spezialität.

Er beherrschte es – sozusagen – wie im Traum ...

»Es gibt eine Gruppe von Verdächtigen, denen ich bereits seit geraumer Zeit folge ... eine Spur, von der ich hoffe, dass sie mich früher oder später zu diesem geheimnisvollen Oberhaupt des Widerstands führen wird. Doch je näher ich ihm komme, desto gefährlicher wird es ...«

»*Korr*«, wiederholte Balbok, er hatte verstanden. Hier im tiefen Schlaf war er glücklicherweise klüger, als wenn er wach war.

Inzwischen war es fast vollständig dunkel geworden. Ein dumpfes Hornsignal erklang über der Stadt, worauf die Passanten ihre Schritte noch beschleunigten.

»Das erste Signal«, zischte Cygo über Balboks Schulter. »Da vorn, die Taverne! Dort hinein müssen wir – und rasch!«

Balbok knurrte eine Bestätigung und beschleunigte seine Schritte, lenkte sie auf die Taverne zu, durch deren Fenster warmes gelbes Licht nach draußen drang. Das Hornsignal war gerade verklungen, als er die Tür öffnete und unter dem niedrigen Sturz hindurchtauchte. Mit dem Schließen der Tür ließ er sich ein wenig Zeit, sodass der Schattenwandler ihm folgen konnte.

Die Luft im Schankraum war von Pfeifenrauch geschwängert. Ein halbes Dutzend Männer und Frauen waren unter der rußgeschwärzten Balkendecke versammelt und unterhielten sich mit gedämpften Stimmen, die meisten mit hölzernen Krügen in den Händen. Wildwüchse wie sich selbst konnte Balbok nicht unter ihnen erkennen, also behielt er die Kapuze seines Umhangs auf dem Kopf und wollte sich in eine Ecke zurückziehen, um kein Aufsehen zu erregen. Aber ein glatzköpfiger Mann, der ledernen Schürze nach der Wirt, stellte sich ihm in den Weg.

»He du«, sprach er Balbok an. »Wie ist dein Name?«

»Ba… Rammar«, erklärte Balbok geistesgegenwärtig. Er war ja in geheimer Mission unterwegs.

»Barammar?«

Balbok nickte – so ging es auch.

»Bist du ein Wildwuchs?«

»*Korr*«, bestätigte Balbok und strich die Kapuze zurück. »Aus der Modermark.«

»Und natürlich hast du nichts übrig für die Schwarzen Garden«, mutmaßte der andere.

»*Douk*«, versicherte Balbok kopfschüttelnd. »Ich will Aufstand«, fügte er hinzu, sich genau an Cygos Wort erinnernd. »Und Revolte. Möglichst blutig.«

»Und das soll ich dir glauben?« Der Glatzkopf sah ihn kritisch an. »Für wie dämlich hältst du uns?«

»Also«, meinte Balbok, der nicht recht wusste, was er darauf erwidern sollte, »mein Bruder sagt, ich sei ziemlich dämlich, und im Vergleich zu mir …«

»Was ist hier los?«

Eine Frau mit hellgrün gesprenkelter Haut und langem Haar trat zu ihnen. Da sie ebenfalls eine Schürze trug, nahm Balbok an, dass es sich um die Wirtin handeln musste.

»Dieser Wildwuchs da will angeblich blutige Revolte, Glesa«, knurrte ihr Mann zähnefletschend. »Aber ich traue ihm nicht über den Weg.«

Die Wirtin, eine Frau mit energischem Kinn und einem stahlblauen Augenpaar, sah Balbok durchdringend an. »Wie hast du von diesem Ort erfahren?«, wollte sie wissen.

»Es brannte Licht«, erwiderte Balbok und deutete auf den radförmigen Kerzenleuchter unter der Decke.

Sie stemmte die Arme in die Hüften und sah ihn prüfend an. »Willst du mich verkohlen?«

»*Douk.*« Er schüttelte den Kopf.

»Moment mal!« Ein Mann trat zu ihnen, einen fast leeren Krug in der Hand, der offenbar nicht sein erster gewesen war. Er wankte ein wenig, und seine Zunge war schwer. »Ich kenne dich«, sagte er, mit glasigem Blick auf Balbok starrend. »Du bist doch der Kerl aus der Arena …«

»*Korr*«, bestätigte Balbok nickend – es zu leugnen hätte ja doch keinen Zweck gehabt. Außerdem war er viel zu stolz darauf.

»Welcher Kerl?«, fragte Glesa, die Wirtin.

»Der, von dem ich euch erzählt habe! Wisst ihr nicht mehr? Der zuerst die Jägerechsen abgemurkst hat und dann gleich noch einen Sauriden hinterher.«

»Einen Sauriden? Der da?« Glesa sah an Balbok empor, jetzt plötzlich mit einem weicheren Blick in den Augen als zuvor, zum sichtlichen Missfallen ihres Mannes.

»Wenn schon«, knurrte der Wirt. »Das sagt noch gar nichts.«

»Aber wenn er ein Arenakämpfer ist, könnten wir ihn gut in unseren Reihen brauchen«, beharrte der Betrunkene. »Wo der mit dem Ding da« – er deutete auf den *saparak* auf Balboks Rücken – »hinhaut, wächst so schnell nichts mehr. Wir sollten …«

In diesem Moment wurde die Tür zum Schankraum von draußen aufgerissen, ein Junge stand auf der Schwelle.

»Sie kommen!«, zischte er nur.

Alles ging blitzschnell.

Die Gespräche verstummten, die Kerzen wurden gelöscht, sodass der Raum schlagartig in Dunkelheit fiel. Im spärlichen Licht sah Balbok, wie ein Bierfass beiseitegerollt wurde – und eine Falltür geöffnet, die sich darunter befand. Dort hinab stiegen die Gäste der Taverne völlig lautlos, während von draußen bereits der gleichförmige Tritt von zwei Dutzend Stiefeln zu hören war, der sich rasch näherte.

»Beeilt euch!«, zischte der Wirt.

Einer nach dem anderen verschwand in der Öffnung im Boden – Balbok stand unentschlossen und wusste nicht, was er tun sollte. »Wirst du uns helfen?«, flüsterte Glesa und sah ihn fragend an. Ihre blauen Augen funkelten im Halbdunkel.

»*Korr*«, versicherte Balbok, und sie nahm ihn an der Hand, zog ihn zur Falltür und stieg ihm voraus die steinernen Stufen hinab. Und Balbok dämmerte, dass Cygo ihn wohl nicht nur als Leibwächter mitgenommen hatte.

Sondern auch als Lockvogel …

Der Wirt schloss die Falltür hinter ihm, und man konnte hören, wie er das Fass wieder an die alte Stelle rollte. Obwohl er die Hand kaum vor Augen sehen konnte, folgte Balbok Glesa hinab in die Tiefe. Er merkte, wie es kühl wurde und zugig, offenbar stiegen sie in einen Keller.

Irgendwer hatte vor ihnen eine Laterne entzündet, sodass es nicht mehr vollständig dunkel war, aber aus Vorsicht blieb sie die einzige Lichtquelle. Unwillkürlich fragte sich Balbok, wo Cygo wohl sein mochte. Ohne Frage war der Schattenwandler ihnen gefolgt, aber wo mochte er stecken?

Die Treppe mündete in ein Gewölbe, das in roten Fels gehauen war. Schäbige, halb verfallene Regale reihten sich entlang der Wände, offenbar war es einmal ein Vorratsraum gewesen. Niemand sprach ein Wort. Erst als die Tür des Vorratskellers sorgfältig verschlossen und auch noch die kleinsten Fugen zugestopft worden waren, ergriff der Mann mit der Laterne das Wort.

»Freunde«, sagte er, »ich danke euch, dass ihr trotz der Gefahr gekommen seid. Und wie ich sehen kann«, fügte er hinzu, wobei er

Balbok und ein paar anderen flüchtig zunickte, »haben sich unsere Reihen schon wieder verstärkt. Das ist gut, denn im Kampf für unsere Freiheit brauchen wir jede Hand und jede Klinge.«

Ringsum wurde zustimmend genickt, und Balbok ließ ein verhaltenes *Korr* vernehmen. Er musste die Rolle, die Cygo ihm gegeben hatte, ja glaubwürdig spielen.

»Noch sind wir nur wenige, aber wir sind längst nicht mehr allein. Und der Tag, da wir uns mit den anderen Widerstandsnestern verbünden und gegen die Schwarzen Garden losschlagen werden, ist nicht mehr fern«, fuhr der Mann mit der Laterne fort. »Keine Willkür mehr, keine Unterdrückung, keine Verschleppten in der Nacht …«

»Wann wird es so weit sein?«, fragte Glesa.

»Schon bald, habt nur noch ein wenig Geduld. Und seid vor allem vorsichtig. Die Spione des Rates sind überall, und die Schattenwandler sind reich an Hinterlist.«

Alle nickten, ebenso beifällig wie betroffen. Balbok gab sich Mühe, ein möglichst langes Gesicht zu machen, was ihm nicht schwerfiel.

»Der Anführer des Widerstands ist in der Stadt«, fuhr der Mann fort, der mit der Laterne nicht nur das einzige Licht im Raum, sondern auch die Hoffnung der Versammelten in der Hand zu halten schien. »In Kürze wird er zu uns sprechen. Das wird die Nacht sein, in der wir uns gegen den Rat und seine Schergen verbünden … und das ist noch nicht alles.«

»Sprich«, verlangte eine junge Frau. »Was kannst du uns noch sagen, das uns Hoffnung gibt?«

»Auch ich erfahre nicht alles, was vor sich geht, Leri. Aber es gibt Gerüchte, dass der Anführer nicht allein in die Stadt gekommen ist. Dass er möglicherweise noch jemanden bei sich hat … einen Erben.«

»Einen Erben …?«

Das Wort geisterte durch das Gewölbe. Selbst Balbok bekam davon eine Gänsehaut, auch wenn er keine Ahnung hatte, wovon die Leute eigentlich sprachen.

»Ihr meint … die Prophezeiung könnte sich erfüllen?«, fragte ein anderer in die Runde. Es war der, der schon einige Krüge Bier geleert hatte, aber jetzt klang er völlig nüchtern.

»Ich weiß es nicht«, gab der mit der Laterne zurück. »Aber jene Blitze, die vor einigen Tagen auf die Stadt niedergegangen sind, waren wohl mehr als das. Es waren Zeichen, meine Freunde! Etwas ist dabei, sich zu verändern, das kann ich fühlen, und ich denke, ihr fühlt es auch! Freiheit«, gab er die Losung aus, die ringsum erwidert wurde, wie ein feierlicher Schwur, den die Versammelten im Schein der Laterne leisteten.

Freiheit …

Balbok blickte sich um, allenthalben wurde zuversichtlich gelächelt oder genickt. Niemand hatte ihn mehr im Verdacht, keiner misstraute ihm mehr, im Gegenteil. Die Grüngesichtigen sandten ihm jetzt wohlwollende Blicke und klopften ihm anerkennend auf die Schulter, nun, da sie glaubten, dass er auf ihrer Seite kämpfte.

Genau das war vermutlich Cygos Plan gewesen.

Und der große Ork ertappte sich bei dem Gedanken, dass ihm diese Entwicklung ganz und gar nicht gefiel.

24.

FU GUCHL

»Das Stadttor wird schwer bewacht«, hatte Rammar festgestellt. »Wie kommen wir hinein?«

»Du? Überhaupt nicht«, hatte Chulain geantwortet, »denn du bist das, was man hier einen ›tyfor‹ nennt.«

»Ich bin ein Ork!«, hatte Rammar entrüstet widersprochen.

»Dennoch gehörst du nicht dem Volk an. Du bist fremd gewachsen, und der Rat duldet keinen Wildwuchs«, hatte Chulain erwidert. »Für dich, mein Freund, gibt es nur einen Weg hinein – indem wir dich unsichtbar machen.«

Natürlich hatte Rammar dabei sogleich wieder an irgendwelchen Elfenzauber gedacht. Doch wie sich herausgestellt hatte, hatte Chulains Plan ganz und gar nichts mit Magie zu tun. Vielmehr mit einer Wagenladung Kohlen.

Sie hatten nicht die Straße zur Stadt genommen, sondern einen Umweg zu einem Köhler gemacht, den Chulain kannte. Der Mann besaß einen zweirädrigen Karren, der von einem Dreihorn gezogen wurde und mit dem er gewöhnlich Holzkohle in die Stadt fuhr. An diesem denkwürdigen Abend jedoch transportierte das Vehikel nicht nur einen großen Berg Kohlen, sondern auch einen dicken Ork, der darunter begraben lag.

Anfangs hatte Rammar gegen eine so entwürdigende Art der Fortbewegung protestiert. Doch nachdem Chulain ihm klargemacht hatte, wie die Schergen des Rates mit Wildwüchsen zu verfahren pflegten, hatte er schließlich doch eingewilligt. Und so lag er nun auf der Ladefläche des Karrens, auf dem Rücken wie ein ausgenommener Stinkfisch, während sich ein Berg von Kohlen über ihm türmte. Der bittere Brandgeruch kitzelte ihn im Rüssel, wahrscheinlich würde er wochenlang danach stinken. Zum Glück bekam er ausreichend Luft und konnte sogar ein wenig nach draußen spähen, allerdings nur nach einer Seite hin, weil er den Kopf nicht drehen konnte.

Chulain saß vorn auf dem Kutschbrett und dirigierte das Dreihorn der Zugbrücke entgegen, die sich über den weiten Graben spannte. Bei Einbruch der Dunkelheit würde sie heraufgezogen werden, es war also Eile geboten.

Zum Glück waren sie nicht die Einzigen, die um diese Zeit noch den Schutz der Mauern aufsuchten – eine ganze Kolonne von Händlern, Handwerkern und Arbeitern kehrte in die Stadt zurück, sodass die Wachen nur flüchtig kontrollierten. Dennoch wuchs Rammars Unbehagen, je näher der Karren der Brücke kam, und das nicht nur, weil er in seinem Versteck praktisch hilflos war und sich nicht wehren konnte. Sondern auch, weil er des Gestanks und des Rußes wegen bald würde niesen müssen …

Man konnte hören, wie die Hufe des Dreihorns das Pflaster verließen und nun über Holzbohlen trampelten. Sie waren auf der Brücke. Zwischen den Kohlenstücken hindurch konnte Rammar einen Blick in den Graben erheischen. Er war so tief, dass man den

Grund nicht erkennen konnte, zumal er um diese Zeit in dunklen Schatten lag.

»Halt!«, hörte er einen der Wächter rufen.

Chulain zog die Zügel an und brachte den Karren zum Stehen. Was dann gesprochen wurde, bekam Rammar nicht mit. Er hatte genug damit zu tun, seine Zunge am Gaumen zu scheuern und das verräterische Niesen zu verhindern, das sein sicheres Ende bedeutet hätte. Furcht verspürte er dennoch nicht, sondern er war stinksauer. Auf die würdelose Lage, in der er sich befand; auf Chulain, der diese bescheuerte Idee gehabt hatte; auf die Echsenkrieger dort draußen – und natürlich auf Balbok, den garstigsten aller möglichen Brüder!

Der Wagen stand noch immer, es ging einfach nicht weiter. Was, bei Narkods Hammer, trieben die da vorn? Hatte Chulain ihn womöglich verraten? Würden die Wachen jeden Augenblick kommen und ihn verhaften? Mit ihren Speeren in den Kohlehaufen stechen?

Kalter Schweiß trat ihm auf die Stirn, in seinen Nüstern kitzelte es immer noch, sein Gaumen war inzwischen wund gescheuert. Die Zeit kam ihm endlos vor, während er dalag und darauf wartete, dass es endlich, endlich weiterging ...

In diesem Moment erklang aus weiter Ferne ein dumpfes Hornsignal – und plötzlich fuhr der Wagen wieder an!

Langsam setzte er sich wieder in Bewegung, rumpelte über die Bohlen der Zugbrücke, vorbei an den Wachen, deren bleiche Mienen Rammar im Vorbeifahren schimmern sah. Dann passierte der Karren das Torhaus, und Rammar wagte ein leises Aufatmen.

Er rieb und schwitzte dennoch weiter, während Chulain das Gefährt durch enge Straßen lenkte. Was Rammar aus seiner eingeschränkten Perspektive von der Stadt sehen konnte, bestätigte, was er aus der Ferne vermutet hatte: Die Bauart mutete wie eine wilde Mischung aus elfischer und orkischer Kultur an. Es gab mehrstöckige, mit Balkonen versehene und durch Brücken miteinander verbundene Gebäude, jedoch waren sie nicht filigran und kunstvoll wie alles, was Schmalaugen je gebaut hatten, sondern zweckmäßig aus Stein und grob behauenen Holzstämmen errichtet – düster, aber gemütlich, wie Rammar fand. Wären Orks der Modermark jemals dazu in der Lage gewesen, eine solche Stadt zu errichten, hätte sie wohl so ausgesehen.

Plötzlich hielt Rammar es nicht mehr aus.

Bislang hatte er es zurückgehalten, jetzt entfuhr ihm ein Niesen, das ihn vom *faltash* bis zur Sohle durchfuhr. Vulkangleich brach es aus ihm hervor. Sein ungeheurer Körper bäumte sich auf, und entsprechend flogen die Kohlen, die man über ihn geschichtet hatte, nach allen Seiten. Auf der Ladefläche des Karrens sitzend fand Rammar sich wieder, Gesicht und Arme rußgeschwärzt und noch bis zum Wanst in einem Kohlehaufen steckend.

Dafür aber sehr erleichtert.

»*Korr*«, sagte er nur.

Auf dem Kutschbrett sitzend, wandte sich Chulain zu ihm um, ein schiefes Grinsen im blassgrünen Gesicht. »Ein wenig früher, und wir wären beide tot gewesen.«

»Darum habe ich gewartet«, versicherte Rammar grinsend.

Zum Glück war sein Ausbruch unbemerkt geblieben. Chulain hatte den Karren in eine Nebengasse gesteuert, wo sie ihn unter einem Vordach stehen lassen würden. »Wir müssen uns beeilen«, sagte er, während er das Dreihorn abschirrte. »Wenn das nächste Hornsignal erklingt, darf niemand mehr auf den Straßen sein.«

Rammar wollte gerade nach dem Grund für diese seltsame Regel fragen, als aus einer dunklen Nische mehrere Gestalten traten. Sie trugen Umhänge mit Kapuzen, die sie tief in die blassgrünen Gesichter gezogen hatten.

Rammar wollte nach der Waffe greifen, doch Chulain hielt ihn zurück.

»Warte«, sagte er und trat den Gestalten entgegen. Flüsternd wechselten sie einige Worte, wobei Rammar das Gefühl hatte, von unter den Kapuzen argwöhnisch beäugt zu werden. Schließlich wandte sich Chulain wieder zu ihm um. »Keine Sorge. Diese Leute sind vom Widerstand.«

»Und?«, fragte Rammar nur.

»Es ist genau, wie ich sagte. Sie werden dir helfen – wenn du ihnen hilfst.«

25.

Die geheime Versammlung war zu Ende.

Der Mann mit der Laterne hatte sie aufgelöst, nicht ohne allen, die dabei gewesen waren, Glück auf dem Nachhauseweg zu wünschen und dass sie vor Nachstellungen durch die Garde verschont bleiben mochten. Balbok hatte er dabei besonders lange angesehen, und noch immer fragte sich der große Ork, warum das so gewesen war. Hatte der Laternenmann womöglich Verdacht geschöpft? Hatte er geahnt, dass etwas nicht stimmte? Dass Balbok nur so tat, als würde er mit ihnen kämpfen, in Wahrheit aber auf der Seite des Rates stand?

Dem Ork war nicht wohl dabei.

Nicht, dass ihn der Freiheitskampf der Schimmelgesichter etwas angegangen wäre. Ob sie sich gegenseitig in die *bull'hai* traten, konnte ihm schließlich egal sein. Aber Versteckspiele verwirrten ihn nun einmal. Das war schon früher so gewesen, wenn Rammar und er mit anderen Orklingen gespielt und sich in den Ausläufern des Dämmerwalds versteckt hatten. Balbok war nie besonders gut darin gewesen, sich zu verbergen oder mit der Wahrheit lange hinter dem Berg zu halten, sein schlichtes Gemüt war einfach nicht gemacht dafür – anders als Rammars, der es im Versteck oft tagelang ausgehalten hatte. Vorausgesetzt natürlich, er hatte genug Proviant dabeigehabt.

Von den Einheimischen, die an der Versammlung teilgenommen hatten, schien jeder einen verborgenen Pfad zu kennen, der ihn sicher nach Hause brachte, ohne dabei den Schergen des Rates in die Arme zu laufen. Balbok war neu in der Stadt und kannte keine Schleichwege. Dafür hatte er einen Schattenwandler.

In der Gewissheit, dass Cygo ihm unsichtbar folgen würde, ging der große Ork einige Gassen hinab, denen er jeweils bis ans Ende folgte. Dann blieb er stehen, und wie aus dem Nichts tauchte prompt Lady Aderyns Spion vor ihm auf.

»Gut gemacht«, begann er. »Meine Herrin wird überaus erfreut sein zu hören, was wir ihr berichten.«

»Wir?«

»Gewiss. Ich werde im kaiserlichen Palast zum Rapport erwartet, und du wirst mich dorthin begleiten.«

Damit warf er sich die dünne Drachenhaut über und verschwand wieder. Balbok folgte den Fußspuren, die sich im weichen Boden vor ihm abzeichneten, und achtete darauf, sie nicht aus dem Blick zu verlieren. In Begleitung eines Schattenwandlers auf eine Patrouille der Schwarzen Garden zu stoßen, war eine Sache. Alleine wollte er ihnen nicht begegnen.

Auch Cygo schien sich in den verwinkelten Gassen von Taras Caron auszukennen, vermutlich hatte er schon zahllose Stunden hier verbracht, unsichtbar unter den Einwohnern wandelnd, als Auge und Ohr des Rates. Vor den Sternenhimmel, der in schmalen Streifen über den engen Gassen zu sehen war, schob sich schon bald die dunkle Silhouette des Festungsberges, der sich inmitten der Stadt erhob und in den auch die Arena gebaut war, in der Balbok gekämpft hatte.

Auf dem roten Felsen thronte der kaiserliche Palast mit all seinen wehrhaften Türmen und den mit eigenartigen Stacheln versehenen Mauern. Jedoch folgte der Schattenwandler nicht den Serpentinen, die zum Haupttor führten, sondern schlug einen anderen Weg ein, der sie zu Balboks Verblüffung zu einem öffentlichen Brunnen brachte, der in das rote Gestein des Festungsberges gehauen war.

»Dort hinein«, wies Cygo Balbok an.

Der Ork warf einen Blick über den Brunnenrand. Der Schacht fiel senkrecht ab und war stockdunkel. In einer Orklänge Tiefe konnte man es glitzern sehen.

»Wasser«, stellte er fest, in die kreisrunde Öffnung deutend.

»Was hast du erwartet? Es ist ein Brunnen.«

Balbok sah noch einmal hinein. Er konnte sich nicht helfen, etwas an dem Schacht und dem dunklen, fast schwarzen Wasser gefiel ihm nicht. »Und wenn ich nicht will?«

»Möchtest du lieber wieder in das Dreckloch zurück, aus dem du gekrochen bist? Dafür kann ich sorgen.«

Balbok schnaubte. Sein Rücken schmerzte schon, wenn er nur an die niedere Decke in der Kerkerzelle dachte. Und sein Kopf tat jetzt noch weh von den vielen Malen, da er sich angestoßen hatte …

Widerstrebend setzte er sich auf den Beckenrand, schwang die Füße darüber, sodass sie in den Schacht baumelten. Dann hielt er die Luft an, presste mit zwei Klauenfingern den Rüssel zu und sprang. Der Brunnen verschlang ihn, Balbok fiel senkrecht hinab – aber er wurde nicht nass.

Eben noch sah er die dunkle Oberfläche des Wassers auf sich zukommen, dann war er bereits hindurch und landete auf einem kreisrunden, rostigen Gitter, das den Brunnenschacht verschloss. Darunter fiel der Schacht in dunkle, ungeahnte Tiefe ab, über Balbok jedoch glitzerte das vermeintliche Wasser. Zauberei, ganz zweifellos, eine magische Täuschung – und er war voll darauf hereingefallen.

»Überrascht?«

Er zuckte zusammen, als Cygo sich unmittelbar neben ihm die Drachenhaut vom Kopf zog.

»Ein bisschen«, gab Balbok zu.

Der Schattenwandler lachte nur und entzündete ein Talglicht, das er unter seinem schwarzen Gewand hervorzog. Im Kerzenschein erkannte Balbok, dass ein waagrechter Gang vom Brunnenschacht abzweigte, genau auf Höhe des Gitters. Allerdings wurde er von einer metallenen Tür verschlossen, die dick mit Rost überzogen war.

»Und wie geht es weiter?«, wollte er wissen.

Cygo lachte abermals und beförderte einen Schlüssel zutage, mit dem er die Tür öffnete. Mit der Kerze in der Hand schlüpfte er dann in die Dunkelheit, die dahinter lag, und bedeutete Balbok, ihm zu folgen. Der Ork kam der Aufforderung nach, musste allerdings den Kopf tief zwischen die Schultern ziehen. Für Schattenwandler mochte der Tunnel die richtige Größe haben, an große Unholde hatten die Erbauer aber offenbar nicht gedacht.

Entsprechend beschwerlich war der Weg durch den sich bald nach links und bald nach rechts windenden Gang, und Balbok war froh, als sie das Ende des Tunnels erreichten. Er mündete in ein

Wachlokal, wo bis an die Zähne bewaffnete Gardisten Cygo nach der Losung fragten. Daraufhin stellte der Hauptmann zwei seiner Männer ab, damit sie den Spion und seinen Begleiter in den Ratsturm brachten.

»Du solltest dich glücklich schätzen«, raunte Cygo Balbok zu. »Kaum einem Wildwuchs ist es gestattet, die Halle der Ewigen zu betreten.«

Balbok schnaubte nur. Die Ewigen konnten ihm gestohlen bleiben. Er musste immerzu an den Laternenmann denken, an Glesa, den Wirt und alle anderen. »Was wird eigentlich mit ihnen geschehen?«, fragte er unvermittelt.

»Wen meinst du? Diese Abtrünnigen?«

Balbok nickte.

»Du hast doch gehört, was sie vorhaben, sie wollen sich gegen den Rat erheben, wollen Verwirrung und Chaos stiften und das Reich von innen heraus zerstören. Sie sind Gesetzlose, Verräter an der Sache des Kaisers!«

»Komisch.« Balbok kratzte sich am Kopf. »Ich dachte, der Kaiser lebt gar nicht mehr …«

»Natürlich nicht, Verräter wie diese haben ihn umgebracht. Aber der Rat der Ewigen lenkt die Geschicke des Reiches, wie es einst der Drachenkaiser tat. Und wer sich gegen den Rat erhebt, der erhebt sich gegen das Reich selbst.«

»Und Freiheit?«, fragte Balbok.

»Was soll damit sein?«

»Der Mann mit der Laterne hat von Freiheit gesprochen«, brachte Balbok in Erinnerung.

Cygo lachte bitter auf. »Freiheit, mein ungebildeter Freund, ist etwas für Dichter und Sänger. Es ist eine schöne Idee, aber nicht mehr. Die meisten«, fügte der Schattenwandler im Brustton der Überzeugung hinzu, »wissen weder ihren Wert zu schätzen noch können sie damit umgehen. Sie sind zufrieden, wenn jemand da ist, der ihnen sagt, was sie tun sollen und was sie zu lassen haben. Das ist Ordnung, Balbok, das ist Zivilisation. Freiheit bringt nichts als Chaos.«

»Wirklich?« Balbok machte große Augen.

»In der Tat. Und du musst wissen, der Rat der Ewigen fürchtet nichts mehr als das Chaos.«

Über eine breite, von Wachen gesäumte Treppe gelangten sie in den eigentlichen Palast. Im Lauf der Abenteuer, die er zusammen mit Rammar erlebt hatte, war Balbok ziemlich herumgekommen; er hatte Festungen von Orks gesehen, von Elfen, von Menschen, von Zwergen und von Zauberern. Doch der Kaiserpalast von Taras Caron ähnelte keinem von ihnen, weder in seiner Bauweise noch in seiner Form.

Einiges – von den Dornen an den Mauern bis hin zu den rostigen, stachelbewehrten Beschlägen der Türen – kam ihm orkisch vor. Anderes dagegen – die hohen Türme, die steilen Treppen und die kühnen Kuppeln machten in seinen Augen einen ziemlich elfischen Eindruck, denn vom weisen Anartum vielleicht einmal abgesehen, hätte kein Ork so etwas je zustande gebracht. Balbok staunte, dass er in der Lage war, sich so etwas vorzustellen, wenn es auch nur ein Gespinst seiner Träume war …

Über eine breite, sich schier endlos emporschraubende Treppe gelangten sie in einen kreisförmigen Saal. Hohe Säulen, die wie riesige Schlangen aussahen, trugen eine mächtige Kuppel, dazwischen blickten gewölbte Fenster rings auf die nächtliche Stadt. Mondlicht fiel in fahlen Schäften ein.

In der Mitte des Runds standen auf dem blank polierten Boden mehrere hohe, aus Stein gemeißelte Sitze, die zu einem Halbkreis angeordnet waren. Balbok, der gut zählen konnte, kam auf acht. Sie waren alle unbesetzt, nur am Fuß der Schlangensäulen waren Wachen der Schwarzen Garde postiert, unbewegt und schweigend.

Auf einer Balustrade, die das Rund auf halber Höhe umlief, stand eine einsame Gestalt, die ihnen den Rücken zuwandte. Das Mondlicht tauchte sie in sanftes Licht, und ihr Anblick verschlug Balbok so ziemlich den Atem.

Sie war groß, beinahe wie er selbst. Der lange Mantel aus Echsenhaut, den sie trug, schmiegte sich eng um Hüften und Becken. Ihr Haupt war unbehaart bis auf einen langen weißen *faltash*, der zum Zopf geflochten war und über ihren schmalen Rücken hing.

Was von ihrer Haut zu sehen war, war dunkelgrün und glitzerte im einfallenden Mondlicht.

Eine Orkin?

Balbok wusste nicht, woran es lag, aber sein Herz schlug schneller. Wie gebannt starrte er zu der einsamen Gestalt empor, während er Cygo durch die Halle folgte. Unterhalb der Balustrade blieb der Schattenwandler stehen und beugte das Knie – und mit einem energischen Blick bedeutete er Balbok, es ihm gleichzutun.

»Lady Aderyn«, rief er dann zu der beeindruckenden Gestalt hinauf. »Euer ergebener Diener ist zurück.«

»Du bist nicht allein gekommen«, drang es von oben herab. Die Stimme war rau und verletzlich zugleich, scharf wie die Klinge eines *saparak* und doch weich wie Honig.

»Nein, Herrin«, bestätigte Cygo. »Ich habe den Wildwuchs mitgebracht, von dem ich Euch berichtet habe.«

»Den Köder?«

»Den Leibwächter«, verbesserte der kleine Schattenwandler mit einem nervösen Seitenblick auf Balbok. Aber der hatte ohnehin nur Augen für die Frau, die dort oben stand.

In diesem Moment drehte sie sich um – und Balbok erlebte eine Überraschung. Denn anders als er vermutet und wohl auch gehofft hatte, war es keine Orkin, die ihm sein Traum bescherte; zwar hatte die Frau grüne Haut, doch ähnelte diese mehr der eines Reptils; und auch ihre Gesichtszüge hatten, gleichwohl ebenmäßig und anziehend, etwas Drachenhaftes, mit einer flachen Nase und grünen Augen mit senkrecht stehenden Pupillen. Kleine Hornplatten säumten ihre Züge, verliefen über Hinterkopf und Schultern bis hinab zu den Ellbogen. Ihre Klauen waren schlank, doch zweifelte Balbok nicht daran, dass sie jemands Kehle problemlos damit zerfetzen konnten. Überhaupt verriet sie sowohl durch ihre Haltung als auch durch jede einzelne Bewegung, dass sie sich ihrer Macht, ihrer Gefährlichkeit und wohl auch ihrer Wirkung in vollem Umfang bewusst war ...

»Wie lautet dein Name?«, erkundigte sich die Drachenfrau, nachdem sie Balbok eine Weile lang von ihrem hohen Posten aus gemustert hatte.

»Barammar«, erwiderte der.

»Ist das auch wahr?«, hakte sie nach und sah ihn dabei stechend an.

»*Douk*«, musste der große Ork unwillkürlich zugeben. »Eigentlich heiße ich Balbok.«

»Und du bist ein Wildwuchs, wie ich sehen kann.«

»Ein Ork«, verbesserte der. »Aus echtem Tod und …«

»Schweig!«, fiel sie ihm ins Wort, worauf er sofort verstummte. »Ich habe viel von dir gehört, Balbok. Du hast dich in der Arena bewährt und einen Sauriden bezwungen?«

»*Korr*«, bestätigte der große Ork ein wenig verlegen.

»Du hast Cygo sehr beeindruckt. Und es ist nicht leicht, Cygo zu beeindrucken«, stellte sie fest.

»Ich bin kritisch, weil Ihr es seid, Herrin«, versicherte der Schattenwandler beflissen.

»Erhebt euch, alle beide«, gestand sie ihnen mit einer auffordernden Handbewegung zu. »Sodann …«

Sie unterbrach sich, als Balbok aufstand und seinen Umhang zurückstreifte. Einen Moment lang hatte Balbok den Eindruck, dass sie abgelenkt war, dass ihre grünen Drachenaugen seinen Körper musterten. Aber das musste Einbildung sein, natürlich. Schließlich passierte so etwas nicht mal im Traum …

»… wünsche ich, dass ihr mir Bericht erstattet«, fuhr sie schließlich fort, worauf sie sich an Cygo wandte. »Also? Hat sich dein Verdacht bestätigt, Schattenwandler?«

»Das hat er, Herrin, und noch mehr als das. Es ist weit schlimmer, als wir befürchtet hatten.«

»Inwiefern?«

»Die Glut des Widerstands schwelt inzwischen überall in der Stadt«, erstattete der Spion Bericht. »Es gibt unzählige von Nestern und kleinen Gruppen, die meist nur aus ein paar Leuten bestehen. Aber wenn sie sich zusammenschließen …«

»Was für Leute?«, fragte Aderyn verächtlich.

»Bürger, deren Angehörige verschleppt wurden, Bauern, die man enteignet hat, Händler, deren Besitz gepfändet wurde … die Liste ist lang, Herrin. Und irgendwann werden die Kämpfe in der Arena nicht mehr ausreichen, um die Wut der Massen in Bahnen zu lenken. Schon jetzt gibt es manche, die der Revolte das Wort reden, dem blutigen Aufstand.«

»Und? Wo sind sie?« Lady Aderyn trat an den Rand der Balustrade, in unverhohlenem Vorwurf blickte sie auf ihren Spion herab. »Warum hast du sie nicht sofort verhaften lassen? Gleich bei Morgengrauen würde ich sie hinrichten lassen und ihre Köpfe über dem Haupttor aufspießen, zur Abschreckung für alle anderen!«

Ihre Stimme war lauter geworden, hatte sich zuletzt fast überschlagen. Balbok hörte nicht richtig zu, aber er war hingerissen von ihrem schneidend scharfen Klang.

»Ich weiß, dass Ihr das getan hättet, Herrin«, räumte Cygo beflissen ein, »und genau aus diesem Grund habe ich keinen dieser Narren zur Rechenschaft gezogen. Noch nicht«, fügte er einschränkend hinzu. »Denn indem ich sie in Sicherheit wiege, werden sie mich zu ihrem Oberhaupt führen. Zu dem, der heimlich im Hintergrund die Fäden zieht ...«

»Dann ist es also wahr?«, fragte Aderyn. Ihre leuchtenden Augen verrieten keine Regung. »Er ist nicht tot.«

»Ich fürchte nicht, Herrin. Auch wenn er sich einen anderen Namen zugelegt zu haben scheint und sich jetzt ›Durwain‹ nennt.«

Sie lachte spöttisch auf. »In der alten Sprache bedeutete dieser Name ›Stahlgesicht‹.«

»Ich weiß, Herrin.«

»Wie passend für jemanden, der seine Miene hinter einer metallenen Maske verbirgt, damit niemand seine wahre Herkunft und seine tatsächlichen Absichten durchschaut.« Sie ballte die Fäuste und hieb damit auf den Rand der Balustrade. »Diesmal ist er zu weit gegangen. Dieses Mal muss er sterben!«

»Das wird er, Herrin. Doch ist der Verräter nicht unsere einzige Sorge.«

»Was noch?« Sie schnaubte beeindruckend, und Balbok hätte geschworen, dass sich Rauch aus ihren Nüstern kräuselte.

»In der Stadt gibt es Gerüchte ...«

»Welcher Art?«

»Ich weiß es nicht ... noch nicht«, gab Cygo zu, »aber die Aufrührer sind überzeugt, dass etwas in der Luft liegt, eine Veränderung …«

»Einbildung, nichts weiter!«

»… und sie glauben, dass es mit den Blitzen zusammenhängt, die vor einigen Tagen über der Stadt beobachtet wurden.«

Lady Aderyn schien innerlich zu erbeben. Balbok konnte sehen, wie schwer es ihr fiel, ihre stärker werdende Wut zu beherrschen – ein sehr einnehmender Wesenszug, fand er.

»Ich dachte«, entgegnete sie, »wir wären uns darüber einig gewesen, dass es sich bei jenen Blitzen nur um … Entladungen gehandelt hätte.«

»Lord Kelon war sich dessen sicher«, gestand Cygo ein. »Ich hatte Bedenken angemeldet, wie Ihr wisst.«

Sie schnaubte wieder, ungeahnte Muskeln arbeiteten unter ihrem engen Gewand. »Was also«, zischte sie, »geht dort draußen vor sich?«

»Das werde ich für Euch herausfinden, Herrin, seid unbesorgt«, versicherte Cygo. »Doch einstweilen fürchte ich, dass …« Er unterbrach sich und sah auf den blank polierten Boden, in dem seine dunkle Gestalt sich spiegelte.

»Dass was?«, hakte sie nach. »Sprich weiter!«

Der Schattenwandler holte tief Luft wie jemand, der untertauchen möchte. »Dass … es mit der Prophezeiung zu tun haben könnte«, rückte er dann heraus.

Balbok, der keine Ahnung hatte, was das bedeuten sollte, blickte von Cygo zu Aderyn, und als sie in diesem Moment alle Beherrschung verlor, als sie schrie und giftete und den Spion in ihren Diensten mit wüsten Beschimpfungen und Androhung grausamer Todesarten überzog, als ihre Augen leuchteten wie bei jemandem, der kurz davor war, in *saobh* zu verfallen – da hätte der große Ork geschworen, dass er nie zuvor in seinem Leben ein anmutigeres und reizvolleres Wesen erblickt hatte als sie.

»Es gibt keine Prophezeiung!«, kreischte sie, dass es von der hohen Decke widerhallte. »Die Brüder des Chaos sind nicht mehr als ein Mythos gewesen …«

»… der in der Nacht des Donners endete«, fügte Cygo zu ihrer Beschwichtigung hinzu, ungeachtet der vielen Arten unerquicklichen Ablebens, die sie für ihn womöglich vorgesehen hatte. »Ihr wisst das, und ich weiß das. Aber das gemeine Volk weiß es nicht.«

Aderyn holte tief Luft und stieß einen keuchenden Laut aus, dann schien sie sich wieder ein wenig beruhigt zu haben. »Dann«, erwiderte sie mit gefährlicher Ruhe, die Balbok wohlig an eine Natter kurz vor dem Biss erinnerte, »werden wir dafür sorgen, dass das Volk es erfährt. Ich will, dass dieser Durwain ausfindig gemacht und vernichtet wird.«

»Das wird er, Herrin«, versicherte Cygo und verbeugte sich tief. »Schon in wenigen Tagen will er zu seinen Anhängern sprechen ...«

»Dann findet heraus, wann und wo diese Versammlung stattfinden soll, und bringt mir den Verräter, was es auch koste. Nehmt euch dafür so viele Garden, wie ihr braucht, es schert mich nicht.«

»Ich danke Euch für Euer Vertrauen, Herrin«, versicherte der Schattenwandler und verbeugte sich abermals. »Wir werden den Funken der Revolte im Keim ersticken. Und schon in wenigen Tagen wird der Widerstand der Vergangenheit angehören. Nicht wahr, mein guter Balbok?«

»Was? Äh, *korr*«, sagte der große Ork nur.

Auch wenn er dem Inhalt des Gesprächs schon längere Zeit nicht mehr gefolgt war – nun, da er die Drachenlady kennengelernt hatte, durfte dieser Traum gerne noch ein wenig weitergehen ...

26.

DOICHUMACHNAISH

Enok verspürte Herzklopfen, während er im Halbdunkel der Kammer stand und wartete.

Noch immer war ihm nicht ganz wohl dabei, aber er hatte der Sache nun mal zugestimmt. Es war an der Zeit, den Tatsachen in ihr finsteres Auge zu blicken.

Sein wahrer Name war Curran, und er war der letzte Erbe des Drachenkaisers. Ob es ihm gefiel oder nicht, so war es nun einmal, und die Leute von Taras Caron warteten darauf, dass er ihnen Hoffnung brachte. Sich klammheimlich aus dem Staub zu machen ging nicht, auch wenn er es immer noch am liebsten getan hätte.

»Bist du bereit?«

Durwain stand von ihm, sah durch die Sehschlitze seiner Maske auf ihn herab.

Enok nickte, wenn auch zögernd.

»Du hast noch Zweifel?«

»Ich weiß nicht, ob ich das alles sein kann, was Ihr von mir wollt«, gab Enok leise zurück. »Ich bin nur ein Junge.«

»Längst nicht mehr – du bist Curran, zweiter des Namens und legitimer Erbe des Drachenkaisers. Und als solcher wirst du in die Geschichte eingehen.«

»Wenn du es sagst.«

»Sei unbesorgt. Das Ritual wird dir Zuversicht und innere Stärke verleihen. Danach wirst du keine Zweifel mehr hegen und dir deiner Bestimmung ganz sicher sein. Doch es ist wichtig, dass du dich ihm aus freien Stücken unterziehst. Nicht weil du es musst, sondern weil du es willst.«

»Ich weiß.«

»Und? Willst du die Wehrlosen retten? Den Hilflosen zu ihrem Recht verhelfen? Die Unschuldigen vor Schaden bewahren?«

»*Korr*«, versicherte Enok.

Und wie er das wollte.

»Und willst du der Herrschaft des Rates der Ewigen ein Ende setzen? Der Furcht und dem Schrecken, die sie verbreiten?«

Enok nickte.

»Dann hast du keine Wahl, als diesen Weg zu gehen.«

Enok sah auf den nackten Felsboden, als könnte er dort eine andere Lösung, eine Antwort auf seine Fragen finden. Was hätte er darum gegeben, jetzt Balbok und Rammar an seiner Seite zu haben, oder wenigstens einen von den beiden, damit sie ihm mit Rat und Tat – oder vielmehr Unrat und Untat – zur Seite standen. Aber so, wie die Dinge lagen, würde er die beiden wohl niemals wiedersehen.

Er war kein Ork.

Seine Name war nicht Enok.

Und er würde auch niemals König ihrer Insel werden.

Durwain hatte ihm die Augen dafür geöffnet, dass er ein eigenes Schicksal zu erfüllen hatte …

»Ich bin bereit«, erklärte er und straffte sich in dem Gewand, das Durwains Diener ihm angelegt hatten. Es war ein Mantel, der bis zum Boden reichte, mit weiten, goldbetressten Ärmeln. Er kam sich reichlich seltsam darin vor, aber auch daran musste er sich wohl gewöhnen.

Der Mann mit der Maske nickte seinen Dienern zu, worauf zwei von ihnen vortraten, Rasiermesser in den Händen. Der eine schnitt kurzerhand den *faltash* ab, zu dem Rammar Enoks Haare einst zusammengebunden hatte. Betroffen starrte Enok auf den Schopf, der nun herrenlos auf dem steinernen Boden lag. Doch damit war die Prozedur noch nicht zu Ende, denn der andere Diener begann nun, ihm die Kopfhaut zu schaben.

Enok zuckte zusammen, es tat verdammt weh. Doch wie es von einem Ork aus echtem Tod und Horn verlangt wurde, ließ er keinen Laut der Klage vernehmen. Auch wenn er die beiden Diener für ihren Frevel am liebsten ohne Federlesens erschlagen hätte.

Als sein Haupt völlig kahl war, trat Durwain hinzu, musterte ihn und nickte ihm dann aufmunternd zu.

Enok-Curran erwiderte das Nicken.

Wohl war ihm nicht dabei.

Sein maskierter Mentor bedeutete den Dienern, sich zu entfernen. Dann wandte er sich zu der breiten, zweiflügeligen Pforte um, die in die Wand hinter ihm eingelassen war. Enok-Curran wusste, was ihn jenseits dieser Pforte erwartete, und verspürte erneut große Unruhe. Wieder erwog er, einfach die Flucht zu ergreifen, aber es war zu spät.

Die Pforte wurde geöffnet.

Heller Fackelschein fiel in die Kammer, Stimmengewirr war plötzlich zu hören – das sich schlagartig legte, als Durwain nach draußen trat.

»Meine Freunde«, rief er laut, wobei er in einer beschwörenden Geste die Arme hob, »unser aller Flehen, unser aller Hoffen hat endlich eine Antwort erhalten! Ich bin hier, um euch mitzuteilen, dass die Flamme des Widerstands nicht erloschen ist, sondern von Neuem angefacht wurde und heller lodert denn je! Denn die Gerüchte, die in diesen Tagen die Runde machen und in jede Gasse und selbst noch in den entlegensten Keller dringen, sind wahr!«

Aufgeregtes Gemurmel setzte wieder ein. Nun, da Enok-Currans Augen sich an das helle Licht gewöhnt hatten, konnte er Gesichter sehen. Viele Dutzend hoffnungsfrohe, erwartungsvolle Gesichter …

»Meine Freunde«, fuhr Durwain fort, »weder ist es eine Täuschung noch ein Trick, um euch zu verwirren, sondern die Wahrheit. Curran, der zweite seines Namens, rechtmäßiger Thronfolger und Erbe des Drachenkaisers, ist zurückgekehrt!«

Wieder Gemurmel, und diesmal legte es sich nicht mehr. Aufgeregte Rufe waren zu vernehmen, und man konnte sehen, wie sich die fahlgrünen Mienen jenseits der Pforte aufhellten.

»Wo ist er?«, schrie jemand. »Wir wollen ihn sehen!«

»Das sollt ihr«, versicherte Durwain und gab das verabredete Zeichen.

Enok-Curran trat vor.

Es war, als würde er schlafwandeln, so unwirklich fühlte es sich an, als er in den Lichtkreis der Fackeln trat und in den Blick jener, die sich in der Höhle versammelt hatten. In dem Augenblick, da sie den Thronfolger gewahrten, brachen sie in spontanen Jubel aus.

Enok-Curran stand nur einfach da, fühlte sich verloren auf der eigens errichteten Bühne – während sein maskierter Mentor den Auftritt in vollen Zügen zu genießen schien. Seiner unbewegten Miene zum Trotz schien er Freude zu empfinden und jeden Augenblick auszukosten, und er ermunterte die Menge dazu, Currans Namen zu skandieren und laut zu rufen.

Als Enok-Curran sah, was sein Erscheinen in den Gesichtern der Leute bewirkte, wie viel Hoffnung er ihnen allein dadurch gab, dass er auf dieses Podest gestiegen war, begannen seine Zweifel zu weichen.

An seine orkischen Ziehväter und seine Zeit auf der Insel dachte er plötzlich nicht mehr, ließ sich emporheben und davontragen von der Begeisterung des Augenblicks. Und als Durwain ankündigte, dass Curran die verstreuten Widerstandsnester einen und zur Revolte gegen den verhassten Rat und seine Schergen führen wolle, da kannte die Begeisterung keine Grenzen mehr.

»Cur-ran! Cur-ran! Cur-ran!«, rief die Menge wie im Rausch.

Und noch während sie seinen Namen schrien und ihn hochleben ließen, kam einer der beiden Diener, in seinen Händen ein samtenes Kissen. Darauf lag ein silberner Stirnreif, in den ein violett leuchtender Edelstein gearbeitet war. In einer effektheischenden Geste nahm Durwain den Reif vom Kissen und trat damit auf seinen Schützling zu.

»Der Amethyst des rechtmäßigen Thronfolgers«, rief er so laut, dass es das Geschrei noch übertraf. »Trage ihn mit Würde und Stolz!«

Damit setzte er ihn Enok-Curran aufs kahle Haupt, und dieser Moment änderte alles.

Die begeisterten Rufe der Menge, die in diesem Augenblick zu ohrenbetäubendem Geschrei anschwollen, nahm der Junge kaum noch wahr. Wer er gewesen war, was er eben zuvor noch gewollt und empfunden hatte – all das war plötzlich nicht mehr wichtig.

Die Erinnerung daran verblasste, so wie seine Erinnerung an eine weit entfernte Insel und zwei Könige der Orks verblasste. Und auch die Zweifel, die er eben noch gehegt hatte, gehörten plötzlich der Vergangenheit an.

Ein Junge namens Enok existierte nicht mehr.

Es gab nur noch Curran, den letzten Überlebenden der kaiserlichen Linie.

Den künftigen Herrscher von Anwar.

BUCH III:
UR'KURUL-LASHAR
(KURULS FLAMME)

1.

Curran hatte widersprochen.

Natürlich hatte er das.

Wie, so fragte er sich, hatte Liatha nur jemals auf diesen Gedanken kommen, wie ihm so etwas vorschlagen können? Sich gegen den Dunkelelfen zu verschwören – gab es einen gefährlicheren Gedanken? Konnte ein Ansinnen noch aussichtsloser sein als dieses? Noch mehr zum Scheitern verurteilt? Was war in sie gefahren?

So wie alle anderen, die Nurmorod betreten hatten, hatte auch Liatha sich verändert. Doch während bei Curran und seinen Getreuen die Veränderung deutlich zu erkennen war, schien Liatha äußerlich noch dieselbe zu sein, noch denselben Idealen anzuhängen wie einst, während ihre Gedanken und Pläne sich geändert hatten ... Vielleicht war ihre Verwandlung ihm deshalb so unheimlich. Vielleicht aber auch, weil er selbst sich die Schuld daran gab.

Er und kein anderer hatte sie nach Nurmorod geholt. Er und niemand sonst hatte sie verdorben, hatte ihre Aufrichtigkeit und Güte korrumpiert, indem er sie dem Dunkelelfen vorgestellt hatte, seinem finsteren Herrn. Dabei hätte er wissen müssen, dass die Aura ruchloser Macht, die Margok mit jedem Atemzug verströmte, nicht ohne Auswirkungen bleiben, dass sie auch Liathas Licht verfinstern würde.

Hatte ihr Mund früher nur die Wahrheit gekannt, sprach er nun voller Verrat und Intrige. Curran war erschüttert darüber, wie rasch diese Verwandlung vollzogen worden war und wie wenig er davon bemerkt hatte. Dabei waren die Anzeichen da gewesen ... ihre immer herausfordernderen Blicke, ihre immer härter gewählten Worte, ihre immer drängenderen Fragen. Und schließlich auch ihr fleischliches Verlangen ...

Curran hatte es nicht verhindert. Angestachelt von den Instinkten der Kreatur, zu der er geworden war, hatte er ihrem Ansinnen nachgegeben, und die Nächte mit ihr hatten alles übertroffen, was er sich jemals erhofft hatte. Es stimmte nicht, dass er ihre Veränderung nicht wahrgenommen hatte ... doch eine Zeit lang hatte es ihm gefallen, zusammen mit ihr Grenzen zu überschreiten und mit verhassten Normen zu brechen, die alten Traditionen zu missachten. Nun aber hatten Liathas Umtriebe ein neues Maß erreicht, sprach sie offen davon, gegen Margok zu arbeiten und ihn vom Throne Nurmorods zu stürzen!

Currans erste Reaktion war Bestürzung gewesen.

Die zweite Furcht.

Dank seines Wissens über uralte Kräfte verfügte der Dunkelelf über viele magische Gaben, nicht von ungefähr war Curran in seinen Dienst getreten. Wer sich gegen Margok erhob und scheiterte, der musste mit mehr rechnen als damit, auf grausame Weise vom Angesicht der Welt getilgt zu werden. Dem Dunkelelfen ging es stets um alles, er wollte die völlige Vernichtung seiner Feinde, nicht nur aus dem Leben, sondern auch aus der Zeit, aus dem Andenken der Geschichte. Und wieso sollte ausgerechnet Curran, der doch der Erste und Oberste unter Margoks Dienern war, sich gegen ihn erheben ...?

Die Wahrheit war, dass es sehr wohl Gründe gab.

Und mit jedem Tag, der verstrich, wurden es mehr.

Wieder einmal stand Curran auf dem Balkon, der in die Kaverne blickte. Viel war geschehen seit den Tagen, da seine Getreuen und er zu Vasallen Margoks geworden waren. In seinen geheimen Laboratorien hatte der Dunkelelf weiter geforscht und studiert, hatte seine Bemühungen, das Geheimnis der Schöpfung zu entschlüsseln, noch verstärkt.

Kein Tag verging, an dem der Pfuhl, Luraks Pfuhl, wie er in Erinnerung an den einstigen Bewohner der Höhle nun genannt wurde, nicht eine neue Kreatur ausspuckte.

Die in das Becken stiegen, waren gefangene Legionäre aus Currans Kommando; was sich unter dem Einfluss der Blutkristalle daraus erhob, hatte mit einem Elfen oftmals nur noch wenig gemein. Auf eine Weise, die Curran nicht begriff und die die Grenzen seines Verstandes überstieg, war Margok in der Lage, die gefangenen Söhne Sigwyns mit den Eigenschaften anderer Kreaturen zu verschmelzen, ihr Blut mit dem von Dryaden und Trollen zu vermischen. Und mit anderem, noch sehr viel Schlimmerem, was sich in den Tiefen des Urwalds herumtrieb und das keines Elfen Auge je zu sehen bekommen hatte: Vergessene Kreaturen, die in schlammigen Löchern und dunklen Erdspalten hausten und die der Wissensdurst des Dunkelelfen wieder ans Licht holte.

Das Ergebnis von Margoks Experimenten waren Wesen, die man kaum beschreiben mochte. Bisweilen hatten sie noch die alte Gestalt und gingen aufrecht, manchmal krochen sie auf allen vieren aus dem Pfuhl; und in wieder anderen Fällen lebte das, was Margoks Wissensdurst erzeugt hatte, nur lange genug, um elend zu verenden und den entsetzlichen Gestank von Tod und Fäulnis zu verbreiten.

Gerade in diesem Augenblick war es wieder so weit: Unter dem roten Licht der Blutkristalle hob sich die Abdeckung des Sarkophags. Rot leuchtender Nebel quoll darunter hervor und breitete sich nach allen Seiten über den nackten Steinboden aus. Ein furchtsames Raunen ging durch die Reihen der Diener, die sich an den Rand der Kaverne zurückgezogen hatten und dort kauernd verharrten.

Margok, der am Kopfende des Beckens stand und den Quader allein kraft seines Willens angehoben hatte, schob diesen beiseite und legte ihn ab.

»Komm«, begann er dann die Formel, die auch Curran und seine Gefährten einst in ein anderes, neues Leben gerufen hatte, »erhebe dich, Erster einer neuen Art!«

Der Nebel waberte, und eine verschwommene Gestalt war zu erkennen, die sich zunächst sitzend aufrichtete und dann ganz daraus erhob. Erneut ging ein Raunen durch die Dienerschaft, denn was Luraks Pfuhl entstieg, war das wandelnde Grauen, eine zum Leben erwachte Abscheulichkeit.

Zwar ging die Kreatur auf zwei Beinen, jedoch nach vorn gebückt, um die Unwucht ihres ungeheuren Körpers auszugleichen, der aus allen Nähten zu platzen schien: Der eine Arm war lang und kräftig, der andere kaum vorhanden; die Haut des Fleischbergs, von schlammgrüner Farbe, war von eitrigen Geschwüren übersät. Am entsetzlichsten jedoch war die Tatsache, dass Margoks jüngste Schöpfung nicht einen, sondern gleich mehrere Köpfe hatte, die aus dem unförmigen Torso wuchsen. Die Augen darin starrten gehetzt, beinahe Hilfe suchend umher, suchten die Fenster des Begreifens zu öffnen – doch vermutlich gab es keinen Verstand, der hätte hindurchblicken können. Die Kreatur schleppte sich einen, zwei Schritte nach vorn, wobei sie grässliche Laute ausstieß.

Zwei Diener wagten sich heran, lange Stangen in den Händen, um der Neuschöpfung Einhalt zu gebieten. Kaum erblickte eines der vielen Augen die vermummten Helfer, schnellte ihr langer Arm vor, packte eine der kleinwüchsigen Gestalten und riss sie mit roher Kraft in die Höhe. Der Diener schrie entsetzt, während das Monstrum ihn hin und her schüttelte. Erst als es ihn mit furchtbarer Wucht gegen die Wand warf, verstummte sein Geschrei. Mit gebrochenem Genick blieb er liegen.

Der zweite Diener wollte die Flucht ergreifen, aber der grüne Fleischberg ließ ihn nicht. Den massigen Oberkörper nach vorn werfend, machte er einige wankende Schritte. Dann hatte er den Diener auch schon eingeholt und im Genick gepackt, hob ihn unbarmherzig hoch, sodass er in ihrem Griff zappelte wie ein Gehenkter am Galgen ...

Seine Hilferufe und seine Todesangst endeten jäh, als das Monstrum in fauchenden Flammen aufging. Und der Diener mit ihr.

Margok, der noch immer am oberen Ende des Beckens stand und alles scheinbar gleichgültig verfolgt hatte, hielt den rechten Arm abgewinkelt erhoben, die Hand zur Faust geballt und den Blick starr auf die Kreatur gerichtet. Als eine lebende Fackel wankte sie noch einige Male hin und her, dann öffnete Margok die Faust, und das Ding brach zusammen, ein lebloser Haufen schwarz verbrannten Fleisches.

Noch einen Augenblick verharrte der Dunkelelf. Dann wandte er sich ab und verließ die Kaverne mit wehendem Umhang. Den Abtransport der schwelenden Überreste überließ er seinen Helfern, die eilfertig heranhuschten, wie Ratten über den Boden wuselnd.

Curran verspürte Übelkeit. Er wollte sich gerade abwenden, als er merkte, dass er nicht mehr allein war.

Dufanor stand hinter ihm, einer jener Vertrauten, die er vor der alles verändernden Reise nach Nurmorod in seine Pläne eingeweiht hatte. Wie Curran hatte auch er die Verwandlung durchlaufen, war daraufhin größer und noch stärker geworden. Er überragte Curran um einen Kopf, sein Haupt war kahl und der Blick seiner grauen Augen stechend, seine Züge waren noch gröber und kantiger geworden, als sie es ohnehin schon gewesen waren. Doch kannte Curran seinen alten Weggefährten gut genug, um auch seine veränderten Gesichtszüge noch immer zu deuten. Und er erblickte Sorge darin …

»Du weißt, was geschehen wird, oder?«, fragte Dufanor.

»Was meinst du?«

»Margok wird nicht damit aufhören. Er wird weiter experimentieren, bis er den vollendeten Krieger erschaffen hat. Seine eigene Art …«

»Das hat er bereits getan«, versicherte Curran. »Sieh uns an.«

»Du denkst, dass wir geworden sind, was er wollte?« Der ehemalige General der Elfenarmee stieß ein freudloses Lachen aus. »Warum setzt er dann seine Forschungen fort? Warum ruft er diese Abnormitäten ins Leben, die jeder natürlichen Ordnung spotten?«

»Mein Freund«, erwiderte Curran, »du solltest nicht vergessen, dass auch wir unsere Existenz einem solchen Frevel verdanken …«

»Vielleicht. Aber wir sind nach wie vor in der Lage, zu denken, zu fühlen und zu sprechen. Dieses Ding dort unten«, meinte er, hinunter in die Kaverne deutend, wo die Diener dabei waren, den verbrannten Torso hinauszuschleppen, »war nicht dazu fähig. Wer vermag zu sagen, woraus es bestanden hat?«

»Nur der Dunkelelf selbst«, räumte Curran ein.

Dufanor nickte düster. »Noch ist das, was Margoks dunklem Pfuhl entsteigt, nicht dazu fähig, auf Schlachtfeldern zu kämpfen, oft genug scheitert es daran, am Leben zu bleiben. Doch eines, mein Prinz, ist so sicher wie die Nacht nach dem Tag: dass noch im selben Augenblick, da eine neue Kreatur jener Grube entsteigt, die all das ist, was sich Margok je erträumte, unsere Zeit zu Ende geht.«

»Du irrst dich.« Curran schüttelte den Kopf. »Der Dunkelelf und ich haben ein Bündnis geschlossen und es mit Blut besiegelt ...«

»Auch mit des Zauberers Blut? Oder nur mit dem deinen?« Dufanors harter Blick verriet, dass er die Antwort kannte.

Currans Reaktion war ein langes Schweigen.

»Ich werde Margok danach fragen«, kündigte er schließlich an.

»Und damit unseren einzigen Vorteil aus der Hand geben? Den der Überraschung?«, fragte der einstige General dagegen.

»Unseren Vorteil? Um was zu tun?« Curran sah ihn herausfordernd an, doch Dufanor hielt seinem Blick stand.

»Du weißt, wovon ich spreche, Herr«, sagte er nur.

»Und – die anderen?«

»Sie teilen meine Befürchtungen. Aderyn vor allem.«

Curran nickte nachdenklich.

Auch wenn er es nicht wahrhaben wollte und sich alles in ihm gegen die Erkenntnis sträubte, tief in seinem Inneren wusste er, dass Dufanor recht hatte, ebenso wie Liatha.

Es gab nur einen Ausweg.

Verrat am Verräter.

2.

DOMHOR KUANNARSH

Der Widerstand gegen den geheimnisvollen Rat der Ewigen musste, soweit Rammar es bislang beurteilen konnte, eine ziemlich dürftige Angelegenheit sein.

Für eine offene Konfrontation mit den Schergen des Rates reichte die zusammengewürfelte Gruppe offenbar nicht, also versteckten sich die selbst ernannten Helden des Widerstands tief unter der Stadt, in feuchten Katakomben, in die niemals Tageslicht fiel und deren beißender Geruch Rammar nicht behagen wollte. Nicht, dass ein Ork aus echtem Tod und Horn einen guten Gestank nicht zu schätzen gewusst hätte, doch hier unten roch es nicht nur nach Ratten und Fäulnis … sondern auch nach Feigheit.

Durch einen Keller waren sie eingestiegen, und über steinerne Stufen war es immer weiter in die Tiefe gegangen, in ein Labyrinth dunkler Felsengänge, das sich beinahe endlos unter der Stadt zu erstrecken schien. Rammar jedenfalls hatte schon nach einem halben Dutzend Abzweigungen die Orientierung verloren. Der Kopf schwirrte ihm, und die Anstrengung machte ihm zu schaffen, von dem Gestank ganz zu schweigen. Und was sich in all den Tunneln verbergen mochte, deren Eingänge ihnen schweigend und dunkel entgegenstarrten, darüber wollte er lieber gar nicht nachdenken. Schon eher interessierte ihn etwas anderes.

»Wer hat diese Stollen gegraben, und zu welchem Zweck?«, wollte er von Chulain wissen, der hinter ihm ging. Die Führung hatten die schmächtigen Figuren vom Widerstand übernommen, die sich hier unten bestens auszukennen schienen und mit Fackeln in den Händen vorausgingen. »Sind früher doch einmal Hutzelbärte hier gewesen?«

»Ich weiß nicht, was du meinst«, gab Chulain zurück. »Diese Gänge hat es schon immer gegeben.«

»Nichts gibt es schon immer, von der größten aller Naturgewalten vielleicht einmal abgesehen«, knurrte Rammar.

»Was ist die größte aller Naturgewalten? Feuer?«

»Dummheit«, erwiderte Rammar schnaubend.

Die Wände der Stollen waren glatt wie Glas, das Licht der Fackeln spiegelte sich darin. Rammar hatte so etwas schon einmal gesehen und wusste, dass es nur große Hitze zustande bringen konnte. Und das wiederum musste bedeuten, dass die Stadt, unter der sie sich befanden, nicht von ungefähr einmal den Namen »Dragana« getragen hatte …

Irgendwann – Rammar hatte längst damit aufgehört, die Abzweigungen, Biegungen und Treppen zu zählen – erweiterte sich der Stollen zu einem größeren Gewölbe. Hier trafen sie auf noch mehr in Kapuzen gehüllte, nervös wirkende Gestalten, die nun die Führung übernahmen und sie in eine weitere Höhle brachten. Dort brannte ein Feuer, das das Gewölbe mit unstetem Flackern beleuchtete. Der Rauch zog durch eine dafür vorgesehene Deckenöffnung ab, was Rammars Verdacht erhärtete, dass diese Anlage nicht natürlichen Ursprungs war.

Mehrere Gestalten warteten in der Höhle, hielten sich jedoch außerhalb des Feuerscheins auf, sodass sie nur schemenhaft zu erkennen waren. Rammar und Chulain hingegen wurden ins helle Licht der Flammen gezerrt – und im nächsten Augenblick ragte ihnen ein halbes Dutzend Speerspitzen entgegen.

»Shnorsh«, fauchte Rammar seinen Begleiter an. »Begrüßen dich deine Freunde immer so?«

»Wir müssen vorsichtig sein«, erklärte eine heisere Stimme aus dem Halbdunkel jenseits des Feuers. »Chulain kennen wir, dich jedoch nicht.«

»Sein Name ist Rammar«, ergriff Chulain für den Ork Partei. »Er hat meiner geliebten Schwester das Leben gerettet und drei Schwarzgardisten getötet.«

»Behauptet er das nur, oder kannst du das bezeugen?«

»Allerdings kann ich das«, versicherte Chulain.

Das machte Eindruck. Die schemenhaften Gestalten schienen verstohlene Blicke zu tauschen und tuschelten aufgeregt miteinander. Offenbar, dachte Rammar, kam es nicht häufig vor, dass jemand gleich drei Schimmelreiter auf einen Streich in Kuruls dunkle Grube beförderte ...

»Dennoch bist du keiner von uns, gehörst nicht zum *Volk* ...«

»Nein, verdammt«, gab Rammar zu. »Ich bin ein Ork, ihr schmallippigen Blässlinge! Aber davon habt ihr vermutlich noch nie etwas gehört.«

»Er ist ein *tyfor*«, zischte jemand. »Ein Wildwuchs ...«

»Nein«, widersprach Chulain entschieden. »Rammar stammt nicht aus Anwar.«

Jemand schnaubte verächtlich, ein anderer lachte auf.

»Was gibt es da zu kichern, Faulhirn?«, fragte Rammar.

»Es existiert nichts außerhalb von Anwar«, kam die Antwort.

»Etwas in der Art habe ich bis vor ein paar Tagen auch gedacht. Und nun bin ich hier.«

»Rammar kommt aus einem anderen, weit entfernten Land«,

fügte Chulain hinzu. »Dort gibt es viele wie ihn, und dazu noch andere Völker, die wir nicht kennen.«

»Es gibt kein Volk außer dem unseren, das weißt du genau«, zischte es aus dem Halbdunkel.

»Jedenfalls ist es das, was der Rat uns glauben machen möchte«, wandte die heisere Stimme vom Anfang ein. Das schien die anderen nachdenklich zu stimmen, niemand widersprach mehr.

»Rammar ist nicht irgendjemand. Er ist ein König dort, wo er herkommt«, fuhr Chulain in seiner Lobrede fort, die nach Rammars Dafürhalten ruhig noch etwas spektakulärer hätte ausfallen können. »Er ist nach Anwar gekommen, weil er nach seinem verschollenen Bruder sucht. Ich habe ihm gesagt, dass ihr ihm dabei helfen könnt.«

Diesmal herrschte Schweigen jenseits des Feuerscheins, die Widerständler schienen nachzudenken. Nach einer Ewigkeit, nicht mal Balbok brauchte so lange, ließen sie endlich die Speere sinken, und einer von ihnen trat vor. Es war ein kleiner Kerl, der sein schwarzes Haar kurz geschnitten trug. Seine drahtige Gestalt war in einen Umhang aus grauem Fell gehüllt, das nur von einer Ratte stammen konnte, so struppig und schäbig, wie es war – allerdings von einer ziemlich großen Ratte …

»Verzeih, König Rammar«, sagte er und verbeugte sich dabei, »aber wir müssen vorsichtig sein. Der Rat weiß von unserer Existenz, und die Straßen sind voller Spione, vor allem in den Nächten. Mein Name ist Finras, ich bin der Anführer dieser Leute.«

»*Achgosh-douk*«, grüßte Rammar – ob der andere die Begrüßung richtig auffasste oder nicht, war ihm herzlich egal.

»Woher genau bist du gekommen?«, fragte Finras und legte wissbegierig das Haupt schief. »Wo ist das Land, in dem du König bist?«

»Es ist kein Land, sondern eine Insel«, verbesserte Rammar ungeduldig, »und du kannst mir glauben, dass ich auch gerne wüsste, wie weit sie von hier entfernt ist oder wie es mich hierher verschlagen hat. Ich weiß nur, dass ich hier bin, in einem Reich, das von euch Blassgesichtern bevölkert wird und das eine Hauptstadt hat, von der ich noch nie gehört habe. Ebenso wenig wie von einen ›Rat der Ewigen‹«, fügte er spöttisch hinzu, was allerdings nicht besonders gut ankam. Finras zuckte merklich zusammen, und seine Begleiter, die sich ein wenig weiter vor ins Licht gewagt hatten, schreckten wieder zurück in den Schatten.

»Den Namen des Rates sollte man niemals leichtfertig oder im Spott aussprechen«, erklärte Chulain. »Die Folgen könnten schrecklich sein.«

»Abergläubisch seid ihr also auch noch«, fasste Rammar schnaubend zusammen, die Faust um den Beutel mit Talismanen geschlossen, der um seinen dicken Hals hing. »Und ihr wollt Widerstand leisten? Das ist ja lächerlich.«

»Der Rat lenkt die Geschicke der Stadt mit eiserner Hand, und seine Augen und Ohren sind überall«, brachte Finras zur Verteidigung hervor.

»Seit wann ist das so?«, wollte Rammar wissen.

»Seit der Nacht des Donners. Davor herrschte der weise Drachenkaiser, über viele Zeitalter hinweg. Doch in jener Nacht, als das Zeichen über der Stadt auftauchte, veränderte sich alles.«

»Was denn für ein Zeichen?«, fragte Rammar, als wäre so etwas für ihn die abwegigste Vorstellung der Welt. »Hattet ihr etwa Angst, dass Kuruls Keule euch auf den Helm fallen könnte?«

»Es war ein greller Lichtblitz«, berichtete Finras, seine Augen schienen dabei in die Vergangenheit zu blicken, offenbar war er selbst dabei gewesen. »Etwas Großes stieg von der Festung des Kaisers auf und raste hinauf in die Wolken. Die Wachen verfolgten es auf ihren Flugechsen und versuchten es aufzuhalten, viele von ihnen fanden den Tod, als es mit Blitzen um sich schleuderte. Und dann war es plötzlich verschwunden.«

»Was war passiert?«, wollte Rammar wissen.

»Es hieß, dass es im kaiserlichen Palast zu einem Aufstand gekommen sei. Einer der Ewigen, der Achte aus dem Rat, soll sich gegen den Herrscher gewandt und ihn ermordet haben. Von dieser Nacht an änderte sich alles. Der Rat hat den Abtrünnigen gefasst und bestraft, doch seither herrschen die Ewigen an des Kaisers Stelle und unterdrücken das Volk mit ihren Schattenwandlern und ihren Schwarzen Garden.«

Rammar schnitt eine Grimasse. »Diese Ewigen, von denen du immerzu sprichst, warum heißen sie so?«

»Weil sie so alt sind wie der Drachenkaiser selbst.«

»Das heißt also, sie sind schon eine Zeit lang hier …«

»Ein *Zeitalter* lang«, verbesserte Finras.

»Und ausgerechnet ihr wollt sie nun loswerden?« Rammar grunzte. »Wenn ich im Lauf meiner Reisen eines gelernt habe, dann, dass ein so langes Leben stets einen Preis hat. Und deshalb weiß ich auch, dass euer alberner kleiner Aufstand hier zum Scheitern verurteilt ist, noch ehe er richtig begonnen hat. Wenn ihr den Shnorshern einheizen wollt, die euch unterdrücken, braucht ihr Krieger und Waffen. Und zwar viel von beidem.«

»Das wissen wir, und wir sind nicht allein«, versicherte der Mann im Rattenfell. »Die Katakomben von Taras Caron sind weit und tief. Viele halten sich hier verborgen, die vor Unrecht und Willkür geflohen sind und ebenso bereit sind wie wir.«

»Noch mehr verlumpte Möchtegernkrieger? Wofür sollen die bereit sein?« Rammar schnaubte. »Lauwarm daherzureden? Oder auf dein Kommando hin zu sterben?«

»Oh«, machte Finras und lächelte gleichermaßen überrascht wie geschmeichelt, »ich bin nur der Sprecher dieser kleinen Gruppe, aber nicht der Anführer des Widerstands.«

»Wer ist es dann?«

»Ein Mann namens Durwain«, erwiderte Chulain an Finras' Stelle.

Rammar seufzte – wenn es um Namen ging, wurde es ihm schnell zu viel. »Und wer ist dieser *umbal* nun wieder?«

»Niemand weiß genau, wer er ist. Er kam aus dem Dunkeln, als alle Hoffnung verloren schien, und es heißt, er hätte kein Gesicht. Die einen sagen, dass er ein *tyfor* aus den Wildlanden sei. Andere wieder behaupten, dass er aus dem Drachenpalast stamme. Und wieder andere wollen sogar erfahren haben, dass er einst selbst ein Ewiger gewesen sei.«

»Beeindruckend«, grunzte Rammar.

»Je grausamer der Zugriff des Rates wird, desto mehr wächst der Unmut in der Bevölkerung«, fügte Finras hinzu. »Sie pressen den Leuten Steuern ab und lassen ihnen kaum genug zum Leben – und in den Nächten herrschen Furcht und Schrecken, denn die Schwarzen Garden gehen um und verschleppen Unschuldige, die niemals wieder gesehen werden. Mit jedem Tag, der verstreicht, bekommt der Widerstand mehr Zulauf. Und es wird der Tag anbrechen, an dem wir zu den Waffen greifen und uns zur Wehr setzen!«

»Dann viel Spaß dabei«, meine Rammar trocken, »denn das wird auch der Tag sein, an dem ihr alle in Kuruls dunkler Grube landet. Diese Gardekerle auf ihren Echsen sind gut gerüstet und bis an die Zähne bewaffnet. Ihr dagegen könnt nicht mal richtig kämpfen. Der Hirntote da in der Ecke weiß ja nicht mal, wie man einen Speer richtig hält«, fügte er hinzu, auf einen von Finras' Leuten deutend.

»Nun«, räumte Finras ein, »es ist wahr, dass wir keine Kämpfer sind, denn in Anwar hat es seit Generationen keinen Krieg mehr gegeben.«

»Und was ist mit der Schwarzen Garde?«

»Sie unterhält mehrere Garnisonen, von hier bis hinab ins Wildland«, erläuterte Chulain. »Dort werden ihre Soldaten im Umgang mit Waffen unterwiesen, bis erbarmungslose Krieger aus ihnen werden.«

»Dann solltet ihr auch anfangen zu üben«, schlug Rammar vor – und merkte plötzlich, dass aller Augen auf ihn gerichtet waren. »Was?«, wollte er unwirsch wissen.

»Das ist es, was du für den Widerstand tun sollst«, eröffnete Chulain rundheraus.

»Was faselst du da, Schmalhirn?«

»Du bist ein großer und mächtiger Krieger, Rammar. Nicht von ungefähr hast du drei Gardisten getötet.«

»Das bin ich allerdings«, bestätigte Rammar unbescheiden. »Und weiter?«

»Lehre uns den Umgang mit dem Speer und der Klinge«, bat Finras, »dann werden wir ebenso große und siegreiche Kämpfer, wie du es bist. Und wir werden dir im Gegenzug dabei helfen, deinen verschollenen Bruder zu finden.«

Rammar blies durch die Nüstern – das hatten sich die Schimmelpilze ja fein ausgedacht, vermutlich war das von Anfang an Chulains Plan gewesen. Andererseits, sagte er sich, hatte er selten etwas dagegen, sich vor anderen wichtigzumachen. Und er würde Balbok auf diese Weise finden, ohne seinen *asar* allzu sehr in Gefahr zu bringen …

»*Korr*, ich bin einverstanden«, erklärte er, »aber es gibt zwei Bedingungen.«

»Nenne sie«, forderte Finras ihn bereitwillig auf.

»Es muss für ausreichend Verpflegung gesorgt sein«, stellte Rammar klar, »und ich spreche nicht von irgendwelchem Gemüsefraß, sondern von Fleisch, dass das klar ist. Und außerdem ist da noch jemand, den ich suche. Eigentlich noch dringender als meinen Bruder. Aber vielleicht sind sie auch gemeinsam unterwegs. Es ist ein kleiner Kerl von … eurer Art, blasse Haut, aber eine orkische Kämpfernatur. Hat mir, kaum dass er auf der Welt war, einen Zahn ausgeschlagen«, fügte er in einem Anflug von Wehmut hinzu. »Wir haben ihm den Namen Enok gegeben.«

»Einverstanden«, erklärte Finras sich bereit. »Wir werden die Augen offen halten und deinen Bruder und seinen jungen Begleiter finden. Es sei denn …«

»Davon will ich nichts hören, verstanden?«, fiel Rammar ihm polternd ins Wort. »Die beiden Trottel sind wohlauf und am Leben. Ihr findet sie, und ich bringe euch dafür bei, wie man Kehlen aufschlitzt und Schädel spaltet. Aber wenn ihr sie nicht lebend findet, bin ich es, der hier Kehlen aufschlitzt und Schädel spaltet. *Korr?*«

Finras, Chulain und die anderen Widerstandskämpfer tauschten verstohlene Blicke.

»*Korr*«, erwiderten sie dann.

3.

Die Kuppel, unter der der Rat der Ewigen zusammentrat, war schon Schauplatz vieler Entscheidungen gewesen.

Ein ganzes Zeitalter lang hatte der Drachenkaiser von hier aus regiert und die Geschicke des Reiches gelenkt; er hatte über seine Untertanen zu Gericht gesessen und Entscheidungen über Krieg und Frieden getroffen; er hatte hier Siege gefeiert und nach Niederlagen seine Wunden geleckt, nicht selten im wörtlichen Sinn.

Doch der Drachenkaiser war nicht mehr.

Seine einstigen Berater trafen jetzt die Entscheidungen, hatten sich zu den neuen Herrschern des Reiches aufgeschwungen, in jener Nacht, die nun fünfzehn Rotationen zurücklag – und deren Auswirkungen noch immer zu spüren waren …

»Meine Freunde«, sagte Rätin Aderyn, die sich von ihrem Sitz erhoben hatte und vor das Halbrund getreten war, einschüchternd anzusehen in ihrer reptilienhaften Gestalt, »ich habe diese außerordentliche Zusammenkunft einberufen, weil ich Neuigkeiten habe. Neuigkeiten allerdings, die euch nicht gefallen werden.«

»Schon wieder?« In schlecht gespielter Wissbegier beugte sich Rat Kelon auf seinem steinernen Sitz vor. »So sprecht, Aderyn.«

Aderyns grüne Augen blitzten, sie ging aber nicht auf die Schmeichelei ein. »Wie es aussieht«, fuhr sie stattdessen mit lauter Stimme fort, die von der hohen Kuppeldecke widerhallte, »waren die Befürchtungen, die wir über die Jahre alle insgeheim gehegt haben, nur zu berechtigt: Unser alter Feind, der einst unser Freund war«, sie streifte den leeren Sitz neben Rat Gulucin mit einem Seitenblick, »ist noch am Leben. Und er ist zurückgekehrt.«

Wenn es die uneingeschränkte Aufmerksamkeit ihrer männlichen Kollegen war, die sie gewollt hatte – sie hatte sie jetzt. Betroffen und stieren Blickes sahen die Mitglieder des Rates Aderyn an.

»Also doch!«, rief der ungestüme Narkon, der als Erstes die Sprache wiedergewann.

»Und das ist noch nicht alles«, fuhr Aderyn unerbittlich fort. »Wie es heißt, ist er nicht allein gekommen, sondern hat einen Erben bei sich.«

»Was?« Der eben noch so gelassen agierende Rat Kelon sprang auf. »Das ist unmöglich!«

»Wir haben die Verschwörung damals aufgedeckt«, pflichtete Korukan ihm bei. »Einen der Jungen haben wir sofort getötet, der andere starb auf der Flucht.«

»Zumindest haben wir das angenommen«, räumte Aderyn ein, »obwohl es dafür keine Beweise gab.«

»Vermutlich ist es nur ein Scharlatan, nichts weiter«, mutmaßte Rat Hirulon.

»Vermutlich«, gestand Aderyn zu. »Aber nach allem, was im Volk zu hören ist, hat er das entsprechende Alter. Und vergessen wir nicht die Lichtblitze. Vielleicht waren es ja doch nicht nur irgendwelche kosmischen Entladungen.«

Sie sah Kelon nicht einmal an, während sie das sagte. Jeder im Rat wusste, dass er gemeint war.

Und er selbst wusste es auch.

Der so Gescholtene nahm einen Schluck aus dem mit Rubinen verzierten Pokal, den er in der rechten Klaue hielt. Dass er um diese Zeit schon daraus trank, verriet, dass er es nötig hatte. »Dann lasst uns die Dinge offen aussprechen«, verlangte er mit einem lodernden Blick in die Runde. »Was genau fürchtet ihr?«

»Die Prophezeiung«, antwortete Rat Gulucin leise. »Wir fürchten, dass sie sich als wahr erweisen könnte.«

»Es ist mehr als fraglich, ob es eine solche Prophezeiung jemals gab«, konterte Kelon. »Und wenn, dann haben wir ihre Erfüllung in der Nacht des Donners ein für alle Mal verhindert.«

»Zumindest dachten wir das«, räumte Aderyn ein. Durch die gewölbten Fenster zeigte sie nach draußen auf das Häusermeer der Stadt. »Die Schattenwandler berichten übereinstimmend, dass sich die Nachricht, der Kaiser hätte einen Erben hinterlassen, wie ein Lauffeuer verbreitet.«

»Solche Gerüchte hat es seit der Nacht des Donners immer wieder gegeben«, wandte Narkon ein.

»Und wir haben sie im Keim erstickt«, fügte Kelon zwischen zwei weiteren Schlucken seines dickflüssigen Getränks hinzu. Jeder einzelne davon schien ihn mit mehr Angriffslust zu erfüllen, in seinen Reptilienaugen funkelte es. »Und wir haben dem Volk die Arena gegeben, damit es dort Ablenkung und Zerstreuung findet und sich nicht mit Dingen befasst, die es nichts angehen.«

»In der Tat«, räumte Aderyn ein. »Wir haben unsere Untertanen geschickt unmündig gehalten, und eine Zeit lang sind wir gut damit gefahren … nur übersiehst du dabei, dass jene Lichterscheinungen weithin zu sehen waren. Auch die Unwissenden wollen manchmal Antworten, Kelon, und sie finden sie in den Gerüchten, die im Umlauf sind. Unzufrieden ist das Volk schon zuvor gewesen, doch nun hat es neue Hoffnung. Und das, Rat Kelon, ist eine gefährliche Mischung. Zumal, wenn es jemanden gibt, der diese Stimmung in seinem Sinn zu nutzen weiß und das Volk gegen uns aufwiegelt, indem es ihm einen neuen Herrscher in Aussicht stellt.«

»Was für einen Herrscher? Einen elenden Scharlatan!«, rief Rat Bormon entrüstet dazwischen.

»Scharlatan oder nicht – im Volk gibt es nach wie vor viele, die eine Rückkehr des Kaisers herbeisehnen. Und indem Durwain diese Sehnsucht bedient, schart er immer mehr Anhänger um sich.«

»Durwain?«, fragte Gulucin.

»So nennt er sich – der Maske wegen, hinter der er sein Gesicht verbirgt.«

Kelon lachte spöttisch auf. »So viel Theatralik hätte ich unserem Freund nicht zugetraut. Immerhin ist er einst einer von uns gewesen, ein Soldat. Ein Offizier.«

»Er war General, genau wie ich, und deshalb weiß er, wie man Untergebene führt und lenkt«, erwiderte Aderyn. »Doch seit jenen Tagen hat er noch vieles andere gelernt, und die Drachen waren ihm nur zu gern dabei behilflich.«

»Es ist ihr Erbe«, zischte Horulon. »Ihre Rache an uns.«

»Was soll das Gewäsch?« Kelon hatte den Pokal geleert und ließ ihn achtlos und polternd fallen. »Die Drachen sind nicht mehr hier, unser einstiger Freund aber schon. Also sollten wir uns zuvorderst um ihn kümmern. Und wenn er sich die Tatsache zunutze machen kann, dass das Volk leichtgläubig und töricht ist, dann sollten wir das eben auch tun.«

»Wir werden zuschlagen«, kündigte Bormon düster an. »So hart und unbarmherzig, dass es sich unauslöschlich in sein Bewusstsein einbrennen wird.«

»Und was unseren vormaligen Verbündeten betrifft«, fügte Gulucin hinzu, auf den freien Platz neben seinem deutend, »so sollten wir diesmal keine Gnade walten lassen.«

»Wir müssen uns seiner bemächtigen und ihn unschädlich machen, ehe er noch größeren Schaden anrichten kann!«, rief der ungestüme Narkon und schlug mit der Faust auf die Lehne seines Stuhls.

»Nichts anderes habe ich vor«, versicherte Aderyn grimmig, erleichtert darüber, dass der sonst so träge und bisweilen auch unentschlossene Rat wenigstens dieses Mal mit einer Stimme sprach. »Und zwar schon sehr bald ...«

4.

KLUASHDACH DOK MOCHGSTIR

Die beiden Kämpfer standen einander gegenüber.

Ihre Haltung war leicht gebückt, die Klingen hielten sie stoßbereit in den Händen, während ihre Augen ruhelos in ihren Höhlen rollten und unruhig in alle Richtungen spähten. Im nächsten Moment wollten sie aufeinander losgehen – doch ein mehr breiter als hoher Ork ging dazwischen.

»Aufhören«, verlangte Rammar, »aber sofort! Was soll denn das werden, wenn es fertig ist?«

»Wir kämpfen«, kündigte der eine der beiden Widerstandskämpfer an. Sein Name war Logras. Eine tiefe Narbe verlief quer über sein blassgrünes Gesicht und teilte seine Nase.

»Aber doch nicht so!« Rammar griff sich an den bisweilen noch immer schmerzenden Kopf. »Wie oft muss ich euch noch sagen, dass ihr den Gegner mit den Augen fixieren und ihn nicht aus dem Blick lassen sollt! Wenn ihr auf jemanden losgeht, ist das für euch die wichtigste Kreatur auf dieser Welt – und zwar so lange, bis ihr sie in Kuruls dunkle Grube gestoßen habt oder selbst darin landet, ist das klar?«

»Ja«, bestätigte Logras, das Narbengesicht. »Ich meine *korr.*«

Rammar beugte sich zu ihm vor, dass sein gewaltiger Schädel dicht vor dem blassen Gesicht des anderen schwebte. »Wie war das?«, blaffte er ihn an. »Ich höre so schlecht!«

»*Korr!*«, grollte der andere, diesmal zu Rammars Zufriedenheit.

Er schickte die beiden in die Reihe zurück, die die Widerstandskämpfer gebildet hatten, und seufzte. Als er sich darauf eingelassen hatte, sie in Kampftechniken zu unterweisen, hatte er ja nicht ahnen können, was für ein schlaffer, kraft- und saftloser Haufen diese Knilche waren!

Nicht nur, dass sie völlig unbedarft waren und die meisten von ihnen noch nie eine Waffe in den Händen gehalten, geschweige denn damit gemeuchelt hatten; sie waren auch weinerlich und wehleidig und ganz sicher nicht das Zeug, aus dem Narkods Hammer Krieger schmiedete … Andererseits bereitete es Rammar klammheimliche Freude, diese *umbal'hai* herumzuscheuchen und zu sehen, wie seine bloße Anwesenheit blanken Schrecken in ihre schimmelgrünen Gesichter zauberte. Es weckte Erinnerungen an jene weit zurückliegenden Tage, in denen Balbok und er die Ausbildung zum *faihok* durchlaufen hatten, die das Volksmaul schlicht als *turturra*, als wahre Folter, bezeichnet hatte. Es war wohl an der Zeit, sich an einige Lektionen Graishaks des Schinders zu erinnern. Und ein wenig davon weiterzugeben …

»Ihr alle«, brüllte er, dass es von der Decke des Gewölbes widerhallte, »seid nichts als Maden, so, wie ihr hier steht. Doch ihr könnt euch glücklich schätzen, dass euer elendes krummes Leben endlich einen tieferen Sinn bekommt! Jetzt seid ihr noch weich wie Trollmist, aber ich werde euch zu harten Kriegern machen, und wenn ich euch dafür schinden muss, bis euch das Wasser in den Ärschen kocht!«

»*Korr*«, kam es zurück.

»Das war nichts, noch mal!«, plärrte Rammar.

»*Korr!*«, scholl es durch die Höhle, die ihnen als Ort für ihre Übungen diente.

Rammar, der sich breitbeinig vor ihnen aufgebaut hatte, die Hände im Rücken verschränkt, nickte zufrieden. »Ihr müsst wissen, ich kann es kaum erwarten, euch mit eurem neuen besten Freund bekannt zu machen, dem Schmerz! Ich werde …«

»Bei allem Respekt, den kennen wir schon«, warf jemand ein – es war Logras mit der Narbe im Gesicht. »Murac hier«, sagte er und deutete auf seinen Nebenmann, »wurde von den Schwarzen Garden verschleppt, weil er seine Steuern nicht bezahlen konnte. Kilif dort haben sie das Haus über dem Kopf angezündet, seine ganze Familie ist in den Flammen umgekommen. Und Mirra wurde von den Schergen des Rates vergewaltigt und misshandelt«, fügte er mit einem Seitenblick auf eine junge Frau hinzu, die in vorderster Reihe stand und ihren Speer so fest umklammerte, dass die Knöchel weiß hervortraten. Ihr Blick war entschlossen geradeaus gerichtet.

»Wir alle haben eine Vergangenheit«, fügte Kilif hinzu, der eine Gugel aus grauem Fell trug und einen Rattenzahn um den Hals, »und es hat immer mit großem Schmerz zu tun.«

»Was ist deine Geschichte?«, wollte Logras wissen.

Rammar sah ihn an und zögerte. Auch wenn er es nicht gerne zugab – als Ork (und noch dazu als einer, der mit einem behämmerten Bruder geschlagen war) wusste er nur zu gut, wie es sich anfühlte, am Rand zu stehen und missachtet zu werden. Womöglich, dachte er für einen Moment, hatte er diese Halblinge zu hart rangenommen. Andererseits, wie sollten sie sonst lernen, auf einem Schlachtfeld zu bestehen?

»Das geht euch einen feuchten *shnorsh* an, ihr Maden!«, schnauzte er. »Ich bin hier, um euch etwas beizubringen und nicht umgekehrt. Und jetzt nehmt gefälligst Aufstellung und lernt, die Zahnstocher in euren Händen so zu gebrauchen, dass ihr nicht die Einzigen seid, bei denen sie Schaden anrichten. Habt ihr verstanden?«

»*Korr!*«, tönte es.

»Achtung!«, bellte Rammar. Die zwei Dutzend Männer und Frauen hoben ihre Speere und Klingen.

»Ausfall!«, donnerte er. Ein Ruck ging durch die Reihen, alle hieben mit ihren Waffen auf einen imaginären Gegner ein. »Gebt alles, ihr laschen Säcke! Stellt euch die Shnorsher vor, die euch gequält und gefoltert und euch die Bude über den Köpfen angezündet haben. Und dann legt eure ganze Kraft in den nächsten Stoß und haut sie in Stücke! Jetzt!«

Wieder ein Ruck, Speere und Klingen fauchten durch die abgestandene Luft.

»Und jetzt …«, wollte Rammar fortfahren – als Finras die Höhle betrat. Der Anführer der Widerstandsgruppe schien aufgebracht, sein kurz geschnittenes Haar war wirr und durcheinander.

»Ich habe Neuigkeiten!«, verkündete er.

»Habt ihr Balbok gefunden?« Rammars Herzschlag beschleunigte sich unwillkürlich.

»Nein, noch nicht.« Finras schüttelte den Kopf. »Machen unsere Kämpfer Fortschritte?«

»Unbedingt«, brummte Rammar. »Die ersten Augenblicke einer Schlacht würden sie jetzt bereits überstehen. Danach hätten sie entweder die *broigas* voll oder wären tot.«

Auch wenn es wohl nicht das war, was er zu hören gehofft hatte, erwiderte Finras nichts darauf. »Ich habe dennoch gute Nachrichten«, versicherte er, an seine Gefolgsleute gewandt. »Es geht das Gerücht, dass Durwain zu uns sprechen wird!«

Es war ein wenig, als hätte man in einem *bolboug* laut gerufen, dass es Blutfreibier für alle gab. Die eben noch so erschöpften und mutlosen Mienen hellten sich auf. Blassgrüne Wangen glänzten im Licht der Wandfackeln wie blanke Gnomenhintern, überall wurde erleichtert aufgeatmet.

»Was soll der Tanz?«, fragte Rammar.

»Verstehst du es nicht?« Finras sah ihn zweifelnd an. »Durwain ist der wahre Anführer des Widerstands und unsere einzige Hoffnung!«

»*Douk*«, widersprach Rammar kopfschüttelnd und hob die geballte Faust. »Eure einzige Hoffnung ist es, zur rechten Zeit die passenden Argumente parat zu haben. Schlagkräftige Argumente«, fügte er zur Erläuterung hinzu.

»Durwain wird wissen, was zu tun ist«, war auch Logras überzeugt. Sogar aus einem entstellten Narbengesicht sprach plötzlich wieder Hoffnung.

»Seid ihr sicher?« Rammars orkische Natur war an sich schon misstrauisch, und er selbst war es noch viel mehr … »Ist das nicht der Kerl, über den nichts bekannt ist? Der sein Gesicht versteckt?«

»So ist es – und der Rat der Ewigen fürchtet sich vor ihm«, stimmte Finras zu. »Er wird die Veränderung bringen, auf die wir alle hoffen, die glorreiche Revolution!«

»Seid vorsichtig mit dem, was ihr euch wünscht«, warnte Rammar. Er war Veteran gleich mehrerer Revolutionen, kleinerer und größerer. Glorreich waren sie alle nicht gewesen, aber dafür blutig. »Habt ihr es mit dem Sterben denn so eilig?«

»Nein, aber fürchten uns auch nicht davor«, erklärte Mirra tapfer.

»Wenn die Gerüchte wahr sind, wird Durwain schon bald Nachricht geben! Die Zeit, sich gegen den Rat zu erheben, ist nicht mehr fern«, verkündete Finras, worauf seine Leute in lauten Jubel ausbrachen.

Rammar hatte diese Art von Jubel schon früher gehört. So, wie er den fanatischen Glanz gesehen hatte, der dabei stets in den Gesichtern der Schreihälse leuchtete – bis sie erschlagen in ihrem Blut lagen …

Kurzerhand packte er Finras am Oberarm und zog ihn beiseite. »Eure Revolution in allen Ehren, Schimmelpilz, aber deine Leute sind noch nicht bereit für so was.«

Finras sah ihn an. Ein wenig Trotz war in seinen grauen Augen zu lesen, vor allem aber Stolz – der Stolz eines Mannes, der sich nach Jahren der Unterdrückung entschlossen hatte, nicht mehr zu kuschen und das Haupt zu beugen, sondern sich zur Wehr zu setzen. »Sie sind dann bereit«, erwiderte er, »wenn die Geschichte bereit ist.«

Rammar grunzte nur.

Wie oft schon hatte er große Worte wie diese gehört. Sie pflegten stets lautem Wehgeschrei vorauszugehen, panischem Getue und Strömen von Blut.

Er hatte gehofft, dass die Leute in diesem fremden Land weniger dämlich sein würden als zu Hause.

Er hatte sich wohl geirrt.

5.

NUASH KAIDROUCHASH

»Bist du bereit, Geliebter?«

Liathas Frage schwebte unter der Felsendecke ihres von Kerzen erleuchteten Gemachs, hing wie ein scharfes Schwert über Currans Haupt. Aus ihren dunklen Augen sah sie ihn verheißungsvoll an, während sie ihm den Dolch hinhielt.

Curran war noch immer nicht überzeugt.

Er hatte gesehen, wozu Margok fähig war, wie er kraft seiner Gedanken in der Lage war, Feuer zu erzeugen oder tödlichen Nebel heraufzubeschwören. Konnte einer Intrige, einer Erhebung gegen ihn überhaupt Erfolg beschieden sein?

Currans Furcht galt nicht so sehr sich selbst als vielmehr Liatha. Wenn Nurmorod sie auch verändert hatte, stammte sie doch aus der schönen, der Wirklichkeit entrückten Scheinwelt des königlichen Palasts von Dinas Lan und hatte keine Ahnung von dem, was einer Kreatur auf dieser Welt widerfahren konnte. Oder wusste sie es und stachelte ihn dennoch zum Widerstand an, genau wie Dufanor und die anderen? Nahmen sie alle die Gefahren billigend in Kauf und nur er zögerte noch immer?

Wenn es so war, so beschämte es ihn zutiefst.

Er von Sigwyns Blut und der Sohn eines Königs. Wenn überhaupt, so musste er es sein, der die Erhebung anführte, seine Getreuen verließen sich auf ihn. Und was sollte Liatha von ihm denken? Sie, die sich von ihnen allen am meisten verändert, die die größte Verwandlung durchlaufen hatte?

»Ich bin bereit«, bestätigte er also und nahm den Dolch aus ihrer Hand. Mit einem Ruck zog er ihn aus der Scheide, setzte ihn an seinen rechten Unterarm und schnitt hinein.

Die Klinge war gut geschliffen und drang sofort durch die Haut. Blut trat hervor – nicht rot, wie das von Elfen, sondern von dunkler, bräunlicher Farbe, jedoch nicht weniger wertvoll. Liatha lächelte, als er ihr den Dolch zurückgab. Ohne Zögern schlug sie den weiten Ärmel ihres Kleides zurück, setzte die Klinge an und schnitt sich ebenfalls.

»*Gwaith ayn gwaith*«, sagte sie, als es schreiend rot aus dem Schnitt hervorquoll.

»*Gwaith ayn gwaith*«, bestätigte er.

Blut zu Blut.

Er hob den Unterarm mit der Schnittwunde, und sie legte ihren Arm an seinen, sodass sich ihre Handflächen ebenso berührten wie die Wunden selbst. Dabei sahen sie einander fest in die Augen.

Mit vielen Traditionen ihres Volkes hatten sie gebrochen, diese jedoch hatten sie beibehalten. Und nicht nur, um zwischen ihnen ein Bündnis zu schließen und feierlich zu besiegeln, sondern auch, um vor Currans Getreuen ein Zeichen dafür zu setzen, dass dieser Pakt niemals enden würde …

»Sind die anderen ebenfalls so weit?«, fragte Liatha leise und ohne ihren Blick von Curran zu wenden.

»Das sind sie, alle acht. Jeder Einzelne hat seinen Treueschwur mir gegenüber erneuert. Sie würden jederzeit für mich sterben. Und für dich ebenfalls, Geliebte.«

Liatha nickte, etwas anderes schien sie nicht erwartet zu haben. »Und sie wissen, was sie zu tun haben?«

»Jeder Einzelne von ihnen.«

»Dann wollen auch wir tun, was wir tun müssen, und diesen feierlichen Eid leisten …«

»Ich, *Dracalón*, gelobe dir Schutz und Beistand, solange mein Dasein währt«, erwiderte Curran.

»Auch ich, *Plynfala*, gelobe dir Schutz und Beistand«, entgegnete sie, »solange mein Dasein währt.«

»Gegen alle Feinde«, fuhr Curran fort.

»Gegen alle Feinde«, bestätigte sie, und auf einmal war ihre Stimme dabei abweisend und von einer Kälte, wie er sie früher nie bei ihr gekannt hatte. »Besonders gegen jene, die uns verraten.«

»Wir wagen viel, Liatha«, sagte Curran. Es gehörte nicht zur Formel, war nur Ausdruck seiner Sorge.

»Nur wer viel wagt, kann alles gewinnen«, entgegnete sie. »Ich werde Herrscherin sein, die Begründerin einer neuen Dynastie.«

»Das wirst du – und ganz Erdwelt wird vor uns erbeben«, fügte Curran hinzu, jetzt von grimmiger Entschlossenheit erfüllt. Es war der Weg, den sie gehen mussten, ihnen blieb keine andere Wahl.

»*Una anias tragwytha*«, flüsterte Liatha die alten Worte, während sie sich ihm bereits näherte und ihren Körper verlangend an seinen drängte.

»*Una anias tragwytha*«, bestätigte er ohne Zögern.

Eins auf ewig.

6.

LAIDORK BORROUSH

Als Balbok und Cygo diesmal Rapport erstatteten, trafen sie Lady Aderyn nicht unter der Kuppel der Ratshalle an, sondern in ihren privaten Gemächern, die sie durch ein Spalier von Schwarzgardisten betraten.

Schummriges Halbdunkel herrschte unter den von Säulen getragenen Decken, und es war ungewöhnlich warm; schon nach wenigen Augenblicken hatte Balbok Schweißperlen auf der Stirn. Schwaden von gelbem Nebel lagen über dem Boden, der Geruch von Schwefel lag in der Luft.

Cygo schien den Weg durch das Gewirr der Säulen und brennenden Kerzenleuchter genau zu kennen. Zielstrebig führte er Balbok hindurch, bis beide vor dem Rand eines vieleckigen, aus Stein gemauerten Beckens standen. Das Becken selbst war mit Wasser gefüllt wie eine riesige Badewanne, und darin schwamm – Balbok traute seinen Augen nicht – die Drachenlady, mit nichts am Leib außer ihrer grünen Reptilienhaut, die durch das trübe Wasser schimmerte, während sie geschmeidig hindurchglitt.

»Nun?«, fragte sie nur. Ihre grünen Augen leuchteten ihnen auffordernd entgegen.

»Ich konnte die entscheidende Information beschaffen, Herrin«, erstattete Cygo Bericht, und ihm war anzusehen, wie stolz er auf sich war. »Ein Gefangener, den ich einer sehr persönlichen Befragung unterzog ...«

»Dann sprich.« Es plätscherte, als Lady Aderyn kopfüber untertauchte. Für einen kurzen Moment war ihre atemberaubende grüne Gestalt zu sehen, dann tauchte sie am Rand des Beckens wieder auf, zu Füßen ihrer beiden Diener – und gab ihnen dennoch das Gefühl, auf sie herabzusehen ...

»Wir wissen, wann und wo die Versammlung stattfinden soll, auf der Durwain zu den Aufrührern sprechen wird.«

»Wann?«, wollte die Drachenfrau wissen.

»Schon in der kommenden Nacht. Vermutlich wird Durwain vorschlagen, dass sie sich zusammenschließen und ihre Kräfte gegen Euch vereinen sollen.«

»Vermutlich«, bestätigte Aderyn nur. Wasser perlte von ihrer Schuppenhaut und ihren grünen Lippen. »Und der Erbe?«

Der Schattenwandler nickte. »Wenn die Gerüchte wahr sind und es ihn tatsächlich gibt, so wird Durwain die Gelegenheit wohl nutzen, ihn dem Volk vorzustellen.«

»Dazu darf es nicht kommen. Wenn sich die Kunde, dass der Kaiser einen Erben hat, erst im Volk verbreitet, wird die Revolte nicht mehr aufzuhalten sein, Scharlatan hin oder her.«

»Ihr habt recht«, stimmte Cygo zu. »Aber wenn es kein Scharlatan ist?«

Aderyns grüne Augen starrten ihn so durchdringend an, dass Balbok fürchtete, der Spion würde mit durchbohrtem Herzen niedersinken. Er blieb am Leben, änderte jedoch sogleich das Thema. »Mit Eurer und Lord Bormons Erlaubnis werde ich die Garden in Alarmbereitschaft versetzen«, kündigte er an. »Wir werden mit aller Härte zuschlagen.«

»Tu das.« Aderyn nickte. »Ich will, dass du den Einsatz persönlich überwachst, Cygo – und im Fall eines Fehlschlags, mein Freund, wirst du mir dafür Rede und Antwort stehen. Und glaube mir«, fügte sie mit einem so süßen wie tödlichen Lächeln hinzu, »auch eine Drachenhaut wird dich dann nicht vor meinem Zorn bewahren können.«

»Ich verstehe, Herrin«, sagte Cygo, und Balbok konnte deutlich seinen Angstschweiß riechen. »Doch dazu wird es nicht kommen, dafür werde ich sorgen.«

»Und ich?«, fügte Balbok hinzu, um überhaupt etwas zu sagen. Die Drachenlady hatte ihn bislang keines Blickes gewürdigt, so durfte es nicht bleiben.

»Balbok war dein Name, nicht wahr?«, Aderyn stieß sich vom Beckenrand ab und schwamm rücklings durch das Becken. »Für dich habe ich eine andere Aufgabe vorgesehen.«

»Wi-wirklich?«, stammelte der große Ork. Er hatte das Gefühl, im Grün ihrer Augen zu versinken. Das beiläufige Nicken, das sie Cygo schickte, bemerkte er gar nicht. Der Spion verbeugte sich daraufhin wortlos und verließ das Gemach, der verwirrte Ork wollte ihm folgen.

»Wo willst du hin?«, fragte Aderyn. Sie hatte den hinteren Rand des Beckens erreicht und sah herausfordernd zu ihm herüber. »Hast du mir nicht zugehört? Ich habe einen anderen Auftrag für dich.«

»*Korr*«, meinte Balbok achselzuckend. »Und was soll ich für dich tun?«

»Es ist eigentlich sehr einfach«, entgegnete sie, wobei sich das Leuchten in ihren Drachenaugen noch steigerte, »lege dein Schwert ab, deine Rüstung und dein Gewand – und dann steige zu mir in das Becken, großer Ork ...«

7.

Die Katakomben von Taras Caron waren zum Leben erwacht, die gesamte Unterwelt der Stadt schien auf den Beinen zu sein.

Die Nachricht, dass Durwain, der sagenumwobene Anführer des Widerstands, in der Stadt weile, hatte sich wie ein Lauffeuer in der Bevölkerung verbreitet. Rammar war schon öfter an Orten gewesen, an denen Unterdrückung herrschte und die Leute nach Freiheit dürsteten. Es stank dort förmlich nach Ärger, und man hatte das Gefühl, auf einem Vulkan kurz vor dem Ausbruch zu hocken – und hier in Anwar stank und brodelte es ganz besonders. Er hatte es auch bei seinen Schülern bemerkt, die ihre Waffenübungen plötzlich mit viel mehr Kraft und Entschlossenheit durchführten als vorher.

Wer immer diese Ewigen sein mochten, die die Stadt und dieses Reich regierten, sie hatten bei den Leuten gründlich vershnorsht. Rammars einzige Hoffnung war, dass er Balbok gefunden haben und zusammen mit ihm von hier verschwunden sein würde, wenn es zum Äußersten kam. Denn ganz sicher wollte er seinen *asar* nicht bei irgendeiner bescheuerten Revolution am Ende der Welt riskieren.

Was allerdings nicht bedeutete, dass er nicht wenigstens einen kurzen Blick auf den geheimnisvollen Anführer erheischen wollte, der sich nur anzukündigen brauchte, damit alle ganz aus dem *bolboug* waren. In all den Jahren, in denen Rammar nun schon als König seiner eigenen Insel regierte, hatte er solche Begeisterung nie erfahren. Und wenn, dann war sie allenfalls seinem bescheuerten Bruder zuteilgeworden …

Von einer Kundgebung war die Rede, von einer Ansprache, die Durwain halten wollte. Für die Bürger von Taras Caron schien dies einer Befreiung gleichzukommen, in Massen drängten sie durch die Gänge und Stollen. Ihr Ziel war eine gewaltige Höhle tief unter den Grundfesten der Stadt, die früher ein Drachenhort gewesen sein mochte: Die glasglatten Wände waren rußgeschwärzt, einstmals geschmolzenes und wieder erstarrtes Gestein hing in bizarren Formationen von der Decke. Darunter hatte man eine Art Podium errichtet. Männer mit Fackeln, vermutlich Angehörige des Widerstands, hatten sich darum postiert. Und ringsumher sammelten sich all jene, die gekommen waren, um den Worten des Befreiers zu lauschen – und mit jedem Augenblick, der verstrich, wurden es noch mehr.

Rammar hatte sich Chulain und Finras angeschlossen, die einen Platz am Rand des von Fackeln erhellten Gewölbes ergattert hatten. Indem sie ein Stück die Wand hinaufkletterten, sicherten sie sich eine gute Aussicht. Rammar blieb unten, das Gestein war ihm zu glatt und das Klettern ohnehin zu anstrengend.

Die grünen Züge unter einer Kapuze verborgen, die er sich tief ins Gesicht gezogen hatte, stand er unter all den *oltorr'hai* und harrte der Dinge, die da kommen würden – und sie kamen schneller und schlimmer, als er befürchtet hatte.

Zunächst blieb alles ruhig.

Die Schimmelgrünen drängen sich um das Podest, geduldig wie Schafe. Hätte es sich bei ihnen um echte Orks gehandelt, wären in der überfüllten Höhle wilde Keilereien ausgebrochen, und es wären Ströme von Blut und Bier geflossen. Doch Chulain und seinesgleichen schienen es gewohnt zu sein, ihr Gemüt zu zügeln, die jahrelange Einschüchterung zeigte auch hier Wirkung.

Dann kam plötzlich Leben in die Runde der Versammelten.

Jubel brandete auf, und eine Gestalt bestieg das Podest, die selbst auf Rammar Eindruck machte. Sie war groß gewachsen und trug einen weiten, dunkelgrünen Umhang mit einer Kapuze. Die Gesichtszüge darunter wurden von einer Maske verhüllt. Sie war ganz aus Metall gefertigt, jedoch fein gearbeitet und zeigte den Gesichtsausdruck von jemandem, der helle Qualen litt und sie laut hinausbrüllte. Dass dieser Ausdruck in Stahl gegossen und damit unveränderlich war, verlieh der Gestalt etwas Unheimliches. Und das glänzende Augenpaar, das durch die Sehschlitze der Maske auf die Versammelten starrte, machte es auch nicht besser.

Auch wenn man nicht sehen konnte, was in seinem Gesicht vor

sich ging, schien der Vermummte den Jubel auszukosten, der ihm von allen Seiten entgegenbrandete. Erst nach einer gefühlten Ewigkeit, in der Rammar unzählige Male genervt mit den Augen rollte, hob er die Arme, um dem Beifall Einhalt zu gebieten.

»Meine Freunde«, rief er mit einer Stimme, die schneidend und melodiös zugleich war und auch noch bis in den letzten Winkel drang, »ihr alle kennt mich und wisst, wer ich bin ...«

»Du bist Durwain!«, rief jemand.

»Der Befreier!«, brüllte ein anderer.

Dann brandete schon wieder Jubel auf, und die Leute begannen, Sprechchöre anzustimmen, die den Namen des Vermummten riefen, wieder und wieder ... Rammar war voll eifersüchtiger Bewunderung, vor allem, wenn er daran dachte, wie schwer es ihm gefallen war, den Widerständlern die gebotene Ehrfurcht ihm gegenüber abzuringen. Wer immer sich hinter dieser Maske verbarg, wusste mit der Menge umzugehen. Sie war förmlich Wachs in seinen Händen, die in ledernen Handschuhen steckten.

»Es ist wahr, ich bin Durwain«, fuhr der Vermummte schließlich fort, »und ich bin zu euch gekommen, um euch allen, die ihr euch hier unter großer Gefahr versammelt habt, die Freiheit zu bringen! Die Stunde, da ihr euch erheben und das Joch der Unterdrücker von euch abschütteln werdet, ist nicht mehr fern!«

Wieder gab es Jubel, und selbst Rammar musste diesmal grinsen. Wie überaus befreiend es sein konnte, ein Joch von seinen Schultern zu schütteln, hatte er ja unlängst erst am eigenen Leib erfahren.

»Ich weiß, dass viel über mich gesprochen wird, über meine Vergangenheit und darüber, wer ich bin. Doch der Tag, mich euch zu offenbaren, ist noch nicht angebrochen, zumal ein anderes und sehr viel größeres Geheimnis seiner Enthüllung harrt«, fügte er hinzu und hatte nun auch den letzten der Versammelten in seinen Bann geschlagen. Wäre Rammar infolge des Zwiebelfleischs, das er gegessen hatte, ein noch so kleiner *pochga* entfleucht, hätte man es fraglos gehört.

»Erinnert ihr euch an die Nacht?«, fragte Durwain. »Die Nacht, die alles veränderte?«

»Die Nacht des Donners!«, warf jemand ein.

»Ganz recht.« Das Maskengesicht nickte. »Ich weiß, dass man euch gesagt hat, dass in jener Nacht Abtrünnige den Kaiser getötet hätten. Doch die Wahrheit ist eine andere, meine Freunde, und sie ist noch weit erschütternder: In jener Nacht hat der Rat der Ewigen die Macht an sich gerissen, nachdem einer aus ihren Reihen versucht hatte, die rechtmäßigen Erben auf den Kaiserthron zu bringen ...«

»Es gibt keine rechtmäßigen Erben!«, brüllte jemand. »Der Kaiser starb ohne Nachkommen!«

»Das ist es, was man euch glauben machen will«, räumte Durwain ein. »Aber ihr alle kennt auch die Prophezeiung. Die alte Voraussage, der zufolge einst die Brüder des Chaos nach Anwar kommen werden ...«

»... und alles zerstören!«, fügte eine Frau aus der Menge heiser hinzu.

»Die nächste Lüge des Rates«, konterte der Maskenmann, mit der behandschuhten Rechten in die Menge deutend. »In Wahrheit sind diese beiden Brüder die Nachkommen unseres geliebten Herrschers gewesen! In jener Nacht vor fünfzehn Umkreisungen wurden sie geboren, doch durch schändliche Intrige hat der Rat davon Kenntnis erlangt. Die Gardisten wandten sich gegen ihren Herrscher und verrieten ihn. Sie waren es, die den Kaiser getötet haben, und im Auftrag des Rates wollten sie dasselbe auch mit den beiden Knaben tun. Doch nur einen von ihnen konnten ihre Klingen ereilen – der andere entkam an Bord eines Schiffes, das den Palast in jener Nacht verließ und durch die Lüfte entschwebte ...«

Rammar stieß ein heiseres Schnauben aus. Was, beim kopflosen Hirul, faselte der Kerl da?

»Doch er ist zurückgekehrt!«, beendete Durwain seine dramatische Erzählung und sorgte dafür, dass ein Raunen durch die Menge der Versammelten ging. »Ich bin hier, um euch von Hoffnung zu berichten, meine Freunde! Denn er ist derjenige, der euch zum Triumph über die Schwarzen Garden und zum Sieg über den Rat der Ewigen führen wird, denn er ist der einzige und letzte Nachkomme unseres geliebten Herrschers, des Drachenkaisers. Meine Freunde, begrüßt unseren zukünftigen Kaiser Curran, den Zweiten seines Namens!«

Eine weitere Gestalt betrat zu aller Erstaunen das Podest, doch während erneut Jubel aufbrandete, noch lauter und rasender als zuvor, hatte Rammar sich bereits gelangweilt abgewandt. Er hatte keine Lust mehr gehabt, einem Kerl zuzuhören, der ganz offensichtlich nicht nur sein Gesicht, sondern auch den Verstand verloren hatte. Und nun hatte der *umbal* mit der Maske auch noch einen Mitstreiter gewonnen, der das Schmierentheater mitmachte. Vermutlich hatte der sich ebenfalls eine Eisenplatte aufs Gesicht genagelt, damit man nicht erkennen konnte, was für eine dämliche Visage dahinter ...

Rammar traute seinen eitrigen Augen nicht.

Der junge Bursche, der da jetzt neben Durwain stand ... das konnte nicht wahr sein!

Rammar rieb sich die Augen, musste zweimal hinsehen. Aber es war kein Irrtum möglich.

Es war Enok!

Der kleine *shnorshor* war kaum mehr gewachsen, seit sie einander zuletzt gesehen hatten, was wohl daran lag, dass er wieder in seinem eigenen Zeitgefüge angekommen war. Trotzdem sah er völlig verändert aus – was war nur mit ihm geschehen?

So erleichtert Rammar auch darüber war, den Jungen unversehrt wiederzusehen, sosehr verstörte ihn auch, wie er dort oben stand, in eine scharlachrote Kutte gehüllt und das Haupt kahl geschoren, mit einer seltsamen Krone auf der Stirn. Wo, zum Henker, war sein *faltash* geblieben? Und warum bewegte er sich nicht, stand einfach nur da und starrte stieren Blickes in die Menge, die fanatisch seinen Namen rief? Den falschen Namen wohlgemerkt, schließlich hatten seine beiden Ziehväter ihm einen anderen gegeben ...

»Curran! Curran! Curran ...!«

Rammar war sicher, den Namen schon mal gehört zu haben. Aber wo und wann?

»Er wird euch zum Sieg führen!«, rief Durwain, griff nach Enoks rechtem Arm und riss ihn in einer Triumphgeste empor. »Er wird den Thron besteigen und eine Ära des Friedens und des Glücks für ganz Anwar bringen – und Verderben für den Rat und all jene, die Macht an sich gerissen und sie missbraucht haben, um euch zu unterdrücken!«

Wieder schwoll der Jubel an, in Nachahmung der Geste Enoks riss auch die Menge den rechten Arm empor. Die Leute schrien fanatisch, und ihre Augen begannen zu glänzen, was nach Rammars Erfahrung selten ein gutes Zeichen war, während Enok weiter nur einfach dastand, unbewegt wie eine Puppe. Es sah nicht so aus, als würde er gegen seinen Willen dort oben sein, aber er reagierte auch nicht, und es sprach keine Freude aus ihm, trotz des Jubels, der ihm entgegenschlug. Wäre es Rammar gewesen, den man derart bejubelte …

»Weg da«, knurrte er und begann, sich einen Weg durch die Menge zu bahnen, der Rednerbühne entgegen.

»Rammar, was tust du?«, rief Chulain ihm entsetzt hinterher, doch der Ork reagierte nicht.

Wie ein Boot, das durch seichtes Gewässer fuhr, pflügte er durch die Menge, die immer noch lauter schrie, je mehr der Maskierte auf dem Podest sie auf die bevorstehende Revolution einstimmte.

Wer war der Kerl wirklich?, fragte sich Rammar.

Und wieso war Enok bei ihm?

War der Junge, der so unverhofft auf ihrer Insel gestrandet war, tatsächlich Thronfolger eines Kaiserreiches? Hatte der Maskierte das alles so geplant, steckte er womöglich hinter allem? Hatte er Enok irgendeinen elfischen Zaubertrank verabreicht? Oder war es nur ein blöder, stinkender Zufall?

Indem er rücksichtslos trat und um sich boxte, kam Rammar bis auf einen halben Steinwurf an das Podest heran.

»Enok!«, brüllte er heiser und winkte mit den dicken Armen, doch sein Schrei ging im Getöse unter.

»Verdammt, könnt ihr auch mal die Schnauze halten?«, fuhr Rammar die *oltorr'hai* in seiner unmittelbaren Umgebung an, worauf es tatsächlich leiser wurde – allerdings nicht wegen Rammars freundlicher Aufforderung, sondern weil Durwain der Menge just in diesem Moment Einhalt geboten hatte. Und so war Rammars nächster Ruf weithin zu vernehmen …

»Enok! Ich bin es, Rammar! Onkel Rammar«, fügte er ein wenig leiser hinzu.

Auch noch der letzte Mucks verstummte, Stille kehrte ein. Abrupt wandte Enok den Kopf und sah in Rammars Richtung. Doch seine bleichen Gesichtszüge blieben unbewegt, und in seinen Augen flackerte kein Erkennen. Sie starrten nur einfach blicklos vor sich hin.

Rammar schnaubte.

Vielleicht wäre er im nächsten Moment auf das Podium gestürmt, um sich den Jungen unter den Arm zu klemmen und mit ihm zu verschwinden – wäre nicht in diesem Moment etwas geschehen, das alles veränderte.

An mehreren der Stollenausgänge, die in das Gewölbe mündeten, entstand plötzlich Tumult.

Rammar sah hinüber und sah im Schein der Fackeln Rüstungen und blanke Klingen blitzen. Und im nächsten Moment erscholl auch schon der schreckliche Warnruf ...

»Schwarze Garden!«

Das Durcheinander, das von einem Augenblick zum anderen ausbrach, war unbeschreiblich. Die Versammelten schrien entsetzt auf, von Revolution war plötzlich keine Rede mehr. Irgendwie, vermutlich durch seine Spitzel, hatte der Rat von der Kundgebung erfahren und seine Schergen geschickt. Und sie hielten furchtbar Gericht unter denen, die das Joch der Knechtschaft hatten abschütteln wollen. Rammar sah Köpfe rollen, im wörtlichen Sinn. Die gekrümmten Schwerter hielten blutige Ernte, rücksichtslos gingen die Gardisten gegen die meist Unbewaffneten vor, trieben sie wie Schafe zusammen.

In der Mitte der Halle, wo Rammar sich aufhielt, brach Panik aus, ein verzweifeltes Schieben und Drängen setzte ein, als den Leuten klar wurde, dass Kuruls Grube dabei war, sich unter ihnen zu öffnen. Sie rasten und schrien – nur einer blieb davon völlig unberührt, nämlich Enok, der noch immer oben auf dem Podest stand, den rechten Arm erhoben, und offenbar überhaupt nicht mitbekam, was um ihn herum geschah.

»Enok!«, brüllte Rammar noch einmal und wollte zu ihm, doch der Gegenstrom der Menge war zu stark.

Zuerst stemmte er sich noch tapfer dagegen, aber dann wurde er seiner Leibesfülle zum Trotz einfach mitgerissen. Und weil seine

Beine kurz waren und die Wucht des Andrangs so groß, strauchelte er und fiel hin.

Dass die Menge ihn nicht zu Tode trampelte, lag wohl nur an seiner Leibesfülle. Wie ein Fels in der Brandung lag Rammar inmitten des Stromes der panisch Flüchtenden, während er unter wüsten Verwünschungen versuchte, wieder auf die Beine zu kommen. Enok hatte er längst aus dem Augen verloren, jetzt ging es um *sein* Überleben!

Schnaubend und keuchend hieb er mit den Ellbogen um sich und verschaffte sich etwas Luft, und tatsächlich gelang es ihm, sich herumzuwälzen und wieder hochzukommen, jedoch nur, um sich von einem Dutzend bereits blutiger Speerspitzen und Klingen umzingelt zu sehen.

»Keine Bewegung, Wildwuchs!«, rief eine schneidende Stimme.

Und Rammar wusste, dass er verloren hatte.

8.

TRURK'DOK'DH TRURK

Nurmorod schlief niemals.

So wie auch der umgebende Dschungel nachts nicht zur Ruhe kam und unter dem Gebrüll der Jäger und dem Kreischen der Gejagten erbebte, kehrte auch in der einstigen Drachenfestung niemals Stille ein. Das dumpfe Dröhnen, das die Kavernen und Stollen erfüllte und von der verderblichen Kraft der Blutkristalle kündete, verstummte auch nachts nicht, ebenso wenig wie die unheimlichen Schreie, die aus den Kerkern drangen und aus den Kehlen gequälter Kreaturen stammten. Der Dunkelelf selbst hatte sie ins Leben gerufen, eine Menagerie des Grauens, die nachts keinen Schlaf fand und das Entsetzen über ihre eigene Existenz laut hinausbrüllte.

Doch obwohl Nurmorod zu keiner Zeit ruhte, wusste Curran, dass auch Margok, bei all seiner Macht, der Regeneration bedurfte.

Er pflegte sich dann in jene Bereiche der Festung zurückzuziehen, die ihm allein vorbehalten waren und die kein anderer betreten durfte. Der alte Kern, der einst den Hort des Drachenkönigs beherbergt hatte.

Curran war nie einem Drachen begegnet; die Kriege, bei denen ein großer Teil der Feuerechsen getötet worden waren und die mit dem Sieg Sigwyns über König Dragan im Jahr 4001 geendet hatten, waren lange vor seiner Geburt geführt worden; zwar gab es noch immer Drachen in Erdwelt, doch hatten sich diese an ferne, entlegene Orte zurückgezogen, wo sie seit Tausenden von Jahren die Wunden ihrer Niederlage leckten. Doch in Nurmorod war ihre Präsenz noch immer zu spüren.

Nicht nur, dass es ihr Feuer gewesen war, das die Gänge und Stollen in den Berg gebrannt hatte; der Ort war auch nach all der Zeit noch von ihrer zerstörerischen Bosheit durchdrungen – oder war es Margoks Macht, die Curran spürte, während er mit einer Fackel in der Hand durch die nächtlichen Stollen schlich? Es war schwer zu sagen, wo die Aura des Drachenkönigs endete und jene des Dunkelelfen begann. Oder vielleicht, dachte Curran schaudernd, waren sie auch längst miteinander verschmolzen …

Liatha hatte ihm die Augen geöffnet.

Und seine Gefährten hatten ihn bestärkt.

Er hatte sich täuschen lassen, war Margoks Verlockungen erlegen, seinem Versprechen von grenzenloser Macht, das zu gut geklungen hatte, um wirklich wahr zu sein … Wann immer der Quader über Luraks Pfuhl sich heben und das ausspucken würde, wonach der Dunkelelf in seiner Besessenheit suchte, würde das das Ende Currans und seiner Getreuen bedeuten.

Diese Entwicklung war so vorhersehbar, so zwangsläufig, dass es lediglich ein einziges Mittel dagegen gab …

Margoks Tod.

Den Dolch trug Curran unter seinem Umhang, eine Elfenklinge mit einem Griff aus Silber. Waffen wie diese waren einst dazu geschmiedet worden, um Trolle und andere *anghénvila* zu bezwingen. Curran konnte nur hoffen, dass sie auch bei einem Dunkelelfen ihren Zweck erfüllen würde.

Seine Skrupel hielten sich in Grenzen.

Margok war selbst ein Verräter. Er hatte sich gegen König und Reich gewandt und dachte stets nur an sich selbst, an seinen eigenen Ruhm und Vorteil. Loyalität, die über einen Handel zu beiderseitigem Nutzen hinausging, konnte der Dunkelelf also nicht erwarten. Und Curran und die Seinen sahen keinen Nutzen mehr in dem Pakt, den sie mit ihm eingegangen waren, im Gegenteil. Margok war zur Gefahr geworden, für jeden Einzelnen von ihnen ...

Und damit auch für Liatha.

Wäre es nur um seiner selbst willen gewesen, hätte Curran womöglich nachgegeben, hätte er lieber Margoks Beteuerungen geglaubt, als sich gegen ihn zu verschwören, auch auf die Gefahr hin, dass dieser ihn am Ende betrog. Doch der Gedanke, dass auch Liatha unter dem Wankelmut des Dunkelelfen leiden und er sich ihrer irgendwann entledigen würde, war Curran unerträglich. Obwohl er es sich nicht gerne eingestand, hatte er bemerkt, dass sein düsterer Gebieter ein fiebriges Auge auf Liatha geworfen hatte, dass er sie anders und länger betrachtete und dass ihm dabei Gedanken durch den Kopf gingen, die eines Zauberers, der den fleischlichen Dingen doch längst entsagt haben musste, nicht würdig waren.

All das musste ein Ende haben.

Noch in dieser Nacht.

Dufanor, Aderyn und die anderen hatten ihre Aufträge erhalten. Verlässlich, wie sie waren, würden sie an anderen Orten tun, was notwendig war, würden die Diener beseitigen, die Margok zur Bewachung des Kerkers, seiner Laboratorien sowie von Luraks Hort abgestellt hatte.

Auf diese Weise würden sich die wichtigsten Bereiche der Festung in kürzester Zeit unter ihrer Kontrolle befinden. Und Curran oblag es, den letzten und entscheidenden Teil zu ihrem Komplott beizutragen und den Dolch ins Margoks Herz zu senken.

Es war ein risikoreiches Unterfangen, dennoch hätte er es keinem anderen überlassen wollen. Wenn überhaupt, so hatte nur er die Möglichkeit, so nahe an den Dunkelelfen heranzukommen, dass ein Dolchstoß ausreichte, um ihn vom Leben zum Tod zu befördern … von einem äußerst langen und ungewöhnlich bewegten Leben in einen unerwarteten, raschen Tod.

Curran hatte sich Margoks Miene auszumalen versucht, das ungläubige Erstaunen, das in seinen bleichen Gesichtszügen zu lesen sein würde, wenn er den kalten Stahl des Dolches fühlte und ihm klar würde, dass dies das Ende war. Wenn es vorbei war, würde Curran das Haupt des Dunkelelfen von den Schultern trennen und damit ins Elfenreich zurückkehren, und er und die Seinen würden sich als Helden und Befreier feiern lassen.

Dass er ihren Erzfeind getötet hatte, würde ihm die Unterstützung der Zauberer von Shakara sichern und ihm den Weg zum Thron ebnen, und sein Vater Askanor und sein Bruder Cullan würden das Nachsehen haben. Und wenn die Elfenkrone erst auf seiner Stirn saß, würde Curran ein anderes, neues Elfenreich ins Leben rufen, in dem keine überkommenen Regeln und Normen galten, keine leeren Traditionen. Und er würde Liatha zur Königin machen und zusammen mit ihr eine neue, überlegene Art begründen, eine eigene Dynastie …

Curran näherte sich dem Ende des Stollens, vor ihm war schwacher Lichtschein zu erkennen.

Er löschte die Fackel und schlich lautlos weiter. Der Stollen mündete in eine Kaverne mit einer eisernen Pforte. Fremdartige Zeichen waren darin eingraviert, deren Bedeutung Curran nicht kannte. Aber er wusste, dass dies der Zugang zum Kern der Festung war, zum einstigen Hort des Drachenkönigs.

Zu Margoks Gemach.

Im Schein zweier Wandfackeln waren zwei Wachen davor postiert, Abkömmlinge einer neuen Art, die zuletzt dem Pfuhl entstiegen war und Margoks Vorstellungen offenbar sehr viel mehr entsprach: Sie gingen auf zwei Beinen, hatten lange Arme und grüne Haut sowie gedrungene, kräftige Körper und klobige Schädel, von denen spitze Ohren abstanden. Ihre Gesichter mit den rüsselartigen Nasen darin erinnerten an Schweine, ihre Augen waren blutunterlaufen und von eitrig gelber Farbe. Man konnte sehen, dass sie eine Weiterentwicklung dessen waren, was Margok aus Curran und den

Seinen gemacht hatte – kaum noch Elfen, sondern etwas völlig anderes, Margoks Brut …

Curran fletschte die Zähne und zückte den Dolch, spannte die Muskeln an wie ein Warg kurz vor dem Sprung.

Für Liatha, sagte er sich.

Für das, was sie zusammen sein würden.

Er huschte auf die Wächter zu, hielt sich außerhalb des Fackelscheins, so lange es möglich war. Dann griff er mit derartiger Schnelligkeit an, dass den beiden Posten kaum Zeit blieb zu reagieren.

Die Kehle des ersten war durchschnitten, noch ehe dieser begriff, wie ihm geschah. Der zweite Wächter kam noch dazu, die gelben Augen aufzureißen und scharf nach Luft zu schnappen, um einen Alarmruf auszustoßen – der seine Kehle jedoch nie verließ. Der Dolch, den Curran warf, bohrte sich in seinen Hals und erstickte seinen Schrei in einem Blutschwall.

Der Posten ließ seinen Speer fallen und griff sich an die durchbohrte Kehle, wankte dabei hin und her. Curran setzte sofort nach, nahm die herrenlose Waffe vom Boden auf und rammte sie durch das rostige Kettenhemd in den Bauch der Kreatur, die röchelnd zusammenbrach.

Curran wartete nicht, bis sie den Rest ihres frevlerischen Lebens ausgehaucht hatte. Rasch griff er nach seinem Dolch und zog ihn aus der Wunde, dann eilte er zur Pforte, öffnete sie einen Spalt und glitt hinein.

Mehrere Felsengänge zweigten auf der anderen Seite ab, jedoch nur aus einem drang schwacher, rötlich glimmender Lichtschein. Diesem folgte Curran. Er hielt sich eng an der glatten Stollenwand, stets auf der Hut vor weiteren Wachen, die sich in den inneren Kavernen herumtreiben mochten, doch er traf niemanden mehr an; dafür erweiterte sich der Stollen vor ihm plötzlich zu der gewaltigsten Höhle, die er bislang in Nurmorod gesehen hatte.

Sie war so groß, dass er ihre wahren Abmessungen nur erahnen konnte. Tropfsteine aus einst flüssigem und dann wieder erstarrtem Gestein hingen von der Decke, dräuend wie die Zähne eines gewaltigen Ungeheuers.

Dies also war einst der Hort des Drachenkönigs gewesen – und mitten darin erblickte er Margok.

Mit einem weiten Gewand aus schwarzer Seide angetan, lag der Dunkelelf auf dem Rücken, jedoch nicht in einem Bett, wie gewöhnliche Kreaturen es zu tun pflegten, sondern frei schwebend, drei oder vier Ellen über dem Boden und von jener rötlich schimmernden Aura umgeben, die die einzige Lichtquelle in der Höhle war.

In einer ersten instinktiven Reaktion schreckte Curran zurück. Dann sah er, dass Margoks Augen geschlossen waren und seine hagere Brust sich gleichmäßig hob und senkte.

Der Dunkelelf schlief.

Curran fasste sich ein Herz, entsann sich seines Vorhabens und des Dolchs in seiner jetzt schweißnassen Rechten.

Mit wachsamen Blicken vergewisserte er sich noch einmal, dass keine Wachen in der Nähe waren, dann schlich er auf den schlafenden Zauberer zu. In gebückter Haltung, den Dolch bereits zum Stoß erhoben, pirschte er an Margok heran, ihn weiter misstrauisch beäugend.

Schließlich trennten Curran nur noch wenige Schritte von seinem Opfer, und er war bitter entschlossen und bereit, den tödlichen Stoß zu führen.

Da schlug der Dunkelelf die Augen auf.

9.

MADON DEISH

Noch in Aderyns Bad hatten sie es zum ersten Mal getan.

Dann einmal auf dem Weg zu ihrem Schlafgemach.

Und dort gleich noch einmal.

Balbok, der von diesen Dingen bislang nicht allzu viel Ahnung gehabt hatte (obschon Rammar immer wieder versucht hatte, ihm die Sache mit den Bienen und den Blüten zu erklären), hatte nicht recht gewusst, wie ihm geschah. Doch irgendetwas musste er wohl richtig gemacht haben, denn von Mal zu Mal war Lady Aderyn sanfter geworden. Zu Beginn hatte er noch befürchtet, dass sie ihn wahlweise im warmen Wasser ertränken oder zwischen ihren Schenkeln zerquetschen wollte – am Ende, als der neue Tag bereits über den Dächern und Türmen von Taras Caron dämmerte, lag sie in seinen langen Armen. Genau wie er selbst war sie erschöpft und von Blessuren übersät angesichts all der Dinge, die sie in der Nacht gemeinsam getan hatten. Aber zum allerersten Mal konnte Balbok in ihren strengen Zügen den Anflug eines Lächelns erkennen.

»Ich habe es gewusst, von Anfang an«, sagte sie leise.

»So?« Er hob die Brauen. »Was denn?«

»Dass du nicht wie die anderen Männer in Anwar bist.« Ihre grünen Augen sahen ihn an. »Ich wollte dich, von dem Moment an, da ich dich zum ersten Mal erblickte. Und du hast mich nicht enttäuscht.«

»*Korr*«, stimmte Balbok geschmeichelt zu – oder hätte er widersprechen sollen? Bis vor ein paar Stunden hatte er ja keine Ahnung gehabt, dass es außer Zählen, Unmengen von *bru-mill* zu vertilgen und den *saparak* zu schwingen noch etwas anderes gab, worin er *wirklich* gut war …

»Vor langer Zeit«, fuhr sie fort, »habe ich einen Mann gekannt, der auch nicht wie andere war.«

»Ein Ork?«, fragte Balbok.

»… ein Krieger«, fuhr sie fort. »Er hieß Curran.«

»Curran?« Der Name kam ihm ziemlich bekannt vor …

»So hieß er.« Sie nickte. »Einem Mann wie ihm bin ich nie wieder begegnet. Doch die Dinge waren kompliziert, und unsere Wege trennten sich … vor sehr, sehr langer Zeit.«

Balbok hob die Brauen. »Wie lange?«

Aderyn schloss die Augen. »Nach sterblichen Begriffen eine Ewigkeit. Die Zeit war eine trostlose, einsame Ödnis – bis du gekommen bist.«

»*Korr*«, wiederholte Balbok. Es schien ihm das Naheliegendste zu sein.

»Ein wenig«, fuhr Aderyn fort, die ihre Augen wieder geöffnet hatte und ihn damit prüfend ansah, »erinnerst du mich sogar an ihn. Nicht in deinem Aussehen, aber in deinem Wesen, in deiner Art, die Dinge anzugehen …«

Balbok nickte, während irgendwo in seinem Kopf eine Frage auftauchte. Es mochte eine dumme Frage sein, und vermutlich hätte Rammar ihn dafür gescholten. Aber war dieser Curran, von dem Aderyn sprach und der vor so langer Zeit gelebt hatte, womöglich derselbe wie der, von dem ihnen der Zauberer Rurak einst erzählt hatte? Der Urvater aller Orks, von dem Balbok und Rammar in direkter Linie abstammten?

Das hätte zumindest erklärt, warum Aderyn sich durch Balbok an ihn erinnert fühlte … aber vermutlich war das alles Blödsinn, und Balbok hütete sich davor, es laut auszusprechen. Schließlich gefiel ihm die Art und Weise, wie die Drachenfrau ihn ansah, und so sollte es auch bleiben. Wenn schon, dann musste er jetzt etwas wirklich Scharfsinniges sagen …

»Dann musst du ja schon ziemlich alt sein«, war das Erste, was ihm in den Sinn kam, und er sah ihr dabei tief in die Augen.

»Deshalb nennt man uns die Ewigen«, gab sie gelassen zurück, während ihr sehniger, reptilienhafter Körper sich aufreizend unter ihm rekelte. »Sterbliche kommen und gehen, während die Mitglieder des Rates immer weiterleben … das stört dich doch nicht?«

»*Douk*.« Balbok schüttelte den Kopf. »Rammar und ich sind schließlich auch nicht mehr die Jüngsten.«

»Wer ist Rammar?«

»Mein Bruder.«

»Ist er auch so wie du?«

»*Douk*«, behauptete Balbok schnell und schüttelte entschieden den Kopf. »Er ist ganz anders. Längst nicht so stark. Und ein ziemlicher *umbal*. Aber zu Hause auf unserer Insel sind wir beide Könige.«

»Auf eurer Insel?«

»*Korr*«, bestätigte Balbok stolz.

»Was für eine Insel soll das sein? Alle Eilande vor der Küste Anwars stehen unter der Herrschaft des Reiches.«

»Unsere nicht«, widersprach Balbok stolz. »Es ist auch nur eine ganz kleine Insel …«

»Voller Wildwüchse, wie ich vermute?«

»Orks«, verbesserte er. »Und Gnomen und auch noch ein paar Trolle, wegen der Sülze.«

Aus ihren grünen Reptilienaugen sah sie ihn an. Was in ihrem Kopf vor sich ging, war nicht festzustellen. »Ich verstehe«, sagte sie schließlich. »Vielleicht kannst du mir deine Insel eines Tages … zeigen?«

»*Korr*«, versicherte Balbok, auch wenn daraus natürlich nichts werden würde. Schließlich war all das hier nur ein süßer Traum, und gleich würde Rammar ihn unwirsch wachrütteln, weil er verschlafen hatte. »Bis dahin kann ich dir aber ja noch was anderes zei…«

»Nicht jetzt«, fiel sie ihm ins Wort und schüttelte ihn von sich ab, so als wäre sie seiner plötzlich überdrüssig geworden. Ein wenig verwundert kratzte sich Balbok am Hinterkopf – als er bemerkte, dass sie nicht mehr allein in Aderyns Schlafgemach waren.

Cygo erschien von einem Augenblick zum anderen, indem er die Drachenhaut abstreifte. Wie lange er dort schon gestanden und womöglich zugesehen hatte, konnte Balbok nicht sagen. Aber er stellte fest, dass der Schattenwandler verändert aussah. Sein weites Gewand war zerschlissen, und er hatte Blutspritzer im Gesicht. Ein selten zufriedenes Grinsen spielte um seine breiten Mundwinkel.

»Du bist zurück.« Aderyn hatte sich auf ihrer Schlafstatt aufgerichtet. An ihrer Nacktheit schien sie sich nicht im Geringsten zu stören – anders als Balbok, der die Felldecke an sich zog.

»Das bin ich Herrin«, begann Cygo sachlich – er sah seine Herrin wohl nicht zum ersten Mal in dieser Aufmachung. »Und ich habe gute Nachrichten für Euch. Der Überraschungsangriff ist gelungen, wir haben in der vergangenen Nacht einen entscheidenden Schlag gegen den Widerstand geführt.«

»Durwain?«, fragte sie nur.

»Ist auf der Flucht«, gestand der Schattenwandler ein, »aber wir haben viele seiner Anhänger erschlagen und noch mehr gefangen. Und wir haben den angeblichen Erben …«

»I-in der vergangenen Nacht?« Erst jetzt begriff Balbok, was der Spion da sagte. Verwirrt sah er zuerst Cygo und dann Aderyn an.

»So bald schon? Warum habe ich nichts davon gewusst? Und wieso war ich nicht dabei?«

»Weil du andere Dinge zu tun hattest«, beschied ihm die Drachenlady mit einem Blick über die Schulter. »Und weil der gute Cygo mir anvertraut hat, dass du zu sehr mit den Aufständischen fühlst. Vermutlich deshalb, weil du selbst ein Wildwuchs bist.«

»Ein Ork«, verbesserte Balbok und starrte vor sich hin. Wie anders sie sich plötzlich anhörte, wie kalt und gemein. »Und Orks lieben nun mal die Freiheit.«

»Freiheit bedeutet Chaos«, entgegnete Aderyn sichtlich angewidert, »und Chaos ist der Feind. Was wir brauchen, ist Kontrolle – und der Rat der Ewigen übt diese Kontrolle aus. Durch die Schwarzen Garden gibt er dem Reich Ruhe und Ordnung.«

»Aber die Leute in den Straßen leiden«, wandte Balbok ein. »Wenn ihr ihnen nur ein wenig mehr Freiheit …«

»Schluss jetzt!«, herrschte Aderyn ihn an, dass er zusammenfuhr. Jede Freundlichkeit war aus ihrer Stimme gewichen. Ihre Augen, die ihn zuvor noch voller Leidenschaft angesehen hatten, wirkten jetzt kalt und unnahbar. »Cygo hatte also recht, wie es aussieht.«

»*Douk*«, verneinte Balbok kopfschüttelnd. »Ich denke nur, dass …«

»Wer hat dir gesagt, dass du denken sollst?«, fuhr sie ihn an und klang dabei genau wie Rammar. »Auf wessen Seite stehst du, Balbok? Auf der meinen oder auf der dieser Aufwiegler?«

Balbok biss sich auf die Lippen.

Er mochte diesen Traum immer weniger.

»Auf deiner«, stieß er leise hervor.

»Dann beweise es mir«, verlangte sie.

»Wie denn?« Er hob die Brauen.

»Der Scharlatan, den Durwain auf den Thron bringen wollte, befindet sich in unserer Gewalt?«, vergewisserte sich Aderyn, an Cygo gewandt.

»Ja, Herrin.«

»Und seine Gefolgsleute ebenfalls?«

»So ist es, Herrin – und nicht wenige.«

»So wünsche ich, dass sie noch heute vor aller Augen hingerichtet werden. Unsere Untertanen sollen begreifen, wie eitel ihre Hoffnung ist und wie nichtig ihr Ansinnen – und du, mein feuriger Liebhaber«, fügte sie hinzu und wandte sich wieder Balbok zu, »wirst es sein, der ihnen eigenhändig die Häupter von den Schultern trennt.«

»Ich?« Balbok deutete auf sich selbst.

»Sollte noch ein anderer feuriger Liebhaber hier sein außer dir?« Sie lächelte, und für einen Moment nahmen ihre Augen wieder den alten, leidenschaftlichen Ausdruck an. »Kannst du das für mich tun?«

»A-aber ich bin doch kein *krok'dokor*«, beteuerte Balbok kopfschüttelnd. »Da-das bringt keine Ehre ...«

»Ehre vielleicht nicht, aber es beweist mir deine Loyalität«, hielt sie dagegen. »Wie lautet also deine Entscheidung?«

Balbok schluckte.

»*Korr*«, sagte er dann heiser.

Es war wirklich ein beshnorshter Traum geworden.

10.

BUUR'DOK'DH!

»Du.«

Der Blick, mit dem Margok Curran bedachte, war niederschmetternd und voller Anklage.

Curran stand da, den Dolch noch erhoben, den er ins Herz des Dunkelelfen hatte senken wollen. Mit aller Kraft versuchte er, den Stoß zu vollführen, doch er konnte sich nicht bewegen, sein Waffenarm gehorchte ihm nicht. Margoks Macht hatte von ihm Besitz ergriffen ...

Noch immer über dem Boden schwebend, drehte sich der Dunkelelf, sodass er nun aufrecht vor ihm stand. Seine kalten Augen musterten Curran, schienen bis in sein Innerstes zu dringen. Leugnen war zwecklos, dessen war sich Curran nur zu bewusst. Was hätte er auch sagen sollen? Was behaupten, das ihn nicht als Verräter und Meuchelmörder entlarvt hätte?

»Ich wollte es nicht glauben«, flüsterte der Dunkelelf voller Bitterkeit, »wollte nicht wahrhaben, dass ausgerechnet der, den ich an die Spitze meiner Diener gestellt, dem ich so viele Privilegien eingeräumt hatte wie niemandem sonst, mich verraten würde.«

Curran blieb eine Antwort schuldig. Er wollte zu Boden blicken oder einfach nur die Augen schließen, aber nicht einmal das gelang ihm. Margok hielt seinen Körper gefangen, zwang ihn, ihn weiter anzusehen, während er sich ihm schwebend näherte und ihm den Dolch aus der erhobenen Rechten nahm.

»Elfensilber«, stellte Margok fest, während er die Klinge nachdenklich in Augenschein nahm. »Hast du wirklich gedacht, dass das genügen würde? Dass es so einfach sein würde, die Existenz des Dunkelelfen zu beenden? Glaub mir«, fügte er lächelnd hinzu, »andere und sehr viel Mächtigere als du haben es versucht, doch sie sind alle gescheitert.«

Er wog die Waffe in seinen Knochenhänden, und für einen Moment sah es so aus, als wollte er damit zustoßen und die Klinge, die ihn hatte töten sollen, in Currans Herz lenken. Nicht, dass Curran sich davor gefürchtet hätte, er sehnte es beinahe herbei, wollte, dass der Schmerz und die Schmach der Niederlage endeten. Doch Margok wäre nicht Margok gewesen, hätte er so rasch von ihm abgelassen ...

»Warum?«, forderte er stattdessen. »Habe ich dir nicht alles gegeben, was du dir erhofft hattest?«

Diesmal wollte Curran etwas erwidern, aber er konnte es nicht, seine Lippen waren verschlossen. Erst auf einen Wink Margoks hin konnten sie wieder Worte formen. »Das habt Ihr«, gab Curran keuchend zu, »doch dann habt Ihr ... Euer Versprechen gebrochen.«

»Welches Versprechen?«

»Das Ihr mir gegeben habt, als wir unser Bündnis schlossen. Die Verheißung, Begründer einer neuen Rasse zu werden, einer neuen Art. Ich habe mich darauf eingelassen und war bereit, alles dafür zu tun, selbst zu sterben. Doch Ihr habt mich getäuscht.«

Margok hob die schmalen Brauen. »Inwiefern?«

»Indem Ihr immer weiter geforscht habt«, knurrte Curran. »Es ist nur eine Frage der Zeit, wann jene kommen werden, die meine Getreuen und mich ersetzen.«

»Darum geht es? Ihr habt Angst, unterlegen zu sein? Von der Geschichte vergessen zu werden?« Der Dunkelelf lachte auf. »Die Natur gelangt durch Auslese zum bestmöglichen Ergebnis. Ich tue nichts anderes, nur schneller und wirkungsvoller. Niemand vermag vorherzusehen, wann die Entwicklung ihn überholt. Noch nicht einmal die stolzen Söhne Sigwyns«, fügte er sarkastisch hinzu. »Keine Herrschaft hat auf ewig Bestand, mein einfältiger Diener.«

»Das weiß ich«, versicherte Curran keuchend, das Sprechen fiel ihm schwer unter diesen Bedingungen, »aber die meine hat noch nicht einmal begonnen!«

»Und du glaubst, du hättest ein Anrecht darauf zu herrschen? Dergleichen habe ich dir nie versprochen. Es ist deine eigene Sucht nach Geltung, die dir das eingeredet hat und die dich heute Nacht hierhergeführt hat, einen lächerlichen Dolch in den Händen.«

Margok machte eine weitere Handbewegung, worauf er langsam zu Boden sank und das Leuchten um ihn herum erlosch. Gleichzeitig flammten, wie von Geisterhand entzündet, zwei Dutzend Feuerkörbe auf, die in dem Gewölbe einen weiten Kreis formten und Felswände und von der Decke hängende Schlacke aus der Dunkelheit rissen. Mit im Rücken verschränkten Armen ging Margok um Curran herum, der noch immer mit erhobenem Arm dastand, wie zur Statue erstarrt.

»Ich möchte dir etwas erzählen«, begann der Dunkelelf wieder. »In grauer Vorzeit war ganz *amber* von Eis überzogen, und es gab nur einen einzigen Kontinent. Den widerstreitenden Kräften der Natur ausgesetzt, brach er schließlich auseinander und formte die Welt, wie wir sie heute kennen, und Riesen und andere Unholde aus dem Inneren der Erde traten auf und hielten sich für ihre Herrscher. Doch dann kamen die Drachen und vertrieben sie, und auch sie hielten sich wieder für die uneingeschränkten Herrscher der Welt, bis das erste Himmelsschiff eintraf und unter Mirons Führung Elfen nach Erdwelt gelangten. Auch wenn die Drachen, die bis dahin mit Furcht und Feuer geherrscht hatten, es damals noch nicht wahrhaben wollten – ihre Zeit ging damit zu Ende, und die der Söhne und Töchter Sigwyns begann, die seither andauert … aber wie lange noch?« Er war vor Curran stehen geblieben, ein schädelhaftes Grinsen im knochigen Gesicht. »Nichts ist von Bestand, das solltest du wissen.«

»Ich weiß«, stieß Curran hervor, »und Eure Herrschaft ist es ebenfalls nicht!«

»Da wäre ich mir an deiner Stelle nicht so sicher«, konterte Margok, »denn meine Macht gründet auf Kräften, die älter sind als alles, was wir kennen. Doch vermutlich spielst du auf die Tatsache an, dass deine acht Gefährten es dir gleichtun und just in diesem Augenblick ebenfalls schändlichen Verrat an mir verüben …«

Er sagte es so dahin, doch für Curran war es wie ein Schlag ins Genick. Ein Ächzen war alles, was er hervorbrachte.

»Euer lächerlicher kleiner Plan wurde durchschaut, Curran von Dinas Lan. Deine Gefährten sind bereits meine Gefangenen.«

»Ihr … lügt«, würgte Curran heraus, zu mehr war er nicht in der Lage.

Margoks Grinsen wurde daraufhin nur noch breiter. Den Elfendolch warf er achtlos weg und klatschte dann in die knochigen Hände. Das Geräusch hallte in dem riesigen Gewölbe wider und war noch nicht ganz verklungen, als in dem Halbdunkel jenseits der Feuerkörbe Bewegung auszumachen war. Curran, der nach wie vor nicht in der Lage war, den Kopf zu drehen, nahm aus dem Augenwinkel schemenhafte Gestalten wahr, dazu hörte er das Klirren von Ketten.

Um wen es sich handelte, sah er erst, als der Feuerschein die Gestalten erfasste und sie in sein Blickfeld traten. Der Anblick erfüllte ihn mit Entsetzen.

Es waren seine Gefährten – Dufanor, Aderyn, Hirulon, Narkon, Korukan, Kelon, Gulucin und Bormon –, und alle acht waren sie mit Eisenketten gefesselt und wurden von Margoks neuen Schergen bewacht.

Currans entsetzter Blick ging zuerst zu Dufanor, dann zu Aderyn. Hoffnungslosigkeit sprach aus den Augen seiner ehemaligen Generäle – und in diesem Augenblick wurde ihm klar, dass ihre Revolte gescheitert war.

Doch fürchtete Curran in diesem Moment der bitteren Erkenntnis nicht um sich selbst noch um das Leben seiner Getreuen. Seine ganze Sorge galt Liatha.

11.

KROK'DOKOR

Rammar war schlechter Laune.

Auf einen Ork aus echtem Tod und Horn traf das eigentlich immer zu, doch gab es verschiedene Abstufungen davon, von einer leichten Verstimmung bis hin zu ausgewachsenem *saobh*. An diesem Morgen jedoch war Rammar einfach nur deprimiert, und das war auch kein Wunder.

Es ging zum Schafott.

Gleich bei Tagesanbruch hatte man ihn aus dem finsteren Loch geholt, in das man ihn nach seiner Gefangennahme gesteckt hatte. Anfangs hatte er noch gehofft, dass man ihn herausholen und verhören und dass sich dabei vielleicht irgendetwas ergeben würde, womit er, der er ja immerhin König war, ein wenig verhandeln und womöglich seine Freilassung erreichen könnte.

Aber die Schwarzgardisten hatten kein Wort mit ihm gesprochen, und die Mitglieder des Rates wussten vermutlich nicht einmal, welch hohen Gast sie in ihren Kerkern beherbergt hatten. Sie legten vermutlich nur auf eine einzige Sache Wert, nämlich dass er möglichst rasch und ohne Federlesens in Kuruls dunkle Grube sprang, zusammen mit den anderen, die bei der Versammlung verhaftet worden waren.

Erst jetzt, da sie zusammengetrieben wurden, erkannte Rammar, wie viele es tatsächlich waren, sicher Hunderte, womöglich sogar ein paar Dutzend. Und mit Finras erkannte er sogar ein vertrautes Gesicht unter ihnen.

Der schmächtige Widerstandskämpfer sah elend aus. Er humpelte, und eine Hälfte seines blassgrünen Gesichts war von getrocknetem Blut bedeckt. Er machte den Eindruck von jemandem, der jeden Augenblick losheulen wollte. Mit anderen Worten: Er sah genauso aus, wie Rammar sich fühlte.

»*Achgosh*, Grünling«, grüßte der Ork. Wie Finras und alle anderen Gefangenen war auch er an Armen und Beinen gefesselt. Kleine Schritte konnten sie damit machen, an Flucht war nicht zu denken. »Ich habe euch gesagt, dass es hässlich enden würde. Aber ihr wolltet ja nicht auf mich hören – nun müssen wir alle das Beil des Henkers fühlen.«

»Und wenn schon, unser Leben bedeutet nichts«, war Finras überzeugt. »Curran ist es, um den ich fürchte.«

»Also, *mein Leben* bedeutet mir auf jeden Fall etwas, Schimmelhirn«, raunzte Rammar – ehe ihm klar wurde, was der andere soeben gesagt hatte. »Curran? Du meinst Enok?«

Finras sandte ihm einen trüben Blick. »Hast du es nicht mitbekommen? Der Erbe wurde ebenfalls gefasst. Die Ewigen werden ihn töten – und mit ihm stirbt auch unsere Hoffnung!«

»Den Jungen haben sie auch geschnappt?« Rammar stieß eine Verwünschung aus. »Bei Torgas Eingeweiden! Und ich habe ihm noch gesagt, dass er die Finger von dem verdammten Elfenzeug lassen soll ...«

»Du ... kennst den Erben?« Nicht bloß großer Respekt, sondern grenzenlose Bewunderung klang nun in Finras' Stimme mit.

»Das will ich meinen«, schnaubte Rammar, »er ist der elende Rotzbengel, nach dem ich suche! Nur dass sein Name nicht Curran ist, sondern Enok. So haben mein Bruder und ich ihn jedenfalls genannt, als er noch ein kleiner Shnorsher war.«

»Dann besteht womöglich doch noch Hoffnung.« Finras' Blick veränderte sich abermals, wurde jetzt richtig seltsam. »Die Vorsehung ist am Wirken ...«

»Schmarren«, widersprach Rammar schon aus purem Eigeninteresse, »denn dann wäre ja auch vorgesehen, dass wir um einen Kopf kürzer gemacht werden, und dieser Gedanke gefällt mir ganz und gar nicht!«

Finras erwiderte nichts darauf, und das war auch besser so, Rammar hätte sich sonst vielleicht vergessen. Er hatte keine Ahnung, wohinein er hier geraten war, aber eines wusste er ganz bestimmt: Dass er den Rüssel voll davon hatte und nach Hause wollte, zurück auf seine Insel.

Doch davon konnte keine Rede sein, im Gegenteil.

Die Schwarze Garde marschierte auf, sowohl zu Fuß als auch auf grünen Echsentieren reitend. Mit langen Spießen bugsierten sie die Gefangenen auf einen Haufen, um sie anschließend wie eine Herde Vieh aus dem Innenhof der Festung zu treiben. Durch ein großes Tor ging es über die sich wie eine Schlange windende Straße hinab in die Stadt und zum Marktplatz, auf dem sich bereits eine schaulustige Menge versammelt hatte. In die schimmelgrünen Gesichter, die seine Mitgefangenen und ihn neugierig angafften, hätte Rammar am liebsten gespuckt, aber daran war nicht zu denken. Im Gegenteil, seine Maulhöhle fühlte sich an wie ausgedörrt, und seine Zunge war zu einem dicken Kloß angeschwollen.

Sein Pulsschlag hämmerte, während sie durch die Menge getrieben wurden, auf das Podest zu, das sich in der Mitte des Platzes erhob. Dass es nicht aus Holz gezimmert, sondern aus Stein gemauert war, verriet Rammar, dass es wohl öfter im Gebrauch war. Obendrauf stand der Richtblock, und eine in den Stein gehauene Rinne sorgte dafür, dass das Blut ordentlich abfloss, alles ganz praktisch.

Rammar drehte sich der Magen um.

Der Richter stand oben auf dem Schafott und erwartete sie – ein unscheinbarer Kerl, der mit einem weiten Mantel und langem, bereits ergrautem Haar nach mehr auszusehen versuchte, als er vermutlich war. Mit gleichgültigen grauen Augen sah er den Gefangenen entgegen und ließ schon jetzt keinen Zweifel daran, wie sein Richtspruch ausfallen würde.

Vor den Stufen des Podests sammelte man die Herde. Einige von Rammars Mitgefangenen jammerten und weinten leise vor sich hin. Der Ork hatte nicht einmal mehr Verachtung dafür übrig. Ihn beschäftigte eher, dass er in beängstigender Nähe zu der Treppe stand, die auf das Schafott führte – und prompt deutete der Richter direkt auf ihn.

»Mit dir, Wildwuchs«, rief er, »wollen wir beginnen!«

»Warum ausgerechnet mit mir?«, fragte Rammar.

»Außer dir ist kein Wildwuchs da«, konterte der Alte. »Und Wildwuchs muss nun einmal zuerst ausgerissen werden!«

Damit nötigte man Rammar auch schon die Stufen hinauf, ein halbes Dutzend Spieße pikte ihn in den verlängerten Rücken. Er ließ ein unwilliges Knurren vernehmen, fügte sich aber. Was hätte er sonst auch tun sollen? Nicht einmal ein ausgemachter *saobh* konnte ihn aus dieser Lage retten. Ganz abgesehen davon, dass er Todesangst hatte, und die vertrug sich nicht besonders mit der berüchtigten orkischen Raserei ...

»Leb wohl, Freund«, gab Finras ihm mit auf den Weg. Woher nahm der Knilch nur diese Ruhe? Womöglich, dachte Rammar, hatte er ihn und seine Widerstandskämpfer doch falsch eingeschätzt.

Ein Raunen ging durch die Menge, als Rammar oben auf dem Richtpodest erschien. Er ließ den Blick über den Platz schweifen, sah in zahllose blassgrüne Mienen. Der Gedanke kam ihm, dass sie das Letzte waren, was er auf dieser Welt sehen würde, und am liebsten hätte er sich übergeben. Aber sein Magen fühlte sich nun ebenso leer an wie sein Kopf, zu einem klaren Gedanken war er nicht mehr fähig. Er wollte nur, dass es endete.

Der Richter laberte irgendetwas, behauptete, dass die Gefangenen sich gegen den Rat verschworen hätten und dass das Gesetz dafür nur eine Strafe kenne, nämlich den Tod. Er forderte die Schaulustigen auf, sich genau anzusehen, wie es denen erginge, die sich gegen die Obrigkeit erhoben. Dann wurde Rammar auch schon von groben Händen gepackt und zum Richtblock gezerrt.

Mit vorgehaltenen Klingen zwang man ihn, niederzuknien und den Kopf daraufzulegen. Schweigen herrschte auf dem Platz, aller Augen waren auf ihn gerichtet. Eigentlich liebte er Auftritte wie diesen, und wäre die Situation eine andere gewesen, hätte er sie sicher genutzt, um die eine oder andere Rede loszuwerden. Aber in Anbetracht der Lage versagte seine Stimme, und etwas schnürte ihm die Kehle zu.

So also, dachte er, endete das Leben Rammars des schrecklich Rasenden. Es war jämmerlich.

Schritte näherten sich hinter ihm.

»Büttel, walte deines Amtes!«, befahl der Richter.

Am Boden konnte Rammar sehen, wie sich der Schatten seines Henkers heranschob, dunkel und lautlos über das fleckige Gestein. Er verspürte die trotzige Gewissheit, dass es sich bei diesem Henker um einen feigen *umbal* handelte. Einen, der es normalerweise nie gewagt hätte, die Hand gegen Rammar den schrecklich Rasenden zu erheben. Der vermutlich zu dumm war, seine Arbeit ordentlich zu erledigen.

Schon hob der Henker die Axt …

Rammar konnte geradezu riechen, dass dieser Kerl nichts als Trolldung im Kopf hatte. Wenn er jetzt danebenhieb, würde es mehr wehtun als nötig, und Rammars Laune würde noch schlechter werden, als sie es ohnehin schon war …

Seine letzten Gedanken galten Balbok.

Ein wahrer Bruder hätte ihm jetzt zur Seite gestanden. Aber Balbok natürlich nicht. Für ihn war das Wort nichtsnutzig ja geradezu erfunden worden.

Sollte er künftig alleine sehen, wie er klarkam. Rammar jedenfalls würde ihm fortan nicht mehr den Kopf aus der Schlinge ziehen und den *bru-mill* auslöffeln, den seine Dummheit ihnen eingebrockt hatte.

Niemals wieder …

Rammar kniff die Augen zu.

Er wollte nicht sehen, wie das verdammte Ding herabfiel, wartete lieber ab, bis …

Aber die Axt des Henkers fiel nicht.

Eine quälende Ewigkeit verging, in der Rammar damit rechnete, dass das messerscharfe Blatt jeden Augenblick auf ihn niedergehen und sein prächtiges Haupt vom dicken Hals trennen würde. Aber das geschah nicht.

Dafür war plötzlich ein heiseres Keuchen zu vernehmen und dann eine heisere, nur zu vertraute Stimme.

»Rammar …?«

12.

Rammar glaubte, nicht recht zu hören.

Sicher hatte er sich geirrt, erlaubten sich seine Sinne im Angesicht des Todes einen fiesen Streich mit ihm … andererseits saß sein Kopf noch immer auf seinen Schultern, und das war ganz und gar keine Täuschung!

Rammar blinzelte, spähte nach dem Schattenwurf am Boden. Der Henker stand unbewegt, die Axt noch immer erhoben. Und obwohl der Schatten verzerrt war, kam ihm etwas daran ziemlich bekannt vor …

Ächzend warf er sich auf dem Richtblock herum und starrte an seinem Henker empor, der wie Gulz der Schlächter über ihm stand, die Gesichtszüge von einer Kapuze verhüllt. Durch die Sehschlitze stierte er auf Rammar herab – und ließ die Axt plötzlich sinken.

»Büttel«, begehrte der Richter auf. »Was fällt dir ein? Tu gefälligst, was von dir erwartet wird!«

Doch statt der Aufforderung nachzukommen, ließ der Henker sein Werkzeug noch weiter sinken – und zog sich kurzerhand die Kapuze vom Kopf.

Was darunter zum Vorschein kam, raubte Rammar den Atem und beinahe auch den Verstand – denn es waren die ebenso langen wie einfältigen Gesichtszüge seines Bruders!

»Ba… Balbok?«, stieß Rammar ungläubig hervor. Sicher bildete er sich das nur ein, vermutlich saß sein Kopf nicht einmal mehr auf seinen Schultern …

»Rammar!« Das Gesicht des großen Orks wurde noch länger, seine Augen rollten ahnungslos in ihren Höhlen. »Was machst du denn in meinem Traum?«

»In deinem …?«

Rammar schnappte nach Luft. Spätestens jetzt wusste er, dass er keiner Täuschung erlegen war und es tatsächlich sein Bruder war, der vor ihm stand und treudoof auf ihn herabstarrte – denn keine

Täuschung konnte jemals so dämlich sein! Kein Wunder, dass er diese Dummheit bereits dem Schatten angesehen hatte. »Das ist kein Traum, du dämlicher Lulatsch, sondern die bittere Wirklichkeit«, lamentierte er lauthals drauflos, »und du hättest mich beinahe umgebracht!«

»Kei-kein Traum?« Balbok sah ihn aus in grenzenlosem Erstaunen geweiteten Kuhaugen an.

»Nein, verdammt noch mal! Und ich könnte dich ebenso gut fragen, was du hier zu suchen hast – ich bin es schließlich nicht, der mit einem Henkersbeil durch die Lande zieht und arglose Könige köpft!«

Die Winkel von Balboks breitem Maul fielen nach unten, sein Kopf sank zwischen die knochigen Schultern, wie immer, wenn er sich wegen etwas schämte.

»Was ist jetzt?«, fragte der Richter ungeduldig. »Henker, du wirst nicht fürs Reden bezahlt, sondern für …«

Wofür Balbok seiner Ansicht nach bezahlt werden sollte, blieb für immer das Geheimnis des gestrengen Richters. Wie um ihn zu verscheuchen, schwang Balbok das Henkersbeil in seine Richtung – und plötzlich war es nicht Rammars Haupt, das lose in die dafür vorgesehene Kuhle im Boden rollte, sondern das des Richters. Der kopflose Torso stand noch lange genug, um aller Blicke auf sich zu ziehen, um Entsetzen unter den Schaulustigen auszulösen und blinde Wut unter den Gardisten – als er endlich von den Beinen kippte, entlud sich die aufgestaute Spannung über dem Platz in panischem Geschrei und blinder Gewalt. Die beiden Brüder, die sich so unverhofft wiedergefunden hatten, bekamen davon allerdings nicht allzu viel mit …

»Ich dachte, du wärst zu Hause«, meinte Balbok, während er Rammar auf die Beine zog. Die Schaulustigen unten auf dem Platz rannten unterdessen schreiend davon.

»Da wäre ich gerne«, versicherte Rammar entrüstet, »aber du Hirnfurz musstest ja unbedingt dem kleinen Stinker zu dem Wrack folgen. Und nun sieh, wohin es uns gebracht hat!«

Ungeduldig wartete er, bis Balbok seine Fesseln durchtrennt hatte, dann rieb er sich die schmerzenden Gelenke.

Um sie herum war Chaos ausgebrochen: Der Hauptmann der Gardisten hatte seine Leute formiert und ließ sie gegen die Gefangenen vorrücken, die sich angstvoll am Fuß des Schafotts drängten. Von der anderen Seite sprengten die Echsenreiter der Garde mit eingelegten Lanzen heran. Wer sich von den flüchtenden Zuschauern nicht rechtzeitig in Sicherheit bringen konnte, fand unter den Klauen der Tiere ein übles Ende. Und unter den Gefangenen herrschte Panik, weil sie, gefesselt und unbewaffnet, wie sie nun einmal waren, den Gardisten nichts entgegenzusetzen hatten. Der Richter mochte nicht mehr unter den Lebenden weilen. Zum Tode verurteilt waren sie trotzdem …

»*Shnorsh*«, knurrte Rammar, der Finras und noch ein paar andere aus dem Haufen der Widerständler unter ihnen erblickte. »Wir müssen ihnen helfen.«

»Ihnen helfen?« Balbok sah ihn mit großen Augen an. »Aber Rammar, ich habe Lady Aderyn versprochen …« Der strenge Blick, den sein Bruder ihm schickte, ließ ihn verstummen.

»*Korr*«, meinte er dann.

Und schon waren sie unterwegs.

Rammar griff sich die Klinge, die am Gürtel des kopflosen Torsos hing, Balbok warf die Axt weg und zückte seinen *saparak*. Mit heiserem Kampfschrei auf den Lippen sprang er vom Podest und warf sich den Gardisten entgegen, die mit blanken Waffen auf die Gefangenen zustürmten.

Der Hauptmann, der ihnen vorauseilte, bezahlte seinen Wagemut mit dem Leben – sein lederner Harnisch machte Bekanntschaft mit Balboks Klinge. Der Offizier ging in einem Blutschwall nieder, als der Ork die Waffe wieder herausriss, um sie in einem weiten Bogen gegen die anderen Gardisten zu schwingen. Unterdessen hatte Rammar bereits Finras und einige weitere Gefangene befreit, die sich mit allem bewaffneten, dessen sie habhaft werden konnten – von Steinen, die sie aus dem Richtpodest brachen, über Waffen, die sie von den Erschlagenen nahmen, bis hin zu ihren bloßen Fäusten.

Mit dem Mut der Verzweiflung sprangen sie Balbok zur Seite, der mit heiserem Gebrüll unter den Schergen des Rates wütete. Rammar gab es nicht gerne zu, aber wenn er sah, wie sein dämlicher Bruder die Waffe schwang und einen Gardisten nach dem anderen in Kuruls Grube beförderte, musste er zugeben, dass er vielleicht doch ganz nützlich war und er ihn ein wenig vermisst hatte. Dass er sogar ganz froh darüber war, ihn wieder wohlbehalten zurückzuhaben.

Zumindest ein kleines bisschen.

Jetzt waren auch die Echsenreiter heran. Die Spitzen ihrer Lanzen fuhren in die Reihen der Gefangenen und durchbohrten einige von ihnen mit furchtbarer Wucht. Doch so brutal und blindwütig ihr Angriff gewesen war, so kurzsichtig war er auch. Denn da sich ihre Lanzen in den Reihen der Widerständler festgefressen hatten, waren sie praktisch unbewaffnet. Schon wurden die Ersten aus den Sätteln gezogen und mit Fäusten und Tritten traktiert, und kurz darauf waren es plötzlich Finras' Leute, die in den Sätteln der Echsen saßen und sie zur Attacke auf die Gardisten trieben.

Mit jedem Gefangenen, dessen Fesseln Rammar durchschnitt, wuchs die zahlenmäßige Überlegenheit der Widerständler, und die Gardisten gerieten mehr und mehr in Bedrängnis. Es war ein blutiges Scharmützel, ein Schreien, Hauen und Stechen, wie Orks aus echtem Tod und Horn es liebten. Allerdings auch eins von der unübersichtlichen Sorte, bei der man allzu leicht selbst etwas abbekam, und Rammar verspürte kein Verlangen danach, auch noch seine andere Klaue oder irgendein anderes Körperteil einzubüßen, nur weil sie zu lange geblieben waren.

»*Kriok!*«, rief er seinem Bruder zu. »Hauen wir ab, bevor der Feind Verstärkung bekommt!«

»*Korr*«, stimmte Balbok grimmig zu. Noch einmal ließ er seine Klinge kreisen. Ein gellender Schrei erklang, und eine Hand flog durch die Luft, die den Griff der gekrümmten Klinge noch umklammerte.

Dann wandte sich auch Balbok zur Flucht, ebenso wie alle anderen Gefangenen. Sie verschwanden in engen Nischen, windschiefen Kellertüren und dunklen Kanallöchern, selbst ihre Verwundeten nahmen sie mit. Augenblicke später war der Marktplatz so leer und kahl wie Balboks Schädel.

Nur die Erschlagenen blieben zurück sowie jene Gardisten, die im Kampf verwundet oder verstümmelt worden waren und nun erbärmlich schrien, nicht nur vor Schmerz, sondern auch wegen der Schande, die ihnen angetan worden war.

Und die nach blutiger Vergeltung verlangte.

13.

RASH

»Nun?«, fragte Rat Kelon mit vor Sarkasmus triefender Stimme. »Wolltest du nicht den entscheidenden Schlag gegen die Aufständischen führen? Uns von der Vernichtung des Feindes berichten? Stattdessen hören wir von Aufruhr und Tumult in den Straßen der Stadt!«

Wieder einmal stand Cygo unter der Ratskuppel und starrte auf den roten Marmor unter seinen Füßen. Doch niemals zuvor hatte sein Herz so gerast wie dieses Mal.

»I-Ihr habt recht, Herr«, gestand er unterwürfig ein. »Während der Hinrichtung hat sich das Volk erhoben. Es gibt Tote unter den Gardisten ...«

»Und der Erbe?«, wollte Rat Bormon wissen.

»Der angebliche Erbe befindet sich nach wie vor in der Gewalt des Rates, Euer Gnaden«, versicherte der Schattenwandler leise. »Doch die übrigen Gefangenen sind allesamt entkommen. Nicht einer von ihnen wurde seiner gerechten Strafe zugeführt.«

Lady Aderyn stand von ihrem Sitz auf und kam auf ihn zu, die Schultern zurückgenommen und das Haupt drohend vorgereckt. »Sag, dass das nicht wahr ist, Cygo ...«

»Es ist wahr, Herrin«, flüsterte der Spion, zerknirscht und den Tränen nah.

»Wie konnte das passieren?«

»Der Wildwuchs, der sich selbst als Ork bezeichnet ...«

Aderyn blieb stehen. Ihre Gesichtszüge verkrampften sich. »Was ist mit ihm?«

»Er hat die Seiten gewechselt, das hat die Gardisten völlig verwirrt. Tumult brach daraufhin aus ...«

»Balbok«, stieß Aderyn hervor.

»Ich habe Euch gewarnt, dass ihm nicht zu trauen ist, Herrin«, brachte Cygo in Erinnerung und blickte zaghaft von unten herauf.

»Was willst du damit sagen? Dass mich die Schuld an dem trifft, was geschehen ist?«

»Das zu behaupten würde ich niemals wagen, Herrin ... Doch ist mir nicht entgangen, dass Ihr für den Wildwuchs gewisse ... Sympathien hegt. Und womöglich hat Euch dies zu – wie soll ich es ausdrücken? – falschen Schlüssen verleitet ...«

»Was hast du getan, werte Freundin?«, fragte Rat Kelon genüsslich von seinem Sitz aus. »Warst du wieder einmal eine Gefangene deiner eigenen Triebe? Bist du selbst noch nach all den Jahrtausenden der Fleischlichkeit noch immer verfallen? Wir anderen«, beteuerte er, wobei er in einer Unschuldsgeste die Arme ausbreitete, »haben längst die Lust daran verloren.«

»Das glaube ich dir gern, Kelon«, konterte Aderyn schnaubend. »Als ich es einst mit dir getrieben habe, hatte ich schon nach einer Nacht die Lust verloren.«

»Das bringt uns nicht weiter«, stellte Rat Narkon klar und erhob sich ebenfalls. »Was sollen wir nun tun? Wie auf diese Unverschämtheit reagieren?«

»Die Garden sollen sich sammeln und ausrücken«, entgegnete Rat Bormon. »Sie sollen jede Gasse durchkämmen und ebenso die Katakomben.«

»Da könnten wir ebenso gut nach Ratten in einem Rattennest suchen«, wandte Hirulon ein. »Wie sollen wir die Abtrünnigen vom gemeinen Volk unterscheiden?«

»Dann statuieren wir eben ein Exempel!«, verschaffte sich Kelon Gehör. »Nehmt so viele fest, wie uns Gefangene entwischt sind – es ist mir egal, ob es Frauen, Kinder oder Alte sind –, und richtet sie anstelle der Entflohenen hin. Das wird die Stimmung im Volk drehen und gegen die Aufrührer wenden ...«

»... oder die Rechtschaffenen dazu bringen, auf ihre Seite zu wechseln«, wandte Aderyn ein. In ihren Augen brannte eine wilde grüne Glut, doch noch beherrschte sie die Wut, die in ihr kochte. »Die Gesetzlosen mögen in ihre Löcher zurückkriechen und sich dort verstecken. Doch schon bald werden sie sich wieder zeigen, und dann werden wir zur Stelle sein und jedes einzelne Haupt, das es gewagt hat, sich gegen uns zu erheben, auf den Zinnen des Palasts zur Schau stellen!«

»Verstanden, Herrin«, versicherte Cygo eilfertig. »Ich werde die Schattenwandler aussenden, damit sie …« Er unterbrach sich, als er bemerkte, wie sie ihn ansah.

»Du glaubst doch nicht«, sagte Lady Aderyn lauernd, »dass ich dich nach diesem Versagen noch länger in meinen Diensten dulden werde? Noch dazu, wo du versucht hast, einen Teil deiner Schuld auf mich abzuwälzen? Auf mich, deine Gebieterin! Auf eine Rätin der Ewigen!«

»Aber Herrin! Ich habe nicht …«, unternahm der Spion einen halbherzigen Versuch, sich zu verteidigen. Er führte ihn jedoch gar nicht erst zu Ende, denn Aderyns Blick machte ihm klar, dass es sinnlos war.

Er hatte diesen Blick schon früher bei ihr bemerkt, und keiner, den die Drachenfrau je so angesehen hatte, war mehr am Leben. Dem Schattenwandler dämmerte jäh, dass der Augenblick gekommen war, vor dem er sich stets gefürchtet hatte – und er tat, was er sich für diesen Moment überlegt hatte.

Blitzschnell wandte er sich ab und fuhr herum, während er gleichzeitig die Drachenhaut von seiner Schulter nahm, um sie zu entfalten und darunterzuschlüpfen.

Es war eine routinierte Bewegung, die er mit derartiger Schnelligkeit vollzog, dass keiner der Räte ihm mit Blicken folgen konnte, und schon im nächsten Moment war Cygo nicht mehr zu sehen. Doch Aderyn kannte ihren Schattenwandler, und sie hatte damit gerechnet.

Noch während sich Cygo abwandte, hatte sie bereits ihren Dolch gezückt und warf ihn. Die Klinge aus Drachenzahn wirbelte durch die Luft – und schien plötzlich über dem Boden zu verharren, allen Naturgesetzen trotzend.

Im nächsten Moment war ein leises Stöhnen zu hören, dann troff Blut zu Boden.

Als Cygo zusammenbrach, glitt die durchbohrte Drachenhaut von Kopf und Schultern, und zumindest ein Teil von ihm war wieder zu sehen. Schmerzgekrümmt lag er auf dem kalten Boden, den Drachendolch in der Brust, die Gesichtszüge nicht länger voll und rund, sondern aschgrau und eingefallen.

Einen Moment lang stand Aderyn unbewegt.

Dann ging sie zu ihm, ging in die Knie und beugte sich zu ihm hinab. »Ich bedaure, dass es so kommen musste«, sagte sie halblaut, sodass die anderen es nicht hören konnten. Ihre Augen verrieten keine Regung.

»Ich … ebenfalls«, stieß Cygo hervor. Sein Atem rasselte, Blut rann aus seinen Mundwinkeln. Die Klinge hatte seine Lunge durchbohrt. »Stets … ergeben.«

»Ich weiß.« Aderyn nickte.

»Nur noch … eines …«

»Was?« Seine Stimme war brüchig, mit jedem Wort war er schwerer zu verstehen. Aderyn beugte sich zu ihm hinab.

»Der Ork … Balbok … etwas stimmt nicht.«

»Wovon sprichst du?«

»Herkunft … Rätsel … Bedrohung«, stieß der Schattenwandler mühsam und jeweils unter einem Schwall von Blut hervor.

Dann blieb sein Mund offen stehen, und sein Blick wurde leer. Cygo war nicht mehr.

Noch einen Moment kniete Aderyn bei ihm, dann entsann sie sich der anderen Ratsmitglieder, konnte förmlich ihre Blicke im Nacken spüren.

Langsam erhob sie sich, die Klauen zu Fäusten geballt und weißen Dampf aus ihren Nüstern blasend.

Sie mochte nicht in der Lage zu sein, Flammen zu spucken wie einst die Drachin, mit der sie sich verbunden hatte, doch spürte sie, wie sich unbändiger Zorn in ihr ballte, heiß und lodernd wie eine Feuersglut.

Zorn auf einen Ork mit dem Namen Balbok.

Sie hatte ihm Zutritt zu ihrem Gemach gewährt, hatte das Lager mit ihm geteilt und ihm die Möglichkeit gegeben, ihr seine Loyalität zu beweisen – und er hatte sie schmählich verraten.

Dafür würde er bezahlen.

Und mit ihm alle, die auf seiner Seite standen …

14.

ANOCHG-SABAL

»Wo ist der Junge?«

Rammar stürmte so schnell in die von flackerndem Feuer beleuchtete Kaverne, dass Finras und Chulain kaum Schritt halten konnten. Balbok trottete hinterdrein.

In der Höhle gab es einen langen Tisch aus Eichenholz, auf dem Landkarten ausgebreitet lagen. In die dahinter liegende Wand war ein offener Kamin eingelassen, vor dem eine schlanke Gestalt in einem Kapuzenmantel stand und nachdenklich in die Flammen blickte.

»Ich habe dich was gefragt, Faulhirn!«, plärrte Rammar, dass seine Stimme sich überschlug. Die Wachen beiderseits des Eingangs hatten ihre Speere gesenkt und waren drauf und dran, auf den beleibten Ork loszugehen, doch der Mann am Kamin hob einen Arm und gebot ihnen Einhalt.

»Schon gut«, sagte er und wandte sich um. Der Feuerschein spiegelte sich auf der metallenen Maske, die sein Gesicht bedeckte. Die Wachen verharrten daraufhin.

»Nichts ist gut, gar nichts«, verkündete Rammar schnaubend. »Erst werde ich von den Schwarzen Garden gefangen, und dieser *umbal* da« – er zeigte auf Balbok – »haut mir um ein Haar den *klogionn* von den Schultern. Und weil das noch nicht reicht, befindet sich Enok auch noch in der Hand des Feindes!«

Er warf die geballte Faust auf den Tisch, dass es nur so krachte. Sich auf seine säulenartigen Arme stützend, beugte er sich über den Tisch, die Zähne wie ein Raubtier gefletscht. »Was, verdammt noch mal, wird hier gespielt? Was hast du mit dem Jungen angestellt, Eisenfresse?«

»Verzeiht unserem Freund, Großer Anführer«, ging Finras dazwischen, »er ist nur aufgebracht, weil ...«

»... er sich Sorgen macht«, drang es unter der Maske hervor. »Ich weiß, denn ich sorge mich ebenfalls.«

Rammar grunzte. »Immerhin stehst du hier am warmen Feuerchen, während der Junge irgendwo im Kerker schmachtet – und das ist allein deine Schuld, Rostmaul!«

»Mein Name ist Durwain«, stellte sich der Maskierte vor, trotz Rammars Beleidigungen noch immer gelassen. »Ich nehme an, dass dein Name Rammar ist – und du müsstest Balbok sein, wenn ich richtig vermute ...«

»Korr.« Balbok nickte.

»Schön, jetzt haben wir uns alle vorgestellt«, nörgelte Rammar. »Aber das hilft uns auch nicht w...« Er verstummte plötzlich. »Woher kennst du eigentlich unsere Namen?«

»Curran hat von euch gesprochen.«

»Wer?«, fragte Balbok.

»Enok«, gab Rammar zur Antwort. »Sie nennen ihn so, weil sie denken, dass er von irgendeinem König abstammt.«

»Kaiser«, verbesserte Durwain. »Und wir denken das nicht, wir wissen es.«

»Enok hat also von uns gesprochen?«, hakte Balbok nach. Ein erleichtertes Lächeln huschte dabei über seine grünen Züge.

»Das hat er. Zuerst wollte ich ihm nicht glauben, weil ich dachte, er hätte sich das alles nur eingebildet. Zumal seine Schilderungen mir ein wenig ... übertrieben schienen. Doch nun, da ich euch beide vor mir habe, kommen sie mir sehr glaubwürdig vor.«

»Korr.« Rammar nickte, stolz und grimmig.

»Curran hat die Wahrheit gesagt. Er ist wirklich auf jener Insel aufgewachsen. Es war keine Täuschung.«

»Douk«, stimmte Balbok kopfschüttelnd zu und kratzte sich am Hinterkopf. »Obwohl ich das auch komisch finde. Ich hätte geschworen, dass ich das alles bloß träume.«

»Kein Wort weiter, oder ich vergesse mich«, raunzte Rammar ihn an. »Während ich um mein Leben bangen musste, hast du im Palast in Saus und Braus gelebt.«

Balbok wollte widersprechen und sagen, dass es ganz so nicht gewesen war, aber angesichts des puren Zorns, der ihm aus Rammars Augen entgegenschlug, ließ er es lieber bleiben. Nachdem sie einander eben erst wiedergefunden hatten, wollte er seinen Bruder nicht gleich zu einem Anfall von *saobh* provozieren ...

»Was hast du dir nur dabei gedacht?«, raunzte Rammar ihn dennoch an. »Als *krok-dokor* zu arbeiten! Darin liegt keine Ehre! Das hat dir unsere Mati nicht beigebracht.«

»Ich weiß«, versicherte Balbok schuldbewusst, »aber ...«

»Erstaunlich, ganz erstaunlich«, unterbrach Durwain ihn staunend. »Ihr seid wirklich genau so, wie Curran euch geschildert hat, wahrhaftige ... Örks.«

»Orks«, verbesserte Rammar.

»Aus echtem Tod und Horn«, fügte Balbok hinzu. Den belehrend erhobenen Krallenfinger sparte er sich. Es schien ihm nicht der rechte Zeitpunkt dafür zu sein.

»Wie seid ihr hierhergekommen?«, wollte Durwain wissen.

»Das, beim kopflosen Hirul, würden wir auch gerne wissen!«, polterte Rammar. »Vermutlich hat es mit dem dämlichen Kristall zu tun ...«

»Was wisst ihr darüber?«, fragte der Maskierte barsch, beinahe feindselig, um sich schon im nächsten Moment zu verbessern: »Ich meine, hattet ihr schon öfter mit dieser Sorte von Kristallen zu tun?«

»Zu oft für meinen Geschmack«, brummte Rammar. »Die Dinger bringen nämlich nichts als Ärger.«

»In jedem Fall bergen sie viele erstaunliche Kräfte«, räumte Durwain ein. »Wo habt ihr den Kristall gefunden?«

»Wo wohl? An Bord eures zerdepperten Schiffes natürlich. War nicht viel übrig davon, das kann ich dir sagen.«

»Nur Enok«, fügte Balbok hinzu. »Dort haben wir ihn gefunden.«

Durwain nickte nachdenklich, die Augen hinter der Maske blickten leer vor sich hin. »Das Schiff muss auf der Flucht beschädigt worden und auf eurer Insel abgestürzt sein … Und der Rest der Besatzung?«

»*Krok*«, sagte Balbok nur.

»Und zwar gründlich«, fügte Rammar hinzu. »Wir waren die Einzigen, die zur Stelle waren, und ich habe keinen Augenblick gezögert, mich um den kleinen Shnorsher zu kümmern, er war ja völlig hilflos, so klein und halb verhungert …«

»Äh – Rammar?«, wandte Balbok ein.

»Schnauze, Faulhirn, ich erzähle jetzt«, beschied sein Bruder ihm. »Wir haben den Jungen mitgenommen und ihm alles beigebracht, was er wissen muss«, fuhr er an Durwain gewandt fort. »Wir haben ihn aufgezogen wie unser eigen Fleisch und Blut.«

»Und dafür bin ich euch dankbar«, versicherte der Maskierte. »Doch das ändert nichts an dem, was er ist: Der letzte lebende Erbe des Drachenkaisers.«

»Enok? Echt?« Balbok staunte.

»Nein, Faulhirn, der macht nur Spaß«, knurrte Rammar.

»Durchaus nicht. Ihr mögt Curran aufgezogen haben, aber ich kenne ihn noch länger, bin bei seiner Geburt dabei gewesen. Und es ist meine Bestimmung, dafür zu sorgen, dass er sein Schicksal erfüllt und den Drachenthron besteigt.«

»Kerle wie du reden immer gern von Schicksal«, knurrte Rammar, wobei er sich noch weiter über den Tisch beugte, zur sichtlichen Besorgnis der Wachen. »Ihr zieht komische schwarze Sachen an und versteckt eure Visagen hinter Masken, weil es so schön geheimnisvoll wirkt, und dann schwurbelt ihr drauflos und erzählt irgendwas von Bestimmung … was nichts anderes heißt, als dass irgendein armes Schwein für euch den Schädel hinhalten muss, während ihr die Früchte erntet. Und ich werde nicht zulassen, dass dieses arme Schwein Enok ist.«

Betretene Stille trat ein. Balbok war schwer beeindruckt von Rammars wortgewaltiger Rede, die Wachen unschlüssig, ob sie eingreifen sollten, und Chulain und Finras nur bestürzt darüber, wie jemand auf die Idee kommen konnte, so mit ihrem Anführer zu sprechen. Nur das Kaminfeuer wagte es noch, leise zu knistern.

»Sein Name ist Curran«, verbesserte Durwain schließlich erneut. »Und das würde auch ich nicht zulassen.«

»Warum wurde der Junge dann gefangen?«

»Alles geschah so schnell, ich konnte nichts dagegen tun«, versicherte der Maskierte. »Aber vorerst droht Curran keine Gefahr. Nach dem üblichen Vorgehen wurde er zunächst in den Kerker gebracht, zum Verhör ...«

»Und das nennst du keine Gefahr?« Rammar hielt seinen linken Arm hoch. »So ein Plausch unter Freunden hat mich einst meine Klaue gekostet.«

»Ich wollte damit sagen, dass Currans Leben vorerst nicht unmittelbar bedroht ist«, führte Durwain aus.

»Und was heißt das? Willst du dir einen anderen Thronfolger suchen und den Jungen im Kerker vergammeln lassen?«

Durwain schüttelte den Kopf. »Wie ich schon sagte, Curran ist der letzte Nachkomme des Kaisers, seit sein Bruder nicht mehr am Leben ist.«

»Enok hatte einen Bruder?« Balbok machte große Augen.

Durch die Sehschlitze der Maske blickte Durwain von einem Ork zum anderen. Dann bat er Chulain und Finras, das Gewölbe zu verlassen, und auch die Wachen schickte er hinaus. Nur zögernd ließen die Männer ihre Speere sinken, leisteten dem Befehl dann aber Folge und schlossen die hölzerne Tür hinter sich.

»Was jetzt?«, fragte Rammar mit freudlosem Grinsen. »Zeigst du uns dein wahres Gesicht? Ich kann gerne darauf verzichten, denn vermutlich hast du einen guten Grund, deine Visage zu ver–«

»Nein.« Durwain schüttelte den Kopf, dann verließ er seinen Platz am Feuer und kam um den langen Tisch herum. »Aber ich denke, eine andere Wahrheit bin ich euch schuldig. Ihr müsst wissen, weder Curran noch sein Bruder sind Kinder im herkömmlichen Sinn gewesen, noch kamen sie auf herkömmlichem Wege zur Welt. Es gab weder Vater noch Mutter, sie wurden aus Spuren ihres Ahnen Curran erschaffen, der unser Volk einst nach Anwar führte und zum Drachenkaiser wurde.«

Rammar und Balbok sahen sich betroffen an.

»Willst du damit sagen«, begann Rammar, »dass Enok durch …
Zauberei entstanden ist? Bist du ein elender *dhruurz?*«

Balbok fletschte die Zähne und knurrte feindselig.

»Nein«, versicherte Durwain. »Einst war ich ein Krieger des El-
fenvolks, so wie auch Curran und alle, die dem Rat der Ewigen angehören, doch im Lauf eines langen Lebens habe ich mir neues
Wissen erworben. Curran ist mein Freund gewesen, mein Anführer
und Waffenbruder. Als er nach einem ganzen Zeitalter, in dem er
die Geschicke seines Volkes weise gelenkt hatte, des Regierens
müde wurde, bat er mich, einen Nachfolger zu suchen.«

»Siehst du?«, fragte Balbok und nickte Rammar energisch zu.

»Doch mir war klar, dass, wann immer er einen seiner Getreuen
zum Erben des Throns machen würde, die anderen mit Neid und
Missgunst reagieren würden und es der Beginn eines blutigen Krie-
ges sein würde, der Anfang vom Ende des Reiches. Ich fragte also
das alte Wissen der Drachen um Rat und nutzte es, um neue Erben
ins Leben zu rufen, die aller Zustimmung finden und über jeden
Verdacht erhaben sein würden … doch ich irrte mich. Von der Aussicht auf grenzenlose Macht besessen, verschworen sich die übrigen
Mitglieder des Rates gegen den Kaiser und seine Erben. In jener
Nacht vor fünfzehn Jahren töteten sie Curran und trachteten dem
Neugeborenen nach dem Leben. Des einen wurden sie habhaft, der
andere konnte im letzten Augenblick entkommen – und ist nun zurückgekehrt, gerade rechtzeitig, um die Revolution zu beginnen,
die das Reich erschüttern und die alte, gerechte Ordnung wieder-
herstellen wird.«

»Gerade rechtzeitig, soso«, echote Rammar und trat auf den
Maskierten zu, bis sein Wanst ihn berührte. »Und das ist aus purem
Zufall geschehen? Oder hattest du dabei deine Finger im Spiel, Zau-
berer? Hast du den Jungen hierhergeholt, und uns gleich mit?«

Durch die Maske war nicht zu erkennen, ob Durwain dem boh-
renden Blick des Orks standhielt. »Ich sagte es schon, ich bin kein
Zauberer, sondern ein Mann der Wissenschaft«, erwiderte er mit
ruhiger Stimme. »Und die Antwort auf deine Frage lautet Nein.
Mich trifft keine Schuld an der Vorsehung.«

»Deine Vorsehung kann mir gestohlen bleiben«, maulte Rammar. »Ich will nur den Jungen zurück und dann von hier verschwinden, verstehst du?«

»Durchaus, aber das geht nicht. Curran hat eine Aufgabe zu erfüllen.«

»*Korr*«, pflichtete Balbok mit erfreutem Nicken bei. »Er soll König der Orks werden.«

»Nein – sondern Kaiser von Anwar.«

»König«, widersprach Balbok entschieden.

»Kaiser«, beharrte Durwain schlicht.

»Warum fragen wir ihn nicht selbst, wenn es so weit ist?«, fragte Rammar mit freudlosem Grinsen. »Bis dahin sehen wir davon ab, dir die Zunge rauszureißen und in den Schlund zu stopfen – aber auch nur um des Jungen willen. Und ich warne dich, Zauberschaftler! Keine faulen Tricks!«

»Natürlich nicht«, beteuerte der Maskierte.

»Worauf warten wir dann, bei Narkods Hammer? Ich habe schon Risse in den Lippen vom vielen Quatschen.«

»*Korr*«, stimmte Balbok grimmig zu.

15.

ANN DORASHTUL

Die Luft im Kerker war zum Schneiden dick, durchsetzt vom Rauch blakender Fackeln und dem Gestank von Moder und Exkrementen … und nackter Furcht.

Rätin Aderyn liebte diesen Geruch, besonders dann, wenn Zorn an ihr nagte. Er verschaffte ihr dann eine gewisse Genugtuung und den Trost, dass sie bei aller Machtlosigkeit, die sie im Augenblick verspüren mochte, noch immer genug davon besaß, um anderen Kreaturen Schmerz zuzufügen und ihr Dasein mit einem Fingerzeig zu beenden.

Ihre Lust war groß, den Jungen, den die Garden beim Überfall auf die Aufrührer gefangen hatten, einfach ins Jenseits zu befördern und alle Hoffnung, die er dem Volk gebracht haben mochte, auf einen Schlag auszulöschen.

Doch dagegen sprachen zwei Gründe.

Erstens war die Gefahr groß, dass ein Tod im Kerker ihn noch mächtiger machen würde, als er zu Lebzeiten je geworden wäre, und die Flamme des Widerstands dadurch nicht erstickt, sondern nur noch weiter angefacht werden würde.

Und zweitens brauchte Aderyn Informationen. Wer war dieser junge Kerl, von dem Durwain behauptete, er wäre der Nachkomme des Kaisers? War er nur ein Scharlatan? Oder sprach der Verräter dieses eine Mal die Wahrheit?

Die Folterknechte hatten den Jungen stehend an eine der Säulen gefesselt. Die lächerliche rote Robe, die er getragen hatte, hatten sie herabgerissen, die Tunika, die er darunter trug, war schlicht, zeugte jedoch von hoher Herkunft. Ohne Frage hatte Durwain sie ihm gegeben. Und auf seinem kahlen Haupt saß ein Diadem, ganz ähnlich dem, das einst der Thronfolger von Dinas Lan getragen hatte, ein Amethyst, in Elfensilber gefasst. Die Botschaft, die das Schmuckstück vermitteln sollte, war nur zu offensichtlich.

Natürlich hatte Aderyn versucht, es dem Jungen abzunehmen, dabei jedoch eine überraschende Feststellung gemacht: der Stirnreif war auf geheimnisvolle Weise mit der Kopfhaut verschmolzen, sodass er sich nicht entfernen ließ – oder jedenfalls nur unter großen Schmerzen. Aderyn hätte damit kein Problem gehabt, aber sie wollte auch nicht, dass der Gefangene ernsten Schaden nahm, ehe er ihr gesagt hatte, was sie wissen wollte …

»Noch einmal«, begann sie die bislang recht unergiebige Befragung von vorn. »Wie ist dein Name?«

Der Junge reagierte wie all die anderen Male zuvor: Den Blick geradeaus in unbestimmte Ferne gerichtet, schien er eine Weile zu brauchen, um die Frage überhaupt zu verstehen.

»Ich bin Curran, Zweiter des Namens«, schnarrte er dann mit tonloser Stimme, »rechtmäßiger Erbe des Kaiserthrons von Anwar.«

»Und das ist immer noch eine Lüge!« Aderyn setzte auf ihn zu und beugte sich zu ihm hinab, starrte ihn feindselig aus ihren grünen Augen an. Doch der Blick des Jungen schien geradewegs durch sie hindurchzugehen. »Zum letzten Mal: Sag mir die Wahrheit«, verlangte sie zischend, »oder du wirst es bereuen!«

Die Antwort war so monoton, wie sie vorhersehbar war.

»Ich bin Curran, Zweiter des Namens, rechtmäßiger Erbe des Kaiserthrons von Anwar …«

»Gut.« Die Drachenrätin nickte, ein grausames Lächeln huschte dabei über ihre geschuppten Gesichtszüge. »Sag später nicht, ich hätte dich nicht gewarnt.«

Damit trat sie zurück und nickte den beiden Folterknechten zu, stinkenden Kerlen in wildledernen Tuniken, die von dunklen Flecken übersät waren. In ihren Augen brannte kein Feuer mehr, sie waren gleichgültig geworden. Gleichgültig ihrer Arbeit gegenüber, gleichgültig gegenüber dem Schicksal ihrer Opfer, ihren Schreien und ihrem Schmerz.

Sie banden den Jungen los und schleppten ihn zur Folterbank. Durwains Marionette ließ alles willenlos geschehen. Kaum lag er festgekettet, sagte er wieder seinen Spruch auf. Wie einen Schild, den er vor sich hertrug, damit er ihn vor Schaden bewahrte, dachte Aderyn.

Doch das würde ihm nichts nützen …

»Ich frage nur noch dieses eine Mal«, kündigte die Drachenfrau an und sah drohend auf ihn hinab. »Wer bist du wirklich? Wie ist dein wahrer Name?«

»Ich bin Curran, Zweiter des Namens«, kam die Antwort – Aderyn hörte nicht mehr zu.

Wortlos wandte sie sich ab, ihr schwarzer Mantel bauschte sich hinter ihr. Nun waren die Folterknechte an der Reihe.

Schon hatte der eine ein Brandeisen aus der Esse gezogen. Gleichmütig trat er damit auf den Gefangenen zu, ließ ihn das glühende Eisen sehen. Aus Erfahrung wusste Aderyn, dass oft schon der Anblick der Folterwerkzeuge genügte, um Gesetzlose, die eben noch erbittert geschwiegen hatten, wie einen Wasserfall reden zu lassen.

Doch nicht in diesem Fall.

Der angebliche Erbe sah das Eisen noch nicht einmal an, sein Blick ging wiederum hindurch bis zur Decke.

Es kam, was kommen musste.

Ein hässliches Zischen, dann der Gestank von verbrannter Haut – und am Oberarm des Jungen klaffte eine dampfende Narbe. Doch weder drang ein Laut der Beschwerde über seine Lippen, noch zuckte er auch nur zusammen. Unbewegt lag er da und starrte weiter zur Decke.

Und doch war Aderyn etwas aufgefallen.

Der Amethyst im Stirnreif hatte just in dem Augenblick, da das Brandeisen die Haut des Jungen berührte, für einen kurzen Moment aufgeleuchtet. Geradeso, als würde der Stein zwar nicht die Wirkung, jedoch den Schmerz der Folter absorbieren …

Schon waren die Folterknechte dabei, das Eisen wieder anzusetzen, als Aderyn dazwischenging. »Halt!«, befahl sie und verscheuchte die beiden, trat erneut an die Bank. »Der Stein«, flüsterte sie und sah den Jungen dabei fragend an. »Es ist der verdammte Stein, nicht wahr?«

Eine Antwort erhielt sie nicht, also griff sie kurzerhand nach ihrem Dolch aus Drachenzahn und zückte ihn, verwendete die uralte Waffe dazu, den offenbar von Magie durchdrungenen Stein aus seiner Fassung zu hebeln. Bemerkenswert war, dass der Junge dabei mehr Reaktion zeigte als während seines gesamten bisherigen Aufenthalts im Kerker. Seine Gesichtszüge verzerrten sich, sein Blick wurde ängstlich wie bei jemandem, der fürchtete, einen wertvollen Besitz zu verlieren.

Für Aderyn war es ein Ansporn.

Die reptilienhaften Züge zu einem grausamen Grinsen verzerrt, setzte sie ihre Arbeit fort – und endlich gelang es ihr, den Amethyst herauszubrechen. Der Stein entglitt ihr jedoch und fiel auf den nackten, von getrockneten Blutflecken übersäten Boden der Folterkammer, wo er in tausend Stücke sprang. Gleichzeitig stieß der Junge einen Schrei aus und wäre wohl von der Folterbank hochgeschossen, hätten ihn nicht die Fesseln daran gehindert.

Und noch etwas Sonderbares geschah: Das Diadem, das eben noch fest mit der Kopfhaut verwachsen schien, fiel einfach von ihm ab. Und von einem Moment zum anderen waren seine Augen nicht mehr gleichgültig und blicklos, sondern verwirrt und voller Panik …

»Wer …?«, stieß er hervor und sah sich verwirrt um. Sein Atem ging heftig und stoßweise. »Wo …?«

»Sieh an«, sagte Aderyn voller Genugtuung.

Der Junge stieß einen entsetzten Laut aus, als er ihr Antlitz gewahrte. »Wer bist du …?«

»Lady Aderyn«, gab sie kalt zur Antwort. »Aber die Frage ist eher, wer du bist.«

»E-Enok«, kam die Antwort kläglich. Der Junge verzog schmerzvoll das Gesicht – offenbar tat die Brandwunde nun weh.

»Enok«, wiederholte Aderyn. »Nicht Curran?«

Der Junge sah sie verwirrt an. Dann begannen seine Blicke, suchend umherzuschweifen …

»Falls du Ausschau nach dem Maskierten hältst, er ist nicht hier. Er hat es vorgezogen, dich im Stich zu lassen. Alle haben sie dich im Stich gelassen.«

Der Junge starrte jetzt blicklos vor sich hin, offenbar versuchte er, sich zu erinnern.

»Weißt du nicht mehr, was geschehen ist?«, fragte Aderyn spöttisch. »Die Versammlung? Die flammende Ansprache, die dein Mentor – wie nennt er sich gleich? Durwain? – gehalten hat? Du musst wissen, er war nicht immer dieser große Redner. Ich beispielsweise kannte ihn noch zu einer Zeit, da er sehr viel wortkarger gewesen ist …« Mit ihren leuchtenden Augen sah sie Enok durchdringend an.

»Du bist eine von ihnen«, stieß der Junge schließlich hervor. »Du gehörst zum Rat der Ewigen …«

»Ganz recht.« Sie lächelte mit böser Genugtuung. »Und dies hier, junger Freund, ist der Folterkerker des Rates. Weißt du, wie das Volk ihn nennt? ›Die Kammer der Wahrheit‹. Denn hier bleibt nichts lange verborgen.«

»Warum tut ihr das?«, flüsterte der Junge, der sich nun deutlicher zu erinnern schien. »Warum seid ihr so grausam? Warum unterdrückt ihr das Volk?«

Aderyn lächelte schwach. »Da diese Kammer der Wahrheit gewidmet ist, will ich dir eine ehrliche Antwort geben. Wir unterdrücken das Volk, weil es nicht anders geht.«

»Aber in Freiheit ...«

»Freiheit ist eine Illusion, nichts weiter. Die Sterblichen können nicht damit umgehen, früher oder später führt sie ins Chaos, und Chaos bedeutet den Untergang. Selbst Durwain ist sich dessen bewusst.«

»Das ist ... nicht wahr.« Der Junge schüttelte den Kopf. »Er will Gerechtigkeit ... für alle.«

»Das hat er dir erzählt? Ich verstehe.« Aderyn nickte und schürzte die Lippen.

»Er ist ein ... Freund der Freiheit.«

»Natürlich. Vermutlich hat er dich deswegen manipuliert und dir irgendwelche Lügen erzählt, dich kontrolliert durch dieses Ding.« Sie hielt ihm die Überreste des Stirnreifs hin.

»Meine Krone ...«

Aderyn brach in schallendes Gelächter aus, das von der rußgeschwärzten Decke widerhallte. »Das ist so wenig eine Krone, wie dies hier ein Thronsaal ist, du junger Narr«, rief sie und warf den Reif achtlos von sich. »Durwain – oder Dufanor, wie er früher hieß – ist nur an einer einzigen Sache interessiert, und das ist er selbst. So ist es immer gewesen, seit er die Verbindung einging ...«

»Was für eine Verbindung?«

»Ich stelle die Fragen, mein junger Verratener«, beschied sie ihm mit gefühllosem Lächeln. »Wer bist du wirklich? Wo hat er dich aufgetrieben? Ganz offensichtlich bist du ein Scharlatan – auch wenn ich zugeben muss, dass die Ähnlichkeit verblüffend ist.«

»Was für eine Ähnlichkeit?«

»Tu das nicht.« Sie schüttelte den Kopf. »Spiel kein Spiel mit mir. Glaub mir, Junge, wo das hier herkommt« – sie legte ohne Zögern einen Finger in die frische Brandwunde an seinem Arm, sodass er gequält aufschrie –, »gibt es noch sehr viel mehr davon. Bleiben wir also bei der Wahrheit.«

»Das ist die Wahrheit«, beharrte er, und sosehr sie die Fassade seines jugendlichen Gesichts auch mit Blicken zu durchdringen suchte, es wollte ihr nicht gelingen. Wusste er womöglich tatsächlich nichts?

»Gut«, beschloss sie, sich mit aller Macht zur Ruhe zwingend,

»da du offenbar wieder einen klaren Kopf hast, fangen wir von vorn an: Wo hat Durwain dich gefunden?«

»Gar nicht.« Er schüttelte den Kopf. »Er sagt, dass ich gefunden werden wollte ...«

»Ja, das klingt nach ihm.« Aderyn nickte. »Aber das beantwortet noch nicht meine Frage: Woher bist du gekommen? Und ich würde dir raten, jetzt zur Sache zu kommen, sonst ...«

Sie trat zur Seite und gab den Blick auf die beiden Folterknechte frei, die ein Stück abseits an der Esse standen und weitere Brandeisen vorbereiteten. Der Gleichmut in ihren rußgeschwärzten Gesichtern verriet, dass sie tun würden, was immer die Rätin von ihnen verlangte.

»Von einer Insel«, erklärte er.

»Was für eine Insel?«

»Die Insel der Orks«, erklärte der Junge – worauf Aderyn bis ins Mark zusammenzuckte.

»Dieses Wort ... woher hast du das?«

»Orks?«

Sie nickte nur.

»Es ist der Name des Volkes, das auf dieser Insel lebt«, sagte der Junge mit einer Naivität, die nur bedeuten konnte, dass er die Wahrheit sprach. »Sie wird von zwei Königen regiert, Balbok und Rammar mit Namen ...«

Aderyn wurde plötzlich kalt. Denn in diesem Moment wurde ihr klar, dass die Zusammenhänge noch sehr viel größer sein mussten. Weitreichender, als sie und die übrigen Räte es bislang geahnt hatten ... »Du kennst«, fragte sie leise und jedes einzelne Wort betonend, »den elenden Verräter namens Balbok?«

»Natürlich, er ...«, begann der Junge – und stockte plötzlich, wohl weil er das grausame Lächeln in ihrem Gesicht sah.

»Rede nur weiter«, forderte sie ihn auf, »und falls dir etwas nicht gleich einfällt, werden meine ergebenen Diener deinem Gedächtnis gerne auf die Sprünge helfen. Denn ich habe viele Fragen, mein Junge, aber nicht viel Zeit ...«

16.

BRUURK

Man führte sie in ein langes, von Schlackesäulen gestütztes Gewölbe, das vom Schein Dutzender Fackeln beleuchtet wurde und an dessen Ende sich ein erhöhter Sitz befand. Darauf thronte Margok, in einem pechschwarzen Gewand, und blickte den Gefangenen düster entgegen.

Wie lange seine Getreuen und er in den rattenverseuchten Kerkerlöchern von Nurmorod geschmort hatten, wusste Curran nicht zu sagen, in der ewigen Nacht des Berges verlor man rasch jedes Gefühl für Zeit. Und in den endlos scheinenden Stunden in der von Schreien durchjagten Dunkelheit wurde man von Zweifeln geplagt, von Ängsten und zerstörten Hoffnungen. Doch so oft Curran auch darüber nachgedacht hatte, er bereute nicht, was er getan hatte. Weder, dass er sich gegen seinesgleichen verschworen, noch, dass er sich gegen Margok erhoben hatte.

Seine Liebe zu Liatha hatte ihm keine Wahl gelassen, und jeder Gedanke an sie gab ihm Kraft. Auch dann, wenn er vor dem Dunkelelfen stehen und sein Urteil vernehmen würde, das kaum anders als auf einen grausamen Tod lauten konnte.

Dass es überhaupt zu einer Verhandlung kam, überraschte Curran – weder gab es in Nurmorod irgendein Gesetz, noch war Margok an irgendwelche Regeln gebunden. Er tat es wohl nur aus Grausamkeit, ein Schmierentheater, das elfisches Recht verhöhnen sollte und den Beklagten klarmachen, dass sie ihm schutzlos ausgeliefert waren. Man würde Curran und seinen Gefährten keine Gelegenheit geben, sich zu verteidigen. Und wenn doch, so stand das Urteil schon von vornherein fest …

Mit vorgehaltenen Speeren wurden sie vor den Richterstuhl geführt. In etwa zwanzig Schritten Entfernung vor Margoks Thron befahl man ihnen, stehen zu bleiben.

»Kniet«, verlangte der Dunkelelf, und noch ehe Curran und die Seinen sich widersetzen konnten, wurden ihnen Speerschäfte in die

Kniekehlen gerammt, sodass sie zusammenbrachen. Aderyn, die sich sogleich wieder erheben wollte, wurde niedergeschlagen.

»Seht euch an«, höhnte Margok von seinem erhöhten Sitz herab. »Zu Anführern wollte ich euch machen – und was seid ihr nun geworden? Niedere Verräter, Ratten gleich.«

Auf dem Boden kauernd, suchten die Gefangenen untereinander Blickkontakt, um sich gegenseitig Mut zu geben. Doch ihre Bewacher zwangen sie unbarmherzig, geradeaus zu ihrem Richter zu sehen …

»Angeklagte«, begann dieser mit harter, kalter Stimme die Verhandlung, »euch wird zur Last gelegt, euch gemeinsam gegen mich verschworen zu haben mit dem Ziel, mich zu stürzen und meine Macht an euch zu reißen. Was habt ihr dazu zu sagen?«

»Dass wir aus Notwendigkeit gehandelt haben«, entgegnete Curran mit fester Stimme. »Um zu überleben nach Margoks Gesetz.«

»Und du denkst, dass dieses Gesetz auch für euch Gültigkeit besäße?« Der Dunkelelf lachte nur, sichtlich amüsiert. »Dann bist du ein elender Narr. Margoks Gesetz pflegt stets nur ihm selbst zu dienen, niemals jedoch seinen Feinden.«

»Wir waren nicht Eure Feinde«, widersprach Curran. »Wir hätten alles für Euch gegeben!«

»Und, warum habt ihr es nicht getan? Ich habe meinen Teil des Handels erfüllt, oder nicht? Habe euch stark gemacht, beinahe unverwundbar – und dich zu meinem obersten Diener, dem Botschafter meiner Macht!«

»Doch für wie lange?«, fragte Curran trotzig.

»Du willst, was ich dir nicht geben kann«, entgegnete der Dunkelelf spöttisch, »und nun wirst du nichts bekommen – weder du noch jene, die dir bei deinem frevlerischen Vorhaben geholfen haben. Die Eroberung des Elfenreiches wird nun ohne euch vonstattengehen.«

»Dann wird es Euch nicht gelingen«, warf Dufanor ungefragt ein. »König Askanor und Currans Bruder werden alles aufbieten, was das Reich an Kriegern hervorbringen kann. Ihr und Eure Brut werdet die Grenzen des Reiches nicht überwinden!«

»Damit hättest du vermutlich recht, wäre ich ein gewöhnlicher

Feind«, räumte Margok gelassen ein, »doch habt ihr womöglich vergessen, dass ich es war, der einst den Dreistern ins Leben rief? Der die Kraft der Kristalle dazu nutzte, Tore zu erschaffen, die im Handumdrehen von einem Teil der Welt in einen anderen führen? Weshalb sollte mir dies kein zweites Mal gelingen? Warum sollte ich nicht in der Lage sein, einen weiteren *serentir* zu erschaffen, der es mir ermöglicht, Nurmorods Horden geradewegs ins Herz des Reiches zu führen, in die Mauern der Königsstadt?«

Curran hielt den Atem an.

Also das war Margoks Plan! So gedachte er seine Truppen nach Dinas Lan zu bringen …

»Dennoch werdet Ihr jemanden brauchen, der die Stadt und den Palast genau kennt«, rief er laut. »Wenn Ihr uns tötet …«

»Wer sagt, dass ich euch töten werde?«, fragte der Dunkelelf mit einer Stimme, die noch Schlimmeres zu verheißen schien als einen qualvollen Tod. »Schon wieder bist du dabei, mich zu unterschätzen. Und wer behauptet, dass ich niemanden in meinen Reihen hätte, der die Gegebenheiten vor Ort genau kennt, weil er selbst lange Zeit dort gelebt hat … Vielleicht ist es an der Zeit, euch meine neue Verbündete vorzustellen«, sagte er – und aus dem Schatten seines Throns trat eine Gestalt neben ihn.

Ihr Körper war schlank und sehnig und mit einer Rüstung aus Leder bekleidet; ihre Haut war hellgrün, so wie die von Curran und den Seinen, ihr pechschwarzes, in verwilderten Strähnen hängendes Haar reichte ihr bis zu den Hüften. Ihre Bewegungen waren raubtierhaft und geschmeidig, und ihr Gesicht, gleichwohl kantig und mit Hauern versehen, war noch immer ebenmäßig und schön.

Curran stieß einen Schrei aus, als er Liatha erkannte.

Oder zumindest das, was noch von ihr geblieben war …

»Nein«, murmelte er mehrmals hintereinander, um es dann so laut hinauszuschreien, dass es von den Säulen widerklang: »Neeein!«

»Ich sehe, du erkennst sie wieder?«, fragte Margok höhnisch.

»Was habt Ihr getan?«, rief Curran entsetzt. »Dazu hattet Ihr kein Recht …«

»Ich habe getan, worum Liatha mich gebeten hat«, stellte der Dunkelelf genüsslich klar. »Hat sie nicht dasselbe Recht zu entscheiden wie du? Dasselbe Recht, einen Pakt mit mir zu schließen?«

»Liatha!«, rief Curran ihr zu. »Du darfst ihm kein Vertrauen schenken! Er wird dich verraten, genau wie mich ...«

»Ich sehe nur einen Verräter hier«, entgegnete Liatha selbst. Ihre Stimme, in der nur noch ein verlorenes Echo ihres einst so gütigen Wesens mitschwang, ließ ihn bis ins Mark erschaudern. »Und dieser Verräter bist du!«

Curran hatte das Gefühl, als würde sich der Boden unter seinen Füßen öffnen und ein dunkles, unendlich tiefes Loch ihn verschlingen. »Das ... das bist nicht du!«, schrie er. »Er hat dich verzaubert, hält deinen Verstand gefangen. Du musst dich dagegen wehren, Geliebte! Hörst du ...?«

»Ich bin die, die ich immer war«, entgegnete Liatha und schüttelte die schwarze Mähne. Ihre lodernden Blicke durchbohrten ihn dabei. »Du jedoch hast dich verändert, hast meine Liebe betrogen. Oder willst du verhehlen, dass du bei dieser da warst, während ich in Dinas Lan auf dich wartete?«

Sie streckte eine grüne Klaue aus und deutete anklagend auf Aderyn – und Curran war klar, dass es nur einen gab, der Liatha von ihrer gemeinsamen Nacht berichtet haben konnte.

Derjenige, der dafür gesorgt hatte, dass Aderyn in jener Nacht bereitwillig auf ihn gewartet und sich ihm willenlos hingegeben hatte ...

»Ihr«, stieß er hervor, auf den Dunkelelfen starrend. »Ihr seid das gewesen ...

Hattet Ihr das alles geplant? Schon von Anfang an? Sollten die Dinge sich genau so ereignen ...?«

»Niederer, nichtswürdiger Narr«, knurrte Margok, »was weißt du von meinen Plänen? Hast du wirklich geglaubt, mich besiegen zu können, *Dracalón*?«

Es war ein Schlag ins Gesicht.

Nur Liatha konnte Margok Currans *essamuin* verraten haben, es war die größte Kränkung, die eine Frau einem Mann widerfahren lassen konnte. Was auch immer Margok mit Liatha getan hatte, sie war also noch Herrin ihrer Erinnerung. Und womöglich, dachte Curran, während unbändiger Zorn in ihm zu brodeln begann, war ja auch gar keine Zauberei im Spiel, war sie dem Finsteren einfach so verfallen …

»*Butana!*«, schleuderte er ihr wutentbrannt entgegen, während er gleichzeitig an seinen Fesseln zerrte und sich aufzurichten versuchte.

Weder das eine noch das andere war von Erfolg gekrönt, die eisernen Schellen gaben nicht nach, und ein Hieb auf den Hinterkopf schickte ihn sofort wieder zu Boden.

»Dieser da«, sagte Liatha ungerührt und mit lauter Stimme, wobei sie nun auf Curran zeigte, »hatte von Anfang an den Plan, unseren Gebieter den Dunkelelfen zu stürzen! Er kam damit zu mir, suchte mich als Verbündete zu gewinnen …«

»Das ist eine Lüge!«, widersprach Curran außer sich, doch seine Bewacher brachten ihn sogleich wieder zum Schweigen.

»Ich habe alles getan, um es ihm auszureden«, fuhr Liatha fort, »aber er war nicht davon abzubringen. Gegen mein Anraten hat er seine Gefährten in seine frevlerischen Pläne eingeweiht und sie auf diese Weise ebenfalls zu Verrätern gemacht.«

»Nichts davon … ist wahr«, brachte Curran nur noch stoßweise hervor.

»Gemeinsam haben die Beschuldigten ihr Vorhaben ausgearbeitet, mein Gebieter, ihren verwerflichen Plan, Euch vom Thron zu stürzen und die Festung Nurmorod im Handstreich zu nehmen!«

»Auch du wolltest das!«, schrie Curran Liatha an.

Sie musterte ihn mit kaltem Blick. »Bist du dir da auch ganz sicher, Geliebter?«

Er zuckte zusammen wie unter einem Peitschenhieb, als sie ihn so nannte.

»Es war, was du wolltest«, knurrte er.

»Dich hat nie gekümmert, was ich wollte, nicht einmal, als du mich aus meinem alten Leben gerissen und an diesen unwirtlichen Ort geholt hast. Ich bin stets nur Beiwerk für dich gewesen, der Lohn für deine Taten.«

»Das ist nicht wahr.« Curran schüttelte nur den Kopf. »Das ist nicht wahr …«

»Du wiederholst dich. Hast du mich jemals gefragt, was ich in jenen zwei Jahren getan, wie ich unter deiner Abwesenheit gelitten habe? Dass dein Bruder mir einen Antrag gemacht hatte?«

Curran schnaubte.

»Ganz recht. Ich brauchte dich nicht, um auf den Thron zu gelangen, und doch hast du mich von dort fortgerissen, gegen meinen Willen. Doch ich habe dazugelernt, mein Geliebter, und mich gewandelt – genau wie du!«

»Dann … war alles nur gespielt«, stieß Curran so fassungslos wie verzweifelt hervor. »Du hast mir etwas vorgemacht. Mir eine Falle gestellt.«

»Deine Liebe war deine Schwäche«, beschied Margok ihm an Liathas Stelle. »Liatha hat mir geholfen, das zu erkennen. Im Gegenzug habe ich ihren Wunsch erfüllt und sie stark und unverwundbar gemacht.«

»Auf dass mich nie wieder jemand verletze«, fügte Liatha triumphierend hinzu, »du nicht, und auch niemand sonst.«

»Verräterin!«, schrie Curran und zerrte wieder an seinen Fesseln, dass die Schellen sich nur noch tiefer in seine Handgelenke schnitten. Blut rann daran herab, aber er merkte es noch nicht einmal.

»Keineswegs«, wehrte Margok kopfschüttelnd ab. »Liatha hat dich nicht verraten, Königssohn. Sie hat nur getan, was Versuchungen stets zu tun pflegen, nämlich das ans Licht gebracht, was schon immer in dir war. Und sie hat mir einen wertvollen Dienst erwiesen. Denn welche Schlacht hätte ich mit dir und deinesgleichen als Anführer meines Heeres gewinnen sollen? Ich werde mir neue, bessere Diener erschaffen – ihr jedoch habt euch als Fehlschlag erwiesen. Nicht was eure Körperkraft angeht, eure Bereitschaft zur Gewalt und eure Niedertracht. Doch seid ihr noch zu sehr in der Lage, euren Verstand zu gebrauchen. Ihr habt die Frucht des Verrats gekostet und Geschmack daran gefunden, so etwas darf sich nicht wiederholen. Ich werde es also ändern. Und Liatha wird mir dabei helfen.«

»Liatha!«, brüllte Curran, jetzt nicht mehr Herr seiner selbst. »Liatha, wach auf! Das bist nicht du ...«

Der Blick, den sie ihm schickte, sagte das Gegenteil.

»Die Strafe, die ich über euch verhängen werde«, fuhr Margok fort, »wird euch mit aller Härte treffen, aber ich werde dennoch gnädig mit euch sein. Denn im Gegensatz zu euch vergesse ich nicht, dass ihr mir einst ergeben wart.«

Er lachte leise, ehe er genüsslich fortfuhr: »Ich lasse dich am Leben, Curran Königssohn, und es wird keiner je von deinem Verrat erfahren. In den Annalen der Geschichte wirst du stets der Urahn meiner neuen Schöpfung sein, und das Geschlecht Sigwyns wird auf ewig mit der Schande leben müssen, dass Margoks Brut aus dem Blut von Königen hervorgegangen ist. Meine Kreaturen jedoch werden deiner stets in Dankbarkeit gedenken, und wer weiß? Vielleicht wird der eine oder andere von euch zu einer Gestalt ihrer Mythen und Erzählungen, die sie haben werden wie jedes andere Volk? Womöglich werdet ihr eines fernen Tages Helden sein – doch hier und jetzt habt ihr eure Rechte verwirkt. Ich habe deine Verbannung beschlossen, Curran von Dinas Lan, und du wirst alle mit dir nehmen, die du einst nach Nurmorod brachtest – deine Offiziere, deine Legionäre ... alle. Ich brauche euch nicht mehr. Keinen von euch.«

»Verbannung?«, fragte Dufanor anstelle Currans, der zu keinem klaren Gedanken mehr fähig war. »Aber ... wohin?«

Ein böses Grinsen spielte um die hageren Gesichtszüge des Dunkelelfen. »Ihr sollt es bald erfahren, meine verräterischen Diener. Ihr sollt es bald erfahren.«

17.

In Durwains Gewölbe war man zum Kriegsrat zusammengekommen – ein bunt zusammengewürfelter Haufen von Möchtegernkriegern, bei deren bloßem Anblick Rammar das Grausen überkam.

Kaum einer von ihnen nannte einen Helm, eine Rüstung oder auch nur eine ordentliche Klinge sein Eigen, und von den paar Grünschnäbeln einmal abgesehen, die er in der hohen Kunst des Zweikampfs unterrichtet hatte, waren auch keine geübten Kämpfer unter ihnen. Ob der Mut der Verzweiflung ausreichen würde, um all das wettzumachen, wenn es gegen die Schwarzen Garden ging, war mehr als fraglich. Und doch hatten sie keine andere Wahl …

»Das ist alles, was wir aufbieten können«, sagte Finras, wie um Rammars Gedanken zu bestätigen. Sie hatten sich zusammen mit den anderen Unterführern um den langen Eichentisch versammelt. Aus Sand und kleinen Holzstücken war darauf ein Modell des kaiserlichen Palasts errichtet worden. »Insgesamt etwas über achthundert Kämpfer aus mehr als fünfzig Nestern …«

»… und die Hälfte davon Frauen, möchte ich wetten«, maulte Rammar, der mit Balbok auf der anderen Seite des Tisches stand.

»Und? Wo ist das Problem?«, sagte eine vertraute Stimme neben ihm. Rammar wandte den Blick – und traute seinen Augen nicht, als er Beeka neben sich stehen sah.

»Beim Stinkfisch, was tust du denn hier?«

»Sagtest du nicht, dass ich eine Kämpferin wäre und meine Zeit nicht mit dem Bestellen von Feldern verschwenden solle?« Die Dorfvorsteherin stützte sich keck auf einen Speer aus Eschenholz. Und mit einem Blick auf Balbok fügte sie hinzu: »Ist das der Bruder, nach dem du so verzweifelt gesucht hast?«

»Nicht unbedingt«, schnaubte Rammar. »Aber ein anderer war nicht zu finden …«

Balbok sah ihn überrascht an. »Du hast nach mir gesucht?«

»Nur ein wenig. Und verzweifelt schon gar nicht, merkt euch das. Aber du hast meine Frage noch nicht beantwortet«, wandte sich Rammar wieder Beeka zu. »Warum bist du hier?«

»Um zu kämpfen, was sonst?« Ein verwegenes Grinsen huschte über ihr blassgrünes Gesicht.

»Sie war nicht davon abzuhalten«, versicherte Chulain, der hinter ihr stand. »Und glaub mir, ich habe alles versucht ...«

»Meine Freunde und Waffenbrüder«, ergriff Durwain nun das Wort. Augenblicklich herrschte Schweigen, aller Augen waren auf den Mann mit der Maske gerichtet, der in seinem weiten Gewand am langen Ende des Tisches stand und effektheischend die Arme ausgebreitet hatte. Rammar verdrehte nur die Augen.

»Eher, als wir gehofft hatten, ist die Stunde gekommen, da wir uns bewähren müssen«, fuhr Durwain fort. »Da das Bündnis, das wir soeben erst untereinander geschmiedet haben, sich bereits im fürchterlichsten aller Feuer ...«

»*Korr*, bla, bla, bla«, fiel Rammar ihm ungeduldig ins Wort. »Wir alle sind hier und brennen darauf, den Schwarzkitteln die Hucke vollzuhauen. Ist es das, was du sagen wolltest?«

»Rammar«, entsetzte sich Finras, »wie kannst du nur ...?«

»... den Maskenheini unterbrechen? Das will ich euch sagen: Es geht mir um Enok, der wegen eurer dämlichen Revolution im Kerker sitzt und wahrscheinlich gerade in diesem Moment gefoltert wird. Statt hier rumzustehen und dämlich zu quatschen, solltet ihr ihm lieber helfen.«

»*Korr*«, stimmte Balbok entschieden zu.

»Nun gut, meine grimmigen Freunde«, entgegnete Durwain mit nachsichtigem Lächeln, »allem Anschein nach habt ihr ja bereits einen ausgefeilten Plan. Wollt ihr ihn uns vorstellen?«

Die Anführer der anderen Widerstandsgruppen, die rings um den Tisch versammelt standen, nickten beifällig und sahen die beiden Orks erwartungsvoll an.

Balbok, der sich tatsächlich schon Gedanken gemacht hatte, holte tief Luft, um allen seine geistigen Ergüsse mitzuteilen – doch Rammar ließ es gar nicht erst dazu kommen. »Wie schwer kann es denn werden?«, schnauzte er, auf das Modell auf dem Tisch deutend. »Zuallererst braucht ihr ein Ablenkungsmanöver. Einen Angriff auf das Haupttor zum Beispiel. Der zieht die Aufmerksamkeit der Garden auf sich, während eine kleine Gruppe in den Palast eindringt und den Jungen befreit.«

»*Korr*«, bekräftigte Balbok.

»Ein sehr guter Vorschlag.« Durwain nickte anerkennend, worauf auch alle anderen anerkennend nickten. Rammar nahm den Beifall gerne entgegen. »Und vermutlich habt ihr beiden daran gedacht, den Stoßtrupp ... selbst anzuführen?«

»Was?«, fragte Rammar.

»*Korr*«, bestätigte Balbok in diesem Moment bereits mit leidenschaftlichem Nicken.

»Was redest du denn da, Halbhirn?«, raunzte Rammar zu ihm hinauf. »Wir sollten nicht ...«

»Ich bin ebenfalls dabei«, erklärte Beeka unerschrocken.

»Und ich ebenso.« Chulain nickte.

»Wir melden uns freiwillig!«, tönte es vom unteren Ende der Tafel. Rammar traute seinen Augen nicht, als er Kilif Rattenzahn und Logras Narbengesicht dort stehen sah. Mit der verbliebenen Klaue griff sich der Ork an seinen klobigen Schädel und gab sich einem ausgiebigen Stöhnen hin.

»Dann ist es beschlossen«, schuf Durwain vollendete Tatsachen. »Rammar und Balbok werden den Trupp zu Currans Befreiung anführen, während die anderen die Festung angreifen.«

»Nur zur Ablenkung?«, fragte eine Frau der *oltorr'hai*. Sie war mittleren Alters und steckte in einer Tunika aus Echsenhaut. Ihr angegrautes Haar hatte sie hochgesteckt und sah aus, als ob mit ihr nicht zu spaßen wäre. »Einen Angriff auf die Festung werden viele von uns mit dem Leben bezahlen ...«

»Ja«, stimmte ein anderer zu, »und nicht nur der Schwarzen Garden wegen. Vergessen wir die Pechnasen nicht ...«

»Und das Drachenfeuer!«, rief ein Dritter.

»Es ist wahr, meine Freunde, ein Angriff wird schwer und verlustreich sein, zumal viele von uns keine Krieger sind ...«

Rammar blies geräuschvoll durch den Rüssel.

»... doch kann ich euch eines versichern: Der Rat weiß jetzt von eurer Existenz und wird alles daransetzen, den Widerstand im Keim zu ersticken. Die Schattenwandler werden unter euch sein, und ihr werdet nicht mehr wissen, wem ihr noch trauen könnt und wem nicht, wer Freund ist und wer Feind. Und spätestens dann werdet ihr anfangen, euch gegenseitig zu bekämpfen, und von dieser Bewegung, von der Hoffnung, die ihr jetzt spürt, wird nichts übrig bleiben als eine bittere Erinnerung.«

»Da mögt Ihr recht haben, aber was können wir dagegen tun, großer Anführer?«, fragte Finras ehrfürchtig.

»Die Chance nutzen«, eröffnete der Mann mit der Maske rundheraus. »Noch sind wir stark! Noch haben sich die Ewigen nicht von ihrem Schreck erholt! Noch rechnen sie nicht mit einem Angriff! Tun wir also das, was sie nicht erwarten! Eine Gelegenheit wie diese hatten wir seit fünfzehn Jahren nicht, und sie kommt so rasch nicht wieder!«

»Mal wieder viele schöne Worte«, gab Rammar zu. »Aber was sollen diese armen Schweine tun? Den Palast belagern?«

»Nein.« Durwain schüttelte den Kopf. »Dazu haben wir weder genügend Kämpfer noch das entsprechende Gerät. Doch wenn es dem Trupp, der in die Festung eindringt, um Curran zu befreien, außerdem gelänge, das Haupttor zu öffnen ...«

»Korr!«, rief Balbok begeistert und reckte eine geballte Faust empor.

»Korr? Bist du jetzt völlig übergeschnappt?«, fuhr Rammar ihn an. »Wir wissen ja noch nicht mal, wie wir in die verdammte Festung kommen sollen, also halt gefälligst die ...«

»Doch«, widersprach Balbok.

»Was soll das heißen?«

»Das heißt, dass ich einen Plan habe. Hier drin«, fügte der große Ork hinzu, auf seinen Kopf deutend.

»Oje.«

»Balbok«, fragte Durwain vom Ende des Tisches her, »gibt es etwas, das du uns gerne sagen möchtest?«

»Bloß nicht«, zischte Rammar. Aber sein Bruder war nicht mehr aufzuhalten.

»Ich habe einen Plan«, verkündete Balbok jetzt laut und voller

Stolz darüber, dass ihn alle aufmerksam ansahen und ihm zuhörten. »Ich kenne nämlich einen geheimen Weg, der in die Festung führt«, verkündete er feierlich.

»Ist ... das wahr?«

»Nein, ist es nicht«, quäkte Rammar. »*Umbal,* halt bloß die Schnauze, ehe du uns wieder in Schw–«

»*Korr*«, bestätigte Balbok unbarmherzig und mit einem wissenden Grinsen. »Ich kenne einen geheimen Eingang, der ins Innere der Festung führt. Vertraut mir, Freunde!«

Jubel brandete daraufhin auf und tosender Beifall, als die Versammelten den hageren Ork hochleben ließen. Es war ein seltener Augenblick der Freude in düsterer Zeit, nur einer konnte sich nicht recht daran erwärmen ...

»*Shnorsh*«, knurrte Rammar verdrießlich.

Sein Bruder brockte den *bru-mill* ein, und er musste ihn auslöffeln. Es war wieder alles beim Alten.

18.

BRARKOR'HAI UR'KAOS

Das Urteil war gesprochen.

Die Strafe wurde vollzogen.

Über steile, verschlungene Treppen, die sich Eingeweiden gleich durch das Innere der Bergfestung wanden, ging es hinauf, immer weiter. Keiner der Verurteilten war je zuvor in diesem Teil Nurmorods gewesen. Soweit es Curran anging, hatte er noch nicht einmal geahnt, dass dieser Bereich überhaupt existierte. So wie er vieles nicht geahnt hatte.

Liathas Verrat hatte ihn schwer getroffen.

Es war, als hätte man ihm bei lebendigem Leibe das Herz aus der Brust gerissen und als müsse er dennoch weiterleben. Aus dem stolzen Krieger, der er einst gewesen war und der hier in Nurmorod noch stärker hatte werden sollen, war eine leere Hülle geworden, eine wandelnde Fassade. Einem *anmarvor* gleich ließ er sich durch die Stollen treiben, setzte einen Fuß vor den anderen. Es war ihm längst gleichgültig, was mit ihm geschah.

Von der Frage, die er sich immerzu gestellt und die ihn fast an den Rand des Wahnsinns getrieben hatte – nämlich, ob Liatha aus freien Stücken handelte oder einem Bann Margoks unterlag –, hatte er irgendwann abgelassen. Es spielte keine Rolle, so oder so war sie dem Zauberer verfallen, und es lag nicht mehr in Currans Macht, etwas daran zu ändern. Sie hatte ihn verraten, und mit jedem einzelnen Schritt, den er ging, mit jeder Stufe, die er nahm, starb seine Zuneigung zu ihr ein wenig mehr, schlug um in namenlosen Hass.

Er hatte alles für sie aufgegeben, hatte sich beim Dunkelelfen für sie eingesetzt und sie hierhergeholt, in dessen geheimes Domizil. Und sie dankte es ihm, indem sie ihn schmählich hinterging und seine Pläne, die auszuarbeiten sie selbst geholfen hatte, an Margok verriet; indem sie nicht nur ihn, sondern auch jeden einzelnen seiner Getreuen, die ihm vertrauten und die zu beschützen er geschworen hatte, ans Messer lieferte; indem sie ihre alte, unschuldige Gestalt, die er so sehr geliebt hatte, verschmähte und sich zu einer Kreatur der Dunkelheit machen ließ; und indem sie seinem Erzfeind seinen *essamuin* verriet. Eine größere Kränkung, eine schlimmere Bloßstellung konnte es nicht geben.

Doch der Schmerz über Liathas Verrat war eine Sache, die Erkenntnis, wie sie ihn derart täuschen und hintergehen hatte können, eine andere. Wenn er am Leben blieb, das schwor sich Curran von Dinas Lan auf dem Weg zu seiner Bestrafung, würde er niemals wieder jemandem Vertrauen schenken, niemals wieder nachgeben, niemals wieder Schwäche zeigen.

Niemals wieder würde er lieben.

Niemals wieder.

Die bizarre Prozession, die durch die dunklen Gänge Nurmorods schritt – vornweg der Dunkelelf selbst, zusammen mit Liatha und eskortiert von den grünhäutigen, schweinsnasigen Kriegern seiner neuesten Brut; dann die Gefangenen, mit eisernen Fesseln um Hände und Füße, die das Hinaufsteigen zur Strapaze machten. Zuvorderst Curran und seine Getreuen, dann die Legionäre, die zusammen mit ihnen in den Dienst des Dunkelelfen getreten waren und die er noch nicht in andere Kreaturen verwandelt hatte. Auch ihr Opfer war letzten Endes vergeblich gewesen, und selbst das war Liathas Schuld ...

Irgendwann, Curran vermochte nicht zu sagen, wie viele Stufen sie hinaufgestiegen waren, erreichten sie ihr unbekanntes Ziel. Kühle Luft drang ihnen entgegen, offenbar führte der Stollen nach draußen.

Erst in diesem Moment wurde Curran bewusst, wie lange er Nurmorod nicht mehr verlassen, wie lange er nicht mehr frei geatmet und das Licht der Sonne gesehen hatte. Die Kreatur, zu der er geworden war, hatte nicht danach verlangt.

Auch jetzt bekamen die Gefangenen die Sonne nicht zu sehen, denn es war Nacht.

Die ins Gestein geschlagenen Stufen endeten in einem Felsenkessel, rings ragten schroffe Wände auf, darüber war ein kreisrunder Ausschnitt dunkelblauen Himmels zu erkennen, an dem Sterne leuchteten und ein schmaler, sichelförmiger Mond. Vor undenklichen Zeiten musste dies wohl eines der Tore gewesen sein, durch die die Drachen die Festung verlassen und sie betreten hatten – Curran konnte es direkt vor seinem inneren Auge sehen, wie sie ihre ledrigen Schwingen ausbreiteten und emporstiegen, während weitere Feuerechsen sich an die umliegenden Felsen klammerten und dabei grässliche Schreie ausstießen ... Doch noch mehr als der Sternenhimmel und die Vorstellung vergangener Zeiten fesselte ihn und seine Gefährten das, was in der Mitte des Felsenkessels stand.

Es war ein Schiff.

Keines von denen, mit denen man die Meere bereiste und die auf stürmischen Wogen tanzten, kein Segler wie der, mit dem sie nach Arun gekommen waren, keine Kriegsgaleere. Es hatte noch nicht einmal die übliche Form eines Schiffes. Sein Rumpf war ein gewaltiger, vielflächiger, jedoch regelmäßiger Körper, der an einen großen Kristall erinnerte; die Segel – so es überhaupt welche waren – bestanden aus langen, sich nach außen verjüngenden Auslegern, die das ganze Gebilde wie einen vom Firmament gefallenen Stern wirken ließen.

Es bestand es nicht aus Holz, sondern aus einem eigenartigen, schimmernden Material, das in Form und Farbe Elfenkristall ähnelte, und es hatte weder Taue noch metallene Beschläge. Dass Curran überhaupt wusste, dass es sich um ein Schiff handelte, war nur der Tatsache zu verdanken, dass sein Vater Askanor auf einer Ausbildung in den klassischen Künsten bestanden hatte; dazu hatte auch das Studium alter Chroniken gehört und der Geschichtswerke Nevians, in denen von Gebilden wie diesen die Rede gewesen war: Es musste ein *crysalyth* sein, eines jener Kristallschiffe, mit denen Miron und die Seinen einst nach Erdwelt gelangt waren.

Angetrieben von der Kraft der Elfenkristalle, so hieß es, seien die *crysalytha* in der Lage gewesen, nicht nur gewaltige Entfernungen zu überbrücken, sondern auch zwischen den Wirklichkeiten zu reisen – und sogar zwischen den Sternen. Curran hatte immer geglaubt, dass sie alle vernichtet worden wären, dass der große Kristall in der Ordensburg von Shakara der letzte verbliebene Rest von ihnen sei. Doch Margok wusste auch in dieser Hinsicht zu überraschen …

»Ihr erkennt, was dies ist?«, fragte er, nachdem die Gefangenen dem Schiff gegenüber Aufstellung genommen hatten, zurechtbugsiert von ihren Bewachern. Der Dunkelelf selbst stand unmittelbar vor dem sternförmigen Gebilde, Liatha an seiner Seite. Sie trug keine Rüstung mehr, sondern ein weites, wallendes Gewand, rabenschwarz wie das ihres finsteren Herrn.

»Ein Gebilde wie dieses habe ich noch nie gesehen«, murmelte Korukan betroffen.

»So etwas hat seit mehr als zwölftausend Jahren niemand mehr gesehen«, beschied Aderyn ihm bitter.

»Es ist ein Kristallschiff«, knurrte Dufanor.

Der Dunkelelf nickte großmütig. Liatha blickte starr geradeaus. Ob sie die Blicke der Gefangenen mied oder ihnen schlicht keine Beachtung schenken wollte, war nicht festzustellen. »Schiffe wie diese haben das Elfengeschlecht einst nach Erdwelt getragen – und es war ihr Geheimnis, das ich entschlüsselte, um den Dreistern zu erschaffen. Die Möglichkeit, innerhalb eines Herzschlags von einem Ort an einen anderen zu reisen, barg sich in den Eingeweiden von Schiffen wie diesem. Dass sie alle zerstört wurden, war eine Lüge, wie so manche, die der Rat der Zauberer verbreitet, um sich seiner Verantwortung nicht stellen zu müssen. Ich habe gefunden, was von ihnen übrig war, habe ihre kristallenen Gebeine erforscht und ihre Geheimnisse entschlüsselt. Dieses Schiff ist ganz geblieben, und es wird euch an einen Ort tragen, der weit entfernt ist von hier, in einer anderen Welt. Gegen meinen Willen, ohne meine ausdrückliche Erlaubnis, werdet ihr niemals von dort wiederkehren.«

»Was werden wir dort vorfinden?«, wollte Curran wissen.

Im flackernden Schein der Fackeln konnte man ein Grinsen über das Gesicht des Dunkelelfen huschen sehen. »Nur das, was auch der große Miron und die Seinen einst fanden«, entgegnete er so rätselhaft wie übelwollend. Auf eine Handbewegung hin öffnete sich an der Unterseite des Schiffes eine der dreieckigen Flächen und klappte geräuschlos herab – der Einstieg zweifellos. Was sich im Inneren befand, war nicht zu erkennen.

Auf ein Nicken Margoks hin schickten die Wachen sich an, die Gefangenen an Bord zu treiben wie eine Herde Schafe, die auf ein Flussboot verladen wurde. Zunächst die Legionäre, von denen keiner mehr die alte Gestalt besaß; sie alle waren durch Margoks Versuche verändert worden, waren mit anderen Kreaturen gekreuzt worden und an Körper und Seele entstellt; dann ihre ehemaligen Befehlshaber, Currans Getreue.

Als man endlich auch Curran selbst ergreifen und an Bord bringen wollte, riss er sich trotzig los und wandte sich Liatha zu. »Ist es das, was du wolltest?«, schrie er sie an. »Bist du nun zufrieden?«

»Schweig, Diener, bevor ich es mir anders überlege!«, donnerte Margok, dass es zwischen den Felswänden dröhnte. Gleichzeitig bekam Curran von einem seiner Bewacher einen Hieb gegen den Kopf, sodass er taumelte. Blut rann von seiner Schläfe und in den Kragen seines rostig gewordenen Kettenhemds. »Es steht dir nicht zu, jene anzusprechen, die ich zu meiner Verbündeten erhoben habe, zur Mutter eines neuen Geschlechts!«

Curran horchte auf. »Sag, dass … dass das nicht wahr ist …«

»Es ist wahr«, erwiderte sie. »Ich trage ein Kind unter dem Herzen – dein Kind, Curran. Es wird beenden, was der Dunkelelf begonnen hat, und der Erste einer neuen Rasse werden, ein vollendeter Krieger, stark und beinahe unverwundbar, nach außen wie nach innen. Was mich verletzt hat, wird ihm nichts anhaben können, er wird nicht mehr in der Lage sein, Liebe zu empfinden oder Schmerz oder auch nur Mitleid. Es wird der Erste unter ihnen sein und über Margoks Brut herrschen, und aus seinem Blut wird ein neues Volk entstehen. Im Auftrag des Dunkelelfen wird es erobern und zerstören. Es wird seine eigenen Legenden hervorbringen und eines fernen Tages womöglich sogar Könige. Seinen Nachkommen wird gelingen, was dir versagt geblieben ist. Das soll deine Strafe sein. Und dein Vermächtnis.«

Sie hatte zuletzt nur noch leise gesprochen, und die grausame Härte war aus ihrer Stimme gewichen. Auch blickten ihre Augen nicht mehr kalt und ohne Anteilnahme, sondern hatten sich gerötet von ungeweinten Tränen.

Das machte alles nur noch schlimmer.

Denn in diesem Moment beantwortete sich die Frage, die Curran sich in der Dunkelheit seiner Zelle gestellt hatte, wieder und wieder.

Nicht Margok hatte Liatha dazu bewogen, all dies zu tun. Sie hatte sich wahrhaftig selbst dazu entschlossen – um ihn zu bestrafen, und um sich zu befreien.

Die Erkenntnis schmetterte ihn nieder wie ein Fausthieb, sorgte dafür, dass er sich widerstandslos abführen und zusammen mit Dufanor, Aderyn und all den anderen an Bord des Kristallschiffes bringen ließ, das sie an einen fernen, unbekannten Ort tragen würde, ihrer Verbannung entgegen.

Liatha sah schweigend dabei zu, während sich in Margoks grinsenden Zügen namenlose Bosheit spiegelte.

An Bord des Schiffs, umgeben von Wänden aus schimmerndem Kristall, gab es zahlreiche in Halbkreisen angeordnete Sitze mit hohen Lehnen. Man forderte sie auf, sich daraufzusetzen, und löste ihre Fesseln, worauf die Lehnen sich um die Gefangenen schlossen, sich um sie legten wie eine kristallene Rüstung, die an ihnen emporkroch und sich schließlich auch um ihre Häupter legte – und zuletzt gar über die Gesichter, sodass sie reglos dort saßen, eingeschlossen in kristallene Sarkophage.

Einige der Legionäre protestierten entsetzt und schrien, doch in dem Augenblick, da sich der kristallene Helm um ihre Züge schloss, verstummten sie alle.

Curran war der Letzte, dem dieses Schicksal zuteilwerden sollte. Noch in der dreieckigen Pforte stehend, wandte er sich zu Liatha und Margok um.

»Ich nehme meine Bestrafung an und füge mich in das, was unausweichlich ist«, gab er bekannt. »Doch eines Tages werde ich wiederkehren. Und wenn es ein ganzes Zeitalter dauert.«

Liatha erwiderte nichts darauf.

»Worte«, sagte Margok. »Nur leere Worte.«

Daraufhin führte man Curran zu dem letzten noch verbliebenen Sitz, und er spürte, wie der Kristall um ihn emporwuchs und sich um ihn schloss.

Das Letzte, was er durch das noch offene Schott erkennen konnte, ehe das kristallene Visier sich vor sein Sichtfeld schob, war das Antlitz Liathas.

Und die Tränen, die nun doch in ihren Augen glänzten.

19.

FOULLSOUCHASH

»Dieser Ork Balbok ist der Schlüssel?« Rat Kelon hatte sich auf seinem Sitz vorgebeugt und sah Aderyn fragend an. »Wie darf ich das verstehen?«

»Was soll ein Ork überhaupt sein?«, fügte Hirulon gereizt hinzu. »Irgendeine Art von Wildwuchs?«

»Nein.« Aderyn, die vor dem Halbrund der Ratssitze stand, um zu berichten, schüttelte den Kopf. Im späten Licht des Tages, das durch die gewölbten Fenster einfiel, warf ihre schlanke Gestalt einen langen Schatten. »Ganz offenbar handelt es sich um eine andere Art, die auf einer entlegenen Insel lebt. *Außerhalb* unseres Machtbereichs.«

»Außerhalb unseres …?« Hirulon lachte kehlig. »Du solltest wissen, dass das nicht möglich ist.«

»Das ist, was wir dem Volk erzählen, um es unmündig zu halten«, beschied Aderyn ihm streng. »Es ist nicht das, was in den alten Aufzeichnungen steht.«

»Du willst sagen, dieser Balbok, dieser Ork … stamme aus der anderen Welt?«, fragte Rat Gulucin. »Der *alten* Welt?«

»Genau das.«

»Aber uns ist keine solche Art bekannt …«

»Womöglich ist sie erst später entstanden, nach unserem Weggang von dort … Selbst für unsere Begriffe ist seither viel Zeit vergangen, ein ganzes Zeitalter. Und wir wissen nicht, was der Dunkelelf getan hat, nachdem …« Sie unterbrach sich, jeder im Rat wusste, was sie meinte.

»Der alte Kontinent und Anwar sind voneinander getrennt«, wandte Rat Korukan ein, »man kann die Kluft zwischen ihnen nicht überbrücken!«

»Und doch haben wir es damals getan«, brachte Kelon in Erinnerung. »Warum also sollte es nicht auch anderen gelingen?«

»Es ist das Schiff«, mutmaßte Rat Gulucin.

»So unglaublich es klingt, das nehme ich an«, stimmte Aderyn zu. »Der *crysalyth*, der uns einst nach Anwar brachte, ist derselbe, mit dem der Junge in der Nacht des Donners entkam – und allem Anschein nach hat ihn die Kraft der Kristalle auch wieder zurückgebracht.«

»Dann … ist er es tatsächlich? Der Erbe hat überlebt?«, fragte Hirulon heiser.

Es war still geworden im Ratssaal, aller Aufmerksamkeit war auf Aderyn gerichtet. »Es sieht danach aus«, bestätigte sie, worauf unter den Räten aufgeregtes Getuschel ausbrach, das an eine Versammlung von Waschweibern am Brunnen erinnerte und der Drachenfrau blanken Zorn in die Adern schießen ließ.

»Hört auf, euch wie Kinder zu benehmen!«, rief sie ihren Ratskollegen zu. »Der Junge mag Currans Erbe sein oder nicht – nach allem, was er mir im Kerker offenbart hat, ist das weder unser einziges Problem noch unser größtes!«

»Du … hast den Jungen gefoltert?«, fragte Kelon mit unverhoh-
lener Bewunderung. »Du überraschst mich immer wieder …«

»Das war nicht nötig. Er ist jung und naiv und leicht zu beein-
flussen …«

»… oder sehr viel gerissener, als du es dir vorstellen kannst«,
hielt der grimme Bormon dagegen. »Wenn der Verräter sein Lehrer
und Mentor war …«

»Dufanor hatte nichts damit zu tun«, stellte Aderyn klar. »Der
Junge ist fern von Taras Caron aufgewachsen, auf jener entlegenen
Insel. Als er in der Nacht des Donners floh, ist sein Kristallschiff
dort abgestürzt, und er wuchs unter den Bewohnern der Insel auf.«

»Den Orks«, ergänzte Gulucin.

»Ganz recht. Er lernte ihre Sprache und ihre primitiven Gebräu-
che und Sitten. Und als er schließlich zurückkehrte, war er nicht
allein, sondern kam zusammen mit zweien dieser Barbaren, ihren
Königen, um genau zu sein. Balbok ist der Name des einen, Rammar heißt der andere.«

»Und warum sollte das ein Problem sein?«, fragte Rat Kelon
spöttisch nach. »Wie du gerade selbst sagtest, sind es primitive, niedere Kreaturen. Weshalb also sollten uns die beiden scheren?«

Aderyn holte tief Luft. »Weil sie Brüder sind.«

Wäre ein Blitz in der Ratshalle eingeschlagen, die Wirkung hätte
nicht verheerender sein können. Eine gefühlte Ewigkeit lang saßen
die Ratsmitglieder so reglos, als hätte die Kunstfertigkeit eines Bild-
hauers sie in Stein gemeißelt.

»Brüder«, echote Hirulon schließlich.

»Die Brüder des Chaos«, ergänzte Korukan.

»Die Prophezeiung«, flüsterte Gulucin.

Aderyn nickte zustimmend. »Damals, vor fünfzehn Jahren«, erläuterte sie, »fürchteten wir, dass sich durch die beiden Thronfolger
die Prophezeiung erfüllen und das Ende des Reiches gekommen
sein könnte, also setzten wir alles daran, es zu verhindern. Wir verrieten den Kaiser und sannen darauf, seine Erben zu vernichten.
Doch ich fürchte, wir alle sind einem Irrtum erlegen. Es waren
nicht diese Brüder, auf die die Prophezeiung sich bezog, sondern
die anderen …«

»Die Orks!«, rief Narkon wütend.

»Und der Grund dafür ist offensichtlich«, fuhr Aderyn fort, »denn so einfältig sie auch sein mögen, die beiden haben einen Weg entdeckt, die Kluft zwischen den Kontinenten zu überbrücken. Wie und warum sie dazu in der Lage sind, weiß ich nicht, und auch der Junge vermochte es mir nicht zu sagen. Aber wie wir es auch drehen und wenden: Die Barriere, die unser Reich bislang vor Entdeckung bewahrte, könnte überwunden werden. Bislang weiß die Alte Welt nichts von unserer Existenz, aber die Orks könnten das ändern ...«

»... und die Welten sich vereinen«, ergänzte Gulucin leise. »Dann würden die Brüder des Chaos das Reich Anwar vernichten, genau wie in der Prophezeiung geweissagt.«

»In der Tat«, bestätigte Aderyn grimmig. »Cygo hatte es erkannt, doch erst jetzt wurde mir klar, was er meinte. Die Orks werden unsere Vernichtung sein – es sei denn, wir kommen ihnen zuvor.«

»Ich werde sämtliche Schwarzen Garden in der Stadt alarmieren«, kündigte Bormon an. »Sie sollen jeden Winkel durchsuchen und die Unholde finden.«

»Ich denke nicht, dass das notwendig sein wird«, widersprach Aderyn kopfschüttelnd. »Vergesst nicht, dass wir den Jungen in unserer Gewalt haben. Nach allem, was er mir berichtet hat, sehen die beiden absurderweise in ihm etwas wie ihren Sohn, wollten ihn gar zu ihrem Nachfolger als König der Insel machen. Folglich werden sie wohl alles daransetzen, ihn zu befreien. Und wir brauchen nichts zu tun, als abzuwarten, bis sie zu uns kommen.«

20.

Der Stoßtrupp zu Enoks Rettung war unterwegs. Doch nicht bei allen seinen Teilnehmern herrschte dieselbe Begeisterung. Rammar beispielsweise war überzeugt davon, dass dieses Unternehmen nur in einem Fiasko enden konnte, wenn sein Bruder Balbok sich den Plan dazu ausgedacht hatte.

Es war kurz vor Sonnenuntergang.

Die Schatten waren lang geworden, der größte Teil von Taras Caron bereits in Dämmerung versunken. Nur der oberste Turm des Palasts lag noch im Sonnenlicht. Dort oben trat der Rat der Ewigen zusammen, und irgendwo im Inneren der Anlage, die auf einem gewaltigen roten Felsen thronte, musste Enok sein.

Die Vorbereitungen zum Angriff waren in aller Eile getroffen, die über die Stadt verstreuten Widerstandsnester verständigt worden. Sobald die Sonne am Horizont versank und auch noch das letzte Stück Turm in Dunkelheit zurückließ, würden die ersten Pfeile fliegen und der Kampf um das Haupttor entbrennen – und schon bald darauf in einem mörderischen Debakel enden, falls es den Orks und ihrem Stoßtrupp nicht gelänge, ihre Mission zu erfüllen und das Tor zu öffnen.

Und Rammar brauchte sich die Gestalten in seinem Schlepp nur anzusehen, um zu wissen, dass die Chancen schlecht standen.

Mehr als schlecht.

Aussichtslos.

Da waren Kilif Rattenzahn und Logras Narbengesicht – zwei junge *oltorr'hai*, die zwar über einen gewissen Mut und einfältigen Idealismus verfügten, sich jedoch für echte Krieger hielten, nur weil er ihnen beigebracht hatte, wie man mit einer Waffe herumfuchtelte; dazu Beeka, des Ultachs Tochter, eine tapfere junge Frau zweifellos, aber auch keine Amazone des Smaragdwalds. Chulain, ihr Bruder, war der Einzige, der zumindest ein wenig Kampferfahrung hatte – sein Bogen und seine Pfeile würden ihnen hoffentlich von Nutzen sein.

Und dann war da noch Balbok …

Rammars Erleichterung darüber, seinen Bruder wiedergetroffen zu haben, war inzwischen der bekannten Ernüchterung gewichen. Wie, bei Torgas stinkenden Eingeweiden, sollte er Enok befreien, wenn sein dämlicher Bruder ihm dabei wie ein Klotz am Bein hing?

»So«, raunzte er ihn an, während sie sich eng an die Mauer einer Gasse drückten, die zur Festung mündete. Das erste Hornsignal war bereits erklungen, und in der Stadt wimmelte es nur so von Schwarzen Garden. Sie mussten verflixt aufpassen, keiner davon in die Arme zu laufen … »Und wo befindet sich nun dein geheimer Eingang, du Wunderhirn?«

»Pssst«, machte Balbok und legte einen Klauenfinger auf die Lippen, um ihn zu ermahnen, leiser zu sein. »Dort drüben«, fügte er dann flüsternd hinzu und deutete zu den roten Felsen.

»Umbal«, knurrte Rammar, »das ist kein Eingang, sondern ein verdammter Brunnen!«

»Korr«, stimmte Balbok zu – und war schon dabei, aus der Gasse zu setzen und über den im Schatten liegenden Platz. Den saparak hielt er dabei fest umklammert.

»Was tut er?«, wollte Beeka wissen, die sich hinter Rammars eindrucksvoller Gestalt versteckte.

»Musst du nicht verstehen«, beschied er ihr seufzend. »Ich bin sein Bruder und verstehe es auch nicht.«

Gleichwohl folgten sie Balbok hinüber zum Brunnen. Während Kilif, Logras und Chulain nach allen Seiten sicherten, um zu verhindern, dass die Garden sie überraschten, traten Rammar und Beeka zu Balbok.

»Und wo ist nun dein toller Geheimgang, Hirnfurz?«

»Da drin.« Balbok deutete in den Brunnenschacht.

Rammar beugte sich über den Rand und warf einen Blick hinein. »Da drin ist Wasser.«

»Douk.« Balbok schüttelte den Kopf. »Das sieht nur so aus, ist aber eine Täuschung. Wenn man hineinspringt, landet man auf einem Rost, und von dort führt eine Tür ins Innere der Festung. Die Schattenwandler benutzen diesen Eingang, um ungesehen hinaus- und hineinzugelangen«, erklärte er voller Stolz über sein Wissen.

»Die Schattenwandler?« Beeka machte aus ihrer Bewunderung kein Hehl – was wiederum Rammar nicht gefiel.

»Na schön, *umbal*«, knurrte er, setzte sich auf den steinernen Brunnenrand und schwang die kurzen Beine nach innen, »irgendeiner von uns muss ja den Anfang machen.«

»Und das willst du sein?« Beeka schickte ihm einen bewundernden Blick.

»Für so was braucht man einen Ork aus echtem Tod und Horn«, versicherte Rammar und stieß sich vom Rand ab in der Erwartung, schon ein kurzes Stück tiefer auf einen metallenen Rost zu treffen …

Er wurde bitter enttäuscht.

Es platschte dumpf, als der dicke Ork ins Wasser tauchte.

»Rammar!«, zischte Beeka und spähte erschrocken ins Halbdunkel des Schachts hinab.

Nur Augenblicke später tauchte der Verschwundene wieder auf. Prustend hielt er sich am Brunnenschacht fest, damit er nicht gleich wieder unterging.

»Du bist nass«, stellte Balbok fest.

»Schmarren, das sieht nur so aus, ist aber eine Täuschung«, konterte Rammar von unten. »Und wenn ich hier wieder raus bin, wird es so aussehen, als hätte ich dir deine dämliche Visage eingeschlagen. Das ist aber auch nur eine Täuschung.«

»Ich verstehe das nicht.« Balbok nahm den Helm ab und kratzte sich am Kopf. »Als ich das letzte Mal hier war …«

»Vermutlich können sie das Wasser ein- und wieder ablaufen lassen«, regte Beeka an. »Das würde erklären, warum Rammar nass geworden ist.«

»Ich hätte auch noch eine andere Erklärung«, knurrte dieser verdrießlich von unten.

»Dann ist der Rost aber noch da, und die Tür auch«, folgerte Balbok haarscharf, während er sich das lange Kinn massierte.

»Na und?«, maulte Rammar herauf. »Bin ich vielleicht Borsh der Stinkfisch, dass ich mal eben runtertauchen und nachsehen könnte? Und selbst wenn die Tür da ist, wie sollen wir sie aufbekommen unter Wasser, kannst du mir das mal verraten?«

»Das ist wahr«, gab Balbok zu. Er massierte und überlegte weiter – und plötzlich hellte sich seine Miene auf. »Ich habe eine Idee!«

»Nicht noch eine«, drang es stöhnend von unten.

»Komm mit«, sagte Balbok zu Chulain, und gemeinsam rannten sie die Gasse hinab davon.

»Was tut er?«, fragte Rammar von unten.

»Er ist weg«, erwiderte Beeka verblüfft.

»Das war die Idee?« Rammar grunzte. »Die hätte glatt von mir sein können ...«

21.

OINSOCHG!

Der Moment, in dem der letzte schmale Sonnenrest am Horizont versank und die Turmkuppel der Drachenfestung in Dunkelheit fiel, war zugleich auch der, in dem das letzte warnende Hornsignal erklang.

Es war auch der Augenblick, in dem ein heiserer Befehl über den Vorplatz der Festung und durch die angrenzenden Straßen gellte: »Zum Angriff!«

Innerhalb eines Lidschlags erwachte das eben noch scheinbar verlassene, in Dämmerung liegende Stadtviertel zum Leben: Aus Häusern und Kellern, aus Nischen und Verschlägen schlichen die Kämpfer des Widerstands, die sich mit allem bewaffnet hatten, was ihnen zu Gebote stand, von Pfeilen und Bogen über Spieße und Messer bis hin zu einfachen Keulen, die aus mit Nägeln gespickten Holzprügeln bestanden. Die Dunkelheit, die soeben erst über die Stadt hereingebrochen war, schien lebendig zu werden, als sie aus allen Richtungen zusammenströmten und die Serpentinen hinaufzogen, die zum Haupttor des Drachenpalasts führten. Auf diese Nacht, auf diesen Augenblick hatten sie gewartet, und nicht erst, seit ihr geheimnisvoller Anführer Durwain aufgetaucht war.

Sondern im Grunde die letzten fünfzehn Jahre.

Seit in jener dunklen Nacht des Donners der Drachenkaiser entmachtet worden war, der Rat der Ewigen die Herrschaft übernommen und damit Furcht und Unterdrückung an die Stelle von Recht und Freiheit gesetzt hatte.

Diese Furcht hatte seither in Taras Caron geherrscht – vor den Schwarzen Garden, den Schattenwandlern und schließlich vor der Dunkelheit selbst. Das Leben der Untertanen hatte sich in Pflichterfüllung erschöpft, darin, seine Steuern zu begleichen und die Gesetze zu befolgen. Die einzige Zerstreuung hatte darin bestanden, dabei zuzusehen, wie in der Arena unschuldige Kreaturen um ihr Leben kämpften.

Die Zustände waren unerträglich geworden.

Die Zeit, sie zu beenden, war jetzt.

Hunderte Kämpfer hatten sich innerhalb von Augenblicken vor der Festung versammelt, zogen die Serpentinen hinauf oder erklommen den roten Fels. Die Wachen auf den Zinnen mussten inzwischen auf sie aufmerksam geworden sein, also brauchten sie nicht länger zu schweigen.

»Freiheit!«, schrie jemand in die unheilschwangere Stille. Es war Finras, der vorn bei den Ersten war und das Tor inzwischen fast erreicht hatte. Die Torflügel waren geschlossen, trutzig, beinahe drohend ragten die beiden Türme in den immer dunkler werdenden Himmel.

»Freiheit!«, echote es, zunächst aus Dutzenden, dann aus Hunderten von Kehlen. Gleichzeitig wurden Fackeln entzündet, mehr, als man zählen konnte, und nicht nur, um die hereinbrechende Dunkelheit zu vertreiben, sondern auch als ein Zeichen der Hoffnung in finsterer Zeit.

Die Flamme des Widerstands war entzündet. Einmal entfacht, ließ sie sich nicht mehr ersticken.

Mithilfe eines langen Holzbalkens, den sie mitgebracht hatten, rannten die Aufständischen gegen das Tor an. Es krachte dumpf, als die Ramme gegen die eisenbeschlagenen Bohlen krachte, und jeder einzelne Aufschlag wurde von der Menge mit begeistertem Jubel quittiert.

»Freiheit! Freiheit!«, scholl es, dass es weithin zu hören war, bis in die letzten Winkel der Stadt.

Finras und seine Kameraden brüllten, was ihre Kehlen hergaben, schrien ihre Angst, ihre Wut und ihre Verzweiflung hinaus in diese Nacht, die alles ändern sollte. Doch von denjenigen, denen die Botschaft galt, ließ sich keiner sehen. Weder waren oben auf den Türmen Wachen auszumachen noch hinter den Zinnen der Mauern. Die Schwarzen Garden, sonst allgegenwärtig, waren weit und breit nicht zu sehen.

»Sie haben sich verkrochen«, schrie jemand, »haben sich feige vor uns versteckt!«

Gelächter ertönte, und wieder wurde lautstark nach Freiheit verlangt, nach Gerechtigkeit für ein unterdrücktes Volk.

Und schließlich erfolgte die Antwort.

Von den Gardisten war noch immer nichts zu sehen, dafür begannen die Spitzen der steinernen Stacheln, die unterhalb der Zinnenkronen feindselig aus Mauern und Türmen ragten, den Mäulern riesiger Drachen gleich – plötzlich grell aufzuleuchten.

»Vorsicht!«, schrie Finras. Einen Herzschlag später ergoss sich aus den Schnäbeln das blanke Verderben über die Angreifer!

Pech, das in Brand gesetzt worden war, regnete in orangeroten Fontänen auf die Aufständischen herab. Jene, die in vorderster Reihe standen, wurden davon erfasst und in Brand gesetzt, rannten lebenden Fackeln gleich umher, dabei entsetzliche Schreie ausstoßend.

Doch nicht nur die Kämpfer auf der Straße wurden getroffen, sondern auch jene, die die Felsen erklommen hatten. Flüssiger Lava gleich stürzte das Pech aus den steinernen Drachen auf sie, ehe es sich in zahllosen Rinnsalen einen Weg über das rote Felsgestein suchte.

Entsetzen griff um sich, genährt vom Geschrei der Sterbenden und vom Gestank des Pechs und verbranntem Fleisches. Die Aufständischen, eben noch von Hoffnung beseelt und ihrem Streben nach Freiheit, hielten in ihrem Vormarsch inne und prallten zurück, waren kurz davor, die Flucht zu ergreifen.

Warum ausgerechnet Finras, Anführer eines winzig kleinen Widerstandsnests und nur ein Kämpfer unter vielen, das Drachenfeuer überlebt hatte, wusste er selbst nicht. Auch er hatte in vorderster Reihe gestanden, als die Verteidiger die Schleusen geöffnet und das lodernde Verderben auf die Aufständischen geschüttet hatten, und eigentlich hätte er längst bei lebendigem Leibe verbrannt sein müssen.

Doch er stand noch immer aufrecht inmitten der tosenden Flammen, mit rußgeschwärztem Gesicht und Brandblasen an den Armen von der sengenden Hitze, ansonsten jedoch unverletzt … und nahm dies zum Zeichen, dass er ausersehen war, diesen Angriff anzuführen.

»Freiheit!«, brüllte er aus Leibeskräften und stieß den Speer, den er in der Hand hielt, hoch in die Luft. »Wir dürfen nicht nachgeben, Freunde, nicht jetzt!«

Und wie um seine Worte zu beweisen, schleuderte er den Speer von sich, hinauf zur Krone des rechten Wachturmes, den er jenseits der Flammen mehr erahnen als wirklich sehen konnte – doch der Speer fand sein Ziel.

Ein Hauptmann der Garde, der sich über die Zinnen gebeugt hatte, um zu sehen, was das Feuer unter den Aufrührern anrichtete, wurde davon in die Brust getroffen.

Einen heiseren Schrei ausstoßend, kippte der Mann nach vorn ins Leere und fiel vom Turm.

Er war tot, noch ehe er vor Finras' Füßen landete. Doch die Tatsache, dass der gesichtslose Feind nicht unangreifbar, dass die Schwarze Garde nicht unverwundbar war, gab den Aufständischen neuen Mut.

»Freiheit!«, beantwortete irgendwer Finras' Schlachtruf, und die Kämpfer des Widerstands, die sich schon zur Flucht gewandt hatten, besannen sich noch einmal. Ihre Reihen festigten sich, und jene, die mit Pfeil und Bogen bewaffnet waren, schickten gefiederte Grüße über die Zinnen.

Ob sie ihr Ziel fanden oder nicht, war im allgemeinen Durcheinander nicht festzustellen, doch der erste Schreck war überwunden. Indem sie sich außerhalb der lodernden Feuersbrunst hielten, die nun außerhalb des Palastes wütete, verharrten die Aufständischen wie Wölfe, die auf ihre Chance warteten.

»Wir müssen durchhalten«, schärfte Finras den anderen Unterführern ein. »Womöglich sind Balbok und Rammar aufgehalten worden. Wir müssen die Garden ablenken und ihnen die Zeit verschaffen, die sie brauchen!«

Er konnte nur hoffen, dass die beiden Orks das Vertrauen auch rechtfertigen würden, das alle in sie setzten.

22.

KARAL'HAI ANN IOMAGASH

»Er wird wiederkommen.«

»Von wegen.«

»Und ich sage, dass er zurückkommt.«

»Ist nicht drin, das kannst du vergessen!« Gullwyn drehte seine Fischaugen so, dass sie Evan von der Seite ansahen. »Er ist inzwischen so tot, wie man nur sein kann. Niemand überlebt zwei Runden in der Arena.«

»Trotzdem. Wenn es jemand schaffen kann, dann Balbok«, beharrte Evan kopfschüttelnd, und Drel pfiff eine Bestätigung.

»Ihr seid Träumer, alle beide«, warf Gullwyn ihnen vor. »Aber vermutlich ist von einem Wechselbalg und einem lebenden Stück Holz nichts anderes zu erwarten.«

Drel fiepte beleidigt.

Dann wurde es still in der Kerkerzelle.

Nebeneinander auf dem Boden kauernd, starrten die drei schweigend vor sich hin, einer wie der andere an die feuchte Zellenwand gekettet.

Sie hatten alles versucht.

Zuerst hatte Evan sich in das Raubtier verwandelt und war auf diese Weise seinen Handschellen entschlüpft, doch die Wärter hatten das Manöver rasch durchschaut und die Fesseln umso enger gemacht. Dann hatte Gullwyn seine Ketten durchgenagt und sich danach an den dicken Gitterstäben versucht, sich daran jedoch im

Wortsinn ein paar Zähne ausgebissen. Und schließlich hatte Drel seine langen Arme wachsen lassen, um dem Wärter die Schlüssel zu stehlen. Die von einer Axt zerstückelten Holzstücke, die vor dem Gitter verstreut lagen, legten noch immer Zeugnis davon ab, wie auch dieser Fluchtversuch kläglich gescheitert war.

Sie hatten die Hoffnung bereits fahren lassen und sich mehr oder weniger damit abgefunden, im Sand der Arena ein blutiges Ende zu finden, als Balbok in ihr Leben getreten war – oder besser in ihre Zelle.

Woher er gekommen war, wussten sie nicht, er war bewusstlos gewesen, als die Wärter ihn angeschleppt hatten, und auch er selbst hatte nicht wirklich darüber Auskunft geben können. Überhaupt war der große grüne Kerl, der sich selbst als »Ork« bezeichnete und der festen Überzeugung gewesen war, dass all dies nur ein Traum sei, ein seltsamer Kauz gewesen – aber waren sie das nicht alle? Und in der Arena hatte er sich als der mit Abstand Schlauste und Mutigste von ihnen erwiesen und ihnen allen das Leben gerettet, der größte Krieger, den sie je gesehen hatten. Doch nun war er fort und mit ihm auch jede Hoffnung, diesem Gefängnis irgendwann zu entrinnen ...

»Vielleicht hatte Balbok ja recht, und all das hier ist gar nicht wirklich«, sagte Evan nach einer Weile.

Drel fiepte erneut.

»Wenn es so ist, dann würde ich gerne aufwachen«, murrte Gullwyn. »Und zwar jetzt ...«

Er wartete, lauschte und ließ demonstrativ seine Fischaugen kreisen. Nichts geschah, alles blieb, wie es war.

»Habe ich mir gedacht«, maulte der Fischmann verdrießlich. »Das Erwachen kommt erst, wenn wir alle tot und erschlagen in der Arena lie–«

In diesem Moment waren von außerhalb der Zelle Geräusche zu hören. Ungewöhnliche Geräusche, die Schreie von Kämpfenden und das Klirren von Waffen.

Drel fiepte eine Frage.

»Ich dachte auch, dass heute keine Kämpfe in der Arena wären«, stimmte Evan zu.

»Das kommt nicht aus der Arena«, wandte Gullwyn ein. »Das ist sehr viel näher …«

Gespannt starrten alle drei in den von Fackelschein spärlich beleuchteten Gang, der sich jenseits des Zellengitters erstreckte. Drel versuchte sogar, ein wenig zu wachsen, um einen besseren Blick nach draußen zu erheischen. Es wollte nicht recht gelingen, aber schon im nächsten Moment war es ohnehin überflüssig.

Einer der Wärter taumelte in ihr Blickfeld.

Seine lederne Kappe saß schief auf seinem Kopf, und in seinem blassgrünen Gesicht lag ein Ausdruck von Verzweiflung, den man eigentlich nur von denen kannte, die in die Arena geschickt wurden.

Ächzend brach der Mann in die Knie und schlug gegen das Gitter, rutschte mit verdrehten Augen daran herab. Hinter ihm tauchte eine hagere Gestalt aus dem flackernden Halbdunkel auf, einen blutigen *saparak* in der Klaue. Dann bückte sie sich zu ihnen herab, und ein ebenso langes wie grünes Gesicht erschien jenseits der Gitterstäbe.

»Huhu«, machte es und grinste.

»Balbok!« Evan wollte aufspringen, aber seine Fesseln hinderten ihn daran. »Du bist zurück?«

»Ich habe es immer gewusst!«, plärrte Gullwyn. »Keinen Augenblick habe ich an dir gezweifelt!«

Drel knirschte etwas Unverständliches.

»Wollt ihr hier raus?«, fragte Balbok.

»Soll das ein Witz sein?«, fragte Evan. »Natürlich, aber wie bist du …?«

»Erzähle ich euch später«, meinte Balbok nur, während er sich bereits daranmachte, dem toten Wärter die Schlüssel abzunehmen und die Zellentür aufzusperren. »Jetzt brauche ich erst mal eure Hilfe.«

»Wobei?«, fragte Gullwyn.

»Du musst zum Grund eines Brunnens tauchen und eine Tür öffnen, indem du das Schloss durchbeißt«, verriet ihm der große Ork rundheraus. »Kriegst du das hin?«

»Ha«, machte Gullwyn nur und rollte fragend mit den Augen. »Können Fische singen?«

Balbok sah ihn verunsichert an, auch Evan und Drel schienen unsicher, was die Antwort betraf. »Verdammt noch mal, ja«, blubberte der Fischmann. »Worauf warten wir?«

23.

FUURK'DOK

Einen Ort wie diesen hatte Enok noch nie zuvor betreten.

Eine Halle, über der sich eine mächtige Kuppel spannte; Säulen wie riesige, sich aufbäumende Schlangen, dazwischen Fenster, die nach allen Seiten auf die in Dunkelheit versinkende Stadt blickten ... und in der Mitte ein Halbrund steinerner Sitze, auf denen noch mehr der unheimlichen Drachenkreaturen saßen.

All das war für Enok so fremd und einschüchternd, wie es nur sein konnte ... und zugleich kam es ihm, wie so vieles in dieser Stadt, auch bekannt vor. So als ob er tief in seinem Inneren Erinnerungen an ein vorangegangenes, ein früheres Leben trüge, von denen ab und zu Bruchstücke in sein Bewusstsein gelangten. Je länger er sich in Taras Caron aufhielt, desto mehr dieser Erinnerungen schienen es zu werden.

»Komm schon«, knurrte die Drachenfrau und versetzte ihm einen harten Stoß, sodass er die letzten Stufen hinauftaumelte. Ihm war speiübel, er hatte den Gestank des Kerkers noch in der Nase, und die Brandwunde an seinem Arm schmerzte, dass es ihm Tränen in die Augen trieb. Aber genau wie seine Ziehväter es ihm beigebracht hatten, verlor Enok keinen Laut der Klage. Denn eines immerhin hatte auch er in der Kammer der Wahrheit erfahren: Dass Balbok und Rammar keine Hirngespinste gewesen waren. Nicht nur, dass die beiden Orks tatsächlich existierten, sie waren in der Stadt.

Und selbst die grausame Drachenfrau schien sich vor ihnen zu fürchten.

»Ist er das?«, rief einer der Sitzenden ihnen entgegen. Ein Grinsen verzerrte dabei sein grünes Schuppengesicht.

»In der Tat«, bestätigte die Frau, die sich Enok als Lady Aderyn vorgestellt hatte. Mit ihrer gezackten Klinge trieb sie den Jungen in den Halbkreis ihrer Artgenossen, die ihn mit leuchtenden Reptilienaugen anstarrten.

Das also, dachte Enok schaudernd, waren die Ewigen, von denen Durwain ihm berichtet hatte; die Mächtigen, die ganz Anwar in ihrer Gewalt hielten. Was für grässliche Kreaturen es doch waren, sein Innerstes verkrampfte sich vor Abscheu. Doch obwohl sie so fremdartig waren und ihr Aussehen ihn erschreckte, empfand er auch hier eine seltsame Vertrautheit. Was nicht bedeutete, dass er sich nicht vor ihnen fürchtete ...

»Ich kann seine Angst fühlen«, sagte einer von ihnen verzückt.

»Ich ebenso«, bestätigte ein anderer und nahm einen tiefen Schluck aus einem gläsernen Pokal.

»Vorerst hat er nichts zu befürchten«, stellte Lady Aderyn klar. »Der Junge ist unser Lockvogel. Sollen die Orks ruhig kommen, hierher in den Turm. Wir werden sie erwarten.«

Enok horchte auf. »Balbok und Rammar sind ... auf dem Weg hierher?«

»Davon gehe ich aus«, beschied sie ihm mit kaltem Lächeln. »Aber mach dir keine Hoffnungen, falscher Erbe. Wir sind auf die Unholde und ihre rebellischen Freunde bestens vorbereitet. Ihr Angriff auf das Haupttor wird scheitern. Und ihre Köpfe werden am Ende auf Pfählen stecken, zu beiden Seiten der Pforte.«

Jäher Zorn überkam Enok. Hilflos ballte er die Hände zu Fäusten, mit den Daumen nach außen, wie Rammar es ihn gelehrt hatte.

»Sei unbesorgt«, meinte Aderyn und sandte ihm einen vernichtenden Blick, »du brauchst das nicht mitanzusehen. Denn bei Anbruch des neuen Tages wirst auch du nicht mehr am Leben sein ...«

»Das wird nichts.«

Noch immer bis auf die grüne Haut durchnässt stand Rammar am Rand des Brunnens und starrte in die dunkle Tiefe. Er hatte keine Ahnung, wo sein Bruder plötzlich den Fischmann aufgetrieben hatte. Aber wenn dieser sich mit Balbok abgegeben hatte, dann war er vermutlich genauso ein *umbal* wie er. Und die anderen beiden Typen, die Balbok mitgebracht hatte, ein schmächtiger *oltorr* und ein pfeifendes, auf zwei dürren Beinen wandelndes Stück Holz, machten auch keinen sehr vertrauenerweckenden Eindruck.

Der kugelrunde Kerl mit den Glubschaugen war ohne Zögern in den Brunnen gesprungen und im dunklen Wasser verschwunden – vor einer halben Ewigkeit.

Danach war nichts mehr passiert.

»Wir sollten gehen«, meinte Rammar, an Beeka und Chulain gewandt, die wie er in den Brunnen blickten. »Wahrscheinlich ist der Trottel schon längst ertrunken.«

»Wartet noch«, meinte Balbok.

»Worauf? Dass er mit dem Bauch nach oben wieder auftaucht?«, schnarrte Rammar.

»Wir müssen Gully nur ein wenig Zeit geben.«

»*Korr* – damit uns die Schwarzen Garden leichter entdecken und massakrieren können.«

Balbok wandte den Blick vom Brunnenschacht und sah seinen Bruder aus treuen Kuhaugen an. »Vertrau mir, Rammar. Ich weiß, was ich tue.«

»Genau daran habe ich meine Zweifel«, entgegnete der dicke Ork und war drauf und dran, sich abzuwenden, als es in der Tiefe plötzlich gurgelte. »Was ist das?«

»Gully«, war Balbok überzeugt.

»Schwimmt er schon obenauf?« Rammar kehrte zum Brunnen zurück und schaute hinein – um zu sehen, wie große Luftblasen mit lautem Blubbern aufstiegen.

Dann sank auch schon der Wasserspiegel.

Balbok grinste breit.

»Na und?«, knurrte Rammar. »Auch ein blinder Ghul findet mal ein Horn.«

Innerhalb weniger Augenblicke war das Wasser abgelaufen, und tatsächlich wurde im Schacht das Gitter sichtbar, von dem Balbok gesprochen hatte. Kurz entschlossen setzte der große Ork diesmal selbst über den Brunnenrand und sprang hinab. Im spärlichen Mondschein, der in den Schacht fiel, konnte er sehen, dass Gullwyn ganze Arbeit geleistet hatte: Die Tür zum Stollen war offen, er hatte sich kurzerhand durch das rostige Metall genagt und das Schloss ausgebissen.

»Kommt«, zischte Balbok nach oben, dann bückte er sich und drang in den Stollen ein, den *saparak* in der Klaue. Das abfließende Wasser hatte den Gang überflutet – und mit ihm auch das Wachlokal, das sich anschloss, und die beiden Posten dort völlig überrumpelt.

Da die Wandfackeln in einiger Höhe angebracht waren, brannten sie noch immer. In ihrem Licht sah Balbok den einen Wächter reglos am Boden liegen, offenbar ertrunken. Der andere kauerte leblos an der Wand, eine klaffende Bisswunde an der Kehle. Gullwyn saß auf den Überresten eines Tisches, den die Wucht des Wassers umgerissen hatte, und ließ die dünnen Beine baumeln.

»Gut gemacht«, lobte Balbok.

»Kleinigkeit.« Der Fischmann bleckte die blutigen kurzen Zähne.

Sie warteten, bis die anderen nachkamen, die alle voller Bewunderung für ihren neuen Mitstreiter waren, selbst Rammar hatte zur Abwechslung einmal nichts auszusetzen.

Sie waren unerkannt in die Festung des Feindes gelangt, genau wie Balbok es angekündigt hatte.

»Der Angriff auf das Haupttor muss inzwischen bereits begonnen haben«, meinte Chulain und übernahm nun seinerseits die Führung. »Folgt mir, ich kenne den Weg dorthin!«

24.

»Gefahr! Es droht Gefahr!«

Die Stimme Rat Bormons hallte dutzendfach von der hohen Kuppel der Ratshalle wider, während er die Stufen des Portals hinaufstürmte, das Drachenschwert mit der Sägeklinge in den Klauen, die reptilienhaften Züge wutverzerrt.

Die übrigen Räte, die sich im Halbrund versammelt hatten und auf Nachricht über den Verlauf der Kämpfe warteten, sprangen aufgebracht von ihren Sitzen.

»Was redest du da?«, rief Lord Kelon ihm entgegen. »Ich dachte, die Aufständischen hätten nicht den Hauch einer Chance? Dass sie im Drachenfeuer elend verbrennen würden?«

»Das sind sie, und nicht wenige«, erstattete Bormon atemlos Bericht. »Doch einer Schar von Rebellen ist es offenbar gelungen, in den Palast einzudringen und …«

»Balbok und Rammar!«, rief Enok triumphierend. Aderyn versetzte ihm einen Stoß, sodass er hinfiel und verstummte. Anders als die meisten der männlichen Räte, die nicht zu kämpfen gedachten, hatte sie ihre Rüstung angelegt, die Drachenklinge hing an ihrer Seite.

»Wie konnte das geschehen?«, fragte Kelon.

»Ich weiß es nicht«, gab Bormon zurück, »ich vermute Verrat!«

»Dann findet den Verräter und zieht ihn zur Rechenschaft«, verlangte Hirulon.

»Dazu ist es zu spät. Die Eindringlinge haben das Haupttor geöffnet, die Aufständischen stürmen den Palast, und das gemeine Volk schließt sich ihnen an! Zu Tausenden strömen sie zum Festungsberg, unsere Garden sind machtlos gegen diese Überzahl!«

»Dann alarmiert die Garnisonen!«, verlangte Kelon. »Holt Verstärkung!«

»Auch dazu ist es zu spät«, entgegnete Bormon düster. »Bis neue

Truppen eintreffen, wird die Schlacht um Taras Caron längst entschieden sein. Und wir, meine Freunde, werden nicht die Gewinner sein ...«

Erneut gab es aufgeregtes Getuschel. Die Räte stießen zischende Laute aus, ballten Fäuste und schworen finstere Racheschwüre, so als ob der Kampf bereits entschieden wäre – Aderyn konnte nicht anders, als Verachtung für sie zu empfinden.

»Ruhe jetzt!«, brachte sie sie zum Schweigen, ihre Augen leuchteten in blanker Wut. »Ist es das, was aus euch geworden ist? Lamentierende Schwätzer, die beim Anblick von wütendem Pöbel gleich um ihr Leben fürchten? Hat die Zeit euch so zaudernd und ängstlich gemacht?«

»Sprich nicht so, dazu hast du kein Recht!«, hielt Narkon dagegen. »Jeder von uns ist ein Krieger, das weißt du, hat sich mit dem Schwert in der Hand einen Namen gemacht ...«

»Und wie lange ist das her?« Aderyn spuckte vor Abscheu aus. »Der Rat der Ewigen! Könnte das Volk euch so sehen, wie ich euch nun sehe, nervös und von Furcht zerfressen, es verlöre auch noch den letzten Funken Respekt vor euch. Und ich könnte es ihm nicht einmal verdenken.«

»Was schlägst du vor?«, fragte Hirulon.

»Was sollen wir tun?«, fügte Korukan hinzu. »Uns mit dem Schwert in der Hand dem Pöbel entgegenstellen?«

»Es gab Zeiten, da hättet ihr es ohne Zögern getan«, hielt Aderyn ihnen vor, »aber die sind wohl vorbei.«

»Welchen Sinn hätte es, solch einen Tod zu sterben?«, wollte Hirulon wissen.

»Was für einen Sinn hätte es, als Feigling weiterzuleben?«, fragte Aderyn dagegen. »Haben wir alle nicht lange genug gelebt?«

»Was immer wir entscheiden, wir sollten es rasch tun«, drängte Bormon. »Ich weiß nicht, wie lange die Garden die Aufständischen noch aufhalten können. Vermutlich sind sie bereits auf dem Weg hierher, und die Orks führen sie an!«

»Ich habe es euch gleich gesagt!«, rief Enok und lachte. »Ich habe es euch gesagt ...«

»Die Prophezeiung!«, ächzte Gulucin. »Sie erfüllt sich ...«

»Wir benötigen Hilfe«, sagte Narkon laut und entschieden. »Oder dieser Tag wird den Untergang unserer Herrschaft sehen.«

»Aber wer könnte uns helfen?«, fragte Hirulon. »Wer hätte die Macht, dem entfesselten Volk jetzt noch Einhalt zu gebieten …?«

Es hatte eine rhetorische Frage werden sollen – eine, auf die er keine Antwort erwartete, weil es vermutlich gar keine gab. Doch kaum hatte er sie laut ausgesprochen, dämmerte nicht nur ihm, sondern auch allen anderen Mitgliedern des Rates, dass sehr wohl eine Antwort existierte.

Weit unten, in den tiefsten Kavernen der Festung …

»Nein«, sagte Narkon mit kategorischem Kopfschütteln. »Das ist ausgeschlossen.«

»Einen Versuch wäre es wert«, meinte Gulucin.

»Weshalb sollte ausgerechnet *er* uns helfen, nach allem, was wir ihm angetan haben?«

»Vergiss nicht, dass er auch uns etwas angetan hat«, gab Kelon zu bedenken, auf den Pokal in seiner Rechten deutend. »Die Auswirkungen des *Dragwaith* verfolgen uns bis zum heutigen Tag und werden uns niemals wieder loslassen.«

»Und ihr denkt, deshalb wird er hinwegsehen über das, was er uns zu verdanken hat? Uns das Ende seiner Herrschaft verzeihen? Die fünfzehnjährige Gefangenschaft in tiefer Finsternis?«

»Vielleicht muss er das gar nicht«, wandte Aderyn mit einem Seitenblick auf den gefangenen Jungen ein, der wie von Sinnen lachte. Sie ließ ihn gewähren, denn womöglich war er die Antwort auf ihre Fragen … »Trotz allem, was zwischen uns war, wird auch unser Gast nicht wollen, dass das Reich untergeht«, erklärte sie ihren Plan. »Wenn wir ihm offenbaren, dass sein Erbe lebt, und ihn glauben machen, dass es die Orks sind, die ihm nach dem Leben trachten …«

Schweigen trat ein.

Dann, nach und nach, dämmerte den Ewigen, wie genial und perfide der Vorschlag der Drachenfrau war.

Wenn es eine Regel gab, die über alle Zeiten und Welten hinaus Gültigkeit besaß, dann die, dass der Feind eines Feindes stets ein Freund war …

»Du solltest zu ihm gehen«, sagte Narkon, und alle anderen nickten in seltener Einigkeit. »Wenn überhaupt, so wird er nur auf dich hören. Unser aller Schicksal liegt in deiner Hand, Aderyn.«

25.

SABAL ANN RARK

Rammar hätte sich die Zunge lieber eigenhändig herausgerissen, als es zuzugeben, aber der Plan war tatsächlich aufgegangen.

Nicht nur, dass sie dank der Hilfe des kleinen Fischmanns ungesehen in den Palast eingedrungen waren, es war ihnen auch gelungen, sich Zugang zum Torhaus zu verschaffen. Indem sie das Fallgitter hoben und die Pforte entriegelten, hatten sie das Heer der Widerstandskämpfer – oder besser ihren wilden, ungeordneten Haufen – in die Festung eingelassen.

Inzwischen hallte der gesamte Palast wider vom Geschrei der Kämpfenden und vom Geklirr der Waffen. Und wo auch immer man aus dem Fenster blickte, sah man weitere Scharen von Bürgern in die Festung fluten. Längst waren es nicht nur mehr Kämpfer des Widerstands, die sich mit Forken, Spießen und Prügeln bewaffnet durch Innenhöfe und Fluchten kämpften und unter heiserem Gebrüll Zinnen und Söller erstürmten, sondern auch rechtschaffene Bürger, die es zuvor niemals gewagt hätten, sich gegen den Rat der Ewigen und seine Schergen aufzulehnen. Doch nun erkannten sie die Zeichen der Zeit und begriffen die Chance, die diese Nacht ihnen bot. Und all die Verzweiflung, die sich während der vergangenen fünfzehn Jahre aufgestaut hatte, die Furcht und Entbehrung, die sie unter der Herrschaft der Ewigen erlitten hatten, brachen sich nun Bahn.

Auch wenn sie ihnen an Bewaffnung und Erfahrung weit überlegen sein mochten – der schieren Anzahl derer, die den Palast in dieser Nacht stürmten, hatten die Schwarzen Garden nichts entgegenzusetzen. Sie wurden aufgerieben und in kleine Gruppen zersprengt, die von den Bürgern gestellt und eine nach der anderen überrannt wurden. Die Wut des Volkes schwemmte die Soldaten in den schwarzen Mänteln, die so viel Angst und Schrecken verbreitet hatten, einfach hinweg.

Durwain hatte recht behalten: Der Funke des Aufstands hatte sich zu einer Feuersbrunst ausgeweitet, und das nicht nur im übertragenen Sinn. An verschiedenen Stellen im Palast legte die aufgebrachte Menge Brände. Flammen schlugen schon bald aus hohen Fenstern und leckten rot und feurig an Türmen und Zinnen empor, sandten ein Fanal hinaus in die Nacht, das weithin zu sehen war, ein Leuchtfeuer der Freiheit!

Balbok und Rammar konnte es nur recht sein.

Die Orks hatten nichts übrig für Unsterbliche, die sich ihr Leben mit dem Blut anderer erkauften, und mit Elfenzauber hatten sie ohnehin noch nie etwas anfangen können, sei es in seiner lichten oder seiner dunklen Form. Doch ihr Kampf galt nicht der Freiheit von Anwar, sie hatten einen anderen Grund, sich durch den inneren Kern der Festung zu kämpfen, in dem es nach wie vor von Wachen wimmelte. Das letzte Aufgebot, das die Ewigen zu ihrem Schutz zusammengezogen hatten …

»Der Junge!«, herrschte Rammar den Gardisten an, der aus einer Kopfwunde blutete, ansonsten aber weitgehend unversehrt war – von der Tatsache abgesehen, dass der feiste Ork ihn mit dem gesamten Gewicht seines massigen Körpers gegen die Wand presste. »Sag mir gefälligst, wo der Junge ist, oder ich schwöre bei Narkods Hammer, dass ich dich zerquetschen werde wie eine Made!«

»I-im Turm«, stieß der Gardist hervor, blankes Entsetzen in den grauen Augen. »Die Ewigen haben ihn in ihrer …«

Rammar trat einen Schritt zurück, worauf der Mann keuchend an der Wand herabrutschte und bewusstlos am Boden liegen blieb.

»Ich könnte schwören, er ist ein Stück dünner geworden«, kommentierte Beeka.

»Kann gut sein.« Rammar schickte ihr ein hämisches Grinsen.

»Und wo ist dieser Turm?«, wollte Gullwyn wissen.

»Ich kenne den Weg!«, rief Balbok grimmig und übernahm, zu Rammars Verdruss, einmal mehr die Führung.

Seine Kameraden aus der Arena folgten ihm, dann Chulain, Beeka und Kilif – Logras hatten sie am Tor zurücklassen müssen, ein Schwarzgardist hatte ihn verwundet. Und schließlich kam Rammar, der bereits keuchte und es auf den Tod nicht leiden konnte, wenn alle so hetzten.

In diesem Fall ging es nicht anders, das sah der beleibte Ork durchaus ein. Allerdings brach er in einen Schwall wüster Verwünschungen aus, als sie den Fuß einer breiten Treppe erreichten, die sich in endlosen Stufen nach oben wand.

»Bei Koruk dem Giftpisser! Warum müssen es immer Türme sein, in die sich der Feind verkriecht?«

»Ist das schon öfter vorgekommen?«, fragte Kilif.

»Immer mal wieder«, versicherte Rammar grimmig – da bekamen sie auch schon Gesellschaft.

Eine Dutzendschaft Schwarzgardisten stürmte die Treppe herab, mit Klingen und scharlachroten Schilden bewehrt, die das Symbol der Ewigen trugen. Ihre Leibwache vermutlich, die letzte Linie ihrer Verteidigung.

»Zurück, Eindringlinge!«, rief der Hauptmann, während seine Leute und er auf den Stufen Stellung nahmen, Schild an Schild, wie eine scharlachrote Mauer.

Die Orks, die mit ihren Gefährten am Fuß der Treppe standen, tauschten Blicke.

»Bereit, Balbok?«

»*Korr,* Rammar«, gab der Hagere zurück, und beide fletschten die Zähne und sahen aus blutunterlaufenen Augen zu ihren Feinden hinauf.

Und dann griffen sie an.

Balbok machte einen weiten Satz und nahm gleich fünf Stufen auf einmal, dann ging auch schon sein *saparak* nieder. Krachend traf die Klinge auf die Schilde, prallte jedoch wirkungslos daran ab. Auch Chulain, Beeka und Kilif, die auf der linken Flanke angriffen, und Gullwyn, Drel und Evan auf der rechten Seite – Letzterer nun wieder in Gestalt des Raubtiers – mussten erleben, dass ihre Attacke an der Wand der Schilde zerbrach wie eine Welle vor schroffen Klippen.

Dann kam Rammar.

Der dicke Ork wusste selbst nicht so recht, was es war – die Frustration über all die Treppen, die er hinaufzusteigen hatte, die Wut über den Starrsinn der Verteidiger oder, wohl am wahrscheinlichsten, die Sorge um Enok. Jedenfalls stieß er einen heiseren Kampfschrei aus, stürmte die Stufen hinauf und warf sich mit der ganzen Wucht seines beeindruckenden Körpers dagegen.

Dem hielt der Schildwall nicht stand.

Dort, wo sich Rammar direkt gegen ihr Bollwerk warf, wurden die Soldaten unter seiner Masse begraben. Die anderen blieben zwar unbeschadet, doch ihre Ordnung war gesprengt, und sosehr der Hauptmann auch versuchte, sie durch lautes Geschrei wiederherzustellen, es gelang ihm nicht mehr.

Denn nun, da im Wall eine Lücke entstanden war, zuckten von der Seite Pfeile von Chulains Bogen und trafen die Männer hinter den Schilden. Drels Arme wuchsen innerhalb von Augenblicken, umwucherten Schilde und rissen sie ihren Trägern von den Armen, worauf Evan und Gullwyn nachsetzten und Blutzoll forderten, der eine mit den Klauen, der andere mit bloßen Zähnen. Auch Beeka und Balbok griffen wieder an. Balbok kreuzte seinen *saparak* mit der mit einer roten Quaste verzierten Klinge des Hauptmanns, Funken stoben, als die so ungleichen Waffen aufeinandertrafen.

»Stirb, Wildwuchs«, spie der Offizier ihm entgegen. »Ich werde dich aufschlitzen und deine Gedärme an die ...«

Weiter kam er nicht, weil sein Haupt nicht mehr auf den Schultern saß.

»Durchbruch!«, brüllte Rammar, und sie überrannten die Überreste des Schildwalls und eilten die Treppe empor. Die Wut des Kampfes verlieh ihnen zusätzliche Kraft und ließ selbst Rammar die steilen Stufen im Sturmlauf erklimmen – bis sich ihnen weitere Gardisten entgegenstellten, die unter heiserem Geschrei und mit blanken Klingen die Treppe herunterkamen.

»Nicht schon wieder«, knurrte Rammar.

»Da muss irgendwo ein Nest sein«, wunderte sich Balbok.

»Geht weiter, wir halten sie auf!«, rief Beeka.

»Schmarren«, grunzte Rammar, »wir ...«

»Sie hat recht«, fiel Chulain ihm ins Wort. »Rettet den Erben, wir kümmern uns um die Gardisten!«

Evan fauchte eine Bestätigung, und Drel stieß einen zustimmenden Pfiff aus. Dann gingen sie auch schon zum Gegenangriff über. Der eine, indem er die Schwarzgardisten ansprang und gleich zwei von ihnen umriss, der andere, indem er seine Arme als Hindernisse einsetzte und die Wachen darüberstürzen ließ. Im nächsten Moment brach ein wüstes Hauen und Stechen aus, das die ganze Aufmerksamkeit der Gardisten in Anspruch nahm.

»Worauf wartet ihr?«, rief Beeka den Orks aus der Mitte des Getümmels zu. »Geht und befreit den Jungen …!«

26.

ANN DORASH DOMHON

Der Tunnel, der sich beinahe senkrecht in die Tiefe erstreckte, war uralt, Drachenfeuer hatte ihn einst in den Fels gebrannt. Die hölzerne Treppe, die nach unten führte, war sehr viel jüngeren Ursprungs.

Fünfzehn Jahre, um genau zu sein.

In schiefen Winkeln und unzähligen Stufen führte sie hinab und knarrte unter jedem Tritt, den Aderyn auf die Stufen setzte.

Die Höhle, in die der Tunnel führte, hatte einst den wertvollsten Besitz des Drachengeschlechts beherbergt, nämlich seine Brut … dass ihr auch in diesen Tagen wieder eine solch wichtige Bedeutung zukam, entbehrte nicht einer gewissen Ironie, für die Aderyn jedoch keinen Sinn hatte.

Nicht jetzt …

Die Enthüllung, dass Balbok, den sie wie Wachs in ihren Händen wähnte, sich gegen sie gewandt und sie verraten hatte, mehr noch, dass der Ork und sein Bruder Rammar diejenigen waren, von denen die Prophezeiung sprach, hatte ihr Weltbild tief erschüttert. Nach dem langen Leben, das sie gefristet hatte, hatte Aderyn stets geglaubt, alles zu wissen, auf jede Überraschung vorbereitet zu sein, die der Kosmos ihr noch offenbaren konnte … Was für eine Närrin sie doch gewesen war!

Der Lichtschein ihrer Fackel spiegelte sich im roten Fels der Wände, dessen Oberfläche durch die Einwirkung des Drachenfeuers glatt wie Glas geworden war. Aderyn vermochte nicht zu sagen, wann sie das letzte Mal hier unten gewesen war, in jenem Bereich, den man in der Sprache der Elfen einen *caras* genannt hatte, den innersten Kern einer Festung.

Oder, wie in diesem Fall, einen Kerker.

Sie selbst war damals unter jenen gewesen, die dafür gestimmt hatten, den Kaiser zu töten. Nicht aus Rache oder zur Strafe, sondern weil sie ihm das Schicksal der ewigen Nacht hatte ersparen wollen. Doch die anderen, allen voran Kelon und Hirulon, hatten sie überstimmt.

Während man das Volk glauben machte, der Drachenkaiser wäre einem feigen Mordanschlag zum Opfer gefallen, und diesen zum Anlass nahm, die Herrschaft des Kronrats auszurufen, wurde der in Wahrheit nur verwundete Kaiser in die Tiefen von Taras Caron verstoßen. Doch er rächte sich, indem er den Bann des *Dragwaith* über die Ratsmitglieder verhängte, jenes Fluchs, der sie seither zwang, ihre ewige Jugend mit dem Blut Unschuldiger zu erkaufen. Wäre es nicht so gewesen, hätte sie jetzt wohl nicht hinabsteigen und ausgerechnet den, den sie alle schmählich hintergangen hatten, um Hilfe ersuchen können …

Als Aderyn das Ende der Treppe erreichte, schien der Lichtkreis der Fackel plötzlich kleiner zu werden – so als schreckte er vor der großen, mit armdickem Drachenstahl vergitterten Öffnung zurück, die dort im Fels klaffte und hinter der tiefste Schwärze herrschte.

»Curran?«

Ihre Stimme klang leise und verloren, verhallte in der Dunkelheit. Eine Antwort erhielt sie nicht.

»Prinz Curran?«, versuchte sie es noch einmal.

Ich bin lange schon kein Prinz mehr, erklang seine Stimme in ihrem Kopf. Sie war alt geworden. Alt und müde …

»Aber ich erinnere mich an die Tage, da du es gewesen bist«, erwiderte sie.

So, wie ich mich an alles erinnere, was du mir angetan hast, kam es zurück. *Warum bist du gekommen, schöne Aderyn? Um dich an meinem Anblick zu ergötzen?*

»Du weißt, dass ich mich nie an deinem Schicksal erfreut habe, Curran.«

Warum bist du dann hier nach so vielen Wintern, in denen du dich nicht um mich geschert hast? In denen ihr die Lüge verbreitet habt, ich wäre nicht mehr am Leben? Lässt sich die Wahrheit nicht länger verbergen? Bist du deswegen gekommen?

»Und wenn es so wäre?«

Ein freudloses Lachen war die Antwort. *Wie lange hat es gedauert? Wie lange haltet ihr mich nun schon in diesem elenden Loch gefangen?*

»Fünfzehn Zyklen.«

Eine lange Zeit ... Wie ist es euch ergangen? Habt ihr gut gelebt nach eurem Verrat?

Aderyn schüttelte den Kopf. »Du weißt, dass es so nicht gewesen ist.«

Alles, was ich weiß, ist, dass ich des Herrschens müde war. Wir beide waren des Herrschens müde, die Drachin und ich ...

»Doch statt dem Kronrat deine Nachfolge zu übertragen, bist du lieber dem Pfad dunklen Wissens gefolgt und hast Erben erschaffen lassen wider jede Natur.«

Wir alle existieren wider die Natur, Aderyn. Weißt du das nicht mehr?

»Dennoch hast du uns keine andere Wahl gelassen, als uns gegen dich zu wenden ...«

Sprichst du von der Prophezeiung? Die Stimme in Aderyns Kopf lachte wieder. *Ihr habt sie niemals wirklich verstanden, keiner von euch. Es ist eine Warnung gewesen ... doch ihr habt sie zum Vorwand genommen, um eure Gier nach Macht zu rechtfertigen.*

»Das ist wahr«, gestand Aderyn ein.

Du gibst euren Verrat offen zu?

»Wir haben getan, was wir für nötig hielten, und ich entschuldige mich nicht dafür«, sagte sie mit fester Stimme, »auch du hast das früher nicht getan. Doch wie wir jetzt wissen, war die Nacht des Donners war nicht das Ende, sondern der Anfang ...«

Was soll das bedeuten?

»Einer der Doppelgänger, die Dufanor damals ins Leben gerufen hat, ist zurück«, entgegnete Aderyn leise.

Ich dachte, ihr hättet beide getötet ...

»Das dachten wir auch. Doch Dufanor ist wieder da – er nennt sich jetzt Durwain –, und mit ihm dein Nachfolger und rechtmäßiger Erbe, Curran, Zweiter deines Namens.«

Für einen Moment hatte Aderyn den Eindruck, dass sich in der Dunkelheit jenseits des Gitters etwas regte, doch sie konnte nicht wirklich etwas erkennen.

»Durch Vorgänge, die wir noch nicht ganz verstehen«, erklärte sie weiter, »ist der Junge damals entkommen, in die alte Welt ... Dort ist er aufgewachsen, in der Obhut von Orks.«

Orks? Was sind das für Kreaturen?

»Ich weiß es nicht mit Bestimmtheit. Aber ich fürchte, dass es jene sind, die nach uns kamen. Jene, die uns verdrängten, wie wir es stets befürchteten ...«

Margoks Brut, flüsterte die Stimme in ihrem Kopf.

»Ihre Anführer sind zwei Brüder«, fuhr Aderyn fort, »und wir befürchten, dass sie diejenigen sind, von denen die Prophezeiung spricht, die wahren Brüder des Chaos.«

So habt ihr euren Irrtum endlich eingesehen ...

»Was auch immer einst gewesen sein mag – diese Orks sind jetzt hier. In diesem Moment führen sie das aufgebrachte Volk zum Sturm auf den Palast und trachten deinem Erben nach dem Leben. Dem letzten Nachkommen, in dessen Adern dein Blut fließt, Curran ...«

Und euresgleichen trachten sie auch nach dem Leben, wie ich vermute? Deshalb bist du doch hier, oder nicht, einst so stolze Aderyn? Ich soll euch vor dem Zorn der Orks bewahren. Jene, die mich einst verrieten und in dieses dunkle Loch verbannten ...

»... um deinem Nachkommen zu helfen«, fügte sie hinzu.

Wozu?, kam es düster zurück. *Ich habe keine Art mehr, habe geschworen, nie wieder zu vertrauen noch zu lieben ...*

»Auch du hast einst Verrat geübt – und doch zeigte Margok Gnade.«

Eine höchst trügerische Gnade, wie du sehr wohl weißt …

»Nichtsdestotrotz war es eine Gunst. Und nichts anderes erbitte ich jetzt von dir.«

Du bist geschickt, Aderyn … Das bist du immer gewesen, in jeder Hinsicht.

»Und der Mann, den ich einst kannte«, konterte Aderyn, die Anzüglichkeit übergehend, »wusste stets, wann er ein neues Bündnis zu schließen und die Vergangenheit hinter sich zu lassen hatte.«

Eine Zeit lang, die Aderyn wie eine Ewigkeit vorkam, blieb es still jenseits des stählernen Gitters, das selbst Drachenfeuer zu widerstehen vermochte.

Einverstanden, sagte die Stimme dann.

Und etwas kam aus der Dunkelheit …

27.

BARRANTAS UR'DRACHGA

Als das Ende der Treppe endlich in Sichtweite kam, war Rammar dem Zusammenbruch nahe.

Der feiste Ork wusste natürlich nicht, wie viele Stufen es gewesen waren, die Balbok und er im Laufschritt genommen hatten, aber er war überzeugt davon, auf dem Weg nach oben haufenweise Pfunde verloren zu haben. Es würde einiger Schüsseln *bru-mill* und zahlreicher Humpen Blutbier bedürfen, um den Verlust wieder auszugleichen, vorausgesetzt natürlich, sein wie von Sinnen schlagendes Herz machte nicht noch auf den letzten Stufen schlapp. Mit einem Laut, der Ächzen und Schrei zugleich war, erklomm er die oberste Stufe – und fand sich unvermittelt inmitten von dichtem Rauch wieder!

Ohnehin schon kurzatmig, begann er fürchterlich zu husten, während er weitertorkelte, dabei heiser lamentierend und alle außer sich selbst in Kuruls dunkle Grube wünschend.

Dann hatte er den Vorhang aus Rauch auch schon überwunden und fand sich in einer Situation, die man nur als aberwitzig bezeichnen konnte. Selbst dann, wenn man völlig entkräftet war, der Atem rasselte wie eine rostige Kaldrone und man vor Erschöpfung kaum noch auf den Beinen stehen konnte.

Balbok und er befanden sich in der Ratshalle der Ewigen, unter einer hohen, von Schlangensäulen getragenen Kuppel. Die großen Fenster ringsum blickten auf die nächtliche Stadt, in der Gegend um das Haupttor sah man Brände lodern.

In der Mitte des Runds, zu einem Halbkreis angeordnet, standen die steinernen Ratssitze. Davor hatten sich die Ewigen selbst versammelt, zusammengedrängt wie eine Herde Schafe aus Furcht vor dem Warg.

Die Orks verzogen die Gesichter.

Keiner der Brüder konnte sich erinnern, jemals zuvor einen so jämmerlichen Haufen von Feiglingen erblickt zu haben. Es war schwer zu glauben, dass diese in weite Mäntel gehüllten Gestalten nicht nur die Bürger von Taras Caron, sondern des gesamten Reiches in Angst gestürzt hatten, denn nun schienen es die Herrscher von Anwar zu sein, die um ihr Leben bangten. Nicht nur, dass sie sich zu einem jämmerlichen Häuflein zusammengerottet hatten, sie waren sich auch nicht zu schade, einen halbwüchsigen Jungen in ihrer Mitte als Geisel zu halten. Einer von ihnen bedrohte ihn mit einer gekrümmten Sägeklinge.

Enok.

»Orki!«, rief Balbok außer sich vor Freude.

»Balbok! Rammar!« Der Junge wollte zu ihnen, aber eine geschuppte Hand zuckte vor und hielt ihn unbarmherzig fest.

»So, erkennst du uns endlich wieder, du undankbares Balg?«, schnauzte Rammar, um seine grenzenlose Erleichterung zu verbergen.

»Keinen Schritt weiter, Brüder des Chaos!«, rief der, der Enok mit dem Sägeschwert bedrohte. »Wir wissen, wer ihr seid!«

»Schön für dich, Schuppenfresse«, konterte Rammar, der vor Empörung glatt seine Kurzatmigkeit vergaß. »Und wer bist du? Wenn man euch ansieht, könnte man meinen, ein Lindwurm hätte eure Mütter geschwängert ...«

»Du weißt nicht, was du sprichst, nichtswürdige Kreatur!«, donnerte der andere, dessen Gesichtszüge – wie auch die der anderen Ratsmitglieder – grün und braun geschuppt waren und zusammen mit den leuchtenden Reptilienaugen und den Hornplatten an Schläfen und Hinterkopf tatsächlich an Drachen erinnerten. »Wir sind die Ewigen, die Herren dieser Stadt. Ich bin Lord Bormon, Oberbefehlshaber des Heeres!«

»Dann«, stieß Rammar zwischen gefletschten Zähnen hervor, »solltest du dich nicht hier oben im höchsten Turm verstecken, sondern dort unten bei deinen Soldaten sein.«

»Korr«, stimmte Balbok zu, »die haben da nämlich eine ziemlich schwere Zeit.«

»Die werdet ihr auch gleich haben«, kündigte Bormon an. »Wir haben immer gewusst, dass ihr eines Tages kommen würdet, die Prophezeiung hat uns darauf vorbereitet!«

»Von einer Prophezeiung weiß ich nichts, Drachenfurz. Aber ich weiß, dass ihr es bitter bereuen werdet, wenn ihr den Jungen nicht augenblicklich gehen lasst!«

»Korr«, fügte Balbok mit Nachdruck hinzu, und wie er da neben Rammar stand, breitbeinig und den blutigen *saparak* zum Schlag erhoben, konnte man ihm ansehen, wie ernst es ihm damit war.

»Ich bin Lord Kelon von den Ewigen«, stellte ein anderer der Räte sich vor, »und ich lasse mir nicht drohen von Kreaturen wie euch! Legt ihr die Waffen nicht augenblicklich nieder und ergebt euch, so wird der Junge sterben!«

»Nicht!«, brüllte Enok trotzig. »Tut es nicht …«

Bormon schlug ihn daraufhin mit der behandschuhten Klaue, was Rammar nur noch mehr in Rage brachte.

»Hör sofort auf damit!«, verlangte er. »Krümmt ihr ihm auch nur eine einzige Borste, reiße ich euch allen die Kaldaunen raus, merkt euch das!«

»Und ich die Gedärme«, fügte Balbok grimmig hinzu.

So standen sie einander gegenüber.

Die Orks auf der einen Seite, in leicht geduckter Angriffshaltung, die Köpfe vorgereckt und die Zähne gefletscht. Auf der anderen Seite die Mitglieder des Rates in ihren weiten Umhängen, mit gezackten Drachenklingen bewaffnet … und mit Enok als ihrer Geisel.

Es war ein klassisches Patt.

Jeder im Saal wusste, dass die Entscheidung fallen musste, doch keiner wollte den ersten Schritt machen, niemand einen womöglich tödlichen Fehler begehen ...

Dann, plötzlich, gab es eine Bewegung am dunkelnden Himmel außerhalb des Turmes – und die Orks begriffen, dass die Ewigen nur Zeit geschunden hatten.

Enoks Geiselnahme war ein Ablenkungsmanöver gewesen wie dasjenige, welches die Rebellen unten am Haupttor vorgetragen hatten. Und sie waren darauf hereingefallen wie frische Orklinge, die eben erst aus Luraks Pfuhl gekrochen waren!

Im ersten Moment war nur eine Spiegelung im Fensterglas zu sehen. Dann war eine riesige, geflügelte Gestalt davor zu erkennen – die im nächsten Augenblick durch die Scheibe brach.

Das Glas barst mit grässlichem Klirren, Splitter stoben in die Halle, sodass alle die Gesichter schirmten, um sich davor zu schützen. Als die Orks wieder vorsichtig hinter ihren Klauen hervorblinzelten, sahen sie, was geschehen war.

»*Shnorsh*«, maulte Rammar.

Es war ein *drachga*.

Eine scheußliche, riesengroße Kreatur, die mit roter Echsenhaut überzogen war. Hornplatten so groß wie Schilde schützten den gezackten Rücken und das mächtige, gehörnte Haupt, aus dem ein rubinrotes Augenpaar starrte. Die ledrigen, halb angelegten Flügel dienten der Kreatur als Vorderbeine, auf denen sie sich schwerfällig vorwärtsschleppte, den beiden Orks entgegen. Sie schien alt zu sein, Tausende von Jahren, von wenig mehr am Leben gehalten als ihrem eisernen Willen – und unbändigem Zorn.

Im Nacken des Drachen saß eine schlanke Gestalt. Sie war von derselben Art wie die Ewigen, jedoch weiblichen Geschlechts, und sah wie ein finsterer Rachedämon auf Balbok und Rammar herab.

»A-Aderyn?«, stammelte Balbok.

»Du kennst das Drachenweib?«, fragte Rammar verblüfft.

»Ziemlich.«

»Was soll das heißen? Hast du mit ihr zusammen Blutbier getrunken?«

»Das – äh – nicht gerade. Aber weißt du noch, was du mir mal über die Bienen und die Blüten erz–«

»Schweigt, ihr Nichtswürdigen«, rief die Drachenreiterin mit Donnerstimme. »Es steht euch nicht an, in Gegenwart des Drachenkaisers das Wort zu erheben!«

»Drachenkaiser?«, fragte Rammar seinen Bruder.

Balbok zerknitterte die hohe Stirn und kratzte sich ratlos unter dem Helm. »Ich dachte, der wäre tot ...?«

»Das dachten alle, und sie sollten es denken«, bestätigte Aderyn triumphierend. »Doch nun hat er sich erhoben, um das Reich ... *sein Reich* ... vor Verrat und Zerstörung aus dem Inneren zu bewahren! Dies sind die Feinde, von denen ich Euch berichtet habe, Exzellenz!«, rief sie dem Drachen zu, in dessen Nacken sie saß. »Die Brüder des Chaos, die Euer Reich und Erbe vernichten wollen. Tötet sie, solange noch Zeit dazu ist ...!«

Rammar hätte gerne widersprochen und seine und Balboks Unschuld beteuert, doch in diesem Moment bäumte sich die furchterregende Kreatur bereits auf und sog Luft in ihre Lungen. Zu ihrem Entsetzen konnten die Orks sehen, wie die Brust des alten Drachen in feuriger Glut zu leuchten begann. Und im selben Moment, in dem sie den Gestank von Brand und Schwefel rochen, wurde ihnen eines klar.

»Das ist das Ende, oder?«, fragte Balbok, ohne den Blick von dem Scheusal zu wenden.

»Schon wieder«, bestätigte Rammar.

Ungezählte Male waren sie Kuruls dunkler Grube im letzten Augenblick entronnen, aber diesmal würde es das gewesen sein, das konnten beide deutlich fühlen.

Es war vorbei.

Diesmal wirklich.

Unwiderruflich.

»Rammar ...?«

»Leb wohl, Balbok.«

»Es war mir ...«

»Mir auch, Bruder«, versicherte Rammar, und beide kniffen die Augen zusammen und warteten darauf, dass die Bestie heiße Flam-

men der Vernichtung auf sie speien und sie bei lebendigem Leibe
rösten würde, während ihnen das schallende Hohngelächter Lady
Aderyns in den Ohren klang ...

28.

BOKUM'HAI UR'KURSOSH

Rammar konnte die Hitze bereits fühlen.

Heiß und brennend rann sie an seinen *broigas* hinab ... aber wieso blieb sein Gesicht kalt? Wieso war er überhaupt noch am Leben,
hatte der Lindwurm ihn noch nicht längst in Kuruls Grube gepus-
tet?

Er wagte zu blinzeln.

Das scheußliche Drachenhaupt schwebte noch immer über ihm
und Balbok, doch hatte die Bestie innegehalten. Aus ihren rubinro-
ten Glutaugen starrte sie auf die Orks herab, zögernd, wie es
schien ...

»Zögert nicht, Hoheit!«, stachelte Aderyn das Untier weiter an.
»Diese beiden sind der Feind, dessen Kommen vor so langer Zeit
vorausgesagt wurde! Sie müssen vom Angesicht der Welt getilgt
werden! *Jetzt!*«

Die Schuppenbrust des Drachenkaisers hob und senkte sich unter tiefen, rasselnden Atemzügen. Das Alter und die Erschöpfung
waren ihm anzumerken. Aber da war noch etwas. Etwas, das auch
die beiden Orks in diesem Moment bemerkten ...

»Spürst du das auch, Rammar?«, fragte Balbok, der die Augen
ebenfalls wieder geöffnet hatte und ungläubig an der mächtigen
Kreatur emporblickte.

»Allerdings, Langer – aber wenn du es keinem sagst, werde ich es
auch keinem sagen.«

»Was meinst du?« Balbok schüttelte verständnislos den Kopf.

»Ich spreche von diesem komischen Gefühl ...«

»Hä?« Rammar blinzelte nun ebenfalls wieder. Einen Augenblick lang schien die Zeit in der Ratshalle, die einst der Thronsaal des Drachenkaisers gewesen war, stillzustehen.

Dann, in einem Ausbruch von Kraft und Energie, wie er einer Kreatur dieses Alters kaum zuzutrauen war, bäumte der Drache sich auf, reckte den Hals und warf den Kopf in den Nacken. Aderyn, die davon völlig überrascht wurde, stieß einen gellenden Schrei aus. Sie verlor den Halt und stürzte, drehte sich jedoch noch im Fallen, sodass sie geschmeidig auf den Beinen landete.

Der Drache aber, indem er in fürchterliches Gebrüll verfiel, breitete die Flügel aus und sprang in die Luft, zeigte sich einen kurzen Augenblick lang in seiner ganzen schrecklichen Größe, ehe er sich herumwarf, mit den weiten, ledrigen Schwingen schlug – und dann zum Angriff überging.

Doch nicht die beiden Orks waren sein Ziel.

Sondern der Rat der Ewigen.

Die Lords, allen voran der hochmütige Kelon, ergriffen die Flucht. Wie ein aufgescheuchter Haufen Hühner sprengten sie auseinander, liefen schreiend davon, jeder in eine andere Richtung.

Der Drache folgte ihnen.

Als wäre er plötzlich gewahr geworden, wer seine tatsächlichen Feinde waren, setzte der einstige Drachenkaiser mit fürchterlichem Flügelschlag hinter den Flüchtenden her. Und als er diesmal Luft in seine Lungen sog und seine Brust zu glühen begann, da zögerte er nicht mehr. Eine lodernde, orangerot leuchtende Feuersbrunst schoss aus seinem weit geöffneten Rachen und ereilte gleich zwei der Ewigen – die Räte Gulucin und Korukan fanden auf diese Weise ein grausames Ende.

Die anderen kreischten vor Entsetzen, suchten hinter den schlangenförmigen Säulen Zuflucht oder suchten die Treppe zu erreichen. Doch ihr ehemaliger Anführer, dem sie einst mehrfach Treue geschworen und den sie dann schmählich verraten hatten, schien nicht gewillt, sie entkommen zu lassen.

Das lange Leben eines weiteren Ratsmitglieds endete in einer tosenden Feuersbrunst – es war der ungestüme Narkon.

Balbok und Rammar waren unterdessen anderweitig beschäftigt. Nachdem die Brüder ihren ersten Schreck überwunden hatten, wollten sie zu Bormon eilen, der nach wie vor Enok in seiner Gewalt hatte. Doch auf halbem Weg kam ihnen Aderyn in die Quere. Ihren Umhang hatte die Drachenfrau abgeworfen, in ihrer schwarzen Rüstung trat sie den Orks entgegen, die gezackte Klinge in den Händen.

»Hilf Enok«, raunte Balbok seinem Bruder zu und stellte sich Aderyn zum Kampf.

»Balbok«, grüßte sie ihn mit grausamem Lächeln. Ihre grünen Augen leuchteten in wilder Angriffslust.

»I-ich will nicht mit dir kämpfen«, stellte der große Ork kopfschüttelnd klar.

»Wie schade.« Ihre reptilienhaften Gesichtszüge verzogen sich zu einer spöttischen Grimasse. »Weil ich nämlich darauf brenne, dich mit dem Schwert zu durchbohren und dir das verräterische Grinsen aus dem Gesicht zu schneiden!«

»Aber ich grinse doch gar ni–«, wollte Balbok entgegnen. – Doch er kam nicht mehr dazu, den Satz zu beenden.

Schon setzte Aderyn auf ihn zu, drang mit der mörderischen Klinge auf ihn ein, und das in so rascher Folge, dass Balbok Mühe hatte, sich der Hiebe zu erwehren.

Mit hellem Klang trafen Drachenklinge und *saparak* aufeinander, während die Drachenfrau wieder und wieder angriff. Geschmeidig sprang sie durch die Luft, drehte sich dabei um ihre Achse, sodass Balbok gar nicht recht wusste, wie ihm geschah. Die Attacken prasselten nur so auf ihn ein, nur mit viel Mühe konnte er sie parieren, und es zeigte sich, dass der *saparak* es nicht mit einem Drachenschwert aufnehmen konnte. Schon hatte er tiefe Scharten, würde wohl brechen, wenn Balbok nicht rasch etwas einfiele …

Rammar war inzwischen bei Bormon angelangt, der nach wie vor Enok bedrohte.

»Keinen Schritt weiter, Wildwuchs, oder …«

»Er ist ein Ork, Halbhirn!«, schrie Enok – und trat mit dem Fuß zurück. Er traf das Knie seines Häschers, der eine heisere Verwünschung ausstieß und prompt mit der Sägeklinge zuschlagen wollte. Doch Rammars Schwert ging dazwischen und parierte den

mörderischen Hieb. Sich der Lektionen erinnernd, die seine Ziehväter ihm einst erteilt hatten, drehte sich Enok geschickt aus dem
Griff des Ewigen, wirbelte um seine Achse, um Schwung zu nehmen, und trat ein zweites Mal zu.

Diesmal gab Bormons Knie knirschend nach.

Der Ewige brach zur Seite ein, das Drachenschwert fiel kraftlos
herab, und Rammar schlug mit der eigenen Klinge zu. Und da er
sein ganzes Gewicht hineinlegte, war der Hieb so heftig, dass er
Panzerung, Schuppenhaut und sogar Knochen mühelos durch-
drang.

Balbok unterdessen war in höchster Bedrängnis.

Ein um das andere Mal drosch Aderyn auf ihn ein, und es schien,
als würden ihre Kräfte nicht nachlassen, sondern mit jedem Hieb
noch zunehmen. Ihre wütenden Angriffe nur noch mit Mühe parie-
rend, ging Balbok in die Knie, konnte nichts tun, als den *saparak*
über sich zu halten und darauf zu warten, dass die Drachenklinge
die Orkwaffe zerbrach und ihm den Schädel spaltete, schnell und
ohne Federlesens.

»Stirb!«, schrie sie, während sie immer weiter auf ihn einschlug,
und vermutlich hätte Balbok ihr im nächsten Moment den Gefallen
getan, wäre nicht plötzlich etwas herangeflogen.

Aderyn war so damit beschäftigt, ihren verhassten Gegner, dem
sie die Schuld an allem gab, ins Jenseits zu befördern, dass sie das
Ding nicht kommen sah – es traf sie seitlich am Kopf, und das mit
voller Wucht.

Die Drachenfrau stieß einen dumpfen Laut aus und taumelte, ihr
Griff um die Sägeklinge lockerte sich für einen Moment, worauf
Balbok sie ihr kurzerhand aus den Händen schlug. Mit einem Klir-
ren landete das Drachenschwert am Boden, dicht gefolgt von seiner
Besitzerin, die so benommen war, dass sie sich nicht auf den Beinen
halten konnte.

Sie landete hart, und schon war Balbok über ihr, den *saparak*
zum tödlichen Streich erhoben.

»Los doch«, zischte sie und blitzte ihn zornig aus ihren grünen
Augen an. »Worauf wartest du …?«

Balbok musste daran denken, dass sie eben noch drauf und dran gewesen war, ihn ohne Zögern umzubringen, und für einen Moment war er tatsächlich versucht zuzuschlagen ... doch dann witterte er etwas.

Den *saparak* noch immer schlagbereit erhoben, beugte der große Ork sich ein wenig vor, zog den Rüssel kraus und schnüffelte ... und was sein feiner Geruchssinn wahrnahm, nötigte ihn dazu, den Totschläger sinken zu lassen.

»Narr«, zischte Aderyn.

Dann hatte sie sich schon rücklings über die Schulter abgerollt und setzte mit ausgreifenden Schritten davon, war im nächsten Moment hinter dem Vorhang aus Rauch verschwunden.

»Was ... machst du ... da?« Atemlos langte Rammar bei Balbok an, einen Ausdruck puren Unverstehens im runden Gesicht. »Hast du ... sie etwa laufen lassen?«

Balbok nickte nur und deutete auf das Wurfgeschoss, das ihm das Leben gerettet hatte und das jetzt unscheinbar am Boden lag. Es war ein herrenloser, mit geschuppter Echsenhaut überzogener Schwertarm, der noch vor Kurzem die Drachenklinge von Rat Bormon gehalten hatte.

»Was anderes hatte ich nicht«, verteidigte sich Rammar achselzuckend.

»*Korr*«, feixte Balbok. »Und wo ...?«

In diesem Moment trat Enok aus Rammars Schatten, gesund und wohlbehalten. »Hallo, Onkel Balbok.«

»Kleiner.« Das lange Gesicht des großen Orks dehnte sich zu einem breiten Grinsen. »Gut siehst du aus! Könntest ein wenig Futter vertragen.«

»Onkel Rammar«, grüßte Enok.

»Nenn mich nicht Onkel«, brummte der.

Plötzlich senkte sich ein Schatten über sie, groß und dunkel – der Lindwurm! Den hatten sie fast vergessen!

Erschrocken sahen sie empor und beobachteten, wie die einschüchternde Kreatur sich niederließ. Von den Ewigen war weit und breit nichts mehr zu sehen, nur noch die Orks waren unter der Kuppel des höchsten Turmes, der junge Enok ... und der uralte Drache.

»Enok, hinter uns«, drängte Balbok und war schon dabei, sich schützend vor den Jungen zu stellen, den *saparak* wieder kampfbereit in den Klauen.

Seid unbesorgt, Balbok, der sich der ungemein Brutale nennt, war plötzlich eine dumpfe Stimme in seinem Kopf. *Wenn ich euch töten wollte, hätte ich es bereits getan.*

»Du … kannst sprechen«, rief Rammar verblüfft, der die Stimme offenbar auch in seinem dicken Schädel hatte.

Mehr als das, Rammar der schrecklich Rasende – ich bin in euren Gedanken. Deshalb kenne ich eure Namen und weiß, wer ihr seid … und ich weiß auch, was ihr seid.

»Aha«, machte Rammar.

»Und wer sind wir?«, wollte Balbok wissen.

Meine Nachkommen, lautete die ebenso schlichte wie verblüffende Antwort.

»So ein Schmarren«, entrüstete sich Rammar prompt, »wie soll das denn möglich sein? Ich meine, es wurde manchmal gemunkelt, dass wir den einen oder anderen Troll in der größeren Verwandtschaft hatten, aber …«

»Es ist kein Schmarren«, warf Balbok zu seiner eigenen Überraschung ein. »Weißt du noch, was Rurak damals zu uns sagte?«

»Der *dhruurz*?«, ächzte Rammar.

Balbok nickte. »Er sagte, dass alle Orks von einem Königssohn namens Curran abstammen, dem Stammvater aller Unholde …«

»Das stimmt«, dämmerte es nun auch Rammar. »Ich wusste doch, dass ich diesen Namen schon mal gehört habe. Und dieser Curran … bist du?«, fragte er den Drachen.

Ich war es, vor sehr langer Zeit. Seither ist viel geschehen – ein ganzes Zeitalter voller Intrigen und Verrat und Gegenintrigen, voller Liebe und Hass …

»Das Übliche also«, fasste Rammar zusammen.

Als ich vorhin vor euch stand, da fühlte ich, dass uns etwas verbindet, ein unsichtbares Band …

»Wir haben es auch gespürt – hier«, bestätigte Balbok und deutete auf sein Herz. Rammar auf seine Hosen.

Im ersten Moment wusste ich nicht, was es war, aber dann wurde es mir klar – und auch, dass Aderyn mich einmal mehr täuschen und benutzen wollte.

»*Korr,* das kann sie wirklich gut«, meinte Balbok versonnen.

Der Drache sandte ihm einen undeutbaren Blick, dann wandte er sich Enok zu.

Du, Junge, bist mehr als ein Nachkomme. Du bist mein einziger Erbe und in vieler Hinsicht so, wie ich selbst einst gewesen bin ...

»Ich weiß.« Enok nickte.

Im Kerker hatte ich viel Zeit zum Nachdenken. Ich bin selbstsüchtig gewesen, das weiß ich jetzt. Des Regierens müde, habe ich dich ins Leben rufen lassen. Ob es gegen deinen Willen sein könnte, darüber habe ich nie nachgedacht. Mich hat nur interessiert, ob wir es tun konnten – ob wir es auch tun sollten, darum habe ich mich nicht geschert, und das tut mir leid. Du hast um deine Existenz nie gebeten, junger Enok, und dennoch bist du nun hier, der letzte und einzige Erbe des Drachenkaisers, und nach der Vernichtung des Rates ist das Reich ohne Führung ...

»Du hast alle geröstet?«, fragte Rammar, nach den schwelenden Haufen sehend, die in der Halle verstreut lagen.

Ein paar von ihnen, der Rest ist entkommen. Doch ihre Macht ist gebrochen, niemand braucht sie mehr zu fürchten. Nicht, wenn ein neuer Herrscher den Thron besteigt und dem Reich wieder Frieden und eine gerechte Ordnung gibt.

»Willst du nicht wieder herrschen?«, fragte Enok. »Du bist am Leben und wieder in Freiheit ...«

In der Tat, zum ersten Mal in meinem langen Leben. Frei von Regeln, frei von Mauern, frei von Fesseln ... und von Schuld. Ich habe gebüßt für das, was ich einst tat, in vieler Hinsicht. Doch meine Zeit als Herrscher ist zu Ende. Sie hat ohnehin viel zu lang gedauert.

»Ich verstehe.« Enok nickte.

Ich weiß, dass du noch zweifelst, so wie auch ich selbst einst an mir gezweifelt habe. Aber jemand sagte mir einst, dass ich tief in meinem Inneren ein wahrer Herrscher sei und dass meine Untertanen mir ihre Herzen schenken würden. Und wenn das für mich galt, so gilt es in noch größerem Maße für dich, mein Junge, der du nicht meine Pfade beschritten und meine Fehler begangen hast. Deshalb weiß ich, dass du ein noch besserer Herrscher sein kannst, als ich es je gewesen bin.

Damit breitete er die Flügel aus und stieg in die Lüfte, und durch das geborstene Fenster flog er hinaus in die Nacht, wo seine Silhouette noch für einen Moment vor dem vollen Mond zu sehen war, ehe sie in der Schwärze verschwand.

Frei von Regeln, frei von Mauern, frei von Fesseln.

Und von Schuld.

29.

NUASH BARRICHG

Die Schlacht um Taras Caron war geschlagen.

Die Rebellen waren siegreich geblieben, der Drachenthron neu errichtet worden. Das heißt, in der Ermangelung des alten Throns, der noch in der Nacht des Donners abgebrochen und in tausend Stücke gemeißelt worden war, hatte man aus der Not eine Tugend gemacht und aus den Ratssitzen der Ewigen eine Art Podest errichtet. Einen hatte man übrig gelassen und daraufgestellt, und auf diesen behelfsmäßigen Herrschersitz hatte Enok seinen schimmelgrünen *asar* gebettet.

Im Grunde fanden Balbok und Rammar ja immer noch, dass dieser *asar* sehr viel besser auf den Thron ihrer Insel gepasst hätte (wobei sie sich über der Frage, auf welchem der beiden Throne der Junge sitzen sollte, sicher heftig in den Borsten gelegen hätten). Aber Enok hatte seine Entscheidung nun einmal getroffen, das mussten auch zwei Orks aus echtem Tod und Horn akzeptieren. Auch wenn beiden völlig unverständlich war, wie sich jemand dazu entschließen konnte, einen langweiligen Kontinent zu regieren, wenn er doch eine Insel voller Orks haben konnte!

»Und? Wie sitzt es sich auf dem Ding?«, wollte Rammar wissen, während er den improvisierten Thron mit einem despektierlichen Blick bedachte. »Sieht unbequem aus.«

»Ist er auch«, versicherte Enok. »Vor allem aber«, fügte er leiser hinzu, »fühlt es sich noch sehr ungewohnt an.«

»Das wird sich schon bald ändern«, versicherte Durwain, der bei ihm stand. Als Berater würde er den neuen Kaiser mit Rat und Tat unterstützen.

»Und ist das auch wirklich das, was der Junge will?« Rammar kniff ein Auge zu, durch das andere betrachtete er den Maskierten dafür umso kritischer. »Ist das nicht wieder irgendein fauler Zauber?«

»Es war kein Zauber, sondern Hypnose«, erklärte Durwain zum ungezählten Mal, »und sie diente nur dazu, dem Jungen klarzumachen, was er insgeheim ohnehin wusste – dass es seine Bestimmung ist, über Anwar zu herrschen.«

»Es ist wahr«, beteuerte Enok, »ihr braucht euch keine Sorgen zu machen. Ich weiß jetzt, wer ich bin und woher ich komme. Aus diesem Grund werde ich auch nicht als Curran, Zweiter dieses Namens, den Thron besteigen, sondern als Enok der Erste!«

»Korr.« Balbok nickte begeistert.

»Wenn es dein Wunsch ist.« Durwain deutete eine Verbeugung an, aber seiner Stimme war anzumerken, dass es ihm nicht leichtfiel, diese Entscheidung hinzunehmen.

»Es wird gemacht, was der Grünspan sagt, ist das klar?«, knurrte Rammar. »Ich möchte keine Beschwerden hören.«

»Keine Sorge, wackere Orks«, versicherte Durwain beschwichtigend. »Ihr könnt mir voll und ganz vertrauen …«

»… sagt der Kerl, dessen Visage wir noch nicht einmal gesehen haben«, fügte Rammar hinzu.

»Das können wir ändern«, versicherte der Vermummte. Und noch indem er es sagte, schlug er die Kapuze seines weiten Umhangs zurück. Wie man nun sehen konnte, bestand die Maske aus zwei metallenen Hälften, die das gesamte Haupt umhüllten. Und zu Rammars, Balboks und Enoks Verblüffung ging Durwain daran, die Splinte zu lösen, die die beiden Hälften zusammenhielten.

Mit leisem Klirren fielen sie zu Boden.

Die Hälften klappten auseinander, und zum ersten Mal nahm der geheimnisvolle Berater des Kaisers und einstige Anführer des Widerstands die Maske ab.

Mehrere Narben verliefen schräg über sein Gesicht, die von alten Wunden zu stammen schienen. Aber sie waren es nicht, die seine Züge entstellten und die sowohl die beiden Orks als auch Enok scharf nach Luft schnappen ließen.

Sondern die Tatsache, dass seine kantige Miene grün war und von Schuppen bedeckt; dass Hornplatten die Schläfen und den kahlen Hinterkopf bedeckten und dass grüne Reptilienaugen daraus hervorstarrten.

»Narkods Hammer!«, rief Balbok und riss den *saparak* von seiner Schulter.

Auch Rammar hielt schon sein Schwert in der Klaue. »Du bist einer von denen?«, blaffte er. »Ein Ewiger?«

»Sei unbesorgt«, entgegnete Durwain. Seine Stimme war dieselbe geblieben, klang jetzt aber weniger blechern.

»Das sagte der Troll auch, bevor er den Gnom fraß.«

»Lasst mich euch eine Frage stellen. Hättet ihr mich angehört, wenn ihr gewusst hättet, dass ich einer von ihnen bin? Hätte der Widerstand mich je als seinen Anführer angenommen? Mir jemals sein Vertrauen geschenkt?«

»Wahrscheinlich nicht«, gab Rammar zähneknirschend zu. »Aber vielleicht hattest du es ja auch gar nicht verdient!«

»Du hast uns alle getäuscht!«, warf Enok ihm vor, der von seinem Thron aufgesprungen war.

»Das war nie meine Absicht«, versicherte Durwain und legte nun auch die Handschuhe ab – von gelbgrünen Schuppen bedeckte Klauen kamen darunter zum Vorschein. »Als ich diese Maske anlegte, ging es mir nicht darum, mein Antlitz zu verbergen. Ich tat es, um mich zu bestrafen, um mich für immer daran zu erinnern, wer ich bin ...«

»Das ist eine wirklich gute Frage«, stimmte Rammar zu. »Wer bist du eigentlich?«

»Mein Name«, antwortete Durwain bereitwillig, »ist einst Dufanor gewesen, und wie alle Ewigen des Rates war ich einst das, was ihr ein Schmalauge nennt.«

»Schlimm genug«, schnaubte Rammar. »Und wie ist es dazu gekommen?« Mit dem Stumpf seines linken Armes deutete er auf Durwains reptilienhaftes Haupt.

»Eine gute Frage.« Durwain nickte und legte die nunmehr nutzlos gewordene Maske auf dem Thronpodest ab. »Tatsächlich habe ich es selbst nie verstanden. Eine Magie, die sehr viel älter ist als die der Elfen, hat es bewirkt, älter selbst als jede Wissenschaft. Denn eigentlich hätten wir an jenem Tag alle sterben müssen. Die Drachen waren überall, unsere Lage war aussichtslos. Doch als wir bereits aufeinander losstürmten, bereit, im Kampf den Tod zu erleiden, da geschah etwas Eigenartiges. Curran, unser Anführer ... in dem Augenblick, als er die Königin der Drachen angriff, als Klinge und Klaue aufeinandertrafen, da wurden sie zu ... zu etwas anderem. Etwas Neuem, das es bis dahin noch nicht gab.«

»Zum Drachenkaiser«, flüsterte Enok.

Durwain nickte. »Aus zwei Wesen ging ein einziges hervor.«

»Schmarren«, knurrte Rammar. »Wie soll so was denn gehen?«

»In all den Jahrtausenden, die seither verstrichen sind, habe ich oft versucht, es mir zu erklären ... Ich kann nur vermuten, dass es an den Experimenten lag, die der Dunkelelf an Curran durchgeführt hatte. Der Bauplan seines Seins, die Bestandteile seiner Existenz waren wohl offen dafür, sich mit neuen Elementen zu verbinden.« Er unterbrach sich und sah zu Boden. »Uns allen war klar, dass dies kein Zufall sein konnte, dass die Geschichte uns mit dieser Verschmelzung etwas sagen wollte. Die letzte, entscheidende Schlacht, die wir alle für diesen Tag erwartet hatten, fand nicht statt. Dafür kam man überein, auch die Unterführer beider Armeen zu neuen Wesenheiten zu verschmelzen. Die Verbindung gelang nicht in derselben Weise, wie sie bei Curran und Dragana gelungen war, doch wurden auch wir zu etwas, das wir bis dahin noch nicht gewesen waren ...«

»... zu den Ewigen«, ergänzte Enok.

Durwain nickte und sah wieder auf, sein Blick ging von einem zum anderen. »Nun wisst ihr, was damals geschehen ist.«

»Und der Fluch?«, hakte Rammar nach. »Warum seid ihr zu Blutsäufern geworden?«

»Ihr wisst, was ein *Dragwaith* ist?«

»*Korr*«, knurrte Rammar düster. »Als junge Krieger hatten wir schon mal damit zu tun ...«

»Aus Rache dafür, dass sich die Mitglieder des Rates gegen ihn verschworen hatten und seine Erben töten wollten, hat der Drachenkaiser diesen Fluch über sie verhängt. Von da an waren die Ewigen auf frisches Blut angewiesen, um die eigene Existenz vor dem Zerfall zu bewahren.«

»Und du?«, fragte Enok vorsichtig, beinahe ängstlich. »Hast du auch ...?«

»Ich habe bis zuletzt treu zum Kaiser gestanden«, versicherte Durwain kopfschüttelnd. »Der Fluch hat mir nie gegolten. Doch will ich nicht länger leugnen, was ich bin – so, wie ihr nicht verleugnen könnt, was ihr seid«, sagte er an die Orks gewandt. »Als Enok mir von euch und eurer Insel berichtete, da wollte ich ihm wie gesagt nicht glauben. Doch je mehr ich darüber erfuhr, desto mehr reifte in mir die Erkenntnis, dass er die Wahrheit sprach ... und dass ihr tatsächlich das seid, was meine Gefährten und ich einst werden sollten, Margoks Brut.«

»Das klingt irgendwie abschätzig. Wir bevorzugen Orks«, stellte Rammar klar.

»*Korr*«, stimmte Balbok mit Nachdruck zu.

»Es erklärt so vieles«, fuhr der Drachenmann fort. »Ihr seid Currans Nachkommen, stammt in direkter Linie von ihm ab. Deshalb war es euch auch möglich, wie Enok kraft des Elfenkristalls zu reisen. Und Curran ist noch längst nicht alles, was uns verbindet.«

»Was denn noch?«, ächzte Rammar. Ohne Maske war ihm der Kerl noch unheimlicher als zuvor. Er wollte lieber nichts mit ihm zu tun haben.

»Die Flüche, die ihr ausstoßt, wenn ihr wütend seid, die Helden, die ihr beschwört – ihre Namen erinnern mich verblüffend an meine Gefährten von einst.«

»Schmarren«, grunzte Rammar wieder.

»*Douk*«, widersprach Balbok, »er hat recht.« Und unter Zuhilfenahme seiner Klauenfinger begann er aufzuzählen: »Es gibt Adrina die Kriegerin ...«

»… die einst Aderyn hieß«, ergänzte Durwain. »Aus Rat Narkon hingegen wurde …«

»… Narkod der Hämmerer«, ergänzte Balbok und strahlte über sein ganzes langes Gesicht, stolz darauf, dass er schneller begriffen hatte als sein sonst so scharfsinniger Bruder.

»Und aus den Räten Hirulon und Korukan …«

»… wurden Hirul der Kopflose und Koruk der Giftpisser.«

Durwain nickte. »Nicht sehr schmeichelhaft, aber ganz sicher mehr als ein bloßer Zufall.«

»Nicht zu vergessen Dufanork, der Handlanger des Weltenfressers«, fügte Rammar giftig hinzu, um zu zeigen, dass bei ihm nun ebenfalls der Knorpel gefallen war. »Aber warum begegnen wir hier den Gestalten aus unseren alten Geschichten? Was hat das alles zu bedeuten?«

»Sehr einfach. Es bedeutet, dass eure Urahnen die Erinnerung an uns bewahrt und an ihre Nachkommen weitergegeben haben«, folgerte Durwain, »und so ist sie die Grundlage eurer Mythen und Erzählungen geworden, weitergegeben von Generation zu Generation.« Er nickte langsam und nachdenklich. »Die Geschichte geht bisweilen seltsame Wege.«

»Darauf kannst du einen lassen«, bekräftigte Enok – worauf Rammar in dröhnendes Gelächter ausbrach und Balbok lauthals kicherte, während Durwain schmerzvoll das Gesicht verzog.

Und diesmal konnten es alle sehen.

»Ganz Anwar steht für immer in eurer Schuld, wackere Orks«, sagte der kaiserliche Berater dennoch. »Ohne eure Hilfe hätten wir nicht so viel in so kurzer Zeit erreicht.«

»*Korr*«, stimmte Balbok grinsend zu und ballte die Faust. »Wo Orks aus echtem Tod und Horn auftauchen, da bleibt kein Stein auf dem anderen.«

»Werdet ihr ohne uns überhaupt zurechtkommen?«, fragte Rammar, mehr an Enok als an Durwain gewandt.

»Ich denke schon.« Der Junge nickte.

»Der Kampf ist noch nicht zu Ende«, erläuterte Durwain. »Noch längst nicht alle Siedlungen haben dem neuen Kaiser Treue geschworen, und die Schwarzen Garden halten noch zahlreiche Garnisonen. Aber der Anfang ist gemacht, und alles Weitere wird sich fügen.«

»Hoffentlich.« Rammar nickte zuerst dem Berater und dann Enok zu – worauf der Junge aufsprang, vom Thronpodest hüpfte und seine Arme um den feisten Wanst des dicken Orks schlang.

»Doch nicht vor dem Drachenkopf«, raunte Rammar ihm zu und wurde ganz braun im Gesicht, während er verlegen von einem dicken Bein auf das andere trat.

Auch Balbok bekam eine herzliche Umarmung ab, wobei er das kahle Haupt des Jungen mit der grünen Klaue tätschelte.

»Ich habe hier übrigens was für dich«, meinte Rammar schließlich und holte ein kleines ledernes Säckchen hervor, das er Enok hinhielt. »Das hast du damals vergessen.«

Enok nahm das Säckchen, öffnete es und schüttete sich den Inhalt in die hohle Hand.

Es waren seine Talismane.

Der Zahn, den er Rammar ausgeschlagen hatte.

Der kleine Vogel, den Balbok für ihn geschnitzt hatte.

»Das soll dich immer daran erinnern, wer du bist«, schärfte Rammar ihm ein. »Lass dir von niemandem etwas anderes erzählen, hörst du?«

»Und vergiss uns nicht, *korr*?«, meinte Balbok.

»Niemals«, versicherte Enok. Er gab die beiden Gegenstände in das Säckchen zurück, zog es wieder zu und band es sich an der ledernen Schnur um den Hals.

Balbok schluchzte dabei hörbar.

»Reiß dich zusammen, *umbal*«, knurrte Rammar, während er sich selbst die eitrigen Augen rieb – wo, verdammt, kam dieser elende Zugwind plötzlich her?

»So ist es immer«, meinte Durwain. »Kinder zu erziehen bedeutet, sie gehen zu lassen.«

»*Korr*«, stimmte Rammar zu, »und für uns wird es langsam auch Zeit zu gehen.«

»Ich habe euch versprochen, einen Weg zu finden, um euch zurückzubringen, und das werde ich auch tun«, versicherte Durwain nickend. »Meine Forschungen stehen kurz vor dem Durchbruch.«

»Das will ich hoffen«, schnaubte Rammar. »Wir beide müssen nämlich unbedingt zurück auf unsere Insel. Denn zweitens sind wir dort Könige, und erstens ist hier in Anwar einfach nicht genug los für unseren Geschmack.«

»*Korr*«, stimmte Balbok grimmig zu. »Und *bru-mill* gibt es hier auch nicht ...«

EPILOG

Als die Reise endete, vermochte niemand an Bord des Kristallschiffs zu sagen, wie lange sie gedauert hatte.

Waren es Monde gewesen, ganze Rotationen? Oder hatte der Dunkelelf die Wahrheit gesagt, als er von Reisen berichtete, die nur einen Herzschlag dauerten?

Sie erwachten alle gleichzeitig in dem Augenblick, als sich die Visiere öffneten und die kristalline Struktur um ihre Körper sich wieder abbaute, so rasch und unvermittelt, wie sie daran emporgewachsen war.

Curran sah zu seinen Gefährten, vergewisserte sich, dass sie wohlauf waren. Er selbst fühlte leichten Schwindel, ansonsten ging es ihm gut.

»Sind … wir am Ziel?«, fragte Aderyn in die Stille.

»Ich nehme es an.«

Curran war der Erste, der sich von seinem Sitz erhob und einige unsichere Schritte machte. Seine Knie waren weich, zudem war der Boden unter seinen Füßen schräg. Wo immer das Schiff gelandet war, es schien dort nicht auf ebenem Untergrund zu stehen. Ein weiteres Anzeichen dafür, dass sie sich nicht mehr in Nurmorod befanden.

Er wollte in Richtung des Schotts gehen und sehen, wie er es öffnen konnte, als sich der Schiffsboden vor ihm plötzlich teilte. Aus dem glatten, wie milchiges Glas anmutenden Kristall schob sich ein zylindrischer Körper, der sich wie von Geisterhand teilte. Zu Currans Verblüffung waren Waffen darin, ihre Glaiven und Schwerter.

»Wenigstens«, knurrte Dufanor grimmig, »lässt Margok uns kämpfend untergehen.«

Curran erwiderte nichts darauf. Es kam ihm immer noch seltsam vor, dass der Dunkelelf sich so nachsichtig gezeigt und ihnen eine solche Gunst erwiesen hatte. Dennoch griff er nach seiner Klinge und behielt sie in der Hand, während er über den schrägen Boden auf den Ausstieg zuwankte. Aderyn war die Nächste, die nach ihrer

Waffe griff und ihm folgte, Dufanor und die anderen taten es ihr gleich.

Einen Riegel oder anderen Mechanismus, mit dem die Tür sich öffnen ließ, schien es nicht zu geben. Curran hob seine Waffe und erwog, nackte Gewalt einzusetzen, als sich die dreieckige Pforte mit leisem Zischen aus ihrem Rahmen löste und sich lautlos nach draußen senkte. Sie gab den Blick frei auf eine Landschaft, wie sie sie noch nie zuvor gesehen hatten, geschweige denn betreten.

Der *crysalyth* war in einem Tal gelandet, auf unebenem rotem Gestein, das von Rissen und Sprüngen durchzogen war. Ringsum ragten Wände von ebenso rotem Felsgestein auf, das glatt war und dessen Oberfläche aus der Ferne wie Samt anmutete. Darüber spannte sich ein tiefblauer Himmel.

Curran wandte sich zu seinen Gefährten um und nickte ihnen aufmunternd zu.

Dann trat er hinaus in diese neue Welt.

Die Sonne, die hoch am Himmel stand, blendete ihn und sorgte dafür, dass er Augenblicke lang nichts erkennen konnte. Dann drang ein Kreischen an sein Ohr, laut und so grässlich, dass es wie eine Klinge in seine Eingeweide fuhr.

Er blinzelte in die Sonne, sah jetzt die Bestien, die dort am Himmel ihre Kreise zogen – die ledrigen Schwingen weit ausgebreitet, die Häupter gehörnt, die Körper mit langen Schweifen versehen.

»*Dragdai*«, sprach Aderyn als Erste das Unbegreifliche aus.

Es waren Drachen.

Und jene am Himmel waren nicht die einzigen.

Überall an den Felswänden tauchten jetzt geschuppte, gehörnte, geflügelte Kreaturen auf, die sich mit ihren Klauen an das rote Gestein klammerten und mit grün leuchtenden Augen auf sie herabstarrten – geradeso, als wäre das Bild, das Curran einst vor seinem inneren Auge gesehen hatte, plötzlich Wirklichkeit geworden.

War es eine Vision gewesen?

Ein Ausblick auf Dinge, die kommen sollten?

Ein feindseliges Fauchen erklang, das ganze Tal schien darunter zu erbeben. Nicht wenige von Currans Gefährten hielten sich die

Ohren zu oder verfielen selbst in heiseres Geschrei, verloren angesichts des schrecklichen Anblicks den Verstand.

Drachen, die alten Erzfeinde der Elfen!

Unzählige Gelehrte hatten sich den Kopf darüber zerbrochen, an welchen Ort sich die Feuerechsen nach ihrer letzten Niederlage zurückgezogen hatten. Margok hatte diesen Ort offenbar gefunden und nun auch Curran und die Seinen hierhergeschickt, damit sie ein grausames Ende fanden.

Und dabei wussten sie noch nicht einmal, wohin das Kristallschiff sie getragen hatte ...

»Was jetzt?«, fragte Dufanor. Der einstige General war an Currans Seite getreten und starrte an den Felswänden empor.

Curran hatte noch nicht geantwortet, als sich einer der Drachen – ein besonders großes und furchterregendes Exemplar von feurig roter Farbe – vom Felsgestein abstieß, die Flügel ausbreitete und zur Talsohle niedersank.

Nur einen Steinwurf vom Kristallschiff entfernt kam die Kreatur zur Landung, stützte sich auf ihre halb gefalteten Schwingen und wartete, den langen Hals mit dem grässlichen Haupt hoch erhoben. Ihr langer Schweif wischte über den Boden und wirbelte Staub auf, ihre glutroten Augen starrten auffordernd herüber.

Einem inneren Impuls gehorchend, ging Curran die Rampe hinab und trat dem Untier entgegen, das Schwert in der Hand. Seinen Gefährten, die ihm folgen wollten, gebot er zurückzubleiben.

Mit heftig pochendem Herzen näherte er sich dem Drachen, der ihn an Körpergröße weit überragte. Ein einziger Hieb seiner Klauen, ein kurzer Feueratem mochte genügen, um Currans Dasein auszulöschen – vielleicht war es auch die Sehnsucht nach einem solch raschen Ende, die ihn insgeheim antrieb.

Nur wenige Schritte vor dem Drachen blieb Curran stehen. Dann geschah etwas, womit er nicht gerechnet hatte.

Wer bist du?, fragte eine Stimme.

Curran hörte sie nicht wirklich, aber er hatte sie im Kopf, wie er einst die Stimme des Dunkelelfen in seinem Kopf gehabt hatte. Und an der Art, wie die Bestie ihn ansah, wusste er, dass es die Feuerechse war, die sprach.

Mit der Stimme einer Frau …

»Ich bin Curran der Verstoßene«, stellte Curran sich mit lauter Stimme vor. »Und dies sind meine Gefährten.«

Dragana, Herrscherin des Drachenvolks, entgegnete die Echse und senkte das von Hornplatten bedeckte Haupt. *Nach all der Zeit habt ihr uns also gefunden?*

»Wen meinst du?«, fragte Curran dagegen. »Wir haben nicht nach euch gesucht.«

Elfen, erwiderte die Königin der Drachen, *die Diener der Zerstörung. Einst sind wir vor euch an diesen Ort geflohen und lebten lange Zeit in Frieden. Doch wir wussten immer, dass die Brüder des Chaos uns eines Tages hier finden und kommen würden, um unser Reich zu vernichten. Und nun seid ihr hier mit euren fliegenden Schiffen!*

»Du irrst dich.« Curran schüttelte den Kopf. »Sieh uns an, wir sind keine Elfen!«

Die Königin senkte ihr Haupt noch weiter, bis es dicht vor Curran schwebte. Einen grässlichen Augenblick lang sahen sie einander in die Augen, dann sog die Drachin scharf Luft durch ihre Nüstern, während sie bereits wieder die Flügel entfaltete.

Elfen oder nicht – wir werden euch vernichten, ehe noch mehr von euch kommen, kündigte sie an.

»Wir sind die Einzigen«, erklärte Curran, »und wir können nichts für das, was unsere Ahnen einst taten. Wir sind Verstoßene und suchen nichts als einen Ort, an dem wir in Frieden leben können. Aber wenn es Krieg ist, was du willst«, fügte er hinzu und fasste seine Klinge mit beiden Händen, »so sollst du ihn bekommen, Drachenweib!«

Dragana bedachte ihn mit einem langen, unmöglich zu deutenden Blick. Dann stieß sie sich vom Boden ab und sprang in die Luft, während sie gleichzeitig ihre Flügel spreizte – und mit dem Schwert in der Hand stürmte Curran, der verstoßene Elf und Stammvater der Orks, dem übermächtigen Feind entgegen.

Und seinem Schicksal.

ENDE

WÖRTERBUCH ORK-SPRACHE
ANHANG
WÖRTERBUCH ORKISCH-DEUTSCH

(aktualisiert und erweitert)

abhaim	Fluss
abor	sagen, sprechen
achash	Feld, Acker
achash ur'knom'hai	Friedhof (eigentlich Knochenacker)
achgal	Angst, Furcht
achgor	behaupten
achgosh	Gesicht
Achgosh douk!	Hallo! (wörtl. »Ich mag deine Visage nicht«)
Achgosh komhal douk!	Tschüss! (wörtl. »Ich mag deine Visage immer noch nicht«)
achgosh'hai-bonn	Menschen (eigtl. »Milchgesichter«)
achgosh-lairk	Graugesicht (Dunkelelf)
ahul	jeder, alle, alles
airun	Eisen, Stahl

akras	Hunger
akras'dok	hungrig sein
al	Hütte, Baracke
alash	Hut, Mütze
alhark	Horn
amhash	nur
amhorus	Verdacht
amousg	bei, unter
an	eins
Anartum	legendäres orkisches Genie
anful	»Erstes Blut« (ork. Ritual)
anmosh	spät
ann	in
anochg	gegen
anochg-sabal	Widerstand
anois	aufwärts
ansou	hier
anuash	herunter, hinunter
anur	einmal
aochg	Gast, Passagier
aog	Tod (Alter)
aomurash	allein, einsam

argol	Westen
arkrosh	wieder
artum	Stein
artum-tudok	Steinschlag
asar	Hintern, Arsch
baish	Proviant, Essen
balash	Jüngling, junger Mann
balbok	dumm
barkos	Stirn
barra	Mauer, Wall
barrantas	Macht
barrashd	mehr
barrichg	Kaiser (wörtl. »mehr-als-König«)
bas	Tod (im Kampf)
bas'dh	(im Kampf) Gefallener
batar	Boot
beul	Mund, Maul
beul ur'bunn	Bodenmaul
beul'dok	schimpfen, maulen
bhull	Ball
birr	Bier
blar	Schlacht(feld)

blark	warm
blarmur	Seeschlacht
blash	Geschmack
blashda	wohlschmeckend, geschmackvoll
blos	Akzent
bloshmu	Jahr
bochga	Bogen
bochl	Wahnsinn
bochlobh	(Kriegs-)Front
bodash	Greis
bog	weich
bogash	Sumpf
bogash-chgul	Sumpfgeist
bog-uchg	Weichei
bokmorr	Moorgeist
bokum	Geist
bol	Stadt
bolboug	Dorf (Heimat)
bonn	Milch
borb	roh, grausam, brutal
borroush	Versuchung, Verlockung
bosh	Schwur

boub	Weib
bougum	wenig(e)
boun	Frau
bourka	Leben
bourka'dok	leben
bourtas	Reichtum
bouthash	Bestie
braithar	Wort
braithar'dok	schreiben
brarkor	Bruder
bratash	Fahne
brish	Bruch
brish'dok	brechen
broigas	Hose
bru	Magen
bruchg	Betrug
bruchgor	Betrüger
brudhirk	reden, sprechen
bru-mill	Magenverstimmer (orkisches Nationalgericht)
brunirk	Gnom
bruork	Geburt
bruuchg	Lüge

bruuchgor	Lügner
bruurk	Urteil, Gericht
buaish	(Aus)Wirkung
buaish'dok	(be)wirken
buchg	Hieb, Stoß
bunn	Boden, Wurzel
bunta	Kartoffel
buochl	Fell
buol	Schlag
buon	Ernte
buunn	Berg
buur	Beute, Fang
buur'dok	fangen, fassen, erbeuten
buushounn	Gruppe, (Stoß)trupp
carrog	Klippe, Kluft
chgul	Ghul
chl	mit
chouna	schon, bereits
coultash	Ähnlichkeit, ähnlich
cour'dok	handeln
courd	Handel
cudach	Spinne

cul	zurück
da	zwei
dachosh	Heimat
daimash	Ochse
daimash'dok	kastrieren (wörtl. »ochsen«)
daorash	Vergiftung
darash	Eiche
dark	Farbe, farbig
darr	blind
dasok?	was?
datul	Tunnel
deish	danach
deok	Trank, trinken
dhruurz	Zauberer
dhruurza	Zauberei
dhuuroush	letzter/letzte
diaomoun	Diamant
diloub	Erbe, Vermächtnis
diloub'dok	vermachen
dirk	Niederlage
dlousdanash	Hilfe, Pflicht
dlurk	nahe

doichumachnaish	vergessen
doirobh	schwierig
doirobh'dok	(be)hindern
dok	tun, machen
dol	verzögern, trödeln
doll	Wiese
domhon	Tiefe, tief
domhor	Geheimnis, geheim, geheimnisvoll
dorash	Dunkelheit, dunkel
dorashtul	Kerker (wörtl. »dunkles Loch«)
douchainn	Prüfung
douk	nein, nicht, auch: will nicht
dourg	rot
dourk	Echse
dous	Süden
dousash	Vorbereitung
dousash'dok	vorbereiten
drachg	Ärger, Wut
drachga	Drache
drashda	jetzt
droash	schlecht

droash'dok	verschlechtern
drum	Rücken
dulchgoudas	Schwierigkeit, Hindernis
duliash	Teil
dunn	Mann
durkash	Land
durog	wagen
dusgash	Erwachen
duuchg	Eis
duusuul	bereit, fertig
eh	er, es
enok	Vogel
eolash	Wissen, Erkenntnis
eugash	ohne
eukior	Unrecht
fachg	Blatt
fada (orr)	weit (von)
faihoc	wild
faklor	Wortschatz
falt	Haar
faltash	Busch (bei Orks beliebte Frisur)
famhor	Riese

faramh	leer
fasash	Wüste
feusachg	Bart
feusachg'hai-shrouk	Zwerge (eigentlich »Hutzel-bärte«)
fhada	lang
fhuun	selbst
firr	wahr, wirklich
firunn	Wahrheit
fithash	Rabe
fobh (orr)	weg, fort (von)
foisrashash	Information
fosh	fern, weit
fouk	sehen
foukor	Seher
fouksinnash	sichtbar
fouksinnash douk	unsichtbar
foul	Fleisch
foullsouchash	Enthüllung
foullsouchash'dok	enthüllen
four	Kerl, Ding
fourg	Wut, Zorn
frougort	Antwort

fruukoudum	Wache, Wächter
fruukoudum ur'iodashu	Nachtwache
fu	unter
ful	Blut
ful-birr	Blutbier (orkisches Nationalgetränk)
fuom	Lärm
fuurk	Verzögerung
fuurk'dok	warten
galrush	Galeere
gaork	Wind
gark	Stachel, Spitze
gark'dok	stechen
garkash	»Stachelung«, unter Anführern gebräuchliches, äußerst schmerzhaftes Ritual
ghu	zu, nach
glash	Schloss, Riegel
glash'dok	verschließen
gloikas	Weisheit
glum	sauber
glum'dok	reinigen, säubern
gobcha	Schmied

gonmoush	Sand
gore	Gelächter
gore'dok	lachen
gorm	grün
gosgosh	Held
goshda	Falle
gou	bis
goulash	Mond
goull	Versprechen
goultor	Feigling
gourr	kurz
gouta	Pforte, Tor
grainnach	Igel
gramuda	hässlich, garstig
gron	Hass
gron'dok	hassen
gruagash	Jungfrau
gu	sehr, ziemlich
gubhirk	fast
guchl	Kohle
gukag	Blase
gulmag	Seeungeheuer
gurk	Stimme

gurk'dok	schreien
gusgul	Schimpfwort
'hai	die (Pluralendung)
huam	Höhle, Halle
ih	sie
imash	Abreise, Aufbruch
imiash	Aufbruch
imiash'dok	aufbrechen, weggehen
iodashu	Nacht
iomagash	Not, Notlage
iomash	viel(e)
iomashdeok	saufen
iomor	rudern
irk	fressen
irkoun	Amboss
isoun	Huhn
itoun	Feder
kagar	Flüstern
kaidrouchash	Bündnis
kaka	Kuchen
kalash	Hafen
kalumm	Boot (orkische Bauart)
kamhanochg	Dämmerung

kaol	eng, schmal
kaora	Schaf
kaos	Chaos
kar	Verrenkung
kar'dok	verdrehen
karal	Freund, Gefährte
karial	Liebe
karsok?	warum?
kas	Fuß
kash	Bein
kaslar	Landkarte
keol	Musik
khumne	Gedächtnis
khumne'dok	nachdenken
kichg	fünf
kinntouch	sicher, gewiss
kinntouch douk	unsicher, ungewiss
kiod	Diebstahl, Raub
kiodok	stehlen, rauben
kiodor	Dieb
kionnoul	Kerze
kionoum	Treffen

kit?	wo?
kladash	Ufer
klogionn	Schädel
klogosh	Helm, ugs. auch Kopf
klouashdach	Übung, Praxis
kluas	Ohr (eines Ork)
knam	kauen, verdauen
knomh	Knochen
knum	Wurm, auch orkisches Längenmaß (ca. 30 cm)
ko, k'	wer
koinnoumh	Begegnung
kointash	schuldig
kointash douk	unschuldig
koll	Wald
kollrashor	Waldläufer
komanash	Jäger
komanta	Gemeinsamkeit, gemeinsam
komhal	immer (noch)
komharrash	Zeichen
komhorra	Rat, Beratung
komuchl	zusammen
komuchl-krichg	Zusammenkunft

korr	Einverstanden, allg. Bejahung
korrachg	Finger
korzoul	Burg
kouldrash	Kessel
koum	Kopf
koun-kinish	Häuptling (eines Ork-Stammes)
kourra	falsch
kourra'dok	fälschen
kourt	gerecht
kourtas	Gerechtigkeit
kousnash	Frage
krark	beben, (sich) schütteln
krich'dok	kommen
kriok	Ende
Kriok!	Genug damit! (wörtl. »Ende«)
kro	Tod (gewaltsam)
kro-blor	Schlächter
krobor	Gewalttat, Mordwerk
kro-buchg	Todesstoß
krobul	Keule

kro'dok	töten
kroiash	Grenze
kroimh	durch
krok	tot
krok'dh	Toter
krok'dokor	Henker
kronn	Thron
kro-sabal	Todeskampf, auch: Zweikampf, Duell
kro-truuark	Todeskommando
krun	Krone
krutor	Kreatur
kuannarsh	Anführer
kudashd	auch, ebenso
kul	Rückseite
kulach	fliegen, Flug-
kulach-knum	Lindwurm
kulish	Versteck
kum	behalten
kungal	Rauschmittel, Droge
kungash	Medizin, Heilmittel
kunnach	Korb
kunnart	Gefahr, gefährlich

kur	Drehung, auch: Verrenkung
kur	legen, setzen, stellen
kur	vier
kur'dok	drehen, auch: verrenken
kuroush	Einladung
kursosh	Vergangenheit
kurta	Fundament, auch: steinernes Haus
kuun	Fremder, fremd
kuuna	Fremde
lachg	Gesetz, Regel
laidork	stark
lairk	grau
lamhum	Hand
laochg	Krieger
lark	schnell
larka	Tag
larkor	Gegenwart
lash	Licht
lash'dok	kennen, erkennen
lashar	Flamme
liosg	Feuer
loin	Netz

lokrum	Laterne
lonk	Schiff
lorchg	Fährte
lorg	Fund, Spur
lorg'dok	entdecken, finden
lounabh	Kind
luchga	klein
lum	Sprung
lumm	Klinge
lus	Gemüse
lus'dok	feige sein, sich (vor Feinden) fürchten
lus-irk	Vegetarier (wörtl. »Gemüse-fresser«)
lut	Wunde, wund
luusg	Faulheit
machin	Mahl(zeit)
madon	Morgen
mainn	Absicht
malash	Hund
malash-arralsh	Wolf
mark	gut
markok	reiten

markor	Reiter
mashag	Maske
mashlu	Schande
mathorr	Mutter
mathum	Bär
mill	verderben
milloush	Schaden
minras	Mine
miot	Stolz
'mo	mein
moash	früh
mochgstir	Meister
moi	ich
mor	groß
mor'dok	herrschen
moror	Herrscher
morrsha	Moor, Marschland
mourashd	Fehler
mu	wenn
mu … ra	wenn … nicht
muk	Schwein
muk'dok	kleckern

muntir	Volk
mur	Meer
murruchg	Made
murt	Mord, Mörder
nabosh	Nachbar
namhal	Feind
nifful	Nebel
nokd	erscheinen, sich zeigen
nou	neun
noud	Nest
nuarranash	heulen
nuash	neu
'nur	dein
obor	Arbeit
obor'dok	arbeiten
ochdral	Geschichte, Historie
ochgan	Zweig
ochgurash	Schwuler, schwul
og	an
oignash	Überraschung
oindron	Sehnsucht
oinsochg	Angriff

oir	Gold
oirkir	Küste
oisal	niedrig
oishak	Jugend
okd	acht
okrisgol	Bericht, Rapport
ol	Luft
ol'dok	verschwinden
olk	böse
oltorr	Schimmel(pilz)
omhruut	Zwietracht
or	auf
orchgoid	Silber
ord	Hammer
ordashoulash	verschieden, unterschiedlich
ord-sochgash	Kriegshammer (Waffe)
orduchg	Befehl
orgoid	Geld, Bezahlung
orgomal	Streit
ork	Ork
ork-boun	Orkin
orkful	Orkblut

ork-loun	Orkling
oroumh	Zahl
oroumh'dok	zählen, rechnen
orson	für, um
orum	Lied
oruun	Arena
oskoin	über
oslok	Traum
oslok'dok	träumen
ouash	Pferd
oudar	zwischen, dazwischen
oudarshoulachash	Unterschied, unterschiedlich
oulla	Null
ounchon	Gehirn
our	Osten
pirak	Seeräuber, Pirat
plik	Pisse
plik'dok	pinkeln
plum	Plan, Vorhaben
pochga	Furz
poibh	Pfeife
pol	Schlamm

pounsachash	Strafe
proinnsa	Prinz, Prinzessin
pusoun	Gift
pusoun'dok	vergiften
raash	gehen, laufen
rabhash	Warnung
radum	Ratte
rammash	dick, fett
rammashg	Speck
rark	Festung
rash	Rache
rashor	Bote, Läufer
ri	drei
richg	König
richgashd	Königreich
rochg	Rotz
rochgon	Wahl
roichgol	königlich
roimh	(be)vor
roimh-kurta	Entscheidung, Vorsatz auch: Vorsehung
roub	reißen

ruchg	Tal, Schlucht
rushoum	Glaube
ruuk	Verkauf
ruuk'dok	verkaufen
's	und
sabal	Kampf
sabal'dok	kämpfen
sabalor	Kämpfer
sabalor-slok	Grubenkämpfer, Gladiator
sai	sechs
salash	Dreck, dreckig
samashor	Schweigen
sammash	leise, still
saobh	Raserei
saobh	verrückt (vor Wut)
saorsh'dok	befreien
saorsha	Freiheit, auch: Befreiung
saparak	Speer
sgark	Schild
sgarkan	Spiegel
sgash	Messer, Dolch
sgimilour	Eindringling

sgirk	müde, erschöpft
sgol	Schatten
sgolraashor	Schattenwandler
sgorn	Kehle, Rachen
sgorn-glumor	Rachenputzer
sgorr	Fels, Gestein
sgudar'hai	Eingeweide
shadag	Funke
shnorsh	****
shnorshal	Latrine (wörtl. ****haus)
shnorshor	****er (abwertend)
shourk	Reihe
shron	Nase
shron'dok	atmen
shrouk'dok	schrumpfen
shrouk-koum	Schrumpfkopf
shub	schwarz
silish	Gallerte, Gelee, Qualle
sioll	Blitz
siorrush	Ewigkeit, ewig
slaish	Schwert
slichge	Weg, Straße

slok	Grube
slug	Schluck
smarkod	vielleicht
smok	Rauch
smok-foul	Rauchfleisch
smuash	Gedanke
smuash'dok	denken
snagor	Schlange, Reptil
snoushda	Schnee
sochgal	Erde, Welt
sochgash	Krieg
sochgash-bhull	Kriegskugel, Kaldront
sochgash-douk	Frieden (eigentlich Nicht-Krieg)
sochgash-lonk	Kriegsschiff
sochgor	Staatsgeheimnis
sochgoud	Pfeil
sochgoud's bochga	Pfeil und Bogen
sonash	Freude
sonash'dok	freuen
sou	dieses, das da
soubhag	Falke
souk	sieben

soukod	Jacke, Rock
soulbh	Glück
soulg	Jagd
soullash	Blick
soun	alt
spogg	Kralle, Klaue
spoikash	gemein
sporsh	Spaß
spoulg	Splitter
stal	Stillstand, Starre
Stal!	Halt!
stal'dok	anhalten, stehenbleiben
sturk	Stoff, Material
sul	Auge
sul'hai-coul	Elfen (eigentlich »Schmalaugen«)
sul'hai-coul-boun	Elfenweib (abwertend)
sulshoug	Schnecke
sutis	süß
tachorr	geschehen, passieren, sich ereignen
tachorrash	Ereignis
taitnouash	angenehm

taitnouash douk	unangenehm
takranash	Bauer
taram	Erdreich, Boden
tashol	Besuch
tasholor	Besucher
terk	heiß
tochg	Haus
tog	Graben
togol	Gebäude, Haus
torg	Angebot
torma	Armee, Heer
tornoumuch	Donner
tosash	Anfang, Beginn
tougasg	Lehrer, Lehre
tounga	Zunge
trolok	Troll
trurk	Verrat
trurk'dok	verraten
trurkor	Verräter
truuark	Unternehmen
tuachg	Axt
tuark	Norden

tuash	Flucht
tudok	Fall, fallen
tul	Loch
tull	Rückkehr, manchmal auch: Untergang
tur	Turm
tur'dok	flüchten
turturra	Folter(qual)
turus	Reise
tutoum	Sturz
tutoum'dok	stürzen, auch: sich überstürzen
uashdarum	Besitzer
ubal	Apfel
uchg	Ei
uchl-bhuurz	Ungeheuer
umbal	Idiot
umm	Zeit
unnog	Fenster
unur	Ehre
uochg	Grab
ur'	des, der (Genitiv)
ur'Kurul-krobul	Kuruls Keule

ur'Kurul-lashar	Kuruls Flamme
ur'Kurul-slok	Kuruls Grube
urku	du
usga	Wasser
usganash	Wasserfall
ush	Interesse
uule	anders, andere
uule'dok	ändern, wechseln
uuloun	Insel